Eva Ibbotson

Die Morgengabe

Roman

Aus dem Englischen
von Mechtild Sandberg-Ciletti

GOLDMANN

Die Originalausgabe erschien unter dem Titel
»The Morning Gift«
1993 bei Century, Random Century Group, London

Umwelthinweis:
Alle bedruckten Materialien
dieses Taschenbuches
sind chlorfrei und umweltschonend.

Der Goldmann Verlag
ist ein Unternehmen der Verlagsgruppe Bertelsmann

Umschlaggestaltung: Design Team München
Umschlagmotiv: ZEFA-Stock Market/F. Peterson
Made in Germany · Verlagsnummer: 43833

ISBN 3-442-43833-0

Prolog

Wien war schon immer eine Stadt der Mythen gewesen. Da gab es vor dem Ersten Weltkrieg den alten Kaiser Franz Joseph, der in einer eisernen Bettstatt schlief, nie ein Buch las und jeden Gründonnerstag, einem kirchlichen Ritual folgend, zwölf alten Männern die Füße wusch.

Es bleibe ihm auch nichts erspart, hatte der Kaiser geseufzt – und so war es wahrhaftig. Seine unstet umherreisende neurotische Gattin wurde auf der Uferpromenade in Genf von einem wahnsinnigen Anarchisten niedergestochen und getötet; sein Sohn, Kronprinz Rudolf, erschoß sich und seine Geliebte im Jagdschloß von Mayerling. Lauter tragische Geschehnisse – aber eben der Stoff, aus dem Legenden entstehen, und dem Fremdenverkehr ungeheuer förderlich.

Dies war das Wien, von dem aus die Geschicke des Vielvölkerstaats gelenkt wurden; eine Stadt der Paraden und festlichen Umzüge, in der man jeden Abend im Parkett des Opernhauses die feschesten blau-weiß-silbernen Uniformen sehen konnte, da jeder Offizier im Dienst das Recht genoß, die Aufführungen unentgeltlich zu besuchen. Es war das Wien der Lipizzaner, der Lieblinge der Stadt, deren Stallungen sich in einem Palais mit einem herrlichen Arkadenhof befanden und die aus dem Totentanz des Krieges ein Pferdeballett machten, während ihnen Männer mit feierlichen Gesichtern und goldenen Schaufeln folgten, um ihre edlen Exkremente aus dem tadellos gerechten Sand zu entfernen.

Diese Ära versank im Blutvergießen und Elend des Ersten Weltkriegs. Doch die Stadt überlebte irgendwie den Tod Franz Josephs, die Abdankung seines Neffen Karl, Österreichs vernichtende Niederlage, den Untergang des Kaiserreichs. Und für die

Fremden wurden neue Mythen geboren. An schönen Tagen konnte man ihnen Professor Freud zeigen, der auf der Terrasse des Café Landtmann sein Bier trank. Arnold Schönberg, der Begründer der atonalen Musik, gab Konzerte, die vielleicht nicht verständlich waren, aber zweifellos von Bedeutung, und wenn auch keiner genau wußte, was logischer Positivismus war, so war doch klar, daß die Philosophen, die ihn vertraten, der Stadt Ruhm und Ansehen brachten.

Leonie Bergers Familie lebte seit hundert Jahren in Wien, und sie hatte ihre eigenen Mythen.

«Ich selber bin Professor Freud noch nie im Landtmann begegnet», sagte sie zu einem interessierten Besucher. «Ich begegne dort immer nur meiner Cousine Fritzi mit ihren verwöhnten Kindern, die zwischen den Tischen herumturnen.»

Leonies Vater, Nachkomme wohlhabender Wollhändler aus dem Mährischen, besaß in der Mariahilferstraße ein großes Warenhaus, seine Tochter hatte jedoch einen Akademiker geheiratet. Kurt Berger war schon in den Dreißigern, Dozent an der Universität, als er eines Tages beim Überqueren des Stephansplatzes unter einer Meute gefräßiger Tauben die Verzweiflungsschreie eines jungen Mädchens hörte. Er verscheuchte die gierigen Vögel und stieß auf eine zerkratzte und sehr hübsche Blondine, die sich ihm weinend in die Arme warf.

«Ich wollte es dem heiligen Franz von Assisi nachmachen», jammerte Leonie, die dem alten Mann, der das Taubenfutter verkaufte, gleich sechs Päckchen Körner abgenommen hatte.

Kurt Berger hatte eigentlich nicht vorgehabt zu heiraten, aber nun heiratete er doch und konnte keinem außer sich selbst einen Vorwurf machen, als er entdeckte, daß Leonie sich sozusagen niemals damit zufriedengeben würde, nur ein einziges Tütchen Körner anzubieten, wenn es auch sechs sein konnten.

Leonie vergötterte ihren Mann, der erst eine Professur für Wirbeltierkunde erhielt, dann Direktor des Naturhistorischen Museums und schließlich Hofrat wurde. Mit der Präzision eines Dirigenten sorgte sie für den reibungslosen Ablauf seines Tages, reichte ihm, wenn er morgens um acht aus dem Haus ging, eigenhändig seine Aktentasche und den Schirm mit dem silbernen Griff, ließ ihm stets innerhalb von fünf Minuten nach seiner Rückkehr das Mittagessen servieren und ermahnte die Domestiken zur Ruhe, während er sein Mittagsschläfchen hielt. Sie wußte über die Menge an Stärke in seinen Hemdkrägen so genau Bescheid wie über seinen täglichen Stuhlgang; sie wimmelte aufdringliche Studenten ab und brachte ihm in einer silbernen Taschenflasche sein bevorzugtes Mineralwasser in ihre Opernloge. Und das alles hinderte sie nicht daran, auch noch an den Leiden, Geburtstagen und Liebesgeschichten unzähliger Verwandter Anteil zu nehmen, sie zu bewirten, zu besuchen, ihnen unter die Arme zu greifen.

Die Bergers wohnten in der Innenstadt, in der Beletage eines großen Mietshauses mit einem Hof, in dessen Mitte eine Kastanie stand. Die betagte Mutter des Professors lebte für sich in zwei der zwölf Zimmer; seine unverheiratete Schwester Hilda, eine Anthropologin, deren Spezialgebiet die Verwandtschaftssysteme der Mi-Mi in Betschuanaland waren, hatte ebenfalls ihre eigenen Räume. Leonies Onkel Mishak, ein kleiner Mann mit schütterem Haar und einer romantischen Vergangenheit, wohnte im Mezzanin. Aber sie wären natürlich keine echten Wiener gewesen, wären sie nicht am letzten Tag des Universitätssemesters in die Berge gereist. Die Kronländer des alten Habsburgerreichs hatte man den Österreichern ja gelassen: Tirol, Kärnten, die Steiermark – und das regenreiche Salzkammergut, wo die Bergers an einem tiefen grünen See, dem Grundlsee, ein Holzhaus besaßen.

Die Vorbereitungen für das «einfache Leben», das man dort führte, kosteten Leonie wochenlange Planung. Schließkörbe wurden aus dem Keller heraufgeschleppt und mit Steingut und Porzellan, mit Federbetten und Wäsche gefüllt. Stadtkleidung wurde eingemottet; Dirndlkleider wurden gewaschen, Lodenmäntel und Tirolerhüte herausgeholt und die Dienstmädchen mit der Eisenbahn vorausgeschickt.

Dort, auf der Veranda am Wasser, schrieb der Professor an seinem Buch *Die Evolution des fossilen Gehirns*, Hilda verfaßte ihre Aufsätze für die Anthropologische Gesellschaft, und Onkel Mishak angelte. An den Nachmittagen jedoch kam das Vergnügen zu seinem Recht. Von Freunden, Verwandten und Studenten begleitet, die zu Besuch kamen, unternahm man in Ruderbooten Ausflüge zu unwirtlichen Inseln oder wanderte unter ekstatischen Ausrufen wie «Oh! Alpenrosen!» und «Ah! Enzian!» über blumenbunte Wiesen. Da am See auch jede Menge Ärzte, Juristen, Theologen und Streichquartette ihre Häuser hatten, ergaben sich von Blumengruppe zu Blumengruppe häufig hochgeistige Gespräche. Man wurde von Mücken gestochen, zog sich an den Badehütten Splitter in die bloßen Füße, bläute sich mit Heidelbeeren die Zähne, und jeden Abend versammelte man sich, um voller Wonne zuzusehen, wie die Sonne hinter den schneebedeckten Gipfeln versank.

Am letzten Augusttag wurden dann die Dirndlkleider weggehängt, die Deckelkörbe wurden wieder gepackt – und man kehrte pünktlich zur neuen Spielzeit des Burgtheaters und der Oper und zum Beginn des Wintersemesters nach Wien zurück.

In diese vom Glück gesegnete Familie wurde – als der Professor bereits auf die Vierzig zuging und seine Frau alle Hoffnung auf ein Kind aufgegeben hatte – eine Tochter geboren, die man Ruth taufte.

Das Kind, das von Wiens renommiertestem Geburtshelfer ans Licht der Welt geholt wurde, zog Scharen von Doktoren, Professoren, Universitätshonoratioren und Laureaten an, die ihm ihre Aufwartung machten, mit Gelehrtenfingern sein Köpfchen streichelten und recht häufig Goethe deklamierten.

Ungeachtet dieses Aufmarschs an Intelligenz holte Leonie aus Vorarlberg ihre alte Kinderfrau, die mit der hölzernen Wiege eintraf, die schon seit Generationen in der Familie war. Der Säugling lag nun im Hof unter dem Kastanienbaum, eingelullt vom Klang der süßen und törichten Liedchen von Rosen und Nelken und Schäfern, die die Kinder vom Land mit der Muttermilch einsaugen. Und anfangs schien es, als wollte sich Ruth zu genau so einer kleinen Gänseliesel entwickeln. Ihr Haar, als es endlich zu wachsen begann, hatte die Farbe des Sonnenlichts; ihre Stupsnase lockte Sommersprossen an; sie besaß ein strahlend süßes Lächeln.

Aber keine Gänsemagd umklammerte je die Seiten ihres Bettchens mit solch energischer Entschlossenheit; keine Gänseliesel hatte so wißbegierige, lebenshungrige dunkelbraune Augen.

«Eine Bauerndirn mit den Augen Nofretetes», sagte ein angesehener Ägyptologe, der zum Abendessen kam.

Sie unterhielt sich für ihr Leben gern, sie mußte alles wissen; sie war ein kleiner Tausendsassa und überzeugt, sie könnte die ganze Welt in Ordnung bringen.

«Solche Wörter sollte sie aber noch nicht kennen!» sagten Leonies Freundinnen schockiert.

Doch die Wörter hatten es Ruth angetan. Und das Wissen.

Der Professor, ein großer, patriarchalisch wirkender Mann mit grauem Bart, an die Bewunderung seiner Studenten gewöhnt, führte sie selbst durch das Naturhistorische Museum, in dem er seine eigenen Räume hatte. Mit sechs war sie mit den Mühen und Komplikationen, die mit der Paarung einhergehen, bereits bestens vertraut.

«Ein bißchen traurig ist das schon, nicht?» sagte sie, während sie an der Hand ihres Vaters die eingeglasten Spinnen betrachtete, die ihren Männchen die Köpfe abbissen, um die Befruchtung zu beschleunigen.

Von der weltfremden Tante Hilda, die es fertigbrachte, morgens ihren Rock verkehrt herum anzuziehen und so in die Universität zu gehen, lernte Ruth den Wert der Toleranz.

«Man darf fremde Kulturen nicht an den Maßstäben der eigenen Kultur messen», sagte Tante Hilda, die an einer Monographie über ihre geliebten Mi-Mi schrieb – und Ruth akzeptierte schnell, daß es bei gewissen Stämmen eben zum Ritual gehörte, die Großmutter zu verspeisen.

Die Forschungsassistenten und Hilfskräfte der Universität kannten sie so gut wie die Präparatoren im Museum. Mit acht durfte sie ihrem Vater beim Sortieren der Zähne der fossilen Höhlenbären helfen, die er in der Drachenhöhle gefunden hatte, und es war klar, daß sie später seine Assistentin werden, seine Bücher tippen und ihn auf seinen wissenschaftlichen Exkursionen begleiten würde.

Ihr kleiner kahlköpfiger Onkel Mishak, der noch immer um

seine verstorbene Frau trauerte, führte sie in eine ganz andere Welt ein. Mishak hatte zwanzig Jahre lang pflichtbewußt in der Personalabteilung des Warenhauses seines Bruders gearbeitet, aber im Grunde seines Herzens war er ein Landkind geblieben und pflegte durch die Stadt zu streifen, wie er früher durch die böhmischen Wälder gestreift war. Wenn Ruth mit Mishak zusammen war, gab es immer irgendein Tier zu füttern – eine Ente im Stadtpark, ein Eichhörnchen – oder etwas zu streicheln – einen müden Fiakergaul an den Toren zum Prater, die steinernen Zehen des Neptun auf dem Springbrunnen in Schönbrunn.

Und natürlich war da ihre Mutter, Leonie, die sie herzte und küßte, die sie tadelte und schalt; die zutiefst verletzt sein konnte von der bissigen Bemerkung einer Großtante und nichts mehr von dieser Tante wissen wollte, nur um sich bei nächster Gelegenheit mit einem riesigen Blumenstrauß unter Tränen mit ihr zu versöhnen; die Ruth in das Warenhaus ihres Großvaters schleppte, um sie mit Matrosenkleidern und Lackschuhen und seidenen Faltenröckchen auszustaffieren, und die sie anschrie, wenn sie von der Schule nach Hause kam.

«Wieso bist du in Englisch nicht die Beste? Du hast dich von dieser dummen Inge überflügeln lassen», rief sie dann wohl – und lud Ruth gleich darauf zum Trost zu Schokoladeneclairs bei Demel ein. «Na ja, sie hat ja auch eine Nase wie ein Ameisenbär, die Arme, da kann man es ihr gönnen, daß sie wenigstens in Englisch die Beste ist», sagte sie abschließend; aber im folgenden Jahr importierte sie eine schottische Gouvernante, um dafür zu sorgen, daß ihre Ruth in Englisch alle übertrumpfte.

Das Kind wuchs heran; kapriziös, leidenschaftlich, klug; empfahl Geburtenkontrolle für die Katze seiner Großmutter und weinte herzzerreißend, als es bei der Schulaufführung zu Weihnachten nicht die Schneekönigin spielen durfte, sondern nur einen Eiszapfen.

«Hört sie eigentlich nie zu reden auf?» pflegten Leonies Freundinnen zu fragen – dabei war sie ganz leicht zum Schweigen zu bringen. Eine Zurechtweisung, ein unfreundliches Wort ließen sie augenblicklich verstummen.

Und noch etwas: Musik.

Ruths Liebe zur Musik war so sehr Teil ihres Wiener Erbes, daß zunächst keinem auffiel, wie ausgeprägt sie war. Von frühester Kindheit an war sie wie gebannt und durch nichts abzulenken, wenn irgendwo Musik gemacht wurde, und es gab bestimmte Orte, Musikplätze nannte sie sie, zu denen es sie hinzog wie einen durstigen Büffel zum Wasserloch.

Da war einmal das Erdgeschoßfenster der schäbigen alten Hochschule für Musik, in der das Ziller-Quartett zu proben pflegte; dann der Konzertsaal – der Musikverein –, wo man die Philharmoniker spielen hören konnte, wenn der Hausmeister so nett gewesen war, die Tür offenzulassen. Ein blinder Geiger unter all den Straßenmusikanten fesselte sie so sehr, daß sie vor lauter Konzentration ganz bleich wurde. Ihre Eltern zeigten Verständnis; sie bekam Klavierstunden, die ihr Freude machten, sie bestand ihre Prüfungen, aber sie sehnte sich nach einer Brillanz, die ihr fehlte.

Kein Wunder, daß sie lange Zeit mit großen Augen den Geschichten von ihrem Vetter Heini in Budapest zuhörte.

Heini war knapp ein Jahr älter als Ruth, ein Märchenkind, wie ihr schien. Seine Mutter, Leonies Stiefschwester, hatte einen ungarischen Journalisten namens Radek geheiratet, und Heini wohnte an einem Ort, der Rosenhügel hieß, hoch über der Donau in einer gelben, von Apfelbäumen beschatteten Villa. Etwas weiter hangabwärts stand das Grabmal eines türkischen Paschas; vom Balkon der Radeks konnte man den mächtigen Fluß sehen, der den ungarischen Ebenen entgegenströmte, die anmutigen Brücken, die ihn überspannten, die Türmchen und Giebel des Parlaments, einem Traumschloß ähnlich. In Budapest nämlich fließt die Donau anders als in Wien mitten durch das Herz der Stadt.

Aber das war nicht alles. Im Alter von drei Jahren kletterte Heini eines Tages auf den Klavierhocker seines Vaters.

«Es war wie eine Heimkehr», sollte er später den Journalisten erzählen. Mit sechs Jahren gab er in dem Saal, in dem Franz Liszt gespielt hatte, sein erstes Konzert. Zwei Jahre später durfte er Béla Bartók vorspielen, und der große Mann nickte beifällig.

Aber im Märchen gibt es immer auch traurige Ereignisse. Als

Heini elf war, starb seine Mutter, und das goldene Wunderkind wurde beinahe zur Waise, da sein Vater, Herausgeber einer deutschsprachigen Zeitung, Tag und Nacht arbeitete. Deshalb beschloß dieser, Heini sein Studium in Wien fortsetzen und sich dort auf den Eintritt in das Konservatorium vorbereiten zu lassen. Der Junge sollte bei seinem Lehrer wohnen, einem hochangesehenen Klavierpädagogen, doch seine Freizeit sollte er bei den Bergers verbringen.

Niemals würde Ruth die erste Begegnung mit ihm vergessen. Sie war gerade von der Schule nach Hause gekommen und hängte ihren Ranzen auf, als sie die Musik hörte. Ein langsames Stück, und traurig, aber in aller Traurigkeit so richtig, so – getröstet.

Ihr Vater und ihre Tante waren noch in der Universität; ihre Mutter war in der Küche und konferierte mit der Köchin. Von der Musik angezogen, eilte Ruth durch die Flucht von Räumen – das Speisezimmer, den Salon, die Bibliothek – und öffnete die Tür des Musikzimmers.

Zuerst sah sie nur den riesigen Deckel des Bechsteinflügels, der wie ein schwarzes Segel ins Zimmer ragte. Dann lugte sie um ihn herum und erblickte den Jungen.

Er hatte ein schmales Gesicht, schwarze Locken, die ihm wirr in die Stirn fielen, bis hinunter zu den großen grauen Augen. Als er sie bemerkte, lächelte er, ohne die Hände von den Tasten zu nehmen, und sagte: «Guten Tag.»

Sie lächelte ebenfalls, gebannt von dem Entzücken, das ihr diese Musik bereitete, überwältigt von der Autorität, die er ausstrahlte, so jung er war.

«Das ist Mozart, nicht wahr?» sagte sie und seufzte, denn sie wußte schon, daß in Mozart alles war; wenn man sich an ihn hielt, konnte man nicht fehlgehen. Zwei Jahre zuvor hatte sie begonnen, sich in ihren Tagträumen seiner anzunehmen, und hatte ihn mit ihren Kochkünsten und ihrer Fürsorge weit über sein sechsunddreißigstes Jahr hinaus am Leben erhalten.

«Ja. Das Adagio in b-Moll.»

Er hörte zu spielen auf und sah sie an, und sie gefiel ihm. Ihr blondes Haar, das zu einem altmodischen dicken Zopf geflochten war, gefiel ihm, ihre Stupsnase gefiel ihm, die frische weiße Bluse und der Faltenrock gefielen ihm. Vor allem aber gefiel ihm die Bewunderung in ihren Augen.

«Ich sollte dich nicht stören», sagte sie.

Er schüttelte den Kopf. «Es stört mich nicht, wenn du bleibst, solange du leise bist», sagte er.

Und dann erzählte er ihr von Mozarts Star.

«Mozart hatte einen Star», sagte Heini. «Er hat ihn in einem Käfig in dem Zimmer gehalten, in dem er arbeitete, und es störte ihn nie, wenn der Vogel sang. Im Gegenteil, er hatte es gern, wenn der Star da war, und hat seinen Gesang im Finale des Klavierkonzerts in G-Dur verwendet. Hast du das gewußt?»

«Nein.»

Ihr dicker Zopf flog, als sie den Kopf schüttelte.

«Du kannst mein Star sein», sagte Heini.

Sie nickte. Es war eine Ehre und ein Geschenk, das begriff sie sofort.

«Gern», sagte Ruth.

Und von da an setzte sie sich, wann immer es ging, in das Zimmer, in dem er übte, manchmal mit ihren Hausaufgaben oder einem Buch, meist nur, um seinem Spiel zuzuhören. Sie blätterte ihm um, wenn er mit Noten spielte, und ihre kleinen, eckigen Finger berührten die Seiten so leicht wie Schmetterlingsflügel. Sie wartete nach den Stunden auf ihn, sie brachte seine zerschlissenen Beethoven-Sonaten zur Buchbinderei, um sie neu binden zu lassen.

«Sie macht sich zu seinem Pagen», sagte Leonie nicht unbedingt erfreut.

Aber Ruth vernachlässigte weder ihre Schularbeiten noch ihre Freundinnen, irgendwie fand sie Zeit für alles.

«Ich möchte so leben, wie Musik klingt», sagte sie einmal, als sie aus einem Konzert im Musikverein kam.

Indem sie Heini diente und ihn liebte, kam sie dieser Vorstellung näher.

Heini blieb also in Wien und verbrachte den Sommer zusammen mit einem gemieteten Klavier bei den Bergers am Grundlsee.

In diesem Sommer, dem Sommer des Jahres 1930, kam auch ein junger Engländer namens Quinton Somerville nach Wien, um bei Professor Berger zu arbeiten.

Quin war gerade 23 Jahre alt, aber er hatte bereits anderthalb Jahre in Tübingen unter dem berühmten Paläontologen von Huene gearbeitet und brachte, als er in Wien eintraf, nicht nur ausgezeichnete Deutschkenntnisse mit, sondern auch einen für einen so jungen Wissenschaftler beeindruckenden Ruf. Noch während seines Studiums in Cambridge war es ihm gelungen, sich einer Expedition nach Tanganjika zu den Lagerstätten der Riesenechsen von Tendaguru anzuschließen. Im folgenden Jahr reiste er zum Kap, wo man in einem Kalkbruch den Schädel des *Australopithecus africanus* gefunden hatte, was eine hitzige Kontroverse über die Herkunft des Menschen ausgelöst hatte. Es war schwierig, in all den Auseinandersetzungen unter Wissenschaftlern wilde Spekulationen und Effekthascherei zu vermeiden, doch Quins Dissertation über die Funde von Säugetiergebeinen in der Olduvai-Schlucht war sowohl wissenschaftlich fundiert als auch nüchtern.

Kurt Berger lernte ihn auf einer Konferenz kennen und lud ihn als Gastredner zur Jahresversammlung der Paläontologischen Gesellschaft nach Wien ein. Vielleicht, meinte er, könnte er einige Wochen bleiben und ihm bei der Bearbeitung einer neuen Sammlung von Aufsätzen zur Wirbeltierkunde helfen.

Quin kam. Sein Vortrag wurde ein Erfolg. Er war eben aus Kenia zurückgekehrt und sprach voller Begeisterung über die aufregenden Ausgrabungsarbeiten und die Schönheit des Landes. Er hatte eigentlich vorgehabt, sich in einem Hotel einzumieten, aber davon wollte Kurt Berger nichts wissen.

«Sie werden selbstverständlich bei uns wohnen», sagte er und nahm ihn mit in die Rauhensteingasse, wo seine Familie sich höchst verwundert zeigte. Denn es war bekannt, daß Engländer, besonders solche, die auf Forschungsreisen gingen und tollkühne Kletterpartien unternahmen, stets groß und blond waren, stechende blaue Augen, ein wieherndes Organ und einen arroganten Ton hatten, mit dem sie über Eingeborene und Untergebene verfügten. Bestenfalls sahen sie, wenn sie aus sehr guter Familie kamen, ausgebleicht und wie gemeißelt aus, Kreuzrittern auf Grabmälern ähnlich, mit langen, aristokratischen Nasen und sehnigen Händen, die über ihren Schwertern gefaltet waren.

In all diesen Punkten war Quin eine Enttäuschung. Er hatte ein Gesicht, das aussah, als müßte es gebügelt werden; die hohe Stirn konnte sich von einem Moment auf den anderen in beunruhigend tiefe Falten legen; seine Nase wirkte irgendwie deformiert, wie gebrochen, und die häufig amüsiert, immer forschend blickenden Augen waren von einem tiefen, beinahe südländischen Braun. Nur die wohlgeformten Hände, mit denen er eine alte Pfeife zu stopfen und zu klopfen pflegte (aber nur selten anzündete), hätten auf einem Grabmal bestehen können.

«Aber seine Schuhe sind handgenäht», behauptete Miss Kenmore, Ruths schottische Gouvernante. «Er ist eindeutig *upper class.*»

Leonie war geneigt, dies aufgrund der Fiaker zu glauben, die etwa nach dem Theater oder der Oper auch mitten auf der Ringstraße augenblicklich wendeten, wenn Quin nur mit den Fingern schnippte.

«Sonst könnte er wohl kaum so gut schießen», sagte Ruth. Der Engländer hatte im Prater an der Schießbude eine Kristallschale, einen Goldfisch und ein riesiges himmelblaues Kaninchen gewonnen und war daraufhin von dem erbosten Schießbudenbesitzer aufgefordert worden, anderswo die Regale abzuräumen. Was konnte dies anderes bedeuten als Jahre fröhlichen Halalis auf windigen Hochmooren, wo man Fasanen, Rebhühnern und Moorhühnern den Garaus machte?

Die Realität sah anders aus. Quins Mutter war bei seiner Geburt gestorben; sein Vater, der zum Stab der britischen Botschaft in der Schweiz gehörte, meldete sich 1916 freiwillig an die Front und fiel an der Somme. Quin wurde heimgeschickt auf den Stammsitz der Familie und fand sich in einem Haus mit lauter alten Leuten. Ein cholerischer, herrschsüchtiger Großvater – der gefürchtete «Basher» Somerville – war der Hüter Quins früher Jahre, und die unverheiratete Tante, die nach seinem Tod Quins Erziehung in die

Hand nahm, schien kaum jünger. Aber wenn auch keiner da war, der dem verwaisten kleinen Jungen Wärme schenkte, so wurde ihm doch etwas gegeben, das er hoch zu schätzen wußte: Freiheit.

«Lassen Sie dem Jungen seine Freiheit», riet der Hausarzt vernünftigerweise, als Quin bald nach seiner Ankunft in Bowmont ein langwieriges Fieber bekam, für das es keine rechte Erklärung gab. «Für die Schule ist später noch Zeit. Er ist ja ein aufgeweckter kleiner Bursche.»

Quin bekam also eine Gnadenfrist, ehe er sich der Monotonie britischer Internate ergeben mußte, und richtete sich in seiner eigenen geheimen und durchaus beglückenden Welt ein. Viele Kinder, insbesondere Einzelkinder, schaffen sich einen unsichtbaren Spielgefährten, der sie durch den Tag begleitet. Quins Gefährte seit seinem achten Lebensjahr war nicht ein imaginärer Bruder oder verständnisvoller Junge seines eigenen Alters, sondern ein Dinosaurier. Das Tier – ein Brontosaurus, den er Harry nannte – war zwanzig Meter lang. Sein Kopf, wenn er ihn durchs Kinderzimmerfenster steckte, füllte das ganze Zimmer aus, und sein herzerwärmendes Lächeln hatte überhaupt nichts Bedrohliches; er fraß ja nur die Bambushölzer im Gebüsch und die Farne und Moose im Wäldchen, das an den Rasen angrenzte.

Ein Artikel in einer Jugendzeitschrift hatte Quin mit Harry bekanntgemacht; Conan Doyles *The Lost World* führte ihn tiefer in die Fabelwelt der Vorgeschichte. Er wurde der Anführer der Dinosaurier, ein Mowgli der jurassischen Sümpfe, der selbst den schrecklichen *Tyrannosaurus rex* zähmte, auf dessen Rücken er ritt.

«Ich muß sagen, man braucht sich wirklich nicht anzustrengen, um ihn zu unterhalten», erklärte sein Kindermädchen, das keine Ahnung hatte, daß kein Spiel und keine Geschichte es mit den Dramen aufnehmen konnten, die Quin in seinem Kopf in Szene setzte. Von den Dinosauriern aus marschierte er vorwärts und rückwärts durch die Erdgeschichte. Er las von den geologischen Schichten der Erde, von Leuchtfischen und den Säugetieren des Pleistozäns. Als er elf war, setzte er beinahe täglich sein Leben aufs Spiel, wenn er auf der Suche nach Fossilien in Klippen und Steinbrüchen herumkletterte. In den alten Stallungen hatte er begonnen, eine Sammlung anzulegen, der er den stolzen Namen «Somerville-Museum für Naturgeschichte» gab. Als er älter wurde und Harry allmählich verblaßte, wurde das Museum erweitert, nahm nun auch die Meeresfunde auf, die allenthalben zu machen waren. Denn Quins Zuhause stand ja an der Nordsee über dem sandgesäumten Halbmond der Bowmont-Bucht, deren Felstümpel sein Kinderzimmer waren; die Geschöpfe in ihnen interessanter als jedes Spielzeug.

Quin wäre verdutzt gewesen, hätte jemand ihm gesagt, daß er «Wissenschaft betrieb» oder «sich bildete», und später, in Cambridge, war er erheitert über den feierlichen Ernst, mit dem man dort Kenntnisse vermittelte, die er sich vor seinem elften Lebensjahr angeeignet hatte, und über die umständlichen Vorbereitungen für Exkursionen zu Orten, an denen er mit Turnschuhen herumgeklettert war.

Beim Abschlußexamen in Naturgeschichte schnitt er – es war beinahe peinlich, wie leicht es ihm fiel – als Bester ab. Dank seiner ungebundenen Kindheit jedoch verspürte er keine Neigung, eine feste Anstellung an einer Schule oder Universität anzunehmen. Da er seit seinem achtzehnten Geburtstag finanziell unabhängig war, konnte er es sich leisten, seine Zeit vor allem Expeditionen in schwer zugängliche Gebiete der Erde zu widmen; jetzt aber verliebte er sich in die Stadt Wien.

Nicht in das Wien der Operette und der Cremetörtchen, auch wenn er derlei Genüsse durchaus zu schätzen wußte, sondern in die strengen Arkadenhöfe der Universität im Schmuck der steinernen Büsten ehemaliger Lehrer. Da war Doppler neben Semmelweis zu sehen, dem «Retter der Mütter», der das Kindbettfieber gebannt hatte, und Billroth, der Chirurg, der mit Brahms befreundet gewesen war. In der Bibliothek der Hofburg drehte Quin den gewaltigen, auf goldenem Sockel stehenden Globus, vor dem Kaiser Ferdinand gestanden hatte, ehe er seine Forscher in die Welt hinaussandte. Und im Naturhistorischen Museum entdeckte er eine kleine, häßliche Figur mit dickem Bauch, die Venus von Willendorf, von Menschenhand geschaffen zu einer Zeit, als noch Mammut und Säbelzahntiger die Erde unsicher gemacht hatten.

Als das Semester zu Ende ging, luden die Bergers ihn in ihr Haus am Grundlsee ein.

«Es ist so schön dort», versicherte Ruth. «Der Regen und die Salamander – und wenn man sich auf dem Steg auf den Bauch legt, kann man durch die Ritzen massenhaft kleine Fischlein sehen, wie eingerahmt.»

Eigentlich wurde er in Cambridge zurückerwartet, aber er nahm die Einladung an und entpuppte sich als begabter Heidelbeerpflükker und kraftvoller Ruderer, der mit gleicher Begeisterung wie alle anderen «Wunderbar!» rief. Sie genossen seine Gesellschaft, und er seinerseits nahm herrliche Erinnerungen an das österreichische Landleben mit nach Hause: Tante Hilda, im knielangen gestreiften Badekostüm energisch schwimmend, ohne von der Stelle zu kommen; die betagte Mutter des Professors, im Rollstuhl einen unbefugt eingedrungenen Ziegenbock jagend; und Klaus Biberstein, zweiter Geiger des Ziller-Quartetts, der Leonie liebte, aber einen empfindlichen Magen hatte und gegen Mitternacht hinausschlich, um seinen heimlich unterschlagenen Knödel an die Fische zu verfüttern.

Ruth sah er relativ selten. In einer dieser Holzhütten, die österreichische Musiker so lieben, übte nämlich Vetter Heini sein Klavierspiel, und sie hatte alle Hände voll damit zu tun, ihn mit Krügen voll Milch und Tellern voll Keksen bei Kräften zu halten. Einmal traf er sie mit einem recht erstaunlichen Sortiment von Büchern am Seeufer an: Krafft-Ebings *Psychopathia Sexualis*, Louisa May Alcotts *Kleine Frauen* und ein grell aufgemachtes Cowboybuch mit dem Titel *Jakes letzter Kampf*.

Als er kam, war sie gerade mit gefurchter Stirn in den Krafft-Ebing vertieft.

«Du meine Güte!» sagte er. «Darfst du das denn lesen?»

Sie nickte. «Ich darf alles lesen. Leider muß ich aber auch alles essen, sogar Grießbrei.»

Am Abend vor seiner Abfahrt ließ Miss Kenmore sich nicht länger zurückhalten und teilte Quin mit, daß Ruth ihm nach dem Essen Keats' *Ode an eine Nachtigall* aufsagen werde.

«Sie kann das ganze Gedicht auswendig, Dr. Somerville», erklärte Miss Kenmore – und Quin gesellte sich, einen Seufzer unterdrückend, zur Familie ins Wohnzimmer mit den hohen Fenstern, die zum See geöffnet waren.

Ruth trug das helle Haar offen, ein Samtband hineingeschlungen – es war offensichtlich ein bedeutender Anlaß; doch zuerst einmal mußte Quin den Blick senken und hatte Mühe, seine Gesichtszüge zu beherrschen: sie trug die berühmten Worte mit unverkennbar schottischem Akzent vor.

Erst als sie zum vorletzten Vers kam, zu jenem Teil des Gedichts, der sie persönlich anzugehen schien, da er von ihrer Namensvetterin sprach, hob er, von einem Ton in ihrer Stimme aufmerksam gemacht, den Kopf.

«Vielleicht ist es das alte Lied, das Ruth
Ins Herz drang, als sie ohne Heimat war
Und Tränen ausgoß über fremdem Korn...»

Abgedroschene Zeilen, Worte, die ihm die Schule verleidet hatte – und dennoch besaßen sie die Macht, ihn zu ergreifen.

Aber in keinem der Anwesenden, in keinem der Menschen, die Ruth liebten und sich von der Traurigkeit des Gedichts bewegen ließen, weder in Quin noch in Ruth selber erwachte auch nur der Schimmer einer Vorahnung. Niemand bekam eine Gänsehaut; kein Geist schwebte über das stille Wasser des Sees. Daß dieses behütete, geliebte Kind jemals gezwungen sein sollte, seine Heimat zu verlassen, war unvorstellbar.

Am nächsten Tag reiste Quin nach England ab. Die ganze Familie brachte ihn zur Bahn und lud ihn ein, bald wiederzukommen – aber acht Jahre vergingen, ehe er nach Wien zurückkehrte, und da kam er in eine andere Stadt, in eine andere Welt.

I

An dem Tag, als Hitler in Wien einmarschierte, befand Professor Somerville sich in Nordindien und führte die Mitglieder seiner Expedition, denen von Dankbarkeit nichts anzumerken war, bergabwärts durch eine Schlucht, die so eng war, daß überhängende Felsen alles bis auf einen schmalen Streifen des klaren blauen Himmels verdeckten.

«Niemals bekommen wir die Tiere da hinunter», hatte der belgische Geologe, den er hatte mitnehmen müssen, geunkt.

Doch Quin hatte nur vage erwidert, er glaube, es werde schon irgendwie gehen, womit er meinte, wenn alle sich mächtig anstrengten und genau taten, was er ihnen sagte, bestünde eine Chance – und jetzt weitete sich die Schlucht tatsächlich, sie kamen an den ersten Bäumen vorüber und marschierten wenig später durch Föhren- und Zedernwald, bis sie die Talsohle erreicht hatten.

«Hier schlagen wir unser Lager auf», sagte Quin und wies auf einen Platz, wo der ruhige Fluß, der gemächlich vorüberströmte, an überhängenden Weiden zerrte, und Orchideen und Lilien das Grasland sprenkelten.

Später, als die Maultiere weideten und der Rauch des Feuers in die stille Luft aufstieg, setzte er sich an einen Baumstamm und nahm seine alte Pfeife heraus. Er war dreißig Jahre alt. Furchen krausten seine Stirn und zogen sich von den Winkeln seines Mundes abwärts, die dunklen Augen konnten hart blicken, aber in diesem Moment war er glücklich. Den düsteren Prognosen des Belgiers zum Trotz, dessen Brille von einem Yak zertreten worden war; den Beteuerungen der Träger zum Trotz, daß es im Frühjahr unmöglich sei, die ferneren Täler des Siwalik-Gebirges zu erreichen, hatte er einen so reichen Fund an Miozän-Fossilien gemacht, wie man ihn sich nur wünschen konnte. In Holzwolle und Leinwand eingebettet, kostbarer als jeder Goldschatz aus fürstlichen Grabkammern, befanden sich in ihrem Gepäck die unverwechselbaren Überreste des *Ramapithecus*, eines der frühesten Vorfahren des Menschen.

Drei Wochen Marsch am Fluß entlang lagen noch vor ihnen, ehe sie ihre Funde auf Lastwagen laden und nach Simla hinunterbefördern konnten, aber die Probleme, die sie jetzt erwarteten, würden mehr sozialer Natur sein: Teezeremonien mit den Dorfbewohnern, Wanzen, Gastgeschenke...

Ein Lämmergeier hing reglos am Himmel. Das Glockengeläut des weidenden Viehs schallte von einer fernen Wiese herüber und die klagenden Töne einer Flöte.

Quin schloß die Augen.

Nachricht von der Außenwelt wurde ihnen erst von einem Offizier der indischen Armee in dem Rasthaus oberhalb von Simla überbracht, die Meldungen nach ihrer Wichtigkeit geordnet: Oxford hatte die jährliche Ruderregatta gewonnen; ein Außenseiter namens *Battleship* hatte beim Derby in Aintree das gesamte Feld geschlagen.

«Ach, und Hitler hat Österreich annektiert. Er ist in Wien einmarschiert, und es wurde nicht ein einziger Schuß abgegeben.»

«Wollen Sie trotzdem noch hin?» fragte Milner, sein Forschungsassistent und vertrauter Freund.

«Ich weiß nicht.»

«Es ist ja doch eine große Ehre, denke ich. Umsonst bekommt man die Ehrendoktorwürde an so einer Universität sicher nicht.»

Quin zuckte die Achseln. Ihm war schon eine Reihe ähnlicher Auszeichnungen verliehen worden. Obwohl er sich drei Jahre zuvor hatte überreden lassen, einen Lehrstuhl in London zu übernehmen, war es ihm bisher gelungen, weiterhin seiner Forschungsarbeit in entlegenen Winkeln der Erde nachzugehen, und er hatte mit seinen Funden Glück gehabt.

«Berger hat es arrangiert. Er ist jetzt Dekan der naturwissenschaftlichen Fakultät. Wenn ich fahre, dann nur seinetwegen; mit den Nazis möchte ich nichts zu tun haben. Aber ich verdanke

Berger eine Menge, und seine Familie hat mich vor einigen Jahren sehr gastfreundlich aufgenommen. Ich habe einen Sommer bei ihnen verbracht.»

Er lächelte bei der Erinnerung an die lebhafte, liebenswürdige Familie Berger, an die opulenten Mahlzeiten in der Wiener Wohnung, das hübsche Holzhaus am Grundlsee. Er erinnerte sich einer zu Mißgeschicken neigenden Anthropologin, deren Monographie über die Mi-Mi aus dem Ruderboot in den See gefallen war, und eines kleinen Mädchens mit Zöpfen und einem biblischen Namen, den er nicht mehr wußte. Rahel? Hanna?

«Ich fahre», entschied er. «Wenn ich in Izmir von Bord gehe, habe ich Anschluß an den Orient-Expreß. Der Umweg wird mich höchstens zwei Tage kosten. Ich weiß, ich kann mich darauf verlassen, daß Sie beim Zoll alles gut erledigen werden. Sollte es doch Schwierigkeiten geben, so kläre ich sie, wenn ich komme.»

Die Tauben gab es noch, die wie von Musik getragen in den Lüften dieser musikbegeisterten Stadt kreisten; es gab noch das alte Kopfsteinpflaster, die engen Straßen, an deren Ende man immer die Türme des Stephansdoms sah; und auch den Geruch nach Vanille, der ihm in die Nase wehte, als er das Fenster des Taxis öffnete, und den Flieder und den Goldregen im Park.

Aber vor den Fenstern wehten jetzt Hakenkreuzfahnen, Erinnerung an den großen Empfang, den die Stadt dem Führer bereitet hatte, und an den Straßenecken standen kleine Trupps von SA- und SS-Männern. Als das Taxi in eine schmale Gasse einbog, sah er die häßlichen Schmierereien an den Türen jüdischer Geschäfte und die eingeschlagenen Fenster.

Im Hotel Sacher wartete das Zimmer, das er bestellt hatte. Man empfing ihn freundlich; im Foyer hing das vertraute Porträt des Kaisers, noch nicht verdrängt vom banalen Konterfei des Führers. Doch in der Bar unterhielten sich drei deutsche Offiziere in lautem Berlinerisch mit ihren wasserstoffblonden Freundinnen. Selbst wenn er Zeit für einen Drink gehabt hätte, würde sich Quin nicht zu ihnen gesellt haben. Tatsächlich jedoch blieb ihm überhaupt keine Zeit, denn der legendäre Orient-Expreß war wegen eines

Maschinenschadens mit großer Verspätung angekommen. Nachdem er sich in aller Eile umgezogen hatte, fuhr er direkt zur Universität. Bergers Sekretärin hatte ihm vor seiner Abreise aus England geschrieben, daß man einen Talar für ihn mieten würde, und der Ablauf war bei solchen Verleihungszeremonien immer so ziemlich der gleiche. Man brauchte nur nach Art eines Pinguins seinem Vorgänger hinterherzutippeln.

Dennoch – es war später, als er gedacht hatte. Männer in Scharlachrot und Gold, in Schwarz und Purpurrot, in hermelinbesetzten Umhängen und mit Quasten geschmückten Kopfbedekkungen standen in Gruppen auf der Treppe; Heerscharen stolzer Verwandter im Sonntagsstaat schoben sich durch das gewaltige Portal.

«Ah, Professor Somerville, wir hatten schon auf Sie gewartet. Es ist alles vorbereitet.» Die Dekanatssekretärin begrüßte ihn mit Erleichterung. «Ich zeige Ihnen gleich den Umkleideraum. Der Dekan hatte eigentlich gehofft, Sie vor der Feier zu begrüßen, aber er ist bereits im Saal. Er erwartet Sie dann beim Empfang.»

«Ich freue mich darauf, ihn zu sehen.»

Quins Talar aus scharlachroter Seide lag auf einem Tisch neben einer Karte mit seinem Namen bereit. Das Samtbarett war zu groß, er schob es einfach etwas nach hinten und trat dann hinaus zu den übrigen Kandidaten, die im Vorzimmer auf den Beginn der Feier warteten.

Der Organist stimmte eine Passacaglia von Bach an, und zwischen einer dicken Professorin aus Argentinien und dem, wie ihm schien, ältesten Entomologen der Welt marschierte Quin feierlichen Schritts durch den Gang der großen Aula zum Podium.

Ganz wie erwartet, verlief die Feier in dieser Stadt, in der man selbst die Fiakerpferde herausputzte, mit höchstem Pomp. Männer standen von ihren Plätzen auf, verneigten sich voreinander und setzten sich wieder. Die Orgel brauste. Von den Wänden blickten längst verstorbene Geistesgrößen aus goldenen Rahmen herab.

Quin, der rechts vom Podium saß, versuchte in der gegenüberliegenden Reihe der Professoren Kurt Berger zu finden, doch der Hut der Professorin aus Argentinien versperrte ihm die Sicht.

Einer nach dem anderen wurden die Ehrenkandidaten aufgerufen. Auf Lateinisch verlas man die Liste ihrer Verdienste um die Wissenschaft, dann erhielten sie mit einer silbernen Wurst, die die Gründungsurkunde der Universität enthielt, einen Schlag auf die Schulter, und schließlich wurde ihnen eine Pergamentrolle überreicht. Als Quin dem Entomologen von seinem Stuhl aufhalf, fragte er sich, ob der alte Herr den Ritterschlag mit der silbernen Wurst überhaupt überleben würde. Aber er überlebte ihn. Dann wurde die dicke Wissenschaftlerin aus Argentinien aufgerufen, und nun hatte Quin freie Sicht. Er suchte unter den prunkvoll gekleideten Professoren nach Kurt Berger, konnte ihn jedoch nicht entdekken. Acht Jahre waren vergangen, seit sie einander das letztemal gesehen hatten, aber er würde das kluge, dunkle Gesicht doch gewiß auf Anhieb erkennen?!

Jetzt war er an der Reihe.

«Hiermit wird Quinton Alexander St. John Somerville die Ehrendoktorwürde dieser Universität verliehen. Der Sprecher wird Ihnen jetzt Professor Somerville vorstellen.»

Quin stand auf und richtete den Blick auf den Rektor, dessen eines wäßrig blaues Auge teilweise von der goldenen Troddel verdeckt war, die von seinem Barett herabhing. Während die vollmundigen Platitüden über seine Verdienste durch den Saal dröhnten, wurde Quin immer unbehaglicher zumute – das, was ihm als archaisches, aber nicht würdeloses Bemühen erschienen war, die Traditionen der Vergangenheit hochzuhalten, wurde plötzlich zur Travestie, zu einer absurden, von Marionetten vorgeführten Charade.

Die Lobrede auf den «jüngsten Professor der Universität Thameside, Preisträger der Geographischen Gesellschaft und Sherlock Holmes der Urgeschichte», dessen inspirierte Forschungsarbeit dazu beigetragen habe, die Rätsel der Vergangenheit zu entschlüsseln, kam zu ihrem Ende. Stirnrunzelnd stieg Quin auf das Podium hinauf. Der Rektor hob die Wurst – und schreckte zurück. «Der Mann machte ein Gesicht, als wollte er mich umbringen», beschwerte er sich hinterher. Quin beherrschte sich, nahm die Urkunde entgegen, kehrte an seinen Platz zurück.

Nun war es endlich vorbei, und er konnte die Frage stellen, die ihn während der ganzen langweiligen Zeremonie beschäftigt hatte.

«Wo ist Professor Berger?»

Der Prodekan, den er angesprochen hatte, wich seinem Blick aus. «Professor Berger ist nicht mehr bei uns. Aber der neue Dekan, Professor Schäfer, wartet schon darauf, Sie zu begrüßen.»

«Das ist sehr freundlich von ihm, aber mich interessiert im Augenblick nur, wo Professor Berger ist. Bitte beantworten Sie meine Frage.»

Der Mann trat verlegen von einem Fuß auf den anderen. «Er ist seines Postens enthoben worden.»

«Warum?»

«Unmittelbar nach dem Anschluß wurden auch hier die Nürnberger Gesetze rechtskräftig. Nichtarier sind von öffentlichen Ämtern ausgeschlossen.» Er trat einen Schritt zurück. «Ich kann nichts dafür, das ist –»

«Wo ist Professor Berger? Ist er noch in Wien?»

Der Mann schüttelte den Kopf. «Das weiß ich nicht. Viele Juden versuchen auszuwandern.»

«Beschaffen Sie mir seine letzte Adresse.»

«Natürlich, Professor Somerville. Gleich nach dem Empfang.»

«Nein, nicht *nach* dem Empfang», entgegnete Quin. «Jetzt!»

An die Straße erinnerte er sich, an das Haus zunächst nicht. Dann wiesen ihm zwei ausgesprochen wohlgenährte Karyatiden den Torbogen zum Hof. Die Hausmeisterin war nicht in ihrer Loge; niemand hielt ihn auf, als er die breite Marmortreppe in die erste Etage hinaufstieg.

Das Messingschild mit dem Namen Berger war noch an der Tür; die Tür selbst war überraschenderweise nur angelehnt. Er stieß sie auf. Hier war man früher von einem Mädchen im weißen Schürzchen in Empfang genommen worden, aber jetzt war niemand da. Der Regenschirm und die Spazierstöcke Kurt Bergers steckten noch in ihrem Ständer, sein Hut hing am Haken. Quin ging auf dem dicken türkischen Teppich durch den Flur, klopfte an die Tür zum Arbeitszimmer und öffnete sie. Wie oft hatte er hier gesessen und an der Sammlung von wissenschaftlichen Aufsätzen gearbeitet, voll Hochachtung vor Bergers Wissen und der Großzügigkeit, mit der er seine Ideen teilte! Bergers Bücher standen unberührt in den Wandregalen, die Remington war unter ihrer schwarzen Haube auf dem Schreibtisch.

Doch die Stille hatte etwas Unheimliches. Er mußte an die *Marie Celeste* denken, das Schiff, das man verlassen dahintreibend auf dem Ozean gefunden hatte, die Tassen noch auf dem Tisch, die Speisen unberührt. Eine Flügeltür führte vom Arbeitszimmer ins Eßzimmer mit dem großen schweren Tisch und den hochlehnigen, mit Leder bezogenen Stühlen. Das Meißner Porzellan leuchtete noch in der Glasvitrine; ein Pokal, den Kurt Berger in einem Fechtturnier gewonnen hatte, stand auf der Kredenz. Mit wachsender Verwunderung ging Quin weiter in den Salon. Die Gemälde, die vornehmlich Berglandschaften zeigten, hingen unversehrt an den Wänden; die Kriegsorden Kurt Bergers lagen in ihre Kästchen gebettet unter Glas. Ein Palme in einem Messingtopf war offensichtlich frisch gegossen – dennoch hatte er kaum je solche Leere, solche Trostlosigkeit gespürt.

Nein, doch keine Leere. In einem fernen Raum spielte jemand Klavier. Aber Spiel konnte man das kaum nennen, es war die unablässige Wiederholung derselben Phrase, einer gänzlich unpassenden trällernden Figur, die wie das Zwitschern eines Vogels klang.

Er befand sich jetzt in den Räumen mit Blick zum Hof, ging weiter von Tür zu Tür. Und nun endlich eine letzte Tür, dahinter die Quelle der Musik: ein junges Mädchen, das den Kopf in die Ellenbogenbeuge des auf dem Klavier ruhenden Arms geschmiegt hielt, während die Finger ihrer freien Hand über die Tasten glitten. In dem Moment, ehe sie auf ihn aufmerksam wurde, sah er, wie müde sie war, und wie hoffnungslos. Dann hob sie den Kopf, und als sie ihn anblickte, fiel ihm plötzlich ihr Name wieder ein.

«Sie sind sicher Professor Bergers Tochter Ruth.»

Es war ein gewisser Triumph für ihn, dieses Wiedererkennen, denn das niedliche kleine Plappermaul mit den blonden Zöpfen hatte sich sehr verändert. Jetzt fiel ihr das schöne lange Haar offen bis zur Mitte des Rückens herab und war von Farben durchschossen, die schwer zu bestimmen waren – eine Art grünschimmerndes Gold, das beinahe khakifarben war. Eingerahmt von dieser Fülle war ein blasses, dreieckiges Gesicht mit dunkel umschatteten Augen. Sie glich der gefangenen Rapunzel, die auf den Prinzen wartete, der sie aus dem Turm befreien würde.

«Was haben Sie da gerade gespielt?» fragte er.

Sie sah zu den Tasten hinunter. «Das ist das Rondo aus dem letzten Satz des Klavierkonzerts in G-Dur von Mozart. Es wurde angeblich vom Gezwitscher eines Stars inspiriert, der –» Ihre Stimme brach, und sie senkte den Kopf. Aber nun erinnerte auch sie sich. «Natürlich! Sie sind Professor Somerville! Ich weiß noch, als Sie damals zu uns kamen und wir so enttäuscht waren. Wir dachten, Sie hätten sonnenverbrannte Knie und eine Stimme wie Richard Löwenherz.»

«Was für eine Stimme hatte der denn?»

«Oh, laut vor allem. Bei seinem Ruf sind die Pferde in die Knie gegangen, wußten Sie das nicht?»

Quin schüttelte den Kopf. Er war verblüfft. Sie hatte sich das Haar aus dem Gesicht gestrichen und lächelte ihn an – und im Nu war die Gefangene im Turm verschwunden, und es war Sommer in den Bergen, auf sonnenbeschienener Alm. Jetzt waren es nicht die Augen, die einem auffielen, sondern die Stupsnase, der große Mund, die Sommersprossen. «Natürlich, heute war ja die Verleihungsfeier, nicht wahr? Mein Vater hat versucht, Sie zu erreichen, solange er noch telefonieren durfte. Ist alles gutgegangen?»

Quin zuckte die Achseln. «Wo ist Ihr Vater?»

«In England. In London. Meine Mutter auch, und meine Tante – und Onkel Mishak. Sie sind vor einer Woche abgereist. Und Heini auch – er ist nach Budapest gefahren, um sein Visum abzuholen und sich von seinem Vater zu verabschieden. Dann geht er auch zu ihnen nach England.»

«Und Sie hat man hier zurückgelassen?»

Er konnte es nicht glauben. Er erinnerte sich ihrer als eines eher übermäßig behüteten, verwöhnten Kindes.

Sie schüttelte den Kopf. «Mich haben sie vorausgeschickt. Aber es ist alles schiefgegangen.» Der idyllische Moment auf der sonnenbeschienenen Alm war jetzt vorbei. Tränen traten ihr in die Augen, und sie ballte die eine Hand zur Faust und preßte sie an die Wange, als könnte sie so ihren Schmerz unterdrücken. «Alles ist schiefgegangen», wiederholte sie. «Und jetzt sitze ich hier in der Falle. Es ist niemand mehr da.»

«Erzählen Sie», sagte Quin. «Ich habe viel Zeit. Erzählen Sie mir genau, was passiert ist. Und kommen Sie vom Klavier weg. Machen wir es uns ein wenig bequem.» Er hatte begriffen, daß das Klavier für sie die Quelle eines besonderen Schmerzes war.

«Nein.» Sie war immer noch die brave Akademikertochter, die wußte, was sich gehörte. «Jetzt ist doch das Festbankett. Nach der Verleihung der Ehrendoktorwürde findet immer ein großes Essen statt. Da werden Sie bestimmt erwartet.»

«Sie glauben doch nicht im Ernst, daß ich mich mit diesen Leuten an einen Tisch setzen würde», entgegnete er ruhig. «Also, fangen Sie an.»

Ihr Vater hatte schon vor dem Anschluß versucht, ein Studentenvisum für sie zu bekommen.

«Da hofften wir noch, die Österreicher würden sich Hitler entgegenstellen, aber er hatte mich immer schon zum Studium nach England schicken wollen. Deshalb hat er mich auch hier auf die englische Schule gegeben, nachdem meine Gouvernante gegangen war. Ich bin jetzt im vierten Semester meines Studiums. Ich wollte als Assistentin bei meinem Vater arbeiten, bis Heini und ich –»

«Wer ist Heini?»

«Mein Vetter. Na ja, so ungefähr jedenfalls ... Er und ich ...»

Sätze über Heini waren offenbar schwer zu vollenden. Aber Quin sah jetzt auch das Wunderkind in der Holzhütte wieder vor sich. Er konnte Heini kein Gesicht geben, aber er erinnerte sich an die schier endlosen Klavierübungen und an das bezopfte kleine Mädchen, das den jungen Künstler mit frisch gepflückten Walderdbeeren versorgte. Ihre Liebe zu dem begabten Jungen hatte also überdauert.

«Erzählen Sie weiter.»

«Es war nicht allzu schwierig. Wenn man nicht gerade bei ihnen einwandern will, sind die Engländer gar nicht so. Ich brauchte nicht einmal ein J auf meinem Paß, weil ich keine reine Jüdin bin. Die Quäker waren großartig. Sie haben mich bei einem Studententransport untergebracht, der von Graz aus reisen sollte.»

Sobald der Tag der Abreise feststand, schickten ihre Eltern sie nach Graz. Dort sollte sie warten, bis es losging.

«Sie wollten mich nämlich aus Wien weghaben, weil ich einem SA-Mann einen Tritt gegeben hatte –»

«Guter Gott!»

Sie machte eine wegwerfende Handbewegung. «Kurz und gut, nachdem ich abgefahren war, wurde mein Vater plötzlich verhaftet. Die Gestapo hat ihn abgeholt und drei Tage festgehalten. Mich benachrichtigte keiner. Als er wieder auf freien Fuß gesetzt wurde, hieß es, er und die Familie müßten das Land innerhalb einer Woche verlassen, sonst kämen alle in ein Lager. Jeder durfte nur einen Koffer und zehn Reichsmark mitnehmen – davon kann man nicht mal einen Tag lang leben. Aber das spielte in diesem Fall natürlich alles keine Rolle. Sie wollten nur weg. Ich war zwei Tage vorher mit dem Studententransport abgereist.»

«Und wieso hat es dann nicht geklappt?»

«An der Grenze ist ein Haufen SS-Leute zugestiegen. Sie wollten unsere Unbedenklichkeitserklärungen sehen.»

«Eure was?»

Sie strich sich mit der Hand über die Stirn, und er meinte, niemals einen jungen Menschen gesehen zu haben, der so müde wirkte. «Das ist irgendein neuer Ausweis – sie erfinden dauernd welche – zum Nachweis, daß man politisch unauffällig ist. Sie wollen keine Leute ins Ausland lassen, die dort dann dem Regime Ärger machen.»

«Und Sie hatten keine solche Erklärung?»

«Richtig. An der Uni hatte ich einen Freund, der war mal in Rußland und ist Kommunist geworden. Ich hatte natürlich Dostojewski gelesen, und ich fand, man müßte auf der Seite des Proletariats kämpfen und mit den Verbannten nach Sibirien gehen und so.

Ich hab mich nie wohlgefühlt, wenn ich sah, wieviel wir – und wie wenig andere hatten. Ich meine, es kann doch nicht recht sein, daß manche Menschen alles haben und andere gar nichts.»

«Das stimmt. Aber etwas dagegen zu tun, ist nicht so einfach.»

«Jedenfalls bin ich nicht in die kommunistische Partei eingetreten wie dieser Freund von mir. Die haben sich ja dauernd gestritten, obwohl sie sich gegenseitig ‹Genossen› nannten. Aber ich bin zu den Sozialdemokraten gegangen, und wir haben Protestmärsche veranstaltet und uns mit den Nazis angelegt. Bei den Behörden war ich natürlich als gefährliche Radikale verschrien.»

«Und als man Sie dann aus dem Studentenzug herausholte, waren Ihre Eltern schon abgereist?»

«Nein, sie waren noch hier. Ich habe bei Freunden von ihnen angerufen, weil unser Telefon gesperrt war, und die sagten mir, daß sie am nächsten Tag abreisen wollten. Ich wußte, daß sie nicht reisen würden, wenn sie hörten, daß ich noch in Österreich war, darum habe ich nichts gesagt und bin zu unserer alten Köchin in Grinzing gezogen, bis sie weg waren.»

«Das war tapfer», sagte Quin leise.

Sie zuckte die Achseln. «Es war sehr schwierig für mich, das muß ich zugeben. Es war vielleicht das Schwierigste, was bisher von mir verlangt worden ist.»

«Und wenn Sie Glück haben, wird es auch das Schwierigste bleiben.»

Sie schüttelte den Kopf. «Nein, das glaube ich nicht.» Die Worte waren fast nicht zu hören. «Ich glaube, für mein Volk ist es Nacht geworden.»

«Unsinn.» Er sprach betont munter. «Wir werden schon Mittel und Wege finden, um Sie hier herauszubekommen. Ich gehe gleich morgen früh zum britischen Konsulat.»

Wieder dieses Kopfschütteln, bei dem das blonde Haar ihr um die Schultern tanzte. «Ich habe alles versucht. Hier sitzt ein Mann im Amt, der den Leuten bei der Ausreise helfen soll, aber in Wirklichkeit sorgt er nur dafür, daß ihnen alles abgenommen wird, was sie besitzen. Sie haben keine Ahnung, was hier los ist – die Leute weinen und schreien...»

Er war aufgestanden und ging langsam durch das Zimmer, während er überlegte. «Die Wohnung ist wirklich sehr groß.»

«Ja.» Sie nickte. «Zwölf Zimmer. Zwei davon hat meine Großmutter bewohnt, aber sie ist letztes Jahr gestorben. Als ich klein war, bin ich hier mit meinem Dreirad in sämtlichen Korridoren herumgefahren.» Sie folgte ihm. «Das ist mein Vater in der Uniform des 14. Ulanenregiments. Er wurde zweimal wegen Tapferkeit ausgezeichnet – er konnte nicht glauben, daß das alles nicht zählt.»

«Ist er Jude?»

«Ja, der Geburt nach. Ich glaube aber nicht, daß er sich je darüber Gedanken gemacht hat. Seine Religion ist die Menschlichkeit... er glaubt, daß jeder sich bemühen sollte, das Beste aus sich herauszuholen. Er glaubt an einen Gott, der allen gehört – daß man den göttlichen Funken, der in einem ist, hüten und zur Flamme anfachen muß. Und meine Mutter ist katholisch erzogen worden, für sie ist es doppelt schlimm. Sie ist nur Halbjüdin – vielleicht auch Vierteljüdin, wir wissen es nicht genau. Sie hatte eine sehr arische Mutter – so eine Art Ziegenhirtin.»

«Dann sind Sie also – was? Drei Viertel? Fünf Achtel? Es ist schwer zu glauben.»

Sie lächelte. «Meine Stupsnase, meinen Sie – und mein helles Haar. Meine Großmutter kam vom Land – die Ziegenhirtin, meine ich. Mein Großvater entdeckte sie wirklich beim Ziegenhüten – oder jedenfalls beinahe. Sie stammte von einem Bauernhof. Wir haben sie manchmal ausgelacht und sie Heidi genannt; sie hat in ihrem ganzen Leben kein Buch gelesen, aber heute bin ich ihr dankbar, weil ich ihr ähnlich sehe und mich nie jemand belästigt.»

Sie hatten die Glasveranda mit Blick in den Hof erreicht. In der Ecke neben einem Oleander stand eine mit Rosen und Lilien bemalte Wiege. Auf dem Kopfbrett stand in verschnörkelter Schrift «Ruthchens Wiege».

Quin stieß sie mit der Fußspitze an. Ruth schwieg. Unten im Hof breitete die blühende Kastanie ihre ausladenden Äste aus. An einem von ihnen hing eine Schaukel; an einer Wäscheleine, die zwischen zwei Pfosten gespannt war, flatterten eine Reihe rotweiß karierter

Geschirrtücher und ein Babyhemdchen, das nicht größer war als ein Taschentuch.

«Da unten habe ich immer gespielt», sagte sie. «Als ich noch klein war. Ich fühlte mich dort so geborgen. Der Hof war für mich der sicherste Platz der Welt.»

Er hatte nichts gesagt, sich nicht gerührt, dennoch veranlaßte irgend etwas sie, sich umzudrehen. Sie hatte von ihm das Bild eines gütigen, kultivierten Menschen; aber jetzt wirkte das zerfurchte Gesicht wie eine Teufelsmaske: der Mund verzerrt, die Haut über den Knochen straff gespannt. Die Verwandlung hielt nur einen Moment an. Dann legte er leicht die Hand auf ihren Arm.

«Wir können bestimmt etwas tun. Warten Sie nur.»

Ruth hatte nicht übertrieben. Das Chaos und die Verzweiflung, die der Anschluß hervorgerufen hatte, waren unbeschreiblich. Er war früh ins britische Konsulat gekommen, aber in den Gängen hatten sich bereits Warteschlangen gebildet. Die Menschen bettelten um Papiere – Visa, Pässe, Genehmigungen – wie Verhungernde um Brot.

«Tut mir wirklich leid, Sir, aber da kann ich Ihnen nicht weiterhelfen», sagte der Beamte, nachdem er sich Ruths Unterlagen angesehen hatte. «Wir würden die Dame ja ins Land lassen, aber die Österreicher lassen sie hier nicht heraus. Sie müßte einen neuen Auswanderungsantrag stellen, und die Bearbeitung kann Monate oder Jahre dauern. Die Quote ist voll, wissen Sie.»

«Und wenn ich für sie bürgen würde – garantieren, daß sie dem Staat nicht zur Last fallen wird? Oder wenn ich ihr eine Arbeitsgenehmigung als Haushaltshilfe besorgen würde? Meine Familie könnte ihr eine Anstellung geben.»

«Das müßten Sie von England aus arrangieren, Sir. Hier geht alles drunter und drüber, seit Österreich kein unabhängiger Staat mehr ist. Die Botschaft soll geschlossen werden, und unser Personal wird schon laufend heimgeschickt.»

«Lieber Gott, das Mädchen ist zwanzig Jahre alt. Ihre ganze Familie ist in England – sie steht völlig allein da.»

«Es tut mir leid, Sir», wiederholte der junge Mann müde.

«Glauben Sie mir, was ich hier in den letzten Wochen erlebt habe ... aber von hier aus läßt sich nichts tun. Jedenfalls nichts, was für Sie in Frage käme.»

«Und was ist das, was für mich nicht in Frage käme?»

Der junge Mann sagte es ihm.

Ach, zum Teufel mit dem Mädchen, dachte Quin. Er hatte im Nachtzug ein Schlafwagenabteil reserviert; die Examen begannen in weniger als einer Woche. Bei Antritt seines Forschungsurlaubs hatte er versprochen, zum Ende des Semesters zurückzusein. Er hatte nicht vor, die Benotung der Arbeiten seinem Stellvertreter zu überlassen.

Er trat in das Haus in der Rauhensteingasse und ging in den ersten Stock hinauf. Die Wohnungstür stand weit offen. Im Flur war der Spiegel zerschlagen, der Schirmständer war umgekippt. Das Wort «Jude» war mit gelber Farbe quer über die Fotografie geschmiert, die Kurt Berger mit dem Kaiser zeigte. Im Salon hatte man die Bilder von den Wänden gerissen; die Palme lag entwurzelt auf dem Teppich. Im Eßzimmer waren die Türen der Vitrine gesprengt, das Meißner Porzellan war verschwunden.

Ruths Wiege auf der Veranda war in Stücke geschlagen.

Er hatte vergessen, was für eine heftige körperliche Wirkung der Zorn hatte. Er mußte mehrmals tief Atem holen, ehe das Schwindelgefühl sich legte und er die Treppe hinuntersteigen konnte.

Diesmal war die Hausmeisterin in ihrer Loge.

«Was ist in Professor Bergers Wohnung passiert?»

Sie warf einen nervösen Blick zur offenen Tür, hinter der er einen alten Mann sehen konnte, der mit ausgestreckten Beinen in einem Sessel saß und Zeitung las.

«Sie sind plötzlich hier erschienen – so ein paar Braune – eine richtige Schlägerbande, anders kann man's nicht nennen. Das tun sie immer, wenn Wohnungen leerstehen. Offiziell ist es nicht erlaubt, aber keiner unternimmt was gegen sie.» Sie zog die Nase hoch. «Ich weiß nicht, was ich tun soll. Der Professor hat mich gebeten, mich um die Wohnung zu kümmern, aber wie soll ich das machen? Nächste Woche zieht da ein deutscher Diplomat ein.»

«Und Fräulein Berger? Was ist mit ihr?»

«Keine Ahnung.» Wieder ein ängstlicher Blick zur offenen Tür. «Ich kann Ihnen nichts sagen.»

Er war schon auf der Straße, als er ihre heisere alte Stimme hörte. Sie rief ihn, und als er sich umdrehte, rannte sie ihm nach, immer noch in ihrer Kittelschürze.

«Ich soll Ihnen das von ihr geben. Von Fräulein Berger. Aber Sie sagen bittschön nichts, Herr Doktor? Mein Mann ist schon seit Jahren bei den Nazis, er würde es mir nie verzeihen. Ich könnte die größten Scherereien kriegen.»

Sie reichte ihm einen weißen Umschlag, aus dem, als er ihn öffnete, zwei Schlüssel herausfielen.

2

Ruth hatte das Standbild der Kaiserin Maria Theresia auf ihrem Marmorsockel immer besonders gern gehabt. Von ihren Feldherren, mehreren Pferden und Buchsbaumhecken umgeben, sah sie mit dem selbstzufriedenen Blick der guten Hausfrau, die eine volle Speisekammer und ordentliche Schränke hinterlassen hat, auf die flanierenden Wiener hinunter. Jedes Schulkind wußte, daß sie Österreich groß gemacht hatte, daß der sechsjährige Mozart auf ihrem Schoß gesessen, daß ihre Tochter Marie-Antoinette den König von Frankreich geheiratet und unter der Guillotine geendet hatte.

Für Ruth besaß die rundliche, hausbackene Kaiserin noch eine zusätzliche Bedeutung: Sie war die Hüterin der beiden großen Museen zu beiden Seiten des Platzes, der ihren Namen trug. Auf der Südseite stand das Kunsthistorische Museum, ein majestätischer Pseudo-Renaissancepalast, in dem die berühmten Gemälde Tizians und Holbeins hingen und die schönsten Brueghels der Welt. Und im Norden – sein Pendant bis auf die letzte kannelierte Säule und gezierte Kuppel – war das Naturhistorische Museum. Als Kind hatte sie beide Museen geliebt. Das Kunsthistorische Museum gehörte zu ihrer Mutter, angefüllt mit Erbauung, Leiden und Liebe – etwas sehr viel Liebe. Die Madonnen liebten ihre Kindlein, Jesus liebte die armen Sünder, und der heilige Franz liebte die Vögel.

Im Naturhistorischen Museum gab es keine Liebe, sondern nur Fortpflanzung. Dafür aber gab es dort Geschichten und Phantasiereisen und viel Arbeit. Dies war die Welt ihres Vaters, und wenn Ruth ihn dort besuchte, dann war sie nicht ein Kind wie alle anderen. Wenn sie sich nämlich an dem Helmkasuar in seinem Nest, dem See-Elefanten mit seinem gewaltigen Brustkasten und an den schimmernden Bändern der Schlangen in ihren mit farbiger Flüssigkeit gefüllten Behältern sattgesehen hatte, konnte sie durch eine Zaubertür gehen und wie Alice im Wunderland in eine geheime Welt eintreten.

Hier, hinter den vergoldeten, stillen Galerien mit ihren grauuniformierten Wächtern, befand sich ein Labyrinth von Präparierräumen und Labors, von Werkstätten und Büros. Hier wurde die wahre Arbeit des Museums geleistet. Hier war das Zentrum wissenschaftlicher Arbeit und fachlichen Wissens, dessen Wirken bis in die fernsten Länder reichte. Seit ihrer frühen Kindheit hatte Ruth bei dieser Arbeit zusehen und helfen dürfen. Manchmal galt es das Skelett eines Dinosauriers zusammenzusetzen; manchmal durfte sie Konservierungsmittel auf eine ausgespannte Tierhaut sprühen. Das Zimmer ihres Vaters war ihr so vertraut wie sein Arbeitszimmer in der Rauhensteingasse. Jetzt flüchtete sie sich, der Heimat und der Hoffnung beraubt, an diesen Ort.

Es war Dienstag, der Tag, an dem das Museum für die Öffentlichkeit geschlossen war. Leise öffnete Ruth die Seitentür und huschte die Treppe hinauf.

Im Zimmer ihres Vaters war alles so wie immer. Sein Labormantel hing hinter der Tür; seine Aufzeichnungen lagen neben einem Stapel Zeitschriften auf dem Schreibtisch. Auf dem Arbeitstisch am Fenster stand das Brett mit den fossilen Skeletteilen, die er zu sortieren begonnen hatte, als er das letzte Mal hiergewesen war. Noch hatte man das Schild mit seinem Namen nicht von der Tür genommen; noch hatte man die beiden Schlüsselringe, von denen sie einen bei der Hausmeisterin zurückgelassen hatte, nicht beschlagnahmt.

Sie stellte ihren Koffer neben den Aktenschrank und ging hinüber in den kleinen Garderobenraum, in dem es auch einen Gasring und einen Wasserkessel gab. Nebenan war ein Präparierzimmer mit Borden voller Flaschen und einem Feldbett, auf dem manchmal Wissenschaftler oder Laboranten ein Nickerchen machten, wenn sie sehr lange arbeiten mußten.

«Lieber Gott, mach, daß er kommt», betete Ruth laut.

Aber weshalb sollte er kommen, dieser Engländer, der ihr nichts schuldete? Wer wußte, ob er überhaupt die Schlüssel bekommen hatte, die sie bei der Hausmeisterin für ihn hinterlassen hatte. Ohne zu überlegen, was sie tat, zog sie einen Hocker an den Arbeitstisch, auf dem das Brett mit den Skeletteilen stand, und begann mit geübten Händen, die Wirbelknochen herauszusuchen und sie von Erde und kleinen Steinchen zu reinigen. Das Haar fiel ihr ins Gesicht, als sie sich vorbeugte; sie faßte es, drehte es im Nacken zusammen und stieß den Stiel eines Pinsels durch die Nackenrolle. Das hatte sie von einer japanischen Kommilitonin gelernt.

Die Stille war greifbar. Es war früher Abend geworden; die Museumsangestellten waren alle nach Hause gegangen. Nicht einmal die Wasserleitungen und der Aufzug machten die üblichen Geräusche. Gewissenhaft und völlig sinnlos fuhr Ruth fort, die Knochen des urzeitlichen Höhlenbären zu ordnen, und wartete ohne Hoffnung auf den Engländer.

Als sie das Knirschen des Schlüssels im Türschloß hörte, wagte sie nicht, den Kopf zu drehen. Sie hörte die Schritte, deren Klang erstaunlicherweise schon vertraut war, dann schob sich ein Arm über ihre Schulter, und flüchtig fühlte sie den Stoff seines Jacketts an ihrer Wange.

«Nein, der ist es nicht», sagte er ruhig. «Der paßt nicht, das werden Sie gleich sehen. Sie brauchen sich nur die Größe des Wirbellochs anzuschauen.»

Sie lehnte sich auf ihrem Hocker zurück und fühlte sich mit

einemmal so sicher wie früher, wenn ihr Klavierlehrer seine Hand auf die ihre gelegt und ihr bei einer schwierigen Passage die Finger geführt hatte.

«Wie schnell das bei Ihnen geht», sagte sie, während sie zusah, wie seine Finger in den Knochenfragmenten umhersprangen. Dann fragte sie: «Und beim Konsulat haben Sie wohl kein Glück gehabt?»

«Nein. Aber wir bringen Sie schon weg hier. Was ist eigentlich in der Wohnung Ihrer Eltern passiert? Konnten Sie noch etwas retten?»

Sie wies auf ihren Koffer. «Ja, Frau Hautermann hat mich vorgewarnt.»

«Die Hausmeisterin?»

«Ja. Ich habe schnell ein paar Sachen gepackt und bin verschwunden. Sie hatten es nicht auf mich abgesehen. Diesmal noch nicht.»

Er schwieg, sortierte immer noch automatisch die Skeletteile. Dann schob er das Arbeitsbrett weg.

«Haben Sie heute schon etwas gegessen?»

Sie schüttelte den Kopf.

«Gut. Ich habe ein Picknick mitgebracht. Etwas ganz Besonderes. Wo wollen wir essen?»

«Wohl am besten hier. Ich kann den Tisch abräumen und von nebenan einen zweiten Stuhl holen.»

«Ich habe *Picknick* gesagt», erklärte Quin streng. «In England heißt das, daß man sich irgendwo auf die Erde setzt, vorzugsweise möglichst unbequem und im Regen. Also, wo halten wir unser Picknick ab? In Afrika? Es gibt hier, wie ich gesehen habe, eine prachtvolle Löwenkollektion; sie sind vielleicht ein wenig von den Motten angenagt, aber sehr gut präpariert. Es käme auch das Amazonasgebiet in Frage. Für Anacondas habe ich immer schon eine Schwäche gehabt, Sie nicht? Nein, Moment mal, wie wär's mit der Arktis? Ich habe einen vorzüglichen Chablis mitgebracht, und den trinkt man am besten gut gekühlt.»

Ruth schüttelte den Kopf. «Der Eisbär gehörte zu meinen Lieblingstieren, als ich noch klein war, aber ich möchte mir keine Frostbeulen holen – sonst fallen mir womöglich noch die Brote aus der Hand. Hätten Sie nicht Lust, ein Stück rückwärts in der Zeit zu reisen? Zu den Dinosauriern vielleicht?»

«Nein. Das riecht mir zu sehr nach Arbeit. Und ich bin mit diesem Ichthyosaurus hier, ehrlich gesagt, nicht allzu glücklich. Wer immer dieses Skelett zusammengesetzt hat, hatte eine Menge Phantasie.»

Ruth errötete. «Das war der alte Schumacher. Er war schwerkrank und wollte es vor seinem Tod unbedingt noch fertig kriegen.» Sie schwieg einen Moment. «Ich hab's!» rief sie dann. «Gehen wir nach Madagaskar. Zum Urkontinent Lemuria. Da gibt es ein Fingertier, ein Junges – das sieht so schön traurig aus. Es wird Ihnen bestimmt gefallen.»

Quin nickte. «Also gut, wir begeben uns nach Madagaskar. Vielleicht können Sie uns ein Handtuch oder eine Zeitung besorgen; mehr brauchen wir nicht. Es verstößt bestimmt gegen die Vorschriften, hier ein Picknick abzuhalten, aber von solchen Kleinigkeiten lassen wir uns nicht stören, hm?»

Sie ging nach nebenan in die kleine Garderobe und kam mit einem gefalteten Handtuch und offenem Haar zurück. Über ihr Gesicht mit seinen kontrastierenden Zügen konnte man geteilter Meinung sein, dachte Quin, nicht aber über dieses herrlich ungebändigte und völlig unmodische Haar. Im Licht der letzten Strahlen der sinkenden Sonne leuchtete es in einem warmen, sanft goldenen Schein, der einem ans Herz griff.

Seltsam war diese Wanderung durch die hohen dämmrigen Räume, in denen Geschöpfe sie beobachteten, die für immer in ihrem kleinen Moment der unendlichen Zeit eingefroren waren. Antilopen nicht größer als Katzen standen auf dem Sprung, bereit, über das sandige Feld zu fliehen. Die Affen der Neuen Welt hingen mit melancholischen kleinen Gesichtern von Baumästen herab – und an einem Fenster saß eine Dronte, die ausgestorbene plumpe Riesentaube, auf einem Nest mit falschen Eiern.

Madagaskar hielt alles, was Ruth versprochen hatte. Halbaffen mit gestreiften Schwänzen und gescheckten Gesichtern hielten Nüsse in ihren verblüffend menschlich aussehenden Händen. Zwei Indris, wuschelig wie Kinderspieltiere, lausten einander.

Und allein, dicht hinter dem Glas, das Fingertier – ein Jungtier, häßlich und schwermütig, mit großen traurigen Augen, nackten Ohren und einem ausgestreckten Finger, drohend wie der einer Hexe.

«Ich weiß selbst nicht, warum ich den kleinen Kerl so gern habe», sagte Ruth. «Vielleicht weil er irgendwie ein Ausgestoßener ist – so häßlich und einsam und traurig.»

«Er hat allen Grund, traurig zu sein», meinte Quin. «Die Eingeborenen haben Todesangst vor ihm – sie laufen mit Zeter und Mordio davon, wenn sie einen zu Gesicht bekommen. Einen Stamm habe ich allerdings gefunden, da glaubt man, daß sie die Macht besitzen, die Seelen der Toten in den Himmel zu tragen.»

Sie wandte sich ihm gespannt zu. «Natürlich, Sie waren ja dort. Mit der französischen Expedition? Es muß ein wunderbares Land sein. Wie ich Sie beneide! Ich wollte mit meinem Vater reisen, sobald ich mein Studium beendet habe, aber jetzt...» Sie zog ihr Taschentuch heraus und setzte von neuem an. «Ich bin sicher, dieser Stamm hat recht», sagte sie, sich wieder dem Fingertier zuwendend. «Ich kann mir vorstellen, daß sie die Seelen der Toten in den Himmel tragen.» Einen Moment schwieg sie, den Blick auf das ausgestopfte kleine Geschöpf hinter dem Glas gerichtet. «Du kannst meine Seele haben», flüsterte sie. «Jederzeit.»

Quin warf ihr einen Blick zu, sagte aber nichts. Statt dessen nahm er das Handtuch und breitete es auf dem Parkettboden aus. Dann ging er daran, den Korb auszupacken.

Es gab eine Pastete und eine Dose Fasanenbrust. Es gab frische, in schneeweiße Servietten eingeschlagene Brötchen und Butterröllchen in einem Deckelschälchen. Er hatte die ersten Kirschen mitgebracht und zwei Töpfchen mit Schokoladencreme. Die Teller waren aus Porzellan; die langstieligen Gläser aus Kristall.

«Ich glaube, der Wein wird Ihnen schmecken», bemerkte Quin, als er die Flasche herausnahm. «Sogar an den Korkenzieher habe ich gedacht.»

«Wie haben Sie das nur fertiggebracht? Wo haben Sie das alles bekommen? Woher haben Sie die Zeit genommen?»

«Ich bin ganz einfach in einen Laden marschiert und habe gesagt, was ich will. Es hat ganze zehn Minuten gedauert. Ich brauchte nur noch zu bezahlen.»

Sie beobachtete ihn, wie er auftischte, erstaunt, daß er sie so bediente. War das englische Art oder war es ein persönlicher Vorzug von ihm? Ihr Vater – alle Männer, die sie kannte, hätten es sich bequem gemacht und sich von den Frauen bedienen lassen.

Als sie zu essen begann, merkte sie erst, daß sie völlig ausgehungert war; sie hatte Mühe, sich ihrer Tischmanieren zu erinnern.

«Das schmeckt wunderbar. Und der Wein ist köstlich. Er ist doch nicht zu schwer, oder?»

«Na ja...» Er wollte zur Vorsicht mahnen, entschied sich aber dagegen. Sie hatte ein Recht auf ruhigen Schlaf in dieser Nacht, und wie man ihr den verschaffte, war gleichgültig.

«Wo leben Ihre Eltern jetzt?» fragte er etwas später, als sie Seite an Seite an den Heizkörper gelehnt saßen. «Ich meine, in welchem Teil Londons?»

«In Belsize Park. Kennen Sie die Gegend?»

«Ja.» Bilder der tristen Straßen mit ihren heruntergekommenen viktorianischen Reihenhäusern, der von Katzen übervölkerten Gärten eines einst wohlhabenden Vororts zogen an seinem inneren Auge vorbei. «Viele Flüchtlinge leben dort», sagte er aufmunternd. «Und es ist ganz in der Nähe von Hampstead Heath, einer wunderschönen Gegend.» (In der Nähe, aber nicht ganz in der Nähe... Hampstead auf der Anhöhe war eine andere Welt mit hübschen kleinen Häusern, Magnolien und blauen Schildern an den Häusern, die mitteilten, daß hier eine Menge berühmter Leute gelebt hatten.) «Wird Ihr Vetter Heini auch dorthin kommen?»

«Ja. Sobald er in Budapest sein Visum erhalten hat. Er ist ja Ungar, und dort haben die Nazis nichts zu sagen. Er mußte schnell von hier weg, weil er Volljude ist. Nach dem Tod der Ziegenhirtin hat mein Großvater nämlich noch einmal geheiratet, die Tochter eines Rabbiners, die schon eine kleine Tochter hatte – sie war Witwe –, und das war Heinis Mutter. Wir sind also nicht blutsverwandt.» Ihr Glas mit beiden Händen umschlossen haltend, wandte sie sich ihm zu. «Er ist ein großartiger Pianist. Ein wahrer Künstler. Er sollte mit den Philharmonikern sein Debüt geben – drei Tage nach Hitlers Einmarsch...» Sie zog sich einen Moment hinter ihr Haar zurück.

«Und Sie beide wollen heiraten?»

«Ja... Das heißt, Heini spricht kaum vom Heiraten. Er ist ja Musiker – Künstler... Solche Menschen halten nicht viel von bürgerlichen Dingen wie Heirat und so. Aber wir wollen zusammenleben. Ganz ordnungsgemäß, meine ich. Nach dem Konzert wollten wir eigentlich zusammen weggehen, nach Italien. Ich wäre schon früher gegangen, aber meine Eltern sind sehr altmodisch... außerdem hat mich die Geschichte von Chopin und seinen Etüden davon abgehalten.»

Quins Hand, die eben die Gabel zum Mund führen wollte, blieb in der Luft hängen. «Nehmen Sie es mir nicht übel, aber da komme ich leider nicht mehr mit. Was spielen denn Chopins Etüden hier für eine Rolle?»

Zu spät wurde sich Ruth bewußt, auf welchen Weg sie sich da begeben hatte. Entsetzt und mit der peinlichen Erkenntnis, daß das, was man getrunken hat, nicht ungetrunken gemacht werden kann, starrte sie in ihr leeres Glas. Der Wein hatte so köstlich geschmeckt, hatte so gutgetan; es war ein Gefühl gewesen, als tränke man Hoffnung oder Glück, und jetzt hatte sie einen Schwips und redete dummes Zeug.

Doch Quin wartete auf ihre Antwort, und sie stürzte sich in das Unausweichliche.

«Heini hatte einen Lehrer, der hat ihm erzählt, daß Chopin der Meinung war, jedesmal, wenn er mit einer Frau zusammen sei, brächte er die Welt um eine Etüde. Ich meine – äh – Sie wissen schon – das Komponieren braucht die gleiche Energie wie – das andere. Eine Art Lebenskraft. Und dieser Lehrer riet Heini, noch zu warten. Aber dann kam Heini dahinter, daß der Fingersatz, den ihm der Lehrer für die Appassionata gezeigt hatte, gar nicht stimmte, und da sagte er sich, er könnte sich ja auch in bezug auf Chopin und seine Etüden geirrt haben. Ich meine, Chopin war doch immerhin mit George Sand zusammen, nicht wahr?»

«Das ist richtig», bestätigte Quin, höchst amüsiert über diese Enthüllungen.

Erst als sie ihr Picknick beendet hatten und Ruth, die sich in der dichter werdenden Dunkelheit flink und geschmeidig bewegte, zusammengeräumt hatte, sagte er: «Ich habe darüber nachgedacht, was wir tun können. Ich finde, wir müssen Sie aus Wien hinausbringen, an irgendeinen ruhigen, sicheren Ort auf dem Land. Dann können wir von England aus noch einmal einen Anlauf nehmen. Ich habe ein paar Bekannte beim Außenministerium; da läßt sich sicher etwas machen. Und ich glaube nicht, daß man Sie außerhalb der Stadt belästigen wird. Ich werde dafür sorgen, daß Sie genug Geld haben, um sich in der Zwischenzeit über Wasser zu halten, und wenn Ihr Vater und wir alle von England aus Dampf machen, werden wir Sie bestimmt bald bei uns drüben haben. Aber fürs erste müssen Sie von hier weg. Kennen Sie jemanden, bei dem Sie unterkommen könnten?»

«Meine alte Kinderfrau. Sie lebt an der Schweizer Grenze, in Vorarlberg. Sie würde mich sofort aufnehmen, aber ich weiß nicht, ob ich mich anderen überhaupt zumuten kann. Wenn ich unrein bin –»

«Reden Sie nicht so!» unterbrach er sie heftig. «Und beleidigen Sie nicht Menschen, die Sie gern haben und Ihnen helfen möchten. Sagen Sie mir jetzt lieber die genaue Adresse Ihrer Kinderfrau, dann kümmere ich mich um alles. Wo bleiben Sie heute nacht?»

«Hier.»

Er wollte schon protestieren, ihr vorschlagen, mit ihm ins Hotel Sacher zu kommen, aber dann fielen ihm die deutschen Offiziere an der Bar ein, und er hielt es für besser, nichts zu sagen.

«Gut, aber seien Sie vorsichtig. Was ist mit dem Nachtwächter?»

«Der kommt nicht ins Zimmer meines Vaters. Und selbst wenn er kommen sollte – er kennt mich seit meiner Kindheit.»

«Sie können keinem Menschen trauen», sagte Quin.

«Wenn ich Essler nicht mehr trauen kann, kann ich mich gleich umbringen», sagte Ruth.

Um zwei Uhr morgens trieb Quin die Unruhe aus dem Bett. Wie

hatte er bloß ein junges Ding, das kaum der Schulbank entwachsen war, mutterseelenallein in einem verlassenen alten Museum voller Schatten und Gespenster zurücklassen können? In aller Eile kleidete er sich an, lief die Ringstraße hinunter, überquerte den Maria-Theresienplatz und trat durch die Seitentür ins Museum.

Ruth schlief auf dem Feldbett im Präparierraum. Ihr Haar fiel dicht und wirr zum Boden herab, und sie hielt etwas in den Armen, so wie ein Kind ein geliebtes Spielzeug an sich zu drücken pflegt. Mit dem Hauptschlüssel ihres Vaters konnte man auch die Vitrinen aufschließen. Es war das großäugige Fingertier, das Ruth an die Brust gedrückt hielt. Sein langer Schwanz bog sich steif über ihre Hand, und das Schnäuzchen lag an ihrer Schulter.

Quin stand da und sah auf sie hinunter und konnte nur hoffen, daß das kleine Fingertier in ihren Armen ihre Seele in die Straßen von Belsize Park trug, in das Land, in dem nun alle Zuflucht gefunden hatten, die sie liebte.

3

Leonie Berger glitt vorsichtig aus dem Bett und drehte das Kopfkissen um, damit ihr Mann, der auf der anderen Seite der schmalen, durchgelegenen Matratze zu schlafen vorgab, den nassen Fleck, den ihre Tränen hinterlassen hatten, nicht bemerkte. Dann machte sie Morgentoilette und kleidete sich mit großer Sorgfalt an – Seidenstrümpfe, schwarzer Rock, weiße Bluse, hochhackige Schuhe –, weil sie Wienerin war und man auch dann noch auf sein Äußeres achtete, wenn die eigene Welt zusammengebrochen war.

Und dann begann sie, ein guter Mensch zu sein.

Leonie war sehr mutig gewesen, als sie Wien verlassen hatten. Sie hatte in ihrem Korsett versteckt eine Brillantbrosche mitgenommen, ein äußerst leichtsinniges Unterfangen. Sie war vernünftig und fürsorglich gewesen, denn das entsprach ihrer Natur, hatte dafür gesorgt, daß der eine Koffer, den ihr Mann mitnehmen durfte, alle Aufzeichnungen für sein Buch *Die Säugetiere des*

Pleistozän enthielt, außerdem seine Magentabletten und die Nagelschere, mit der er auch seine Zehennägel schneiden konnte. Sie war ihrer Schwägerin Hilda gegenüber, die mit einer Arbeitserlaubnis emigrierte und auf dem Weg zur Kanalfähre dauernd über ihre aufgegangenen Schnürsenkel stolperte, von einer Engelsgeduld gewesen, und sie hatte das Kind einer jungen Mutter, die auf der Flucht war wie sie, gehalten, während diese sich an der Reling übergeben mußte. Selbst angesichts der Unterkunft, die ihnen von ihrem Bürgen, einem entfernten Verwandten besorgt worden war, hatte Leonie nur ein wenig gemurrt. Die Räume in der obersten Etage eines schäbigen Mietshauses in Belsize Close waren kalt und düster, die Möbel waren abscheulich, die Gemeinschaftsküche ein Graus, aber sie waren billig.

Doch damals hatte sie eben noch geglaubt, Ruth warte in dem Studentenlager an der Südküste auf sie. Seit der Brief von der Hilfsorganisation der Quäker eingetroffen war, in dem man ihnen mitgeteilt hatte, daß Ruth nicht mitgekommen war, hatte Leonie begonnen, *gut* zu sein.

Das hieß, niemals auch nur ein einziges Wort der Kritik oder Beschwerde verlieren. Das hieß, mit Vergnügen den Geruch langsam verrottenden Blumenkohls aus der Gemeinschaftsküche einatmen, die eine Psychoanalytikerin aus Breslau mit ihnen teilte. Das hieß, die räudigen Straßenkater bewundern, die in dem sogenannten Garten, der in Wirklichkeit nur ein Schutthaufen war, heulten und jaulten. Das hieß, glücklich und zufrieden sein mit der zischenden Gasheizung, die die Münzen nur so schluckte, dafür aber nur Abgase und blaue Flammen von sich gab. Das hieß, kein Lebewesen verärgern, die Hausfliegen dulden, mit Dankbarkeit die braune Soße schlürfen, die in Flaschen abgefüllt war und sich Kaffee nannte. Das hieß, Gott und allen guten und bösen Geistern zu jeder Tages- und Nachtzeit versichern, daß sie niemals klagen würde, ganz gleich, was geschah, wenn nur Ruth gesund und unversehrt war und bald zu ihnen kommen würde.

Um halb acht hatte Leonie das Frühstück für ihre Familie fertig – Brote, die mit Margarine bestrichen waren, eine Substanz, die keiner von ihnen je zuvor gekostet hatte –, und danach machte sich

Hilda mit rotgeränderten Augen auf den Weg zu ihrer Arbeit als Hausgehilfin bei einer Mrs. Manfred in Golders Green. Wäre Leonie nicht von ihrer Angst um Ruth besessen gewesen, so hätte sie tiefes Mitleid mit ihrer Schwägerin empfunden, die dauernd von Mrs. Manfreds Mops gebissen wurde und einfach nicht glauben konnte, daß eine Badewanne, wenn sie saubergemacht war, auch noch getrocknet werden mußte; so aber war sie heilfroh, daß Hilda nicht zu Hause bleiben konnte, um ihr im Haushalt zu «helfen».

Um acht Uhr marschierte Onkel Mishak mit dem englischen Lexikon in der Manteltasche den Hügel hinauf, um sich in die lange Schlange der Ausländer vor dem Rathaus in Hampstead einzureihen, die täglich auf Nachricht von Verwandten warteten und auf alle Arten von Genehmigungen – und überall auf seinem Weg wurde der untersetzte kleine Mann, der hin und wieder stehenblieb, um in einem Garten einen Rosenstrauch zu bewundern oder einem streunenden Hund ein Wort zu gönnen, von Bekannten gegrüßt, die er dank seiner freundlichen Art schon in den zehn Tagen des Exils gefunden hatte.

«Schon was gehört?» fragte der Mann im Tabakskiosk. Und als Mishak den Kopf schüttelte, meinte er: «Vielleicht hören Sie heute was. Es kommen ja jeden Tag welche an. Sie wird schon kommen, warten Sie nur.»

Die Blumenverkäuferin mit der Feder im verbeulten Hut, der Mishak noch nie etwas abgekauft hatte, riet ihm, nur den Kopf nicht hängen zu lassen; ein Wermutbruder, mit dem er sich eines Nachmittags eine Parkbank geteilt hatte, blieb stehen, um sich nach Ruth zu erkundigen.

Während Onkel Mishak so den Hügel hinauftrabte, ging ihn Kurt Berger in gerader Haltung hinunter, wobei er sich zwang, seinen Spazierstock zu schwingen. Er war auf seinem täglichen Gang zum Bloomsbury House, wo eine Gruppe Quäker, Sozialarbeiter und Beamte sich bemühten, den Enteigneten und Vertriebenen neue Orientierung zu geben – und auf seinem Weg durch die grauen Straßen, deren Steine selbst von Heimweh durchtränkt schienen, lüftete er immer wieder den Hut, um andere Flüchtlinge zu grüßen, die ihren täglichen Erledigungen nachgingen.

«Haben Sie Nachricht von Ihrer Tochter?» erkundigte sich Dr. Levy, der bekannte Herzspezialist, der seine Tage in der öffentlichen Bibliothek zubrachte, um sich auf ein zweites medizinisches Examen vorzubereiten, in Englisch diesmal.

«Und – haben Sie etwas gehört?» fragte Paul Ziller, der Leiter des Ziller-Quartetts. Er hatte keine Arbeitserlaubnis, sein Quartett hatte sich aufgelöst, aber jeden Tag ging er ins *Jewish Day Centre*, um in einem freien Garderobenraum zu üben, und jeden Abend warf er sich in seinen Smoking, um in einem ungarischen Restaurant für sein Abendessen Zigeunermusik zu machen.

In der düsteren Wohnung allein zurückgeblieben, hielt Leonie weiterhin an ihrem Vorsatz fest, nur gut zu sein. Und Güte zu zeigen, gab es reichlich Gelegenheit, während sie ihrer Hausarbeit nachging. Angesichts der dicken Fettschicht, den der übergekochte Eintopf der Psychoanalytikerin auf dem Herd hinterlassen hatte, wäre sie normalerweise wutschnaubend zu dieser in den zweiten Stock hinuntergestürmt. Statt dessen jedoch wischte sie die Bescherung ohne ein Wort auf. Das Badezimmer, das von allen Hausbewohnern benutzt wurde, bot nahezu unbegrenzte Möglichkeiten zur Tugendhaftigkeit. Die Badewanne hatte einen schwarzen Rand, die triefnasse Badematte lag zusammengeknüllt in einer Ecke... und Miss Bates, eine Kindergärtnerin, die einzige überlebende Engländerin in Nummer 27, hatte ein ganzes Sortiment tropfender Hemdhosen an einem durchsackenden Stück Schnur aufgehängt.

Das alles war unwichtig. Voll der Liebe zu Miss Bates, voll der Hoffnung, daß die Gute bald einen Ehemann finden würde, wrang Leonie die Hemdhosen aus, machte die Badewanne sauber. Sie hatte ihr Leben lang Personal gehabt, aber sie scheute die Arbeit nicht. Alles, was sie jetzt tat, war Opfergabe an Gott: an den katholischen Gott ihrer Kindheit, an den jüdischen Gott, dessentwegen all diese verwirrten Menschen durch die Straßen Nord-West-Londons irrten – an jeden beliebigen Gott, völlig egal, Hauptsache, er brachte ihr ihr Kind zurück.

Um zwölf Uhr dann schminkte sie sich frisch und machte sich auf den Weg zum Tea-Room *Willow*.

«Schlechte Nachricht, wie mir scheint», sagte Miss Maud, die gerade die Zuckerdosen füllte und durch das Fenster Leonie Berger beobachtete, die langsam über den Platz kam. Selbst aus der Ferne war leicht zu sehen, wie behutsam sie einen Fuß vor den anderen setzte, wie höflich sie mit den Tauben sprach, die ihren Weg kreuzten.

«Schlechte Nachrichten», sagte auch ihre Schwester, Miss Violet, und trug ein Tablett mit leeren Tassen in die Küche, wo Mrs. Burtt ihre Arme aus dem warmen Spülwasser zog und sagte, Hitler könnte was erleben, wenn sie ihn je erwischen sollte.

Miss Maud und Miss Violet Harper hatten das *Willow* vor fünf Jahren eröffnet, als sich herausstellte, daß ihr Vater, der General, nicht so gut für sie vorgesorgt hatte, wie sie gehofft hatten. Es war ein hübsches Lokal an der Ecke eines kleinen Platzes hinter der Belsize Lane, und sie hatten es mit einem gefälligen blau-weißen Porzellan mit Weidenmuster, mit blau-weiß karierten Vorhängen und einer Keramikkatze auf dem Fensterbrett gemütlich eingerichtet. Dazu erzogen, Ausländer bestenfalls als Pechvögel zu betrachten, hatten sich die Damen den Ansprüchen der Flüchtlinge, deren Zahl im Viertel ständig wuchs, standhaft widersetzt. Mochten andere Betriebe Torten mit fremdartigen Namen servieren und über alles und jedes Schlagsahne kippen, Zeitungen an Haltern zur Verfügung stellen und Gespräche quer durch das Lokal gestatten – in ihrem Tea-Room kam so etwas nicht in Frage. Da servierte man den Gästen *scones* und Sandkuchen und zum Mittagessen Rührei auf Toast, aber niemals etwas, das *roch* – und jeder, der länger als eine halbe Stunde bei einer Tasse Kaffee saß, wurde zuerst von Violet angehüstelt und, wenn das nichts half, lauter und deutlicher von der couragierteren Maud.

Und dennoch hatte sich bis zum Sommer 1938, als sich zu den Flüchtlingen aus Nazi-Deutschland entwurzelte Österreicher gesellten, die Einstellung der beiden Damen fast unmerklich geändert. Konnte man denn Dr. Levy mit seinem Walroßschnauzbart und den klugen braunen Augen wirklich anhüsteln, nachdem er Violets Schleimbeutelentzündung diagnostiziert hatte? Konnte man es Mr. Ziller übelnehmen, wenn er sich selbst auf den Arm nahm und vorführte, wie er einer Amerikanerin mit defektem Hörgerät auf seiner Geige *Schwarze Augen* vorspielte?

Konnte man Mrs. Berger gegenüber kühl bleiben, die gleich an ihrem ersten Tag in England mit ihrem distinguiert aussehenden Mann und ihrem reizenden alten Onkel ins Café gekommen war und den Sandkuchen gelobt und ihnen Fotografien von ihrer hübschen, stupsnasigen Tochter gezeigt hatte? Ruth würde kommen und hier studieren, hatte sie erzählt; und bald würde auch ihr Freund, ein genialer Konzertpianist, ihr folgen. Die Veränderung, die seit jenem Tag mit Leonie Berger vorgegangen war, hatte selbst die beiden Generalstöchter erschüttert, obwohl sie wahrhaftig an Geschichten von Schmerz und Verlust gewöhnt waren.

Leonie betrat das Café, nahm ihren Weg zu dem Stuhl, den Paul Ziller ihr herauszog, nickte dem Schauspieler von der Wiener Burg zu, der alten Mrs. Weiss mit ihrer Federtoque, der Engländerin mit dem Pudel...

Dr. Levy legte sein Buch über *Die Erkrankungen des Knies* aus der Hand, das er vor zwanzig Jahren mühelos verstanden hätte, das jedoch einem Herzspezialisten, der kein Jüngling mehr war und nicht gefrühstückt hatte, in Englisch etwas Mühe machte.

«Ich habe gehört, daß jetzt viele Studententransporte in Schottland ankommen», sagte er.

«Ja, ich danke Ihnen», antwortete Leonie. «Mein Mann erkundigt sich bereits.»

Maud stellte Leonie unaufgefordert ihre gewohnte Tasse Kaffee hin. Der Schauspieler vom Burgtheater – ein blonder, aufregend gutaussehender Mann, der wegen seiner politischen Ansichten, nicht wegen seiner Rasse das Land hatte verlassen müssen – bemerkte, viele Leute flüchteten jetzt über Portugal, was von dem Ehepaar aus Hamburg, das an einem Ecktisch saß, bestätigt wurde.

Paul Ziller, unsagbar einsam und allein ohne die drei Männer, mit denen er über ein Jahrzehnt lang Musik gemacht hatte, sagte nichts, tätschelte nur Leonies Hand. Er erinnerte sich des komischen kleinen Mädchens, das eines Abends, als das Quartett Kurt Berger zum Geburtstag ein Ständchen gebracht hatte, wie der Wind aus seinem Kinderbett geklettert war und im Nachthemd in den Salon gelaufen kam.

Mrs. Weiss, deren kastanienbraune Perücke unter ihrem Hut etwas schief saß, begann eine langatmige und verwirrende Geschichte von einem verschwundenen Mädchen, das gänzlich unerwartet in einem Güterzug nach Dieppe wiederaufgetaucht war. Die Zweiundsiebzigjährige, von den Stammgästen des Tea-Rooms als eine wahre Geißel Gottes betrachtet, war von ihrem Sohn, einem wohlhabenden Rechtsanwalt, aus dem Dorf in Ostpreußen geholt worden, in dem sie ihr Leben lang gelebt hatte. Der Anwalt wohnte jetzt in einem eleganten Herrenhaus mit Garten und Seerosenteich in Hampstead und hatte eine Engländerin zur Frau, die ihre schreckliche Schwiegermutter jeden Morgen mit einem Taschengeld versehen, mit dem sie ihr Gewissen beruhigen wollte, ins *Willow* abschob. Wenn Mrs. Weiss die Worte sprach: «Darf ich Sie zu einem Stück Kuchen einladen?», packte die anderen Stammgäste das Grausen. Sie wußten, wenn sie annahmen, würden sie sich Mrs. Weiss' endloses Lamento über ihre böse Schwiegertochter anhören müssen, die ihr nicht erlaubte, Zwiebeln zu braten, mit den Dienstmädchen zu plaudern oder im Haushalt zu helfen.

Als sie mit ihrer Geschichte fertig war, sagte die Engländerin, die sich ein Jahr lang standhaft geweigert hatte, Gespräche von Tisch zu Tisch zu führen, falls Leonie ein Wassermann sei, so stünden dem *Daily Telegraph* zufolge ihre Sterne gut. «Es hieß ganz eindeutig, Sie könnten eine erfreuliche Überraschung erwarten.»

Aber als Kurt Berger müde vom langen Marsch hereinkam und wenig später Onkel Mishak erschien, war klar, daß die Prognose des Astrologen vom *Daily Telegraph* nicht auf Leonie zutraf.

«Nun, vielleicht morgen», meinte Maud, als sie den Teller mit den Butterbroten auf den Tisch stellte, der das Mittagessen der Bergers war.

«Ja, morgen vielleicht», echote Violet.

Und Leonie nickte und bedankte sich und erkundigte sich dann nach der Katze, die oben, in der Wohnung der Damen, ganz unpassenderweise in einem Wäschekorb Junge bekommen hatte.

Dann nahm Kurt Berger das Manuskript zu seinem Buch und ging mit Dr. Levy in die öffentliche Bibliothek, und Paul Ziller begab sich ins *Jewish Day Centre*, um zwischen Waschbecken und Garderobespinden Bach zu spielen, und der Schauspieler (der auf Europas größten Bühnen Schiller deklamiert hatte) machte sich auf den Weg zur Filmbörse, um zu sehen, ob irgend jemand ihn in einem Film über böse Deutsche im Weltkrieg «Schweinehund!» sagen lassen würde.

«Wollen wir mal sehen, ob wir ein Schnitzel bekommen?» Mrs. Weiss nickte Leonie mit zerzaustem Kopf auffordernd zu. Und Leonie nickte ebenfalls und begleitete die alte Dame die Straße hinunter zum nahegelegenen Laden des Metzgers, mit dem Mrs. Weiss sich täglich hitzige Wortgefechte lieferte; denn Mrs. Weiss dabei zu helfen, das zarte Kalbfleisch zu beschaffen, das man für ein Schnitzel brauchte, und auf diese Weise ihrer Schwiegertochter eins auszuwischen, war so zeitraubend und zermürbend, daß es einfach als gutes Werk eingestuft werden mußte.

Wenn dann der lange Tag endlich um war und Hilda über den Riß in ihrem Rock jammerte, der sich in Mrs. Manfreds Teppichkehrmaschine verfangen hatte, und Onkel Mishak in seinem schrankähnlichen Kämmerchen in seinen Schlafanzug stieg und «Gute Nacht, Marianne» sagte, wie er das achtzehn Jahre lang jeden Abend getan und nicht damit aufgehört hatte, als sie gestorben war, dann legten sich Leonie und ihr Mann auf ihrer durchgelegenen Matratze nieder und hielten einander in den Armen und konnten nicht schlafen.

In der Wohnung über dem Tea-Room *Willow* brannte noch ein Licht.

«Wir *könnten* natürlich diesen oder jenen ihrer Kuchen bei uns einführen», sagte Maud, als die beiden Damen in ihren Morgenrökken aus Flanell beim Kakao saßen.

«Aber Maud! Doch nicht – etwa Strudel? Damit wäre Vater niemals einverstanden gewesen.» Violet, dreiundvierzig Jahre alt, drei Jahre jünger als ihre Schwester, war nicht so skeletthaft dünn wie diese und hatte noch braune Strähnen im grauen Haar.

«Nein, keinen Strudel, das finde ich auch. Das ginge zu weit.

Aber es gibt doch da noch einen anderen Kuchen, von dem sie immer sprechen. Er fängt mit G an. Klingt wie Kugel oder so – Gugelhupf, glaube ich.»

Violet stellte ihre Tasse nieder. «Du meinst, wir sollen ihn bei der deutschen Bäckerei bestellen?»

«Aber nein, natürlich nicht. Es kommt doch nicht in Frage, daß wir hier etwas anderes als hausgemachtes Gebäck verkaufen. Ich habe mir das Rezept einmal angesehen, als ich in der Bibliothek war», bekannte Maud und errötete. «Man braucht eine besondere Form dafür, aber sonst ist es relativ einfach.»

Helfen kann man auf viele Arten. An jenem Frühsommerabend, als Ruth mutterseelenallein in Österreich festsaß und in Schloß Windsor die ersten Luftschutzsirenen ausprobiert wurden, gaben die Damen vom Tea-Room *Willow* ihre Prinzipien zugunsten von Mitgefühl auf.

«Na gut, wenn du meinst, Maud», sagte Violet – und sie ließen die Katze herein, spülten ihre Tassen und gingen zu Bett.

4

Auf dem Westbahnhof war es mittags um zwei immer relativ ruhig. Von Bahnsteig sieben fuhren nur Bummelzüge ab. Hier gab es keine herzzerreißenden Abschiedsszenen; keine weinenden Eltern, keine mit Kennmarken versehenen Kinder, die ins sichere Ausland geschickt werden sollten. In den Dritte-Klasse-Wagen mit den Holzbänken drängten sich Bauersfrauen mit kleinen Kindern, schweren Bündeln, gackernden Hühnern in Käfigen.

Ruth, die am offenen Zugfenster stand, trug Dirndl und Lodenumhang wie die andern Frauen, und ein Tuch um den Kopf. In einem Schrank im Arbeitszimmer ihres Vaters hatte sie einen alten Rucksack gefunden und ihre wenigen Habseligkeiten umgepackt. Mit den braven Zöpfen sah sie aus wie sechzehn, und sie schien bester Stimmung zu sein.

«Außerdem kann ich den dortigen Dialekt. Sie werden schon sehen, es wird alles ganz prima gehen. Sie hätten mir nur nicht soviel Geld geben sollen.»

«Ich kann es mir leisten, das habe ich Ihnen doch gesagt.»

Ungeachtet der Telegramme und telefonischen Nachrichten aus England, die sich für ihn am Empfang des Sacher sammelten, hatte Quin seine Abreise um einen weiteren Tag verschoben, um sicher zu sein, daß sie wohlbehalten an ihrem Bestimmungsort angekommen war. Zwei Nächte hatte Ruth im Museum verbracht; niemand hatte sie verraten, nicht die Putzfrau und nicht der Nachtwächter, und Quin, der froh war, daß seine Aufgabe nun fast erledigt war, lächelte mit onkelhafter Güte zu ihr hinauf.

«Ich bin bestimmt das reichste Bauernmädchen in ganz Österreich», sagte sie. «Aber ich zahle es Ihnen zurück. Ich schwöre es, bei Mozarts Kopf.»

Er machte eine wegwerfende Geste. «Lassen Sie den armen Mann in Frieden ruhen.»

Der Kontrolleur kam vorbei, die Türen wurden zugeschlagen. Die Lokomotive stieß zischende Dampfwolken aus, und im Schutz dieses Getöses beugte sich Ruth weit zu Quin hinunter und sprach direkt in sein Ohr.

«Wenn Sie in England zu meinen Eltern gehen, würden Sie ihnen dann bitte sagen, sie sollen sich keine Sorgen machen –»

«Aber natürlich.»

«Nein, ich meine, würden Sie ihnen sagen, daß ich schon sehr, sehr bald bei ihnen sein werde? In weniger als einem Monat, hoffe ich. Ich weiß schon genau, was ich tun werde.»

Beunruhigt sah er sie an. «Was soll das heißen?»

Jetzt hatte man die Postsäcke eingeladen. Eine letzte Tür flog krachend zu – und Ruths Gesicht tauchte strahlend und selbstsicher aus den Dampfwolken.

«Ich gehe über die Berge in die Schweiz», sagte sie. «Das hab ich schon mal getan, als ich in den Ferien dort war. Man geht über die Kanderspitze. Es sind nur ein paar Stunden. Ich bin mit einem von den Jungen vom Hof gegangen, und die Grenzer haben sich nicht mal umgedreht.»

«Um Himmels willen, Ruth, das war vor Hitler. Die Schweizer sind bewaffnet und im Alarmzustand. Am Ende erschießen sie Sie noch als Spionin.»

«Unsinn. Bestimmt nicht. Ich garantiere Ihnen, daß alles gutgeht. Sobald ich drüben in der Schweiz bin, fahre ich zur französischen Grenze und schwimme über die Arve, das ist ein Nebenfluß der Rhone und überhaupt nicht breit; ich habe es mir auf der Karte angesehen. Ich bin eine sehr gute Schwimmerin, wissen Sie. Und wenn ich dann in Frankreich bin, brauche ich mich nur mit dem Vetter meines Vaters in Verbindung zu setzen. Er hat ein Schiff und bringt mich bestimmt über den Kanal, da bin ich –» Sie brach ab. «Was machen Sie da? Sie tun mir weh! Lassen Sie mich los!»

Quin hatte die Tür aufgezogen; er packte ihren Arm; er zerrte sie aus dem Zug.

«Hören Sie endlich auf!» fuhr er sie zornig an. «Über die Berge steigen, einen Fluß durchschwimmen – Sie sind ja schlimmer als ein Kind! Glauben Sie denn, dies alles sei eine Abenteuergeschichte? ‹Ruth auf großer Fahrt›? Die Welt steht am Rand eines – ach, zum Teufel!»

Sie war jetzt unten auf dem Bahnsteig. Er packte sie fester, als sie sich zu wehren begann, und streckte den freien Arm nach dem Rucksack aus, den eine Bauersfrau, die den männlich harten Zugriff offensichtlich billigte, ihm aus dem Fenster reichte. Der Kontrolleur näherte sich, unwillig über die Störung, schlug die Tür zu und setzte seine Pfeife an die Lippen.

«Dazu haben Sie kein Recht!» schimpfte Ruth strampelnd, aber der Zug fuhr bereits mit einem Ruck an und stampfte aus dem Bahnhof.

«Besorgen Sie mir ein Taxi», rief Quin einem grinsenden Träger zu.

«Das verzeihe ich Ihnen nie», schäumte sie.

«Tja, damit werde ich dann wohl leben müssen», versetzte Quin und schob sie in das Taxi.

Es war ein Fehler gewesen, das Wort «morganatisch» in ein Gespräch einzuflechten, das sowieso schon schlecht lief. Quin hatte eine schlaflose Nacht hinter sich und hatte die letzten achtundvierzig Stunden nichts anderes getan, als diverse Beamte zu beschimpfen, zu beschwatzen, zu bedrohen, zu bestechen, sonst wäre er bestimmt nicht auf diese dumme Idee gekommen, zumal sie Englisch sprachen. Ruths schottischer Akzent war jetzt nur noch in einem ganz leichten Anklang vorhanden, sie beherrschte die englische Sprache fließend, aber der Begriff der morganatischen Ehe sagte ihr weder auf Deutsch noch auf Englisch etwas.

«Und wer ist dieser Morgan?» fragte sie.

«Gar niemand», antwortete Quin seufzend. Sie saßen in einem Café im Stadtpark, und er war beinahe sicher, daß jeden Moment jemand einen Straußwalzer anstimmen würde. «Das Wort morganatisch kommt aus dem Lateinischen *matrimonium ad morganaticum* – das heißt ‹Ehe auf bloße Morgengabe›. Die Morgengabe ist das Geschenk, das der Ehemann der Ehefrau am Morgen nach der Brautnacht übergibt. Er befreit sich damit von jeder Verantwortung für die Ehefrau. Wie Franz Ferdinand. Seine Ehefrau bekam keinen seiner Titel und keine seiner Pflichten.»

Wenn er gehofft hatte, das Thema damit aus dem Weg zu räumen, daß er Österreichs unpopulärsten Erzherzog erwähnte, so wurde er enttäuscht.

«Aber Sie sagen doch, daß es für uns gar keine Hochzeitsnacht gäbe, also würde Morgan sowieso keine Rolle spielen.»

Quin trank seinen Schnaps aus und stellte das Glas nieder. Er hatte Kopfschmerzen, was selten vorkam. «Ja, das ist richtig. Unsere Heirat wäre lediglich eine Formalität. Ich wollte nur sagen, daß es viele Möglichkeiten der Eheschließung neben der konventionellen gibt –» Er brach ab. Jetzt geschah nämlich genau das, was er gefürchtet hatte. Mindestens ein Dutzend Frauen in mit Gold betreßten Uniformen betraten den Musikpavillon. Nicht nur Strauß, sondern Strauß von Frauen dargeboten.

«Was ist denn?»

«Spielen die jetzt Strauß?»

«Ja», antwortete Ruth beglückt. «Das ist die Frauenkapelle vom Prater – sie sind unheimlich gut.» Sie warf ihm einen ungläubigen Blick zu. «Mögen Sie etwa keine Walzer?»

«Nicht vor dem Tee.» Er runzelte die Stirn und zügelte mühsam seine Gereiztheit. Bei Tag konnte man ihn und Ruth, da sie ausschließlich Englisch miteinander sprachen, leicht für ausländische Touristen halten; doch sie übernachtete immer noch im Museum, und es war nur eine Frage der Zeit, bis jemand sie verriet.

«Hören Sie, Ruth, wir können nicht noch mehr Zeit verschwenden. Ich muß endlich nach England zurück, und Sie wollen auch dorthin. Der Konsul hier kann uns trauen – das ist eine Sache von ein paar Minuten, eine reine Formalität. Dann werden Sie als meine Ehefrau in meinen Paß eingetragen – Sie werden *de facto* britische Staatsbürgerin. Wenn wir in London sind, geht jeder seiner Wege, und wir lösen die Ehe wegen –»

Er hielt gerade noch rechtzeitig inne. Nach der morganatischen Ehe nun von Straußwalzern begleitet auch noch den Nichtvollzug der Ehe mit dieser obstinaten kleinen Person zu diskutieren, dazu hatte er weiß Gott keine Lust.

Ruth schwenkte schweigend ihr Glas hin und her und beobachtete die Bewegungen der Limonade. «Schade eigentlich, daß es keinen Morgan gibt», meinte sie. «Er könnte einem bei der Auswahl der Morgengabe helfen. Es müßte etwas sehr Schönes sein, damit es einem nicht soviel ausmacht, daß man keine Rechte und Pflichten bekommt. Ein Bernhardiner vielleicht.»

Quin beugte sich über den Tisch und legte flüchtig seine Hand auf die ihre. «Ruth, lassen wir Morgan jetzt ruhen, ja? Das Thema ist erledigt. Ich hole Sie um elf im Museum ab; dann heiraten wir, und am Abend nehmen wir den Nachtzug.»

Er war aufgestanden, aber sie folgte ihm nicht.

«Verstehen Sie denn nicht», sagte sie leise und eindringlich. «Ich kann das nicht annehmen. Es gibt doch in England bestimmt eine Frau, die Sie heiraten wollen.»

«Nein. Und was Ihren Heini angeht, so wird er gewiß froh sein, Sie gesund und wohlbehalten wiederzusehen, auch wenn Sie dann mit der Heirat noch ein Weilchen warten müssen. Überlegen Sie doch mal, wie es Ihnen ginge, wenn es umgekehrt wäre.»

«Ja, ich würde alles tun, um mit Heini zusammensein zu können», sagte sie leise. «Aber es ist Ihnen gegenüber nicht fair. Ich kann von Ihnen nicht verlangen –»

Doch Quins Blick war auf den Musikpavillon gerichtet, wo jetzt das Schlimmste geschah. «Um Gottes willen, verschwinden wir hier», sagte er und zog sie hoch. «Diese Forelle in der Pickelhaube hebt schon den Taktstock.»

«Es ist *Wiener Blut*», sagte Ruth vorwurfsvoll, als die ersten Töne durch den Park schallten.

«Es ist mir egal, was es ist», erklärte Quin und suchte das Weite.

5

Es war eine stürmische Nacht gewesen, aber jetzt klarte der Himmel auf, und über Lindisfarne, der Heiligen Insel, zeigte sich ein schmaler silberner Lichtstreifen, wurde langsam breiter – und das Meer, das Minuten zuvor noch bedrohlich und schwarz gewesen war, leuchtete plötzlich unglaublich blau. Drei Kormorane segelten tief über das Wasser, und von den von Vögeln dicht bevölkerten Klippen war das unaufhörliche Kreischen der nistenden Dreizehenmöwen und Seeschwalben zu hören.

Aber die Frau, die in dicken Tweed gekleidet, das graue Haar unter einem Wollschal verborgen, auf der Terrasse von Bowmont stand, beachtete weder die Vögel noch die runden Köpfe der Seehunde, die vor der Landzunge auf dem Wasser schaukelten. Sie hielt ihren Feldstecher auf den langen, ockerfarbenen Strand der Bowmont-Bucht gerichtet, wo jetzt, bei Ebbe, die Felstümpel zu beiden Seiten klar zu sehen waren. Der Halbmond gelben Sands krümmte sich in einer Länge von einer halben Meile zur nächsten Landzunge, aber sein Frieden war besudelt – von Menschen. Drei waren es; nein, mehr ... eine ganze Familie, die da herumplanschte und zweifellos kreischte. Sie konnte einen Mann und eine Frau erkennen, und noch eine Frau – eine Großmutter. Und ein Kind. Das waren keine Fischer oder Einheimischen, die dort ihrer täglichen Arbeit nachgingen.

«Ausflügler!» stieß Frances Somerville hervor. Ihre Stimme war tief, ihre Empörung grenzenlos.

Diese Leute mußten sofort verschwinden. Man mußte sie wegjagen. Immer häufiger kamen sie angereist – Urlauber, Touristen, die die unbewohnten, stillen Orte heimsuchten, Krebse fingen, in unmöglichen Kleidern herumliefen...

Bowmont stand auf einem Felskap: ein alter Wehrturm, dem vor Generationen ein Bau aus ockerfarbenem Stein angefügt worden war. Einsam, von den Seewinden gepeitscht, stand es dort über dem Meer, seine Geschichte untrennbar mit der des Landes Northumbria verbunden: vom Meer her von den Dänen bedroht, vom Land her von den Schotten, von Warwick, dem Königsmacher, belagert; in Schutt und Asche gelegt und wiederaufgebaut.

Turner hatte es vor dem Hintergrund eines wildbewegten Sonnenuntergangs gemalt, mit einem gefährlich geneigten Segler am Fuß seiner meerumspülten Klippen. St. Cuthbert hatte auf Lindisfarne den Eiderenten gepredigt, die heute noch auf der Landzunge nisteten, und von der weißen Nadel des Leuchtturms von Longstone aus hatte sich Grace Darling, Retterin der Schiffbrüchigen direkt in die Legende hineingerudert. Als Kind hatte Quin genau gewußt, wo Gott wohnte. Nicht im Heiligen Land wie in seiner bebilderten Bibel dargestellt, sondern im stürmischen, wetterwendischen, von Wolken bewegten Himmel über seinem Zuhause.

Frances Somerville war vierzig gewesen, eine alte Jungfer, die immer noch zu Hause lebte, als der alte Quinton Somerville, der legendäre und gefürchtete «Basher», Admiral im Ruhestand, nach ihr geschickt hatte.

«Mit mir geht es zu Ende», hatte der Basher gesagt. «Ich möchte, daß du nach Bowmont kommst und dich um den Jungen kümmerst, bis er erwachsen ist.»

Frances hatte abgelehnt. Sie mochte den Alten nicht, der nie ein Hehl daraus gemacht hatte, daß sie als reizlose, unverheiratete Frau für ihn gänzlich ohne Belang war. Aber dann wurde Quin geholt, der damals zehn war, und seiner Tante vorgestellt.

«Ich komme, wenn du tot bist», hatte Frances an jenem Abend

gesagt – aber sie glaubte nicht daran, daß das Ende des alten Haudegens wirklich nahe war.

Sie täuschte sich. Keine drei Monate später fand man ihn tot auf einer Gartenbank, und auf seine eigene Weise hatte er fair gehandelt; er hatte ihr aus seinem riesigen Nachlaß eine komfortable jährliche Rente ausgesetzt. Seitdem war sie Hüterin und Verwalterin von Bowmont, und das hieß, da Quin so häufig abwesend war, daß sie es vor Eindringlingen schützen, vor der schleichenden Seuche des Tourismus und des sogenannten modernen Lebens bewahren mußte.

Sie war jetzt in ihrem sechzigsten Jahr, eine energische Frau mit einer großen Nase und schmalen Lippen, mit dünnem grauen Haar und stählernen blauen Augen, und sie hatte keine gute Meinung von den Menschen. Ein verlassenes Robbenbaby, ein Lund mit gebrochenem Flügel konnten auf Frances Somervilles Hilfe zählen; ein Mensch in ähnlicher Notsituation konnte sich glücklich preisen, wenn er im Gesindehaus eine Tasse Tee bekam. Früher einmal, hieß es, sei das anders gewesen. Ein schottischer Adliger hatte um sie geworben, und sie war in sein Haus gesandt worden, um begutachtet zu werden... aber aus der Heirat war nichts geworden, und das scheue, reizlose Mädchen entwickelte sich mit der Zeit zu der imposanten alten Jungfer, die alle respektierten und niemand liebte.

Ein Gärtnerjunge mit einem Rechen lief über die Terrasse.

«Du da! George!» rief Frances Somerville, und der Junge rannte zu ihr und legte grüßend die Hand an die Mütze.

«Ja, Miss Somerville.»

«Sag Turton, daß unten in der Bucht Ausflügler sind. Sie müssen entfernt werden.»

«Ja, Miss.»

Der Junge lief davon, und Frances Somerville schwenkte ihren Feldstecher zur anderen Seite der Landzunge. Hier, im Schutz der ausgehöhlten Felsen war eine kleinere Bucht, Anchorage Bay hieß sie, und im letzten Jahrhundert hatten Boote an dem kleinen Steg angelegt, Fischer in den Hütten gelebt und flachgrundige Fischerboote am Strand gelegen.

Die Zeiten waren vorbei. Quin hatte das Bootshaus und zwei der Hütten in ein Labor und Schlafräume für seine Studenten umbauen lassen, die er zu Feldstudien hierher mitzubringen pflegte. Noch mehr Leute, die nicht hierher gehören, dachte sie müde und verdrossen; noch mehr Schmutz und Geschnatter. Im letzten Jahr war eines der Mädchen im zweiteiligen Badekostüm erschienen, und bei ihren frühmorgendlichen Betrachtungen von Land und Meer hatte Frances Somerville durch die Gläser ihres Feldstechers den nackten Bauch eines Mädchens aus Surbiton zu sehen bekommen.

Der Gärtnerjunge kam zurück. «Bitte, Miss Somerville, Mr. Turton hat gesagt, er kann sie jetzt nicht wegjagen, weil wir zwischen den Gezeiten sind. Und er hat mir aufgetragen, ich soll Ihnen sagen, daß Lady Rothley angerufen hat. Sie kommt heute um elf.»

Frances Somerville preßte die schmalen Lippen aufeinander. Die Gezeiten – dieses idiotische alte Gesetz, das besagte, daß die Küste in der Zeit zwischen Ebbe und Flut der Allgemeinheit gehörte. Der blanke Unsinn natürlich. Um zur Bucht hinunterzugelangen, mußten die Leute den Grund und Boden der Somervilles überqueren – die Felder und Wiesen hinter der Bucht gehörten alle Quin, und sie achtete stets gewissenhaft darauf, daß die Gatter geschlossen waren.

Einen Moment lang fühlte sie sich alt und mutlos. Dies war nicht mehr ihre Welt. Auf der anderen Seite der Landzunge stand die alte Festung Dunstaburgh. Am Fuß ihrer verfallenen Türme hatte sich jetzt ein Golfplatz breitgemacht. Die Ausflügler konnten jederzeit auch auf diesem Weg zur Bucht von Bowmont gelangen. Aussichtslos, der Kampf!

Und Quin half ihr im Grund überhaupt nicht. Quin hatte Vorstellungen, die zu verstehen sie sich bemühte, die ihr aber dennoch fremd blieben. Frances Somerville liebte niemanden; für sie war es Ehrensache, das destruktive Gefühl Liebe für immer aus ihrem Herzen verbannt zu haben; aber Quin war Quin, und für ihn wäre sie ohne Bedenken von der nächsten Klippe gesprungen. Dennoch hatte dieser junge Mann, den sie selbst großgezogen hatte, Vorstellungen und Ansichten, wie sie sie nicht einmal in den sozialistischen Revoluzzerblättern zu lesen erwartet hätte. Quin verscheuchte keinen Ausflügler von seinem Land, sondern bat höchstens darum, daß die Leute die Gatter wieder schlossen; er hatte ein Wegerecht über die Dünen nach Bowmont Mill eingeräumt, und jetzt war gar die Rede davon, daß er Bowmont eines Tages – vielleicht nicht, solange sie noch lebte –, aber doch irgendwann dem National Trust übergeben würde. Frances schauderte bei dem Gedanken.

Die Sonne war jetzt ganz aufgegangen. Wie weiße Pfeile schwirrten die Seeschwalben über dem tiefen Blau des Wassers; Glockenblumen, Schafgarbe und rosarote Grasnelken leuchteten im Gras, aber Frances, die sonst so aufmerksam war, sah nur das Gespenst einer düsteren Zukunft. Auf der unteren Wiese ein Parkplatz, Imbißbuden, Busse mit stinkenden Auspuffrohren, die die Ausflügler scharenweise ausspien. Der bedauernswerte Frampton hatte es getan, er hatte sein Haus weggegeben, und nun standen vulgäre kleine grüne Hütten an den Toren von Frampton Court, und Männer mit Schirmmützen wie Türsteher knipsten Eintrittskarten, und es gab eine Kantine und einen Andenkenstand. Aber Frampton hatte eine Entschuldigung; er war bankrott gewesen. Quin hatte eine solche Entschuldigung nicht. Das Gut machte Gewinn, die Mieten aus dem Dorf warfen genug ab für Reparaturen und Sanierung, und sein Großvater hatte ihn durch seinen Nachlaß zum reichen Mann gemacht. Wenn Quin sein Erbe verschenkte, so war das unverantwortlich und verrückt.

Sie wandte sich ab und ging durch die Tür neben dem Turm ins Haus, in einen Vorratsraum, den sie zum Zwinger für ihre Labradorhunde umfunktioniert hatte.

«Wie machen sie sich, Martha?»

«Großartig, Miss Frances. Ganz großartig.»

Eigentlich war Martha als Zofe zu ihr gekommen, aber nach der gelösten Verlobung heimgekehrt, hatte Frances Somerville jeglichem Verlangen, sich schön anzuziehen und zu schmücken abgeschworen, und seither kümmerte sich Martha um die Hunde.

Die Hündin, von ihren fünf gierig saugenden Welpen belagert, wedelte zur Begrüßung mit dem Schwanz und ließ den Kopf wieder auf das Stroh sinken.

Gute Rasse. Comely war in Wales gedeckt worden – Frances hatte sie selbst hingebracht, und es war mühsam gewesen, aber es zahlte sich immer aus, auf den Stammbaum Wert zu legen.

Warum um alles in der Welt heiratet Quin nicht endlich, dachte sie, während sie über den Hof ging. Natürlich nicht eine von diesen Frauen, die er manchmal hier anschleppte: Schauspielerinnen oder kapriziöse Pariserinnen, die fröstelnd im Pelzmantel zum Frühstück kamen und sich nach der Zentralheizung erkundigten. Nein, eine Frau seiner eigenen Klasse, eine Frau aus gutem Stall. Wenn er erst ein oder zwei kräftige kleine Söhne hatte, würde er diesen ganzen Unsinn mit dem National Trust bestimmt schnellstens vergessen.

Später im Salon kam das Thema von neuem zur Sprache. Lady Rothley, Frances Somervilles beste Freundin, soweit Frances Freundschaft überhaupt zuließ, verlangte keine besonderen Umstände, wenn sie kam. Man brauchte nicht erst ein Feuer zu machen, man brauchte die Hunde nicht von den Sesseln zu verjagen. Ann Rothley züchtete selbst Jack Russels, und in Rothley Hall waren sämtliche Gobelinsofas voll kurzer weißer Haare.

«Ich dachte, Quin wäre längst zurück», sagte sie, während sie die Tasse aus feinem Porzellan zum Mund führte und mit Genuß von ihrem Kaffee trank.

«Er ist in Wien aufgehalten worden», erklärte Frances. «Er bekam dort irgendeinen Ehrentitel und mußte danach noch bleiben, um irgendwelche Dinge zu erledigen.»

Lady Rothley, eine dunkle gutaussehende Frau in den Vierzigern, nickte. Sie hatte gegen Quins wissenschaftliche Tätigkeit nichts einzuwenden. Solche Auswüchse kamen in diesen guten alten Familien eben manchmal vor. Die Trevelyans, zum Beispiel, drüben in Wallington, schrieben dauernd an irgendwelchen geschichtlichen Schinken.

«Tja, Frances, tut mir leid, aber du wirst ihm irgendwie beibringen müssen, daß ich diesen deutschen Flüchtling, den er mir aufgehalst hat, entlassen mußte. Den Opernsänger aus Dresden. Es ging wirklich nicht anders. Ich habe ihn in die Molkerei geschickt, weil wir im Haus niemanden brauchten, aber es war ein Desaster. Eine der Mägde hat sich in ihn vergafft, und von Kühen hatte er keine Ahnung.»

«Ach, du meine Güte», sagte Frances nur.

«Ja. Ich habe ihn wirklich nicht gern entlassen, aber die Kühe sind nun mal nicht musikalisch. Du weißt, ich würde für Quin fast alles tun, aber es geht einfach nicht, daß er uns alle für seine Bemühungen um diese Flüchtlinge einspannt. Die arme Helen – er hat ihr einen Mann aus Berlin aufgedrängt, als Chauffeur und Faktotum, und sobald dieser Mensch mit seiner Arbeit fertig ist, holt er sich alle möglichen Leute in sein Zimmer, und sie machen Kammermusik. Grauenvoll, dieses Geschrubbe. Sie mußte ihm sagen, seine Musikabende in Zukunft im Stall abzuhalten. Was Quin nur mit diesen Leuten hat! Ich meine, es gibt doch genug bedürftige Engländer, um die man sich kümmern könnte. Die Arbeitslosen und die Kumpel aus dem Kohlebergbau und so weiter.»

Frances Somerville nickte. «Man kann natürlich die Art und Weise, wie dieser Hitler sich aufführt, nicht billigen – er ist wirklich ein vulgäres Subjekt. Aber die Juden können einem auch nicht gerade sympathisch sein. Wenn sie reich sind, betreiben sie Banken, wenn sie arm sind, gehen sie hausieren, und dazwischen spielen sie Geige. Nach Bowmont kommt mir keiner von diesen Leuten, solange es nach mir geht, das habe ich Quin klipp und klar gesagt.»

Einer der Hunde gähnte mit weitaufgerissenem Maul, sprang vom Sessel und machte es sich zu Frances Somervilles Füßen bequem.

«Sicher, aber wenn es zum Krieg kommen sollte, wird man uns natürlich Evakuierte aus London schicken», sagte Ann Rothley. Sie sprach ganz sachlich, und keiner hätte geahnt, was diese Sachlichkeit sie angesichts der Tatsache, daß ihr vergötterter ältester Sohn Rollo, der gerade achtzehn war, kostete.

«Also, lieber nehme ich hier Slumkinder auf als ausländische

Flüchtlinge. Die könnte man ohne weiteres im Bootshaus unterbringen, auf Matratzen, und ihnen das Essen hinübertragen lassen. Aber diese Ausländer – die sind ja völlig distanzlos.»

Es blieb ein Weilchen still, während die beiden Damen von ihrem Kaffee tranken. Ein auffrischender Wind bauschte die Vorhänge.

Dann fragte Ann Rothley: «Hat er eigentlich noch einmal etwas von – du weiß schon – vom Trust gesagt?» Das Zögern der sonst so direkten Ann Rothley zeigte das Maß ihres Unbehagens.

«Ich habe ihn, wie du weißt, seit Monaten nicht gesehen – er war ja in Indien –, aber Turton sagte mir, es habe jemand vom Hauptbüro des Trust angerufen und gesagt, Quin hätte darum gebeten, daß sie später im Jahr einen ihrer Leute hierher schicken. Ich glaube, es ist ihm ernst, Ann.»

«O Gott!» Würde denn der Schändung niemals ein Ende sein? Ganze Güter wurden als Bauland verkauft, ganze Wälder wurden gerodet, das Volk aus der Stadt flanierte gaffend durch die Häuser von Freunden und Bekannten. «Gibt es denn gar keine Hoffnung, daß er sich endlich seiner Pflicht bewußt wird und heiratet?»

Frances zuckte die Achseln. «Ich weiß es nicht, Ann. Livy hat ihn vor seiner Abreise nach Indien im Theater zweimal mit einer jungen Frau gesehen, aber sie hatte nicht den Eindruck, daß es etwas Ernstes war.»

«Bei ihm ist es nie etwas Ernstes», stellte Ann Rothley erbittert fest. «Als heiratete man zum Vergnügen!» Sie schwieg, als sie sich des Horrors ihrer Hochzeitsnacht mit Rothley erinnerte. Aber sie hatte nicht geschrien, und sie war nicht davongelaufen; sie hatte es über sich ergehen lassen, wie sie später seine wöchentlichen Besuche in ihrem Schlafzimmer über sich ergehen ließ: Sie starrte zur Zimmerdecke hinauf und dachte an ihre Stickerei oder ihre Hunde. Dafür waren jetzt Kinder da, und es gab eine Zukunft. Niemand fällte die alten Eichen, der Park wurde regelmäßig gepflegt. Weil Frauen wie sie die Zähne zusammenbissen. «Man heiratet für England», sagte sie. «Für das Land.»

«Ja, ich weiß. Aber was können wir denn noch tun?» sagte Frances müde. «Du weißt, wer alles versucht hat...»

Sie brauchte den Satz nicht zu Ende zu sprechen. Junge Mädchen aus bester Familie und jeglichen Temperaments waren auf ihren Rassepferden durch die Tore von Bowmont galoppiert, mit ihren Tennisschlägern in der Hand munter über die Rasenplätze gesprungen, hatten in weißem Organdy und raschelndem Tüll Quin beim Tanz verführerisch zugelächelt...

«Meinst du, er könnte sich für eine Frau interessieren, die etwas von seiner Arbeit versteht?»

«Etwa für eine Studentin?» rief Frances entsetzt.

«Nein – aber, ach, ich weiß nicht. Er geht ja ganz in seiner Arbeit auf, nicht wahr?» Ann Rothley bemühte sich, tolerant zu sein. «Ich kann mir allerdings nicht vorstellen, daß ein anständig erzogenes junges Mädchen sich mit vermoderten alten Skeletten auskennt, darum wird wohl in dieser Richtung nichts zu erwarten sein.» Sie stand auf, knotete ihren Schal. «Wie dem auch sei, grüß den Jungen von mir – aber sag ihm, *keine Flüchtlinge mehr*!»

Nachdem Ann Rothley gegangen war, holte sich Frances Somerville ihre Gartenschere und den flachen Gartenkorb und ging zur Westterrasse hinüber, auf der windgeschützten, dem Meer abgewandten Seite des Hauses. Einen Moment lang blieb sie stehen und blickte auf die Wiesen und Felder hinaus, die sich bis zu den blauen Hügeln des Cheviot-Gebirges dehnten: Hafer und Gerste, saftig grün und hochstehend, auf der langen Wiese eine Herde frisch geschorener Leicester-Schafe. Der neue Verwalter, den Quin eingestellt hatte, machte seine Sache gut.

Dann ging sie über den Rasen, öffnete eine Pforte in der hohen Mauer und trat in eine andere Welt. Die Sonne war hell und warm, um den Lavendel summten die Bienen; der Duft nach Malven und Jasmin kam ihr entgegen – und eine große Stille. Das unaufhörliche Tosen der Brandung klang gedämpft, ein feines Wispern nur.

«Na also», sagte Frances energisch zu dem tibetanischen Mohn, der vor zwei Tagen noch unschlüssig ausgesehen hatte, jetzt aber seine himmelblauen Blütenblätter entfaltete.

Quins Großmutter, die schüchterne und stille Jane Somerville, hatte den Garten angelegt. Die Tochter eines wohlhabenden Kohlebarons hatte die Tröstungen ihres Quäkerglaubens in ihre

Zwangsehe mit dem Basher mitgenommen, und sie hatte sie nötig gehabt.

Zwei Jahre hatte Jane schon in Bowmont gelebt, als sie zu ihrem eigenen fassungslosen Entsetzen eines Tages bei der regelmäßigen Versammlung ihrer Glaubensgenossen im Gemeindesaal in Berwick das Wort ergriff.

«Ich werde einen Garten anlegen», verkündete sie.

Danach sprach sie nie wieder bei der Versammlung, aber gleich am nächsten Tag gab sie Anweisung, die Wiese, die sich an den Westrasen anschloß, zu entwässern. Sie reiste auf die andere Seite Englands, um die rosenfarbenen Ziegel eines kürzlich abgerissenen alten Herrenhauses in ihren Besitz zu bringen. Sie pflanzte Hecken an, die den Wind abhalten sollten, baute Mauern und ließ Wagenladungen von Humus anfahren. Die Experten wollten ihr weismachen, sie verschwende ihre Zeit; für einen Garten, wie er ihr vorschwebte, sei das Land viel zu hoch im Norden, dem Meer viel zu nahe. Der Basher, der auf Urlaub von seinem Schiff nach Hause kam, war wütend. Er gebärdete sich wie ein Wilder; stellte jede Rechnung in Frage.

Jane, die sonst so Sanfte und Harmoniebedürftige, ließ sich nicht beirren. Sie überzog die Mauern mit Rosen, Glyzinien und Klematis; sie ließ Pflanzen aus Gegenden kommen, wo es weit kälter, das Klima weit rauher war als in Bowmont: Kamelien und Magnolien aus China, Mohn und Primeln aus dem Atlasgebirge – und mischte sie mit den Blumen, die die Dorfbewohner in ihren Bauerngärten zogen. Sie stellte eine Bank an die Südwand und pflanzte zu beiden Seiten Sommerflieder für die Schmetterlinge. Jahrzehnte später kam der Basher, der immer nur opponiert hatte, zum Sterben hierher.

Frances Somerville kniete an der langen Rabatte nieder und vermerkte das nun schon vertraute Zwicken der Arthritis in ihrem Knie. Das Rotkehlchen flog aus dem Mandelbäumchen herunter, um ihr bei der Arbeit zuzusehen. Aber sehr bald legte sie die Schaufel aus der Hand und ging zu der Bank neben der Sonnenuhr. Sie setzte sich und schloß die Augen.

Was würde aus diesem Garten werden, wenn Quin sein Haus

tatsächlich in andere Hände geben sollte? Horden von Menschen würden durch ihn hindurchtrampeln, das Rotkehlchen verscheuchen, kreischend nach den Bienen und Hummeln schlagen. Überall würde es Wegweiser geben – die kleinen Leute schienen unfähig, ohne Schilder zurechtzukommen. Und an der hinteren Wand, wo jetzt die Pfirsiche in der Sonne reiften, würde man zwei Hütten aufstellen. Nein – eine Hütte, in zwei geteilt; sie hatte es in Frampton gesehen. An der einen Tür würde «Damen» stehen, an der anderen «Herren».

«Lieber Gott», betete Frances Somerville laut und richtete das Wort mit ungewohnter Demut an den Herrn, «bitte schicke sie hierher. Sie muß doch irgendwo sein – die Frau, die dieses Haus und diesen Garten retten kann.»

6

Der Regen fiel seit Tagesanbruch; kalt und ohne Unterlaß. Unten auf dem Platz drängten sich die Tauben unter Maria Theresias patinagrünen Röcken. Wien, die besetzte Stadt, hatte dem Frühling den Rücken gekehrt.

Ruth hatte kaum geschlafen. Jetzt faltete sie die Decke auf dem Feldbett, wusch sich, so gut es ging, unter dem Wasserhahn in der kleinen Garderobe und machte sich eine Tasse Kaffee.

Heute ist mein Hochzeitstag, dachte sie; an diesen Tag werde ich denken, wenn ich einmal auf dem Sterbebett liege – und plötzliche Panik packte sie.

Sie hatte ihren Rock und ihren Pullover unter eine Zeitung gelegt und sie mit einem Brett voller Steine beschwert, aber viel Erfolg hatte dieser Versuch, ihre Kleider zu glätten, nicht gehabt. Sollte sie vielleicht doch lieber das Kleid anziehen, das für Heinis Debüt mit den Philharmonikern gedacht gewesen war? Sie hatte es von zu Hause mitgenommen; es hing jetzt hinter der Tür: brauner Samt mit einem braven Kragen aus cremefarbener Spitze. Es stammte aus dem Warenhaus ihres Großvaters. Jetzt waren die Schaufenster des Kaufhauses zertrümmert, und die Leute wurden angehalten, nicht dort zu kaufen. Dem Himmel sei Dank, daß Großvater tot war.

Nein, das war Heinis Kleid – ihr Umblätter-Kleid, denn es spielte sehr wohl eine Rolle, was man anhatte, wenn man die Noten umblätterte. Man mußte hübsch aussehen, aber doch dezent. Das Kleid hatte die Farbe des Bechstein-Flügels im Musikverein – für einen Engländer, der davonlief, wenn er einen Straußwalzer hörte, war es nicht geeignet.

Sie ging langsam durch die Museumsräume, und im grauen Licht der Morgendämmerung traten ihre alten Freunde einer nach dem anderen aus der Dunkelheit. Der Eisbär, der See-Elefant... der Ichthyosaurus mit der falschen Wirbelsäule. Und das kleine Fingertier, das sie wieder in seine Vitrine gesperrt hatte.

«Wünsch mir Glück», flüsterte sie dem häßlichen kleinen Tier zu und drückte die Stirn an das Glas. Sie schloß die Augen, und die Halbaffen Madagaskars verschwanden, als Bilder der Hochzeitsfeier vor ihr aufstiegen, die sie sich so oft mit ihrer Mutter zusammen ausgemalt hatte. Nicht hier, sondern am Grundlsee hätte sie stattfinden sollen. In einem langen Konvoi von Booten, weil ja alle, die ihr etwas bedeuteten, dabei sein mußten, wäre man zu der kleinen Kirche mit dem Zwiebelturm gerudert. Onkel Mishak hätte ein bißchen gebrummt, weil er sich fein machen mußte; Tante Hildas Reißverschluß hätte geklemmt – und das Zillerquartett hätte gespielt. «Auf dem Steg», hatte sich Ruth gewünscht, aber Biberstein sagte nein, um auf dem Steg zu spielen, sei er zu dick. Sie hätte weißen Organdy getragen und einen Brautstrauß aus Bergblumen, und am Altar hätte Heini mit seinem lockigen Haar und seinem lieben Lächeln auf sie gewartet.

Ach, Heini, verzeih mir. Ich tu es ja für uns.

Wieder in der Garderobe, warf sie noch einmal einen Blick auf ihr Spiegelbild. Nie hatte sie sich so reizlos und durchschnittlich gefunden. Impulsiv löste sie ihr Haar, füllte das Waschbecken mit kaltem Wasser, nahm die grüne Seife, die das Museum seinen Mitarbeitern zur Verfügung stellte...

Als Quin kam, war sie fertig, ihr Koffer gepackt.

«Regnet es hier herein?» fragte er überrascht, als er ihr nasses Haar sah.

Sie schüttelte den Kopf. «Ich hab mir die Haare gewaschen, aber die Heizung geht nicht.»

Er sah die Schatten unter ihren Augen, die straffe Haltung ihrer Schultern.

«Kommen Sie. Es wird gleich vorbei sein – und es ist nicht so schlimm wie ein Besuch beim Zahnarzt.»

Am Fuß der Treppe wartete ein Grüppchen Menschen, die ihr Glück wünschen wollten: die Zugehfrau, der Nachtwächter, der alte Präparator. Sie hatten alle gewußt, daß sie hier untergeschlüpft war, und keiner hatte sie verraten. Daran mußte sie sich später immer erinnern, wenn sie an ihren Landsleuten verzweifeln wollte.

Sie hatte sich unter dem britischen Konsulat etwas Beeindrukkendes vorgestellt, aber nach dem Anschluß hatte eine Reihe von Auslandsvertretungen das Quartier wechseln müssen, und so setzte das Taxi sie nur vor einer Reihe Baracken ab, auf deren Blechdächer immer noch der Regen trommelte. Ein mürrischer Handwerker im Ölmantel stocherte mit einem Werkzeug in der überfließenden Regenrinne herum. Das Bild Georgs VI. im provisorischen Büro des Konsuls hing etwas schief; draußen im Flur war jemand beim Staubsaugen.

Der Stellvertreter des Konsuls erwartete sie, allerdings nicht gerade glänzender Laune. Er hatte eine Bindehautentzündung, eine äußerst unangenehme Geschichte, und hielt ein Taschentuch auf sein Auge gedrückt. Zwar fand er Professor Somerville persönlich ganz sympathisch, aber die Art und Weise, wie der Konsul, vermutlich auf Anweisung des Botschafters, diese ganze Angelegenheit durchgeboxt hatte, konnte er nicht billigen. Verfahren, für die man sonst Tage brauchte, wurden plötzlich innerhalb von Stunden erledigt: die Ausstellung der Visa, das Umschreiben der Reisepässe. Garantiert sind da zwei zusammen auf irgendeinem Nobelinternat gewesen, dachte der Vizekonsul, der aus einfachen Verhältnissen stammte. Professor Somervilles Vater vielleicht mit dem Vetter des Botschafters... Vermutlich hatte eines dieser vorsichtig tastenden Gespräche stattgefunden, bei denen die Engländer der guten Kreise wie Hunde an Laternenpfählen den Stammbaum des anderen zu erschnüffeln suchen, indem sie von der Schule plaudern – Eton oder Harrow? – und dann feststellen, daß sie im Herzen Brüder sind.

«Kann ich bitte Ihre Papiere haben?»

Quin legte die Unterlagen auf den Schreibtisch. Er sah, wie Ruths Hände sich auf der Stuhllehne verkrampften. Knapp zwanzig Jahre alt, ein Kind des neuen Europa, das Hitler geschaffen hatte.

«Wir brauchen zwei Zeugen. Haben Sie jemand mitgebracht?»

«Nein.»

Der Vizekonsul seufzte und ging in den Korridor hinaus. Das Brummen des Staubsaugers hörte auf, eine Frau mit einer großen Warze am Kinn trat ins Zimmer und blieb stumm an der Tür stehen. Sie hatte an den Innenseiten ihrer Filzpantoffel ein Stück herausgeschnitten, um den Überbeinen an ihren Fußballen Platz zu schaffen, und das war ganz vernünftig. Ruth hatte Verständnis dafür, daß man von jemand, dem die Füße solche Probleme machten, nicht erwarten konnte, daß er lächelte oder einem guten Morgen wünschte. Dann kam der Handwerker, er hatte seinen Ölmantel ausgezogen und roch ziemlich streng – auch das ganz natürlich – nach den Abflüssen, die er gereinigt hatte. Ganz klar, daß auch er nicht gerade erfreut darüber war, bei seiner Arbeit gestört zu werden.

Nun trat der Konsul persönlich ein, ein distinguiert aussehender, formell gekleideter Mann, in der Hand das Gebetbuch der Anglikanischen Kirche, und die Zeremonie begann.

Was nun folgte, hatte Quin allerdings nicht erwartet. «Es ist eine reine Formalität», hatte er Ruth versichert. «In ein paar Minuten ist alles vorbei.» Aber der Konsul waltete seines Amtes mit größter Gewissenhaftigkeit. Zwar verkürzte er das Trauungszeremoniell um einiges, aber er ließ es sich nicht nehmen, die Worte zu sprechen, die seit vierhundert Jahren von anglikanischen Geistlichen bei solchen Zeremonien gesprochen wurden. Quin, dem Böses schwante, runzelte die Stirn und blickte zu Boden.

«Liebe Anwesende, wir haben uns heute im Angesicht Gottes hier zusammengefunden, um diesen Mann und diese Frau zu trauen. Der heilige Stand der Ehe ist...»

Ruth begann unruhig zu werden. Die Putzfrau mit den löchrigen Filzpantoffeln schniefte.

«...und soll daher von keinem unberaten, leichtsinnig oder mutwillig unternommen werden, sondern mit Ehrfurcht und Überlegung...»

Es kam, wie Quin erwartet hatte. Ruth machte plötzlich eine scharfe, abweisende Kopfbewegung, und ein letzter Wassertropfen fiel aus ihrem Haar auf das blanke Linoleum.

Der Konsul kam auf die Bestimmung der Ehe zu sprechen, nannte dazu die Zeugung von Nachkommen und rief damit bei Ruth ein erschrockenes Stirnrunzeln hervor. Danach mußten die Putzfrau und der Handwerker, die kein einziges Wort verstanden, bezeugen, daß ihnen Gründe, die dieser Heirat entgegengestanden hätten, nicht bekannt seien, und dann kam der Konsul endlich zur Sache.

«Willst du, Quinton Alexander St. John, diese Frau zu deiner angetrauten Ehefrau nehmen...? Willst du sie lieben und ehren in guten wie in schlechten Tagen und ihr treu sein, solange ihr beide lebt?»

«Ich will es.»

«Ruth Sidonie, willst du diesen Mann zu deinem angetrauten Ehemann nehmen...?»

Ihr «Ich will es» kam deutlich, jedoch mit einem leichten, fast vergessenen schottischen Anklang. Ein Streß-Symptom, so schien es.

Der Konsul räusperte sich. «Haben Sie einen Ring?»

Ruth schüttelte den Kopf, aber im selben Moment nahm Quin einen schlichten goldenen Reif aus seiner Tasche.

Er war selbst auch etwas blaß, als er versprach, Ruth zu seiner angetrauten Ehefrau zu nehmen, sie zu lieben und zu ehren bis an sein Lebensende. Der Ring, den er ihr an den Finger steckte, paßte wie angegossen. Ihre Hände waren eiskalt.

«Mit diesem Ring will ich dich zur Frau nehmen, mit meinem

Leib will ich dich lieben, und alle meine weltlichen Güter sollen auch dein sein.» Seine Stimme war jetzt ruhig. Es war beinahe vorbei.

«Das Gebet lassen wir weg», sagte der Konsul und intonierte dann mit angemessener Feierlichkeit und düsterem Nachdruck die Schlußformel: «Was Gott zusammengefügt hat, das soll der Mensch nicht scheiden.»

Es war vorbei. Sie unterzeichneten die Urkunde, Quin bezahlte, was er schuldig war, gab den Zeugen ein Trinkgeld, warf eine Spende für die Waisen des Spanischen Bürgerkriegs in den Sammelkasten.

«Kommen Sie um vier Uhr wieder, dann ist Ihr neuer Paß fertig, in den auch Ihre Frau eingetragen wird, und das Visum für Ihre Frau ebenfalls.»

Ruth schaffte es bis zur gekiesten Auffahrt hinaus, ehe sie in Tränen ausbrach.

«Um Himmels willen, Ruth, was ist denn los? Jetzt ist doch alles vorbei. Morgen abend sind Sie bei Ihrer Familie.»

Sie schneuzte sich und schüttelte den Kopf, daß ihre Haare flogen. «Warten Sie nur! Wir sind bestimmt auf ewig verflucht!»

«Verflucht? Was reden Sie da? Ein bißchen weniger Altes Testament, bitte!»

«Sehen Sie, da haben wir es schon – jetzt werden Sie auch noch antisemitisch.»

«Nehmen Sie es mir nicht übel, aber ich finde wirklich, jetzt wäre der Moment, sich an der Ziegenhirtin zu orientieren und nicht an irgendeinem finsteren alten Rabbi. Was soll das heißen, wir sind verflucht?»

«Wegen der Wörter. Weil wir diese Worte vor Zeugen ausgesprochen haben. Ich hatte keine Ahnung, daß sie so *stark* sind. Und das mit den weltlichen Gütern, die Sie mit mir teilen, hätten Sie auch nicht sagen sollen. Ich meine, selbst wenn wir uns mit dem Leib lieben würden, wäre ja immer noch Morgan zu berücksichtigen.»

«Natürlich. Ich dachte mir doch, daß wir noch einmal von Morgan hören würden. Was soll dieses Theater, Ruth, hm? Sie wissen doch, was Hitler für ein Mensch ist, und Sie wissen, daß es eine andere Möglichkeit nicht gab.»

«Ich hätte schwarz über die Grenze gehen sollen. Ich hätte nicht zulassen sollen, daß Sie lauter Meineide schwören.»

Quin war mit seiner Geduld fast am Ende. Es kostete ihn Anstrengung, mit seiner Meinung über ihre geplante Bezwingung der Kanderspitze hinter dem Berg zu halten. «Kommen Sie, jetzt gehen wir erst mal ins Imperial und tun uns an zwei riesigen Schnitzeln gütlich. Nach so was können Sie nämlich in London lange suchen.»

«Ich kann in diesen alten Sachen nicht ins Imperial. Und wenn ich gesehen werde...»

Quins Arroganz war gänzlich unbewußt. «Jetzt kann Ihnen nichts mehr passieren. Sie sind jetzt britische Staatsbürgerin – und in meiner Obhut.»

Die Schnitzel waren ein Erfolg. Als sie das Restaurant verließen, war ihr Haar trocken und umgab ihr Gesicht auf eine etwas wirre, aber durchaus heiter reizvolle Art. Er hatte bereits festgestellt, daß es eine Art Stimmungsbarometer war.

«Wir haben noch drei Stunden Zeit. Was möchten Sie an Ihrem letzten Nachmittag in Wien unternehmen?»

Zu seiner Überraschung schlug sie vor, mit der Straßenbahn an die Donau zu fahren. Er wußte, wie wenig der breite graue Fluß, der sich in einem Bogen um die Industriegebiete vor der Stadt wand, den Wienern tatsächlich am Herzen lag. Der melancholische Johann Strauß mit seinem gefärbten Schnurrbart und seiner Unfähigkeit zu lächeln hatte zwar zu Ehren des Flusses den berühmtesten Walzer der Welt geschrieben, aber die gefährlichen Überschwemmungen der Donau hatten die Stadtbewohner schon vor Jahrhunderten von ihren Ufern vertrieben.

Als sie auf der Reichsbrücke standen, war klar, daß Ruth auf Erinnerungsreise war.

«Sehen Sie die kleine Bucht da drüben, gleich neben dem Lagerhaus?»

Er nickte.

«Da hat mein Onkel Mishak früher immer geangelt – das heißt, in Wirklichkeit ist er mein Großonkel. Das ist Jahre her. Damals saß der Kaiser noch auf dem Thron, und Österreich-Ungarn existierte noch. Man konnte mit dem Schiff nach Budapest fahren – man brauchte keinen Paß und nichts. Onkel Mishak hatte damals gerade bei meinem Großvater im Warenhaus angefangen, aber er vermißte das Landleben, und darum ist er jeden Sonntag zum Angeln hier herausgefahren. Und eines Sonntags zog er anstelle eines Fischs eine Flasche heraus.» Sie wandte sich Quin eifrig zu. «Es war eine Limonadenflasche mit einem Brief darin. Eine Flaschenpost.»

Quin zeigte sich gebührend beeindruckt.

«In dem Brief hieß es: ‹Ich heiße Marianne Stichter, bin vierundzwanzig Jahre alt und sehr traurig. Wenn Sie ein braver und gütiger Mann sind, dann kommen Sie bitte und holen Sie mich.› Darunter hatte sie die Adresse der Schule geschrieben, an der sie unterrichtete. Es war ein Dorf an der Donau, in der Nähe von Dürnstein – Sie wissen schon, wo Richard Löwenherz gefangen war.»

«Und weiter?»

«Der Direktor der Schule war ihr Vater. Er war ein grausamer Tyrann. Marianne hatte noch eine ältere Schwester, aber die hatte geheiratet und war so dem sadistischen Vater entkommen. Marianne war ein stilles und schüchternes Mädchen und nicht besonders hübsch, und außerdem stotterte sie leicht. Sie fand keinen Mann. Ihr Vater hatte sie gezwungen, die Kleinen zu unterrichten, und die äfften sie natürlich alle nach. Jedesmal wenn sie ins Klassenzimmer kam, wäre sie am liebsten gestorben.»

Ruth machte eine Pause und sah Quin vielsagend an, um die Spannung zu erhöhen.

«Eines Tages, als sie gerade Geographieunterricht gab und mit den Kindern die Flüsse Südamerikas durchnahm, ging plötzlich die Tür auf, und ein kleiner Mann in einem dunklen Anzug und mit einem Homburg auf dem Kopf kam herein. Er hatte eine Aktentasche dabei.

Die Kinder fingen an zu lachen, aber sie hörte sie gar nicht. Sie stand nur da und starrte den kleinen Mann an. Da nahm mein

Onkel Mishak seinen Hut ab – er war damals schon ganz schön kahl, und er trug einen goldenen Zwicker – und sagte: ‹Sind Sie Fräulein Stichter?› Eine richtige Frage war es gar nicht, er wußte ja, daß sie es war, aber er wartete trotzdem, bis sie nickte, und dann sagte er: ‹Ich bin gekommen, um Sie zu holen.› Einfach so. Ich bin gekommen, um Sie zu holen. Er machte seine Aktentasche auf und nahm den Brief heraus, den er in der Flasche gefunden hatte.»

«Und ist sie mit ihm gegangen?»

Ruth lächelte. «Sie hat kein Wort gesagt. Sie hat den Lappen genommen und sehr sorgfältig die Flüsse Südamerikas von der Tafel gelöscht – den Negro und die Madeira und den Amazonas. Dann hat sie die Kreide in die Schachtel gelegt, hat einen Schrank aufgemacht, ihren Hut herausgenommen und aufgesetzt. Die Kinder hatten aufgehört zu kichern. Sie sperrten plötzlich Mund und Augen auf. Aber sie ist zwischen den Bänken hindurchgegangen, ohne sie zu sehen; sie existierten nicht mehr für sie. An der Tür bot Onkel Mishak ihr seinen Arm, und dann gingen beide über den Hof zur Straße hinaus, marschierten zur Donau und nahmen den Raddampfer nach Wien – und wurden im Dorf nie wieder gesehen.»

«Und sie sind glücklich geworden?»

Ruth hob eine Hand zu den Augen. «Sehr. Es war rührend, sie miteinander zu sehen – wie einer dem anderen die Kissen aufschüttelte, den Sessel zurechtrückte – all die kleinen Aufmerksamkeiten. Als sie starb, wollte er auch sterben, aber es gelang ihm nicht. Da hat meine Mutter ihn zu uns geholt.»

Wieder in der Innenstadt, zeigte ihm Ruth den Balkon, auf den sie sich mit neun Jahren eines Nachts splitterfasernackt in der Hoffnung hinausgestellt hatte, sie werde sich eine Lungenentzündung holen, die sie von Schmach und Schande erlösen würde.

«Es war die Wohnung meiner Großtante, und ich hatte gerade gehört, daß ich in der Musikprüfung nur ein ‹sehr lobenswert› bekommen hatte und kein ‹äußerst lobenswert›. Ach, und da ist die Bank, auf der meine Mutter saß, als die Tauben über sie herfielen und mein Vater sie retten mußte.»

«In Ihrer Familie scheint es viele glückliche Ehen gegeben zu haben», bemerkte Quin.

«Ich weiß nicht – Onkel Mishak war glücklich, und meine Eltern waren es auch... aber ich glaube nicht, daß bei uns die Ehe als das betrachtet wurde, was einen glücklich macht.»

«Was dann?»

Ruth krauste die Stirn und wickelte eine Haarlocke um ihren Finger. «Die Arbeit an einem Ziel – das Festhalten an etwas, das man sich vorgenommen hatte. Geduld und Ausdauer – wie wenn man ein Feld umpflügt. Oder wie wenn man ein Bild malt – man fügt immer wieder neue Farben hinzu und bemüht sich, die richtige Perspektive zu bekommen. Das galt besonders für die Frauen. Meine Tante Miriam war mit einem Mann verheiratet, der sie dauernd betrogen hat. Immerzu hat sie meine Mutter angerufen und gesagt, sie würde ihn umbringen. Aber als jemand ihr vorschlug, sich scheiden zu lassen, war sie entsetzt.» Ruth blickte auf und drückte hastig eine Hand auf den Mund. «Entschuldigen Sie – ich habe natürlich nicht von uns gesprochen. Das waren richtige Ehen, keine Vernunftehen.»

Ihr letzter Besuch galt dem Stephansdom, Symbol und Herzstück der Stadt.

«Ich würde gern eine Kerze anzünden», sagte Ruth, und er ließ sie allein durch das dämmrige, nach Weihrauch duftende Schiff zum Altar gehen. Während er draußen vor dem Portal wartete, sah er, wie auf der anderen Seite des Platzes zwei verängstigte hellhaarige junge Burschen mit breiten Bauerngesichtern von einer Gruppe Soldaten zu einem Militär-Lkw geschleift wurden.

«Sie treiben jetzt die ganzen Sozis zusammen», sagte eine rundliche Frau mittleren Alters mit einer Feder im Hut. In ihrer Stimme war kein Tadel; in dem runden, blassen Gesicht zeigte sich keine Gefühlsregung.

Als er in die Kirche trat, um Ruth zu holen und sie durch eine Seitentür hinauszuführen, sah er, daß sie nicht eine Kerze, sondern deren zwei angezündet hatte. Unnötig zu fragen, für wen – bei diesem Mädchen führten alle Wege zu Heini.

«Was glauben Sie, werde ich je hierher zurückkommen?»

Quin antwortete nicht. Ob Ruth in diese zum Tode verurteilte Stadt zurückkehren würde, konnte er nicht sagen; aber für ihn war klar, daß er und andere seinesgleichen hierher kommen würden, denn es gab kein anderes Mittel, diesem Unheil Einhalt zu gebieten, als den Krieg.

7

Heini war seit zehn Tagen in Budapest. Es war schön, wieder zu Hause zu sein; den Corso am Fluß entlangzuspazieren und zur Burg auf dem Burgberg hinaufzuschauen; die Schiffe auf ihrer Fahrt zum Schwarzen Meer vorbeigleiten zu sehen, wieder das feurige Gulasch zu schmecken, von dem die Wiener sich nur einbildeten, sie könnten es auch kochen. Hier waren eine Spritzigkeit, ein Esprit zu Hause, die in der österreichischen Hauptstadt fehlten, und die Frauen waren schöner als sonstwo auf der Welt. Für Heini allerdings waren sie keine Verlockung – er fand es nur allzu leicht, Ruth treu zu bleiben; außerdem war man besser vorsichtig, wenn man sich keine Krankheit holen wollte.

Sein Vater lebte noch in der gelben Villa auf dem Rosenhügel; die Apfelbäume im Garten standen in voller Blüte; sie nahmen ihre Mahlzeiten auf der Veranda ein, von der man auf das Grabmal des Pascha hinunterblickte und über die bewaldeten Hänge hinweg zum gotischen Filigran der Parlamentsgebäude und zu den Giebeln und Dächern von Pest.

Heini mochte seine Stiefmutter nicht; es fehlte ihr an Seele, aber er war froh, daß jemand da war, sich um seinen Vater zu kümmern, der noch immer bei der einzigen liberalen deutschen Zeitung der Stadt arbeitete.

Es machte keine besonderen Schwierigkeiten, ein Visum für Großbritannien zu bekommen. Ungarn war noch unabhängig, und es gab keinen allgemeinen Run, das Land zu verlassen; das Kontingent war noch nicht voll. Zwar würde es etwas länger dauern als erwartet – einige Wochen –, aber es gab keinerlei Anlaß zur Beunruhigung.

Am erfreulichsten fand es Heini nach seiner Rückkehr, daß es seinem alten Klavierprofessor gelang, ein Konzert für ihn zu arrangieren.

«Ich hätte gern einen wirklich großartigen Auftritt für Sie organisiert», sagte Professor Sandor und erwähnte den Vigado, den berühmten Konzertsaal, in dem Rubinstein gespielt und Brahms dirigiert hatte, «aber dazu war die Zeit zu kurz – und wer weiß, wenn Sie hier in der Musikhochschule spielen, kommt vielleicht Bartók, und das könnte für Sie eine große Chance sein.»

Heini war angemessen dankbar. Er erinnerte sich des alten Hauses mit Wärme. Schon Liszt hatte hier gelehrt, und nun konnte sich die Hochschule mit Bartók, Kodály und Dohnányi eines Musikerdreigespanns rühmen, auf das jede Musikhochschule der Welt stolz gewesen wäre. Er sollte im großen Saal ein Solokonzert geben und die Hälfte der Einnahmen bekommen. Professor Sandor war wirklich die Hilfsbereitschaft und die Generosität in Person.

Aber die Sache hatte einen Haken. Das Konzertkomitee hatte zur Auflage gemacht, daß Heini die Sonate in sein Programm aufnahm, die die Meisterklasse des Klavierlehrgangs in diesem Jahr studierte: Beethovens schwieriges und schönes Opus 99. Heini hatte nichts dagegen einzuwenden. Er würde die Sonate allerdings vom Blatt spielen müssen – und das hieß, daß er jemanden brauchte, der ihm die Noten umblätterte.

Ja, und da kam nun gewissermaßen Sand ins Getriebe. Professor Sandor hatte nämlich eine Tochter, ebenfalls Studentin an der Hochschule, die er Heini als Hilfe empfahl.

«Sie werden sehen, daß man gut mit ihr zusammenarbeiten kann», hatte der Professor versprochen. Mali kam also zu Heinis erster Probe wie vereinbart – und es wurde eine Katastrophe.

Das Mädchen war nicht nur reizlos – ein unscheinbares Äußeres hätte ihn nicht gestört –, sondern ausgesprochen häßlich; ihre Brillengläser fingen das Licht ein und blitzten irritierend; außerdem hatte sie vorstehende Zähne. Als würde das noch nicht genügen, machte sie ihn fast wahnsinnig mit ihrer devoten Diensteifrigkeit, ihrem Bemühen, sich ja nützlich zu machen, und obwohl sie als Studentin der Hochschule natürlich Noten lesen konnte, war sie so zögerlich, hatte solche Angst davor, voreilig zu sein, daß er mehrmals am Ende des Blattes nicken mußte. Aber das schlimmste war, daß Mali schwitzte.

Heini vermißte Ruth jeden Tag, seit er in Budapest zurück war, aber in den Tagen vor dem Konzert wurde seine Sehnsucht nach ihr zu einem dauernden Schmerz. Ruth blätterte mit solcher Anmut, mit solchem Geschick die Seiten um, daß man kaum merkte, daß sie da war; sie duftete süß und zart nach Lavendelshampoo, und nicht ein einziges Mal in all den Jahren, seit sie an seiner Seite saß, hatte er nicken müssen.

Zu Heinis Kümmernissen trug ferner die Tatsache bei, daß seine Stiefmutter keine Ahnung hatte, welche inneren Spannungen der bevorstehende öffentliche Auftritt für ihn mit sich brachte. Heinis Hände waren natürlich versichert, und sie wie seine Augäpfel zu hüten, war ihm zur zweiten Natur geworden; aber ein Pianist spielte mit dem ganzen Körper, und als er über ein Kehrschäufelchen stolperte, das seine Stiefmutter auf der Treppe stehengelassen hatte, geriet er darüber ziemlich in Rage.

«Ich bin nicht pingelig», sagte er zu Marta, «aber wenn ich mir den Knöchel verstaucht hätte, könnte ich einen Monat lang das Pedal nicht betätigen.»

Bei den Bergers, deren Wohnung ihm ein zweites Zuhause geworden war, war alles so herrlich anders gewesen. Da hatte nicht nur Ruth, sondern auch ihre Mutter und das Personal ihm mit Freuden gedient; geradeso wie er mit Freuden seiner Muse, der Musik, diente.

Am Tag des Konzerts wurde Heinis Sehnsucht nach Ruth vollends zur Qual. Der Tag begann schon schlecht. Früh um neun bereits weckte ihn das durchdringende Brummen des Staubsaugers vor seiner Zimmertür, obwohl er doch am Tag eines Konzerts stets ausschlafen mußte. Als er sich beschwerte, erklärte ihm seine Stiefmutter, das Mädchen müsse mit seiner Arbeit fertig werden, und machte ihn darauf aufmerksam, daß er bereits zehn Stunden im Bett zugebracht hatte.

«Im Bett, ja, aber ich habe nicht geschlafen», entgegnete Heini bitter – doch im Grund erwartete er gar nicht, daß sie ihn verstand.

Der nächste Stolperstein des Tages war das Mittagessen. Vor einem Konzert konnte Heini niemals etwas Schweres essen, und in Wien war Ruth immer schon zeitig ins Café Museum gegangen, um einen Ecktisch zu reservieren und zu überprüfen, ob die Rinderbouillon, das einzige, was Heini an so einem Tag hinunterbrachte, wirklich klar war und die Brötchen gut durchgebacken. Marta hingegen schien zu erwarten, daß er auf Schweinsbraten mit Knödeln spielte!

Früher, als er eigentlich beabsichtigt hatte, ging Heini aus dem Haus, und auf dem Weg die elegante Váci utca hinunter sah er schon der nächsten Herausforderung ins Gesicht: Es galt, eine Blume für das Knopfloch zu kaufen. Eine Gardenie war für die Hochschule wahrscheinlich etwas übertrieben, ebenso eine Kamelie, aber eine Nelke, eine weiße Nelke, müßte genau das Richtige sein. Natürlich hatte immer Ruth ihm die Blumen besorgt – er hatte ihr einmal dabei zugesehen, wie sie voll Eifer, ihn perfekt auszustaffieren, zusammen mit der Verkäuferin nach der vollkommenen Blüte gesucht hatte.

Mutig betrat Heini nun allein das nächste Blumengeschäft und wählte mit Hilfe einer Verkäuferin eine weiße Nelke. Erst als er mit der in Zellophan verpackten Blume aus dem Laden trat, fiel ihm ein, daß er keine Nadel hatte.

Im Foyer der Hochschule erwartete ihn Professor Sandor.

«Der Besuch ist ausgezeichnet – der Saal ist fast voll. Wenn man bedenkt, daß wir keine zwei Wochen für die Reklame zur Verfügung hatten und heute abend in der Oper eine Premiere stattfindet, können wir ausgesprochen zufrieden sein.»

Heini nickte und ging ins grüne Zimmer, und da erwartete ihn Mali in einem unglaublich scheußlichen Kleid: karminroter Crêpe de Chine, der über ihrem Busen spannte und ihre hervorstehenden Schlüsselbeine enthüllte. Die knallige Farbe würde das Auge ablenken und beschäftigen. Ruth wählte immer Kleider, die mit den Hintergrundfarben des Saals verschmolzen, dezente Kleider, die ihr dennoch wunderbar zu Gesicht standen.

«Haben Sie eine Sicherheitsnadel?» fragte er, und wenigstens damit konnte Mali dienen. Sie schaffte es trotz ihrer Tolpatschigkeit und Nervosität sogar, ihm die Blume anzustecken. «Ich brauche jetzt absolute Ruhe», erklärte er dann mit Entschiedenheit und setzte sich so weit wie möglich von ihr weg.

Den Frieden, nach dem er so dringend verlangte, bekam er dennoch nicht. Mali fingerte unablässig an den Noten der Beethoven-Sonate herum, prüfte immer wieder, ob alle Seiten da waren, räusperte sich...

Ruth wußte stets genau, wie sie ihm in diesen letzten Augenblikken vor einem Konzert oder einer Prüfung die Ruhe geben konnte, die er brauchte. Sie pflegte ein Dominospiel mitzubringen, und dann spielten sie eine Weile; oder sie saß einfach still mit gefalteten Händen da, das herrlich lohfarbene Haar mit einem Band zurückgebunden, damit es ihr nicht ins Gesicht fiel und die Zuhörer ablenkte. Ruth sorgte stets dafür, daß in der Pause frisches Zitronenwasser auf ihn wartete; er mußte nie an seine Noten denken, sie lagen immer bereit, immer in der richtigen Reihenfolge. Als er jetzt in den Spiegel sah, stellte er fest, daß seine weiße Nelke merklich schief saß.

«Fünf Minuten!» rief es von draußen.

«Mein Taschentuch!» rief Heini in plötzlicher Panik. Das weiße in der Tasche seiner Smokingjacke war natürlich da, aber das andere, das, mit dem er sich zwischendurch die Hände zu trocknen pflegte...

Mali wurde brennend rot und sprang auf. «Entschuldigen Sie – ich wußte nicht, daß ich...»

«Schon gut.» Er suchte das heraus, das seine Stiefmutter für ihn gewaschen hatte, aber es war Baumwolle, nicht Leinen. Die Dienstmädchen bei den Bergers hatten seine Taschentücher immer gekocht und leicht gestärkt; sie hatten stets so frisch und sauber gerochen.

Es war Zeit zu gehen. Professor Sandor schaute zur Tür herein. «Bartók ist hier!» sagte er strahlend, und Heini stand auf.

Der Applaus, mit dem er empfangen wurde, war laut und enthusiastisch. Heini Radek war aber auch ein erstaunlich gutaussehender junger Mann mit seinen dunklen Locken und dem schlanken, biegsamen Körper. So sollten Pianisten aussehen.

Heini verbeugte sich, lächelte einem Mädchen in der ersten Reihe zu, sandte einen Blick zum Balkon hinauf, nickte respektvoll in Richtung von Ungarns größtem Komponisten. Als er sich umdrehte, um sich auf dem Klavierhocker niederzulassen, sah er, daß sich Mali mit hüpfendem Adamsapfel auf ihrem Stuhl vorbeugte. Er hatte ihr immer wieder gepredigt, sie müsse zurückgelehnt bleiben, das Publikum dürfe gar nicht bemerken, daß außer ihm noch jemand auf der Bühne war, und nun fuhr sie erschrocken zurück. Unglaublich – wie konnte ein Mensch nur so täppisch sein? Und noch dazu hatte sie sich mit irgendeinem widerlich süßen Parfüm übergossen, dessen Duft sich auf ekelhafte Weise mit dem Geruch ihres Schweißes vermischte.

Aber jetzt durfte es nur noch die Musik geben. Er schloß die Augen einen Moment, um sich zu konzentrieren, dann öffnete er sie wieder und begann zu spielen.

Und Professor Sandor, der leise in die erste Reihe geschlüpft war, nickte zufrieden. Der Junge war trotz allem ungeheuer musikalisch, und die ganze Mühe, die er in die Organisation dieses Konzerts gesteckt hatte, hatte sich gelohnt.

Erst nach drei Zugaben und tosendem Applaus dachte Heini wieder an Ruth. Sie hatte immer auf ihn gewartet, ganz gleich, wo er gespielt hatte – zurückhaltend, still, aber so bezaubernd hübsch, immer in seiner Nähe, so daß er ihr zulächeln und sie an seine Seite ziehen konnte, wenn er wollte, und doch nie aufdringlich, wenn er sich seinen Bewunderern widmete, die ihm sagen wollten, wie sehr sie sein Spiel genossen hatten. Später pflegte sie mit ihm zusammen in die Rauhensteingasse zurückzukehren, wo Leonie ihn schon mit seinen Lieblingsspeisen erwartete, und dann sprachen sie über das Konzert, durchlebten noch einmal den ganzen Abend bis ins kleinste Detail, bis er sich schließlich soweit abreagiert und entspannt hatte, daß er schlafen konnte. Und wenn er zu einer Feier eingeladen war, von Leuten, die ihm eventuell nützlich sein konnten, schlich Ruth sich still und ohne ein Wort des Vorwurfs davon.

Mali hingegen wartete jetzt auf Lob und Anerkennung. Ihre

Augen hinter den Brillengläsern flackerten nervös. «War es in Ordnung?» fragte sie atemlos. «Es war doch alles richtig, nicht wahr?»

«Ja, ja», sagte er und lächelte sogar, bevor er sich abwendete, um seine Bewunderer zu begrüßen und sich feiern zu lassen.

Doch in der Nacht, als er nach Hause kam, wurde ihm von neuem bewußt, wie allein er war. Daß sein Vater bis tief in die Nacht hinein in der Redaktion arbeiten würde, hatte er gewußt; aber auch seine Stiefmutter war ausgegangen. Sie hatte ihm zwar ein Briefchen hinterlassen und auf dem Herd einen Topf Gulasch, aber nie zuvor war Heini in ein leeres Haus zurückgekehrt.

Er stand draußen auf der mondbeschienenen Veranda, als sein Vater mit zwei Gläsern Wein durch die Flügeltür heraustrat.

«Wie war es?»

«Ganz gut, glaube ich.»

«Ich habe über das Buschtelefon bereits positive Stimmen gehört. Du wirst es einmal weit bringen, Heini.»

Heini nahm lächelnd sein Glas entgegen. «Ruth fehlt mir», sagte er.

«Ja, das kann ich mir vorstellen», meinte sein Vater, der Ruth in Wien kennengelernt hatte. «An deiner Stelle würde ich sie schnellstens heiraten, ehe ein anderer sie dir wegschnappt.»

«Oh, das passiert bestimmt nicht. Wir gehören zusammen.»

Radek schwieg. Er sah hinunter auf die Lichter der Stadt, in der er sein ganzes Leben verbracht hatte. Er war jetzt fünfzig Jahre alt, aber er sah älter aus, und er war tief besorgt.

«Geht mit deinem Visum alles in Ordnung?»

«Soviel ich weiß, ja.»

«Ich glaube, du solltest keine Zeit versäumen, Heini. Es gefällt mir nicht, wie die Dinge sich entwickeln. Wenn Hitler gegen die Tschechen marschiert, werden die Ungarn versuchen, sich ihren Anteil an der Beute zu sichern, und das heißt, vor den Deutschen kuschen. Es gibt hier noch keine Gesetze gegen die Juden, aber sie werden kommen.» Unvermittelt fügte er hinzu: «Ich habe einen Posten in der Schweiz angenommen. Marta reist nächste Woche voraus, um uns eine Wohnung zu suchen.»

Heini blieb tief beunruhigt zurück, als sein Vater wieder ins Haus ging. Wenn sein Vater bereit war, seine Heimat zu verlassen und auf das Prestige zu verzichten, das er in Ungarn genoß, so konnte das nur bedeuten, daß wirklich Gefahr im Verzug war. Heini zog nichts nach England, dieses Land ohne Musik, dieses Land der Kälte und der Nebel, aber es schien doch ratsam, daß er sich so schnell wie möglich in das ungeliebte Land begab. Ein Trost war, daß Ruth ihn dort erwartete, Ruth, die er liebte und die er brauchte. Demütig gestand Heini sich ein, daß er Ruth viel zuwenig gewürdigt hatte. Aber das alles würde sich ändern. Nicht nur würde er Ruth ganz zu der Seinen machen, sowohl körperlich als auch geistig, er war auch bereit – ja, das stand jetzt für ihn fest –, sie zu heiraten. Mit einundzwanzig war er für einen so entscheidenden Schritt noch sehr jung, und sein Agent in Wien hatte ihm davon abgeraten. Gerade reiche ältere Damen pflegten bevorzugt junge Musiker am Beginn ihrer Karriere zu fördern, und es war nur natürlich, daß sie unverheiratete Schützlinge mit besonderer Gunst bedachten. Aber das war unwichtig. Er war bereit, dieses Opfer zu bringen.

Impulsiv lief er hinein, holte sich Papier und Bleistift, zündete die Lampe auf der Veranda an und setzte sich, um einen Brief zu schreiben. Er berichtete Ruth von dem Konzert und der Katastrophe mit Mali, er schrieb ihr in bewegenden Worten von seiner Liebe. Aber da er Ruths pragmatisches Wesen kannte, da er wußte, wie dringend sie es brauchte, helfen zu können, schrieb er ihr auch, was sie für ihn tun sollte.

«Wenn ich komme, brauche ich ein Klavier, mein Liebes», schrieb er. «Ich erwarte selbstverständlich nicht, daß Du eines kaufst – mir ist klar, daß das Geld fürs erste etwas knapp sein wird –, aber Du kannst mir doch sicher eines mieten. Ideal wäre natürlich ein Flügel, aber wenn dafür im Salon Deiner Eltern kein Platz ist, tut es auch ein einfaches Klavier. Ein Bösendorfer wäre mir das liebste, Du weißt ja, daß ich sie bevorzuge, aber ich bin natürlich auch mit einem Steinway oder einem Bechstein zufrieden; aber wenn es ein Bechstein ist, dann sollte es ein Modell 8 sein, keines der kleineren Instrumente. Stimmen läßt Du es vielleicht am besten erst am Tag vor meiner Ankunft. Ach, und Ruth, keinesfalls ein englisches Klavier, auch kein Broadwood. Ich weiß, ich kann mich auf Dich verlassen, mein Liebes. Du hast mich bisher noch nie enttäuscht, und Du wirst mich auch nicht enttäuschen.»

Als Heini den Brief unterschrieben hatte, blieb er noch eine Weile auf der Veranda und genoß den Duft, der aus dem Garten aufstieg. «Ich liebe dich, Ruth», sagte er laut und fühlte sich erhoben und befreit und gut, wie das bei Menschen der Fall ist, wenn sie sich entschieden haben. Er wäre noch länger draußen geblieben, aber das durchdringende Summen einer Mücke irgendwo über seinem Kopf irritierte ihn. Am Grundlsee hatte ihn einmal eine Mücke in den Ballen seines Zeigefingers gestochen, und der Stich hatte angefangen zu eitern. Heini eilte also ins Haus, schloß die Fenster und ging zu Bett.

8

Erst als sie auf dem Bahnsteig stand und zu den königsblauen Waggons mit den Emblemen und der Aufschrift *Compagnie Internationale des Wagons-Lits* über den Fenstern hinaufsah, begriff Ruth, daß sie mit dem Orient-Expreß reisen würden.

Und als sie jetzt Quin in dem feudalen Speisewagen des Zugs, der durch das abendliche Land brauste, gegenübersaß, sah sie sich staunend um. Sie hatte Luxus erwartet, aber die verschwenderische Pracht der Lalique-Ornamente, der Einlegearbeiten aus Rosenholz, die die Trennwände schmückten, der vergoldeten Metallblüten an der Decke übertraf ihre kühnsten Vorstellungen. Die Servietten auf den Damasttischdecken waren kunstvoll zu Schmetterlingen gefaltet; neben jedem Teller stand eine Reihe funkelnder Kristallgläser; Poinsettia-Arrangements glühten im Licht der Lampen.

«Wie unvorstellbar schön!» sagte Ruth. Sie bemühte sich, ein schlechtes Gewissen zu bekommen, aber ohne Erfolg. «Das ist ja wie auf einer richtigen Hochzeitsreise! Sie hätten das nicht tun sollen.»

«Nicht der Rede wert», entgegnete Quin und reichte ihr die Speisekarte.

Tatsächlich hatte er Beziehungen spielen und einiges an Bestechungsgeldern springen lassen müssen, um so kurzfristig noch ein Schlafwagenabteil in diesem Zug zu bekommen. Er hatte es getan, weil er ihr nach den Tagen heimlicher Gefangenschaft und vor den harten Zeiten der Armut, die sie in London erwarteten, noch einen Moment des Wohllebens schenken wollte. Während sie die Speisekarte studierte, winkte er dem Kellner und bat ihn, die Jalousie herunterzulassen, denn jetzt näherten sie sich der vertrauten Landschaft um den von ihr so geliebten Grundlsee.

«Ich müßte eine ungarische Gräfin sein», bemerkte Ruth, während sie die anderen Gäste musterte. «Oder mindestens eine Spionin.» Ein Blick auf die Leute, die in den Zug eingestiegen waren, hatte genügt, sie zu veranlassen, ihr «Umblätter-Kleid» herauszuholen. Und dennoch kam sie sich beinahe wie Aschenputtel vor; Quin hingegen, ganz in der mysteriösen Tradition des Engländers, der soeben aus der Wildnis in die Zivilisation zurückgekehrt ist, sah in seinem Smoking absolut tadellos aus. «Schauen Sie doch mal, die Stola dieser Dame – das ist Zobel», sagte sie leise.

«Und trotzdem würde sie bestimmt liebend gern mit Ihnen tauschen», erwiderte Quin mit einem kurzen Blick auf das stark geschminkte Gesicht der alternden Frau.

«Weil ich in Ihrer Gesellschaft bin, meinen Sie?»

«Nein, deswegen sicher nicht», antwortete Quin, ohne näher auf ihre Frage einzugehen.

«Können Sie mir nicht beim Bestellen helfen?» bat Ruth wenig später. «Ich weiß gar nicht, wo ich anfangen soll.»

«Ich hatte gehofft, daß Sie mich das bitten würden», sagte Quin. «Ich finde nämlich, wir sollten dem Wein ganz besondere Aufmerksamkeit widmen.»

Der Sommelier präsentierte Quin den ausgesuchten Wein mit der

Feierlichkeit einer Hebamme, die dem Oberhaupt einer adeligen Dynastie den langersehnten Stammhalter präsentiert.

«Probieren Sie», forderte Quin Ruth auf und wechselte einen Verschwörerblick mit dem Kellner.

Ruth ergriff ihr Glas, trank einen Schluck, schloß die Augen, trank noch einen Schluck, öffnete sie wieder. Einen Moment lang schien es, als wollte sie etwas sagen – eine Bewertung abgeben oder vielleicht einen Vergleich ziehen; dann aber tat sie nichts dergleichen, schüttelte nur einmal wie fassungslos den Kopf und lächelte.

Ruths Freunde in Wien wußten, daß Musik sie zum Verstummen bringen konnte; Quinton Somerville, der ihr einen Pouilly-Fuissé kredenzte, erfuhr, daß auch ein edler Wein sie sprachlos machen konnte.

«Ich sehe schon, es wird mir richtig leid tun, Sie nicht weiterbilden zu können», sagte er. «Sie sind ein Naturtalent.»

«Aber wir können doch Freunde bleiben, nicht wahr? Später, meine ich, nach der Scheidung.»

Quin antwortete nicht. Er betrachtete Ruth. Ihr Haar leuchtete, und der Blick ihrer dunklen Augen war weich und verträumt. Quin hatte natürlich Freundinnen, aber so sah keine von ihnen aus.

Dann brachte der Kellner Ruth die bestellten Vol-au-vents, leicht wie ein Hauch, mit einer köstlichen Füllung aus *foie gras* und Austern, und sie mußte sich nun ganz dem Essen widmen, hatte allenfalls Zeit, ab und zu einen bewundernden Blick auf Quin zu werfen, der mit leichtfingriger Eleganz seine flambierten Krebse auseinandernahm.

Erst als ihre Teller abgetragen und die Fingerschalen gebracht wurden, sagte sie: «Um noch einmal auf die Hochzeit zurückzukommen... ich meine, auf die Tatsache, daß wir verheiratet sind...»

«Ja?»

«Hätten Sie etwas dagegen, wenn wir niemand etwas davon sagen? Überhaupt keinem Menschen?»

Quin stellte sein Glas nieder. «Ganz im Gegenteil. Mir wäre das sehr recht. Ich hasse Aufsehen und Wirbel jeder Art.» Dennoch war er erstaunt. So wie er die Bergers kannte, konnte er sich

Geheimnisse zwischen Ruth und ihrer Familie kaum vorstellen. «Werden Sie es denn vor Ihren Eltern geheimhalten können?»

«Ich denke schon, ja. Wenigstens vorläufig. Wenn ich später meinen eigenen britischen Paß bekomme, werden sie es natürlich erfahren – aber da sind wir dann ja schon geschieden.» Sie zögerte, unschlüssig, ob sie mehr sagen sollte. «Meine Eltern sind sehr altmodische Leute, wissen Sie. Es würde ihnen bestimmt nicht in den Kopf gehen, daß eine Heirat keinerlei Bedeutung haben soll. Und ich könnte es nicht aushalten, wenn sie versuchen sollten, Sie – ich meine mit Ihnen...» Sie schüttelte den Kopf und setzte noch einmal an. «Sie waren immer sehr lieb und gut zu Heini; er hat ja praktisch bei uns gelebt. Aber ich glaube nicht, daß ihnen klar ist, wie es um ihn und mich steht – besonders meine Mutter ist ziemlich ahnungslos. Sie würde vielleicht glauben, daß Sie – daß wir...»

Nein, sie konnte Quin nicht erklären, wie groß ihre Angst vor dem Beifall ihrer Eltern zu dieser Heirat war; vor der Dankbarkeit, mit der sie ihn in Verlegenheit bringen und ihm das Gefühl geben würden, nicht mehr heraus zu können. Keinesfalls durfte Quin den Eindruck erhalten, sie erwarte nach der Ankunft in England noch irgend etwas von ihm; das wäre ein schlechter Lohn für seine Güte und Hilfsbereitschaft gewesen.

Der Weinkellner trat wieder zu ihnen und strahlte Ruth an wie eine hochbegabte Schülerin, die soeben ihre Prüfung mit Glanz bestanden hat. Erneut wurde die Weinkarte studiert, und mit Bedauern stimmte der Kellner Quin zu, daß man in Anbetracht des jugendlichen Alters der Dame wohl besser auf den Margaux verzichtete, den er sonst zum Geflügel vorgeschlagen hätte.

«Aber zum Dessert habe ich einen vorzüglichen Tokaier, Monsieur – einen Essencia 1905, etwas ganz Besonderes, *je vous assure*.»

«Leben Sie zu Hause auch so?» fragte Ruth, als der Kellner gegangen war. «Ich meine, mit Bediensteten und einem Koch und einem erstklassigen Weinkeller?»

Er schüttelte den Kopf. «Ich habe zwar Angestellte und auch einen Weinkeller, aber die Atmosphäre ist anders als hier. Mein Haus steht hoch oben im nördlichen Teil Englands, nahe der schottischen Grenze, auf einem Felskap am grauen Meer.»

«Oh.» Das klang nicht sehr verlockend. «Und wer wohnt dort, wenn Sie nicht da sind? Steht das Haus leer?»

«Eine Tante von mir kümmert sich um alles. Das heißt, sie ist eigentlich eine Cousine zweiten Grades, aber ich habe sie immer Tante genannt – sie ist um einiges älter als ich und hat von Natur aus etwas sehr Tantenhaftes, wenn es das gibt. Meine Eltern starben, als ich noch sehr klein war. Erst sorgte mein Großvater für mich, und als er ebenfalls starb, kam sie. Ich bin ihr zu großem Dank verpflichtet. Wenn sie nicht wäre, könnte ich nicht jederzeit auf und davon gehen, ohne mir Sorgen machen zu müsen, was aus dem Haus wird.»

«Hatten Sie sie als Kind gern?»

«Sie hat mich in Ruhe gelassen», antwortete Quin.

Ruth versuchte stirnrunzelnd, sich das vorzustellen. Sie war nie in Ruhe gelassen worden – ganz gewiß nicht von ihrer Mutter und ihrem Vater, aber auch nicht von Tante Hilda und den Dienstmädchen... nicht einmal von Onkel Mishak, der sie die Namen der Blumen und Bäume gelehrt hatte. Und was Heini anging...

«Fanden Sie das schön?» fragte sie. «In Ruhe gelassen zu werden, meine ich.»

Quin lächelte. «Ich denke, das ist etwas ausgesprochen Britisches», antwortete er. «Uns scheint es im großen und ganzen zu liegen. Ich kann mir allerdings nicht vorstellen, daß es Ihnen gefallen würde.»

«Nein, ich auch nicht», meinte sie nachdenklich.

Als das Dessert gebracht wurde – Zitronensoufflé mit einem Glas Tokaier, frisches Obst, Schokoladetrüffel und danach türkischer Kaffee –, rief sie impulsiv: «Das ist ja wirklich paradiesisch. Ich glaube, wenn ich reich wäre, würde ich mein Leben lang mit der Eisenbahn durch die Weltgeschichte reisen und niemals ankommen. Niemals ankommen, immer nur fahren, fahren.»

«Davon träumen viele Menschen», bemerkte Quin. Er knackte ihr eine Walnuß und legte sie ihr auf den Teller. «Ankommen heißt ja leben, und leben ist Schwerstarbeit.»

«Für Sie auch?»

«Für jeden.»

Ruth sah ihn an und fragte sich, was für einen Mann denn schwierig sein konnte, der so wohlhabend, so erfolgreich und dazu Bürger eines freien und mächtigen Landes war. «Es ist merkwürdig, schon vor dem Horror – vor den Nazis, meine ich, haben alle möglichen Leute zu mir gesagt: Ach, du bist jung und gesund, du hast bestimmt keine Probleme. Aber manchmal hatte ich doch welche. Jetzt, wo es um Leben und Tod geht, erscheinen sie mir natürlich lächerlich. Aber wissen Sie ... mit Heini ... ich liebe ihn wirklich von ganzem Herzen und möchte nur für ihn da sein, aber manchmal ist mir das trotzdem furchtbar schwergefallen.»

«Inwiefern denn?»

«Na ja, Heini ist Musiker. Er muß fast den ganzen Tag am Klavier sitzen und üben und möchte mich ständig um sich haben. Aber ich bin so gern draußen im Freien – das geht wahrscheinlich jedem so –, und im Freien kann man eben nicht Klavier spielen – höchstens wenn man bei der Frauenkapelle vom Prater ist», fügte sie mit einem anklagenden Blick zu Quin hinzu. Der lachte ganz ohne Zerknirschung. «Jedenfalls bin ich manchmal richtig böse geworden, wenn ich stundenlang im Zimmer sitzen mußte, immer bei fest geschlossenen Fenstern, weil Klaviere keine Zugluft vertragen. Jetzt, wo mir klar wird, wie schön ich es damals hatte, erscheint es mir schrecklich kleinlich und undankbar. Glauben Sie, daß wir wieder genauso kleinlich und undankbar werden, wenn die Welt wieder normal werden sollte?»

«Wenn es kleinlich und undankbar ist, gern im Freien zu sein, dann sicher ja», meinte Quin.

Aber nun ließ es sich nicht länger aufschieben. Die meisten Gäste gingen. Die Kellner begleiteten ihren Aufbruch mit höflichen Verbeugungen und strichen ihr Trinkgeld ein. Ruth hatte jetzt der Tatsache ins Gesicht zu sehen, daß sie sich mit Quinton Somerville auf Hochzeitsreise befand und nun zu Bett gehen mußte.

«Ich bleibe noch ein Weilchen in der Bar und rauche eine Pfeife», sagte Quin.

Sie stand auf und ging durch die dämmrig beleuchteten, stillen Korridore der Schlafwagen zu Abteil Nummer 23. Es hatte keinerlei Ähnlichkeit mit den mit zwei Stockbetten und einer schmalen Leiter ausgestatteten Schlafzellen, die sie von früheren Reisen kannte. Kein Darandenken, einfach ins obere Bett hinaufzuklettern und bis zum Morgen unsichtbar zu bleiben. Hier gab es zwei richtige Betten, die lediglich durch einen schmalen, mit Teppich bespannten Gang voneinander getrennt waren. Wäre sie eine echte Hochzeitsreisende gewesen, sie hätte ihrem frisch angetrauten Ehemann die ganze Nacht die Hand halten können.

Der Steward hatte schon alles für die Nacht vorbereitet. Quins Pyjama und ihr züchtiges Jungmädchennachthemd aus vernünftiger Baumwolle lagen adrett drapiert auf weißen Kopfkissen mit Monogramm. Auf dem Bord über dem Waschbecken warteten Quins Rasierapparat und Rasierpinsel in trauter Gemeinschaft mit ihrer Zahnbürste. Die Lampen mit den rosafarbenen Schirmen warfen ein sanftes Licht auf die dunkle Täfelung; in Kristallkaraffen funkelte frisches Wasser; in einer Schale aus getriebenem Silber glühten dunkel blaue Trauben.

Sie kleidete sich aus, schlüpfte in das Nachthemd, das sie für ihre große Tour auf die Kanderspitze eingepackt hatte, und stellte sich einen wonnigen Moment lang vor, sie trüge fließende nilgrüne Seide. Keiner hätte sie darin zu sehen bekommen, denn sie hätte ja die Bettdecke bis zum Hals hochgezogen, aber sie hätte gewußt, daß sie sie trug.

Im Bett schaltete sie zunächst das Licht aus, um Quin die Möglichkeit zu geben, ungesehen hereinzuschlüpfen; schaltete es wieder an, weil sie fürchtete, er könnte sich im Dunklen stoßen; und stellte fest, daß es in diesem märchenhaften Zug eine dritte Möglichkeit gab, einen Dimmer, der es erlaubte, die Beleuchtung so zu dämpfen, daß sich der Schein der rosafarbenen Lampen zu einem zarten Schimmer wie unter Rosenblättern abschwächte.

Wenn Quin kam, würde sie sich mit dem Gesicht zur Wand drehen und so tun, als schliefe sie. Aber während der Zug durch die Nacht raste, überflutete ihr erschöpftes Gehirn sie mit Bildern von Brautnächten und Hochzeitsritualen ferner Zeiten und fremder Länder... Jungfrauen, die in das Bett eines fremdländischen Herrschers geschleppt wurden, um dort, in riesigen Himmelbetten installiert, auf einen Bräutigam zu warten, den sie bisher nur in prachtvollem Goldtuch gesehen hatten... Bei den Mi-Mi nahm der ganze Stamm an der Hochzeitsnacht teil; die alten Frauen sangen vor der Hütte des frisch verheirateten Paares; die jungen Leute tanzten und riefen dem jungen Paar von draußen Ermutigung zu... Und sie sah Bilder dieser armen viktorianischen Jungfern aus den Romanen, die man zu spät oder gar nicht in die Tatsachen des Lebens eingeweiht hatte, und die nun voller Angst versuchten, an den Fenstervorhängen emporzuklettern oder sich in Schränken zu verstecken...

Hätte auch sie Zuflucht in einem Schrank gesucht, wenn dies eine echte Hochzeitsnacht gewesen wäre? Nun, sie war wenigstens mit den Tatsachen des Lebens vertraut – seit ihrem sechsten Lebensjahr schon. Jetzt allerdings fragte sich Ruth, die sich rastlos in ihrem Bett wälzte, ob sie damals am Grundlsee ihren Studien nicht ein wenig übereifrig nachgegangen war. Kraft-Ebbing, Havelock Ellis, Sigmund Freud... Vieles konnte danebengehen, darin waren sich die ehrwürdigen Herren alle einig. Da gab es zum Beispiel die Frigidität. Diese Möglichkeit hatte Ruth, ein feuriges Kind von Natur aus, immer besonders beunruhigt. Aber das wäre hier wahrscheinlich nicht passiert – nicht mit einem Mann, der sie immer zum Lachen bringen konnte.

Eine Stunde war vergangen, seit sie den Speisewagen verlassen hatte. Sie drehte sich auf die andere Seite, schloß die Augen, stellte sich schlafend – aber es verstrich noch eine Stunde und noch eine, und er kam nicht.

Ein plötzlicher, heftiger Ruck riß sie aus dem Schlaf, den sie endlich doch gefunden hatte. Der Zug hatte angehalten. Von draußen hörte sie Schritte und Stimmen.

Entsetzt fuhr sie in die Höhe. Nun war es doch geschehen. Man würde sie aus dem Zug holen und zurückschicken wie schon einmal. Das Bett an ihrer Seite war immer noch leer. In heller Panik stürzte sie in den Korridor hinaus.

Quin stand am Fenster. Er hatte die Jalousie hochgeschoben und sah in die mondhelle Landschaft hinaus.

«Sie kommen!» rief sie angstvoll. «Ich hab es gewußt. Es konnte nicht gutgehen. Jetzt werden sie mich wieder zurückschicken.»

Er drehte sich herum und sah sie, schlaftrunken, in schrecklicher Angst. Ohne zu überlegen öffnete er die Arme, und ohne zu überlegen flüchtete sie sich zu ihm.

«Ist ja gut», sagte er, sie in den Armen haltend. «Es ist nichts. Nur die Strecke ist blockiert. Vielleicht steht eine Kuh auf den Gleisen.»

«Eine Kuh?» Sie blickte zu ihm auf und blinzelte verdutzt. Dann schüttelte sie hoffnungslos den Kopf.

«Ja, eine von diesen dicken, braun-weißen Kühen, wie sie immer auf Schokoladentafeln abgebildet sind. Auf Milchschokolade natürlich. Scheckige Kühe geben nämlich am meisten Milch, wissen Sie.» Er fuhr fort, Unsinn zu reden, bis sie allmählich zu zittern aufhörte. Dann sagte er: «Wir sind längst über die Grenze. Wir sind in Sicherheit. Wir sind schon in Frankreich.»

Aber sie konnte es immer noch nicht glauben. «Ist das wirklich wahr?» fragte sie und sah ihn forschend an. «Sagen Sie mir auch die Wahrheit? Es sind doch gar keine Zollbeamten gekommen. Niemand hat unsere Pässe verlangt, niemand hat uns durchsucht. Sonst kommen sie immer und...» Sie begann wieder zu zittern. Sie wußte, mit welcher Brutalität andere Flüchtlinge an der Grenze behandelt worden waren; wie man ihnen gewissermaßen in letzter Minute noch die wenigen Habseligkeiten abgenommen hatte, die sie hatten mitnehmen können.

«Ich habe unseren Paß beim Zugführer abgegeben – für uns ist der Grenzübertritt nur eine Formalität.»

Unseren Paß... Der Paß, in dem der Außenminister Seiner Majestät des Königs von England darum bat, den Inhaber frei und ungehindert passieren zu lassen... Einen Moment lang wünschte sich Ruth nichts sehnlicher, als diesem Mann und seiner Welt anzugehören. Bei Quin und jenen, die ihn beschützten, würde sie immer sicher sein. Dafür hätte sie es sogar auf sich genommen, in einem kalten Haus auf einem Felskap hoch im Norden zu leben; dafür hätte sie es sogar erduldet, von seiner Tante in Ruhe gelassen zu werden.

Dann wurde sie sich plötzlich bewußt, daß sie mit nichts als einem Nachthemd bekleidet mitten im Korridor eines Zugs stand, und sie dachte daran, wie sie sich in wilder Panik in seine Arme gestürzt, ihn schon wieder in Anspruch genommen hatte, obwohl sie es ihm nach allem, was er für sie getan hatte, schuldete, ihn endlich nicht mehr zu belästigen, keine weiteren Forderungen an ihn zu stellen. Wahrscheinlich dachte er...

«Entschuldigen Sie, ich habe mich wie eine dumme Gans benommen», sagte sie und riß sich ziemlich ungestüm von ihm los. «Sie denken sicher...»

«Ich denke gar nichts», erklärte er, doch ihr abrupter Rückzug hatte ihn verärgert. Glaubte sie im Ernst, er würde die Situation ausnutzen und sich an ihr vergreifen? «Sie sollten jetzt wieder zu Bett gehen», sagte er abrupt, und sie sah in seinem strengen Gesicht die Bestätigung ihrer Befürchtungen. Ohne ein weiteres Wort huschte sie ins Abteil zurück und schloß die Tür.

Als sie am Morgen erwachte, lag er voll bekleidet auf dem Nachbarbett, die Arme hinter dem Kopf, die Augen geöffnet, den Blick auf das Fenster gerichtet, und betrachtete den Sonnenaufgang.

Zwei Stunden später waren sie in Calais. Möwen kreisten über ihnen, Dienstleute schrien an den Piers, die langen Arme großer Kräne schwangen über ihren Köpfen hin und her. Es war eine frische weiße Welt nach dem stickigen Luxus des Zugs.

«Langsam glaube ich wirklich, daß wir ankommen werden», sagte Ruth.

«Natürlich werden wir ankommen.»

Sie gingen an Bord. Selbst für die kurze Überfahrt über den Kanal hatte er eine Kabine reserviert. «Sie werden einen zweiten Pullover brauchen», sagte er und hob ihren Koffer auf den Ständer. «An Deck ist es kalt und windig, und Sie müssen doch die Kreidefelsen von Dover begrüßen.»

Sie nickte und klappte den Koffer auf. Obenauf, sorgsam verpackt, lag eine gerahmte Fotografie, die sie von zu Hause mitgenommen, im Museum bei sich gehabt, für die geplante Flucht über die Kanderspitze und durch die Arve in ihren Rucksack gepackt hatte. Jetzt nahm sie sie absichtlich aus ihrer Umhüllung und reichte sie Quin. Dies war eine gute Gelegenheit, ihn wissen zu lassen, daß sie fest an einen anderen gebunden war; ihm zu zeigen, daß sie sich nie wieder so vergessen würde wie in der vergangenen Nacht.

«Das ist Heini.»

Die Aufnahme war am Tag seiner Abschlußprüfung am Konservatorium gemacht worden. Heini, mit dunklen Locken und hellen, langbewimperten Augen, stand an einem Bösendorfer-Flügel. Er lächelte. Quer über die rechte untere Ecke des Bildes hatte er in spitzer deutscher Schrift geschrieben: «Meinem kleinen Star mit aller Liebe, Heini.»

«Und wieso nennt er Sie seinen kleinen Star?» erkundigte sich Quin.

Ruth erklärte. «Mozart hatte einen Star. Er hatte ihn für vierunddreißig Kreuzer auf dem Markt gekauft und hielt ihn in einem Käfig in seinem Zimmer. Der Gesang des Vogels hat ihn nie gestört...» Sie erzählte die Geschichte mit leuchtenden Augen, in Gedanken bei jenem ersten Tag, an dem Heini sie zu seinem Star erkoren hatte.

Quin hörte höflich zu. «Und was ist aus dem Star geworden?» fragte er, als sie zum Ende gekommen war.

«Er ist gestorben.»

«Kein Wunder», meinte Quin.

«Wieso?»

«Nun, Stare sind nun einmal keine Käfigvögel. Aber vielleicht wußte Mozart das nicht.»

«Mozart wußte *alles*», gab sie mit blitzenden Augen zurück.

Quin lächelte nur und ließ sie allein. Sie zog sich einen zweiten Pullover über und machte sich auf den Weg zum Deck. Als sie aus dem Salon erster Klasse trat, bemerkte sie zwei in Pelze gehüllte Damen, die es sich auf Deck in Liegestühlen bequem gemacht hatten.

«War das nicht Quinton Somerville?» fragte die eine.

«Ich bin ziemlich sicher, daß er es war. Dieses markante Gesicht

– unverkennbar. Ein gutaussehender Mann. Ich habe ihn schon auf dem Bahnsteig gesehen. In Begleitung eines jungen Mädchens – so ein unbedarftes junges Ding im Lodenmantel.»

«Ach, du lieber Gott! Sollte das etwas Ernstes sein?»

«Das kann ich mir nicht vorstellen. Sie war gar nicht sein Stil. Viel zu schlicht.»

Ein Steward kam vorbei, und die beiden Damen verlangten Wolldecken.

«Wenn es tatsächlich etwas Ernstes sein sollte, wird das die arme Lavinia völlig niederschmettern. Sie hofft immer noch, ihn für Fenella zu angeln.»

«Das kann ich verstehen. Bei dem vielen Geld und –»

Ruth wich zurück und ging durch eine andere Tür hinaus. Quin stand vorn am Bug und starrte ins Wasser. Ich habe natürlich gewußt, daß er reich ist, dachte sie. Und daß die Welt voller Fenellas ist, die ihn heiraten wollen, kann ich mir gut vorstellen. Meinen Segen haben sie – ein Mann, der über Mozart spottet und vor Strauß davonläuft, kann mir gestohlen bleiben.

«Nach der Landung werden wir uns wohl nicht wiedersehen», sagte sie entschlossen.

«Ich möchte Sie gern noch nach Belsize Park bringen, damit ich sicher sein kann, daß Sie wohlbehalten bei Ihrer Familie ankommen. Aber danach – da haben Sie recht – wird es das beste sein, wenn sich unsere Wege trennen. Sollten Sie irgend etwas brauchen, wenden Sie sich einfach an meinen Anwalt – nicht nur wegen der Scheidung, sondern auch, wenn Sie sonst Hilfe brauchen. Er ist ein alter Freund von mir.»

Natürlich, dachte sie. Von jetzt an läuft alles über den Anwalt.

«Ich schulde Ihnen so viel», sagte sie. «Nicht nur, daß Sie mich herausgeholt haben. Ich schulde Ihnen auch Geld. Eine Menge Geld. Ich muß es Ihnen so schnell wie möglich zurückzahlen.»

«Ja, tun Sie das», sagte er, und sie sah ihn erstaunt an. Seine Stimme klang schroff und kühl, und das hatte sie nicht erwartet. Die ganze Zeit war er doch so zugewandt gewesen, so generös. «Sie wissen wohl, was das heißt?»

«Daß ich mir Arbeit suchen muß und –»

«Genau das heißt es nicht. Das wäre das Dümmste, was Sie jetzt tun könnten – sich irgendeine mindere Arbeit zu suchen, nur um schnell Geld zu verdienen. Ich kann mir Sie als Verkäuferin oder Kellnerin richtig vorstellen. Das einzig Vernünftige für Sie ist es, unverzüglich Ihr Studium fortzusetzen. Wenn das University College Ihnen einen Studienplatz angeboten hat, sollten Sie zupacken. Eine bessere Chance werden Sie nicht bekommen. Es gibt ja mittlerweile alle möglichen Stipendien für Leute in Ihrer Lage; die Welt merkt langsam, was in Deutschland und seinen Nachbarländern vorgeht. Wenn Sie dann Ihren Abschluß haben, können Sie sich eine anständige Stellung suchen und mir nach und nach das Geld zurückzahlen.»

Sie schien sich das durch den Kopf gehen zu lassen, aber ihm fiel auf, daß sie nichts versprach. In der Befürchtung, daß sie sich wieder irgendwelche Verrücktheiten einfallen lassen würde, runzelte er die Stirn – und Ruth, die das Stirnrunzeln sah, fiel noch etwas ein, das sie von ihm bekommen hatte.

«Was ist mit dem Ring?» fragte sie. «Was soll ich mit ihm tun?»

«Was Sie wollen», antwortete er gleichgültig. «Sie können ihn verkaufen oder versetzen oder behalten.»

Sie sah auf ihre Hand hinunter. «Auf jeden Fall ist es besser, ich ziehe ihn aus, ehe meine Eltern Fragen stellen. Oder Heini, falls er schon da ist.»

Sie zog an dem Ring, drehte ihn, zog wieder. «Er sitzt fest», sagte sie verblüfft.

«Unmöglich», meinte er. «Er hat sich so leicht aufstecken lassen.»

«Aber er sitzt trotzdem fest», versetzte sie, plötzlich zornig.

«Vielleicht haben Sie warme Hände.»

«Unsinn! Es ist eiskalt hier draußen.» Es stimmte. Sie hatten den Hafen hinter sich gelassen, und der Wind war bitterkalt.

Er legte leicht eine Hand auf die ihre. «Nein, sie sind wirklich kühl. Hm, versuchen Sie es einmal mit Seife.»

Ohne Antwort drehte sie sich um und lief mit wehenden Haaren davon. Sie blieb ziemlich lange weg, und als sie zurückkam und ihre Hand wieder auf die Reling legte, sah er erstaunt ihren Ringfinger.

Er war nicht nur gerötet, er sah geschunden aus, wie durch die Mangel gedreht.

«Du lieber Gott», sagte er. «War es so schlimm?»

Sie nickte, immer noch sichtlich erregt. Er spürte, daß sie sich in ihre alttestamentarische Welt der Omen und Verwünschungen zurückgezogen hatte, und ließ sie in Ruhe.

Erst als England vor ihnen auftauchte, sagte er: «Schauen Sie! Da sind sie!»

Und da waren sie in der Tat: die weißen Felsen von Dover, vielbesungenes Symbol der Freiheit. Weit weniger eindrucksvoll, als der Ausländer erwartet; nicht sehr hoch und nicht sehr weiß, und dennoch war Quin, der sich oft genug über diese Felsformation der Kreidezeit, die sich durch nichts auszeichnete, lustig gemacht hatte, in diesem Moment wirklich ergriffen. Nach den Schrecknissen, die er auf dem Kontinent zurückgelassen hatte, war er so froh und dankbar, wieder zu Hause zu sein, wie er sich das niemals vorgestellt hatte.

9

Die Bergers waren gerade zwei Wochen in England, als Hilda ihre Stellung verlor. Sie war auf eine Trittleiter gestiegen, um die Nippessachen auf Mrs. Manfreds Bücherschrank abzustauben, und da war der Bücherschrank umgekippt und hatte sie unter sich begraben. Es war der einzige im Haus, da Mrs. Manfred vom Lesen nicht viel hielt, aber er hatte Glastüren, und ein Splitter hatte den Hund getroffen.

Keinen wunderte es, und keiner machte Mrs. Manfred einen Vorwurf, aber Hilda nahm die Sache schwer und blieb im Bett. Mit Zinkpflaster bedeckt, schrieb sie Briefe an die Verwaltungsbehörde von Betschuanaland und erkundigte sich nach den Mi-Mi, aber sie schickte die Briefe nicht ab, weil sie kein Geld für Briefmarken hatte, und Leonie aussah, als würde sie umfallen, wenn man auch nur die kleinste Kleinigkeit von ihr verlangte.

Onkel Mishak machte es sich, als die Tage vergingen und Ruth nicht kam, zur Gewohnheit, bei Tagesanbruch aufzustehen und durch die Stadt zu wandern. Im bedächtigen Schritt des Landmanns legte er weite Strecken zurück, und er wußte, daß es leichtsinnig war, denn in ein, zwei Monaten würden die Sohlen seiner Schuhe durchgelaufen sein; aber er mußte einfach ins Freie hinaus.

Er fürchtete um Ruth. Undenkbares konnte ihr in dieser Schrekkenswelt widerfahren, zu der seine Heimat geworden war. Mishak hatte eigentlich nicht in die Rauhensteingasse ziehen wollen, als Marianne gestorben war. Er hatte in dem Haus bleiben wollen, das er seiner Frau an den Hängen des Wienerwalds gebaut hatte. Er war nur in die Rauhensteingasse gekommen, um Leonie für ihr freundliches Angebot zu danken und abzulehnen. Aber Leonie war nicht zu Hause gewesen. Die sechsjährige, gerade frisch gebadete Ruth hatte ihn empfangen, ihm die Arme um den Hals geschlungen und gerufen: «Ich freue mich ja so, daß du zu uns ziehst! Wirst du mit mir in den Prater gehen? Ich meine, in den Wurstelprater, nicht den andern, wo die gesunde frische Luft ist. Und fahren wir auch nach Schönbrunn und schauen uns die Lamas an? Inge hat gesagt, sie spucken und machen einen ganz naß. Und wenn wir auf den Kahlenberg fahren, dann erlaubst du mir doch, daß ich mich aus dem Fenster lehne, und hältst mich nicht an den Beinen fest?»

Dieser gesunde Egoismus eines sorglosen Kindes, das die Welt als aufregendes Abenteuer sah, bewegte ihn tief. Ruths Freude über sein Kommen hatte mit Mitleid nichts zu tun; sie wollte ihn für ihre eigenen Zwecke dahaben. Mishak hatte sich umstimmen lassen und war in die Rauhensteingasse gezogen. Sie hatten sich zusammen die Lamas angesehen und vieles mehr...

Hier jetzt, auf einer Bank in Kensington Gardens, wo er den Kindern beim Spielen zusah, wurde sich dieser stille alte Mann, der um jeden Maulwurfshügel herumging, um nicht etwa einen der kleinen Bewohner zu treten, bewußt, daß er bedenkenlos jeden töten würde, der seiner Nichte etwas zuleide tat.

Kurt Berger sprach kaum über seine vermißte Tochter. Er ging jeden Morgen zum Bloomsbury House, er arbeitete jeden Nachmittag in der Bibliothek, aber niemand hätte ihn jetzt mehr für einen Mann von 58 Jahren gehalten. Eines Morgens schließlich nahm er einen Bus zur Halrey Street, wo sein Bürge, Dr. Friedlander, seine Praxis hatte.

«Ich gehe nach Wien zurück», sagte er. «Ich muß Ruth finden. Aber du mußt mir das Reisegeld leihen.»

Keiner wußte, was es ihn kostete, um Geld zu bitten. Seit ihrer Ankunft in England hatten die Bergers trotz häufiger Hilfsangebote keinen Penny von ihrem Bürgen angenommen.

«Das Geld kannst du jederzeit haben», sagte Friedlander. «Ich leihe es dir oder ich schenke es dir, ganz wie du willst. Die armen Engländer sind so froh und dankbar, wenn man ihnen nicht gleich sämtliche Zähne zieht, sobald sie sich hier auf den Stuhl setzen, daß ich mich über Patientenmangel nicht beklagen kann. Aber du bist verrückt, Kurt. Die werden dich nicht wieder hinauslassen, und was soll dann aus Leonie werden? Glaubst du denn, Ruth wäre mit dem, was du vorhast, einverstanden?»

«Ich kann es nicht ändern. Ich kann einfach nicht länger untätig hier herumsitzen und warten», entgegnete Berger.

«Hast du Leonie schon gesagt, daß du zurück willst?»

«Nein. Am Donnerstag kommt ein großer Studententransport. Den will ich noch abwarten...»

Leonie bemühte sich derweilen weiterhin um Güte und Langmut. Sie bot der Psychoanalytikerin aus Breslau, einer finsteren, dunkelhaarigen Person, an, ihr beim Kochen zu helfen, weil sie hoffte, so die Geruchsentwicklung der angefaulten Gemüse, von denen Fräulein Lutzenholler sich ernährte, in annehmbaren Grenzen halten zu können. Sie holte bei Paul Ziller, der drei Häuser weiter wohnte, seine Hemden ab, um sie ihm zu waschen und zu bügeln. Sie besuchte Emigranten in den weiter außerhalb liegenden Vororten. Aber am Ende der zweiten Woche erhob ihr Körper ersten Protest. Sie bekam Schwindelanfälle; sie wurde so dünn, daß ihr der Rock über die Hüften zu rutschen drohte. Und – was weit erschreckender war – es fiel ihr immer schwerer, gut zu sein. Soundsooft hatte sie gute Lust, den Leuten eins überzuziehen, und Miss Bates hätte sie am liebsten mit ihrer ewig tropfenden Unterwäsche erdrosselt. Doch wenn sie es nicht mehr schaffen sollte, gut zu sein, würde die fragile Verbindung zu einer gütigen Vorsehung reißen, und ihre Tochter würde in den Abgrund stürzen.

Mrs. Burtt, die in der Spülküche des Tea-Rooms *Willow* Geschirr trocknete, war schlechter Laune. Sie hatte für Juden, Zigeuner und Zeugen Jehovas an und für sich nicht viel übrig, und Kommunisten waren in ihren Augen sowieso nichts wert. Aber die Zeitungen hatten an diesem Morgen von noch mehr Gemeinheit und Scheußlichkeit als sonst zu berichten gewußt – daß man in Berlin und Wien die Menschen wie Vieh zusammentrieb; daß altgediente Professoren die Straßen mit Zahnbürsten schrubben mußten –, und obwohl sie keine Ahnung hatte, wo der Polnische Korridor war, und sich nicht sonderlich für das Schicksal der Menschen im Sudetenland interessierte, schien ihr, daß man nun doch etwas gegen diesen Hitler würde unternehmen müssen. Ein schrecklicher Gedanke, weil zu denen, die an einem solchen Unternehmen mitwirken würden, ihr neunzehnjähriger Sohn Trevor gehörte, der erst heute morgen erklärt hatte, er wolle am liebsten zur Air Force.

Auch die Gäste waren niedergeschlagen. Sie brauchte gar nicht nach vorn zu gehen, um das zu spüren. Sie unterhielten sich nicht wie sonst, sondern blätterten statt dessen stumm in den Zeitschriften, die Miss Maud und Miss Violet seit neuestem im Café auslegten.

Nun, vielleicht würden sie sich über den Guglhupf freuen, den Miss Maud gestern abend gebacken hatte. Er war wirklich eine Pracht geworden. Sobald Mrs. Berger kam, wollte Miss Violet ihn auftischen. Mrs. Berger sollte ihn anschneiden und das erste Stück probieren; das war das mindeste, was man für die arme Frau, die sich so um ihre Tochter sorgte, tun konnte.

Aber Mrs. Berger hatte sich an diesem Morgen verspätet.

Mrs. Burtt hatte recht. Es lag eine neue Hoffnungslosigkeit in der Luft. Alle wußten, daß Ruth auch mit dem neusten Studententransport nicht gekommen war und Professor Berger vorhatte, nach Wien zurückzukehren. Jetzt stand ihnen das gefürchtete lange Wochenende bevor, jene zwei Tage, in denen all die Organisationen und Einrichtungen, die ihnen helfen konnten, geschlossen waren, in denen selbst die Türen der Bibliotheken und Cafés, in denen sie während der Woche Zuflucht fanden, ihnen verschlossen blieben.

Paul Ziller, der vergeblich versuchte, sich in einen Artikel über das Schmieren von Feldgeschützen zu vertiefen, hatte wieder einmal von seinem zweiten Geiger geträumt, dem rundlichen, kraushaarigen Karl Biberstein, dessen fürchterliche Witze dem Quartett ständiger Anlaß zu stöhnendem Protest gewesen waren, der immerfort und immer erfolglos irgendeiner langbeinigen Blondine nachgestiegen war – und der nur seine Amati unters Kinn zu schieben brauchte, um zum Gott zu werden. Ziller trauerte seinem Cellisten nach, der jetzt bei einer Tanzkapelle in New York spielte; er trauerte seinem Bratschisten nach, der, rein arischer Abstammung, in Wien geblieben war; die Trauer um Biberstein jedoch war ganz anderer Art, denn Biberstein war tot. Als er die SS-Männer auf der Treppe zu seiner Wohnung im vierten Stockwerk gehört hatte, hatte er den Passanten unten auf der Straße zugerufen, sie sollten den Bürgersteig freimachen, und war gesprungen.

Dr. Levy spielte mit dem blonden Schauspieler vom Burgtheater Schach, doch es fiel ihm schwer, sich zu konzentrieren; er wußte jetzt mit Gewißheit, daß er seine medizinischen Prüfungen nicht noch einmal ablegen würde. Mit 42 war er zu alt, um noch einmal von vorn anzufangen – und selbst wenn er die Examen bestehen sollte, würde man zweifellos irgendeine andere Vorschrift finden, um ihn an der Ausübung seines Berufs zu hindern. Er konnte es den Ärzten hier nicht einmal zum Vorwurf machen. In Wien waren die Ärzte genauso repressiv gewesen, wenn es darum gegangen war, Emigranten aus dem Osten zuzulassen.

«Ich nehme Ihnen Ihren Springer», sagte er zu von Hofmann, der bisher weder «Schweinehund», noch sonst etwas in einem Film über den Weltkrieg hatte sagen dürfen. Die Schauspielergewerkschaft hatte ihr Veto eingelegt, und da es ganz danach aussah, als stünde ein neuer Krieg bevor, wollte sowieso kein Mensch Soldatenfilme sehen. Die Leute wollten Fred Astaire und Rita Hayworth und Deanna Durbin sehen; Ozeandampfer und schicke Wohnungen in Manhattan, die ganz in Weiß ausstaffiert waren – und wer sagte in so einer Umgebung schon «Schweinehund»?

Die Dame mit dem Pudel trat ein, und Mrs. Weiss mit ihrer dicken Börse aus Roßhaar war enttäuscht. Sie hatte gehofft, es käme jemand, den sie zu einem Stück Kuchen einladen und über ihre Schwiegertochter aufklären könnte, die sie heute morgen gezwungen hatte, ihr Schlafzimmerfenster zu öffnen, angeblich, weil das Zimmer dringend gelüftet werden müßte. Nie hatte Mrs. Weiss feuchte Luft in ein Zimmer gelassen, in dem sie schlief, das hatte sie Moira klipp und klar gesagt, und Georg (der jetzt George hieß), der die Partei seiner Mutter hätte ergreifen müssen, hatte sich klammheimlich davongemacht und war ins Büro gefahren.

An dem Tisch beim Garderobenständer saßen der Hamburger Bankier und seine Frau, schweigend, jeder in eine Zeitschrift vertieft. In Deutschland hatten sie gemeinsam mit Lisas Liebhaber eine glänzend funktionierende *ménage à trois* gebildet, aber der Liebhaber, ein Autohändler mit rein arischem Stammbaum, war in Deutschland geblieben, und so sehr der Bankier sich bemühte, ihn zu ersetzen, er wußte, daß sein Bemühen zum Scheitern verurteilt war. Die Wände ihres kleinen Zimmers waren dünn, das Bett war schmal – und hinterher seufzte sie jedesmal.

Da kam endlich Leonie Berger, und die Traurigkeit, die in ihnen allen war, richtete sich auf einen Brennpunkt. Es war gar nicht nötig zu fragen, ob es Neues gäbe. Diese Frau war eine Demeter, die alle Hoffnung, ihre Tochter aus der Unterwelt zu retten, aufgegeben hatte. Ruth war verloren wie Persephone, und in die Straßen Nord-West-Londons war der Winter eingefallen.

Begleitet von ihrem Mann und ihrem Onkel, ging Leonie zu ihrem Tisch und setzte sich. Niemand im Raum wagte heute mehr als ein Nicken zur Begrüßung. Selbst ein Lächeln schien aufdringlich.

In der Küche holte Miss Violet das Kuchenmesser, Miss Maud schnitt den jungfräulichen Guglhupf an, Mrs. Burtt holte einen Teller – und die Prozession setzte sich in Marsch.

«Mit den besten Empfehlungen der Geschäftsleitung», sagte Miss Maud und stellte den Teller vor Leonie auf den Tisch.

Leonie sah den Kuchen und verstand. Sie verstand das Opfer an Prinzipien, die Ehre, die man ihr zuteil werden ließ. Sie holte einmal tief Atem, wie eine Schwimmerin, bevor sie untertaucht. Ihr Gesicht verzog sich, ihre Schultern fielen schlaff herab – und sie brach in herzzerreißendes Schluchzen aus. Es war wie der Inbegriff alles Weinens, ein Ausbruch von Schmerz und Tränen, der, einmal erfolgt, nicht mehr zu stoppen war. Ihr Mann nahm ihre Hand, doch zum erstenmal in ihrem gemeinsamen Leben stieß sie ihn von sich. Sie wollte ihre Tränen loswerden und sterben.

Niemand im Café rührte sich. Dr. Levy bot keine ärztliche Hilfe an; von Hofmann, sonst der Kavalier in Person, ließ sein Taschentuch in der Hosentasche. Miss Maud und Miss Violet sahen einander nur stumm an, entsetzt über das, was sie angerichtet hatten.

Aber da stieß plötzlich Paul Ziller, der am Fenster saß, seinen Stuhl zurück.

«Ach, du meine Güte!» sagte Miss Maud, ein milder Ausdruck aus dem Mund einer Generalstochter angesichts des Schadens, der beträchtlich war. Die Kaffeekanne auf dem Tisch der Bergers war umgestürzt, der Kaffee auf das Tischtuch gelaufen, drei Porzellanteller waren zerbrochen... Leonie Bergers Stuhl war, als sie aufgesprungen war, auf Dr. Levys Rührei gefallen, und der Pudel hatte es natürlich nicht geschafft, sich aus dem Chaos herauszuhalten. Unter wildem Gekläff hatte er den Garderobenständer attackiert, der prompt umstürzte, um Haaresbreite die Keramikkatze auf dem Fensterbrett verfehlte, nicht aber die Schale mit der duftenden Mischung von Blütenblättern und auch nicht die beiden hübschen weiß-blauen Aschenbecher, die die Damen aus Gloucestershire mitgebracht hatten.

Mitten in diesem Tohuwabohu stand Leonie und hielt ihre Tochter umschlungen. Nein, es war mehr als eine Umschlingung, es war eine Verschmelzung. Ihre Tränen vermischten sich mit denen Ruths; kein Mensch hätte die beiden voneinander trennen können. Selbst für ihren Mann mochte Leonie ihre Tochter nicht loslassen – konnte ihn nur mit flüchtig freier Hand näher ziehen. Sie hatte in ihrem Leben viele glückliche Momente erlebt, nie aber ein Glück von solcher Tiefe und Reinheit.

Onkel Mishak war der erste aus der Familie, der auf die Verwüstung aufmerksam wurde, der das Lokal anheimgefallen war: Da war Miss Violet dabei, die Tische zu säubern, Miss Maud sammelte Scherben vom Boden auf, Mrs. Burtt lag auf den Knien und wischte. Um das Maß des Chaos vollzumachen, war Tante Hilda, die aus ihrem Bett gesprungen war, um Ruth den Weg zum Tea-Room zu zeigen, auch noch über den Spüleimer gefallen.

«Ach, das tut mir aber schrecklich leid», sagte Leonie, als sie aus den Tiefen ihres Glücks emportauchte, und bemühte sich ehrlich, Bedauern zu empfinden und den Schaden auszurechnen.

Jetzt hatte endlich Mrs. Weiss ihren großen Augenblick. Ihr runzliges Gesicht zeigte einen Ausdruck ungewohnter Würde, und ihre Stimme war fest und entschieden.

«Das bezahle ich», verkündete sie. «Ich bezahle den gesamten Schaden.»

Die Damen Harper nahmen ihr Angebot an; alle begriffen, daß die alte Frau an dem, was hier geschah, Anteil haben mußte. Pfundnoten und Münzen ergossen sich aus der scheußlichen Börse, die aus dem Haar ostpreußischer Pferde gemacht war. Sie bezahlte nicht für eine Kaffeekanne, sondern für zwei; nicht für drei Kuchenteller, sondern für sechs. Zum erstenmal seit Mrs. Weiss' Ankunft in England war die sonst stets prall gefüllte Börse leer und ließ sich ohne Schwierigkeiten schließen. Es war Mrs. Weiss' größte Stunde, und niemand im Tea-Room *Willow* neidete sie ihr.

«So!» sagte Leonie vielleicht zwanzig Minuten später. «Jetzt erzähl! Wie bist du hergekommen?»

Die Tische waren gesäubert und neu gedeckt, und die Damen Harper hatten frischen Kaffee serviert. Jetzt endlich hatte Leonie sich genügend beruhigt, daß sie zuhören konnte. Sie mußte dabei allerdings so sitzen, daß ihre Schulter mit der Ruths in Berührung war.

Ruth hatte ihre Geschichte auswendig gelernt. Während sie jetzt zwischen ihren Eltern saß und Mishak und die Freunde aus Wien strahlend anlächelte, sagte sie: «Ein Engländer hat mich herausgebracht, ein Mann, der Leuten hilft, die flüchten wollen.»

«Wie in *Die scharlachrote Blume*?» fragte Paul Ziller beeindruckt.

«So ähnlich, ja. Aber ich darf nie wieder mit ihm Kontakt aufnehmen. Keiner von uns darf mit ihm in Verbindung treten. Das war die Bedingung für seine Hilfe.»

«Es war doch nichts Ungesetzliches im Spiel?» fragte ihr Vater trotz aller glücklichen Erleichterung streng. «Keine gefälschten Papiere oder Ähnliches?»

«Nein, nein. Es war alles ganz legal, das schwöre ich. Bei Mozarts Kopf», sagte Ruth, und ihr Vater war beruhigt, da er wußte, welchen Rang der Komponist im Leben seiner Tochter einnahm.

Leonie jedoch war gar nicht beruhigt. «Aber das ist doch unmöglich! Wie sollen wir ihm denn danken?» rief sie erregt. Unzähliges – vom selbstgebackenen Kuchen bis zu ekstatischen Dankschreiben – fiel ihr ein, was sie diesem Mann hätte zum Dank tun können. Sie wäre am liebsten hinausgelaufen, um diesem unbekannten Wohltäter die Füße zu küssen.

«Es geht nicht anders, Mutter», erklärte Ruth. «Sonst bringen wir womöglich andere Leute in Gefahr, die er retten könnte. Ich muß mich an die Vereinbarung halten.» Erst jetzt wagte es Ruth, die sich in den ersten Momenten des Wiedersehens ganz ihren Eltern hatte widmen wollen, die Frage zu stellen, die sie die ganze Zeit bedrängt hatte. «Was ist mit Heini?» fragte sie.

Unwillkürlich hatte sie in der jahrhundertealten Geste furchtsamer Beunruhigung die Hände auf ihr Herz gedrückt. Als sie ihren Vater lächeln sah, atmete sie auf.

«Es ist alles in Ordnung, Kind», sagte Kurt Berger. «Er ist noch in Budapest, aber wir haben einen Brief von ihm. Er kommt bald.»

Es war sehr still im *Willow*, nachdem die Bergers gegangen waren. Einer nach dem anderen standen die Gäste auf und gingen, doch die drei Männer, die die Familie aus Wien kannten, blieben noch eine Weile sitzen.

«Persephone ist also zurückgekehrt», sagte der Schauspieler.

Dr. Levy nickte, aber sein Gesicht war traurig, und die beiden anderen tauschten einen Blick. Dr. Levy hatte eine Persephone eigener Art: ein flachsblondes, blauäugiges, dummes junges Ding, das er trotz allem liebte. Hennie hatte dem prominenten Spezialisten, den sie als Lernschwester angehimmelt hatte, mit Freuden ihr Jawort gegeben; nun aber schien sie es gar nicht eilig zu haben, das Exil mit ihm zu teilen.

«Wollen wir nicht zur Feier des Tages etwas unternehmen?» meinte Ziller, dem es nicht gut erschien, Dr. Levy jetzt einsam und allein zurückzulassen.

«Wir können ja mal sehen, was läuft», schlug von Hofmann vor.

Es lief, wie sie feststellten, als sie den Platz überquert und den Weg den Hügel hinauf zum Odeon genommen hatten, ein Film mit Fred Astaire und Ginger Rogers – und ohne weitere Beratung traten die drei distinguierten Herren, obwohl keiner von ihnen es sich leisten konnte, in den Kinosaal – und ins Paradies – ein.

Während drüben in der Küche des *Willow* Miss Maud und Miss Violet ihre Bewertungen abgaben.

«Ein sehr wohlerzogenes junges Mädchen», sagte Miss Maud.

«Sie hätte Vater gefallen», sagte Miss Violet.

Höheres Lob gab es nicht, doch das letzte Wort hatte, wie so oft, Mrs. Burtt.

«Und zum Anbeißen hübsch.»

10

Wenn Quin nicht in Bowmont oder auf Reisen war, lebte er in London in einer Wohnung am Chelsea Embankment. Sie befand sich in der ersten Etage eines Queen-Anne-Hauses und hatte einen schmiedeeisernen Balkon, der über die Zweige eines Maulbeerbaums hinweg zur Themse hinausblickte. An den Wänden des Wohnzimmers standen überquellende Bücherregale, über dem offenen Kamin hing ein Aquarell von Constable, Perserteppiche lagen auf dem Parkett. Aber niemand, der Quin besuchte, schenkte je der Einrichtung mehr als flüchtige Beachtung; jeder, ohne Ausnahme, ging schnurstracks zur Balkontür und blieb dort stehen, um den weiten Blick auf das Flußpanorama zu bewundern.

«Du lebst immer irgendwo am Wasser, nicht wahr, Darling?» hatte eine Frau einmal zu Quin gesagt. «Dr. Freud läßt grüßen, meinst du nicht?»

Quin meinte nicht. Er lebte am Embankment, weil er Chelsea mochte; die kleinen Läden in den Straßen, die sich vom Fluß heraufzogen – Lebensmittelhändler, Schuster und Rahmenmacher; die Pubs, in denen auch heute noch die Themseschiffer ihr Bier tranken. Und wenn er auch nicht mit einem Boot zu seinen Vorlesungen und Seminaren an der Thameside-Universität fuhr, so freute ihn doch die Vorstellung, daß er es hätte tun können.

Bedient und versorgt wurde Quin in seiner Stadtwohnung von Lockwood, der früher Butler in Bowmont gewesen war. Dieser Posten als Quins Faktotum war eigentlich unter Lockwoods Würde, aber er fühlte sich für Quin schon seit jenem Tag verantwortlich, als der Achtjährige seine ersten Funde vom Strand heraufgeschleppt und die Einrichtung des «Somerville-Museums für Naturgeschichte» in den Stallungen von Bowmont befohlen hatte. Nicht daß er seinem Schützling und Arbeitgeber deswegen besondere Liebenswürdigkeit gezeigt hätte. Er war ein großer, hagerer Mann mit dem Schädel eines Neandertalers und schlammbraunen Augen, und es gab genug Leute, die behaupteten, Quin sei nur deshalb noch immer nicht unter der Haube, weil Lockwood alle Mrs. Somervilles *in spe* zerstückelt und die Einzelteile in die Themse geworfen habe.

Quin kam mitten am Nachmittag nach Hause, nachdem er Ruth in Belsize Park abgesetzt hatte. Obwohl er mehr als fünf Monate weg gewesen war, begrüßte Lockwood ihn mit nüchterner Gemessenheit.

«Ich habe Sie in der Wochenschau gesehen», bemerkte er und trug Quins Koffer ins Schlafzimmer.

Die Möbel glänzten wohlgepflegt, die Post war in ordentlichen Häufchen gestapelt, in den Vasen standen frische Blumen, und als

Quin es sich bequem gemacht hatte, kam Lockwood mit dem Teetablett und einer Platte warmer Brötchen.

«Essen Sie heute abend zu Hause?» Mit seinem Abschied aus Bowmont hatte Lockwood auch die stets korrekte, stets servile Haltung des besseren Hausangestellten abgelegt und behandelte Quin jetzt eher wie einen unberechenbaren, aber begabten Neffen.

«Ja, Lockwood. Sollte das zufällig *bœuf en daube* sein, was ich da rieche?»

Lockwood nickte grinsend, und Quin, der wußte, daß er den Mann, der ein begeisterter Koch war, glücklich gemacht hatte, wandte sich jetzt seiner Post zu. Sie enthielt zahlreiche Einladungen von Damen der Gesellschaft, die für ihre gerade gesellschaftsfähig gewordenen Töchter Bälle und Empfänge veranstalteten, Ausflüge zum Pferderennen in Ascot und zur Regatta in Henley organisierten. Die Tatsache, daß er die meisten dieser Veranstaltungen verpaßt hatte, ohne absagen zu müssen, fand er sehr befriedigend. Obwohl seine berufliche Post normalerweise an die Universität ging, fand er in einem Stapel ein Schreiben aus Saskatchewan mit dem Angebot einer Professur in Zoologie und dazu die üblichen Episteln von Leuten, die in ihren Gärten irgendwelche alten Knochen gefunden hatten und überzeugt waren, sie müßten von einem Mammut oder Mastodon stammen.

Als Quin die Liste der eingegangenen Telefongespräche durchsah, lächelte er. Claudine Fleury war aus Paris zurück. Doch als er zum Telefon griff, tat er es nicht, um diese junge Dame anzurufen; er wählte die Nummer der Thameside-Universität, um mit seinem vielgeplagten Stellvertreter, Dr. Roger Felton, zu sprechen.

Quin hatte eigentlich nie die Absicht gehabt zu unterrichten. Die Reisen, die Freiheit, jedem neuen Fund oder Hinweis nachzugehen, ganz gleich, wo sie auftauchten, das war es, was ihn an seiner beruflichen Arbeit reizte und was er am höchsten schätzte. Zwar hatte er im Naturhistorischen Museum ein eigenes Zimmer, doch lange Zeit hatte er alle Angebote von Universitäten, einen Lehrstuhl zu übernehmen, ausgeschlagen.

Erst Lord Charlefont, dem Vizekanzler von Thameside, war es

gelungen, ihn umzustimmen. Dieser Mann, einem aufgeklärten Tyrannen vergleichbar, hatte Thameside, bis dahin eine eher mittelmäßige Hochschule, zu einer im ganzen Land anerkannten Universität gemacht. Unter Charlefonts Herrschaft hatte Thameside mit einer Kunsthochschule in Pimlico fusioniert, hatte das Institut für Naturwissenschaften übernommen und war schließlich in einen schönen palladianischen Bau am Südufer des Flusses umgezogen, den Charlefont dem Bauministerium abgerungen hatte.

«Ich weiß, daß Sie den Job nicht brauchen», hatte er gesagt, als er Quin den Lehrstuhl für Wirbeltierkunde anbot, «aber wir brauchen Sie. Ich möchte jemanden haben, der einen internationalen Ruf genießt. Ich glaube nicht, daß Sie sich in Ihren Reisen einschränken müßten – es läßt sich immer jemand finden, der Sie ein, zwei Semester vertreten kann –, und ich denke, das Unterrichten würde Ihnen Spaß machen.»

Quin hatte schließlich angenommen, allerdings unter der Bedingung, daß er bei geringerem Gehalt zum persönlichen Ordinarius berufen und von aller Verwaltungsarbeit verschont werde. Das Arrangement bewährte sich. Er stellte fest, daß ihm das Unterrichten tatsächlich Freude bereitete, und in Roger Felton hatte er einen hilfsbereiten und tüchtigen Stellvertreter, der ihm alle Verwaltungsarbeit abnahm. Zudem entwickelte sich zwischen ihm und Lord Charlefont eine herzliche Freundschaft. Das Haus des Vizekanzlers in Thameside stand im Haupthof, und Charlefont führte ein offenes Haus. Erstsemester mit Problemen waren hier ebenso willkommen wie die hervorragendsten Wissenschaftler, und Quin hatte in dem großen Salon mit der Terrasse über dem Fluß einige der interessantesten Gespräche seines Lebens geführt.

Doch vor einem halben Jahr, kurz vor Quins Abreise nach Indien, hatte Charlefont einen Herzanfall erlitten und war innerhalb weniger Stunden gestorben. Ein schöner Tod für einen aktiven Menschen, ein Schlag jedoch für Thameside und Quin. Über Charlefonts Nachfolger, Desmond Plackett, der zehn Jahre im indischen Bildungswesen tätig gewesen und dafür mit dem Adelstitel belohnt worden war, wußte Quin bisher so gut wie nichts.

Als er jetzt in Thameside anrief, verband man ihn unverzüglich mit Feltons Labor. Sein Stellvertreter, der ihm so zuverlässig alle Verwaltungsarbeit abnahm, war Dozent für Meeresbiologie.

«Ah, hallo», sagte er. «Sie sind also wieder da, hm?»

Da Quin selbst in seiner Abteilung Protokoll und steife Förmlichkeit abgeschafft hatte, mußte er jetzt einige respektlose Bemerkungen über Professoren hinnehmen, die ihren Hilfskräften die Benotung der Examensarbeiten aufhalsten, während sie selbst in der Weltgeschichte herumzigeunerten.

«Na, ganz so war es nicht – aber es tut mir leid, daß Sie auf dieser zusätzlichen Arbeit sitzengeblieben sind. Wie sind die Resultate denn ausgefallen?»

«Oh, glänzend natürlich. Wie immer. Ich glaube, Sie könnten sogar einem Schimpansen die Paläontologie begreiflich machen. Die Neueinschreibungen lassen sich auch gut an – die Zahl ist wieder gestiegen.»

«Gibt es eigentlich auch Anträge von Flüchtlingsorganisationen? Ich weiß, daß am University College Flüchtlinge aufgenommen werden.»

«Nein, wir haben bis jetzt nichts dergleichen bekommen.»

«Wenn welche kommen sollten, dann nehmen Sie die Leute an. Es ist die Hölle da drüben, das kann ich Ihnen sagen. Und wenn wir ihnen einen Laborplatz im Besenschrank einrichten müssen, nehmen Sie sie.»

«In Ordnung, werde ich tun. Wie sich unser neuer Vizekanzler dazu stellen wird, weiß ich allerdings nicht. Ein Kämpfer für die Armen und die Unterdrückten scheint er mir nicht gerade zu sein.»

«Eine Niete?»

«Na ja, einer dieser Bürokraten ohne Profil. Der Papierkram hat sich seit seiner Ankunft verdreifacht, aber er ist nicht übel. Seine Frau ist dafür eine echte Geißel Gottes. Sie will unbedingt den moralischen Standard der Universität verbessern und läßt sich von den Angestellten der Universität bedienen. Sie ist eine geborene Croft-Ellis, falls Ihnen das was sagt.»

«Nicht viel.»

«Aber das ist noch nicht alles», fuhr Felton düsteren Tons fort. «Eine Tochter ist auch noch da.»

«Ist das nicht immer so?» meinte Quin resigniert.

«Ja, aber diesmal ist es besonders schlimm. Sie kommt nämlich zu uns. Sie will ihren Magister in Zoologie machen und fängt gleich im dritten Jahr an, weil sie das Vorstudium bereits in Indien absolviert hat. Ich habe mich letzte Woche mit ihr unterhalten, und sie war so gütig, mir mitzuteilen, sie halte unser Seminar für akzeptabel.»

«Großer Gott», sagte Quin.

«Genau.»

Die nächsten zwei Tage hatte Quin im Naturhistorischen Museum zu tun, wo er die Überführung der Funde überwachte, die Milner sicher durch den Zoll geschleust hatte. Thameside mied er und beschloß, zunächst nach Bowmont hinaufzufahren und erst zur Vorbereitung auf das Wintersemester zurückzukommen.

Eines jedoch wollte Quin unbedingt in die Wege leiten, ehe er nach Norden reiste: die Auflösung seiner Ehe. Die Gutsangelegenheiten lagen in den bewährten Händen einer alteingesessenen, angesehenen Anwaltskanzlei in Berwick-upon-Tweed; mit dieser höchstpersönlichen Sache, die er so schnell wie möglich geregelt sehen wollte, wandte er sich jedoch an Dick Proudfoot von der Kanzlei Proudfoot, Buckley und Snaith, den er aus Cambridge kannte.

Proudfoot war ein Mann Anfang Dreißig mit rundem Gesicht und beginnender Glatze, dem einiges von seiner Liebenswürdigkeit abhanden kam, als er hörte, was Quin zu sagen hatte.

«Du hast *was* getan?»

«Ich habe eine junge Österreicherin geheiratet, um ihr die Einreise nach England zu ermöglichen. Sie ist Halbjüdin und sie war in Gefahr – es gab keine andere Möglichkeit. Jetzt möchte ich so rasch wie möglich die Scheidung. Den nötigen Grund liefere ich natürlich. Es läuft ja wohl immer noch so, daß man sich am besten mit einer anderen Frau im Bett des Hotelzimmers erwischen läßt, wie?»

«Und ich habe dich immer für intelligent gehalten», sagte Dick Proudfoot mit beleidigender Geringschätzung. «Was soll der Quatsch? Selbst wenn du mit so einer Geschichte durchkämst – die Richter sind schließlich auch nicht ganz dumm –, hättest du damit die Scheidung noch lange nicht in der Tasche. Du kannst eine Scheidung frühestens drei Jahre nach der Eheschließung beantragen. *Beantragen*, mein Lieber!»

Quin runzelte die Stirn. «Ich dachte, das hätte sich mit dem neuen Gesetz, der Herbert Act, geändert. Der arme Kerl hat sich doch weiß Gott alle Mühe gegeben, um das durchzuboxen.»

«Das neue Gesetz läßt zusätzliche Gründe für eine Ehescheidung zu, aber die Drei-Jahres-Klausel besteht in so einem Fall weiter.»

«Dann müssen wir es eben mit einer Nichtigkeitserklärung versuchen», meinte Quin unerschüttert. «Das war sowieso mein erster Gedanke. Ich fand ihn nur irgendwie ein bißchen katholisch.»

Dick Proudfoot machte sich seufzend eine Notiz. Die Gesetze über die Ehenichtigkeit waren archaisch und komplex. Sein Fachgebiet war das Wirtschaftsrecht.

«Na schön. Was schlägst du also vor? Eine Ehe ist nichtig, wenn einer oder beide Partner zum Zeitpunkt der Eheschließung das sechzehnte Lebensjahr noch nicht vollendet hatten; wenn eine andere Ehe besteht; wenn die Partner in gerader Linie blutsverwandt sind; wenn einer der Partner zur Zeit der Eheschließung geistesgestört war, ohne daß der andere davon wußte; wenn die Braut Nonne war.»

Quin wedelte ungeduldig mit der Hand. «Sie ist nicht meine Schwester, sie ist keine Nonne, und sie ist auch nicht geistesgestört, wenn man einmal davon absieht, daß sie mit Sack und Pack einen Fluß durchschwimmen wollte, um von der Schweiz nach Frankreich zu kommen. Also, was für Möglichkeiten gibt es noch?»

«Eine Ehe kann für nichtig erklärt werden», sagte Proudfoot, der ein riesiges Minenfeld vor sich sah, mit Widerstreben, «wenn sie nicht vollzogen wurde.»

«Das ist es!» rief Quin erfreut. «Ich habe die Hochzeitsnacht im Korridor des Orient-Expreß zugebracht.»

«Das wirst du vielleicht beweisen müssen.» Wieder machte sich Proudfoot eine Notiz, dann bemerkte er mit einem zynischen Grinsen, Quin werde sich wohl eher der bewußten Weigerung schuldig bekennen als des geschlechtlichen Unvermögens, die Ehe zu vollziehen. «Es gibt da aber eine weitere Schwierigkeit.»

«Ja?»

«Du hast dieses Mädchen doch geheiratet, um ihr die britische Staatsbürgerschaft zu sichern. Wenn du nun aber die Ehe aufgrund von Umständen für nichtig erklären läßt, die bereits vor der Eheschließung bestanden, kann es passieren, daß dem Mädchen die britische Staatsbürgerschaft wieder aberkannt wird. Nichtvollzug der Ehe fällt zwar nicht in diese Kategorie, aber wenn sie unter einundzwanzig ist, könnten wir Ärger bekommen. Die Gesetze über die Einbürgerung Minderjähriger werden derzeit revidiert, aber meiner Meinung nach wäre es unklug, einen Antrag auf Nichtigkeitserklärung der Ehe zu stellen, solange ihr Status als britische Staatsbürgerin nicht bestätigt ist und sie keinen eigenen Paß hat.»

Quin sah auf seine Uhr. «Hör zu, Dick, tu, was du kannst, und tu's so schnell wie möglich. Das Mädchen ist noch sehr jung, und sie ist in einen seelenvollen Konzertpianisten verliebt. Ach, und schreib ihr doch bitte. Schreib ihr, daß wir uns bemühen, die Geschichte so schnell wie möglich zu erledigen. Biete ihr deine Hilfe an, falls sie Hilfe brauchen sollte, und berechne es mir. Ich halte es für das beste, wenn ich sie nicht wiedersehe.»

«Es ist nicht nur das beste, es ist absolut wesentlich», versetzte Proudfoot. «Wenn auch nur der geringste Verdacht der Kollusion aufkommen sollte – das heißt, daß ihr beide in geheimem Einverständnis seid –, wird euer Antrag auf der Stelle zurückgewiesen werden.»

«Du meine Güte! Es ist dem Staat also lieber, wir gehen im Zorn auseinander als in gütlichem Einvernehmen?»

«Ganz recht», bestätigte Dick Proudfoot.

11

Der Sommer 1938 war ein heißer Sommer. Das Pflaster der Straßen in Belsize Park, Swiss Cottage und Finchley glitzerte, und den Mülltonnen entstiegen erstickende Düfte. In den schlecht ausgestatteten Küchen der Mietskasernen wurde die Milch sauer, und verendende Fliegen brummten verzweifelt an klebrigen Fliegenfängern. Kinder wurden im Sportwagen den Hügel hinauf nach Hampstead Heath geschoben, zum Picknick im versengten Gras oder zum Planschen im Teich. In Spanien errangen Francos Faschisten einen Sieg nach dem anderen; in Deutschland verschärfte Hitler seine Tiraden über den Sudetengau und drohte den Tschechen. Mussolini begann nach Hitlers Vorbild gegen die Juden vorzugehen, wenn auch nicht mit der gleichen Effektivität.

Die Briten hätten es vulgär gefunden, sich vom wütenden Gegeifer schlecht erzogener Ausländer bei ihren Sommerfreuden stören zu lassen. In den Parks wurden Gräben ausgehoben; Flugblätter mit Instruktionen über die Ausgabe von Gasmasken wurden verteilt; die Flotte war in Bereitschaft. Aber die Reichen reisten ohne ein Zeichen der Erschütterung zur Moorhuhnjagd aufs Land oder zur Sommerfrische in ihre Häuser an der See. Die Armen blieben in der Stadt wie immer und sonnten sich auf der Treppe vor dem Haus oder im winzigkleinen Gärtchen.

Die Flüchtlinge waren arm und blieben in der Stadt.

Nach Ruths glücklicher Ankunft konnte die Familie Berger endlich den Versuch machen, ein halbwegs normales Leben zu führen. Kurt Berger ging jetzt jeden Morgen mit seiner Aktentasche unter dem Arm in die öffentliche Bibliothek. Dort saß er zwischen Dr. Levy und einem Landstreicher mit Löchern in den Schuhen, der täglich zum Zeitunglesen kam, und verbarg vor Leonie und zum Teil auch vor sich selbst die Gewißheit, daß sein Buch ohne die Unterlagen und Aufzeichnungen, die er in Wien zurückgelassen hatte, nur eine Travestie dessen werden konnte, was er hätte schreiben können. Tante Hilda, die entdeckt hatte, daß der Eintritt ins Britische Museum frei war, spazierte stundenlang in der anthropologischen Abteilung umher und stieß (unter den

Exponaten aus Betschuanaland) auf einen Fehler, der sie in höchste Erregung und Bekümmerung versetzte.

«Es ist kein Trinkbecher der Mi-Mi», sagte sie jeden Abend wieder. «Da bin ich ganz sicher. Das ist eine falsche Zuschreibung.»

«Dann sag es den Leuten dort, Hilda», pflegte Leonie ihr zu raten.

«Nein, nein, das kann ich nicht. Ich bin in diesem Land nur zu Gast. Zu so etwas habe ich kein Recht.»

Onkel Mishak hatte jetzt seine Stammplätze in diversen Parks und Freunde unter den Londoner Stadtgärtnern. Häufig brachte er abends, stolz wie ein kleiner Junge, irgendeinen besonderen Schatz mit nach Hause: ein Büschel noch duftenden Goldlacks, den man auf den Kompost geworfen hatte; eine Handvoll Kirschen, die von einem überhängenden Ast auf die Straße heruntergefallen waren.

Leonie ihrerseits begann, als sie endlich an das Wunder von Ruths glücklicher Heimkehr glauben konnte, die Verbindungen zu Freunden und Verwandten neu zu knüpfen, die in Wien an ihrem Leben Anteil gehabt hatten. Mochten sie auch in alle Winde verstreut sein, so fanden sich doch einige in ihrer Nähe: die Schwester ihrer Patentante zum Beispiel, die vor kurzem in Swiss Cottage angekommen war; eine Schulfreundin, die in Putney mit einem Buchbinder verheiratet war; ein uralter Stiefonkel aus Mähren, der, im Kopf nicht mehr ganz richtig, unter dem Standbild der Königin Victoria am Embankment zu sitzen pflegte und sich einbildete, es sei die Statue Maria Theresias und er befände sich noch in Wien.

Was die Damen vom Tea-Room *Willow* anging, so reagierten sie auf die Verschärfung der Situation auf dem Kontinent mit einer Geste, die großen Wagemuts bedurfte. Sie beschlossen, in Zukunft ihr Lokal auch abends geöffnet zu lassen – bis neun Uhr, einer geradezu sündhaft späten Stunde. Das hieß jedoch, daß sie eine neue Kellnerin brauchten, und da hatten sie großes Glück.

Ruths erste Sorge nach ihrer Ankunft war es gewesen, ihre Heiratsurkunde und alle anderen Beweise ihrer Verbindung zu Quinton Somerville, dem sie jetzt nur noch gefällig sein konnte, indem sie ihn verschwieg, zu verstecken. Das allerdings bereitete ihr gewisse Schwierigkeiten: zum einen hatte sie nie vorher Geheimnisse vor ihren Eltern gehabt; und zum andern fehlte es im Haus Belsize Close 27 an stillen Eckchen. Glücklicherweise hatte Ruth viele englische Abenteuergeschichten gelesen, in denen beherzte Jungen und Mädchen geheime Schätze unter losen Dielenbrettern der Häuser, in denen sie jeweils wohnten, versteckten. An die soliden Parkettböden ihrer Heimatstadt gewöhnt, hatte sie das sehr sonderbar gefunden, aber jetzt begriff sie, wieso es möglich war. Der Boden des mit einem durchgesessenen Mokettsofa, einem schweren Eichentisch und braunen Chenillevorhängen grauenvoll möblierten Wohnzimmers war mit Linoleum ausgelegt, und das anschließende Schlafzimmer ihrer Eltern kam natürlich als Versteck nicht in Frage. Aber das Hinterzimmer mit den zwei schmalen Betten, das Ruth mit Tante Hilda teilte, hatte einen Holzfußboden, auf dem nur ein schmutziger Flickenteppich lag. Nachdem sie den Waschtisch weggerückt hatte, gelang es ihr, eines der morschen Dielenbretter herauszuheben und einen Raum zu schaffen, in dem sie die mit einem Bild der Prinzessinnen Elisabeth und Margaret Rose geschmückte Keksdose, die ihre Papiere und den Ehering enthielt, verschwinden ließ. Den Ehering beabsichtigte sie zu verkaufen, aber noch nicht gleich.

Als nächstes mietete sie beim Postamt ein Schließfach, dessen Nummer sie Mr. Proudfoot mitteilte. Dann ging sie auf Arbeitssuche. Sie hatte zwar Quins Ermahnungen noch im Ohr und freute sich darauf, ihr Studium fortzusetzen, aber bis zum Beginn des Wintersemesters am University College waren es noch fast zwei Monate, und in dieser Zeit wollte sie nach besten Kräften zum Unterhalt ihrer Familie beitragen.

Es war nicht schwer, Arbeit als Kindermädchen zu finden. Keine Woche dauerte es, da marschierte Ruth täglich mit den drei progressiv erzogenen Kindern einer Weberin durch Hampstead. Unbeeindruckt von modernen Erziehungstheorien, konnte sie die blassen, verwirrten, in schmutzige Leinenkittel gekleideten kleinen Dinger nur bedauern, die verzweifelt etwas zu tun suchten, was ihnen endlich einmal verboten war. Als der mittlere der drei, ein sechsjähriger Junge, ohne zu fragen über eine verkehrsreiche Straße rannte, gab sie ihm einen kräftigen Klaps aufs Bein und löste damit augenblicklichen Aufruhr unter seinen Geschwistern aus.

«Mach das bei uns auch. Aber richtig», sagte der Älteste. «So daß man den Abdruck sehen kann. Wie bei Peter.»

Ruth tat ihnen den Gefallen, und bald wurden die täglichen Spaziergänge im Park viel lustiger, aber die Bezahlung war natürlich nicht sehr gut. Ruths Ankündigung, daß sie in Zukunft abends im *Willow* bedienen werde, brachte Leonies heiligmäßige Periode der Güte und der Langmut zu einem abrupten Ende.

Tagelang hatte sie sich nach Ruths Heimkehr an ihr Gelöbnis gehalten, nie wieder mit ihrer Tochter zu streiten, nie wieder ein böses Wort zu ihr zu sagen. Nur schon die Hand auszustrecken und über den Tisch hinweg Ruth berühren, sie in der Badewanne singen hören zu können, war ein Glück, das auch den kleinsten Streit mit Ruth verbot. Dies jedoch war zuviel.

«Du wirst nichts dergleichen tun!» schrie sie erregt. «Meine Tochter nimmt keine Trinkgelder und läßt sich nicht von lüsternen alten Männern in den Po kneifen.»

Aber Ruth gab nicht nach. «Wenn Paul Ziller sich sein Geld als Stehgeiger verdienen kann, kann ich auch bedienen. Und überhaupt – du brauchst zu reden! Wer bügelt denn dieser ekelhaften Alten von gegenüber jede Woche die ganze Wäsche?»

Leonie behauptete, das sei etwas ganz anderes, und suchte bei den Stammgästen des *Willow* Unterstützung, die sie jedoch nicht bekam.

«Wenn das Studium anfängt, ist das natürlich eine andere Sache, aber jetzt möchte sie eben helfen, das ist doch verständlich», sagte Ziller und meinte genau wie Dr. Levy und von Hofmann und der Bankier aus Hamburg, daß er keinen Grund sah, auf das Vergnügen zu verzichten, abends hin und wieder von diesem frischen jungen Mädchen mit dem leuchtenden Haar bedient zu werden.

Ruth wurde also Kellnerin im *Willow* und tat dem Geschäft ohne Zweifel gut. Den müden, desillusionierten Emigranten war Ruth ein Zeichen, daß es auf der Welt doch noch Hoffnung gab. Sie war auf mysteriöse Weise von einem Engländer gerettet worden, und das an sich schon war eine Tatsache, die Zuversicht erlaubte. Außerdem war Ruth nicht nur jung und hübsch und lustig, sondern sie war auch verliebt.

«Ich habe einen Brief bekommen!» jubelte sie, und bald wußten alle im *Willow* von Heini, jeder erkundigte sich nach ihm. Die Nachricht, daß Heini nun sehr bald sein Visum bekommen würde, freute sie alle so sehr, als handelte es sich um ihr eigenes Glück – und sie verstanden, daß Heini unbedingt ein Klavier haben mußte, wenn er kam.

Über der Sache mit Heinis Klavier warf Leonie schließlich die letzten Reste heiligmäßiger Duldsamkeit über Bord, an denen sie bisher noch festgehalten hatte. Es gab nämlich nur einen Ort, an dem man es überhaupt aufstellen konnte: im sogenannten Wohnzimmer der Familie Berger – und Leonie hatte völlig recht, als sie sagte, daß man sich dann in dem Zimmer kaum noch um die eigene Achse drehen könnte.

«Er kann meinetwegen hier auf dem Sofa schlafen, bis er etwas Eigenes gefunden hat, aber Heini *und* das Klavier – sei doch vernünftig, Ruth!»

Aber wann hat Liebe je Vernunft gekannt? Leonie beriet sich mit ihrem Mann, überzeugt, er werde mit der gewohnten Strenge reagieren. Doch die Tage der Angst um die verloren geglaubte Ruth hatten Kurt Berger verändert.

«Es wird schon irgendwie gehen», sagte er. «Ich arbeite ja sowieso in der Bibliothek, und wir können einen der Sessel zu uns ins Schlafzimmer stellen.»

So hatte Ruth nun also auf das Fensterbrett ein Marmeladenglas mit der Aufschrift «Heinis Klavier» gestellt. Es war ein britisches Marmeladenglas, das einmal Oxford Orangenmarmelade enthalten und das sie aus der Mülltonne der Kindergärtnerin im Parterre gefischt hatte, aber leider füllte es sich nicht gerade mit rasender Geschwindigkeit. Ruth hatte sich erkundigt, wie hoch die Anzahlung für ein Klavier von der Art, wie Heini es benötigte, war. Sie betrug 2 Guineen; dazu kamen die wöchentlichen Mietgebühren und der Transportpreis. Was sie als Kindermädchen bei der fortschrittlichen Weberin verdiente, gab sie ihrer Mutter; das Geld vom

Tea-Room hatte sie eigentlich sparen wollen, aber immer gab es irgendeinen Notfall: Tante Hilda brauchte Hustenpastillen, oder an der Teekanne war der Schnabel abgebrochen. Obwohl sie sich in diesen langen heißen Sommerwochen nichts für sich selbst leistete, kein Haarband, nicht einmal ein Eis an den glühendsten Tagen, blieb das Häufchen Münzen auf dem Grund des Marmeladenglases jämmerlich klein.

So freudig sie jeden von Heinis Briefen herumzeigte, so geheim hielt sie die Post, die sie in ihrem Schließfach von Mr. Proudfoot empfing. Mr. Proudfoot hatte es für angebracht gehalten, sie über die Voraussetzungen für eine Nichtigkeitserklärung ihrer Ehe eingehend zu informieren, und Ruth fand die Bedingungen bestürzend.

«Wißt ihr wirklich ganz genau, daß es in unserer Familie keine Geisteskrankheit gibt?» fragte sie ihre verwunderten Eltern. «Was ist mit Großtante Miriam?»

«Zu glauben, der Kaiser sei der wiedergeborene Tut-ench-Amun mag exzentrisch sein, aber von Geisteskrankheit kann man da gewiß nicht sprechen», erklärte ihr Vater mit Entschiedenheit.

Doch wenn auch die unmittelbaren Aussichten auf eine Annullierung ihrer Ehe düster waren, so setzte sich Mr. Proudfoot wenigstens energisch für eine Bestätigung ihrer britischen Staatsbürgerschaft ein, sandte ihr Formulare in frankierten Umschlägen und betonte immer von neuem seine Bereitschaft, ihr zu helfen. Von Quin selbst hörte sie nichts, aber sie hatte nichts anderes erwartet und war nicht enttäuscht darüber.

Als es Mitte August wurde, begann die tschechische Krise die Zeitungen zu beherrschen. Hitler wurde immer dreister; Bilder der Wochenschau zeigten ihn, wie er, den Arm um Mussolini gelegt, umherstolzierte oder mit geballter Faust jedem drohte, der es wagte, sich in osteuropäische Belange einzumischen. Kabinettsminister ließen die Moorhühner Moorhühner sein und begannen, zwischen London und Paris, zwischen Paris und Berlin hin- und herzureisen. Die Tschechen baten um Beistand.

Die nunmehr dringlicher betriebenen Kriegsvorbereitungen Englands bekamen die Leute von Belsize Park auf unterschiedliche

Weise zu spüren. Mrs. Weiss schaute mit offenem Mund zu einem großen grauen Sperrballon hinauf, der über ihr schwebte, sagte: «Mein Gott, was ist denn das?», stolperte über eine Unebenheit auf dem Bürgersteig und wurde mit aufgeschlagener Nase ins Krankenhaus gebracht. Onkel Mishak, der an einem Plakat vorüberkam, das ihn aufforderte, Ruhe zu bewahren und fleißig zu graben – *Keep Calm and Dig* –, tat genau das und legte hinter dem Haus einen kleinen Gemüsegarten an. Im *Willow* brütete Miss Maud mit gefurchter Stirn über die Anweisung zur Errichtung eines Fertig-Luftschutzbunkers und erhielt viele gute Ratschläge von ihren männlichen Gästen, die vorgaben, die Instruktionen zu verstehen. Mrs. Burtt trällerte beim Abspülen kein Liedchen mehr, da ihr Sohn Trevor für die Air Force tauglich geschrieben worden war, und Dr. Levy wurde, obwohl er ausdrücklich darauf hinwies, daß er als Arzt nicht zugelassen war, in ein Nachbarhaus geholt, um bei einem Mann mit schwachem Herzen, dessen Ehefrau sich den zweifelhaften Spaß erlaubt hatte, mit Gasmaske ins Bett zu kommen, Erste Hilfe zu leisten.

Ruth geriet angesichts der Krise in helle Panik. Sie leerte das Marmeladenglas und schickte verzweifelte Telegramme nach Budapest, aber Heinis Papiere waren, auch wenn sie jeden Moment erwartet wurden, immer noch nicht gekommen. Trotz aller Sorge jedoch beschäftigte Ruth in diesen Tagen noch eine andere Frage, deren Beantwortung sie bei Miss Maud und Miss Violet suchte, die sich als Generalstöchter im Militärwesen eigentlich auskennen mußten.

«Würde man jemanden, der dreißig oder vielleicht etwas darüber ist, auch noch einziehen?»

«Nur wenn der Krieg sehr lange dauern würde», antwortete Miss Maud.

In diesen dunklen Tagen erhielt Ruth eine Nachricht, die sie unter normalen Umständen tief enttäuscht hätte. Das University College hatte ihren Studienplatz in Zoologie an einen anderen Flüchtling vergeben und konnte sie für das kommende Jahr nicht mehr berücksichtigen.

«Es war alles ein Mißverständnis», sagte sie, den Brief zeigend.

«Als ich damals nicht mit dem Studententransport hier ankam, haben die Quäker der Universität Bescheid gesagt, und es gab so viele andere Bewerber, daß sie von denen jemanden genommen haben. Sie wollen jetzt versuchen, mich an einer anderen Universität unterzubringen, aber große Hoffnung können sie mir nicht machen, weil es schon so spät ist.»

Nach der ersten Enttäuschung beschloß Ruth, das Beste aus der Situation zu machen. «Es ist gar nicht so schlimm», sagte sie. «Ich möchte sowieso weiterarbeiten, um euch zu helfen, und Heini, wenn er kommt.»

Doch für Kurt und Leonie Berger war Ruths Ablehnung ein großer Schlag. Sie hätten jedes Ungemach auf sich genommen, um ihrem Kind eine freundlichere Zukunft zu ermöglichen. Ruth sollte nicht ihr Leben in der tristen Welt der Flüchtlinge fristen, in einer Welt der niedrigen Arbeiten und der Armut, der ständigen Sorge um Genehmigungen und der Angst, ausgewiesen zu werden.

«Vielleicht sollte ich mich mit Quinton Somerville in Verbindung setzen», meinte Kurt Berger an diesem Abend, nachdem Ruth zu Bett gegangen war. «Er würde Ruth sicher helfen.»

«Nein, tu das nicht.»

Kurt Berger sah seine Frau erstaunt an. «Warum nicht?»

Leonie, die für logische Überlegung nie viel übrig gehabt hatte und lediglich einem Gefühl folgte, das so nebulös war, daß sie es nicht erklären konnte, sagte nur, sie hielte es eben nicht für einen guten Gedanken – und in den folgenden Tagen kam keiner dazu, viel über persönliche Dinge nachzudenken.

Alle Klischees, die später über die tschechische Krise geschrieben wurden, waren wahr. Es war tatsächlich so, daß die Welt den Atem anhielt; daß sich Gewitterwolken über Europa zusammenzogen; daß Fremde auf der Straße stehenblieben, um einander nach Neuigkeiten zu fragen. Dann flog Neville Chamberlain, dieser obstinate alte Mann, der noch nie in einem Flugzeug gesessen hatte, zu Hitler, kam wieder nach Hause, flog noch einmal nach Deutschland und kehrte schließlich mit einem Papier zurück, an das er rückhaltlos glaubte und das er den Menschen mit den Worten «Friede in unserer Zeit» präsentierte.

Es gab viele, die von falscher Nachgiebigkeit sprachen, und viele – unter ihnen natürlich die Flüchtlinge –, die wußten, was Hitlers Versprechungen wert waren, und daß die Tschechen verraten worden waren. Aber wer konnte denn einen Krieg wollen? Während sich vor dem Buckingham-Palast jubelnde Menschen drängten, tanzte Ruth mit Mrs. Burtt durch die Küche hinter dem Tea-Room, weil Heini nun kommen und Mrs. Burtts Trevor sicher und wohlbehalten in seinem eigenen Bett schlafen konnte.

In dieser Zeit neuer Hoffnung, als in den Körben der Blumenhändler goldene und rostrote Chrysanthemen glühten und kleine Jungen bei Nummer 27 klingelten, um die Kastanien zu holen, die Onkel Mishak auf seinen Streifzügen gesammelt hatte, fand Kurt Berger eines Tages bei der Heimkehr Ruth in einen Brief vertieft und war erstaunt über ihr glücklich strahlendes Gesicht.

«Von Heini?» fragte er. «Kommt er?»

Sie schüttelte den Kopf. «Nein, er ist von der University of Thameside. Sie haben einen Studienplatz für mich. Ich kann nächste Woche anfangen.»

Er nahm den Brief, den sie ihm hinhielt. Die Unterschrift sagte ihm nichts, aber das konnte ihn nicht täuschen.

«Da steckt Somerville dahinter», sagte er, und ein Stein fiel ihm vom Herzen. Der Gedanke, das sein junger Protegé ihn und seine Familie vergessen haben könnte, hatte sehr geschmerzt. «Er ist dort Professor für Zoologie.» Und streng fügte er hinzu: «Ich weiß, du wirst dich seiner Güte würdig erweisen.»

Sie hatte sich hinter ihr Haar zurückgezogen, um ihrer Verwirrung Herr zu werden, und blieb dort – bildlich gesprochen – bis spät abends, bis Tante Hilda endlich eingeschlafen war und sie das Fenster aufmachen und sich in die rußige Nachtluft hinauslehnen konnte, um zu versuchen, ruhig zu werden und klarzusehen.

Warum hatte er es getan? Warum hatte Quin, der ihr klipp und klar gesagt hatte, es sei das beste, wenn sie einander nie wiedersähen, sie als Studentin in seine Abteilung aufgenommen? Was hatte ihn veranlaßt, wider seine bessere Einsicht zu handeln und die Warnungen seines Anwalts bezüglich des möglichen Kollusionsverdachts in den Wind zu schlagen, um ihr diese Chance zu geben?

Aber was zählten schon die Motive! Er hatte es getan, und nun lag die Zukunft hell und freundlich vor ihr. Sie würde die fleißigste Studentin werden, die man in Thameside je gehabt hatte. Sie würde arbeiten wie besessen, um als Beste ihres Jahrgangs abzuschneiden, um alle zu übertreffen, und sie würde es tun, ohne mit ihm Kontakt aufzunehmen, ohne ihm auch nur durch einen Blick zu nahe zu treten.

Der Gedanke, daß Quin mit ihrer Aufnahme vielleicht gar nichts zu tun hatte, daß er möglicherweise nicht einmal davon wußte, kam Ruth und ihren Eltern nicht. Und doch war es so. Quin hatte in diesem Jahr wie immer die Aufnahmeformalitäten seinem Stellvertreter Dr. Felton überlassen. Er selbst hielt sich gar nicht in London auf.

Überzeugt, daß ein Krieg unvermeidlich war, war er zu einem Marinestützpunkt oben in Schottland gereist, um zu versuchen, unter Berufung auf den Namen seines gefürchteten Großvaters, Admiral «Basher» Somerville, bei der Marine unterzukommen. In die Korridore der Macht einzudringen, war ihm dank seinem Namen relativ leicht gefallen; wieder aus ihnen zu entkommen, nachdem die Kriegsgefahr sich verzogen hatte, war schwieriger.

Professor Somerville würde nicht pünktlich zum Semesteranfang in London zurück sein.

12

«Was soll das heißen, er ist noch nicht zurück? Das Semester fängt nächste Woche an. Du kannst dir doch so etwas nicht bieten lassen!»

Lady Plackett war verstimmt. Seit ihr Mann seinen neuen Posten als Vizekanzler der Universität Thameside übernommen hatte, hatte sie unter beträchtlichen Mühen angemessene Veranstaltungen zum Empfang des Lehrkörpers und der Studenten geplant. Ihr Vorgänger, Lord Charlefont, war unglaublich nachlässig gewesen, und die Lage des Hauses, das nur durch seine dorischen Säulen und den wilden Wein vom Kunstbau abgegrenzt war, lud zu jener Art willkürlichen Kommens und Gehens ein, das sie auf keinen Fall zu dulden gedachte. Sie hatte auf dem gepflasterten Weg, der vom Haupthof zu ihrer Haustür führte, bereits ein Schild mit der Aufschrift «Privat» aufstellen lassen und den Hausmeister der Universität angewiesen, ihren Teil der Flußterrasse mit einem Maschendrahtzaun abzusperren, um ihn von Studenten freizuhalten, die sich offensichtlich einbildeten, sich überall niederlassen zu können, um ihr Mittagbrot zu verspeisen.

Die eigene Privatsphäre zu wahren, war so wichtig wie die Wiederherstellung hoher moralischer Maßstäbe an der Universität. Studenten, die in aller Öffentlichkeit Händchen hielten oder sich gar küßten, konnten selbstverständlich nicht geduldet werden. Aber Lady Plackett wollte auch *geben* – das Universitätsleben durch ihre Gastfreundschaft bereichern und das Haus des Vizekanzlers zu einem Ort machen, an dem gute Gespräche und gute Kinderstube garantiert waren. Um dies zu verwirklichen, mußte sie jedoch zunächst die Spreu vom Weizen sondern und sich vom vorhandenen Material ein Bild machen. Zu diesem Zweck hatte sie für den Semesterbeginn eine Reihe gesellschaftlicher Veranstaltungen geplant. Zuerst sollten die Professoren zum Sherry gebeten werden, natürlich mit Namensschildchen, die auch über die Fakultät des Gastes Auskunft gaben, denn Gesellschaften ohne Namensschildchen brachten niemals den rechten Erfolg; dann die Dozenten zum Fruchtsaft... und schließlich, in Gruppen von jeweils etwa zwanzig, die Studenten zu Schreibspielen.

Als sie jetzt die Namensschildchen mit der Gästeliste verglich, entdeckte sie neben dem Namen Somerville die Anmerkung: «Kann leider nicht teilnehmen.»

«Er ist in Schottland», erläuterte Sir Desmond, ein blasser Mann mit einem jener unscheinbaren Gesichter, die höchstens einen Eindruck von Durchschnittlichkeit hinterlassen. Seine Berufung zum Vizekanzler von Thameside verdankte er der Tatsache, daß alle anderen Kandidaten genug Persönlichkeit besaßen, um sich Feinde geschaffen zu haben. «Offenbar wollte das Außenministerium ihn für einen Posten beim Nachrichtendienst haben. Er sollte

Geheimcodes knacken oder so etwas. Da er sich daraufhin den ganzen Krieg in einem Bunker sitzen sah, wollte er versuchen, bei der Marine unterzukommen. Deshalb ist er nach Schottland gereist.»

«Ich kann nur hoffen, daß du ein ernstes Wort mit ihm reden wirst», sagte Lady Plackett.

Sie war größer als ihr Mann, hatte einen langen Rücken und ein langes, schmales Gesicht mit den engstehenden blauen Augen der Croft-Ellis'. Nachdem sie mehrere Jahre hindurch die Londoner Saison mitgemacht hatte, ohne daß, um es einmal so auszudrücken, ein größerer Fisch angebissen hatte, nahm sie den Antrag des Sohnes eines ganz gewöhnlichen Wirtschaftsprüfers an und setzte sich zum Ziel, ihm zu einer Karriere zu verhelfen. Leicht war es nicht gewesen. Desmond konnte, als sie ihn kennenlernte, seine soziale Herkunft nicht verleugnen, aber sie hatte nicht locker gelassen, und nun, fünfundzwanzig Jahre später, konnte sie aufrichtig sagen, daß sie sich nicht mehr schämte, ihn nach Hause mitzubringen.

«Nein, meine Liebe, das wäre unklug», widersprach Sir Desmond milde. «Wir brauchen Professor Somerville dringender als er uns.»

«Wie meinst du das?»

«Er ist ein prominenter Wissenschaftler. Er bekommt immer wieder Angebote aus dem Ausland, und Cambridge versucht, ihn zurückzuholen, seit er dort Examen gemacht hat. Charlefont hatte alle Mühe, ihn dazu zu bewegen, den Posten hier anzunehmen, und Somerville sagte nur unter der Bedingung zu, daß er jederzeit Urlaub für seine Reisen bekäme. Die Universität hat ihm einiges zu verdanken – aufgrund seines Rufs ist für die Paläontologie immer Geld da, und die alljährliche Exkursion mit seinen Studenten auf seinen Landsitz nach Northumberland soll der Höhepunkt des Studienjahres sein.»

«Northumberland?» sagte Lady Plackett scharf. «Wo denn in Northumberland?»

Sir Desmond runzelte die Stirn. «Den Namen habe ich nicht mehr im Kopf. Bow-irgendwas, glaube ich.»

«Doch nicht –» Sie war hochrot vor Erregung – «doch nicht etwa Bowmont?»

«Doch, richtig. So hieß es.»

Bow-irgendwas, in der Tat! Nicht zum erstenmal wurde sich Lady Plackett bewußt, wie einsam man ist, wenn man unter seinem Stand heiratet. «Du meinst, er ist *dieser* Somerville? Quinton Somerville – der Eigentümer von Bowmont? Der Enkel vom alten Basher?»

Gewiß, sein Vorname sei Quinton, sagte Sir Desmond und wollte wissen, was denn an Bowmont so bemerkenswert sei. Doch das war eine Frage, die unmöglich zu beantworten war. Die Leute aus den richtigen Kreisen wußten, warum Bowmont etwas Besonderes war, und den anderen war es nicht zu erklären.

«Ich kenne seine Tante», sagte Lady Plackett. «Jedenfalls flüchtig. Ich werde ihr schreiben.» Sie sah ihren Mann, der im Adressenverzeichnis der Professoren und Dozenten blätterte, und fragte gespannt: «Er ist doch noch unverheiratet, nicht wahr?»

«Ja, soviel ich weiß.»

Ohne einen Moment des Zögerns ließ Lady Plackett das Namensschildchen für Professor Somerville in den Papierkorb fallen. Dieser Mann hatte in einem Gewühl brötchenvertilgender Leute nichts zu suchen. Professor Somerville würde zu einem der intimen kleinen Essen kommen, durch die sie Thameside gesellschaftlichen Glanz zu verleihen gedachte, und in der kultivierten Ambiance ihres Hauses würde er eine ihm intellektuell und gesellschaftlich gleichwertige Frau, seine zukünftige Studentin, kennenlernen – ihre Tochter Verena.

Die einzige Tochter der Placketts war dreiundzwanzig Jahre alt und hatte nicht nur das blaue Blut ihrer Mutter geerbt, sondern auch die Intelligenz ihres Vaters. Von dem Moment an, als sie im zarten Alter von vier Jahren gezeigt hatte, daß sie lieber mit ihrem Rechengestell als mit Puppen spielte, war klargewesen, daß Verena zu einer Intellektuellen heranwachsen würde. Dem großen Dr. Samuel Johnson, Verfasser des berühmten *Dictionary of the English Language*, war als Kind von seiner Mutter befohlen worden, alles, was sie ihn gelehrt hatte, sogleich vor der nächsten

Person zu wiederholen, die ihm begegnete, und sei es auch der Milchmann.

«Auf die Weise wirst du es immer im Kopf behalten», hatte sie zu ihrem Sohn gesagt.

Lady Plackett brauchte ihrer Tochter keine solchen Verhaltensregeln zu geben. Verena hatte mit der Aufnahme von Informationen so wenig Probleme wie mit ihrer Wiedergabe. In Indien hatten sie sie mit einem Heer von Privatlehrern umgeben, und mit neunzehn hatte sie sich an der europäischen Universität in Haiderabad eingeschrieben. Es war ein mutiger Schritt für ihre Eltern gewesen, ihr das zu gestatten: Zwar waren Studenten und Lehrkörper ausschließlich Weiße, aber sie hatten Verena ein ungewöhnliches Maß an Freiheit zugestehen müssen.

Verena hatte diese Freiheit nicht mißbraucht. Ihre Vorliebe hatte den Naturwissenschaften gegolten, und ohne alle Mühe bestand sie jede Prüfung, der sie sich unterzog, als Beste. Doch als sie das Vorstudium abgeschlossen hatte, bestand ihre Mutter darauf, sie nach England vorauszuschicken, um sie von ihren Verwandten aus Rutland, dem Stammsitz der Croft-Ellis', in die Londoner Gesellschaft einführen zu lassen.

So gut Lady Placketts Absichten waren, der Plan wurde kein Erfolg. Verena war in Socken einen Meter achtzig groß, und in Socken tanzt es sich nun einmal nicht sehr anmutig. Außerdem machte Verena kein Hehl daraus, daß die hohlköpfigen jungen Männer, über deren Köpfe sie beim Tanz hinwegsah, sie tödlich langweilten. Sobald ihre Eltern aus Indien eintrafen, teilte sie ihnen daher mit, daß sie vorhabe, den Magistergrad zu erwerben, und daß sie das an der Thameside-Universität tun werde.

Ihre Mutter war darüber nicht begeistert gewesen. Zwar hatte sie die Absicht gehabt, unter der Intelligenz des Landes nach einem Ehemann für Verena Ausschau zu halten, aber doch eher unter Nobelpreisträgern oder Mitgliedern der Royal Society und nicht gerade unter schlichten Dozenten, die meist in zerknittertem Cord und mit stinkenden Pfeifen daherkamen. Aber jetzt sah es ganz so aus, als hätte Verenas Instinkt sie richtig geführt. Beschwingten Schrittes eilte sie daher in das Zimmer ihrer Tochter hinauf.

«Verena! Ich muß dir etwas erzählen.»

Ihre Tochter saß an ihrem ordentlich aufgeräumten Schreibtisch. Vor sich hatte sie ein Lehrbuch mit Abbildungen und Diagrammen, rechts lagen ein aufgeschlagenes Heft und ein Drehbleistift, links lag ihr Lineal.

«Ja?»

Verena, die die engstehenden, abwärts gezogenen Augen und die römische Nase ihrer Mutter geerbt hatte, sah ohne Verstimmung über die Störung auf, obwohl sie gerade bei einem schwierigen Kapitel angelangt war und lieber ungestört geblieben wäre.

«Ich habe eben mit deinem Vater gesprochen, und dabei hat sich herausgestellt, daß Professor Somerville – der Leiter der zoologischen Abteilung – Quin Somerville ist, der Eigentümer von Bowmont. Frances Somervilles Neffe.»

«Ja, Mutter. Ich weiß.»

Ihre Mutter starrte sie an. «Du weißt das?»

Verena nickte. «Ich habe mich erkundigt. Deswegen habe ich mich ja für Zoologie entschieden. Er genießt einen hervorragenden Ruf.»

Nicht zum erstenmal staunte Lady Plackett über die Umsicht ihrer Tochter. Verena hatte den Sommer bei ihren Verwandten in Rutland verbracht, dennoch war sie bereits besser informiert als ihre Eltern.

«Ich werde ihn zum Essen einladen, sobald er wieder hier ist», sagte sie. «Zusammen mit einer ausgewählten kleinen Gruppe von Gästen. Du wirst natürlich neben ihm sitzen, damit ihr Zeit habt, euch zu unterhalten.»

Verena wandte sich wieder ihrem Buch zu. «Es wird mir ein Vergnügen sein», sagte sie.

Ruth ging durch das Tor der Thameside-Universität, grüßte den Pförtner in seinem Häuschen und betrachtete mit Entzücken den gepflegten Rasen, den alten Walnußbaum, das Standbild eines Mannes, der ausnahmsweise einmal nicht hoch zu Roß war.

Thameside war schön. Sie wußte, daß es eines der ältesten Bauwerke Londons war, aber diesen klösterlichen Frieden hatte sie nicht erwartet. Blumenbeete zogen sich zu Füßen der grauen Mauern entlang, und durch einen breiten Torbogen auf der anderen Seite des quadratischen Hofs bot sich ein atemberaubender Blick auf die Themse und die gewaltige Kuppel der St.-Pauls-Kathedrale auf dem anderen Ufer. Die Universität von Wien war größer, würdevoller, aber Ruth, die an den Fenstern von Bibliotheksräumen und Vorlesungssälen vorüberging, fühlte sich zu Hause.

Das Standbild war, wie sich zeigte, als sie es erreichte, das des Dichters William Wordsworth. Absolut passend, fand sie. Er hatte im Jahr 1802 auf der Westminster-Brücke gestanden und die Worte «Nichts Schön'res hat die Erde je geseh'n» gesprochen, mit denen sie, da sie soeben den Fluß überquert und mit eigenen Augen gesehen hatte, völlig übereinstimmte.

Ihr Termin bei Dr. Felton war für halb drei vereinbart. Ein Blick auf die Uhr über dem Torbogen zum Fluß zeigte ihr, daß sie noch zehn Minuten Zeit hatte. Sie wollte sich solange ans Wasser setzen. Aber als sie sich zum Gehen wandte, hörte sie aus dem Keller des Naturwissenschaftlichen Baus zu ihrer Linken einen Laut, der unglaublich schwermütig klang. Sie drehte erstaunt den Kopf. Wieder vernahm sie den Laut. Diesmal erkannte sie ihn klar. Irgendwo dort unten befand sich, offenbar tief traurig und einsam, ein Schaf.

Sie stieg die Steintreppe hinunter, stieß eine Tür auf und trat in ein dunkles, staubiges Labor; ein Physiologielabor, ihr augenblicklich vertraut aus den Tagen in Wien, als sie, von den rotglühenden Blicken von tausend weißen Ratten begleitet, durch die Tierhaltungsräume der Universität gefahren war. Auch hier waren Ratten und die großen Behälter mit dem gelben Mais, von dem sie sich ernährten, eine Waage, Mikroskope, eine Zentrifuge ... und in einer Ecke, in einen hölzernen Pferch eingesperrt, stand ein weißgesichtiges, melancholisch dreinblickendes Schaf.

«Ja, natürlich, du fühlst dich einsam», sagte Ruth und trat näher. «Aber weißt du, ich darf dich nicht anfassen, weil du der Wissenschaft gehörst. Du bist ein Versuchstier. Du bist so ähnlich wie eine Vestalin – Höherem geweiht.»

Das Schaf stieß mit dem Kopf gegen die Wand seines Pferchs,

dann sah es auf und blickte sie mit goldgelben Augen an. Ruth konnte nirgends Schläuche oder andere Anzeichen experimenteller Untersuchungen entdecken – das Schaf wirkte wohlgenährt und schien bei ausgezeichneter Gesundheit zu sein –, aber gut gedrillt, wie sie war, hielt sie sich dennoch von dem Tier fern.

«Ich kann mir vorstellen, daß du viel lieber woanders wärst», fuhr sie fort, «aber da bist du nicht allein. Zur Zeit gibt es massenhaft Leute, die lieber woanders wären. Überall in Belsize Park, in Finchley und in Swiss Cottage könnte ich dir solche Leute zeigen. Du gehörst einer edlen Rasse an, ich weiß, denn du kommst in den Psalmen vor, und der heilige Franz hat dir gepredigt. Ich weiß auch, warum; weil du Augen hast, die hören können.»

Das Schaf rammte seinen Kopf noch heftiger gegen die Wand des Pferchs, aber sein Blöken klang längst nicht mehr so melancholisch wie zuvor. Dann setzte es sich plötzlich, streckte ein Bein aus und reckte den Hals wie jemand, der einem Vortrag lauscht.

«Na schön, dann sag ich dir jetzt was von Goethe auf. Das wird dir bestimmt gefallen, er ist nämlich ein Dichter, bei dem es meistens sehr beschaulich zugeht, manchmal vielleicht ein bißchen schwermütig. Laß mich nachdenken, was würde dir gefallen?»

In seinem Zimmer im zweiten Stockwerk des Naturwissenschaftlichen Baus blies Dr. Roger Felton den Inhalt einer Pipette in einen Behälter mit Wasserschnecken und runzelte die Stirn. Eigentlich hätten jetzt Girlanden durchscheinender Eier im Tang hängen müssen, aber das war nicht der Fall. Natürlich konnte er sich jederzeit mehr Schnecken im Zoologischen Garten besorgen, aber er hatte es sich in den Kopf gesetzt, seine eigenen Tiere zu züchten – nicht nur für die Studenten, die seine Kurse in Meeresbiologie besuchten, sondern weil den *Opisthobranchia* mit ihren erstaunlich großen Nervenzellen sein besonderes Interesse galt.

Meerestiere aller Art – Seeigel, Seesterne, Garnelen, Tintenfische – schwammen, krochen, schwebten in Salzwasserbehältern, die durch ein kompliziertes System von Schläuchen und Pumpen gekühlt und belüftet wurden. Dr. Felton liebte sein Fach und unterrichtete es mit Leidenschaft und Begeisterung. Aber es gab

Probleme, und nicht das geringste unter ihnen war der neue Vizekanzler, der keinen Zweifel daran gelassen hatte, daß für ihn Veröffentlichungen zählten, nicht die reine Lehrtätigkeit.

Roger Felton war sich darüber im klaren, daß er mehr Zeit auf die Forschung verwenden sollte, aber jemand mußte sich schließlich um die Studenten kümmern, wenn der Professor soviel unterwegs war. Er neidete Quin seine Reisen nicht – einen Mann solchen Kalibers in der Fakultät zu haben, war ein wahres Gottesgeschenk.

Dennoch – anstatt sich jetzt mit seinen Schnecken zu beschäftigen, mußte er die neue Studentin empfangen, die ihnen vom University College geschickt worden war, nachdem man dort offenbar Mist gemacht hatte. Er setzte sich an seinen Schreibtisch und zog sich Ruth Bergers Unterlagen heran. Was die Universität von Wien da über sie schrieb, war ja eine wahre Eloge. Sie würde, so schien es, ohne weiteres im dritten Jahr anfangen und im Sommer ihr Abschlußexamen ablegen können. Sie hatte ausgezeichnete Noten mitgebracht, und ihr Vater war ein hervorragender Paläontologe. Selbst wenn der Professor keine Anweisung gegeben hätte, Flüchtlinge auf jeden Fall aufzunehmen, hätte er sich bemüht, einen Platz für dieses Mädchen zu finden.

Als es an seine Tür klopfte, blickte er in der Erwartung auf, Ruth Berger vor sich zu sehen. Statt dessen jedoch trat Dr. Elke Sonderstrom ein, groß, blond, mit der Figur einer Walküre. Sie war Dozentin in Parasitologie und hatte ihr Arbeitszimmer neben dem seinen.

«Komm einen Moment mit hinunter, Roger. Aber leise – sprich kein Wort.»

Roger Felton sah sie fragend an, aber Elke sagte nur: «Ich bin in den Keller gegangen, weil ich die Zentrifuge benutzen wollte, und – komm, du wirst es ja sehen.»

Verwundert folgte er ihr die zwei Treppen hinunter. Vor dem Keller wartete Humphrey Fitzsimmons auf sie, der lange, magere Physiologe.

«Sie ist noch da», flüsterte er und legte einen Finger auf die Lippen.

Das Labor war in Düsternis getaucht, doch an seinem hinteren

Ende konnten sie einen hellen Schein ausmachen – das offene, in wirren Locken vom Kopf abstehende Haar eines jungen Mädchens. Das Mädchen selbst stand ganz vertieft über die Wand des Schafspferchs gebeugt.

Aber nicht das leuchtende Haar, nicht der geneigte Kopf des Mädchens waren es, die sie bannten. Es war nicht einmal die ungewöhnliche Haltung des lauschenden Schafs. Nein, bis zur Reglosigkeit fasziniert waren die drei stummen Beobachter von der Stimme des Mädchens. Sie sprach ein Gedicht und sie tat es auf Deutsch.

Die deutsche Sprache war ihnen allen bis zu einem gewissen Grad vertraut. Täglich schallte sie ihnen in Form von Hitlers Haß- und Hetztiraden aus dem Radio entgegen. Als Wissenschaftler hatten sie sich in allen möglichen Fachzeitschriften mit ihr abplagen müssen, immer auf der Suche durch endlose Sätze nach einem kleinen bescheidenen Verb.

Aber das hier... Daß das Deutsche so weich klingen konnte, so zärtlich, so – liebevoll. Elke Sonderstrom schloß die Augen und war wieder in dem Holzhaus am weißen Strand von Öland bei ihrer Mutter, die Glockenblumen in einem Keramikkrug verteilte. Humphrey Fitzsimmons, zu sehr Sproß der Oberklasse, um viel von seiner Mutter gesehen zu haben, erinnerte sich der sanften Augen des Wasserspaniels, den er als Junge gehabt hatte. Und Roger Felton dachte daran, daß seine Frau, deren tränenfeuchter Blick ihm in stummem Vorwurf zu folgen pflegte, weil sie einfach nicht schwanger wurde, früher einmal eine Schneeflocke beim Ballett von Monte Carlo gewesen war, mit einem falschen russischen Namen und einem bezaubernden Lächeln.

Die Stimme wurde leiser, und das Mädchen schwieg. Dann warf sie kurz einen Blick auf ihre Uhr, wandte sich zum Gehen – und sah sie.

«Oh, entschuldigen Sie», sagte sie auf Englisch. «Aber ich schwöre Ihnen, ich habe es nicht angerührt – nicht einmal mit einem Finger. Ich schwöre es bei Mozarts Kopf.»

«Es spielt keine Rolle», antwortete Fitzsimmons, immer noch ein wenig benommen. «Wir brauchen es nicht. Es war für einen

Versuch zur Ernährung gedacht, den die Regierung in Auftrag gegeben hatte, aber nach München wurde die Sache abgeblasen, und die anderen Tiere sind nie hier angekommen.»

«Was war das für ein Gedicht?» frage Elke Sonderstrom.

«*Wanderers Nachtlied* von Goethe. Es ist ein bißchen traurig, aber das sind große Gedichte wahrscheinlich immer, und es ist eine Art ländlicher Traurigkeit mit Bergen und Vogelgezwitscher und Frieden.»

Roger Felton kam wieder auf die Erde und besann sich auf seine Rolle als Dozent und stellvertretender Abteilungsleiter der zoologischen Fakultät, der für die Neueinschreibungen zuständig war. «Sind Sie zufällig Miss Ruth Berger? Wenn ja, dann habe ich Sie schon erwartet.»

Eine halbe Stunde später steckten sie in Roger Feltons Büro mitten in den Aufnahmeformalitäten.

«Ach, das wird wunderbar!» sagte Ruth glücklich. «Alles, was ich gern mag. Ich wollte immer schon Meeresbiologie nehmen. In Wien gab's das nicht, weil ja kein Meer in der Nähe ist. Ich war immer nur an der Ostsee. Da ist die Küste schnurgerade, und die Leute liegen nackt im Sand und lesen Schopenhauer.»

Sie hob die Arme und blähte die Wangen, um einen korpulenten Nudisten bei der Schopenhauerlektüre darzustellen.

«Schön, damit haben wir Ihre Hauptfächer», meinte Felton. «Parasitologie, Physiologie, Meeresbiologie. Kommen wir jetzt zu Ihrem besonderen Wahlfach. Ich nehme an, Sie werden sich für Paläontologie entscheiden, da ja auch Ihr Vater Paläontologe ist.»

Einen Moment zögerte Ruth, und Felton, der bereits bemerkt hatte, daß Ruth Berger nicht unbedingt zu den großen Schweigern gehörte, sah von dem Formular auf, das er gerade ausfüllte.

«Diese Studien leitet Professor Somerville selbst», fügte er hinzu. «Wir haben immer viel zuviele Anmeldungen, aber ich denke, wir können Sie da schon noch hineinmogeln. Seine Vorlesungen sind einfach brillant.»

«Kann ich sie dann belegen? Wäre das in Ordnung?»

«Aber sicher. Wir haben auch eine Exkursion mit Feldstudien;

sie findet im allgemeinen im Frühjahr statt, aber da der Professor weg war, haben wir sie auf den Herbst verschoben.»

Er krauste die Stirn, weil für die Exkursion eigentlich kein Platz mehr frei war. Den letzten hatte vor ein paar Tagen Verena Plackett genommen. Aber Felton hatte nicht die Absicht, sich davon bremsen zu lassen.

«Ich glaube nicht, daß ich die Exkursion mitmachen kann. Die Quäker bezahlen meine Studiengelder, aber für Reisekosten ist nichts vorgesehen. Und meine Eltern sind jetzt sehr arm.»

«Wir werden sehen», meinte Felton. Es gab einen Fonds für Härtefälle, der vom Finanzausschuß verwaltet wurde, dem er selbst angehörte, aber er hielt es für besser, vorläufig nichts davon zu sagen.

«Sie sind so nett», sagte sie beinahe verlegen. «Sie können sich nicht vorstellen, was es für mich bedeutet, hier sein zu können nach dem – was passiert ist. Ich habe nicht geglaubt, daß ich hier weiterstudieren könnte. Ich dachte, ich würde arbeiten müssen, um zum Unterhalt der Familie beizutragen. Aber jetzt, wo ich hier bin – nicht einmal mit Gewalt könnte man mich jetzt noch von hier wegbringen.»

«Es war schlimm?»

Sie zuckte die Achseln. «Einen Freund von mir haben sie vor der Universität die Treppe hinuntergestoßen. Er brach sich das Bein. Aber hier ist alles wie früher, man will die Welt erforschen und Wissen ansammeln...»

«Zum Beispiel über Meeresschnecken», warf Felton ein wenig bitter ein. «Und die weigern sich sogar, sich fortzupflanzen.»

«Ja, aber das ist ja auch eine schwierige Sache – die Kompatibilität. Das ist schon bei den Menschen schwierig, und wenn man männlich und weiblich zugleich ist, *kann* es gar nicht einfach sein.»

Auf rätselhafte Weise getröstet, stimmte Roger Felton ihr zu. Als sie gegangen war, mit dem kurzen, angedeuteten Knicks, der die verlorene Welt Mitteleuropas ins Gedächtnis rief, zog er ihr Formular näher zu sich heran und betrachtete es mit Befriedigung. Quin beschwerte sich dauernd, daß die Studenten von heute keine Persönlichkeit mehr besäßen. Dieser neuen Studentin würde er das kaum vorwerfen können. Im Gegenteil, er würde gewiß höchst erfreut sein über seine neue Schülerin. Ob es ihm mit Verena Plackett, deren Anmeldung unter der Ruths lag, ebenso ergehen würde, war eine andere Frage.

«Nun?» Mrs. Weiss neigte fragend den Kopf unter dem Federhütchen, als Ruth, die immer noch im Tea-Room *Willow* bediente, zu ihr an den Tisch trat.

«Oh, es wird bestimmt wunderbar», antwortete Ruth und stellte der alten Dame ihren Kaffee hin.

Alle, auch ihre Eltern, hatten sich im Tea-Room versammelt, denn Ruths Rückkehr an den ihr angestammten Platz in der Welt der Akademiker mußte gefeiert und gründlich besprochen werden. Sie hatten von dem netten Dr. Felton und der walkürenhaften Dr. Sonderstrom und ihren Parasiten gehört, von der idyllischen Schönheit der Universität und dem Schaf, das Goethe liebte.

«Und Professor Somerville?» fragte Kurt Berger, der gerade erst gekommen war, da die Bibliothek freitags länger geöffnet war.

«Der ist noch nicht zurück. Er ist nach Schottland gefahren, weil er sich zur Marine melden wollte», erzählte Ruth, die darüber selbst etwas verwundert war, da sie fest geglaubt hatte, ein Mann von dreißig müßte nicht mehr am Krieg teilnehmen. «Aber alle sagen, daß seine Vorlesungen fabelhaft sind.»

Jetzt traf die Dame mit dem Pudel ein, und aus Höflichkeit ihr gegenüber wurde das Gespräch auf Englisch weitergeführt.

«Hast du schon die anderen Studenten kennengelernt?» fragte Paul Ziller.

«Nur ein paar», antwortete Ruth und verschwand einen Moment in der Küche, um den Fruchtsaft für den Schauspieler zu holen. «Aber ich weiß, daß zur gleichen Zeit wie ich noch ein anderes Mädchen im dritten Jahr anfängt – Verena Plackett. Sie ist die Tochter des Vizekanzlers. Ich vermute, sie hätte jedes Fach nehmen können, das sie wollte, aber sie hat sich auch für Paläontologie entschieden. Ich denke, das ist ein Beweis dafür, wie gut es ist.»

Ziller stellte seine Tasse nieder. «Moment mal!» rief er und hob mit majestätischer Geste die Hand. «Die habe ich doch gesehen.»

Alle blickten ihn gespannt an.

«Wieso hast du sie gesehen?» wollte Leonie wissen.

Ziller stand auf und ging zu dem Korbtisch, auf dem die Zeitschriften lagen. Er schob *Woman* und *Woman's Own*, die regelmäßig von der Pudeldame gestiftet wurden, zur Seite, ebenso *Home Chat*, Mrs. Burtts Beitrag, und ging die Ausgaben von *Country Life* durch, bis er die gefunden hatte, die er suchte. Langsam begann er zu blättern.

Mittlerweile hatte sich beträchtliche Spannung aufgebaut, und Mrs. Burtt und Miss Violet kamen sogar aus der Küche, um sich nichts entgehen zu lassen.

«Ha!» rief Ziller triumphierend und hielt die gesuchte Seite hoch.

Country Life brachte in jeder Ausgabe das Ganzfoto eines jungen Mädchens, unweigerlich Tochter aus gutem Hause und häufig kurz vor der Heirat mit einem angemessenen jungen Mann, das den Prototyp gediegener *Upper-class*-Weiblichkeit verkörperte. Hier nun war Verena Plackett, Tochter des neuen Vizekanzlers der Thameside-Universität, zur Vorstellung am königlichen Hof in fleischfarbenen Satin gewandet, mit einer glitzerdurchwirkten Schleppe und Straußenfedern im Haar.

Ruth, die ihr Tablett abgestellt hatte, wurde der erste Blick gegönnt, und sie betrachtete ihre Kommilitonin aufmerksam. «Sie sieht intelligent aus», sagte sie.

Verena wurde herumgereicht und schien allgemein Anklang zu finden. Ziller gefiel ihr langer Hals, von Hofmann war entzückt von ihren Schlüsselbeinen, und Miss Maud erklärte, an ihrer Nase hätte sie auf Anhieb erkannt, daß sie eine Croft-Ellis war. Nur Mrs. Burtt hüllte sich in Schweigen, ließ lediglich ein kleines Schniefen hören, das leicht dem Klassenhaß zuzuschreiben war.

Leonie jedoch sah sich das Bild am längsten an und fragte, bevor sie nach Hause ging, ob sie sich die Zeitschrift ausleihen dürfte.

«Ich bin kein Snob», sagte sie zu ihrem Mann, der wissend lächelte, «aber daß Ruth nun wieder in der Welt ist, in die sie gehört... ach Kurt, das ist so gut.»

Erst als Ruth zu Bett gegangen war, stellte Leonie ihr Bügelbrett auf; ihre Tochter sollte nicht wissen, wie lange und wie billig sie arbeitete. Doch während sie sorgsam die Rüschen und Volants an Mrs. Carters Bluse glattbügelte, summte sie eine Walzermelodie vor sich hin, zu der sie in ihrer Jugend getanzt hatte. Und nach einer Weile stellte sie das Eisen weg und betrachtete noch einmal eingehend Verena Placketts Gesicht.

Besonders liebenswürdig sah sie nicht aus; aber wer war vor dem Fotografen nicht befangen? Und wenn ihre Mundwinkel etwas abwärts hingen, so war dies vermutlich ein Familienmerkmal und kein Zeichen von Übellaunigkeit. Ganz gleich, Hauptsache war, daß Ruth wieder dort war, wohin sie gehörte. Die Tochter eines Vizekanzlers war genau die passende Freundin für die Tochter eines ehemaligen Dekans der Naturwissenschaftlichen Fakultät an der Universität Wien. Verena und Ruth würden die besten Freundinnen werden – Leonie war dessen ganz sicher –, und nichts konnte sie an diesem Abend um ihre gute Laune bringen; nicht einmal der Geruch nach verbrannter Linsensuppe, der um Mitternacht, als die Psychoanalytikerin aus Breslau ihr Abendessen kochte, durch das ganze Haus zog.

13

Schon wenige Tage nach Semesterbeginn fühlte sich Ruth in Thameside völlig zu Hause. Um die Universität zu erreichen, mußte sie zu Fuß die Waterloo-Brücke überqueren, und immer gab es dort etwas Herzerfrischendes zu sehen: einen Lastkahn, der voll flatternder Wäsche, die an Deck zum Trocknen aufgehängt war, unter der Brücke hindurchfuhr; einen Schwarm kreischender Möwen, die einander die Brotbröckchen wegzuschnappen suchten, die ihnen eine vermummte alte Frau hinwarf, die bettelarm aussah, aber jeden Tag hier war, um ihr Brot mit den Vögeln zu teilen; einmal einen doppelten Regenbogen hinter der St.-Pauls-Kathedrale.

«Und immer riecht es wie am Meer», schwärmte sie Roger Felton vor, der ihr zu einem Freund wurde. «An den Flüssen zu Hause riecht es nicht so – aber das ist ja klar, dazu ist das Meer viel zu weit entfernt.»

Roger Felton war ein guter Lehrer, der die Begeisterung für sein Fach mit seinen Studenten teilte.

«Schauen Sie nur!» konnte er wie ein kleiner Junge rufen, wenn er unter dem Mikroskop eine Traube durchscheinender Eier eines Seesterns entdeckte oder das Flagellum, mit dessen Hilfe sich ein unendlich kleines Körperchen durch einen Tropfen Flüssigkeit fortbewegte. Wenn Ruth Objektträger vorbereitete und Diagramme zeichnete, befand sie sich in einer Welt, in der es zwischen Wissenschaft und Kunst keine Grenze gab.

Aber so nett die Dozenten waren, so interessant und aufregend die Arbeit, wirklich glücklich machten Ruth in jenen ersten Tagen in Thameside ihre Mitstudenten. Sie arbeiteten bereits seit zwei Jahren miteinander, aber sie nahmen sie ohne Vorbehalt und ohne Zögern unter sich auf. Sie lernte Sam Marsh kennen, einen mageren, hochaufgeschossenen Jungen mit ewig zerzaustem Haar und dem Gesicht einer intelligenten Ratte, der eine Schirmmütze und einen Schal trug, um seine Solidarität mit dem Proletariat zu demonstrieren; ferner Janet Carter, die lebenslustige Pfarrerstochter mit dem krausen roten Haar, deren zahllose Verehrer von Sofas fielen, sich mit den Füßen in den Lenkrädern von Autos verhedderten oder bei ihren verzweifelten Bemühungen, ans Ziel zu gelangen, sonstwie in Schwierigkeiten gerieten; weiter gab es einen großen, schweigsamen Waliser, der eine fatale Neigung besaß, ganz ohne es zu wollen, Reagenzgläser in seinen großen Händen zu zerdrücken; und dann gab es Pilly.

Pilly hieß eigentlich Priscilla Yarrowby, aber der Spitzname war ihr aus ihrer Schulzeit geblieben. Sie hatte ihn ihrem Vater zu verdanken, der einen pharmazeutischen Betrieb besaß, in dem Pillen hergestellt wurden. Pilly hatte kurzes, lockiges hellbraunes Haar und runde blaue Augen, in denen sich häufig hoffnungsloses Unverständnis spiegelte. Sie war bei jeder Prüfung mindestens einmal durchgefallen, sie weinte beim Sezieren und fiel beim Anblick von Blut in Ohnmacht. Die Entdeckung, daß Ruth, die aussah wie die Gänseliesel aus dem Märchen, genau wußte, was sie tat, erfüllte Pilly mit staunender Bewunderung. Und daß diese romantische Fremde – in die Sam sich bereits verliebt hatte – auch noch bereit war, ihr mit Takt und ganz unauffällig bei ihren Arbeiten zu helfen, rief tiefste Dankbarkeit hervor. Sehr bald war Pilly nicht mehr von Ruth zu trennen.

Unter all den netten Bekanntschaften, die Ruth in den ersten Tagen an der Universität machte, gab es eine Ausnahme. Verena Placketts erster Auftritt bei der ersten Vorlesung des Seminars würde Ruth unvergeßlich bleiben.

Sie saß mit ihren neuen Freunden zusammen, als die Tür geöffnet wurde und der Pförtner des Institutsgebäudes eintrat. Er legte ein Schild mit der Aufschrift «Reserviert» in die Mitte der ersten Bank und ging wieder, mit unverkennbar mißmutiger Miene. Die bereits anwesenden Studenten waren verwundert. Dr. Fitzsimmons, der etwas diffuse Physiologiedozent, der diese erste Vorlesung hielt, lockte normalerweise keine Menschenmengen an.

Einige Minuten verstrichen, dann wurde die Tür erneut geöffnet, und ein hochgewachsenes junges Mädchen in einem marineblauen Schneiderkostüm trat ein, ging zu dem reservierten Platz, entfernte das Schild und setzte sich. Sie öffnete ihre große Aktentasche aus Krokodilleder, entnahm ihr eine Saffianschreibmappe, klappte sie auf und legte einen dicken Schreibblock, ein Lineal aus Ebenholz, einen schwarzen Füller mit Goldfeder und einen silbernen Drehbleistift heraus. Danach zog sie den Reißverschluß der Schreibmappe wieder zu, schob sie in die Aktentasche, schloß die Aktentasche – und war bereit.

Dr. Fitzsimmons begann mit einem Überblick über das menschliche Verdauungssystem. Er ging von den Speicheldrüsen des Mundes langsam weiter zur peristaltischen Bewegung der Speiseröhre und erreichte dann den Magen, den er an die Tafel zeichnete, wobei ihm mehrmals die Kreide brach. Ob er sprach oder skizzierte, Verena zeichnete alles auf. Nicht ein einziges Wort, das aus Dr. Fitzsimmons' Mund kam, ließ sie aus; jedes «und» und «aber» schrieb sie in ihrer großen, deutlichen Schrift nieder. Um fünf vor zehn schließlich drehte sie die Mine ihres Drehbleistifts zurück, schraubte ihren Füller zu, öffnete die Aktentasche und dann die

Schreibmappe aus Saffianleder... Doch selbst nachdem alle ihre Besitztümer wieder ordentlich eingepackt waren, folgte Verena den anderen Studenten nicht gleich ins Labor. Sie wußte, wie schmeichelhaft es für einen Dozenten sein mußte, die Tochter des Vizekanzlers unter seinen Hörern zu haben; darum trat sie zum Podium, auf dem Dr. Fitzsimmons stand und leicht mit Kreide bestäubt den menschlichen Magen von der Tafel wischte.

«Sie werden schon erraten haben, wer ich bin», sagte sie und bot ihm huldvoll die Hand, «aber ich wollte nicht versäumen, Ihnen auch im Namen meiner Eltern für Ihren interessanten Vortrag zu danken.»

Erst als es ins Physiologielabor ging, konnte Verena Plackett den Kontakt mit ihren Kommilitonen nicht länger vermeiden. Auf den Arbeitstischen warteten zusammengerollte Schläuche, von denen jeder an einem Ende mit einer Spitze versehen war. Daneben lagen Blätter mit Anweisungen. Ihre Ausführung verlangte einige Beherztheit. «Schlucken Sie den Schlauch bis zur weißen Markierung hinunter», hieß es da, «und entnehmen Sie den Mageninhalt zur Analyse.»

Der wissenschaftliche Assistent, ein freundlicher junger Mann, war bereit, ihnen zu helfen. «Sie müssen paarweise arbeiten», erklärte er. Und zu Verena sagte er: «Da Sie neu sind, Miss Plackett, dachte ich, Sie würden vielleicht gern mit Miss Berger zusammenarbeiten, die auch dieses Jahr angefangen hat.»

Ruth drehte den Kopf und lächelte Verena an. Sie hätte lieber mit Pilly gearbeitet, die sie flehentlich ansah, oder mit Sam, aber sie wollte das andere Mädchen keinesfalls brüskieren.

Verena sagte nichts. Sie stand nur da und musterte Ruth von oben bis unten. In Belsize Park war es nach Ruths Aufnahme in Thameside zu einer heftigen Auseinandersetzung gekommen. Leonie hatte ihre Absicht kundgetan, die Brillantbrosche zu verkaufen, die sie heimlich außer Landes geschmuggelt hatte, um Ruth mit dem Erlös für die Universität auszustatten, aber davon hatte Ruth nichts hören wollen. «Du wirst das Geld bestimmt einmal für wichtigere Dinge brauchen», hatte sie mit Entschiedenheit gesagt.

Darum trug Ruth an diesem Morgen statt eines regulären Labormantels eine mit kleinen weißen Gänseblümchen bedruckte lavendelblaue Kittelschürze. Sie gehörte Miss Violet, die ein ganzes Sortiment dieser Kleidungsstücke besaß, in denen sie im *Willow* bediente. Hätte Ruth die Wahl gehabt, so hätte sie sicher nicht dieses Prachtexemplar von einem Kittel für die Laborarbeit ausgewählt, aber sie hatte die Gabe von Miss Violet ebenso dankbar angenommen wie das mit rosaroten Herzen dekorierte Federmäppchen, das Mrs. Burtt ihr bei Woolworth gekauft hatte.

Verena jedoch starrte diese unwissenschaftliche Erscheinung, deren Haar der Ordnung halber auch noch mit einem von Onkel Mishak gestifteten Stück Gartenbast hochgebunden war, mit vielleicht verständlicher Bekümmerung an. Dann sagte sie: «Ich halte es nicht für ratsam, daß zwei Neue zusammenarbeiten.»

Die Abfuhr war unverkennbar. Ruth wurde rot und wandte sich ab, während Verena einen schneeweißen, gestärkten Labormantel anlegte, ehe sie daran ging, ihre Partnerwahl zu treffen. Die Gruppe um Ruth Berger kam natürlich nicht in Frage, und ein möglicher Kandidat – ein gutaussehender, hellhaariger junger Mann – tat sich mit jemand anderem zusammen, ehe sie ihn auf sich aufmerksam machen konnte. Doch schmeichelhaft nahe an ihrer Seite wartete schüchtern ein Junge, der gar nicht übel war, groß und schlank, mit sandblondem Haar, das kurz geschnitten und ordentlich gekämmt war.

«Möchtest du mit mir zusammenarbeiten?» fragte sie Kenneth Easton.

Sie hatte eine ausgezeichnete Wahl getroffen. Kenneth, der Vögel beobachtete (aber nur seltene), war ein gewissenhafter junger Mann, der seine akademische Laufbahn unter so illustrer Gönnerschaft nunmehr gesichert sah. Eifrig trat er an ihre Seite.

«Hoffentlich erstickt sie an ihrem Schlauch», zischte Sam rachsüchtig. Aber das geschah natürlich nicht. Während sich der kriecherische Kenneth neben ihr aufpflanzte, um zum gegebenen Moment ihren Mageninhalt in Empfang zu nehmen, hob Verena den Gummischlauch zum Mund und schluckte ihn ruhig und routiniert mit einer Reihe von Schlundbewegungen, die an die einer Python erinnerten, hinunter.

Es gab in Thameside viel mehr junge Männer als Frauen, und fast alle waren sie höchst kontaktfreudig. Um von Anfang an klare Verhältnisse zu schaffen, erzählte Ruth daher schon sehr bald von Heini: daß er nachkommen würde; daß er unglaublich begabt war; daß sie – wenn sie ihren Magister hatte – ihr Leben mit ihm teilen wollte.

«Wie ist er?» wollte Janet wissen.

«Er hat lockiges dunkles Haar und graue Augen, und er spielt Klavier wie ein Gott. Du wirst ihn ja zu hören bekommen, wenn er da ist – vorausgesetzt, ich habe bis dahin das Klavier.»

Heinis Existenz war ein Schlag für Sam, aber er nahm ihn hin wie ein Mann und beschloß, in Ruths Leben den edlen Ritter zu spielen, was für sein Studium sowieso besser sein würde als eine offene Leidenschaft. Er hatte genau wie alle ihre anderen Freunde Verständnis dafür, daß Ruth nur solchen Klubs beitrat, die kostenfrei waren, und nach dem Kolleg nicht ins Pub mitkam. Sie mußte ja die Trinkgelder, die sie im *Willow* verdiente, für Heinis Klavier sparen. Und bald konnte man sogar Huw Davies, den schweigsamen Waliser, dabei beobachten, wie er in die Schaufenster von Klavierläden spähte, denn nichts ist ansteckender als das Engagement für eine noble Sache.

Später wünschte Ruth, die Woche zu Semesterbeginn, als Quin noch nicht aus Schottland zurück war, wäre nie gewesen. Sie hörte zuviel über Professor Somervilles Verdienste, seine Klugheit und sein Wissen, die großartigen Dinge, die er für seine Studenten getan hatte.

«Ich würde alles darum geben, an einer seiner Exkursionen teilnehmen zu können», sagte Sam, «aber ich habe überhaupt keine Chance; nicht mal, wenn ich eine Eins bekomme. Die Warteliste ist immer endlos.»

Selbst Janet, die eine so niedrige Meinung vom männlichen Geschlecht hatte und ihren unglücklichen Verehrern weiterhin die Köpfe abbiß wie eine dieser exotischen Spinnen im Naturhistorischen Museum, wußte nur Gutes von ihm zu berichten.

«Seine Vorlesungen sind wirklich fabelhaft – weißt du, er zeigt einem eine ganz neue Welt. Und er hat überhaupt keine Allüren.

Ich sag dir, ich kriege eine Riesenwut, wenn ich Verena reden höre, als sei er ihr Eigentum. Dabei kennt sie ihn noch nicht mal.»

Am meisten über Quin hörte Ruth jedoch von Pilly. Priscilla mochte unfähig sein, das Konzept der radialen Symmetrie bei der Qualle zu begreifen, aber sie sah und erfaßte die Dinge mit dem Herzen. Und jetzt nahm sie wahr, daß Ruth, ihre Freundin, mittags nicht genug zu essen hatte.

Das stimmte. Ruth hatte ihrer Mutter erzählt, das Mittagessen in der Mensa sei kostenlos. Morgens stieg sie einfach drei Haltestellen vor ihrem Ziel aus der U-Bahn und kaufte sich mit den zwei Pence, die sie dadurch sparte, ein Brötchen, das sie dann mittags am Fluß aß. Sie fand dieses Arrangement absolut zufriedenstellend, Pilly jedoch war anderer Meinung, und an Ruths drittem Tag in Thameside fragte sie, ob es Ruth recht wäre, wenn sie sich in Zukunft auch etwas von zu Hause mitbrächte und mit ihr zusammen am Fluß zu Mittag äße.

«Aber gehst du denn nicht lieber in die Mensa?»

«Nein. Das Essen dort bekommt mir nicht», schwindelte Pilly.

Zu Hause beriet sie sich mit ihrer Mutter. Die Herstellung von Pillen hatten Mr. Yarrowby zum reichen Mann gemacht. Priscilla wurde morgens in einem Rolls-Royce zur Universität gefahren, der sie zwei Straßen entfernt abzusetzen pflegte, weil ihr Reichtum ihr peinlich war; doch ihre Mutter war eine handfeste Frau vom Land. Mrs. Yarrowby war zwar niemals von einem Taubenschwarm überfallen worden, aber sie und Leonie waren sich im Grunde sehr ähnlich.

«Ach, du lieber Himmel!» rief Pilly, als sie am folgenden Tag ihr Mittagbrot auspackte. «Das kann ich unmöglich alles aufessen – und wenn ich was übriglasse, ist meine Mutter zu Tode gekränkt.»

In dieser Notlage mußte Ruth ihr einfach zu Hilfe kommen. Leonies gekränktes Gesicht, wenn sie sich bei Tisch nicht ein zweites Mal genommen hatte, gehörte zu ihren Kindheitserinnerungen. Sie teilte sich mit Pilly die Fleischpastetchen, die harten Eier, den Gewürzkuchen, die Weintrauben... und selbst dann waren noch Brocken für die gefräßigen Enten übrig.

«Ach, Pilly, du hast ja keine Ahnung, wie herrlich es ist, wieder einmal Enten füttern zu können! Jetzt fühle ich mich wie ein richtiger, echter Mensch und nicht wie ein Flüchtling.»

«Du bist immer ein richtiger, echter Mensch», erklärte Pilly treu. «Du bist der richtigste und echteste Mensch, den ich kenne.»

Und während sie an die Brüstung gelehnt am Fluß saßen, hörte Ruth, wie sehr Pilly vor dem Beginn des Paläontologiekurses graute.

«Das schaffe ich niemals», sagte sie unglücklich. «Ich kann ja nicht mal Pleistozän und Plastilin auseinanderhalten.»

«Klar kannst du das... Aber warum mußt du den Kurs überhaupt nehmen, Pilly? Hättest du denn nicht etwas anderes wählen können?»

Pilly machte ein deprimiertes Gesicht und warf noch ein Stück Pastete ins Wasser. «Es ist wegen Professor Somerville.»

«Wieso?» fragte Ruth erstaunt. «Was hat das mit ihm zu tun?»

«Mein Vater ist der Meinung, er sei der vollkommene Renaissance-Mensch», antwortete Pilly. «Du weißt schon, ein Mensch, der alle seine Fähigkeiten ausgebildet hat. Mein Vater hat ihn vor ungefähr drei Jahren mal in der Wochenschau gesehen. Da kam er gerade mit diesem Neanderthalerschädel aus Java zurück. Und später hat er ihn noch mal gesehen, als er auf einem Yak durch Nepal ritt. Oder vielleicht war es auch ein Maultier. Weißt du, mein Vater mußte mit vierzehn von der Schule und in die Fabrik. Er konnte nie studieren und sich bilden. Deswegen muß ich mich jetzt auf der Uni herumquälen, obwohl ich ihm gesagt habe, daß ich zu dumm dazu bin. Und Professor Somerville ist ein Mensch, wie er gern einer gewesen wäre.»

«Ach, so ist das.»

«Ja. Er schneidet alle Berichte aus, die im *National Geographic* über ihn erscheinen. Außerdem ist Professor Somerville ein großer Segler vor dem Herrn – er hat mal mit einem Winzlingsboot eine Trophäe gewonnen, obwohl ein Riesensturm war und das Boot beinahe untergegangen wäre. So was gefällt meinem Vater. Und ein toller Liebhaber ist er auch, wie die Medici. Ich glaube allerdings nicht, daß er auch so viele Leute vergiftet.»

«Woher wissen deine Eltern, daß er ein toller Liebhaber ist?»

Pilly seufzte. «Aus der Zeitung. Es steht in den Klatschspalten. Eine Schauspielerin namens Tansy Mallet ist ihm durch ganz Ägypten nachgelaufen, und jetzt hat er eine todschicke Französin. Natürlich wollen alle mit auf seine Exkursionen. Warte nur, bis er wieder da ist – seine Vorlesungen sind immer zum Brechen voll mit Leuten, die hier gar nicht eingeschrieben sind. Sie zahlen der Uni zehn Pfund im Jahr, dann dürfen sie jede Vorlesung besuchen, aber sie kommen nur zu seinen.» Sie biß in ihr Brot. «Und Bowmont wollen natürlich auch alle sehen.»

«Was ist Bowmont?»

«Da wohnt Professor Somerville. Du wirst es sehen, wenn du auf Exkursion gehst.»

«Ich gehe nicht auf Exkursion», entgegnete Ruth. «Aber was ist an Bowmont so besonders? Ich dachte, es sei nur ein Haus ohne Zentralheizung.»

Pilly schüttelte den Kopf. «Das kann nicht sein. Turner hat es gemalt.»

«Na und? Der hat auch vieles andere gemalt. Kühe und Sonnenuntergänge und Schiffswracks.»

«Kann schon sein, aber trotzdem wollen alle hin. Ach, Ruth, ich schaffe das nie. Diese Namen – jurassisch, mesozoisch und ...»

«Du schaffst es», behauptete Ruth entschlossen. «Wir machen Listen – eine Liste fürs Bad, eine Liste für die Toilette ... Ihr habt sicher zu Hause viele Bäder, da kannst du viele Listen haben. Und ich höre dich jeden Tag ab. Es sind doch bloß Namen! Wie bei Leuten, die Cynthia oder George heißen.»

Es war schönes Wetter in jener ersten Woche in Thameside, und Ruth fand alles beglückend: Dr. Feltons Seminare, die erste Probe des Bach-Chors, dem sie beigetreten war und der die h-Moll-Messe einstudierte. Sie lernte mit Pilly, sie freundete sich mit einem Doktoranden der germanistischen Fakultät an und machte ihm klar, daß Rilke, wenn man seine Gedichte nur richtig sprach, kein Verrückter war, sondern ein großer Lyriker – und sie hielt dem Schaf die Treue.

Und doch konnte dieser Zustand des Glück, so real er war, innerhalb eines Augenblicks durch eine Erinnerung an die Vergangenheit zerstört werden. Eines Nachmittags ging sie auf dem Rückweg von einem Seminar durch den Hof, als sie aus einem Fenster des Kunstbaus die Klänge des Schubert-Quartetts in d-Moll hörte. Sie hielt an, um sich zu vergewissern, daß sie richtig gehört hatte, daß dort tatsächlich die Zillers spielten, und es war so: immer nahmen sie das Adagio mit dieser himmlischen Langsamkeit, die mit Feierlichkeit nichts zu tun hatte. Und jetzt erhob sich die zweite Geige über die anderen, um das Motiv zu wiederholen, und sie konnte Biberstein vor sich sehen, mit seinen krausen, abstehenden Locken, das Kinn auf sein Instrument gedrückt, während er Schubert – oder Gott – ins Auge sah.

Sie rannte über den Rasen, durch den Torbogen, die Treppe hinauf... Sie wußte natürlich schon, ehe sie die Tür zum Aufenthaltsraum öffnete, daß es ausgeschlossen war. Die Zeit hatte sich nicht umgekehrt, sie lief jetzt nicht über die Johannesgasse auf die Fenster des Konservatoriums zu, hinter denen die Zillers probten. Doch ein paar Sekunden lang glaubte ihr Körper, was ihr Hirn schon als Täuschung erkannt hatte. Dann sah sie den Trichter des Grammophons und die Mitglieder des Musik-Kreises, die um es herum saßen, und wußte, daß die Vergangenheit endgültig vorbei und Biberstein tot war.

Am folgenden Tag teilte Verena Plackett ihren Kommilitonen reizenderweise mit, daß Professor Somerville am Montag zurück sein werde, um seine Vorlesung zu halten.

«Bist du sicher?» fragte Sam.

«Aber natürlich», antwortete Verena. «Er wird ja am Abend bei uns essen.»

14

«Lieber Himmel, Ruth, was hast du mit deinen Haaren gemacht?» rief Leonie, als ihre Tochter am Montag morgen zum Frühstück erschien.

«Ich habe mir einen Zopf geflochten», antwortete Ruth mit Würde.

«Ja, das seh ich. Aber wie! Du hast die Haare ja so stramm zurückgezogen, daß man meinen könnte, du wolltest dich skalpieren.»

Ruth jedoch, deren Ziel die gänzliche Unauffälligkeit war, erklärte, sie fühle sich sehr wohl, und fragte, ob sie Hildas Regenmantel ausleihen dürfe, der schwarz war und männlich wirkte und bessere Zeiten gesehen hatte. Nachdem sie den Kragen hochgeklappt und sich eine Baskenmütze über den Kopf gezogen hatte, war sie sicher, daß es ihr gelingen würde, sich Quin Somervilles Aufmerksamkeit zu entziehen; dann machte sie sich, ohne auf ihre Mutter zu achten, die behauptete, sie sähe aus wie ein Straßenmädchen in einem Experimentalfilm von Pabst, auf den Weg zur Universität. Dort geriet sie von neuem unter Beschuß. Janet machte sie darauf aufmerksam, daß es keinen Tropfen regnete, und Sam fragte bekümmert, ob das jetzt ihre neue Frisur sei. Doch wenn schon Ruths Aussehen seltsam war, so war es ihr Verhalten noch mehr.

«Ist was?» fragte Pilly, als Ruth sich in den Hörsaal schlich wie die Bisamratte Chu Chundra in Kiplings *Dschungelbuch*, die sich niemals in die Mitte eines Zimmers wagte.

«Nein, nein», versicherte Ruth. «Das heißt, mir ist irgendwie nicht ganz gut. Ich glaube, ich setze mich hinten hin, damit ich jederzeit raus kann. Aber geh du ruhig nach vorn und such dir einen guten Platz.»

Das war eine sinnlose Aufforderung. Wo Ruth hinging, da ging auch Pilly hin, und wenig später gesellten sich Janet, Sam und Huw zu ihnen.

«Es ist nicht so schlimm», versicherte Sam, der sich schweren Herzens damit abfand, daß er seinem Idol so fern sein würde. «Man kann immer hören, was er sagt.»

Der Saal war voll bis auf den letzten Platz. Nicht nur Studenten anderer Jahrgänge, sondern auch anderer Disziplinen hatten sich eingefunden und dazu die Gasthörer, von denen Pilly erzählt hatte: Hausfrauen, alte Damen, ein rotgesichtiger Colonel mit einem Knebelbart.

«Ah, da kommt Verena», bemerkte Janet. «Sollte sie sich diese schwungvollen Würste auf der Stirn zu Ehren des Professors gedreht haben?»

In der Tat zeigte sich Verena im Glanz einer neuen Frisur, auch wenn sie wie immer ein Schneiderkostüm und eine hochgeschlossene Bluse strengen Schnitts anhatte. Als sie mit ihrer Krokodilledertasche unter dem Arm die Stufen des Hörsaals herunterkam, sah sie sich mit einer unerwarteten Schwierigkeit konfrontiert. Ihr Platz in der Mitte der ersten Reihe war besetzt.

Der Angestellte, der angewiesen war, Verena vor den Vorlesungen stets ihren Platz zu reservieren, hatte aufgemuckt. Er hatte sich beim Quästor beschwert und gesagt, das gehöre nicht zu seinem Aufgabengebiet, und der Quästor, der wahrscheinlich mit der Gewerkschaft unter einer Decke steckte, hatte ihn unterstützt. Bisher hatte sich das nicht weiter ausgewirkt, da inzwischen jedermann wußte, was ihr zustand; heute jedoch, bei dem Zustrom von Hörern, war die ganze erste Reihe besetzt.

Jeder andere hätte sich davon vielleicht abschrecken lassen; nicht Verena Plackett, Tochter ihrer Mutter.

«Entschuldigung», sagte sie, hielt ihre edle Aktentasche hoch und drängte sich an den Sitzenden vorbei bis zur Mitte der Reihe direkt vor dem Podium mit dem Rednerpult und der Wasserkaraffe. Hier saß sie immer, hier beabsichtigte sie auch heute zu sitzen.

Ihr Hinterteil anmutig gelüpft, wartete Verena, um sich auf dem ihr angestammten Platz niederzulassen – und wartete nicht vergeblich. Solcherart war die Autorität, die überlegene Klasse, die selbst von ihrem Gesäß ausging, daß die Frau rechts von ihr näher zu ihrem Nachbar rückte, der Student links sich mit nur einem kleinen Murren an seinen Freund drängte – und mit einem höflichen «Danke sehr» setzte sich Verena, öffnete die Aktentasche, nahm den Block und den Füller mit der Goldfeder heraus und war bereit.

Quin betrat den Vorlesungssaal, legte ein einzelnes Blatt Papier auf das Pult, schob die Wasserkaraffe weg, blickte auf, um «Guten Morgen» zu sagen – und entdeckte augenblicklich Ruth, die so tief wie möglich zusammengekrümmt in der letzten Reihe saß. Sie war teilweise verdeckt von einem breitschultrigen jungen Mann in der Reihe vor ihr, aber das herzförmige Gesicht, die großen umschatteten Augen waren deutlich zu erkennen, und nicht minder eine nackte Fläche dort, wo ihr Haar nicht war. Einen Moment lang glaubte er, sie habe es abgeschnitten, und spürte ein Aussetzen seines Herzschlags, als hätte sein Vegetativum die Absicht gehabt, eine Protestmeldung zu senden, und sich dann eines anderen besonnen, einerseits weil es ihn nichts anging, andererseits weil sie es gar nicht abgeschnitten hatte. Offensichtlich hatte sie mit Regen gerechnet, denn er konnte den Zopf unter ihrem Mantel verschwinden sehen und mußte an das Museum in Wien denken, an ihr tropfnasses Haar, als er sie zu ihrer Hochzeit abgeholt hatte.

Diese Gedanken, wenn es wirklich bewußte Gedanken waren, nahmen nur wenige Sekunden in Anspruch, ehe sie von einem weiteren, ebenso flüchtigen abgelöst wurden, der Frage nämlich, wieso das University College seine Studenten zu seiner Vorlesung schickte. Nachdem er sich vorgenommen hatte, das in Zukunft zu unterbinden, ergriff er ein Stück Kreide, trat an die Tafel und begann.

Die folgende Stunde vergaß Ruth nie. Wenn jemand ihr gesagt hätte, daß sie einem Vortrag über Leitfossilien, die kennzeichnend für bestimmte geologische Schichten waren und zur Altersbestimmung herangezogen wurden, so gebannt folgen würde wie einer Gute-Nacht-Geschichte – ihn so aufregend, faszinierend und manchmal komisch finden würde wie jedes Märchen –, so hätte sie dem Betreffenden kaum geglaubt.

Das Thema des Vortrags war hoch wissenschaftlich. Quin präsentierte eine Neueinschätzung der von Rowe geleisteten Arbeit über die englische Kreidezeit und brachte sie in Bezug zu Darwins Theorien und den neuen Ideen Julian Huxleys. Aber während er sprach – ohne je die Stimme zu erheben, seine Worte nur selten mit einer Geste seiner ausdrucksvollen Hände unterstreichend –, empfand sie einen beinahe körperlichen Kontakt. Es war, als stünde er hinter ihr und stieße sie vorwärts, der Schlußfolgerung entgegen, die er gleich erreichen würde, so daß sie dachte: Ja – ja, natürlich, so muß es sein.

Rund um Ruth herum folgten die anderen dem Vortrag mit gleicher Faszination. Sam hatte seinen Füller aus der Hand gelegt; nur wenige Studenten machten sich mehr als gelegentliche Notizen, weil keiner auch nur ein Wort überhören wollte und weil sie wußten, daß sie danach lesen und lesen würden und irgendwie sogar die nötigen Reisen unternehmen... daß sie Teil des Abenteuers werden würden, das sich dort auf dem Podium für sie auftat. Nur Verena schrieb unablässig mit ihrer Goldfeder – schrieb und schrieb und schrieb.

Irgendwann in der Mitte seines Vortrags machte Quin eine kurze Pause, fuhr sich mit der für ihn charakteristischen Handbewegung, die ihm selbst gar nicht bewußt war, durch das Haar, und sein Blick fiel erneut auf Ruth. Sie hatte ihre Zurückhaltung aufgegeben und saß gespannt vorgebeugt, den Zeigefinger quer über dem Mund, in der, wie er sich erinnerte, für sie typischen Haltung, wenn sie aufmerksam zuhörte. Auch ihr Haar hatte sich die Unterdrückung nicht länger gefallen lassen: eine Locke hatte sich aus dem strengen Zopf gelöst und ringelte sich um ihren Kragen.

Er richtete seinen Blick wieder auf das Papier, das vor ihm lag, und setzte seinen Vortrag fort. Genau fünf Minuten vor der vollen Stunde begann er mit der Rekapitulierung, präsentierte ihnen noch einmal die ungelöste Kontroverse und machte Schluß.

Er war noch keine drei Schritte gegangen, da wurde er schon umringt. Studenten wollten ihn begrüßen; der rotgesichtige Colonel erinnerte ihn daran, daß sie sich in Simla begegnet waren; Hausfrauen warteten schüchtern im Hintergrund.

Verena ließ sich Zeit. Sie wollte nicht in der Menge untergehen.

Erst als Quin Somerville endlich den Weg zur Tür nahm, ging sie mit wenigen großen Schritten auf ihn zu und trat ihm in den Weg, um ihm das Erfreuliche mitzuteilen.

«Ich bin Verena Plackett», sagte sie.

«Wie soll ich das verstehen, Sie haben sie aufgenommen?»

Roger Felton seufzte. Vor zwei Stunden war er noch so froh gewesen, den Professor zu sehen. Somervilles Rückkehr hatte auf alle in der Abteilung wie ein frischer Wind der Zuversicht und der Unternehmungslust gewirkt. Jetzt aber fühlte Felton sich gedrückt und zu Unrecht zurechtgewiesen.

«Ich habe Ihnen doch gesagt – Sir», begann er, und Quin runzelte die Stirn. Das «Sir» bedeutete, daß er Roger härter angefaßt hatte als beabsichtigt. «Am University College hatte man ihren Platz weggegeben. Als sie sich dann doch noch meldete, haben die Leute unter anderem bei uns angerufen, um zu fragen, ob wir sie aufnehmen könnten. Ich dachte mir, wir würden schon noch ein Plätzchen für sie finden, zumal ich wußte, daß Sie ganz dafür sind, Flüchtlinge wenn irgend möglich aufzunehmen.»

«Aber nicht Ruth Berger. Sie muß weg.»

«Warum denn? Sie ist eine hervorragende Studentin. Sie glauben vielleicht, die Tatsache, daß sie ein hübsches Ding ist und ab und zu Zwiesprache mit dem Schaf hält –»

«Sie redet mit einem Schaf? Mit was für einem Schaf?»

«Es wurde uns vom Forschungsinstitut Cambridge geschickt, und jetzt will man es nicht zurücknehmen.» Er erklärte und erläuterte und versuchte dabei zu begreifen, wieso der Prof, der am Morgen in glänzender Stimmung hereinmarschiert war, plötzlich so barsch und gereizt war. «Das Schaf fühlt sich einsam, und Ruth trägt ihm Gedichte vor. Goethe vor allem. *Wanderers Nachtlied* hat es besonders gern – das klingt auf Deutsch ganz anders, wissen Sie –» Er bemerkte plötzlich die steinerne Miene Somervilles und sagte hastig: «Was ich sagen wollte – die Tatsache, daß sie ein originelles junges Ding ist und sehr – nun ja, emotional, ändert nichts daran, daß sie ausgezeichnete Arbeit leistet. Gerade auch im Labor, beim Sezieren und den Versuchen.»

«Das kann schon sein, aber Sie werden sie an einer anderen Universität unterbringen.»

«Das kann ich nicht. Es gibt keine Plätze. Die Leute vom University College haben es überall versucht, ehe sie sich an uns wandten. Und ich muß ehrlich sagen, ich verstehe nicht, was hier eigentlich los ist», fügte Roger hinzu, allen Respekt in den Wind schlagend. «In London wimmelt es von Flüchtlingen, denen Sie Arbeit beschafft haben – denken Sie nur mal an das alte Monstrum, das Sie der Geographischen Gesellschaft aufgehalst haben, Professor Zinlinsky, der dauernd versucht, den Frauen unter die Röcke zu schauen! Und als Ihre Tante zur Gartenausstellung in Chelsea hier war, kam sie auf einen Sprung vorbei und erzählte, in Northumberland sei es genauso schlimm – da versucht anscheinend irgendein von Ihnen vermittelter Opernsänger verzweifelt, die Kühe zu melken –, und jetzt wollen Sie plötzlich eine der besten Studentinnen an die Luft setzen, die wir hier je hatten. Es ist natürlich noch früh, aber Elke und ich sind ziemlich sicher, daß sie in den Prüfungen sogar Verena Plackett schlagen kann. Sie ist jedenfalls die einzige, bei der die Möglichkeit besteht.»

«Und wer ist Verena Plackett?»

«Die Tochter des Vizekanzlers. Ist sie nicht nach der Vorlesung zu Ihnen gekommen, um Ihnen für Ihren interessanten Vortrag zu danken?»

«Ach doch, ja», antwortete Quin desinteressiert. «Hören Sie, Roger, es tut mir leid, aber in dieser Angelegenheit lasse ich nicht mit mir handeln. O'Malley unten in Tonbridge wird sie bestimmt nehmen. Er schuldet mir sowieso noch einen Gefallen.»

«Mein Gott, da muß sie eine Stunde mit der Eisenbahn fahren! Sie spart doch für Heinis Klavier und –»

«Ach was, tatsächlich? Und wer, zum Teufel, ist Heini, wenn man fragen darf?»

«Ihr Freund. Er sitzt noch in Budapest, aber er wird bald auch hierher kommen. Wenn Sie mich fragen, ich finde ja, er sollte sich sein Klavier selbst beschaffen. Seinetwegen verzichtet sie aufs Mittagessen und –»

«Lieber Himmel, Sie haben sich wohl in die Kleine verguckt?»

Diesmal hatte er Felton ernstlich gekränkt. Die Augen hinter den Brillengläsern blitzten zornig. «Ich habe noch nie etwas mit einer Studentin angefangen, und ich werde es auch nie tun; das müßten Sie eigentlich wissen. Selbst wenn ich nicht verheiratet wäre, würde ich mir so etwas nicht einfallen lassen. Leute, die ihre Stellung dazu ausnützen, sich an Studentinnen heranzumachen, stehen bei mir ganz unten.»

«Ja, ja, das weiß ich doch. Tut mir leid, ich hätte das nicht sagen sollen. Aber schauen Sie, ich bin mit den Bergers recht gut bekannt. Ich habe einmal einen Sommer bei ihnen verbracht, als Ruth noch ein Kind war. Es geht nicht, daß sie bei mir studiert.»

Felton atmete auf. «Ach, wenn es nur das ist ... Du lieber Gott, wen interessiert denn das?»

«Mich.»

«Sie fürchten wohl, Sie könnten ihr in den Prüfungen zu gute Noten geben, aber die Wahrscheinlichkeit ist doch nun wahrhaftig äußerst gering», sagte Felton ironisch. «Sie werden voraussichtlich nicht einmal hier sein, wenn es ans Benoten geht.»

«Gut, da haben Sie nicht unrecht. Aber –»

«Sie tut uns gut», sagte Felton mit Gefühl. «Sie ist so dankbar dafür, daß sie überhaupt studieren kann. Sie bringt den anderen zu Bewußtsein, was für ein Privileg es ist, an einer Universität arbeiten zu können. Sie wissen doch selbst, wie zynisch diese jungen Leute oft sind, wie sie über alles murren. Und wir wahrscheinlich genauso. Und da ist nun plötzlich jemand, der ins Mikroskop schaut, als wäre der Objektträger mit dem Pantoffeltierchen von Gott selbst vom Himmel herabgesandt worden. Und sie hilft dem kleinen Pillenmädchen, das immer bei sämtlichen Prüfungen durchfällt.»

«Seit wann ist Miss Berger eigentlich genau hier?» fragte Quin, dessen Laune von Minute zu Minute schwärzer zu werden schien.

«Seit einer Woche. Aber was spielt das denn für eine Rolle? Sie wissen doch selbst, daß man schon beim erstenmal, wenn jemand eine Pipette zur Hand nimmt, sehen kann, wie die Aussichten stehen.»

«Trotzdem geht sie», sagte Quin kurz.

«Dann sagen Sie es ihr selbst.» Zum erstenmal in den Jahren ihrer Zusammenarbeit trotzte Felton seinem Vorgesetzten.

«Das werde ich tun», antwortete Quin mit gewitterfinsterer Miene. «Bitte beschaffen Sie mir so schnell wie möglich die Anmeldezahlen vom letzten Jahr. Der Vizekanzler möchte sie sehen.»

Felton nickte. «Ich habe sie fast fertig. Sie können sie heute abend haben.»

Quin Somervilles Zimmer war in der zweiten Etage und blickte über den Walnußbaum hinweg auf die Fassade des Hauses, in dem der Vizekanzler wohnte, und auf den Torbogen mit seinem Durchblick zum Fluß. In einer mit Sand gefüllten seichten Wanne lagen teilweise geordnet die Teile eines Plesiosauriers; der Schädel eines Mastodon-Babys diente als Briefbeschwerer. Am Fenster stand, mit einem Wollschal um den Hals, den seine Tante Frances vergessen hatte, ein lebensgroßes Modell Daphnes, eines weiblichen Hominiden aus Java, das Quin von der *Oriental Exploration Society* geschenkt worden war. Die Vase mit der langstieligen Rose, die auf seinem Schreibtisch stand, war von seiner Sekretärin dorthin gestellt worden. Hazel war eine friedfertige, glücklich verheiratete Frau, die die Abteilung auch ohne Einmischung ihrer Chefs reibungslos hätte leiten können und das häufig auch tat.

Als Ruth, zum Professor zitiert, das Zimmer betreten hatte, war sie noch ganz beglückt gewesen von dem Erlebnis der Vorlesung. Jetzt aber stand sie mit gesenktem Kopf und hatte Mühe, die Tränen zurückzuhalten.

«Aber warum? Warum muß ich gehen? Ich verstehe das nicht.»

«Ruth, ich habe es Ihnen erklärt. In meinem alten College in Cambridge durften die Mitglieder des Lehrkörpers nicht einmal Frauen *haben*, geschweige denn sie ins Institut mitbringen. Es geht einfach nicht an, daß ich eine Frau unterrichte, mit der ich verheiratet bin.»

«Aber Sie sind doch gar nicht mit mir verheiratet!» widersprach sie leidenschaftlich. «Jedenfalls nicht richtig. Sie schicken mir doch dauernd nur Papiere über die Auflösung der Ehe – über Epilepsie und Blutsverwandtschaft und Nichtvollzug oder Vollziehung oder wie es sonst heißt.»

«Es geht trotzdem nicht, Ruth, glauben Sie mir. Wenn hier noch der alte Vizekanzler wäre, würde sich vielleicht etwas machen lassen. Aber doch nicht mit den Placketts! Der Skandal wäre entsetzlich. Ich müßte meinen Posten zur Verfügung stellen, was mir eigentlich gar nichts ausmachen würde, aber man würde natürlich auch Sie mit hineinziehen, und Ihr Leben hier stünde von Anfang an unter einem schwarzen Schatten. Ganz zu schweigen davon, daß Sie Ihre Freiheit nicht so schnell bekämen, wenn bekannt würde, daß wir uns täglich gesehen haben.»

«Ach so – die – na, wie heißt es gleich? Die Kollusion – das schweigende Einverständnis, den Staat zu beschummeln», sagte Ruth.

«Richtig. Die Kollusion. Seien Sie vernünftig, Ruth. Ich werde mich um alles kümmern. Ich bin ziemlich sicher, daß ich Ihnen in Kent einen Studienplatz besorgen kann. Dort gibt es zwar kein Förderprogramm –»

«Ich will aber nicht weg.» Ihre Stimme war leise und leidenschaftlich. Sie war zum Fenster hinübergegangen, und jetzt hob sie eine Hand und legte sie Daphne auf den Arm, als suchte sie eine Gefährtin in der Not. «Ich *will* nicht. Hier sind alle so nett. Ich habe mich gerade erst mit Pilly angefreundet, sie muß Wissenschaftlerin werden, nur weil ihr Vater Sie in der Wochenschau irgendwo mit Yaks herummarschieren sah, und das ist doch weiß Gott nicht *ihre* Schuld. Und Sam hab ich versprochen, daß ich mal Paul Ziller in den Musikkreis mitbringe, und Dr. Feltons Unterricht ist so interessant, und dabei haben er und seine Frau solchen Kummer, weil sie einfach kein Baby bekommen, obwohl sie immer die Temperatur –»

«Das hat er Ihnen erzählt?» rief Quin, der seinen Ohren nicht trauen wollte.

«Nein, nicht direkt – aber Mrs. Felton war hier, um ihn abzuholen, und er hatte sich verspätet, und da sind wir ins Reden gekommen. Ich bin nicht so reserviert wie die Engländer, wissen Sie. Gut, unsere Heirat ist ein Geheimnis, das war so ausgemacht, und das ist klar. Aber sonst... Meine Großmutter, die Ziegenhirtin, war auch immer offen und gesprächig. Sie hat zum Beispiel ihre Strümpfe heruntergerollt und gesagt: ‹Schauen Sie mal!›, und dann mußte man sich ihre Krampfadern ansehen. Sie fragte nicht erst, ob man sie sehen wollte; sie mußte sie einfach herzeigen. Und meine jüdische Seite hat für Distanz sowieso nicht viel übrig. Bei Ihnen ist das anders, weil Sie Engländer sind und aus der Oberklasse, und Verena Plackett studiert extra Paläontologie, damit sie Sie heiraten kann, wenn wir geschieden sind.»

«Reden Sie keinen Quatsch, Ruth!» fuhr Quin sie mit einer ungeduldigen Geste an. «Lassen Sie uns jetzt lieber darüber nachdenken –»

«Es ist kein Quatsch. Sie hat sich für das Abendessen heute extra ein neues Kleid gekauft, weil Sie kommen. Es ist aus metallblauem Taft und hat Puffärmel. Ich weiß es, weil das Dienstmädchen von Placketts die Nichte vom Pförtner ist, und er hat's mir erzählt. Sie ist natürlich sehr groß, aber Sie könnten ja einen Bürstenschnitt tragen und –»

Quin zog sein Taschentuch heraus und wischte sich die Stirn. «Ruth, es tut mir leid. Ich weiß, Sie haben sich hier schon eingelebt –»

«Ja, das habe ich!» rief sie erregt. «Es ist so schön hier. Dr. Sonderstrom hat mir ihre Wanzeneier gezeigt. Sie können sich nicht vorstellen, wie niedlich sie sind, mit einem kleinen Käppchen an einem Ende, und durch die Schale kann man die Augen der Kleinen sehen. Und ich liebe den Fluß und den Walnußbaum –»

«Und das Schaf», warf Quin ein.

«Ja, das Schaf auch. Aber am schönsten war Ihre Vorlesung heute morgen. Was ich da alles begriffen habe! Nur mit dem, was Sie über Hackenstreicher gesagt haben, kann ich nicht ganz übereinstimmen. Es könnte doch sein, daß er absolut aufrichtig war, als er schrieb –»

«Ach, glauben Sie?» meinte Quin nicht im geringsten erfreut. «Sie halten es für möglich, daß ein Mann, der absichtlich das Beweismaterial fälscht, um eine vorgefaßte Hypothese zu stützen, ernst zu nehmen ist?»

«Wenn es wirklich Absicht war. Mein Vater hatte aber einen Aufsatz, in dem stand, daß der Schädel, den man Hackenstreicher zeigte, von einer weit tieferen Stufe stammen könnte und daß es dann verständlich wäre, daß er zu den Schlußfolgerungen gelangte, die er veröffentlicht hat.»

«Ja, den Aufsatz habe ich gelesen, aber sehen Sie denn nicht –» Obwohl Quin versucht war, die Diskussion weiterzuverfolgen, zwang er sich, seine Aufmerksamkeit wieder der Aufgabe zuzuwenden, die er jetzt zu erledigen hatte. Daß Ruth eine interessante Studentin gewesen wäre, daran gab es keinen Zweifel.

«Schauen Sie, Ruth, es hat keinen Sinn, daß wir die Sache weiter hinausschieben. Ich werde O'Malley anrufen und Sie nach Tonbridge versetzen lassen. Und bis dahin kommen Sie am besten nicht mehr zu den Lehrveranstaltungen hier.»

Sie hatte ihm den Rücken zugewandt und knotete zerstreut den Schal um Daphnes Hals. In der andauernden Stille wuchs Quins Unbehagen. Er erinnerte sich plötzlich des Kindes am Grundlsee, das Keats deklamiert hatte... erinnerte sich, wie sie selbst im Museum versucht hatte, sich heimisch zu fühlen. Und nun vertrieb er sie von neuem.

Doch als sie sich herumdrehte, sah er nicht das traurige Geschöpf seiner Vorstellung, nicht Ruth in Tränen im Kornfeld in der Fremde. Ihr Kopf war hocherhoben, ihr Gesicht zeigte hartnäckige Entschlossenheit, und einen Moment lang glich sie der primitiven, kämpferischen Hominidenfrau, neben der sie stand.

«Ich kann Sie nicht daran hindern, mich von hier wegzuschicken. Sie haben ja hier eine Stellung wie ein Gott. Das habe ich schon gemerkt, bevor Sie kamen. Aber Sie können mich nicht zwingen, nach Tonbridge zu gehen. Ich wollte sowieso nicht studieren, sondern arbeiten und meine Familie unterstützen. Erst *Sie* haben gesagt, ich solle mein Studium abschließen. Als ich dann dachte, Sie wollten, daß ich hierher komme, war ich so –» Sie brach ab und schneuzte sich. «Aber woanders fange ich nicht noch einmal an. Nach Tonbridge gehe ich bestimmt nicht.»

«Und wie Sie gehen!» fuhr er sie wütend an. «Sie werden nach Tonbridge gehen und einen anständigen Abschluß machen und –»

«Nein, das werde ich nicht tun. Ich suche mir eine Arbeit, die bestbezahlte Arbeit, die ich finden kann. Wenn Sie mir erlaubt hätten, hierzubleiben, hätte ich alles getan, was Sie von mir verlangt hätten. Da wären Sie mein Professor gewesen, und das wäre in Ordnung gewesen. Aber jetzt haben Sie kein Recht, mich herumzukommandieren. Jetzt bin ich frei.»

Quin sprang aus seinem Sessel auf. «Merken Sie sich eines: Selbst wenn ich nicht Ihr Professor bin, so bin ich doch immer noch Ihr gesetzlicher Ehemann, und ich kann Ihnen befehlen, nach Tonbridge –» Der Satz blieb unvollendet, als Quin sich bewußt wurde, daß dies die Worte Basher Somervilles waren, die da aus seinem eigenen Mund sprangen.

Ruth nickte nur kurz. «Aha», sagte sie. «Sie haben Nietzsche gelesen: ‹Wenn du zum Weibe gehst, vergiß die Peitsche nicht.›»

Quin hatte endgültig genug. Er rannte zur Tür und hielt sie auf. «Gehen Sie jetzt!» sagte er. «Und zwar schleunigst.»

Lady Plackett war stolz auf die Gästeliste zu ihrem intimen kleinen Abendessen: ein anerkannter Ichthyologe, soeben von einer Expedition zur Erforschung der Knochenfische am Titicacasee zurückgekehrt; ein Kunsthistoriker, der sich als Fachmann für russische Ikonen international einen Namen gemacht hatte; ein Philologe des Britischen Museums, der sieben chinesische Dialekte sprach; und Simeon LeClerque, der für seine Biographie Bischof Berkeleys einen Literaturpreis erhalten hatte. Aber der Ehrengast, der Mann, den sie neben Verena gesetzt hatte, war natürlich Professor Somerville, den sie bereits am Morgen dieses Tages in Thameside willkommen geheißen hatte.

Um sechs Uhr vergewisserte sich Lady Plackett ein letztes Mal, daß in der Küche alles reibungslos lief und daß die Dienstmädchen funktionierten, dann ging sie nach oben, um mit ihrer Tochter zu sprechen.

Verena, die etwas früher ein Bad genommen hatte, saß jetzt im Morgenrock an ihrem mit Bücherstapeln beladenen Schreibtisch.

«Wie kommst du zurecht, Kind?» fragte Lady Plackett fürsorglich, denn sie war immer wieder gerührt, mit welcher Gewissenhaftigkeit sich Verena auf die Gäste des Hauses vorzubereiten pflegte.

«Ich bin fast fertig, Mama. Ich habe es sogar geschafft, mir Professor Somervilles ersten Aufsatz zu besorgen – den über die Dinosaurier-Lagerstätten von Tendaguru, und ich habe natürlich alle seine Bücher gelesen. Aber wenn ich auf der anderen Seite Sir Harold habe, muß ich meine Ichthyologiekenntnisse noch ein wenig auffrischen. Er ist gerade aus Südamerika zurückgekommen, nicht wahr?»

«Ja – vom Titicacasee. Nur denk daran, Kind – es sind die *Knochen*fische.»

Sir Harold war verheiratet, aber wirklich ein herausragender Wissenschaftler, und es war nur recht, daß Verena sich auf das Gespräch mit ihm vorbereitete. «Mit den russischen Ikonen werden wir, glaube ich, keine Schwierigkeiten haben – Professor Frank soll sehr redselig sein. Wenn du nur die Schlüsselnamen parat hast...»

«Oh, die habe ich», versicherte Verena gelassen. «Andrej Rubljew... Eitempera...» Sie warf einen kurzen Blick auf ihre Aufzeichnungen. «Die Wirkung des Manierismus, die sich im siebzehnten Jahrhundert zeigte...»

Lady Plackett, die eigentlich keine überschwengliche Person war, gab ihrer Tochter einen Kuß auf die Wange. «Auf dich kann ich mich immer verlassen.» An der Tür blieb sie stehen. «Professor Somerville solltest du vielleicht auch ein paar Fragen nach Bowmont stellen – über die neue Forstverordnung vielleicht. Ich werde selbstverständlich erwähnen, daß ich seine Tante kenne. Und mach dir wegen der chinesischen Phonetik kein Kopfzerbrechen, Liebes. Mr. Fellowes war nur ein Lückenbüßer – er ist dieser alte Professor vom Britischen Museum, und er sitzt genau am anderen Ende der Tafel.»

Wieder allein, widmete sich Verena den Knochenfischen, ehe sie noch einmal die Veröffentlichungen Professor Somervilles durchging. Auf der intellektuellen Seite würde er nichts an ihr bemängeln können, das war sicher. Nun war es Zeit für sie, sich der anderen Seite ihrer Persönlichkeit anzunehmen: nicht der Wissenschaftlerin, sondern der Frau. Sie legte den Morgenrock ab und schlüpfte in das blaue Taftkleid, das Ruth so genau beschrieben hatte. Dann nahm sie die Lockenwickler aus ihrem Haar.

«Ich fand das absolut faszinierend!» sagte Verena und richtete ihren zwingenden Blick auf Professor Somerville. «Ihre Auffassung vom Wert der Lumbalkurvenmessungen zur Erkennung von Hominiden erscheint mir absolut überzeugend. Sie haben das in der Fußnote von Kapitel dreizehn so einleuchtend erklärt.»

Quin war angesichts dieses seltenen Phänomens, eines Lesers, der auch die Fußnoten las, bereit, beeindruckt zu sein. «Es ist immer noch recht spekulativ, aber interessanterweise hat sich in Java eine gewisse Bestätigung gefunden. Die amerikanische Expedition...»

Verena schlug einen Moment erschrocken die Augen nieder. Sie hatte keine Zeit gehabt, über Java nachzulesen.

«Wie ich höre, sind Sie soeben in Wien geehrt worden», sagte sie, das Gespräch wieder in sicherere Bahnen lenkend. «Ich kann mir vorstellen, daß das ein hochinteressanter Aufenthalt war. Hitler scheint bei der deutschen Wirtschaft ja wahre Wunder gewirkt zu haben.»

«Ja.» Das von Kräuselfältchen begleitete Lächeln, das sie so bezaubert hatte, war erloschen. «Er hat auch noch auf anderen Gebieten wahre Wunder gewirkt. So hat er es beispielsweise im Handumdrehen geschafft, dreihundert Jahre deutscher Kultur von Grund auf zu vernichten.»

«Oh.» Doch so leicht ließ Verena sich nicht bange machen. Es dauerte nur einen Moment, dann hatte sie ihre Fassung wiedergefunden. «Wie sind Sie eigentlich auf den Gedanken gekommen, in Bowmont ein praktisches Seminar anzubieten, Professor Somerville?»

«Nun, die Fauna an dieser Küste ist erstaunlich vielgestaltig, und die Nordsee ist dort in den Buchten recht zahm. Außerdem befinden wir uns direkt gegenüber den Farne-Inseln, wo die Ornithologen schon seit geraumer Zeit sehr interessante Arbeit mit Brutkolonien leisten – kurz, der Ort eignet sich ideal dafür, auf verschiedenen Wissensgebieten praktische Erfahrung zu sammeln.»

«Auch auf Ihrem Gebiet? Sie werden auch dort sein?»

«Aber natürlich. Ich helfe Dr. Felton bei der meeresbiologischen Arbeit, aber ich werde auch Ausflüge zu den Kohleflözen unternehmen und hinunter nach Staithes in Yorkshire.»

«Und die Studenten wohnen getrennt – ich meine, nicht im Haus?»

«Das ist richtig. Ich habe ein ehemaliges Bootshaus und einige Fischerhütten am Strand zu diesem Zweck umbauen lassen. Meine Tante ist nicht mehr die Jüngste; ich könnte es ihr nicht zumuten, die Studenten im Haus aufzunehmen. Außerdem sind die jungen Leute lieber unabhängig.»

Verena runzelte die Stirn. Sie sah Probleme voraus. Aber da der Professor Anstalten machte, sich seiner Nachbarin zur Linken zuzuwenden, der unerwartet hübschen Mrs. LeClerque, Ehefrau des Berkeley-Biographen, stimmte sie eilig eine Lobeshymne über die Vorlesung dieses Morgens an.

«Ihre Analyse der Fehlinterpretationen Dr. Hackenstreichers fand ich faszinierend. Es scheint tatsächlich keinen Zweifel zu geben, daß der Mann sich von A bis Z etwas vorgemacht hat.»

«Freut mich, daß Sie es so sehen», sagte Quin, während ein verfroren aussehendes Mädchen ihm Salzkartoffeln reichte. «Miss Berger fand meine Auffassung nicht zwingend.»

«Ach. Aber sie verläßt uns ja, nicht wahr?»

«Ja.»

«Meine Mutter war froh, das zu hören», sagte Verena mit einem Blick zu Lady Plackett, die sich mit einem unerwarteten, in letzter Minute eingetroffenen Gast unterhielt, einem Musikologen, der eben aus New York zurückgekehrt war und dessen Zusage auf die Einladung in der Post verloren gegangen war. «Ich glaube, sie ist der Meinung, daß es einfach zu viele sind.»

«Zu viele?» Quin zog eine Augenbraue hoch.

«Ach, Sie wissen schon – Ausländer – Flüchtlinge. Sie findet, die Studienplätze sollten unseren eigenen Staatsbürgern vorbehalten bleiben.»

Lady Plackett, die den Erfolg ihrer Tochter bei Professor Somerville mit Genugtuung beobachtet hatte, mißachtete jetzt das Protokoll, um über den Tisch hinweg zu sprechen.

«Nun, natürlich wagt keiner, etwas zu sagen», bemerkte sie, «aber man kann sich des Gefühls nicht erwehren, daß sie hier allmählich das Regiment übernehmen. Natürlich kann man auch nicht rückhaltlos billigen, was Hitler da macht.»

«Nein», antwortete Quin. «Es gehörte schon einiges dazu, das zu billigen.»

«Aber sie ist in jedem Fall ein ziemlich merkwürdiges Mädchen», warf Verena ein. «Ich meine, sie führt Gespräche mit einem Schaf. Das hat doch etwas Schrulliges, ganz Unwissenschaftliches.»

«Jesus hat auch mit ihnen gesprochen», bemerkte der Philologe aus dem Britischen Museum, ein alter Mann mit weißem Bart, der unerwartet energisch sprach.

«Hm, ja, das ist wohl richtig», gestand Verena ihm zu. «Aber sie trägt ihm auf Deutsch Gedichte vor.»

«Was für Gedichte?» fragte der Berkeley-Biograph.

«Goethe», antwortete Quin kurz. Die Schafsaga begann ihm auf die Nerven zu fallen. *«Wanderers Nachtlied.»*

Der Philologe war angetan. «Eine ausgezeichnete Wahl. Auch wenn man vielleicht einen der pastoralen Lyriker des achtzehnten Jahrhunderts erwartet hätte. Zum Beispiel Matthias Claudius.»

Darauf folgte eine erstaunlich lebhafte Diskussion über die Frage, welche Art von Lyrik in deutscher Sprache Haus- und Hoftieren wohl am ehesten entsprechen würde, und obwohl dies genau die Art gelehrten Geplänkels war, das Lady Plackett nur zu gern förderte, hörte sie mit tief gerunzelter Stirn zu.

«War Goethe nicht der Mann, der sich dauernd in irgendeine Charlotte verliebt hat?» fragte die reizend dumme Ehefrau des Biographen.

Quin wandte sich ihr mit Erleichterung zu. «Richtig. Er hat das alles in einem Roman mit dem Titel *Die Leiden des jungen Werthers* verarbeitet, in dem der Held so unsterblich in eine Charlotte verliebt ist, daß er sich am Ende das Leben nimmt. Thackeray hat ein Gedicht darüber geschrieben.»

«War es gut?»

«Sehr gut», antwortete Quin. «Es fängt so an:

‹Werther faßt' ne Lieb' zu Charlotte
Die ging über alle Worte hinaus:
Er sah die Schöne das erstemal
beim Brotestreichen in ihrem Haus.›

Und am Schluß trägt man ihn ‹als Leiche hinaus›.»

Verena, die diesen Abstieg ins Frivole mit unmutig gekrauster Stirn verfolgte, machte einen letzten Versuch, das Gespräch wieder auf ein Thema zu bringen, das ihr am Herzen lag.

«Wann wird denn Miss Berger nun eigentlich gehen?» fragte sie.

«Das ist noch nicht entschieden.»

Worauf er sich wieder Mrs. LeClerque zuwandte, die ihm nun von einer Freundin erzählte, die sich nicht weniger als dreimal mit Männern namens Henry verlobt hatte, deren jeder sich leider als zum Ehemann ungeeignet entpuppte. Verena beschloß resigniert, sich ihrem anderen Nachbarn zu widmen.

«Ach, sagen Sie, haben Sie vor, Ihre Forschungsarbeit über die Knochenfische hier in England weiterzuverfolgen?» fragte sie.

Doch für dieses eine Mal hatte ihre Mutter sie im Stich gelassen. Die unerwartete Ankunft des Musikologen hatte eine Änderung der Sitzordnung erforderlich gemacht. Verständnislos und einigermaßen verblüfft starrte der Ikonenexperte sie an.

Quin hatte die Gewohnheit, in einem großen Crossley Tourenwagen mit Messinglampen und einer dröhnenden Hupe nach Thameside zu fahren. Am Tag nach dem Abendessen bei den Placketts empfing ihn, als er den Wagen unter dem Torbogen parkte, nicht wie gewohnt ein ganzer Haufen junger Leute, die ihm guten Morgen wünschten, sondern ein Fähnlein von zwei durchgefroren aussehenden Aufrechten mit einem Transparent, auf dem die Worte standen: RUTH BERGERS AUSSCHLUSS IST UNGERECHT!

Sobald er in seinem Zimmer war, griff er zum Telefon. «Verbinden Sie mich mit O'Malley in Tonbridge, bitte, Hazel.»

«In Ordnung, Professor. Sir Lawrence Dempster hat übrigens eben angerufen. Er bittet Sie, sobald wie möglich zurückzurufen.»

«Gut. Erledigen wir das zuerst.»

Als Quin das Gespräch mit dem Direktor der Geophysikalischen Gesellschaft beendet hatte, war es zu spät, O'Malley noch anzurufen, der um diese Zeit bereits unterrichtete. Quin widmete sich also seiner Korrespondenz, bis es Zeit war, ins Dozentenzimmer zu gehen, wo Elke Sonderstrom, mit ihren prächtigen Zähnen ein Cremeschnittchen zermalmend, ein Thema zur Sprache brachte, das er für erledigt erklärt hatte.

«Sie hat mir nach nicht einmal einer Woche eine erstklassige Arbeit geschrieben. Und das in einer Sprache, die nicht ihre Muttersprache ist.»

«Mir ist nicht bekannt, daß Miss Berger mit dem Englischen Schwierigkeiten hat», versetzte Quin. «Sie ist schließlich jahrelang von einer englischen Gouvernante unterrichtet worden.»

Sein nächster Versuch, in Tonbridge anzurufen, wurde von Hazel verhindert, die ihm meldete, daß eine Abordnung von Studenten ihn zu sehen wünschte.

«Aber ich habe allerhöchstens zehn Minuten Zeit», sagte er verdrossen. «Um elf fängt meine Vorlesung an.»

Die Studenten kamen im Gänsemarsch herein. Er erkannte Sam und die verschüchterte kleine Tochter des Pillendrehers und den massigen Waliser mit den Blumenkohlohren – lauter Studenten im dritten Jahr, die er wegen seines ausgedehnten Aufenthalts in Indien nicht so gut kannte, wie er sie eigentlich hätte kennen müssen. Aber es waren auch andere Studenten in der Gruppe; solche, die gar nicht seiner Abteilung angehörten.

Sam, wie immer in seinen Schal gewickelt, ergriff das Wort. «Wir sind wegen Miss Berger hier, Sir. Wir sind der Ansicht, daß sie nicht ausgeschlossen werden darf.» Es kostete ihn einiges, diese Rede zu halten; bis zu diesem Moment war Professor Somerville ja sein Idol gewesen. «Wir sind der Meinung, daß der Ausschluß eine Ungerechtigkeit ist. Miss Berger wird für irgend etwas bestraft, das sie gar nicht verbrochen hat. In Anbetracht dessen, was das jüdische Volk –»

«Danke, Sie brauchen mich nicht an das Schicksal des jüdischen Volkes zu erinnern.»

«Nein.» Sam schluckte. «Aber wir sehen nicht ein, warum sie nur wegen irgendwelcher Formalitäten ausgeschlossen werden soll.»

«Miss Berger wird nicht ausgeschlossen. Sie wird lediglich an eine andere Universität überwiesen.»

«Richtig. Wie die Juden und die Zigeuner und die Freimaurer und die Sozialisten in Deutschland in Lager überwiesen werden», erwiderte Sam tapfer.

«Und dabei will sie gar nicht weg von hier», stammelte Pilly nervös. «Es gefällt ihr hier, und sie hilft mir. Sie kann einem Dinge begreiflich machen.»

«Das ist wahr, Sir.» Ein großer blonder Mann, den Quin nicht kannte, sprach aus der hinteren Reihe. «Ich bin Germanist und – nun, ich muß ehrlich sagen, ich hatte kaum noch Lust, mich mit der deutschen Sprache zu beschäftigen, nachdem ich im Radio nichts anderes mehr gehört hatte als Hitlers giftige Tiraden. Aber dann habe ich sie in der Bibliothek getroffen und – also, wenn *sie* die Nazis vergessen kann...»

Schweigend betrachtete Quin die kleine Abordnung. Dann sagte er trocken: «Sie scheinen einen von Miss Bergers größten Bewunderern vergessen zu haben. Wieso haben Sie das Schaf nicht mitgebracht?»

Als Quin später vom Mittagessen zurückkam, fand er in seinem Zimmer Besuch vor.

«Verzeihen Sie mir, daß ich Sie störe», sagte Kurt Berger und stand aus seinem Sessel auf.

«Aber das ist doch keine Störung, Sir! Es ist mir eine Freude, Sie zu sehen.»

Die Veränderung allerdings, die mit Berger vorgegangen war, erschreckte Quin. Professor Berger war ein großer, aufrechter Mann mit einem stolzen und würdevollen Gesicht gewesen. Jetzt war er hager und verfallen, und in seiner Stimme lag eine tiefe Müdigkeit.

«Ist es Ihnen recht, wenn wir deutsch sprechen?»

«Selbstverständlich.» Quin schloß die Tür.

«Ich bin wegen meiner Tochter hier. Ruths wegen. Ich habe den Eindruck, es hat Ärger gegeben, und ich würde gern wissen, ob ich etwas tun kann, um ihn zu bereinigen.»

Quin nahm ein Lineal zur Hand und drehte es unablässig hin und her, während er sprach. «Sie wird Ihnen berichtet haben, daß ich mich bemühe, ihr einen Studienplatz an der Universität Tonbridge in Kent zu beschaffen.»

«Aha. So ist das. Nein, das wußte ich nicht. Mir hat sie nur erzählt, daß sie hier nicht bleiben kann.»

«Nun, hier an der Universität ist es ein offenes Geheimnis.»

«Darf ich fragen, warum sie hier nicht bleiben kann?»

Bergers Ton war trocken und distanziert, aber die tiefe Bekümmerung hinter seinen Worten war deutlich zu hören, und Quin, der sich stets als Schüler Bergers gesehen hatte, wurde immer unbehaglicher zumute.

«Ich hielt es für unangebracht, eine junge Dame zu unterrichten, mit deren Familie ich so gut bekannt bin. Das würde Ihre Tochter möglicherweise der Beschuldigung der Begünstigung aussetzen.»

Kurt Berger strich über seinen schwarzen Hut. «Wirklich? Ich muß sagen, wenn ich es abgelehnt hätte, die Kinder der Leute zu unterrichten, die mir in Wien gut bekannt waren, so hätte es bei meinen Vorlesungen viele leere Plätze gegeben.»

«Möglich. Aber an britischen Universitäten geht es anders zu. Da gibt es mehr Klatsch. Sie sind kleiner.»

«Professor Somerville, bitte sagen Sie mir die Wahrheit», bat Kurt Berger, und erst als Quin hörte, wie dieser Mann, der fast dreißig Jahre älter war als er, ihn mit seinem Titel ansprach, erkannte er, wie tief verletzt der Mann war. «Hat Ruth sich etwas zuschulden kommen lassen? Ist sie den Anforderungen hier nicht gewachsen? Wir haben uns bemüht, ihr eine gute Bildung mitzugeben, aber...»

«Nein, aber nein! Ruth ist eine hervorragende Studentin.»

«Was ist es dann? Ihr Verhalten? Finden Sie sie vielleicht zu direkt? Zu keck? Sie ist das Universitätsmilieu gewohnt, da mag es scheinen, daß es ihr an Respekt fehlt.»

«Keineswegs. Sie hat sich hier bereits viele Freunde geschaffen, sowohl unter den Studenten als auch unter den Dozenten.»

«Dann – ist es möglich – hat es vielleicht einen Skandal gegeben? Sie ist ein hübsches Ding, ich weiß, aber ich würde meine Hand dafür ins Feuer legen, daß sie –»

Quin beugte sich über seinen Schreibtisch, um mit dem gehörigen Nachdruck zu sprechen. «Bitte glauben Sie mir, Sir, wenn ich Ihnen versichere, daß ich sie einzig deswegen an eine andere Universität schicke, weil ich glaube, daß die Verbindung zu Ihrer Familie, meine Schuld Ihnen gegenüber –»

«Schuld? Was für eine Schuld?» unterbrach Kurt Berger scharf.

«Das Symposion in Wien, Ihre Gastfreundschaft, der Ehrendoktor.»

«Ach ja, der Ehrendoktor. Wir hörten von Kollegen, daß Sie an der Zeremonie teilgenommen haben, aber zum Bankett nicht erschienen sind.»

«Das ist richtig. Als ich hörte, daß Sie nicht da waren –», begann Quin und brach ab. «Ich hätte Ihnen danken sollen, daß Sie mich vorgeschlagen haben, aber ich bin direkt nach Bowmont hinaufgereist.»

Danach trat eine kleine Pause ein. Dann sagte Kurt Berger nachdenklich: «Meine Frau ist überzeugt, daß Sie es waren, der Ruth in Wien geholfen hat.»

Quin schwieg einen ganz kleinen Moment zu lange. «So? Wie kommt sie denn darauf?»

«Eine gute Frage», meinte Kurt Berger mit einer Spur Bitterkeit. «Normale Denkvorgänge sind Leonie völlig fremd. Soweit ich ihren Worten entnehmen konnte, glaubt sie es, weil Sie damals in den Grundlsee gesprungen sind, um die Monographie ihrer Schwägerin über die Mi-Mi zu retten. Und weil Sie auf dem Universitätsball zweimal mit ihrer Patentochter Franzi getanzt haben. Franzi hatte eine sehr schlimme Akne, und sie schielte auf einem Auge. Nur weil Sie sie zum Tanz aufgefordert haben und so nett zu ihr waren, war sie endlich damit einverstanden, sich am Auge operieren zu lassen. Die Akne verging von selbst, und heute ist sie verheiratet und hat zwei schrecklich schlecht erzogene Kinder. Zum Glück hat sie sich in New York niedergelassen.»

«Ich kann Ihnen leider nicht recht folgen», sagte Quin entschuldigend.

«Es gab noch andere Gründe, mit denen ich Sie jetzt nicht langweilen will. Anscheinend warfen Sie Ihren Hut über einen Steinpilz, auf den Onkel Mishak es abgesehen hatte, und verhinderten damit, daß Frau Pollack ihn ihm wegschnappte. Wir haben die Pilze rund ums Haus immer als unser Eigentum betrachtet, und...» Er schüttelte den Kopf. «Ach, wie fern das alles zu sein scheint. Aber wie dem auch sei, die Argumente meiner Frau laufen darauf hinaus, daß Menschen sich treu bleiben. Mit anderen Worten, wenn Sie damals hilfsbereit waren, dann müssen Sie es auch heute noch sein. Wenn Sie mich an der Universität nicht angetroffen hätten, dann hätten Sie versucht, mich aufzusuchen, und hätten Ruth vorgefunden. Das glaubt meine Frau – ich nicht. Und Sie brauchen mir auch nichts zu sagen, was Sie gern für sich behalten möchten. Aber wenn Leonies Vermutung richtig ist, dann ist es möglich, daß Ihnen die Vorstellung, Ruth hierzuhaben, Unbehagen verursacht. Dann könnte es sein, daß Sie fürchten, sie könnte sich allzusehr an Sie anschließen.»

«Nein, das fürchte ich wahrhaftig nicht.»

«Aber es wäre nur natürlich. Sie ist sehr warmherzig, und sie hat damals, nach dem Sommer, den Sie bei uns verbrachten, ständig von Ihnen gesprochen. Ganz zu schweigen von dem blauen Kaninchen.» Als Quin verständnislos die Stirn runzelte, erklärte er: «Das Stofftier, das Sie ihr an der Schießbude im Prater geschossen haben. Sie hat es jeden Abend mit ins Bett genommen, und als es sein Ohr verlor, mußten wir Dr. Levy zur Behandlung rufen.»

«Das hatte ich ganz vergessen.»

«Sie waren jung. Sie hatten das Leben noch vor sich; wie Sie es auch heute noch vor sich haben. Möge Gott verhüten, daß Sie jemals so an der Vergangenheit hängen müssen, wie wir das heute tun. Aber was ich sagen wollte, war, daß Sie in dieser Hinsicht keine Befürchtungen zu hegen brauchen – wie groß Ruths Zuneigung zu Ihnen auch ist, wie sehr sie auch zu Ihnen als ihrem Retter aufsehen mag, ihre ganze Hingabe gilt ihrem Vetter, Heini Radek. Alles, was sie tut, tut sie letztlich für ihn. Sie sehen also, Sie hätten nichts zu befürchten. Sie wird Radek heiraten und ihm die Noten umblättern und die Kamelien für das Knopfloch seines Fracks auswählen. So war es, seit er das erstemal nach Wien kam.»

«Spielt es denn dann eine so große Rolle, wo sie studiert? Oder ob sie überhaupt studiert?»

«Vielleicht messe ich dem Wissen und der Bildung zuviel Bedeutung bei. Vielleicht bin ich auch einer jener Väter, die meinen, für ihre Tochter sei keiner gut genug. Heini ist ein begabter Junge, aber mir wäre es lieber gewesen, sie hätte eine Wahl gehabt.» Er wechselte abrupt das Thema. «Eines steht fest, nach Tonbridge wird Ruth nicht gehen. Sie war den ganzen Morgen auf dem Arbeitsamt, und jetzt sitzt sie zu Hause und schreibt Bewerbungen und versucht, nicht zu weinen.»

«Ich bin sicher, sie wird zur Einsicht kommen.»

«Gestatten Sie mir zu sagen, daß ich meine Tochter kenne», versetzte Berger mit Würde. Er griff zu seinem Spazierstock. «Tja, Sie müssen tun, was Sie für richtig halten. Mir wäre es auch nicht recht gewesen, wenn mir jemand hätte sagen wollen, wie ich meine Abteilung führen soll. Ich reise für einige Wochen nach Manchester und hatte gehofft –»

«Ach ja!» Quin ging froh und flink auf den Themawechsel ein. «Das Institut wird Ihnen gefallen. Feldberg ist ein großartiger Mensch – aber lassen Sie sich von dem knausrigen Buchhalter ja nicht um ihr rechtmäßiges Honorar bringen. Es gibt extra einen gutausgestatteten Fonds für Klassifizierungsarbeit.»

«Ach, ich kann mich gar nicht erinnern, meinen Ruf an das Institut erwähnt zu haben», sagte Kurt Berger mit strenger Miene. «Und auch nicht, daß man mich gebeten hat, die Howard-Kollektion zu ordnen.»

So seinem Ausweichmanöver von hinten durch die Brust geschossen, schob Quin verlegen einige Papiere auf seinem Schreibtisch hin und her. «So etwas spricht sich herum», murmelte er.

«Sie haben also diese Sache mit Manchester arrangiert? Sie haben Feldberg den Vorschlag gemacht, sich mit mir in Verbindung zu setzen? Das hätte ich mir eigentlich denken können.»

«Ja, um Himmels willen, Sie haben aber auch seit Ihrer Ankunft hier nichts getan, um sich selbst zu helfen. Da sitzt ein Mann von Ihrem Format Tag für Tag mit einem Landstreicher zusammen in der öffentlichen Bibliothek! Warum haben Sie nicht mit den Leuten Kontakt aufgenommen, denen Sie irgendwann einmal geholfen haben? Ich brauchte nur Ihren Namen zu erwähnen – Feldberg wußte nicht einmal, daß Sie in England sind.»

Berger setzte seinen Hut auf und erhob sich. Als er wieder sprach, lächelte er. «Es ist schon merkwürdig – da habe ich jahrelang studiert und Wissen angehäuft, während meine Frau nicht einmal ihre Prüfung in der Blumensteckkunst bestanden hat, weil sie immer viel zu viele Blumen in die Vase tat, und doch hatte *sie* recht. Die Menschen bleiben sich treu.»

Erst an der Tür drehte er sich noch einmal um. Seine Stimme war jetzt wieder ernst, sein Gesicht wirkte erschöpft. «Lassen Sie das Kind dableiben, Quin», sagte er, den Namen gebrauchend, den er vor so vielen Jahren gebraucht hatte. «Es ist ja nicht einmal ein Jahr, und wer weiß, was für ein Schicksal uns erwartet.» Sehr leise fügte er hinzu: «Sie wird Ihnen keine Umstände machen.»

Aber letztendlich waren es nicht die Bitte ihres Vaters und nicht die Intervention ihrer Kommilitonen, die Ruth die Begnadigung brachten. Und auch nicht Lady Placketts offensichtliche Genugtuung über den beabsichtigten Ausschluß dieses Mädchens, das nicht in den allgemeinen Rahmen paßte. Es war ein Plakat an dem Zeitungskiosk, an dem Quin auf der Heimfahrt vorbeikam. HITLER IN DER TSCHECHOSLOWAKEI lautete die Schlagzeile.

Quin kaufte die Zeitung. Die Bilder zeigten einen grinsenden, mit Blumenkränzen geschmückten Führer, flatternde Hakenkreuzfahnen an allen Häusern, genau wie im Frühjahr in Wien. Österreich im März, die Tschechoslowakei im Oktober ... Konnte irgend jemand noch ernstlich glauben, daß es da ein Ende haben würde?

Die durchschnittliche Lebensspanne eines Infanterieoffiziers hatte im Jahr 1918 sechs Wochen betragen. In der Marine hatte der Soldat auf eine nur unwesentlich längere Lebensdauer hoffen können. Wenn es Krieg geben sollte – und er schien unvermeidlich zu sein –, würde es dann noch eine Menschenseele kümmern, wer mit wem wie lange verheiratet war?

«O'Malley sagte, er hätte keine freien Plätze mehr.» Mit diesem Satz gab Quin Roger Felton seine Entscheidung bekannt. «Sagen Sie Miss Berger, sie kann bleiben.»

Roger nickte nur, verriet weder jetzt noch später auch nur mit einem Wort, was er soeben in den *University News* gelesen hatte: daß O'Malley nach einem Autounfall mit einer Gehirnerschütterung im Krankenhaus lag und gar nicht in der Lage war, irgend etwas zu sagen.

15

In der zweiten Oktoberwoche wurden Leonies Gebete bezüglich der Kindergärtnerin erhört. Miss Bates verlobte sich – ein Triumph französischer Hemdhöschen über persönliche Ausstrahlung – und kehrte in das Haus ihrer Eltern in Kettering zurück, um ihre Aussteuer zu nähen. Ihr Zimmer im Erdgeschoß hinten wurde frei, und Paul Ziller zog ein, was alle sehr freute. Ziller brauchte jetzt nicht mehr in der Garderobe des *Jewish Day Center* zu üben, sondern konnte zu Hause bleiben; Leonie konnte sich seine Hemden zum Bügeln holen, wann immer es ihr paßte; und Onkel Mishak hatte direkten Zugang zum Garten.

Mishak hatte es nicht für nötig gehalten, das Stückchen Land zurückzugeben, das er zur Zeit der Krise von München für sich beschlagnahmt hatte. Man hatte ihm befohlen, Ruhe zu bewahren und zu graben, und das tat er weiterhin. Da er kein Geld hatte, um Pflanzen und Düngemittel zu kaufen, war er in seinen Möglichkeiten beschränkt, aber auch wieder nicht so beschränkt, wie man vielleicht vermutet hätte. Die alte Dame zwei Türen weiter war noch Eigentümerin ihres Hauses, und als Dank für seine Hilfe bei der Gartenarbeit schenkte sie Mishak Samen und Stecklinge aus ihrem Kräutergärtchen. Und auch Mishaks Streifzüge durch die Londoner Parks blieben nicht fruchtlos; er hatte stets sein Schweizer Armeemesser bei sich und eine Anzahl brauner Papiertüten. Es wäre ihm nicht eingefallen, den Pflanzen, denen er unterwegs begegnete, Schaden zuzufügen, aber diskretes und einfühlsames Stutzen hier und dort verhalf ihm zu manch hübschem Setzling, sei es von Jasmin oder Geranien oder anderen blühenden Pflanzen. Und wenn das Geld für Dünger nicht reichte, so bediente man sich eben des Komposts, von dem es in Nummer 27 in Hülle und Fülle gab, angefangen mit den Resten von Fräulein Lutzenhollers Gemüsesuppen.

Hilda hatte mittlerweile im Britischen Museum den Durchbruch geschafft: Sie hatte sich ein Herz gefaßt und war ins Allerheiligste des Verwalters der anthropologischen Sammlung vorgestoßen, um ihm ihre Ansichten über den Trinkbecher der Mi-Mi kundzutun.

«Er ist nicht von den Mi-Mi», sagte sie, mit ernsthaftem Blick durch ihre Brillengläser spähend, und belegte ihre Behauptung.

Der Kustos hatte ihr nicht zugestimmt, aber er hatte sie auch nicht hinausgeworfen. Wer glaubte, Flüchtlinge dürften nicht arbeiten, befand sich im Irrtum. Kein Mensch hatte etwas dagegen, daß sie arbeiteten, sie durften nur kein Geld für ihre Arbeit nehmen. Nachdem Hilda sich als gelehrte Frau vom Fach ausgewiesen hatte, durfte sie selige Stunden im verstaubten Keller des Museums damit zubringen, die Objekte und Kunstwerke zu sortieren, die unternehmungslustige Weltenbummler im vergangenen Jahrhundert von ihren Reisen mitgebracht hatten.

Ein Hauch vorsichtiger Hoffnung durchwehte also im Oktober das Haus Nummer 27, um so mehr als Ruth, nunmehr ihres Studienplatzes in Thameside sicher, offensichtlich ihre Arbeit liebte. Selbst das finstere Fräulein Lutzenholler hatte jetzt eine neue Beschäftigung: Professor Freud hatte endlich Wien verlassen und sich in einem Haus nur wenige Straßen entfernt etabliert. Sie erwartete zwar nicht, von Freud bemerkt zu werden – der sowieso sehr alt und schwerkrank war –, da sie auf einer Tagung der

Psychoanalytischen Gesellschaft im Jahr 1921 Freuds großen Rivalen, Jung, gelobt hatte; aber sie stellte sich gern einfach vor sein Haus und schaute es an, so wie Cézanne die Montagne Ste Victoire angeschaut hatte.

Da Hilda und die Psychoanalytikerin somit aus dem Weg waren, konnte Leonie nun ungehindert ihre Hausarbeit verrichten. Doch als es draußen kälter wurde, machte sie eine schreckliche Entdekkung. Ihr Entsetzen darüber teilte sie, obwohl sie sich in Grund und Boden schämte, mit Miss Violet und Miss Maud.

«Ich habe Mäuse im Haus», sagte sie mit umflorten Augen, denn der Befund schmerzte heftig.

Tatsächlich, mit dem Fortschreiten des Herbsts fielen die Mäuse in Scharen im Haus ein. Sie führten ein temperamentvolles Leben hinter den Sockelleisten von Nummer 27 und quietschten in der Ekstase der Kopulation hinter der Holztäfelung. Leonie deckte alles Eßbare zu, sie schrubbte, sie lauerte, sie schlug mit dem Besen, sie kaufte Gift – und die Mäuse wuchsen und gediehen.

«Haben Sie es mit Fallen versucht?» fragte Miss Maud. «Wir könnten Ihnen welche leihen.»

Aber für Fallen brauchte man Käse, und Käse war sündteuer.

«Dieser Hauswirt!» beschwerte sich Leonie, während sie ihren Kaffee umrührte. «Ich habe ihm immer wieder gesagt, daß er die Mäusefänger holen soll, aber er tut nichts.»

Miss Maud bot ihr eine ihrer jungen Katzen an, aber dieses Angebot schlug Leonie sehr höflich aus. «Ob ich mit Mäusen lebe oder mit Katzen – das ist für mich das gleiche», sagte sie traurig.

Auch Ruth waren die Mäuse nicht geheuer. Sie glaubte zwar nicht, daß sie die Keksdose mit dem Bild der Prinzessinnen auf dem Deckel durchnagen konnten, aber im Zuge von Mr. Proudfoots Bemühungen in ihrer Sache hatten sich mit der Zeit unter den Bodendielen viele wichtige Papiere angesammelt, und die Vorstellung, daß sie in Gefahr waren, von Mäusen gefressen zu werden, war ziemlich irritierend.

Allzuviel jedoch dachte sie nicht darüber nach. Das Leben an der Universität beschäftigte sie viel zu sehr. Hätte sie sich um Heini ängstigen müssen, so hätte sie sich ihrem Studium nicht mit solcher

Hingabe widmen können, aber was Heini schrieb, war beruhigend: Sein Vater wußte jetzt genau, wen man schmieren mußte, und Heini rechnete fest damit, Anfang November bei ihr zu sein. Wenn Heini sich überhaupt Sorgen machte, so wegen des Klaviers, aber auch in diesem Bereich entwickelte sich alles gut. Ruth arbeitete nämlich immer noch drei Abende die Woche im *Willow*, und nun begann das Tea-Room auch Einheimische anzuziehen, die oben auf dem Hügel wohnten. Von den Flüchtlingen hätte sie niemals Trinkgeld genommen, selbst wenn sie es sich hätten leisten können; jedoch von den wohlhabenden Filmproduzenten und jungen Männern in schnittigen Autos, die «Atmosphäre» suchten, nahm sie, was sie bekommen konnte, und das Marmeladenglas war schon zu drei Vierteln gefüllt.

Auf die Nachricht von ihrer «Begnadigung» hatte Ruth damit reagiert, daß sie Quin um ein Gespräch unter vier Augen bat. Sie müsse ihm dringend etwas sagen, hatte sie erklärt.

In dem Bemühen, sich einen Treffpunkt einfallen zu lassen, wo er nicht Gefahr lief, Bekannten zu begegnen, war Quin auf das *Tea Pavilion* am Leicester Square verfallen. Keiner seiner Verwandten und Freunde hätte es sich im Traum einfallen lassen, dieses Lokal aufzusuchen, und es war erst recht kein bevorzugter Tagungsort prominenter Paläontologen. Er hatte nicht erwartet, daß seine Wahl bei Ruth auf solche Begeisterung stoßen würde. Sie war hingerissen von den Mosaiken nach Art eines türkischen Bads, von den Topfpalmen und den schwarz gekleideten Kellnerinnen. Sie glaubte offensichtlich, sich im Nervenzentrum britischen gesellschaftlichen Lebens zu befinden.

Das Treffen hatte einen schlechten Start. Quin war verdrossen über einen, wie er fand, übertriebenen Ausbruch von Dankbarkeit. «Ruth, würden Sie bitte endlich aufhören, mir zu danken. Und ich nehme keinen Zucker.»

«Das weiß ich», versetzte Ruth gekränkt. «Ich weiß es noch aus Wien. Ich weiß auch, daß die vornehmen Leute erst den Tee eingießen und dann die Milch. Miss Kenmore hat mir erzählt, daß es die Königinmutter so macht. Aber von mir zu verlangen, daß ich

Ihnen nicht danken soll, ist eine Zumutung. Sie haben mir schließlich das Leben gerettet, sie haben meinem Vater eine Arbeit besorgt, und jetzt lassen Sie mich doch in Thameside bleiben.»

«Hm, ja, ich hoffe, Sie haben es sich sehr gut überlegt. Ich weiß nicht, ob die Gerichte sich dafür interessieren, wie wir im einzelnen unsere Tage verbringen, aber Sie wissen, was Proudfoot über Kollusion gesagt hat. Wenn Heini hier ankommt und feststellen muß, daß Ihre Heirat mit ihm sich unnötig verzögert, wird er keineswegs erfreut sein. Ich denke, das sollten Sie in Betracht ziehen.»

«Oh, das habe ich getan. Aber ich weiß, daß es auch so gut sein wird. Heini geht es ja mehr um das Zusammensein an sich, wissen Sie. Und dazu wäre es schon viel früher gekommen, aber mein Vater hat die Glas-Wasser-Theorie nie verstanden. In seinem Beisein durfte man nicht einmal darüber sprechen.»

«Was ist denn das nun wieder – die Glas-Wasser-Theorie?»

«Ach, ganz einfach – die Liebe – die körperliche Liebe – ist wie ein Glas Wasser, das man trinkt, wenn man Durst hat. Sie ist etwas ganz Natürliches und den ganzen Wirbel, den man um sie macht, gar nicht wert.»

«Also, ich glaube, in meinem Beisein dürften Sie das auch nicht diskutieren», sagte Quin nachdenklich. «Mir klingt das sehr nach blühendem Unsinn.»

«Tatsächlich?» Ruth sah ihn erstaunt an. «Wie auch immer, ich glaube jedenfalls nicht, daß es Heini mit dem Heiraten so eilig hat. Er denkt nur an seine Karriere.»

«Wer weiß! Die internationale Lage wird seine Gedanken vielleicht auf anderes lenken. Ich könnte mir denken, daß er Sie so bald wie möglich vor Recht und Gesetz zu seiner Frau machen will. Aber nun habe ich meine Bedenken vorgebracht; wenn Sie sich darüber im klaren sind, was Sie tun, sage ich jetzt kein Wort mehr.»

Die Kellnerin brachte das Gebäck, das er für Ruth bestellt hatte, und sie nahm es begeistert in Empfang.

«Englische Patisserie ist so – so bunt, nicht wahr?» meinte sie, während sie die gelben Ränder der Törtchen, das leuchtende Rot und Grün ihrer Füllung betrachtete. Sie bot Quin den Teller an, der sagte, er nehme Natriumbikarbonat nur zu sich, wenn es ihm der Arzt verordnet habe, und reichte ihr den Teller zurück. «Eigentlich wollte ich Sie treffen», sagte sie, «weil ich Ihnen etwas Wichtiges wegen der Eheauflösung sagen muß. Ich meine, für den Fall, daß etwas schiefgeht. Das passiert bestimmt nicht, aber nur für den Fall. Wissen Sie, ich habe mich nämlich mit Mrs. Burtt unterhalten. Sie ist eine gescheite Frau, und sie hat für viele Leute gearbeitet, die sich scheiden ließen. Da ging es nicht um Nichtigkeitserklärung, sondern um Scheidung. Ich wußte gar nicht, daß da so ein großer Unterschied ist.»

«Wer ist Mrs. Burtt?»

«Sie ist die Küchenhilfe im *Willow*, wo ich –» Sie brach ab, da sie fürchtete, Quin könnte, wie ihr Vater, ein Theater machen, wenn er hörte, daß sie immer noch abends arbeitete. «Das ist ein Café, wo wir uns immer alle treffen. Na ja, und sie hat mir genau erklärt, was man tun muß, wenn man sich scheiden lassen möchte.»

«Ach, ja?»

«Ja.» Ruth biß in ihr Törtchen. «Man mietet sich in einem Hotel an der Südküste ein. Am besten in Brighton, weil es da einen Pier gibt und Spielautomaten. Da mietet man sich, wie gesagt, in ein Hotel ein, aber mit einer Dame, die man vorher engagiert hat. Und dann bleibt man die ganze Nacht mit der Dame auf und spielt Karten.» Sie sah ihn etwas ratlos an. «Mrs. Burtt hat mir nicht gesagt, was für Kartenspiele – Rommé, nehme ich an, oder vielleicht Siebzehn-und-Vier? Denn für Bridge braucht man ja mehr Leute, nicht wahr, und Poker wäre wohl ein bißchen unpassend. Jedenfalls – wenn es dann Morgen wird, legt man sich mit der Dame ins Bett und läutet dem Zimmermädchen, um das Frühstück zu bestellen. Sie kommt, und dann erinnerte sie sich an einen, und der Detektiv, der einen beschattet hat, ruft sie dann beim Scheidungsprozeß als Zeugin auf.»

Höchst zufrieden mit sich, lehnte sie sich zurück.

«Mrs. Burtt scheint ja gut informiert zu sein. Und wenn nötig, werde ich selbstverständlich –»

«Nein, nein, eben nicht. *Das* wollte ich Ihnen ja sagen. Sie haben schon so viel für mich getan, daß ich Sie das nicht auch noch tun lassen könnte, vor allen Dingen weil ich glaube, daß es Ihnen gar keinen Spaß machen würde. Darum werde *ich* es tun. Nur engagiere ich natürlich keine Dame, sondern einen jungen Gentleman. Das kann ich mir dann auch leisten, denn bis dahin habe ich Heinis Klavier bezahlt und habe eine Arbeit. Nur Kartenspiele kann ich keine, aber die kann ich ja lernen und –»

«Ruth, würden Sie jetzt bitte aufhören, solchen Blödsinn zu reden! Als würde es mir im Traum einfallen, Sie in solche Hintertreppengeschichten hineinzuziehen. Das ist doch Unsinn, und –»

«Ist es nicht! Für Sie ist es doch auch wichtig, frei zu sein, damit Sie Verena Plackett heiraten können.»

«Ich würde Verena Plackett nicht heiraten, wenn sie die letzte –», begann Quin unvorsichtig und brach ab.

«Ja, weil Sie finden, daß sie zu groß ist – aber selbst wenn Sie Verena nicht heiraten wollen, wartet bestimmt eine andere Frau auf Sie – und ich möchte Ihnen doch helfen.»

«Damit, daß Sie sich solche dummen Geschichten ausdenken, helfen Sie mir gewiß nicht», erklärte Quin ziemlich grob. «Sagen Sie mir lieber – wie geht es Ihren Eltern? Wie kommen sie mit ihrem neuen Leben in Belsize Park zurecht?»

Obwohl Ruth unverkennbar gekränkt war, daß Quin ihren schönen Plan so schnöde abgelehnt hatte, ging sie bereitwillig auf den Themawechsel ein, und ihre verletzten Gefühle hinderten sie auch nicht daran, ein zweites Törtchen und danach noch ein Schokoladeneclair zu vertilgen. Als sie später das Lokal verließen, machte sie ihm mit gewohnter Hochherzigkeit ein Versprechen.

«Ich weiß, Sie mögen es nicht, wenn man Ihnen dankt, aber für eine Einladung zum Tee bedankt man sich nun mal. Sie können sich also darauf verlassen, daß ich nie wieder versuchen werde, Sie allein zu sprechen. Ich werde nur noch ein anonymes Gesicht in der Menge sein», beteuerte Ruth etwas theatralisch. «Ich werde nicht existent sein.»

Quin sah sie nur schweigend an. Ein seltsamer Ausdruck lag auf seinem Gesicht. Ruths Augen glühten mit dem Feuer jener, die heilige Eide schwören, und ihr ungebärdiges Haar leuchtete im

Licht der Lüster. Ein junger Mann, der mit einem Freund vorüberkam, blickte zurück, um sie anzustarren, und stieß mit dem Portier zusammen.

«Da bin ich aber gespannt», sagte Quin gedankenvoll. «Ja, auf Ihre Nichtexistenz bin ich wirklich gespannt.»

Ruth hielt Wort. Bei den Vorlesungen saß sie stets ganz hinten (wenn auch nicht mehr in Hildas Regenmantel); sie wich an die Wand zurück, wenn der Professor an ihr vorüberging; niemals wurde in seinen Seminaren ihre Stimme vernommen.

Das hieß aber nicht, daß sie keine Fragen stellte. Während Quin mit seinen Vorlesungen und Seminaren immer neue Türen in ihrem Geist öffnete, drillte sie ihre Freunde, für sie zu fragen, und es bereitete Quin ein köstliches Vergnügen zu hören, wie Pilly durch Formulierungen stolperte, die unverkennbar Ruths Stempel trugen.

Dennoch, Mutter Natur hatte Ruth nicht zur Nichtexistenz geschaffen, darauf wiesen besonders Sam und Janet hin, die Ruth offen sagten, sie fänden, sie übertreibe. «Nur weil du ihn in Wien mal gekannt hast, brauchst du doch nicht solche Verrenkungen zu machen, um ihm ja nicht unter die Augen zu kommen», meinte Sam. «Außerdem ist es sowieso die totale Zeitverschwendung – mit deinem Haar kann man dich über den ganzen Hof sehen. Ich wette, der weiß ganz genau, wo du bist.»

Damit hatte Sam leider nur allzu recht. Wenn Ruth sich über die Terrassenbrüstung beugte, um die Enten zu füttern, wenn sie in der Bibliothek hinter einem Stapel Bücher saß und auf einem Grashalm kaute, wenn sie unter dem Walnußbaum saß und Pilly abhörte oder trunken von Musik aus der Chorprobe kam, dann existierte sie auf unübersehbare Weise. Quin hätte von sich ohne jede Überheblichkeit gesagt, daß er im allgemeinen ein Mann mit ausgezeichneten Nerven sei, aber eine Woche demonstrativer Anonymität von seiten Ruths hatte ihren Tribut gefordert.

Während Ruth sich bemühte, Quin Somerville aus dem Weg zu gehen, tat Verena Plackett nichts dergleichen. Pünktlich wie die wandelnde Uhr trat sie jeden Morgen aus dem Haus, unter dem einen Arm ihre Krokodilledertasche, über dem anderen einen blütenweißen Laborkittel, einen von dreien, die sie täglich wechselte. Sie blieb bei ihrer Gewohnheit, jedem Dozenten nach seiner Vorlesung auch im Namen ihrer Eltern zu danken, und bei praktischen Übungen akzeptierte sie einzig den kriecherischen Kenneth Easton als Partner. In Quin Somervilles Seminaren brillierte Verena. Die Beine adrett an den Knöcheln gekreuzt, saß sie auf dem Stuhl gleich neben dem Professor und stellte intelligente Fragen, sprach niemals in abgerissenen Sätzen und ließ deutlich durchblikken, daß sie nicht nur die von ihm empfohlenen Texte gelesen hatte, sondern noch viele andere mehr.

Daß Ruth eine ernstzunehmende Konkurrentin um akademische Ehren sein könnte, war Verena zunächst gar nicht in den Sinn gekommen. So ein schüchternes Ding, das mit Schafen schwatzte, verdiente keine Beachtung. Um so schockierender fand sie es, als sie bei der Rückgabe der ersten Aufsätze feststellen mußte, daß Ruths Noten den ihren in nichts nachstanden und daß man dieses unscheinbare kleine Ding allgemein für fähig hielt, ein erstklassiges Examen zu machen. Verena warf den Kopf in den Nacken und beschloß, noch mehr zu arbeiten. Und Ruth faßte den gleichen Entschluß. Nur machte Ruth sich Vorwürfe, fühlte sich beschmutzt, und in der Nacht, wenn Hilda schlief, setzte sie sich in ihrem Bett auf und sprach sehr ernst mit Gott.

«Bitte, Gott», betete sie, «laß mich nicht konkurrieren. Laß mich immer daran denken, daß es ein Privileg ist, studieren zu dürfen, und laß mich nie vergessen, daß Wissen um seiner selbst willen erworben werden will. Und bitte, bitte gib, daß es mir gleich ist, ob ich in den Prüfungen besser bin als Verena oder nicht.»

Sie betete mit Inbrunst, und es war ihr ernst mit dem, was sie sagte. Aber Gott hatte anderes zu tun in jenem Herbst, als die Internationalen Brigaden geschlagen aus Spanien zurückkehrten und die von Hitler verübten Grausamkeiten weiter zunahmen. Außerdem verpatzte Ruth alles, indem sie nach ihren Gebeten aufzustehen pflegte, um mit ihren Büchern und Heften ins Bad zu gehen, den einzigen Ort in Nummer 27, an dem man, wenigstens in der Nacht, ungestört lernen konnte.

Mit dem Voranschreiten des Semesters kam die Rede immer häufiger auf die Exkursion, die am Ende des Monats unternommen werden sollte. Jene Studenten, die bereits in Bowmont gewesen waren, erzählten stets mit großer Begeisterung von dieser Unterbrechung in der Routine täglicher Seminare und Vorlesungen.

«Man fährt mit Booten raus, abends sitzt man am Lagerfeuer, und am Sonntag gibt's oben im Haus ein Riesenmittagessen.»

Ruth war durchaus bereit, sich das alles staunend anzuhören, aber für sie stand fest, daß sie nicht mitfahren würde.

«Ich kann mir schon das Fahrgeld nicht leisten, geschweige denn die Ausrüstung mit Gummistiefeln und Ölzeug und so», erklärte sie. «Außerdem muß ich hier alles bereit haben, wenn Heini kommt. Es macht mir nichts aus, ehrlich.»

Aber Pilly machte es etwas aus, und sie hielt damit, genau wie Ruths andere Freunde, nicht hinter dem Berg. Auch Roger Felton machte es etwas aus. Mehr noch, er war fest entschlossen, Ruth diese Exkursion zu ermöglichen.

Wozu gab es schließlich den Fonds für Härtefälle? Der war doch extra dazu da, Studenten, die finanzielle Schwierigkeiten hatten, unter die Arme zu greifen! Und er wurde vom Finanzausschuß verwaltet, dem Roger genauso angehörte wie allen anderen Ausschüssen, in denen die Fakultät vertreten sein mußte, da Quin von Anfang an keinen Zweifel daran gelassen hatte, daß er nicht bereit sei, seine Zeit in überheizten Räumen und mit sich ständig wiederholendem Gebrabbel zu vertun.

Der Ausschuß hatte seine nächste Sitzung an einem Samstagmorgen anberaumt, gerade zwei Wochen vor Beginn der Exkursion. Felton hatte bereits bei Ausschußmitgliedern anderer Fakultäten für sein Anliegen geworben und war allseits auf Wohlwollen gestoßen. Er trat daher mit Hoffnung und Zuversicht am Samstagmorgen in den Sitzungssaal.

Aber er hatte die Rechnung ohne den neuen Vizekanzler gemacht. Lord Charlefont hatte Ausschußsitzungen im Galopp vorangetrieben; Sir Desmond, studierter Ökonom, war ein begeisterter Kleinkrämer. Jedes Reagenzglas, jedes Stück Kreide, das gekauft werden sollte, wurde genauestens unter die Lupe genommen, und als man sich um ein Uhr zum Mittagessen vertagte, war die Frage des Zuschusses aus dem Härtefonds für Ruth noch gar nicht diskutiert worden.

«Mußt du wirklich wieder hin?» fragte Lady Plackett, die gehofft hatte, ihren Mann zu einem Kinobesuch überreden zu können.

«Ja. Felton von der zoologischen Fakultät möchte eine seiner Studentinnen in Somervilles praktisches Übungsseminar hineinbugsieren. Und dafür möchte er Geld aus dem Härtefonds. Meiner Ansicht nach ist das eine rein akademische Frage. Inwieweit kann die Nichtteilnahme an einer Exkursion als Härtefall eingestuft werden? Wir werden das sehr genau diskutieren müssen.»

«Er möchte das Geld doch nicht etwa für diese Österreicherin haben? Miss Berger?»

Sir Desmond griff nach der Tagesordnung. «Hier steht kein Name, aber möglich wäre es. Warum?»

«Nun, ich würde es als höchst unangebracht betrachten, ihr das Geld zu geben. Du weißt ja selbst, daß Professor Somerville sie hier eigentlich gar nicht haben wollte – soviel ich weiß, bestand da früher eine Verbindung zu ihrer Familie in Wien. Er war sich offensichtlich der Gefahr bewußt, sich der Bevorzugung schuldig zu machen. Aber Dr. Felton kümmert sich, seit das Mädchen hier ist, in ganz besonderem Maß um sie, wie Verena mir erzählte.»

«Du meinst –» Sir Desmond sah sie scharf an.

«Nein, nein, nichts dergleichen. Er biegt nur die Vorschriften ein wenig zurecht, damit er ihr entgegenkommen kann. Aber wenn sich herumsprechen sollte, daß Gelder, die ausschließlich für Härtefälle bestimmt sind, dafür verwendet wurden, einem jungen Ding, das hier sowieso aus reiner Menschenfreundlichkeit geduldet wird, einen kleinen Ausflug zu finanzieren, so könnte das, denke ich, zu einer Menge Klatsch und Spekulationen Anlaß geben. Es wäre bestimmt besser, die Gelder für englische Studenten zurückzuhalten, die wirklich in Not sind.»

«Hm, ja, da hast du nicht ganz unrecht», meinte Sir Desmond. «Es wäre natürlich sehr peinlich, wenn es Gerede gäbe, zumal das Mädchen sowieso schon genug Aufmerksamkeit erregt hat.»

«Und nicht auf die vorteilhafteste Art», fügte Lady Plackett hinzu.

«Was gibt's?» fragte Quin, der gerade aus dem Museum zurückgekehrt war und noch an einem Artikel für eine Zeitschrift arbeiten wollte.

«Dieser Plackett, dieses Ekel!» Roger Felton sah aus, als würde er gleich explodieren. «Er hat den Härtefonds blockiert – wir können kein Geld daraus nehmen, um Ruth die Fahrt nach Bowmont zu ermöglichen. Er möchte auf keinen Fall einen Präzedenzfall schaffen, der den Studenten Anlaß gäbe zu glauben, sie könnten auf Kosten der Universität auf Reisen gehen!»

«Aha! Da steckt wahrscheinlich Lady Plackett dahinter. Sie kann Ruth nicht leiden.» Quin merkte zu seiner eigenen Überraschung, daß er sehr zornig war. Er selber hätte gesagt, daß er Ruth in Bowmont gar nicht haben wollte. Die «unsichtbare» Ruth war hier in Thameside schon schlimm genug – in Bowmont hätte er das nicht ausgehalten; aber die Kleinlichkeit des neuen Regimes war schwer zu akzeptieren.

«Möchte Ruth denn mit auf die Exkursion?» fragte er. «Ist nicht jeden Tag mit Heinis Ankunft zu rechnen?»

«Nein, sie erwartet ihn erst Anfang November. Bis dahin sind wir zurück», antwortete Roger. «Sie würde gern mitfahren, das weiß ich, auch wenn sie so tut, als läge ihr nichts daran.»

«Sie und Elke möchten sie unbedingt dabeihaben, nicht wahr? Weil Sie glauben, daß sie profitieren wird?»

«Ja, klar – verdammt noch mal, Sie leiten das Seminar, Sie wissen, daß es das beste seiner Art im ganzen Land ist. Aber ich wollte ihr die Küste zeigen. Ich schulde ihr –» Roger zuckte die Achseln. «Ich weiß, Sie finden, wir verwöhnen sie, Elke, Humphrey und ich, aber sie gibt alles zurück und –»

«Was gibt sie zurück?»

Roger schüttelte den Kopf. «Ach, das ist schwer zu erklären. Man bereitet eine praktische Übung vor – Himmel noch mal, Sie wissen doch selbst, wie das ist. Man treibt sich die halbe Nacht hier herum und versucht, anständiges Material zu finden, und dann kriegt der Techniker die Grippe, und es sind nicht genug Petrischalen da... Aber am nächsten Morgen steht sie da und schaut durch das Mikroskop, als wäre das der allererste Wasserfloh überhaupt, und plötzlich erinnert man sich, worum es einem einmal ging – warum man sich mit diesen Dingen überhaupt beschäftigt hat. Wenn ihre Arbeit schlampig wäre, dann wäre es etwas anderes. Aber sie ist nicht schlampig. Sie hat eine bessere Bewertung verdient, als Sie ihr für ihre letzte Arbeit gegeben haben.»

«Ich habe ihr zweiundachtzig gegeben.»

«Ja. Und Verena Plackett vierundachtzig. Aber mich geht das ja nichts an. Leider ist es wohl nicht zu ändern, zumal Sie sich so krampfhaft bemühen, sie nur ja nicht zu bevorzugen. Nur weil sie mal auf Ihrem Schoß gesessen hat, als sie noch Windeln trug.»

«Ich tue nichts dergleichen, aber Sie müssen einsehen, daß ich mich da nicht einmischen kann – das würde Ruth nur schaden.» Und als sein Stellvertreter sich nicht von der Stelle rührte, sondern ihn weiterhin unglücklich ansah, fügte er hinzu: «Wie geht's zu Hause? Was macht Lilian?»

Roger seufzte. «Von einem Kind immer noch keine Spur. Und adoptieren will sie nicht. Hätte ich nur damals Humphrey nicht zum Abendessen eingeladen.» Dr. Fitzsimmons hatte es nur gut gemeint, als er Rogers Frau auf den Temperaturabfall hinwies, den jede Frau unmittelbar vor ihren fruchtbaren Tagen erwarten konnte, aber er brauchte nicht mitanzusehen, wie Lilian tagtäglich mit ihrem Thermometer bewehrt aus dem Bad kam und ihm bis zur kritischen Zeit seine ehelichen Rechte verweigerte. «Ich bin froh, wenn ich eine Zeitlang wegkomme, das kann ich Ihnen sagen.»

Ruth war über den Beschluß des Finanzausschusses nicht enttäuscht, weil sie von Roger Feltons Bemühungen für sie nichts wußte. Aber wenn sie auch an ihrem Entschluß festhielt, an der Exkursion nicht teilzunehmen, so beteiligte sie sich doch mit viel Spaß an den Mutmaßungen über das Nachtzeug, das Verena Plackett mit auf die Reise nehmen würde.

Denn Verena fuhr selbstverständlich mit nach Northumberland, und die Frage, was sie im Schlafsaal über dem Bootshaus zur Nacht anziehen würde, interessierte ihre Kommilitonen brennend. Janet meinte, sie würde in durchsichtiger schwarzer Spitze in ihr Etagenbett steigen.

«Für den Fall, daß der Professor um Mitternacht mit einem Schädelabguß die Leiter heraufklettern sollte.»

Pilly hielt einen gestreiften Schlafanzug für wahrscheinlicher, mit einer langen Schnur, die Kenneth Easton ihr abends, vor dem Zubettgehen, immer zur Doppelschleife würde binden müssen. Ruth hingegen, die Verena die blütenweißen Laborkittel zutiefst neidete, dachte eher an gesmokten weißen Batist.

«Mit soviel Stärke, daß man es nachts knistern hört», sagte sie.

Tatsächlich jedoch kam keiner von ihnen in den Genuß, Verenas Nachtgewand zu sehen. Die Tochter des Vizekanzlers hatte nämlich ganz andere Pläne.

Wenn Leonie jeden Abend begierig auf Ruths Bericht vom Tage wartete, und Mrs. Weiss mit ihrem gefürchteten «Also?» ihr Verhör im *Willow* begann, wartete Lady Plackett etwas beherrschter, aber nicht weniger begierig auf Verenas Rapport.

Über die Dozenten ließ sich Verena mit Zurückhaltung aus, über ihre Kommilitonen jedoch gestattete sie sich zu sprechen, ohne ein Blatt vor den Mund zu nehmen. So erfuhr Lady Plackett von dem ungehörigen, um nicht zu sagen unzüchtigen Verhalten Janet Carters auf den Rücksitzen von Automobilen; von den gefährlich radikalen Ansichten Sam Marshs; und von den Böcken, die Priscilla Yarrowby schoß, die wieder einmal den Kieferknochen eines Mammuts mit dem eines Mastodons verwechselt hatte.

«Und Ruth Berger hilft ihr ständig. Das kann man nun wirklich nicht gutheißen», erklärte Verena. «Man tut Leuten, die nicht das Zeug zum Hochschulstudium haben, keinen Gefallen, wenn man sie dauernd anschiebt. Es ist in ihrem eigenen Interesse, wenn sie gleich ausgesiebt werden, damit sie das Niveau finden können, das ihnen angemessen ist.»

Lady Plackett war ganz ihrer Meinung, so wie jeder vernünftige Mensch ihrer Meinung sein mußte. «Sie scheint einen sehr störenden Einfluß zu haben, diese kleine Ausländerin», sagte sie.

Sie war gar nicht erfreut gewesen, als Professor Somerville sich entschieden hatte, das Mädchen doch zu behalten. Diese Ruth Berger hatte etwas ... Exzessives. Selbst die Art, wie sie im Hof an den Rosen roch, war übertrieben, dachte Lady Plackett. Nun, in einer Hinsicht wenigstens konnte Verena ihre Mutter beruhigen: Der Professor hatte für Ruth nichts übrig; er schien ihr bewußt aus dem Weg zu gehen; sie machte in seinen Seminaren nie den Mund auf.

«Und sie kommt nicht mit nach Bowmont, das steht fest», erklärte Verena, die vom Eingreifen ihrer Mutter in dieser Frage nichts wußte.

«Ach ja, Bowmont», meinte Lady Plackett nachdenklich. «Weißt du, Verena, irgendwie behagt es mir gar nicht, daß du in einem Schlafsaal mit jungen Mädchen übernachten sollst, die ... von Sitte und Anstand keine Ahnung zu haben scheinen.»

«Ja, ich muß zugeben, daß mir das auch zu schaffen macht», sagte Verena. «Aber man möchte natürlich demokratisch sein.»

«Das ist richtig», stimmte Lady Plackett zu. «Trotzdem ... alles hat seine Grenzen.» Sie hielt inne und legte ihrer Tochter beruhigend die Hand auf den Arm. «Weißt du, ich habe da eine Idee.»

Verena hob den Kopf. «Ich bin gespannt», erwiderte sie, «ob es die gleiche ist wie meine.»

16

«Schau ihn dir an», sagte Frances Somerville bitter und reichte ihrem Mädchen den Feldstecher. «Wie er sich schon die Hände reibt vor lauter Genugtuung.»

Martha nahm das Fernglas und richtete es auf den Herrn mittleren Alters mit der hohen Stirn des Intellektuellen, der auf dem felsigen Küstenweg dem Kap entgegenschritt.

«Er schreibt was in sein Buch», bemerkte sie, als sei das ein weiterer Beweis für Mr. Fergusons Verachtenswürdigkeit.

«Also, er braucht jedenfalls nicht zu erwarten, daß ich ihn zum Mittagessen einlade», sagte Frances. «Meinetwegen kann er im *Black Bull* essen.»

Mr. Ferguson, auf Quins Ersuchen hin vom National Trust gesandt, um zu sehen, ob Bowmont den Trust interessieren konnte, war kurz nach dem Frühstück eingetroffen. Obwohl er ein Mann mit tadellosen Formen war, taktvoll und zurückhaltend, hatte Frances ihn behandelt, als sei er soeben aus einer stinkenden Kloake emporgekrochen.

«Vielleicht wird ja gar nichts draus», sagte Martha und reichte das Fernglas zurück. Nach vierzig Jahren in Frances Somervilles Diensten durfte sie es sich erlauben, wie eine Freundin zu sprechen. «Vielleicht gefällt's ihm hier überhaupt nicht.»

«Ha!» sagte Frances nur.

Ihre Skepsis war berechtigt. Obwohl Mr. Ferguson eine offizielle Meinung erst Quin in London mitteilen würde, hatte er bereits durchblicken lassen, daß drei Meilen herrlicher Küste, ganz zu schweigen von dem berühmten Garten, den Trust höchstwahrscheinlich sehr interessieren würden.

Nun ist es also soweit, dachte Frances unglücklich; nun kommen die Männer mit den Schirmmützen, die Toilettenhäuschen, die kreischenden Ausflügler. Quin hatte gesagt, wenn es zu Verhandlungen käme, werde er darauf bestehen, daß ihr ein lebenslanges Wohnrecht im Haus eingeräumt würde; aber wenn er glaubte, sie würde ins stille Kämmerlein eingesperrt mitansehen, wie dieses Haus und dieses Land, die sie zwanzig Jahre lang wie ihren Augapfel gehütet hatte, zerstört wurden, dann täuschte er sich. An dem Tag, an dem der Trust hier einzog, würde sie ausziehen.

Wäre Lady Placketts Brief nicht ausgerechnet gekommen, nachdem Mr. Ferguson sich gerade empfohlen hatte, dann hätte Frances Somerville vielleicht ganz anders darauf reagiert. So aber erreichte er sie in einem Moment, in dem sie sich so alt und verzagt fühlte wie nie zuvor in ihrem Leben und bereit war, nach jedem Strohhalm zu greifen.

Lady Plackett begann ihr Schreiben mit einem kurzen Rückblick auf ihre gemeinsame Zeit im Mädchenpensionat in Paris.

«Sie werden sich vielleicht nicht mehr an das schüchterne kleine Ding erinnern, das soviel jünger war als Sie», schrieb Lady Plakkett, die sich noch nie durch besonderes Taktgefühl ausgezeichnet hatte, «aber ich werde nie vergessen, wie lieb und freundlich Sie sich meiner in meiner Verwirrung und meinem Heimweh angenommen haben.»

Frances erinnerte sich weder des heimwehkranken kleinen Mädchens noch ihrer eigenen Güte, aber als Lady Plackett ihr offenbarte, daß sie eine geborene Croft-Ellis war und im selben Jahr wie Miss Somervilles Cousine, Lydia Barchester, bei Hof vorgestellt worden war, las sie mit jener Aufmerksamkeit weiter, die man den Briefen derer zollt, die sich in den eigenen Gesellschaftskreisen bewegen.

«Ich war überaus erfreut festzustellen, daß Ihr lieber Neffe unserem Lehrkörper angehört, und er hat Ihnen vielleicht erzählt, daß Verena, unsere einzige Tochter, bei ihm studiert. Sie ist begeistert von seinem Wissen und seiner Art, dieses Wissen zu vermitteln, und bei einem kleinen Abendessen neulich führten die beiden ein angeregtes Gespräch miteinander, das, wie ich leider gestehen muß, weit über meinen Bildungsgrad hinausging. Sie werden sich fragen, woher ich die Kühnheit nehme, Ihnen nach so vielen Jahren der Abwesenheit in Indien zu schreiben, und ich will ganz offen sein. Sie wissen ja, daß Quinton in Bowmont für unsere Studenten ein praktisches Übungsseminar eingerichtet hat, das er selbst leitet. Verena muß als eine seiner Studentinnen, die dem Hochbegabtenprogramm angehören, selbstverständlich an diesem Seminar teilnehmen, und sie freut sich schon sehr darauf. Ihre Position hier in Thameside ist jedoch äußerst heikel, wie Sie gewiß verstehen werden. Sie selbst besteht darauf, in allem, sei es Prüfungen oder sonst etwas, genauso behandelt zu werden wie alle anderen Studenten, und in dieser Hinsicht gibt es keinerlei Schwierigkeiten, denn sie ist ein intelligentes junges Mädchen.

Aber gesellschaftlich gesehen, führt sie natürlich ein ganz anderes Leben, und wir achten sehr darauf, bei ihren Kommilitonen gar nicht erst die Erwartung zu wecken, daß sie an Universitätsveranstaltungen teilnehmen wird. Wenn es nicht eine gewisse Trennung zwischen dem Vizekanzler und seiner Familie und dem Rest der Universitätsgemeinde gäbe, würden Autorität und Stabilität leiden. Das brauche ich Ihnen wohl nicht zu erläutern. Sie werden verstehen, daß mich unter diesen Umständen bei der Vorstellung, daß Verena sich mit den anderen Studenten einen Schlafsaal teilen soll, eine gewisse Besorgnis ergreift. Es soll ja auf diesen Exkursionen recht ‹ungezwungen› zugehen, und auf Disziplin wird offenbar nicht viel Wert gelegt. Ich weiß natürlich, daß die Studenten das Salz der Erde sind, aber einige von ihnen kommen nun einmal aus Kreisen, in denen man den Umgang mit Angehörigen unserer Gesellschaftsschicht nicht gewöhnt ist, und ich fürchte, sie würden sich in einem so dichten Zusammenleben mit Verena unbehaglich fühlen. Wäre es angesichts dieser Tatsachen dreist von mir zu fragen, ob meine Tochter für die Dauer des Seminars bei Ihnen im Haus wohnen kann? Soviel ich weiß, hat Ihr Neffe seine eigenen Räume und überläßt die Führung des Hauses ganz Ihnen; er brauchte sich also um Verena nicht zu kümmern, es sei denn, er wünschte es. Ich werde selbst um diese Zeit nach Nordengland reisen, und da Verenas vierundzwanzigster Geburtstag auf den letzten Freitag des Seminars fällt, darf ich mich vielleicht für diesen Tag einladen, ehe ich weiterreise, um Lord Hartinton und die vielen anderen Freunde meiner Familie zu besuchen, die ich so lange nicht gesehen habe. Verzeihen Sie mir meine Unverblümtheit, aber Verenas Wohl ist mir, wie Sie sicher verstehen werden, sehr wichtig. Und was könnte es für mich Schöneres geben, als die Freundin und Beschützerin meiner Kindertage wiederzusehen?

Mit allen guten Wünschen,
Ihre Daphne Plackett.»

Frances las den Brief zweimal durch und blieb eine Weile nachdenklich in ihrem Sessel sitzen. Dann läutete sie Turton.

«Sagen Sie Harris, ich brauche den Wagen», befahl sie. «Ich fahre nach Rothley hinüber.»

Gerade wollte sie in den alten Buick einsteigen, den Quin auf ihr strenges Geheiß nicht durch ein neueres Modell ersetzen durfte, da veranlaßte schrilles Gekläff sie, sich umzudrehen, und im selben

Moment sauste ein Hündchen, kaum größer als ihr Schuh, auf ihre Beine los, setzte zum Sprung auf das Trittbrett des Wagens an, verfehlte sein Ziel und fiel auf den Rücken – während die ganze Zeit sein dünnes Rattenschwänzchen wie wild kreiselte und seine ungleichen Augen vor Lebensfreude blitzten.

«Bringen Sie ihn weg!» befahl Frances grimmig. «Und sagen Sie denen, die ihn rausgelassen haben, daß ich, wenn sie in Zukunft nicht die Tür schließen, ihn ertränken lasse.»

Der Chauffeur unterdrückte ein Grinsen. Die leidenschaftliche Anhänglichkeit des kleinen Mischlings an die Herrin von Bowmont wurde von der ganzen Dienerschaft gutmütig belacht, doch Frances, die steif und aufrecht im Fond des Wagens saß, konnte nichts Erheiterndes an dem finden, was ihrer mit vielerlei Preisen ausgezeichneten Labrador-Hündin widerfahren war. Kaum waren alle Welpen aus Comelys letztem Wurf – lauter Hunde edelster Rasse – verkauft worden, da war die Hündin, früher als erwartet, erneut läufig geworden und für eine ganze Nacht verschwunden. Das Resultat dieses Ausflugs war ein Wurf, wie Frances Somerville ihn sich in ihren schlimmsten Träumen nicht vorgestellt hätte. Unter Zuhilfenahme verbaler Gewalt gegen diverse Gutsangestellte war es ihr gelungen, Abnehmer für die Welpen zu finden – aber um jemand dazu zu bringen, den Zwerg des Wurfs zu nehmen, hätte Frances die Dörfler schon aufs Rad spannen müssen. Irgendwie schien ihr dieses Desaster von einem Hund zu all den anderen Unbilden zu passen, die ihre geordnete Welt bedrohten: Stallburschen, die Opernarien sangen, und Fremde, die mit Notizbüchern in der Hand über das Land von Bowmont trampelten.

Die Straße nach Rothley führte an der Festung Bamburgh vorbei, einstmals Bowmonts Rivalin im Norden, und weiter am Deich entlang bis Holy Island, ehe sie landeinwärts schwenkte, nach Rothley Hall – einem langen roten Sandsteinbau, der nur vom buschigen Gestrüpp immergrünen Efeus zusammengehalten schien. Das Gebell eines halben Dutzends Jack-Russell-Terrier empfing sie, und wenig später saß sie in Lady Rothleys kleinem Salon, während die Freundin den Brief durchlas.

«Nun, der Ton kann einem eigentlich nicht gefallen», sagte sie, als sie die Lektüre beendet hatte, «aber einmal ganz ehrlich, Frances, ich wüßte nicht, was du zu verlieren hast. Im schlimmsten Fall ist diese Verena ein lästiges Ding, mit dem du vierzehn Tage lang zurechtkommen mußt, und im besten –»

«Ja, so sehe ich es auch. Und sie scheint ja wirklich intelligent zu sein. Vielleicht gelingt es ihr, sein Interesse zu fesseln.»

«Eines kann ich dir jedenfalls sagen», erklärte Lady Rothley. «Wenn sie wirklich Croft-Ellis-Blut in den Adern hat, wird sie diese Schnapsidee Quins, Bowmont dem National Trust zu vermachen, sofort abwürgen. Sollte Quin diese Verena Plackett heiraten, wird der Trust nicht einen Quadratzentimeter Boden bekommen. Nicht umsonst lautet ihr Motto: ‹Keiner soll begehren, was mein ist.› Wenn es in England eine Sippe gibt, die habgieriger ist, habe ich noch nicht von ihr gehört.» Als sie das Gesicht ihrer Freundin sah, fügte sie beschwichtigend hinzu: «Nein, nein, so schlimm ist es auch wieder nicht. Ich übertreibe. Sie verwalten ihre Ländereien gut, und die Familie reicht zurück bis zu Wilhelm dem Eroberer. Das Mädchen weiß sich sicher zu benehmen.»

«Du meinst also, ich sollte sie einladen?»

«Ja. Und nicht nur das. Ich finde, wir sollten uns ein bißchen anstrengen, damit das Mädchen sich hier wohlfühlt. Wenn ihr Geburtstag gerade in die Zeit ihres Aufenthalts hier fällt, warum veranstaltest du dann nicht ein kleines Fest ihr zu Ehren? Ich weiß, daß dir so etwas nicht liegt, aber wir können dir ja helfen. Rollo kommt nächste Woche mit einem Freund aus Sandhurst herauf, und Helens Töchter sind zu Hause. Nichts Förmliches natürlich, aber es ist doch Jahre her, seit Quin in seinem Haus ein Fest gegeben hat – und wenn die Studenten hier sind, kann er nicht einfach flüchten, wie er das manchmal tut.»

Frances, der bei der Vorstellung von soviel Geselligkeit ganz schwummerig wurde, kam ein erschreckender Gedanke. «Du glaubst doch nicht, daß er die Studenten einladen wollen wird? Die, die unten im Bootshaus kampieren, meine ich?»

«Nein, das glaube ich nicht. Quin mag ein Demokrat sein, aber er kennt doch die Formen.» Sie trat zu ihrer Freundin und legte ihr mit einer Herzlichkeit, die sie selten zeigte, den Arm um die

Schultern. Vielleicht ist dies genau die Gelegenheit, auf die wir gewartet haben, Frances. Geben wir doch dem Mädchen eine Chance.»

Als Frau mit einer Mission kehrte Frances Somerville nach Bowmont zurück. Der Brief, den sie an Lady Plackett schrieb, war überaus herzlich, und die Instruktionen, die sie Turton gab, waren klar und entschieden.

«Wir bekommen nächste Woche Gäste – eine Miss Plackett, eine Studentin des Professors. Lassen Sie das Gobelinzimmer für sie richten und das Blaue Zimmer für ihre Mutter. Am 28., das ist Miss Placketts Geburtstag, geben wir hier ein kleines Fest.»

Turton war vielleicht diskret, die Mädchen, die das Gobelinzimmer herrichteten, und die Köchin, der gesagt wurde, man erwarte etwa zwanzig junge Leute zu der geplanten Feier, waren es nicht. Wie ein Lauffeuer verbreitete es sich unter den Dienstboten der besseren Familien Northumberlands, daß Quinton Somerville eine ganz besondere junge Dame erwartete und nun wohl endlich die Hochzeitsglocken läuten würden.

Und was der Dienerschaft recht war, das war der Herrschaft nur billig. Ann Rothley hielt Wort. Sie rief Helen Stanton-Derby an, die noch immer unter dem geigenden Chauffeur litt, den Quin ihr aufgehalst hatte, und Christine Packham drüben in Hexham und Bobo Bainbridge unten in Newcastle – und alle, selbst die, deren heiratsfähige Töchter sich als Herrinnen auf Bowmont gut gemacht hätten, versprachen, Verena Plackett freundlich aufzunehmen, deren Mutter eine Croft-Ellis war und die, wenn der gute liebe Quin sie heiraten sollte, diese unsinnige Idee, Bowmont wegzugeben, im Keim ersticken würde. Ohne zu zögern, boten sie ihre Sprößlinge für Verenas Geburtstagsfeier an, so erfreut waren sie alle darüber, daß Quin Somerville endlich sah, wo seine Pflicht lag.

Als Lady Plackett auf ihr Schreiben eine Antwort von so unerwarteter Herzlichkeit erhielt, beschloß sie, Verena selbst zu begleiten und einige Tage in Bowmont zu bleiben, um später zu Verenas Geburtstagsfeier noch einmal zurückzukehren.

«Aber ich halte es für das beste, liebes Kind», sagte sie zu ihrer hochbefriedigten Tochter, «wenn wir von der Einladung erst kurz vor der Abreise etwas sagen. Sonst kommt es unter den Studenten vielleicht zu Eifersucht und Mißgunst – und du weißt ja, wie stark der gute Quinton darauf bedacht ist, jeden Anschein von Bevorzugung zu vermeiden.»

Verena fand das vernünftig. «Überlassen wir es Miss Somerville, ihn von der Einladung in Kenntnis zu setzen», sagte sie und wandte sich wieder ihren Büchern zu.

Und natürlich schrieb Frances an Quin einen Brief, um ihn zu unterrichten, aber in der Woche vor der Abreise nach Northumberland grub in Yorkshire ein Kiesgrubenarbeiter einen Beinknochen aus, dessen Größe und Gewicht bei den örtlichen Altertumsforschern ungeheures Aufsehen erregte. Auf ihre Bitte hin, den Fund zu begutachten und dafür zu sorgen, daß die Arbeiten in der Kiesgrube eingestellt wurden, strich Quin seine Vorlesungen und fuhr nach Norden. Von der Bedeutung des Funds – der Knochen entpuppte sich als Oberschenkelknochen eines ungewöhnlich vollständigen Mammutskeletts – und einer erbitterten Auseinandersetzung mit einem habgierigen Bauunternehmer aufgehalten, beschloß Quin, gar nicht erst nach London zurückzukehren, sondern direkt nach Bowmont weiterzufahren.

Der Brief seiner Tante blieb daher ungeöffnet in seiner Wohnung in Chelsea liegen.

Genau an dem Tag, an dem Quin nach Yorkshire aufbrach, erhielt Ruth die so sehnsüchtig erwartete Nachricht, daß Heini sein Visum hatte. Er würde am 2. November in London eintreffen, und zwar mit dem Flugzeug!

«Da kann ihn keiner mehr herausholen», sagte Ruth mit leuchtenden Augen.

«Ich kann es gar nicht glauben, daß ich ihn wirklich sehen werde», meinte Pilly.

«Aber du wirst ihn sehen – und hören wirst du ihn auch.»

Denn jetzt war natürlich nichts wichtiger, als das Klavier herbeizuschaffen. Ruth fehlten nur noch fünf Shilling zu der erforderlichen Summe, und als hätten die Götter gewußt, daß es keine Zeit mehr zu verlieren gab, sandten sie noch an diesem selben Abend einen jungen Mann namens Martin Hoyle ins *Willow*.

Hoyle lebte mit seiner Mutter in einer Villa in Hampstead auf dem Hügel und war finanziell unabhängig, aber er hatte den Ehrgeiz, Journalist werden zu wollen, und bereits eine Reihe von Artikeln an Zeitungen und Zeitschriften geschickt, die nicht alle abgelehnt worden waren. Nun hatte er einen Einfall gehabt, von dem er sicher war, daß er seiner journalistischen Laufbahn förderlich sein werde. Er würde sich von den Flüchtlingen, die sich Tag für Tag im *Willow* einfanden, ihre Erinnerungen an Wien erzählen lassen; anrührende Episoden aus der Kaiserstadt mit all ihrem Glanz und Pomp, oder solche jüngeren Datums aus dem Wien Wittgensteins und Freuds. Was ihm vorschwebte, war, dem reichen Schatz an Erinnerungen, den sie in ihrem Kopf mit sich trugen, den mageren Inhalt der Koffer, die sie hatten mitnehmen dürfen, entgegenzusetzen. Er war überzeugt, so eine Serie würde sich an den *News Chronicle* oder vielleicht sogar an die *Times* verkaufen lassen.

Er war früh dran. Zwar saßen Ziller, Dr. Levy und von Hofmann – alle in Wien geboren und aufgewachsen – am Fenster beieinander und unterhielten sich, aber es war Mrs. Weiss, einsam und allein an einem Tisch neben dem Garderobenständer, die ihn ansprach.

«Darf ich Sie zu einem Stück Kuchen einladen?» fragte sie.

Zu ihrer Überraschung nickte der junge Mann.

«Das ist nett, danke», sagte er. «Aber vielleicht darf ich *Sie* einladen.»

Mrs. Weiss hatte dagegen nichts einzuwenden, Hauptsache, er setzte sich zu ihr und ließ sie reden. Zwei Stück Gugelhupf wurden gebracht, und Martin Hoyle stellte sich vor.

«Würde es Ihnen etwas ausmachen, wenn wir uns ein wenig über Ihr Leben unterhielten? Über Ihre Erinnerungen?» fragte Hoyle. «Wissen Sie, ich war früher einmal in Wien und war begeistert von der Stadt.»

Mrs. Weiss senkte die Lider. Sie selbst war nie in Wien gewesen, es war weit weg von Ostpreußen und ihrer Heimatstadt Prez, aber wenn sie das zugab, würde Mr. Hoyle gehen und mit den Männern drüben am Fenster sprechen; wenn sie jedoch ihre Karten richtig ausspielte, konnte sie ihn vielleicht an ihrem Tisch festhalten, und wenn dann ihre Schwiegertochter kam, um sie abzuholen, würde sie sie im Gespräch mit einem gutaussehenden jungen Mann sehen.

«Was für Erinnerungen interessieren Sie denn?» fragte sie.

«Nun, haben Sie zum Beispiel je den Kaiser gesehen? Wie er mit der Kutsche aus der Hofburg kam vielleicht?»

Es folgte eine etwas frustrierende Viertelstunde. Anstatt Berichte über den Kaiser bekam Hoyle Mrs. Weiss' Ansichten über Backenbärte aufgetischt; anstatt über große Premieren an der Oper hörte er von den Kehlkopfgeschichten, die ihren Neffen, Zolly Federmann, daran gehindert hatten, zur Bühne zu gehen.

«Aber was ist mit dem Prater?» fragte Hoyle schon ganz verzweifelt. «Sicherlich haben Sie doch in der berühmten Kastanienallee Ihren Reifen geschlagen?»

Das hatte Mrs. Weiss nicht getan, aber sie erzählte ihm ausführlich von einem Gummikrokodil an einer Schnur, das sie heiß geliebt hatte, bis ein paar Straßenjungen es durchlöchert hatten.

«Und das Riesenrad?» Hoyle wischte sich die Stirn. «Sie sind doch bestimmt einmal mit dem Riesenrad gefahren? Oder mit einem Boot auf der Donau?»

An dieser Stelle kam Ruth, um ihren Abenddienst aufzunehmen. Freundlich lächelnd begrüßte sie die alte Dame. Niemals hätte Mrs. Weiss den jungen Journalisten an die Männer abgetreten, aber mit Ruth war das etwas anderes. Ruth war ihre Freundin. Sie wurde plötzlich aufgeregt.

«Ich war nie auf dem Riesenrad im Prater. Ich bin nie auf der Donau Boot gefahren. Ich habe Franz Joseph nie aus der Hofburg kommen sehen, ich kann mich überhaupt nicht an Wien erinnern, weil ich nie in meinem Leben in Wien gewesen bin. Ich war nur in Prez und einmal in Berlin, das ist alles. Darum gehen Sie jetzt bitte. Ich bin nur eine arme alte Frau, und meine Schwiegertochter zwingt mich, in feuchter Luft zu schlafen, und es wäre bestimmt für alle am besten, wenn ich tot wäre.»

Dieser Gefühlsausbruch, der im ganzen Lokal zu hören war, stieß natürlich bei allen auf große Teilnahme. Während Ziller und

Dr. Levy den erschütterten Hoyle beruhigten, tröstete Ruth die alte Dame – und Miss Maud und Miss Violet hatten unter diesen Umständen (und weil Mr. Hoyles Artikel, falls er veröffentlicht würde, sicher geschäftsfördernd wirkte) nichts dagegen, daß zwei Tische zusammengeschoben wurden.

Nun füllte sich Martin Hoyles Heft sehr rasch mit brauchbaren Geschichten und Anekdoten. Dr. Levy erzählte, wie er bei der Entfernung einer Fischgräte aus dem Hals des Erzherzogs Otto mitgewirkt hatte; Paul Ziller schilderte, wie ihn bei der Uraufführung von Schönbergs *Verklärte Nacht* eine Tomate ins Gesicht getroffen hatte, und von Hofmann gab die klassische Anekdote von Tosca zum besten, die nach ihrem Todessprung von der Burgmauer von einem zu stramm gespannten Trampolin wieder in die Höhe geschleudert wurde.

Doch am meisten interessierte Martin Hoyle die Kellnerin des *Willow*, die ihn ebenfalls an ihren Erinnerungen teilhaben ließ, denn ihm war plötzlich klargeworden, was seiner Story fehlte. Die Liebe fehlte ihr. Liebe und Jugend und ein zentrales Thema. Eine junge Frau, die auf den geliebten Mann wartete und für ihn arbeitete. Liebe, das war es doch, was die Leser wollten. Liebe im Tea-Room *Willow* ... Liebe in Wien und in Belsize Park. Wenn nur die junge Frau mit ihm sprechen würde, dann würde er seine Story verkaufen, dessen war er sicher.

Und Ruth sprach mit ihm; von Heini zu erzählen, war ihr Wonne und Vergnügen. Während sie zwischen den Tischen hin und her flitzte, erzählte sie ihm von Heinis triumphalen Erfolgen am Konservatorium, und wie er auf der Wiese oberhalb vom Grundlsee dazu inspiriert worden war, eine Alpenetüde zu schreiben. Er hörte von Heinis Leidenschaft für heiße Maroni, die man überall an den Straßenecken der Innenstadt bekam – und daß er im Alter von zwölf Jahren ein Mozart-Klavierkonzert gespielt hatte, für dessen Rondo im letzten Satz das Gezwitscher eines Stars als Vorlage gedient hatte, was Mr. Hoyle sehr erstaunte, da er Stare bisher nur als laute Beschmutzer von Bahnhofsdächern kannte.

«Er wird es sicher auch hier spielen», sagte Ruth. «Dann müssen Sie unbedingt kommen.»

Eine Stunde später klappte Hoyle sein Heft zu und verabschiedete sich, nicht ohne sich großzügig zu revanchieren, wie sich zeigte, als Ruth seinen Teller abräumte. Darunter lag säuberlich gefaltet eine knisternde Banknote, die sie selig in die Küche trug.

«Schaut her!» rief sie. «Schaut doch! Zehn Shilling! Ist das nicht fabelhaft?»

«Dann reicht es jetzt?» fragte Mrs. Burtt.

«Ja, jetzt reicht es.»

Das Klavier wurde gegen Mitte des Vormittags erwartet, doch Leonie war schon um sechs auf den Beinen, machte die Zimmer sauber, erneuerte die Pfropfen in den Mauselöchern, kehrte und wischte. Um sieben begann sie zu backen, aber da ging dann leider nicht mehr alles nach ihrem Plan.

Die Ankunft von Heinis Klavier war Leonie relativ gleichgültig, aber Ruth wollte ihre Freunde mit nach Hause bringen, um das Ereignis zu feiern, und das konnte einen nicht gleichgültig lassen. Verena Plackett, die in Ruths Berichten von ihrem Tageslauf kaum eine Rolle spielte, würde nicht mitkommen, dafür aber Priscilla Yarrowby, Sam Marsh, Janet und der Waliser, der das Klavier auf dem Heimweg vom Rugbytraining in einem obskuren Laden entdeckt hatte.

Wäre ihr Mann zu Hause gewesen, so wäre es Leonie schwergefallen, den jungen Leuten etwas Leckeres anzubieten, denn das Haushaltsgeld war denkbar knapp; während der Abwesenheit des Professors jedoch hatten sie höchst bescheiden von Kartoffeln und dem Apfelmus gelebt, das sie aus den Falläpfeln machte, die Mishak von seinen Streifzügen mitzubringen pflegte. Und so hatten sie gespart.

Mit dem Gesparten hatte Leonie nun zwei Kilo feines Mehl gekauft, frisch gemahlene Mandeln, Puderzucker, ungesalzene Butter und die feinsten Vanilleschoten, und um neun zog sie das erste Blech voll perfekt gebackener Vanillekipferl aus dem Rohr.

Das war der Moment, als ihre Planungen für diesen Morgen zunichte gemacht wurden. Sie hatte gewünscht, Mishak möge bleiben und Ruths Freunde kennenlernen – sie hatte Mishak immer gern da –, Hilda jedoch, hoffte sie, werde wie immer in das Britische Museum abdampfen und Fräulein Lutzenholler den Hügel hinaufmarschieren und Freuds Haus anstarren.

Sie hatte jedoch nicht mit der Macht der menschlichen Nase gerechnet, Emotionen und Erinnerungen wachzurufen. Hilda erschien zuerst. In ihrem Morgenrock kam sie schlaftrunken in die Küche getaumelt.

«Dann ist es also wirklich wahr!» rief sie. «Ich habe sie gerochen, aber ich dachte, es sei ein Traum.» Und dann beschloß sie, da Samstag war, nicht ins Museum zu gehen, sondern zu Hause zu arbeiten.

Wenig später kam Fräulein Lutzenholler, nicht so finster wie sonst, sondern vielmehr ungläubig. «Ach so, ja, das Klavier», sagte sie und fügte die Worte hinzu, die Leonie gefürchtet hatte: «Da bleibe ich natürlich und helfe.»

Als später der Duft frisch gemahlenen Kaffees sich mit dem süßen, warmen Aroma der Kipferl vermischte, zeigte sich, daß an diesem Morgen nicht nur niemand freiwillig Nummer 27 verlassen, sondern viele andere dazukommen würden. Ziller war natürlich eingeladen worden, aber kurz nach ihm traf Mrs. Weiss in einem Taxi ein, und wenig später Mrs. Burtt, die ihren freien Tag hatte, und dann eine Dame aus dem Nachbarhaus, die irgend etwas Ekstatisches auf Polnisch murmelte.

So kam es, daß Ruth, als sie mit ihren Freunden eintraf, von heimatlichen Wohlgerüchen und aufgeregtem Stimmengewirr empfangen wurde. Einen Moment lang blieb sie von Erinnerungen überwältigt an der Tür stehen, dann rannte sie nach oben und fiel ihrer Mutter um den Hals.

«Ach, du hättest doch nicht backen sollen, aber es ist natürlich köstlich!» rief sie und rieb ihre Wange an der ihrer Mutter.

Jeder, den Ruth gern hatte, wäre von Leonie mit Herzlichkeit aufgenommen worden, aber in Pilly erkannte sie unter den teuren Kleidern sogleich eines jener armen Hascherln, deren sie sich in Wien stets angenommen hatte. Was Sam anging, so war der so überwältigt von diesem Zusammentreffen mit Paul Ziller, dessen

Schallplatten er alle gesammelt hatte, daß er kaum einen Ton herausbringen konnte. Selbst ohne die Ankunft des Klaviers wäre es eine gelungene kleine Feier geworden.

Pünktlich um halb zwölf Uhr jedoch wurde das Instrument gebracht. «Immer schön vorsichtig», sagte der Möbelpacker, während er das Klavier die Rampe hinuntergleiten ließ, und «Langsam, langsam», sagten die Männer, während sie Seile und Gurte anlegten, um es in die oberste Etage hinaufzubefördern. «Immer ruhig Blut.»

Aber ruhig Blut zu behalten, war schwierig. Fräulein Lutzenholler war aus dem Wohnzimmer entwichen und gab den Möbelmännern gute Ratschläge; Hilda schwirrte aufgeregt um sie herum... Doch endlich war es geschafft, und mit höflicher Verbeugung wurde Ruth der Schlüssel übergeben.

«Nein, sperr du es auf, Huw», sagte sie, und alle mußten anerkennen, wie richtig diese Geste war. Der schweigsame Waliser nämlich, der unermüdlich die Musikgeschäfte Londons durchgestöbert hatte, war schließlich in einer entlegenen Vorstadt in der Nähe des Rugbyfelds der Universität genau auf das Klavier gestoßen, das Heini haben wollte: ein Bösendorfer, eines der letzten, das aus den alten Werkstätten hervorgegangen war, berühmt für die Süße seines Klangs.

«Jetzt kann ich wirklich glauben, daß Heini kommt» sagte Ruth leise und ließ die Finger leicht über die Tasten gleiten.

«Komm, probier es doch aus», schlug Leonie vor, während sie den Möbelmännern, die geglaubt hatten, sie könnten jetzt gehen, Teller mit Kipferln anbot.

Obwohl sich einer der weltbesten Geiger im Zimmer befand, setzte sich Ruth ohne Verlegenheit an das Klavier und spielte einen Schubert-Walzer – und Ziller lächelte, denn diese leidenschaftliche Liebe zur Musik, die sie seit ihrer frühen Kindheit beseelte und die alle Begrenzungen reiner Technik überwand, rührte ihn immer wieder.

«Äh – Sir – könnten Sie nicht – ich meine, Sie würden uns wohl nicht etwas vorspielen?» fragte Sam nervös und aufgeregt.

«Aber natürlich.»

Ziller holte seine Geige und spielte ein Stück von Kreisler und eine Beethoven-Bagatelle – und danach alberten er und Ruth herum, karikierten die Gäste in dem ungarischen Restaurant, die sich bemühten, den Zigeunern, die an ihren Tisch kamen, ja kein Trinkgeld zu geben, und da hörte man unversehens ein ganz außergewöhnliches Geräusch, ein eingerostetes Keuchen, das vorher noch nie einer gehört hatte: Fräulein Lutzenhollers Lachen.

Und Pilly, die Arme, die immer ins Fettnäpfchen trat, verpatzte dann alles. «Ach, Mrs. Berger», rief sie impulsiv, «bitte, bitte überreden Sie doch Ruth, mit uns auf die Exkursion zu kommen. Wir möchten sie alle so gern dabeihaben.»

Leonie stellte ihre Kaffeetasse nieder. «Was ist das für eine Exkursion?»

Es war auf einmal mucksmäuschenstill, als Ruth der Freundin einen vorwurfsvollen Blick zuwarf und Pilly brennend rot wurde.

«Es ist ein praktisches Seminar in Northumberland, auf dem Landsitz von Professor Somerville», stammelte Pilly. «Wir fahren alle mit. In drei Tagen geht es los.»

«Davon habe ich keinen Ton gehört», sagte Leonie streng.

«Das ist doch unwichtig, Mama», behauptete Ruth hastig. «Es ist nichts weiter als eine praktische Übung. Die brauche ich nicht.»

Leonie ignorierte sie. «Und alle außer Ruth fahren mit?»

Pilly nickte. Tief betrübt darüber, ihre Freundin verärgert zu haben, rückte sie näher an Onkel Mishak heran, und ihre Augen füllten sich mit Tränen.

Jetzt sprang Sam in die Bresche. «Wenn Ruth nichts davon gesagt hat, dann wegen der Kosten. Das Seminar ist ziemlich teuer, aber Pillys Vater hat angeboten, für Ruth zu bezahlen. Er ist ein reicher Mann, und wir wissen alle, wie sehr Ruth Pilly beim Studium hilft, aber Ruth will einfach nichts davon wissen. Sie ist so störrisch wie ein Esel.»

«Und das Seminar wird von Professor Somerville geleitet?» fragte Leonie.

«Ja. Es ist das beste seiner Art in ganz England. Wir fahren nach Bowmont und –»

«Mama», unterbrach Ruth, «ich möchte nicht mehr darüber reden. Ich nehme kein Geld von Pilly. Ich fahre nicht, und basta.»

Leonie nickte. «Du hast ganz recht. Von Freunden Geld zu nehmen, ist nie gut.» Sie sah Pilly mit einem warmen Lächeln an. «Kommen Sie, Sie können mir helfen, frischen Kaffee zu machen.»

Erst als Ruths Freunde aufbrachen, nahm sie Sam auf die Seite. «Liegt die Organisation des Seminars in Dr. Feltons Händen?»

«Ja. Er ist ein sehr netter Mann, und er möchte unbedingt, daß Ruth mitkommt.»

«Und Professor Somerville? Möchte er auch unbedingt, daß Ruth mitkommt?»

Sam zog die Augenbrauen zusammen. «Bestimmt. Sie ist ja eine seiner besten Studentinnen. Aber er ist merkwürdig – sie sind beide merkwürdig. Ich glaube, sie haben kaum ein Wort miteinander gewechselt, seit Ruth da ist.»

Nun hatte Leonie die Informationen, die sie gebraucht hatte. In praktischer Hinsicht war alles klar – aber wie sollte sie mit ihrer eigensinnigen Tochter fertigwerden?

«Mishak, du mußt mir helfen», sagte sie an diesem Abend, als sie mit ihm allein im Wohnzimmer saß, das durch die Anwesenheit des Klaviers nicht gemütlicher geworden war.

Mishak nahm seine langstielige Pfeife aus dem Mund und inspizierte ihren Kopf, um zu sehen, ob sich da nicht noch ein paar frische Tabakfädchen finden ließen. Aber es waren keine da.

«Du willst deine Brosche verkaufen», konstatierte er.

«Ja. Aber wie kriege ich Ruth dazu, daß sie mitfährt?»

«Überlaß das mir», sagte Mishak. Und Leonie, die genau das vorgehabt hatte, gab ihm einen Kuß und ging zu Bett.

17

Quin hatte am Verhalten der Leute, die in Bowmont für ihn arbeiteten, nie etwas auszusetzen gefunden, aber als er jetzt durch das Dorf und dann den Hügel hinauf fuhr, hatte er den Eindruck, daß alle ihm mit außergewöhnlicher Liebenswürdigkeit entgegenkamen. Trotz des strömenden Regens, den der Wind vom Meer herantrieb, kamen Mrs. Carter, die das Postamt leitete, der Schmied und der alte Sutherland oben an der Pforte auf die Straße heraus, um ihm lächelnd zuzuwinken, und mehrmals wurde ihm, als er anhielt, die Hand mit einer Herzlichkeit geschüttelt, die anzudeuten schien, daß eine besondere Freude, an der sie alle teilhatten, auf ihn wartete.

«Aber Sie werden weiter wollen», sagte Mrs. Ridley, die Frau des Verwalters eines seiner Höfe, nachdem sie einige freundliche Worte gewechselt hatten. «Sie haben es heute sicher eilig, nach Hause zu kommen.»

Bei seiner Ankunft in Bowmont traf er Turton ähnlich wohlwollender Stimmung an. Der Butler begrüßte ihn als Master Quinton – so hatte man ihn seit seiner Kindheit nicht mehr genannt! – und teilte ihm strahlend vor Herzlichkeit mit, daß die Cocktails in einer halben Stunde im Salon serviert würden, ihm also zum Umkleiden hinreichend Zeit bliebe.

Das allein war Hinweis auf eine Art der Förmlichkeit, wie Quin sie im allgemeinen nicht gestattete. Wenn er mit seinen Studenten hier war, das hatte er von Anfang an klargestellt, dann nicht um zu feiern, sondern um zu arbeiten. Doch als er ins Haus ging, stieß er auf weitere Anzeichen dafür, daß Besonderes in der Luft lag. Der große Saal von Bowmont mit seiner recht eigenwilligen Sammlung von Breitschwertern, seltsamen Gobelins und einem Wiesel, das der Basher selbst ausgestopft hatte, allerdings nicht sehr erfolgreich, war kein Ort, an dem man sich gern aufhielt. Heute jedoch brannte der Überzeugung seiner Tante zum Trotz, daß Wärme im Haus Verweichlichung und Verfall förderten, ein loderndes Feuer im großen offenen Kamin, und obwohl kaum je Blumen geschnitten und ins Haus gebracht wurden, da Frances ihre Pflanzen lieber ungestört wachsen ließ, war die chinesische Vase auf der alten Eichentruhe mit Dahlien und Chrysanthemen gefüllt.

Das Kostüm seiner Tante schließlich, als diese herauskam, um ihn zu begrüßen, bestätigte Quins Befürchtungen. Frances zog sich stets zum Abendessen um; das hieß, daß sie ihren formlosen

Tweedrock gegen einen etwas längeren Rock aus rostbrauner Seide vertauschte – es gab jedoch ein Ensemble, das seit Jahrzehnten den besonderen Anlaß signalisierte: ein schwarzes Chenillekleid, dessen nicht gerade unzüchtig tiefer Ausschnitt mit einem orientalischen Schal verhüllt zu werden pflegte. In dieser Aufmachung kam Frances ihrem Neffen jetzt entgegen, und seine letzte Hoffnung auf einen ruhigen Abend der Vorbereitung auf das Seminar erlosch.

«Du siehst großartig aus», sagte er lächelnd zu ihr. «Haben wir Besuch?»

«Aber das weißt du doch», antwortete Frances und neigte sich ihm zu, um ihm den gewohnten Kuß auf die Wange zu geben. «Ich habe es dir geschrieben. Sie werden jeden Moment herunterkommen – du hast gerade noch Zeit, dich umzuziehen.»

«Leider weiß ich gar nichts, Tante Frances. Ich komme direkt aus Yorkshire. Was hast du mir denn geschrieben?»

Frances runzelte die Stirn. Sie hatte gehofft, Quin würde wohlvorbereitet und guter Stimmung eintreffen. «Daß ich die Placketts eingeladen habe – Verena und ihre Mutter.» Als Quin nichts sagte, fügte sie hinzu: «Ich kannte Lady Plackett als junges Mädchen – das wird sie dir doch erzählt haben? Wir waren zusammen im Pensionat.»

Sie sah Quin an und fühlte sich zutiefst unbehaglich. Die Anzeichen des Mißvergnügens waren ihr nach zwanzig Jahren der Gemeinsamkeit nur allzu vertraut: Quins Nase war schmal geworden, auf seiner Stirn hatten sich tiefe Falten gebildet.

«Verena ist eine meiner Studentinnen, Tante Frances. Es wäre absolut nicht in Ordnung, wenn ich sie anders behandelte als die restlichen Studenten.»

Frances war erleichtert. Es war also nur die Furcht, den Anschein von Bevorzugung zu wecken, die ihn zurückhielt.

«Ja, natürlich, das ist mir klar, und ihr ebenfalls. Sie hat bereits ausdrücklich gesagt, daß sie keinerlei Sonderbehandlung bei der Arbeit draußen erwartet. Aber Lady Plackett ist eine alte Freundin von mir – es wäre äußerst merkwürdig, wenn ich mich weigerte, ihre Tochter bei mir im Haus aufzunehmen.»

Quin nickte, lächelte – das unwirsche Gesicht verwandelte sich wieder in das eines umgänglichen Menschen. Schon hatte er Gewissensbisse: Frances mußte sich einsamer fühlen, als ihm bewußt war, wenn sie sogar bereit war, die Placketts bei sich aufzunehmen. Vielleicht war alles nur Maske gewesen, ihre Ungeselligkeit, ihr ausgesprochener Wunsch, allein zu sein – und er fragte sich, was er seit langem nicht mehr getan hatte, wie tief eigentlich jene Zurückweisung des Verlobten sie damals getroffen hatte.

«Natürlich, Tante Frances, ist schon in Ordnung. Mach dir keine Gedanken. Ich gehe jetzt nach oben und ziehe mich um.»

Doch noch auf dem Weg zu seinem Turmzimmer hörte er irgendwo über sich ein Husten. Es war nicht etwa ein scheues, zaghaftes Hüsteln; es war gewissermaßen ein Fanfarenstoß von einem Husten – und Quin, der suchend aufwärts sah, gewahrte jetzt eine Gestalt, die auf dem oberen Treppenabsatz stand.

Verena, die so viel gelesen hatte, hatte auch gelesen, daß kein Mann dem Anblick einer schönen Frau widerstehen kann, die eine hochherrschaftliche Treppe herunterschwebt. Sie hatte Quins Ankunft von ihrem Schlafzimmerfenster aus beobachtet und legte nun, schlicht, aber gefällig in flaschengrünen Voile gekleidet, die eine Hand auf das geschnitzte Geländer, raffte mit der anderen ihren Rock und begann, während ihre Mutter selbstlos in den Kulissen wartete, den anmutigen Abstieg.

Zunächst ging es glänzend. Nicht nur der lange Rücken und die langen Beine der Croft-Ellis' begünstigten sie, sondern auch der Drill, dem man sie vor ihrer Vorstellung bei Hof unterworfen hatte. Verena, die ihre glitzerdurchwirkte Schleppe mit sicherem Ziel nach rückwärts geworfen hatte, als sie vor Ihren Majestäten zurückgewichen war, stieg jetzt mit würdevoller Grazie die Stufen zu ihrem Gastgeber hinunter.

Sie war fast unten. Quin stand, wie sie erwartet hatte, mit nach hinten geneigtem Kopf und ließ sie nicht aus den Augen. Noch war sie nicht bereit, die Worte zu sagen, die sie sich überlegt hatte, aber gleich würde es soweit sein. «Sie können sich nicht vorstellen, was für eine Freude es ist, nach allem, was wir über Bowmont gehört haben, hier sein zu dürfen.» So hatte sie ihre kurze, aber herzliche Rede geplant.

Doch sie kam nicht dazu, die wohlgesetzten Worte an den Mann zu bringen. Irgend jemand – Frances hatte das zweite Hausmädchen in Verdacht, deren Vater ein Sozialist war – hatte nämlich eine Tür geöffnet.

Das Hündchen interessierte sich eigentlich nicht für Verena, es wollte nur zu Frances, aber als es an der Treppe vorüberflitzte, konnte es seinem Drang nach Höherem nicht widerstehen. Mit einem entschlossenen Knurren nahm es Anlauf und sprang und schaffte es, im selben Moment die unterste Stufe zu erklimmen, als Verena ihren hoheitsvollen Abstieg vollendete.

Verena trat nicht auf das Hündchen, und sie schlug auch nicht platt hin. Das wäre jeder anderen so ergangen, nicht aber Verena. Immerhin stolperte sie arg, warf einen Arm nach vorn, taumelte – und fiel recht ungraziös auf die Knie.

Quin war selbstverständlich augenblicklich zur Stelle, um ihr aufzuhelfen und sie zu einem Sessel zu führen, wo sie das ihr geschehene Mißgeschick sogleich herunterspielte.

«Es ist nichts», beteuerte sie, wie tapfere englische Mädchen das in Schulbüchern seit Generationen tun, auch wenn der Schmerz des verstauchten Knöchels kaum auszuhalten ist.

Dem Hündchen gegenüber Nachsicht walten zu lassen war schwieriger, zumal sie sich bei dem Sturz das Innenfutter ihres Kleides zerrissen hatte, und Lady Plackett, die ihrer Tochter eiligst zu Hilfe kam, machte gar nicht erst den Versuch.

«Was ist denn das für eine mißratene Kreatur!» rief sie. «Gehört sie einem der Angestellten?»

Frances, die sich zu Tode schämte, erklärte, das Hündchen werde am folgenden Tag an den Zimmermann im Dorf abgegeben werden, und versuchte es einzufangen. Aber Quin erhaschte den kleinen Hund vor ihr, hielt ihn an den Hinterbeinen in die Höhe und musterte ihn mit der Aufmerksamkeit, die Zoologen im allgemeinen einer bisher unbeschriebenen Spezies zu zollen pflegen.

«Erstaunlich!» sagte er und sah seine Tante grinsend an. «Dieser Bart am Unterbauch ist bestimmt einmalig, nicht? Weiß Barker schon von seinem Glück?»

Frances, die seine Unbekümmertheit gar nicht erheiternd fand, antwortete, Barker sei mit den Reparaturen der Kirchenstühle im Verzug und würde schon wissen, was seine Pflicht sei. Dann trug sie den Hund hinaus.

Trotz dieses wenig verheißungsvollen Beginns nahm das Abendessen einen erfreulichen Verlauf, und Frances Somerville, die in der Stille ihres Schlafzimmers den Abend einer kritischen Betrachtung unterzog, hatte allen Grund, zufrieden zu sein. Vielleicht hatte Verenas verunglückter Auftritt Quins ritterliche Instinkte geweckt, auf jeden Fall war er den ganzen Abend über aufmerksam und charmant, und Verena verhielt sich ganz so, wie es sich gehörte. Sie bewunderte die Porträts der Somervilles, behauptete sogar, der Basher habe einen ausgesprochenen Charakterkopf gehabt; sie konnte sich intelligent über die Landwirtschaft unterhalten, da ihr Onkel in Rutland nicht nur Schafe züchtete, sondern auch hochklassige Rinderherden besaß. Und als Frances auf bemüht scherzhafte Art erwähnte, daß Quin die Absicht habe, Bowmont dem National Trust zu vermachen, hatten die Damen Plackett genau mit der Ungläubigkeit und dem Entsetzen reagiert, die sie sich erhofft hatte.

«Das kann doch nicht Ihr Ernst sein, Professor!» hatte Lady Plackett gerufen. Und Verena hatte die recht unverblümte Bemerkung riskiert: «Seien Sie mir nicht böse, aber da käme ich mir vor, als beginge ich Verrat an meinen ungeborenen Kindern.»

Tatsächlich sprach Verena an diesem Abend all das aus, was Frances dachte. Verena hatte gesunde Ansichten zum Thema Flüchtlinge und hatte, als Quin aus dem Zimmer gegangen war, ihrer Befriedigung darüber Ausdruck gegeben, daß eine Österreicherin ihres Jahrgangs nicht an dieser Exkursion teilnehmen würde. Sie konnte eine Verbindung zwischen den Croft-Ellis' und den Somervilles herstellen, eine sehr entfernte zwar nur, die aber dennoch beruhigend war, und was sie über das Hündchen zu sagen wußte, entsprach genau dem, was Frances selbst gedacht hatte – daß es in solchen Fällen wirklich barmherziger sei, die kleinen Dinger gleich nach der Geburt zu ertränken.

«Ein sehr angenehmes junges Mädchen», urteilte Frances, als

Martha mit der allabendlichen heißen Schokolade in ihr Zimmer trat.

Ein mittelalterlicher Mönch mit dem Ziel, ein Leben in Armut und Askese zu führen, hätte sich in Frances Somervilles Schlafzimmer wie zu Hause gefühlt. Die Fenster waren geöffnet und ließen die feuchte Nachtluft herein, die Teppiche auf den nackten Dielenbrettern waren abgetreten, die Matratze in dem Himmelbett war schon voller Knubbel gewesen, als Frances nach Bowmont gekommen war, und war es immer noch.

Martha stimmte ihrer Herrin zu. «Ja, auf uns unten hat sie auch einen guten Eindruck gemacht», sagte sie und hielt es nicht für nötig hinzuzufügen, daß die Dienerschaft auch ein Kalb mit zwei Köpfen akzeptiert hätte, wenn dadurch gewährleistet gewesen wäre, daß Bowmont in Privatbesitz blieb und man seine Arbeit nicht verlor. «Soll ich Ihnen nicht eine Wärmflasche bringen?» meinte sie jetzt, da sie ihre Herrin trotz des gelungenen Abends müde und abgespannt aussehend fand und wußte, daß die Kälte für ihre Arthritis nicht gut war.

«Kommt nicht in Frage!» fuhr Frances sie an. «Am ersten Dezember kannst du mir eine bringen, aber keinen Tag früher – das weißt du doch!» Doch sie ließ es zu, daß Martha die silberne Haarbürste zur Hand nahm und ihr das spärliche graue Haar ausbürstete. «Es war wohl Elsie, die das Hündchen hinausgelassen hat?» bemerkte sie nach einer kleinen Pause.

Martha nickte. «Sie hat so ein weiches Herz, die Kleine. Comely will ja mit dem Tierchen nichts zu tun haben. Und Elsie hört es immer winseln.»

«Sieh zu, daß es gleich morgen früh zu Barker gebracht wird. Seinetwegen hätte es beinahe einen bösen Unfall gegeben.»

«Das wird bis übermorgen warten müssen. Morgen ist Barker in Amble, um Holz abzuholen, das er dort bestellt hat.»

Als Frances später, die eiskalten Füße hochgezogen, in ihrem Bett lag, dachte sie noch einmal darüber nach, wie gut der Abend doch verlaufen war. Sie wollte jedenfalls ins Dorf ziehen, wenn Quin heiraten sollte. Quin hatte zwar kein auffallendes Interesse an Verena gezeigt, aber das würde schon noch kommen.

Von den Hoffnungen seiner Tante nichts ahnend und am Schicksal Verena Placketts nicht im geringsten interessiert, stand Quin am Fenster seines Turmzimmers und sah zum Meer hinaus und zum Mond, der ständig hinter wirbelnden schwarzen Wolken verschwand. Es regnete immer noch, aber das Barometer stieg. Es war ein Risiko gewesen, so spät im Jahr mit den Studenten hier heraufzukommen, aber wenn es in Northumberland einen Altweibersommer gab, dann war er um so schöner. Der Herbst konnte hier von einer herzzerreißenden Schönheit sein.

Quin bewohnte das Zimmer ganz oben im Turm, seit der Großvater den Achtjährigen das erstemal dort hinaufgeführt hatte, ein verwirrtes, elternloses Kind, fremdländisch gekleidet, mit einer großen Brille auf der Nase, die zur Kräftigung seiner Augen nach einer Masernerkrankung beitragen sollte. Durch drei Stockwerke von seiner Erzieherin getrennt, für die Nacht unter das Fell eines Eisbären gebettet, den der Basher in Alaska geschossen hatte, war Quin Abend für Abend zitternd vor Angst zu Bett gegangen – und doch hätte er selbst damals sein Krähennest um nichts in der Welt eingetauscht.

Die Studenten mußten jetzt jeden Moment eintreffen; der Bus, der gemietet worden war, sie in Newcastle abzuholen, würde direkt den holprigen Weg zur Bucht hinunterschaukeln. Quin war etwas früher am Abend unten gewesen, um sich zu vergewissern, daß alles bereit war: daß der Ofen in dem kleinen Aufenthaltsraum brannte, die Bunsenbrenner an die Gasleitung angeschlossen, die Schlafräume über dem Labor gelüftet und die Decken frisch und sauber waren. Er fand alles in Ordnung, und dennoch war er innerlich rastlos, und beinahe ohne recht wahrzunehmen, was er tat, griff er zu der Gitarre in der Ecke des Zimmers und begann sie zu stimmen.

Quins Gitarrestudien waren nie sehr weit gediehen, und seine Freunde in Cambridge hatten immer wenig schmeichelhaft reagiert, wenn er gespielt hatte; entweder hatten sie sich die Ohren zugehalten, oder sie waren aus dem Zimmer geflohen. Obwohl er nur wenige Stücke spielen konnte, hatte er doch für jede Gefühlslage das Richtige parat: *Tiptoe Through the Tulips* war heiter; die

Evening Elegy war, wie der Titel sagte, elegisch; und *Mississippi Moan* war – nun, eine Klage eben.

Gerade bei diesem letzten Stück hatte sich, wenn er es im College spielte, das Zimmer stets besonders schnell geleert, aber Quin liebte es nun einmal. Als jetzt die Töne des schwermütigen Lieds aus dem amerikanischen Süden durch den Raum klangen, wurde er sich bewußt, daß er das Stück nicht ganz zufällig gewählt hatte. Er fühlte sich tatsächlich innerlich unruhig – bedrückt – und einige Akkorde später wurde ihm auch klar, warum.

Es war nicht zu leugnen, daß er sich Felton gegenüber, der so sehr bemüht gewesen war, Ruth die Exkursion nach Bowmont zu ermöglichen, nicht anständig benommen hatte. Roger arbeitete unermüdlich für die Studenten und sprang jederzeit bereitwillig für ihn ein, ertrug geduldig die endlose Langeweile der Ausschußsitzungen. Wenn er nun sein Herz daran gehängt hatte, Ruth den Aufenthalt in Northumberland zu ermöglichen, so hätte er – Quin – ihm bei seinen Bemühungen helfen sollen. Es wäre ein leichtes gewesen, eine Möglichkeit zu finden, und die Mißbilligung der Placketts hatte ihn ja nie im geringsten gekümmert. Tatsache war, daß er sich äußerst selbstsüchtig verhalten hatte, weil er die Emotionalität dieses Mädchens scheute.

Nun, jetzt war daran nichts mehr zu ändern, und der *Mississippi Moan* hatte, wie so oft, die Atmosphäre gereinigt. Alles Bedauern hinter sich lassend, ging Quin zu seinem Schreibtisch und nahm sich Hackenstreichers letzten Brief an die Zeitschrift *Nature* vor. Zeit, diesem Idioten ein für allemal den Marsch zu blasen. Er zog die Schreibmaschine zu sich heran und spannte ein leeres Blatt ein.

«Sehr geehrte Herren», schrieb er, «im Zusammenhang mit Professor Hackenstreichers Beitrag (*Nature* vom 6. August 1938) darf vielleicht darauf hingewiesen werden, daß seine Untersuchung eines einzigen Schädelabgusses des *Styracosaurus Coratopsius* doch wohl kaum eine Ablehnung von Brooms Rekonstruktion der Evolution aus einem gemeinsamen Stamm rechtfertigt. Nicht nur war der Abguß unvollständig, auch seine Herkunft ist in Zweifel zu ziehen, da...»

Er saß noch immer an der Maschine, als der Bus das Tor hinter dem Haus passierte und schwankend zum Strand hinunterzuckelte.

Ruth erwachte früh. Alle anderen im Schlafsaal über dem Bootshaus schliefen noch. Pilly, die neben ihr lag, war so fest zusammengerollt, als wollte sie sich gegen die Katastrophen des kommenden Tages schützen; nur ein paar Haarbüschel lugten über den Rand der grauen Decke.

Vom vorhergehenden Abend hatte Ruth nur noch den peitschenden Regen in Erinnerung, die plötzliche Kälte, als sie aus dem stickigen Bus gestiegen und ins Haus gelaufen waren – und das monotone Klatschen der Wellen an den Strand. Doch jetzt hatte sich etwas verändert, und auf den ersten Blick schien ihr, daß diese Veränderung einfach durch die Beleuchtung hervorgerufen worden war.

Sie kleidete sich eilig an, huschte an ihren schlafenden Freundinnen und an Dr. Sonderstrom vorbei, kletterte die Leiter hinunter und öffnete die Tür.

«Oh!» sagte sie und trat hinaus – ungläubig, verwirrt, geblendet. Wie hatte dies über Nacht geschehen können, dieses Wunder? Woher kam plötzlich dieses viele Licht? Woher diese unendliche Bewegung?

Die Sonne erhob sich aus einem silbern glänzenden Meer, dessen flirrendes Wasser seine Farben beinahe von Augenblick zu Augenblick veränderte. Und auch der Himmel wechselte die Farben, während sie zu ihm hinaufsah; zuerst war er rosig und amethystfarben, dann türkis... und schon wartete ungeduldig eine Handvoll frischer Schäfchenwolken...

Auch die Luft bewegte sich. Man brauchte sie nicht zu atmen, sie atmete sich selbst. Es war kein Wind, nein, noch nicht, nur diese neu geschaffene, frisch gewaschene Luft, die nach Salz und Seetang roch und dem Beginn der Schöpfung.

Es war zuviel. Zuviel Schönheit, zuviel Luft, zuviel Himmel, zuviel Meer. Sie hatte sie sich so oft vorgestellt: die glatte, graue, ziemlich traurige Weite der Nordsee, aber dies...

Ein blendender Lichtstrahl fiel aus dem Himmel herab und brach sich glitzernd an einem Leuchtturm auf einer fernen Insel... Es gab Felder auf diesem Meer: Flecken leuchtender Helligkeit, andere wie mattes Blei und stille Oasen wie Lagunen. Und es befand sich in ständiger Bewegung und Veränderung. Darauf war sie nicht gefaßt gewesen.

Es war Ebbe. Sie zog Schuhe und Strümpfe aus und rannte wie trunken mit bloßen Füßen über den kühlen, welligen Sand zum Wasserrand. Allmählich beruhigte sie sich und nahm nun auch die Bewohner dieser lichtgesprenkelten Welt wahr: drei schwere Vögel, die im Flug von den Felsen wie drei schwarze Kreuze aussahen – Kormorane, dachte sie. Aber die Schar schmalgeschwingter Vögel, deren Weiß so intensiv war, daß sie wie von innen erleuchtet wirkten, konnte sie nicht benennen.

Dann kam sie zum ersten Felstümpel, und hier warteten einfachere, leichter zu fassende Freuden. Dr. Felton hatte sie gut unterrichtet; sie kannte die lateinischen Namen der Anemonen und Seesterne, der kleinen Garnelen, doch dies war eine Märchenwelt. Hier gab es Unterwasserwälder, winzige Sandbuchten, Kiesel wie Edelsteine...

Am Meeresrand blieb sie stehen und streckte einen Fuß ins Wasser. Sie schnappte erschrocken nach Luft. Die Kälte traf sie wie ein elektrischer Schlag. Selbst der Gischt schien geladen... aber dann, beinahe sofort, gewöhnte sie sich daran. Nein, das stimmte nicht; man konnte sich an diesen Schock eisiger Kälte und Reinheit nicht gewöhnen; man konnte nur immer mehr davon wollen.

Das habe ich nicht gewußt, dachte sie. Ich hätte nie geglaubt, daß etwas so sein könnte – daß es einem ein solches Gefühl der Reinheit geben könnte – ein Gefühl der Bedeutungslosigkeit und doch des Einsseins mit allem. Einen Moment lang wünschte sie all die Menschen, die sie liebte, herbei – ihre Eltern und Mishak und Mishaks geliebte Marianne, von den Toten auferstanden. Dann aber vollführte der Himmel eines seiner Zauberkunststücke, sandte eine Flotte purpurfarbener Wolken aus, die vor der neuen Sonne vorüberzogen, so daß einen Augenblick lang sich alles wieder veränderte – unruhig, dunkel und turbulent wurde. Und dann kam die Sonne wieder hervor, erstarkt, höher am Himmel, und sie dachte, nein, hier kann ich allein sein, weil es kein Allein oder Nichtallein gibt; es gibt nur Licht und Luft und Wasser, und ich bin ein Teil von allem, und alle, die ich liebe, sind Teil davon, doch es ist außerhalb der Zeit, jenseits von Wollen und Müssen.

An diesem Punkt ekstatischer Wonne bemerkte sie ein kleines weißes Segel und darunter ein Boot, das um das Kap herumkam und auf die Bucht zuhielt.

Auch Quin war schon bei Tagesanbruch erwacht und zu der geschützten Bucht von Bowmont Mill hinuntergegangen, wo er sein Boot liegen hatte. Er war froh gewesen, diesen Vorwand zu haben, um das Haus zu verlassen und das Boot für die Studenten um das Kap herumzusegeln; und er freute sich, daß das Wetter aufgeklart hatte; der goldene Tag war ein unerwartetes Geschenk. Sonst dachte er nichts, achtete nur auf den Wind, kümmerte sich um sein Segel...

Er sah die einsame Gestalt, sobald er das Kap umrundete, und selbst aus der Ferne erkannte er, daß die Frau, wer immer sie sein mochte, sich in einem Zustand der Glückseligkeit befand. Der Wind peitschte ihr Haar, mit einer Hand hielt sie ihren Rock gerafft, während sie im Spiel mit den Wellen vorwärts und rückwärts sprang.

Die Bilder, die sich aufdrängten, wurden bald aufgegeben. Das war nicht Botticellis Venus, die Schaumgeborene; nicht Undine, die die Morgendämmerung willkommen hieß; es war etwas viel Einfacheres und unter den gegebenen Umständen Überraschenderes. Es war Ruth.

Sie stand still da und sah zu, wie er das Segel einholte und das Boot auf Sand laufen ließ. Erst als sie hinauswatete, um ihm beim Hinaufziehen des Boots zu helfen, sprach er.

«Ein unerwartetes Vergnügen», sagte er wie ein Idiot, doch Ruth sah die reine Erhabenheit dieser überwältigenden Welt einen Moment lang von dem vertrauten zerknitterten Lächeln bedroht. «Ich dachte, Sie kämen nicht mit.»

«Meine Mutter und Onkel Mishak haben mich praktisch gezwungen. Ach, aber stellen Sie sich vor, sie hätten es nicht getan! Denken Sie nur, dann hätte ich das alles hier nie erlebt.»

«Es gefällt Ihnen?» fragte Quin, der es für ratsam hielt, sich auf Banalitäten zu beschränken, da sie ihn so beunruhigend an den Traum aller heimkehrenden Seefahrer erinnert hatte: die Frau mit den langen Haaren, die am Gestade wartet.

Sie schüttelte voll staunender Verwunderung den Kopf. «Ich hätte nicht gedacht, daß es so etwas gibt. In der Musik kann man sich verlieren, aber letztendlich ist sie von Menschen gemacht. Das hier dagegen... vielleicht kann man auch hier kleinliche Gedanken haben, aber ich kann es mir nicht vorstellen.»

Das Boot lag jetzt sicher auf dem Trockenen. Quin vertäute es an einem zackigen Felsbrocken, dann schlugen sie gemeinsam den Weg zum Bootshaus ein. Ruth, die zuvor in ihrer Verzückung nicht einen Blick landwärts geworfen hatte, blieb plötzlich wie angewurzelt stehen und rief: «Oh, was ist denn das dort? Was ist das für ein Haus?»

«Was meinen Sie?» Quin verstand ihre Frage nicht gleich.

«Da oben. Auf dem Felsen. Das Haus.»

«Das? Wie, das wissen Sie nicht? Das ist Bowmont.»

Ruth hätte es im strömenden Regen sehen können, oder im Winter, wenn es so heftig stürmte, daß niemand Zeit hatte, aufwärts zu blicken. Sie hätte es, wie viele vor ihr, zu einer Zeit sehen können, da ein Schiffsunglück weinende Frauen an den Strand zog, oder an einem Tag, wenn es nur wie ein bedrohlicher dunkler Schatten hinter grauen Nebelschleiern stand. Aber sie sah es an einem lichten, klaren Morgen, und sie sah es praktisch vom Wasser aus, halb Wohnhaus, halb Festung. Der blasse Kalkstein seiner Mauern war wie in Gold getaucht, und am Fuß der Felsen, die es bewachten, spielte sanft der weiße Gischt. Möwen segelten über den Turm hinweg, und in den hohen Fenstern spiegelte sich das blendende Licht der Sonne.

«Sie haben gesagt, es sei ein kaltes Haus auf einem Kliff», sagte Ruth, als sie wieder sprechen konnte.

«Das ist es auch. Sie werden es sehen, wenn Sie am Sonntag zum Mittagessen kommen.»

Ruth schüttelte den Kopf. «Nein», entgegnete sie leise. «Ich komme am Sonntag nicht zum Mittagessen. Und auch an keinem anderen Tag.»

Kenneth Easton hatte den Studenten schließlich erzählt, daß Verena nicht mit ihnen im Bootshaus wohnen würde.

«Sie wohnt oben in Bowmont», sagte er, als der Zug aus dem King's-Cross-Bahnhof hinausstampfte. «Die Somervilles haben sie eingeladen.» Als die anderen ihn verblüfft anstarrten, setzte er hinzu: «Es ist ganz natürlich – ihre Familie und die des Professors gehören derselben Welt an. Was anderes war doch gar nicht zu erwarten.»

«Finde ich schon», widersprach Sam energisch. «Es ist doch eigentlich überhaupt nicht Professor Somervilles Art, jemandem eine Extrawurst zu braten.»

«Lady Plackett ist auch eingeladen. Sie und die Tante vom Professor sind seit Ewigkeiten befreundet. Und an Verenas Geburtstag geben sie ein Fest. Das wollten sich die Somervilles einfach nicht nehmen lassen», berichtete Kenneth, getreulich Verenas Worte wiederholend.

Pilly und Janet fanden es nur angenehm, nicht mit Verena unter einem Dach schlafen zu müssen, Ruth jedoch hüllte sich in Schweigen und starrte ins flache, regenüberströmte Land hinaus. Ihre Geschichte mit Quin war vorbei – dennoch tat es ein bißchen weh, hören zu müssen, daß ihm Verena im Gegensatz zu dem, was er über sie gesagt hatte, doch am Herzen lag.

Sie hatte nicht lange gebraucht, um sich an die Kandare zu nehmen und sich vorzuhalten, wie wenig sie das anging, aber es war ihr ernst, als sie sagte, daß sie zum Mittagessen nicht kommen würde. Der Gedanke, Verena Plackett in einem Haus die Gastgeberin spielen zu sehen, das ihr Heim hätte sein können, wäre dies eine richtige Ehe gewesen, war einfach bitter. Auch die überwältigende Schönheit des Meeres konnte einen darüber nicht hinausheben.

Pillys Vermutungen über Verenas Schlafanzug waren der Wahrheit am nächsten gekommen. Er war blau und von maskulinem Schnitt, aber mit Gummibund an den Fußgelenken, denn sie trug ihn auch bei ihren Gymnastikübungen.

Verena trieb immer mit großer Energie Gymnastik, aber an diesem Morgen besaßen ihre Liegestütze besonderen Schwung, und ihre Beine kreuzten die Luft mit wilder Entschlossenheit. Wenn nämlich alles glattgehen und sie Mrs. Somerville werden sollte, so würde sie, hatte sie beschlossen, Quin auf seine Expeditionen begleiten, und dazu mußte man topfit sein.

Von ihrem Fenster aus konnte sie auf die Bucht und das Bootshaus blicken, in dem die anderen Studenten noch in Schlaf lagen. Gegen das Labor hatte Verena nichts einzuwenden; als Quins Helferin und als Forscherin wie er fand sie eine wissenschaftliche Außenstelle so dicht am Haus durchaus in Ordnung; aber diese Beschäftigung mit Studenten würde aufhören müssen. Quin, so meinte sie, war zu ganz anderem geschaffen, zum Präsidenten der *Royal Society* etwa oder zum Leiter eines wissenschaftlichen Instituts – aber die Lehrtätigkeit war doch für einen solchen Mann die reine Zeitverschwendung.

Im Zimmer nebenan hörte Lady Plackett mit Befriedigung das vertraute Holterdipolter. Ihre Tochter hatte am Abend zuvor einen hervorragenden Eindruck gemacht, und sie selbst hatte, von der Herzlichkeit des Empfangs ermutigt, beschlossen, während der ganzen Dauer des Seminars zu bleiben und bei den Vorbereitungen zu Verenas Fest mitzuhelfen. Was Miss Somerville anging – von der sie gehört hatte, sie sei die Ungeselligkeit in Person –, so war ihre Freundlichkeit jetzt erklärt. Wenn ihr Neffe ernsthaft erwog, seinen Landsitz aufzugeben, dann konnte es nur in ihrem Interesse liegen, ihn verheiratet zu sehen, natürlich mit einer Frau, die eine derartige Torheit nicht zulassen würde.

Punkt Viertel vor acht gingen Verena und Lady Plackett nach unten und wurden von ihrer Gastgeberin mit Erleichterung begrüßt. Weder trugen sie Pelzmäntel noch erkundigten sie sich nach der Zentralheizung, und obwohl Frances Somerville pflichtschuldig fragte, ob sie eine gute Nacht verbracht hätten, sah sie gleich, daß das überflüssig war.

«Verena schläft immer gut», versicherte Lady Plackett, und Verena nickte mit gelassenem Lächeln.

Jetzt kamen Comely und die alte Labradorhündin mit der weißen Schnauze und durften bestimmt ein halbes Dutzend Mal freundlich mit dem Schwanz wedeln, ehe Verena ihnen befahl, sich zu setzen, was sie augenblicklich taten. Nachdem Verena sich so als Hundeliebhaberin ausgewiesen hatte, trat sie zur Kredenz, um sich Schinken, Rührei und Würstchen zu nehmen.

«Verena nimmt niemals zu», bemerkte Lady Plackett mit warmer Bewunderung. «Wir Croft-Ellis' können alle soviel essen, wie wir wollen, ohne um unser Gewicht fürchten zu müssen.»

Als man nach einer Weile zu Toast und Orangenmarmelade überging, mußte man natürlich nach dem Professor fragen, der sich immer noch nicht hatte blicken lassen. «Hat er schon gefrühstückt?» erkundigte sich Verena.

«Quin nimmt immer nur einen Kaffee in seinem Zimmer. Er ist schon zur Bowmont-Bucht hinuntergegangen, um das Boot zu holen.»

Die Placketts tauschten einen Blick. Wenn Quin sich in seinen Turm zu verkriechen pflegte und bei Tagesanbruch aus dem Haus schlich, würde Verena wohl ihre Strategie ändern müssen.

Da der Unterricht an diesem ersten Tag erst um halb zehn Uhr beginnen sollte, nahmen die Placketts dankend die Einladung an, sich das Haus anzusehen, wozu sie am Vortag, da sie erst gegen Abend eingetroffen waren, keine Gelegenheit gehabt hatten. Höflich bewunderten sie alles, was ihnen gezeigt wurde, und stellten mit Genugtuung Vergleiche an. In der Bibliothek konnte Verena darauf hinweisen, daß ihr Onkel Croft-Ellis ebenfalls eine Serie Holzschnitte von Bewick besaß, nur vielleicht ein wenig umfassender, und im Frühstückszimmer fühlte sich Lady Plackett an die Gobelinbezüge der Stühle erinnert, die ihre Großmutter gestickt hatte, als sie als junge Braut nach Rutland gekommen war.

«Sicherlich nicht besser als diese hier, meine liebe Miss Somerville, obwohl die Herzogin fragte, ob sie sie kopieren dürfte.»

Danach folgte ein Rundgang durch die Außenanlagen. Als sie

den Rasen und die Brücke über den Graben überquerten, kamen sie an der Pforte zum ummauerten Garten vorbei, und Frances Somerville fragte, ob sie ihn zu sehen wünschten.

«Gern», antwortete Lady Plackett. «Er ist ja sehr bekannt, nicht wahr? Nun, wir haben in Rutland natürlich auch einen sehr berühmten Garten, wie Sie wahrscheinlich wissen.»

Frances widerstand dem Impuls zu sagen, einen Garten wie den ihren gäbe es nirgends, und sperrte die Pforte auf. Immer hätte sie am liebsten einen Finger auf die Lippen gelegt, wenn sie das tat, doch Verena und Lady Plackett hatten bereits mit lauten, schneidenden Stimmen begonnen, die Anlage des Gartens zu bewundern, wobei es Verena gelang, am Stamm eines Schneeballstrauchs ein Fleckchen Baumkrebs zu entdecken, das, wie sie meinte, Dr. Elke Sonderstrom interessieren könnte.

Dennoch konnte sie eine zunehmende Ungeduld nicht verbergen. «Ich darf nicht zu spät zum Unterricht kommen», sagte sie lachend. Die Vorstellung, daß Quin Somerville bereits mit den anderen zusammensein könnte, verdroß sie. Sie hatte fest vorgehabt, in seiner Begleitung aufzutreten, um ihren Sonderstatus als Gast des Hauses zu unterstreichen. «Ich muß gehen und meine Sachen holen.»

«Schön, aber dann gehen wir vorn herum», meinte Frances, die einer kleinen Morgenschau durch ihren Feldstecher nie widerstehen konnte.

Lady Placketts Begeisterung über den Blick von der Terrasse aufs Meer war höchst befriedigend; Verena jedoch, die gebeten hatte, Frances' Feldstecher einen Moment ausleihen zu dürfen, schien aus irgendeinem Grund verstimmt.

«Wie sonderbar», sagte sie, während sie ihren Blick auf zwei Gestalten richtete, die nebeneinander am Meeresrand standen. Die eine war Quin Somerville, der in einem marineblauen Pullover und Gummistiefeln ganz fremd wirkte. Die andere war eine junge Frau, barfuß, mit flatterndem Haar. «Wenn mich nicht alles täuscht», sagte sie zu ihrer Mutter, «hat es Miss Berger doch noch geschafft, sich an die Exkursion anzuhängen. Es würde mich sehr interessieren, wie sie das bewerkstelligt hat.»

Lady Plackett nahm ihr den Feldstecher aus der Hand. Sie hatte nicht so scharfe Augen wie ihre Tochter, aber auch sie erkannte Ruth. Sie wandte sich Frances zu. «Das ist wirklich unerfreulich», sagte sie. «Und ganz irregulär. Das Mädchen ist ein jüdischer Flüchtling. Sie scheint zu glauben, daß ihr alle möglichen Privilegien zustehen.»

«Ich möchte sie natürlich keinesfalls schlechtmachen», bemerkte Verena, um Gerechtigkeit bemüht. «Sie arbeitet sehr hart. Sie bedient in einem Café in Nord-London.»

«Und es heißt, sie lockt die Gäste in Scharen an», warf Lady Plackett vielsagend ein.

Frances seufzte. Sie nahm ihren Feldstecher wieder an sich, aber sie setzte ihn nicht an die Augen. Wenn es etwas gab, das sie so früh am Morgen nicht betrachten wollte, so war es eine jüdische Kellnerin am Strand von Bowmont.

18

Der erste Tag des praktischen Seminars wurde traditionsgemäß am Strand von Bowmont zugebracht. Und obwohl sie alle hart daran arbeiteten, sich die Technik der Probenentnahme zu eigen zu machen, die sie brauchten, um hieb- und stichfeste Beobachtungen zu machen, herrschte unter den Studenten eine Art Feiertagsstimmung. Dies war zwar wissenschaftliche Arbeit, aber es war zugleich auch ein herrlicher Urlaub am Meer, und die erfahrenen Dozenten versuchten gar nicht, ihr Vergnügen zu dämpfen. Ja, Dr. Felton sah, wie er da in den Tümpeln fischte, selbst aus wie ein Schuljunge in den Ferien – und Elke Sonderstrom, die in Shorts und einem etwas zu knappen, mit Rentieren bedruckten Pullover am Strand auf und ab spazierte, war ein Anblick, der die Götter selbst erquickt hätte.

Gut so, denn Ruths Verzückung angesichts der Küste Northumberlands dauerte an. Sie wußte, daß solcher Überschwang nicht der britischen Art entsprach, aber dieser Zustand der Ekstase war, so sehr sie sich auch bemühte, nicht unter Kontrolle zu bringen. Er überwältigte sie, wenn sie sah, wie eine Welle sich zum Licht emporschwang, als wollte sie zum Spiegel des Himmels werden; er packte sie mit dem blendend weißen Glanz einer Möwenschwinge; er drang durch ihre bloßen Füße in sie ein, wenn sie dem Wellengekräusel im Sand folgte. Sie füllte ihre Taschen mit Muscheln, und als die Taschen voll waren, holte sie ihren Toilettenbeutel und füllte den.

Und sie suchte im Sand nach Strandgut...

«Schaut doch mal! Schaut doch!» rief sie alle zehn Minuten, und dann mußte der, welcher ihr gerade am nächsten war, hingehen und den Fund begutachten, zweifellos die Planke einer gesunkenen spanischen Galeone oder eine Kokosnuß von den fernen Westindischen Inseln. Dr. Felton mochte vorsichtig auf die Worte «Bentham & Sohn, Installateure» hinweisen, die sich auf der Rückseite der Planke befanden und die Theorie von der Galeone höchst unwahrscheinlich machten; Janet mochte die Kokosnuß umdrehen und den Stempel eines Obsthändlers aus Newcastle zeigen – für Ruth spielte das keine Rolle. Ihr nächster Fund war genauso geheimnisvoll und magisch wie der vorangegangene.

Verenas Zugang zu den Wonnen des Meeresstrands war anderer Art. Sie war nach dem Frühstück in einem weißen Seemannspulli erschienen, so blütenweiß wie ihre Laborkittel, und wanderte jetzt, begleitet von Kenneth Easton, der den Inhalt ihres Netzes so bereitwillig in Empfang nahm wie einst den Inhalt ihres Magens, unbeirrt von Felstümpel zu Felstümpel.

«Sollte das eine Wandermuschel sein?» sagte sie, zu Dr. Felton gewandt, jedoch mit einem Seitenblick auf Quin Somerville.

Roger Felton sah sich das Tier an, das sie von einem Felsbrocken abgezogen hatte, und stimmte zu, worauf Kenneth in einem Anfall spontaner Bewunderung rief: «Wirklich, Verena, bei den Zweischaligen bist du genial.»

Aber Verena war nicht nur bei den Zweischaligen genial. Die anderen Studenten waren schon froh, wenn sie eine Napfschnecke erkannten; Verena konnte ohne Mühe zwischen einer flachen Tellerschnecke und einer gegliederten Tellerschnecke unterscheiden; sie kannte ein ganzes Arsenal von Wasserschnecken: darunter Sumpfschlammschnecken und Ohrschlammschnecken; sie wußte, daß es von dem tapferen immergrünen Felsblümchen, das an den höheren Felsen ein karges Leben fristete, eine glattblättrige und eine rauhblättrige Art gab.

In dieser Welt jedoch, die einen von aller Kleinlichkeit reinigte, ging Ruth nicht, wie sie das in London getan hätte, zu den Nachschlagewerken im Labor, um nach Muscheln zu suchen, die von noch ausgefallenerer Art waren, oder um einen Borstenwurm zu entdecken, der noch borstiger war als der, den Verena mit ihrer Schaufel aus dem Sand geholt hatte. Sie wollte nicht über Muscheln nachlesen, sie wollte die Schalen in ihrer Hand halten und ihre feine Zeichnung bewundern. Sie verspürte keinen Drang, sich hervorzutun, andere zu übertreffen; sie vergaß selbst ihre ausgeklügelten Manöver, Quin Somerville aus dem Weg zu gehen – und lief mit dem kostbarsten Fund, den sie an diesem ersten Morgen machte, zu ihm.

«Schauen Sie!» rief sie zum hundertsten Mal. «Schauen Sie, Smaragde!»

Er hielt ihr beide Hände hin, und sie schüttete die glatten grünen Steine in sie hinein.

«Könnten es wirklich Smaragde sein?» fragte sie. «Meine Großtante hatte ein Smaragdarmband, und die Steine sahen genauso aus.»

Er lachte sie nicht aus. Es gab Halbedelsteine an dieser Küste: Karneol, Achat, Amethyst. Sachte und behutsam holte er sie aus ihrem Traum zurück, indem er sagte: «Das kann nur das Meer – Steine zu solcher Glätte und Vollendung schleifen. Man könnte den besten Juwelier der Welt beauftragen und ihm ein ganzes Jahr Zeit geben, er würde dieser Vollkommenheit nicht einmal nahekommen.»

Er nahm einen der Steine und hielt ihn ans Licht, und als sie näher kam, um ihn zu betrachten, dachte er, wie gut Smaragde sich zu ihren dunklen Augen und dem lohfarbenen Haar ausnehmen würden.

Doch nun erschien Verena, die sich nie weit von Quin aufhielt, an ihrer Seite. «Du meine Güte, Ruth!» rief sie mit einem kurzen Blick aus zusammengekniffenen Augen. «Das sind doch bloß Flaschenscherben – das mußt du doch gesehen haben. Auch in Wien wird es wohl Flaschen geben.»

Sie sah Quin an, um mit ihm zusammen über Ruths Dummheit zu lachen – aber er hatte sich abgewandt und legte die Steine so sorgsam wieder in Ruths geöffnete Hände, als handelte es sich wirklich um kostbare Edelsteine.

«Flaschen können eine große Bedeutung haben», sagte er, ihr in die Augen sehend. «Das brauche ich Ihnen ja nicht zu sagen.»

Sie lächelte errötend und ging weg, glücklich darüber, daß er sich erinnerte, was sie ihm damals an der Donau erzählt hatte.

Um die Mittagszeit kam Verena zu Quin und sagte: «Sollten wir nicht zum Haus hinaufgehen? Soviel ich weiß, gibt es um ein Uhr Mittagessen.»

Sie bekam eine Abfuhr.

«Ja, ja, gehen Sie nur hinauf. Meine Tante legt Wert auf Pünktlichkeit. Ich bleibe hier unten – ich lasse das Mittagessen meistens ausfallen.»

Die Bemerkung löste bei Elke Sonderstrom beträchtliche Erheiterung aus; sie hatte mit Quins angeblicher Gewohnheit, das Mittagessen ausfallen zu lassen, ihre eigenen Erfahrungen gemacht. Jetzt holte sie sich zwei Mädchen als Hilfen und kehrte mit ihnen zum Bootshaus zurück, wo sie eine Kette Würstchen auspackte, die Pilly sogleich mit erstaunlichem Geschick in der Pfanne zu braten begann.

«Wieso hast du vor Würsten keine Angst?» fragte Janet, als Pilly die bruzzelnden, fettspeienden Dinger routiniert wendete. «Die sind doch viel gefährlicher als unsere Versuche.»

«Würstebraten muß ich nicht erst lernen», antwortete Pilly.

Aber am Nachmittag spielte sich Verena wieder in den Vordergrund. Quin fuhr jeweils mit einer Ladung Studenten in die Bucht hinaus, um ihnen zu zeigen, wie man nach Plankton dreggte, und Verena, die in Indien gesegelt war und bei der Regatta von Cowes der Crew ihres Vetters angehört hatte, war in ihrem Element. Sie brauchte nur einmal kurz an der Reißleine des Außenbordmotors zu ziehen, und schon sprang er knatternd an; sie wußte genau, wie man mit Segeln umging, sie ruderte wie eine Amazone, so daß es ganz natürlich war, daß sie an der Seite des Professors blieb, um zu helfen, während die anderen Studenten die Plätze wechselten.

Da sie sich ihrer Position so sicher war, konnte sie ihren Kommilitonen gegenüber um so großzügiger sein; sie half ihnen ins Boot und gab ihnen Tips, wie sie sich im Boot zu verhalten hatten, so daß Quin sich einzig darum zu kümmern brauchte, ihnen den richtigen Umgang mit den Netzen zu zeigen. Erst als Ruth ins Boot stieg und sich erbot, ein Ruder zu übernehmen, vergaß Verena ihre Hochherzigkeit.

«Kannst du überhaupt rudern?» fragte sie hochnäsig. «Ich kann mir nicht vorstellen, daß in Wien viel Wassersport getrieben wird.»

Ruth verkniff sich jedes Wort, obwohl Verena ein mörderisches Tempo vorlegte. Sie war ganz beseelt von einem neuen und noblen Entschluß, den sie noch am selben Abend ihren Freunden mitteilte.

«Ich habe beschlossen», verkündete sie, «Verena Plackett von jetzt an zu lieben.»

Die Studenten saßen am offenen Lagerfeuer und brieten Kartoffeln. Die dramatische Kulisse von Meer und Mondschein entsprach ganz Ruths erhabener Stimmung. Nur Kenneth Easton fehlte. Er hatte sich zurückgezogen; zu schwer war es ihm geworden, mitansehen zu müssen, wie Verena zum Abendessen mit dem Professor zum Haus hinaufgegangen war. Kenneth hatte in dem Spiegelscherben, den die Studenten zum Rasieren benutzten, eingehend sein Gesicht studiert und dabei festgestellt, wieviel regelmäßiger seine Gesichtszüge waren als die des Professors, wieviel gerader seine Nase. Und doch war klar, daß Verena den Professor bevorzugte. Allein jetzt und voller Melancholie blickte er zu den erleuchteten Fenstern von Bowmont hinauf und seufzte tief.

«Wirklich», beteuerte Ruth, als ihre Freunde sie ungläubig anstarrten. «Es ist mir ernst.»

«Du bist ja verrückt», stellte Janet fest und spießte eine weitere Kartoffel auf. «Total plemplem. Verena ist doch ein einziger Graus.»

«Ja, das weiß ich», bestätigte Ruth. «Darum hat es überhaupt keinen Sinn sich zu bemühen, sie zu mögen. Das hieße, das Unmögliche versuchen. Aber meine Eltern hatten in Wien einen Freund, einen alten Philosophen, der uns oft besuchte und der immer sagte: ‹Was man nicht mögen kann, das muß man lieben.›»

«Das versteh' ich nicht», bekannte Pilly bekümmert – und ein magerer Junge mit Brille sagte, ihm ginge es genauso.

«Na ja, es heißt, wenn man jemand nicht mögen kann, dann kann man ihn ganz tief drinnen dennoch lieben», erklärte Ruth. «Ja, je weniger man jemanden leiden mag, desto wichtiger ist es, daß man ihn liebt. Man muß ihn lieben, als wäre er der eigene Bruder oder die eigene Schwester – als Geschöpf dieser Welt eben. Als Mitsünder.» In ihrer Aufregung ließ Ruth ihre Kartoffel in den Sand fallen.

Sam sagte, obwohl er wußte, daß eine solche Bemerkung zu einem edlen Ritter nicht paßte, sie quassle Unsinn, und Janet erklärte, Sünder seien im Vergleich zu Verena die reinsten Kuscheltiere. «Sünder sind wenigstens menschlich», stellte sie fest.

Nichts jedoch konnte Ruth von ihrem noblen Entschluß abbringen, und sie zitierte zur Bekräftigung noch einen weisen Europäer, Dr. Freud nämlich, der gesagt hatte, liebenswert könne eine Sache erst werden, wenn sie geliebt werde. «Ihr werdet schon sehen», sagte sie. «Ich fange gleich morgen an, wenn wir nach Howcroft fahren. Den ganzen Tag werde ich sie lieben.»

«Barker hat ihn also genommen?» fragte Frances Somerville am nächsten Morgen, als sie der eben aus dem Dorf zurückkehrenden Martha begegnete. «Er ist einverstanden, ja?»

Das Hündchen war noch vor dem Frühstück zum Dorfzimmermann gebracht worden. Doch jetzt schüttelte Martha den Kopf. «Nein, er hat ihn nicht genommen. Er will ihn nicht haben.»

«Wie bitte? Er will ihn nicht haben?» Frances war fassungslos. «Hast du ihn darauf hingewiesen, daß er mit seiner Arbeit an den Kirchenstühlen zwei Monate im Rückstand ist?»

«O ja. Er hat gesagt, daß seine Frau Asthma hat, außerdem erwartet sie ein Kind, und der Arzt hat gesagt, keine behaarten Tiere!»

«Ich muß sagen, ich finde das sehr sonderbar. Früher hätten

solche Leute von Asthma nicht einmal gehört gehabt. Man muß sich wirklich fragen, ob die allgemeine Schulbildung so vorteilhaft ist.» Sie bückte sich nach ihrer kleinen Gartenschaufel. «Und wo ist er jetzt?»

«Er hat mir angeboten, ihn zu erschießen», berichtete Martha. «Er hat gesagt, er würde überhaupt nichts spüren. Vorstellen kann ich's mir; er hat ja in seiner Jugend genug gewildert, Barker, meine ich. Der könnte einen Hasen auf fünfzig Meter schießen.»

Frances richtete sich auf. Ihr Gesicht war ausdruckslos. «Und du hast zugestimmt? Er hat ihn erschossen?»

«Nein», entgegnete Martha kurz und sah, wie die Hand ihrer Herrin, die die Schaufel hielt, sich entspannte. «Wenn man die Jungen gleich nach der Geburt, noch ehe sie die Augen aufgemacht haben, ertränkt, ist das vielleicht in Ordnung; aber sie kaltblütig erschießen – das ist was ganz anderes. Wenn Sie den Hund erschießen lassen wollen, müssen Sie den Befehl schon selber geben.»

«Wo ist er denn jetzt?»

«Eine von den Studentinnen hat ihn mitgenommen. Ich hab sie getroffen, als sie raufkam, um die Milch zu holen. Sie hat gesagt, sie behält ihn bei sich. Die ganze Korona fährt heute nach Howcroft, und ich hab mir gedacht, da Lady Plackett das Hündchen sowieso nicht besonders mag und außerdem Besuch kommt, ist das eine gute Lösung.»

Frances nickte. Die Rothleys und die Stanton-Derbys wollten abends zum Cocktail kommen, um Verena kennenzulernen, und sie war auf weitere scherzhafte Bemerkungen über das Hündchen nicht erpicht. Als sie über den Rasen davongehen wollte, fragte Martha unvermittelt: «Wer ist eigentlich dieser Richard Wagner? Ein Musiker?»

«Er war ein Komponist. Ein sehr geräuschvoller Komponist mit einem bedauerlichen Privatleben. Warum?»

«Dieses Mädchen – die Studentin, die das Hündchen mitgenommen hat – sie hat gesagt, er hätte eine Stieftochter mit solchen Augen gehabt – dieser Wagner. Eines blau, das andere braun, genau wie das Hündchen. Sie hieß Daniella.»

«Die Studentin?»

«Nein, die Stieftochter.»

Frances hielt es für klüger, die Sache nicht weiterzuverfolgen, und schlug den Weg zum Garten ein.

Ruth war mittlerweile im Bootshaus angekommen.

«Was ist denn das?» fragte Elke Sonderstrom, als sie Comelys Kind der Liebe sah, das mit tolpatschigem Enthusiasmus über ihre Füße hopste.

«Es ist ein Mischling», gestand Ruth.

Das könne sie sehen, meinte Elke und entzog dem eifrig knabbernden Hündchen ihren Schuh.

«Aber ein richtiges kleines Temperamentsbündel», fügte Ruth hinzu. «Wenn auch nicht gerade eine Schönheit.»

«Nein, das bestimmt nicht.»

«Voltaire war auch nicht schön», erzählte Ruth, «aber er pflegte zu sagen, wenn man ihm eine halbe Stunde Zeit gäbe, sein Gesicht durch Gespräche vergessen zu machen, dann könnte er selbst die Königin von Frankreich verführen.»

«In diesem Fall hier wäre aber mehr als eine halbe Stunde nötig», sagte Elke und bat Ruth, ihr die Hämmer zu reichen, die sie für die bevorstehende Exkursion auf ihre Tauglichkeit prüfen wollte.

Ruth kam der Aufforderung nach und sagte nach einer kleinen Pause: «Ich habe mir gedacht, wir könnten den Kleinen doch im Bus mitnehmen. Martha hat gesagt, er fährt gern Auto und es wird ihm nie übel.»

«Fragen Sie den Professor», antwortete Elke und verschwand im Labor.

Da Quin gerade in diesem Moment den Weg herunterkam, lief Ruth ihm entgegen und wiederholte ihre Bitte.

«Er kann uns vielleicht nützlich sein», sagte sie.

«Ach ja?» Quin zog eine Augenbraue hoch. «Und inwiefern, wenn ich fragen darf?»

«Na ja, Hunde graben doch immer irgendwelche Knochen aus. Es könnte sein, daß er einen interessanten Fund macht. Den Oberschenkelknochen eines *Torosaurus* zum Beispiel.»

«Das wäre in den Kohleflözen wahrhaftig ein interessanter Fund», sagte Quin trocken. Doch als er Ruths Gesicht sah, ließ er sich erweichen. «Na schön, da oben im Hochmoor kann er nicht viel anstellen. Aber sorgen Sie dafür, daß er uns nicht in die Quere kommt.»

Als der Bus die Gesellschaft in Howcroft Point absetzte, hatte das Hündchen bereits eine Gefolgschaft um sich versammelt, um die Voltaire es beneidet hätte.

Es war wieder ein herrlicher Tag. Auf den Felsen wuchsen Ginster und Heidekraut, die Brachvögel riefen – aber jetzt mußte hart gearbeitet werden. In diesen kohlehaltigen Felsausläufer nämlich, der sich vom Hochmoor zum Meer hinauszog, waren jene Geschöpfe eingebettet, die für alles nachfolgende Leben auf der Erde bestimmend gewesen waren. Bruchstücke uralter Korallen, spiraliger Mollusken, jeweils für bestimmte geologische Schichten bezeichnend, mußten aus dem Felsen gehauen, etikettiert, eingesackt und ins Labor zurückgebracht werden. Und Ruth, so eifrig darauf bedacht, ein immer besserer Mensch zu werden, war vom Glück begünstigt: Der Gelegenheiten, Verena Plackett zu lieben, war kein Ende. Quin Somerville stets dicht auf den Fersen, bearbeitete sie den Fels zielstrebig mit ihrem funkelnagelneuen Hammer und hämmerte nicht nur ein versteinertes Exemplar der Familie *caninia* aus dem Stein, sondern auch eine Seelilie komplett mit Armen – und lachte jedesmal fröhlich, wenn Pilly ein Wort falsch aussprach.

Da Flut war, machten sie im Heidekraut über dem Strand Mittagspause, bei der das Hündchen mit belegten Broten gefüttert wurde, in Kaninchenlöchern stöberte und dann urplötzlich mitten auf Huws Sammelbeutel in tiefen Schlaf fiel. Die meisten der Studenten waren ebenfalls froh, alle viere von sich strecken zu können, aber Ruth kletterte lieber zur Höhe des Hügels hinauf, von wo sie einen weiten Blick über die Küste und die Hochmoore hatte, über denen noch ein erikafarbener Schimmer lag. Erst als ihr plötzlich feiner Tabakduft in die Nase wehte, merkte sie, daß sie nicht allein war.

«Beeindruckend, nicht?» sagte Quin mit einer ausholenden Geste zu den flach im Wasser liegenden Inseln im Süden und der zackigen Spitze des Howcroft Rock. «Es freut mich, daß Sie es in dieser Stimmung sehen – im Herbst und im Winter sind die Farben am schönsten.»

Sie nickte, ohne etwas zu sagen. Ein paar Minuten lang standen sie schweigend Seite an Seite und sahen zum tiefblauen Wasser hinunter, das sich weiß schäumend an den Felsen brach. Über ihnen rief ein Brachhuhn, und ein zarter Vanilleduft von einem spätblühenden Ginsterbusch zog durch die Luft.

«Als ich zum erstenmal hierher kam, war ich gerade zehn», sagte Quin. «Ich war von Bowmont aus geradelt. Mit meinem Hammer und meinem Fossilienbuch für Jungen. Ich fing an, ein bißchen am Stein herumzuklopfen – und plötzlich war sie da, eine vollkommene Zikade, so klar und unverwechselbar wie die Wahrheit selbst. Und da wußte ich plötzlich, daß ich unsterblich bin – daß ich, ich persönlich, das Rätsel des Universums lösen würde.»

«Ja, das kenne ich – dieses Gefühl, daß einem etwas bestimmt ist.»

«Bei Ihnen war das wohl die Musik», sagte er und wartete resigniert darauf, daß der allgegenwärtige Mozart mit Heini im Schlepptau wieder einmal seinen Auftritt machen würde.

«Ja. Das erstemal, als ich die Zillers spielen hörte. Aber...» Sie schüttelte den Kopf. «Wissen Sie, den Grundlsee habe ich geliebt, wirklich geliebt, das Wasser, die Landschaft, die Beeren, die Blumen, aber wenn wir dorthin gefahren sind, war das immer noch Teil des Lebens, das ich gewöhnt war – mit denselben Menschen... denselben Gesprächen... über die Universität und die Psychoanalyse und so. Aber hier, dieser erste Morgen am Meer... und jetzt auch noch... ich weiß gar nicht, was geschehen ist.» Sie sah ihn an, und er gewahrte die Verwirrung in ihrem Gesicht. «Ich habe ein Gefühl, als würde ich mein Leben lang nach diesem Ort hier Heimweh haben... nach dem Meer. Aber wie ist das möglich? Was hat dieser Platz hier mit mir zu tun? Nach Wien habe ich Heimweh. *Muß* ich Heimweh haben.»

Er schwieg so lange, daß sie den Kopf drehte. Ihr schien, daß sein Gesicht sich verändert hatte – er sah jünger aus, verletzlicher, und als er sprach, tat er es nicht so ruhig und gelassen wie sonst.

«Ruth, wenn Sie es sich anders wünschten ... Wenn –» Er brach ab. Ein Schatten hatte sich zwischen sie gedrängt. Groß und nicht zu ignorieren stand Verena Plackett vor ihnen.

«Könnten Sie mir hier einmal helfen, Professor», sagte sie. «Meiner Ansicht nach muß dies ein Armfüßler sein, aber ich bin mir nicht ganz sicher.»

Danach sprachen Ruth und Quin nicht mehr miteinander. Aber als er nach ihrer Heimkehr den Felspfad zum Haus hinaufstieg, hörte er hinter sich Schritte, und als er sich umdrehte, sah er, daß sie ihm nachkam, mit dem Hündchen in den Armen.

«Entschuldigen Sie, aber könnten Sie den Hund mit nach oben nehmen? Pilly wollte es eigentlich tun, aber sie muß jetzt kochen, und ich habe Martha versprochen, daß er bestimmt zurückkommt.»

«Warum bringen Sie ihn nicht selbst hinauf? Sie haben sich ja offensichtlich schon mit Martha angefreundet.»

«Nein.»

Er erinnerte sich an ihre Weigerung, zum Mittagessen zu kommen, und in der Absicht, sie zu necken, sagte er: «Irgendwann werden Sie sich das Haus aber einmal ansehen müssen. Denn wenn ich fallen sollte, ehe Mr. Proudfoot uns scheiden kann, wird Bowmont Ihnen gehören.»

Ihre Reaktion verblüffte ihn. Sie war zornig; ihr Gesicht verzerrt – beinahe erwartete er, daß sie mit dem Fuß aufstampfen würde.

«Wie können Sie sich unterstehen, so zu reden! Wie können Sie es wagen? Mr. Chamberlain hat gesagt, daß es keinen Krieg geben wird, er hat es versprochen – und selbst wenn es Krieg geben sollte, brauchen Sie überhaupt nicht an die Front. Es war ganz und gar nicht nötig, daß Sie da zur Marine hinaufgefahren sind, das haben alle gesagt. Sie könnten mit Ihrer wissenschaftlichen Arbeit viel mehr nützen. Sich freiwillig zu melden, war nichts als falsches Heldentum. Und dumm dazu.»

«Aber Ruth. Ich habe doch nur einen Scherz gemacht.»

«Genau die Art von Scherz, die man von einem Engländer erwarten kann. Scherze über Tod und Sterben.»

Sie stieß ihm das Hündchen in die Arme, machte kehrt und rannte den Hang hinunter.

«Als Frau stand mir dieser Sport leider nicht offen», sagte Verena, die sich bemühte, Lord Rothley in ein Gespräch über die Sauhatz zu ziehen. «Aber ich habe mir das in Indien oft angesehen und fand es faszinierend.»

Lord Rothley murmelte etwas Unverständliches und hielt Turton sein Glas hin, der es bereitwillig mit Whisky auffüllte.

Es war eine kleine Gesellschaft: die Rothleys, die Stanton-Derbys und die verwitwete Bobo Bainbridge. Sie hatten sich eingefunden, um die Placketts willkommen zu heißen und die Pläne für Verenas Geburtstagsfeier zu besprechen. Selbstverständlich hatte Verena, die sich so gewissenhaft auf Sir Harold und seine Knochenfische vorbereitet hatte, die *Northumberland Gazette* gründlich studiert, um sich über die Interessen der Gäste zu informieren. Im Fall Lord Rothleys allerdings hatte ihr der kleine Druck einen Streich gespielt: Seine Lordschaft interessierte sich nämlich nicht für die Sau*hatz*, sondern für die Sau*zucht*.

Nachdem Verena sich ihrer Pflicht ihm gegenüber entledigt hatte, gesellte sie sich zu Hugo Stanton-Derby, der mit Lady Plackett am offenen Kamin stand. Das innige Einverständnis zwischen Mutter und Tochter hatte den beiden erlaubt, sich die Arbeit zu teilen: Verena hatte sich in der Bibliothek die *Encyclopedia Britannica* vorgenommen, um über georgianische Schnupftabaksdosen nachzulesen, die Stanton-Derby sammelte, und Lady Plakkett hatte sich todesmutig in die *Financial Times* vertieft, da der gute Hugo von Beruf Börsenmakler war.

Das Gespräch war demzufolge wohlinformiert und intelligent, und als Verena sich danach den Damen zuwandte, fanden auch diese in ihr eine verständnisvolle und teilnehmende Zuhörerin. Es ging, wie nicht anders zu erwarten, wieder einmal um die Flüchtlinge, die Quin ihnen aufgedrängt hatte. Sie waren schwierig und undankbar. Ann Rothleys entlassener Stallknecht war von der Northern Opera Company engagiert worden und hatte das gesamte Personal in Aufruhr gebracht.

«Sie wollen alle freihaben, um nach Newcastle zu fahren und ihn in dieser albernen Oper singen zu hören – ihr wißt schon, die, in der sie ein Manuskript verbrennen, um sich warmzuhalten. Diese Boheme-Geschichte.»

Und auch Helens Chauffeur machte Ärger: Er hatte damit gedroht, nach London zu gehen, um sich dort einem Streichquartett anzuschließen.

«Nun, wenn er das tut, dann brauchst du dir wenigstens nicht ständig diese Kammermusik anzuhören», meinte Frances.

Aber so einfach war es natürlich nicht.

«Nun ja, er macht seine Arbeit an sich sehr gut», entgegnete Helen, «und er ist viel billiger als ein Engländer.»

Nur mit Bobo Bainbridge versuchte Verena gar nicht erst ins Gespräch zu kommen. Bobo, deren geliebter Mann vor neun Monaten plötzlich gestorben war und deren Schwiegermutter von offen zur Schau getragenem Schmerz nichts hielt, lavierte sich jetzt mit Hilfe großzügiger Dosen vom Amontillado durch ihre gesellschaftlichen Verpflichtungen, und für Frauen, die sich auf solche Art gehenließen, hatte Verena nichts als Verachtung.

Um neun Uhr verschwand Quin mit den Männern zum Billardspiel in der Bibliothek, und die Frauen konnten sich den Planungen für Verenas Geburtstagsfeier widmen. Diese mauserte sich zu Frances' Bestürzung sehr schnell zu einer viel größeren Sache, als von ihr beabsichtigt. Ihr Vorschlag, ein kaltes Buffet richten zu lassen und ein Grammophon aufzustellen, damit die jungen Leute tanzen konnten, quittierte Lady Plackett mit schockiert hochgezogenen Brauen.

«Ein Grammophon?» sagte sie pikiert. «Wenn es eine Sache der Kosten ist...»

«Aber nein, natürlich nicht», unterbrach Ann Rothley ziemlich verärgert über diesen Schnitzer. «Weißt du, Frances, drüben in Rothley fängt gerade eine sehr gute kleine Drei-Mann-Kapelle an – man täte noch ein gutes Werk, wenn man ihnen Arbeit gibt.»

Man einigte sich also auf die Drei-Mann-Kapelle, und Helen Stanton-Derby fegte Lady Placketts Vorschlag, vom Blumenhändler in Alnwick Lilien und Rosen kommen zu lassen, vom Tisch und sagte, den Blumenschmuck werde sie übernehmen. «In den Hekken wächst jetzt so vieles – Waldrebe und blauer Liguster und Hagebutten –, daß man da zusammen mit ein paar Blumen aus dem Garten die schönsten Arrangements machen kann.»

«Und als Getränk dachte ich an Glühwein», sagte Frances. «Die Köchin hat ein ganz ausgezeichnetes Rezept.»

Doch Glühwein fand Lady Plackett so schockierend wie das Grammophon, und sie fragte, ob sie eine Kiste Champagner beisteuern dürfte. Dieses Angebot jedoch lehnte Frances ab. «Ich werde mit Quin sprechen», sagte sie entschieden. «Er ist für den Keller zuständig.» Darauf ging man zur Diskussion über Speisenfolge und Gästeliste über.

Die Kommentare über Verena, als die Herrschaften nach Hause fuhren, waren nicht unfreundlich.

«Ein sehr vernünftiges Mädchen», stellte Ann Rothley fest, und ihr Mann brummte zustimmend, sagte jedoch, er sei überrascht, daß Quin, der immer so bildhübsche Freundinnen gehabt habe, eine Frau heiraten wolle, die, wenn man es einmal genau betrachtete, wie ein römischer Senator aussah.

Seine Frau war anderer Meinung. «Sie ist eine Persönlichkeit. Sie braucht nur ein wirklich hübsches Kleid für das Fest, dann ist sie so attraktiv, wie man es sich nur wünschen kann.»

Aus dem Fond des Wagens kam unerwartet die Stimme der vermeintlich schlafenden Bobo Bainbridge. «Das muß dann aber schon ein *sehr* hübsches Kleid sein», sagte sie und schloß wieder die Augen.

Frances war derweilen ihrem Neffen in den Turm hinauf gefolgt – etwas, das sie höchst selten tat –, um ihn wegen der Getränke zu konsultieren.

«Ach ja, Verenas Fest.» Quin hatte den Diskussionen über dieses Ereignis so wenig Beachtung gezollt, daß er Mühe hatte, sich zu erinnern. «Das steigt am Freitag in einer Woche, nicht? Möchte Verena, daß ich mich auch kurz sehen lasse, oder möchte sie lieber mit ihren Freunden allein feiern?»

Frances starrte ihn fassungslos an. «Aber natürlich möchte sie, daß du dabei bist. Es würde doch sehr eigenartig wirken, wenn du dich nicht blicken ließest.» Und dann sagte sie zaghaft: «Du magst Verena doch, nicht wahr?»

«Ja, ein ordentliches Mädchen», antwortete Quin zerstreut. «Wen habt ihr denn eingeladen?»

«Rollo kommt von Sandhurst herauf – er hat das Ehrenschwert bekommen, hat Ann dir das erzählt? Er bringt einen Freund mit, der in dasselbe Regiment eintreten möchte. Und die Bainbridge-Zwillinge haben Urlaub von der Air Force und –»

«Von der Air Force? Mick und Leo? Aber sie sind doch höchstens sechzehn!»

«Sie sind achtzehn – sie sind als Kadetten eingetreten. Bobo hoffte, wenigstens einer von ihnen würde auf dem Boden bleiben, aber sie haben ja immer alles gemeinsam unternommen; sie sind jetzt beide voll ausgebildete Piloten.»

«Mein Gott!» Die Zwillinge hatten Bobo nach dem Tod ihres Mannes am Leben gehalten. Wenn sie nach Hause kamen, trank sie nicht, wurde wieder die liebenswürdige, lustige Person, die sie seine ganze Kindheit lang gewesen war.

«Und Helens Töchter kommen beide aus London herauf. Caroline heiratet übrigens bald diesen netten rothaarigen Jungen, der bei der Marineinfanterie ist – Dick Alleson.» Caroline hatte jahrelang nur für Quin Augen gehabt, und alle waren froh und erleichtert gewesen, als sie sich endlich doch noch mit einem so passenden jungen Mann verlobt hatte.

Frances fuhr fort, die Gäste aufzuzählen, und Quin sah zum silbern glänzenden Meer hinaus. Es würde vielleicht gar keinen Krieg geben, aber wenn doch, würde keiner dieser verwöhnten, lebenslustigen Jungen dem Gemetzel entgehen.

«Ich weiß, was wir trinken, Tante Frances», sagte er und faßte sie bei den Händen. «Den Veuve Clicquot 29. Ich habe zwei Kisten davon, die ich extra für einen besonderen Anlaß aufgehoben habe.»

Frances sah ihn erstaunt an. Sie war keine Weinkennerin, aber sie wußte, wie hoch Quin seinen exzellenten Champagner schätzte. «Ist das dein Ernst?»

«Aber ja. Es soll ein denkwürdiger Abend werden.»

Frances war glücklich, als sie sich an diesem Abend zu Bett legte. Was sonst konnte diese großzügige Geste bedeuten, als daß er Verena besonders ehren wollte? Aber am nächsten Morgen kam die Bemerkung, die sie gefürchtet hatte.

«Wenn wir hier ein Fest mit lauter jungen Leuten veranstalten, müssen wir die Studenten dazubitten.»

Entsetzlich! Jüdische Kellnerinnen und junge Mädchen, die auf den Rücksitzen von Automobilen Unaussprechliches trieben, zusammen mit den wohlerzogenen Kindern ihrer Freunde!

«Aber die kommen doch am Sonntag zum Mittagessen. Reicht das nicht?»

Quin blieb hart. «Ich kann mit Verena nicht dauernd Ausnahmen machen, das mußt du doch einsehen, Tante Frances.»

Zu Frances' grenzenloser Überraschung war Verena ganz Quins Meinung und erbot sich, die Studenten persönlich einzuladen.

Und das tat sie auch. Als sie im Bootshaus eintraf, saßen die anderen noch beim Frühstück. «Ich wollte euch nur sagen», verkündete sie, «daß an meinem Geburtstag oben im Haus ein Fest stattfindet. Ihr seid natürlich alle eingeladen, wenn es euch nichts ausmacht, nicht in der angemessenen Kleidung erscheinen zu können.»

Als Quin kam, um mit der Arbeit anzufangen, konnte sie ihm wahrheitsgemäß mitteilen, daß die Studenten alle ohne Ausnahme die herzliche Einladung ausgeschlagen hatten.

19

«Aber warum denn nicht? Warum willst du nicht mitkommen? Alle sind eingeladen – die Studenten essen am Sonntag immer oben in Bowmont zu Mittag. Das ist Tradition.»

«Die Tradition wird auch ohne mich weiterbestehen. Ich warte auf eine Nachricht von Heini und –»

«Doch nicht am Sonntag! Am Sonntag ist die Post geschlossen.»

Die anderen Studenten stimmten ein, selbst Elke Sonderstrom – aber Ruth war nicht dazu zu bewegen. Sie habe keine Lust auf ein großes Mittagessen; sie wolle einen Spaziergang machen; sie glaube, das Wetter werde bald umschlagen.

«Dann leiste ich dir Gesellschaft», erklärte Pilly, aber davon wollte Ruth nun überhaupt nichts wissen, und es fiel ihr auch gar nicht schwer, Pilly abzuwimmeln, die die Vorstellung, zur Abwechslung einmal wieder auf einem gepolsterten Stuhl zu sitzen und ein ordentlich gekochtes Essen zu sich zu nehmen, sehr verlockend fand.

Es war sehr still, als sie alle gegangen waren. Eine Weile wanderte Ruth am Wasser entlang und beobachtete die Robben draußen in der Bucht. Dann wandte sie sich unvermittelt landeinwärts, schlug aber nicht den steilen Felsweg ein, der zur Terrasse hinaufführte, sondern das schmale, von Hecken gesäumte Sträßchen, das sich zwischen Hasel- und Erlenhainen hindurchschlängelte und sich schließlich mit der Auffahrt hinter dem Haus vereinigte.

Sie atmete den würzigen Duft der feuchten Erde, die hier das Wasser verdrängt hatte, während sie vom Wind geschützt zwischen den Hecken vorwärtsging, die von wilder Klematis durchwoben waren. Hagebutten und Vogelbeeren leuchteten im dunklen Laub; die schwarzblauen Früchte von Schlehen hingen von den Zweigen herab.

Nach einer Weile machte das Sträßchen einen Bogen und führte nun zwischen offenen Weiden hindurch, auf denen Schafe grasten, die wie frisch gewaschen aussahen. Ruth beugte sich über den Zaun und sprach mit ihnen, aber diese Tiere waren keine schwermütigen Gefangenen dunkler Keller, sondern freie Geister, die nur kurz aufblickten, ehe sie gemächlich weiterkauten.

Sie war jetzt in der Nähe des Hauses hinter einem Lärchenwäldchen. Sie konnte in die Auffahrt einbiegen und von dort in den Park auf der dem Land zugewandten Seite gelangen; oder sie konnte den Weg über den Graben nehmen. Sie entschied sich für das letztere und kam zu einer mit Flechten überzogenen Mauer, an der ein Kiesweg entlangführte. Ein Stück weiter in der Mauer war eine verblichene blaue Tür, von Kletterrosen umrankt. Einen Moment lang zögerte Ruth – aber es war kein Mensch in der Nähe, kein Laut störte die sonntägliche Stille. Beherzt stieß sie die blaue Tür auf und trat in den Garten dahinter.

«Es ist wahrscheinlich wegen der Essensgebote», sagte Verena beschwichtigend zu Frances. «Sie ist Jüdin, wissen Sie. Aus Wien. Vielleicht nahm sie an, daß wir Schweinefleisch essen.» Und sie lachte herzlich über die seltsamen Grillen der Ausländer.

Pilly und Sam, die im Salon Sherry tranken, sahen Verena zornig an. «Ruth macht wegen des Essens überhaupt kein Theater, das weißt du ganz genau. Außerdem ist sie katholisch erzogen worden.»

Sehr geschickt war diese Verteidigung allerdings nicht, da nun keiner wußte, was man sonst als Entschuldigung für Ruth vorbringen sollte. Frances gab sich dennoch mit Verenas Erklärung des koscheren Essens zufrieden und bemerkte, mit dem Stallknecht, der bei Lady Rothley gearbeitet habe, sei es genauso gewesen. «Wir hätten ihr sicher irgend etwas anderes servieren können. Ein Omelett zum Beispiel.»

Lady Plackett verbrachte den Tag bei Verwandten in Cumberland, aber Verena hatte Frances Somerville zur Kirche begleitet und bemühte sich nun, in Kaschmir-Twinset und Perlenkette, ihren Kommilitonen die Befangenheit in der ungewohnten Umgebung zu nehmen. Sie hatte Sam und Huw bereits daran gehindert, selbst ihre Jacken aufzuhängen, und ihnen erklärt, daß es dafür einen Butler gab, und als die jungen Leute sich zu Tisch setzten, behielt sie jene im Auge, von denen sie vermutete, sie könnten mit der Handhabung des Bestecks auf Kriegsfuß stehen. In Bowmont begnügte man sich heute zwar mit einem Minimum an Personal, aber Verena konnte sich gut vorstellen, daß diejenigen unter den Studenten, die aus kleinen Verhältnissen kamen, sich angesichts des Dieners in Schwarz und des Mädchens mit Schürze und Häubchen eingeschüchtert fühlten, und da Dr. Felton sich mit Frances Somerville unterhielt und Dr. Sonderstrom Quin von ihrer jüngsten Reise nach Lappland erzählte, nahm Verena es auf sich, freundliche Konversation zu machen. Selbstverständlich kümmerte sie sich auch um ihren Protegé Kenneth Easton. Es stand natürlich überhaupt noch nicht zur Debatte, ihn ins Haus ihrer Eltern einzuladen, und sie hätte ihn nicht gern im Kampf mit einer Artischocke gesehen, aber wenn man seine Herkunft bedachte, hielt Kenneth sich recht gut.

Den Kaffee nahmen sie im Salon ein, und dann stand Quin auf, empfahl seinen Schützlingen eine Partie Krockett oder ein Tennismatch auf dem ziemlich holprigen Rasenplatz und verschwand mit Roger Felton und Elke Sonderstrom in der Bibliothek.

«Möchte jemand vielleicht einen Rundgang durchs Haus machen?» fragte Frances.

Mehrere Studenten zeigten Interesse, doch ehe die Gruppe aufbrechen konnte, sagte Verena mit angemessenem Respekt: «Wäre es Ihnen recht, wenn *ich* die Führung übernehme, Miss Somerville? Sie würden sich doch jetzt sicher gern ein wenig Ruhe gönnen.»

Flüchtig runzelte Frances die Stirn. Aber sie selbst hatte Verena ja eingeladen, sich wie zu Hause zu fühlen; das Mädchen wollte sich gewiß nur nützlich machen.

«Sehr schön – aber natürlich nicht den Turm.» Damit ging sie hinaus, ohne sich bewußt zu sein, daß sie eine sehr verärgerte Gruppe von Studenten zurückließ. Sie ging jedoch nicht nach oben, um sich hinzulegen. Sie ging in den Keller, um einen Beutel Knochenmehl und die Blumenzwiebeln zu holen, die am Tag zuvor angekommen waren, und machte sich auf den Weg zum Garten.

Als Frances die Tür in der hohen Mauer öffnete, sah sie zu ihrem Mißvergnügen, daß sie nicht allein war. Ein junges Mädchen stand an der Südwand. Sie stand mit dem Rücken zu ihr und hatte einen Arm zu einem blütenschweren Zweig der *Autumnalis*-Rose erhoben, die sich an der Mauer emporrankte. Frances machte einen zornigen Schritt vorwärts, um ihren Unmut kundzutun, und sah, daß das Mädchen gar nicht die Absicht hatte, eine Rose zu stehlen, sondern dabei war, einen lang herabhängenden Trieb im Spalier zu verankern, ehe sie erneut die Nase im köstlichen Duft der üppigen tief rosa Blüten vergrub.

«Was tun Sie hier?» sagte sie, keineswegs versöhnt durch diese Würdigung einer ihrer Lieblingspflanzen.

Das Mädchen fuhr erschrocken herum, jedoch Frances' Meinung nach nicht angemessen eingeschüchtert. «Oh, entschuldigen Sie. Professor Somerville sagte, wir könnten uns hier frei bewegen, aber ich sehe ein, daß das hier etwas anderes ist. Der Garten ist ja beinahe ein privater kleiner Raum, nicht? Ein *hortus conclusus*. Nur das Einhorn fehlt.»

«Das wird auch weiterhin fehlen», versetzte Frances unwirsch. «Die Schafe richten genug Schaden an, wenn sie hereinkommen.»

«Ich gehe gleich», versprach Ruth. «Aber er ist wirklich unwahrscheinlich schön, dieser Garten. So geschützt... so in sich geschlossen und so üppig... Diese Rosen! Wie sie blühen! Als wäre es noch Sommer. Und diese silbrig schimmernde Pflanze da mit den Blättern, die wie Federn aussehen – ich weiß nicht, wie sie heißt.»

«Wermut», sagte Frances immer noch mit unwillig gefurchter Stirn.

«Ach, es ist eine Zauberwelt. Dieser Garten hier direkt am Meer... Beides zu haben... Oh, und Ihr Schal!»

«Was reden Sie da?» Frances überlegte, ob das Mädchen vielleicht nicht ganz richtig im Kopf sei. Sie starrte den Schal um ihren Hals so beglückt an wie zuvor die weißen Sterne einer spät blühenden Klematis.

«Er ist wunderschön!» rief Ruth, plötzlich richtig glücklich. «Ich habe ihn an dem Hominiden in Professor Somervilles Zimmer gesehen, aber an Ihnen sieht er viel besser aus.»

«Unsinn! Dieses alte Ding. Es wundert mich, daß Quin überhaupt daran gedacht hat, ihn mit herzubringen.»

Nun jedoch mußte sie der Tatsache ins Auge sehen, daß sie die Studentin vor sich hatte, die sich geweigert hatte, zum Mittagessen zu kommen. Wie viele Frauen ihrer Generation hatte Frances als junges Mädchen ein halbes Jahr in Florenz verbracht, um den «letzten Schliff» zu bekommen. Es war ihr schwergefallen, zwischen Tizian und Tintoretto zu unterscheiden, und das Klima hatte ihr zu schaffen gemacht. Aber sie hatte von diesem Aufenthalt doch genug behalten, um zu sehen, daß dieses fremde Mädchen trotz ihrer dunklen Augen in die Tradition all der Primaveras und blumenbekränzten Göttinnen gehörte, die die Maler gern beim heiteren Spiel im grünen Hain zeigten. Hätte sie sich wirklich eine Rose abgerissen und ins Haar gesteckt, es hätte gepaßt. Als jüdische Kellnerin jedoch, für die besonders gekocht werden mußte, war sie nicht zufriedenstellend.

«Sie sind wohl die kleine Österreicherin? Die mit den Eßschwierigkeiten?»

«Ich glaube nicht, daß ich Eßschwierigkeiten habe», entgegnete Ruth verwirrt. «Obwohl ich ehrlich sagen muß, daß ich Kutteln nicht besonders mag.»

«Miss Plackett erklärte uns, daß Sie kein Schweinefleisch essen. Es ist sehr töricht von Ihnen zu glauben, daß man Sie hier zwingen würde, etwas zu essen, das Sie nicht essen möchten. Sie hätten jederzeit ein Omelett haben können.»

Sie ging in die Knie und begann, ein Fleckchen Erde für ihre Zwiebeln zu bereiten, und Ruth kniete neben ihr nieder, um ihr zu helfen.

«Aber ich esse Schweinefleisch sehr gern. Das hat es bei uns zu Hause in Wien oft gegeben – meine Mutter macht es mit Kümmel; es schmeckt köstlich.»

Frances zupfte ein Grasbüschel aus der Erde. «Ich dachte, Sie seien ein jüdischer Flüchtling», sagte sie mit einer Spur Verdrossenheit im Ton, da ihr schon klar war, daß wieder einmal nicht alles so einfach sein würde; wie bei Ann Rothleys blondem Stallknecht, der eigentlich Opernsänger war.

«Ja, das bin ich wohl auch. Ich bin fünf Achtel Jüdin, wissen Sie – oder vielleicht auch drei Viertel – wir wissen es nicht ganz genau, weil Esther Olivares Jüdin gewesen sein kann, aber genausogut auch Spanierin. Sie war aus Valencia und ist immer in einem Schal gemalt worden. Das kann ein Gebetsmantel gewesen sein, aber es kann auch einfach das Tuch gewesen sein, das sie immer umgelegt hat, wenn sie zum Stierkampf gegangen ist. Aber meine Mutter ist katholisch, und wir haben nie koscher gegessen.» Sie riß ein Farnkraut aus und warf es auf das Häufchen Unkräuter. Sie drehte den Kopf und sah Frances an. «Soll ich lieber aufhören zu reden?

Ich kann auch still sein, wenn Sie möchten. Ich muß mich nur darauf konzentrieren.»

Frances sagte, es sei ihr gleich, und reichte ihr den Beutel mit dem Knochenmehl.

«Dieser Garten ist wirklich unglaublich schön», sagte Ruth nach einer kleinen Pause. «Wer ihn angelegt hat, muß ein guter Mensch gewesen sein.»

«Ja. Sie war Quäkerin.»

«Wer mit Liebe im Garten arbeitet, kann gar nicht böse sein, nicht wahr? Eigensinnig vielleicht, oder mürrisch und eigenbrötlerisch, aber nicht böse. Ach, schauen Sie doch den wilden Wein an! Ich habe den Oktober immer geliebt. Sie nicht? Diese Farbenpracht. Soll ich einen Schubkarren holen?»

«Ja, er ist drüben hinter der Laube. Und bringen Sie gleich eine Gießkanne mit.»

Ruth verschwand. Minuten verstrichen. Dann ein Aufschrei. Unwillig und einen Moment lang erschrocken stand Frances auf.

Ruth kniete mitten in einem Flecken blaßvioletter Blumen, die im Gras hinter der Laube wuchsen. Sie kniete dort wie in tiefer Anbetung, und Frances, die neuerliche Emotionsausbrüche fürchtete, sagte scharf: «Was ist denn? Das sind Herbstzeitlosen, sonst nichts. Ich habe sie vor ein paar Jahren eingesetzt, und sie haben sich ausgebreitet.»

«Ja, ich weiß. Ich weiß, daß es Herbstzeitlosen sind.» Sie hob den Kopf und strich sich das Haar aus den Augen. Es war, wie Frances gefürchtet hatte; sie war dem Weinen nahe. «Wir haben jedes Jahr auf sie gewartet, bevor wir aus dem Gebirge nach Wien zurückgefahren sind. Oberhalb vom Grundlsee waren ganze Wiesen voller Herbstzeitlosen ... Sie hatten eine besondere Bedeutung für uns – Hochsommer, aber auch, daß es Zeit war, wieder Abschied zu nehmen. Ich hätte nie gedacht, daß ich sie hier am Meer finden würde. Ach, wenn Onkel Mishak doch hier wäre. Wenn er sie nur sehen könnte.»

Sie stand auf, aber es fiel ihr schwer, den Griff des Schubkarrens zu fassen und den Blumen den Rücken zu kehren.

«Wer ist Onkel Mishak?»

«Mein Großonkel – Gartenarbeit ist das Schönste für ihn. Er hat es sogar geschafft, in Belsize Park einen Garten anzulegen, und das ist wirklich nicht einfach.»

«Das kann ich mir vorstellen. Eine schreckliche Gegend.»

«Ja, aber die Leute sind nett. Er hat hinter dem Haus gejätet und umgegraben, und jetzt versucht er, für meine Mutter Gemüse zu ziehen. Wir bekommen zwar keinen Dünger, aber –»

«Wieso nicht? Den gibt es doch bestimmt überall zu kaufen.»

«Ja, aber wir können ihn uns nicht leisten. Aber das macht nichts – wir nehmen einfach die Küchenabfälle und so. Ach, wenn er die Herbstzeitlosen sehen könnte! Das waren Mariannes Lieblingsblumen. Sie ist gestorben, als ich sechs war, aber ich weiß noch, wie sie immer auf der Wiese über dem Grundlsee stand und nur schaute. Wir anderen sind herumgerannt und haben geschrien, wie schön sie sind, aber Marianne und Mishak haben nur dagestanden und geschaut.»

«Sie war seine Frau?» fragte Frances, der klar war, daß sie informiert werden würde, ob sie es wollte oder nicht.

«Ja. Er hat sie über alles geliebt. Es ist ihm sehr schwergefallen, aus Wien wegzugehen, weil dort ihr Grab ist. Er ist jetzt alt, aber das hilft auch nichts.»

«Wieso sollte es?» fragte Frances kurz und fügte beinahe wider Willen hinzu: «Wie alt?»

«Vierundsechzig», antwortete Ruth, und Frances runzelte wieder die Stirn. Für eine Frau von sechzig ist vierundsechzig nicht alt.

Ruth warf der ehrfurchtgebietenden Herrin des Gartens einen Blick zu und traf eine Entscheidung. Man mußte es verdienen, die Geschichte von Mishak und Marianne zu hören, aber merkwürdigerweise erschien ihr diese Frau mit dem bitterscharfen Wesen, die Quin in Ruhe gelassen hatte, wert, die Geschichte zu hören.

«Möchten Sie hören, wie sie sich kennengelernt haben, Onkel Mishak und Marianne?»

«Meinetwegen», antwortete Frances.

«Also, das war so», begann Ruth, während sie Kompost in die für die Blumenzwiebeln vorbereiteten Löcher gab. «Eines Tages vor vielen, vielen Jahren, als der Kaiser noch auf dem Thron saß, war mein Onkel Mishak an der Donau beim Angeln. Aber an dem Tag fing er keinen Fisch, sondern eine Flasche.»

Sie machte eine Pause, um zu prüfen, ob sie recht gehabt hatte, ob Frances Somerville es wirklich wert war, die Geschichte zu hören. Ja, sie war es.

«Und weiter», sagte Frances.

«Es war eine Limonadenflasche», fuhr Ruth fort. «Und in der Flasche war ein Brief...»

Spät am Abend dieses Tages stand Frances an ihrem Schlafzimmerfenster und sah aufs Meer hinaus. Es hatte geregnet, an den Bäumen glitzerten noch Wassertropfen, aber der Himmel war wieder klar, und der Mond schien auf das stille Wasser.

Doch die Schönheit der Natur hatte kaum eine Wirkung auf Frances. Sie fühlte sich unruhig und verwirrt. Es hätte alles ganz einfach sein sollen: Verena Plackett, so passend und standesgemäß, würde Quin heiraten. Bowmont würde gerettet werden, und sie würde, wie geplant, in das alte Pfarrhaus im Dorf ziehen und dort mit Martha und ihren Hunden in Frieden leben.

Statt dessen ertappte sie sich jetzt dabei, daß sie über eine Frau nachdachte, die sie nie gekannt hatte, ein reizloses Wesen, das vor vielen, vielen Jahren voll Angst und Scham vor einer Klasse respektloser Kinder in einem österreichischen Dorf gestanden hatte. «Sie war dünn wie eine Bohnenstange», hatte das junge Mädchen im Garten gesagt, «und sie hatte eine große Nase und hat ein bißchen gestottert. Aber für ihn war sie alles.»

Frances war gerade zwanzig Jahre alt gewesen, als sie, in dem Glauben, aus freien Stücken erwählt worden zu sein, zu ihrem Verlobten an der schottischen Grenze gereist war. Sie wußte, daß sie nicht hübsch war, aber sie meinte, eine gute Figur zu haben, und sie war eine Somerville – sie glaubte, das zählte. Das Haus war wunderschön, in einem Tal der Tweedsmuir Hills gelegen. Der junge Mann hatte ihr gefallen; während sie sich an jenem ersten Abend zum Essen ankleidete, stellte sie sich ihre Zukunft vor – als Braut, als Ehefrau, als Mutter...

Es war spät, als sie in ihr Zimmer zurückkehrte, wo Martha sie erwartete, um ihr beim Auskleiden zu helfen. Sie hatte wohl die Tür offengelassen, denn sie konnte Stimmen aus dem Korridor hören.

«Guter Gott, Harry, du willst doch diesen Ameisenbär nicht im Ernst heiraten?» Eine junge Stimme, hochmütig, spöttisch. Ein alberner Junge, ein Freund ihres Verlobten, der am Abendessen teilgenommen hatte.

«Du wirst Hafer an sie verfüttern müssen – hast du das Gebiß gesehen?» Eine zweite Stimme, noch ein Freund.

«Die reißt dich in Stücke.»

Und dann die Stimme ihres Verlobten, der in den Spaß einstimmte. «Keine Angst, ich habe mir alles genau überlegt. Einmal im Monat besuche ich sie in ihrem Zimmer, in meiner Fechtausrüstung, das ist Polsterung genug. Und sobald sie schwanger ist, verschwinde ich in die Stadt und suche mir was Schnuckeliges.»

Martha war es, die die Tür schloß. Sie half ihr ins Bett und hielt den Mund, als Frances am folgenden Morgen ohne ein Wort abreiste. Sie hielt auch den Mund, als Frances schweigend den Zorn ihrer Familie und die Empörung der anderen Familie über sich ergehen ließ. Das war nun vierzig Jahre her, und seitdem war nichts geschehen. Keine Tür hatte sich für Frances Somerville geöffnet. Kein schwarzgekleideter kleiner Mann war erschienen, um sie zu erlösen.

Irritiert und innerlich aufgewühlt, wandte sich Frances vom Fenster ab, und in diesem Moment kam Martha mit der abendlichen heißen Schokolade herein – hinter ihr das häßliche kleine Hündchen.

«Was hat das denn zu bedeuten?» rief sie, froh, etwas gefunden zu haben, worüber sie ärgerlich sein konnte. «Ich dachte, du wolltest ihn nach dem Tee ins *Black Bull* hinunterbringen.»

«Mrs. Harper hat ausrichten lassen, daß sie ihn nicht nehmen kann», erklärte Martha. «Ihre Schwiegermutter zieht jetzt für immer zu ihnen, und sie kann Hunde nicht ausstehen.» Sie sah zu dem Hündchen hinunter, das sich zu Frances' Füßen auf den Rücken geworfen hatte. «Er möchte gestreichelt werden.»

«Das sehe ich», sagte Frances und hob es hoch. Nichts hatte sich geändert, weder an der Häßlichkeit des Hündchens noch an seiner tiefen Überzeugung, von Herzen geliebt zu werden.

So weit war es also schon gekommen, dachte sie. Vor zwanzig Jahren hätte sich die Frau eines Gastwirts geehrt gefühlt, wenn die Herrschaft aus dem großen Haus ihr einen Hund geschenkt hätte. Ganz gleich, was für einen. Er paßte genau ins Bild, dieser häßliche kleine Mischling... er paßte zu jüdischen Kellnerinnen, die beim Anblick von Herbstzeitlosen in Tränen ausbrachen; zu Stallknechten, die Opernarien schmetterten; zu Wagners Stieftochter mit den ungleichen Augen. Comely schlief immer in ihrem Zwinger; es wäre ihr nicht eingefallen, nach oben zu laufen.

«Ich bringe ihn hinunter», sagte Martha und streckte die Arme nach dem Hündchen aus.

«Ach, laß ihn noch ein bißchen hier», entgegnete Frances müde. Mit dem Hündchen im Arm setzte sie sich in den Sessel neben ihrem Bett.

«Ich bin gekommen, um Sie zu holen», hatte der kleine Mann gesagt. Dann hatte er seinen Hut gelüftet und seine Aktentasche geöffnet...

Die Fahrt zu den Farne-Inseln begann so gut. Das Wetter war in den letzten zwei Tagen unbeständig gewesen, doch jetzt schien die Sonne wieder, und als die *Peggoty* aus dem Hafen tuckerte, verspürten alle diese Aufwallung freudiger Zuversicht, die jeden erfaßt, der an einem klaren Tag auf blauem Meer Kurs auf eine Insel nimmt.

Auch das Hündchen verspürte sie, das war deutlich zu sehen. Die Zurückweisung durch die Wirtsleute hatte kein Trauma bei ihm hinterlassen, und es war jetzt in seiner Rolle als Maskottchen der Studenten fest etabliert. In sein kleines Boot ließ Quin das Hündchen nicht hinein, aber die *Peggoty* war ein solider Fischkutter, auf dem es sogar eine Art Kabine gab, in der der Eigentümer, von dem Quin sie jedes Jahr mietete, sonst sein Gerät und seine Netze verstaute. Dort konnte man den Hund einsperren, wenn man an Land ging.

Roger Felton war nicht mitgekommen; er wollte die Funde vom vergangenen Tag sortieren. Quin war am Steuer, hielt auf eine der kleineren Inseln zu. Der Verwalter dort erwartete sie, um ihnen alles zu zeigen. Die spektakuläre Brutzeit im Frühjahr hatten sie verpaßt; da waren die Felsen weiß von nistenden Lummen und Tordalken. Jetzt waren andere Gäste da: Goldhähnchen und Feldlerchen und Ammern – und Robben, zu Hunderten, die jetzt zurückkehrten, um ihre Jungen zur Welt zu bringen.

Sie passierten den Leuchtturm von Longstone, und der Wärter, der gerade sein Gemüsegärtchen umgrub, richtete sich auf, um ihnen zuzuwinken.

«Da ist Grace Darling hergekommen, nicht wahr?» bemerkte Sam, der gerade dachte, wie ähnlich Ruth mit ihrem im Wind flatternden Haar dieser Heldin viktorianischer Zeiten sah.

Quin nickte. «Die Harcar-Felsen sind im Süden, wo die *Forfarshire* aufgelaufen ist. Wir werden sie auf der Rückfahrt sehen.»

«Mrs. Ridleys Großmutter hat sie noch gekannt. Ist das nicht interessant», sagte Ruth. «Sie hat erzählt, nicht die Tuberkulose hätte sie eigentlich umgebracht, sondern vielmehr der Wirbel, den hinterher alle um sie gemacht haben, als sie sie zur Heldin hochjubelten. Ich hätte nichts dagegen, zur Heldin hochgejubelt zu werden – mich würde das nicht umbringen.»

Daran zweifelte Quin nicht. «Wie haben Sie denn Mrs. Ridleys Großmutter kennengelernt?» erkundigte er sich neugierig. «Sie lebt doch sehr zurückgezogen.»

«Ich war dort, um Eier zu holen, und da sind wir ins Reden gekommen.»

Sie waren dem Ufer schon sehr nahe, als es geschah. Elke Sonderstrom war in die Kabine hinuntergegangen, um ihnen ihre Sachen heraufzureichen. Quin behielt die Landspitze im Auge, während er auf den Steg auf der anderen Seite zuhielt.

Was passierte, war zunächst nur komisch. Ein mächtiger Robbenbulle tauchte plötzlich etwa anderthalb Meter vom Boot entfernt auf der der Insel zugewandten Seite aus dem Wasser empor. Das Hündchen, das auf einem Stapel Segeltuch gedöst hatte, hob neugierig den Kopf.

Der Robbenbulle nieste.

Wie von der Tarantel gestochen, sprang das Hündchen auf und begann aufgeregt zu bellen. Es kletterte zum Rand des Boots hinauf. Unglaublich, was es da sah – einen Vorfahr vielleicht? Ein Ungeheuer? Sein Gebell wurde noch aufgeregter. Es versuchte füßescharrend, sich an der Bordwand hochzuziehen.

Das Boot neigte sich scharf zur Seite. Und innerhalb einer Sekunde war es geschehen – innerhalb einer jener Sekunden, von denen man einfach nicht glauben will, daß sie nicht rückgängig zu machen sind.

«Es ist reingefallen! O Gott! Das Hündchen ist über Bord.»

Quin sah sich um und versuchte, die Chancen des Tieres abzuschätzen. Die See war ruhig, aber die Tide lief hier mit fünf Knoten. Entweder gegen die Felsen geschleudert oder am Boot vorbei ins offene Meer hinausgetrieben zu werden, das waren die Alternativen. Dennoch begann er, das Boot zu wenden, es in den Wind zu steuern.

Keiner hätte sich träumen lassen, daß dies nur der Anfang war. Ruth war impulsiv, aber sie war nicht verrückt. Elke Sonderstrom kam gerade aus der Kabine herauf, sie war zu weit weg, um etwas zu sehen; die anderen hingen über die Bordwand und versuchten, den Kurs des kleinen Hundes zu verfolgen, der wild rudernd mit den Wellen kämpfte, verschwand und wiederauftauchte, verschwand und wiederauftauchte. Erst als Pilly zu schreien begann, sahen sie es. Sahen Ruths erschrockenes Gesicht, als die Strömung sie erfaßte, sahen, wie sie den Kopf drehte, nicht mehr jetzt, um nach dem Hündchen zu suchen, sondern um die beängstigende Geschwindigkeit zu messen, mit der die See sie davontrug.

Die nächsten Sekunden waren für Quin der reinste Alptraum. Er zwang sich, ruhig zu bleiben, zu warten, bis er das Boot voll in den Wind gedreht und den Motor ausgeschaltet hatte. Er zwang sich, am Steuer zu bleiben, bis er sich darauf verlassen konnte, daß die *Peggoty* nicht abgetrieben und nicht kentern würde.

«Halten Sie das Boot genau so», befahl er Verena. «Tun Sie nichts anderes.» Sie nickte und übernahm das Steuer.

Jetzt konnte er schnell machen, aber als er das Seil nahm, das Elke ihm hinhielt, gingen wieder wertvolle Sekunden verloren: Sam hatte seine Jacke ausgezogen und kletterte zur Bootsseite hinauf. Quin stürzte sich auf ihn und riß ihn mit solcher Gewalt ins Boot zurück, daß der Junge wie betäubt liegenblieb. Dann endlich hatte er das Seil um seine Mitte, der Knoten war fest.

«Jetzt laßt mich hinunter», sagte er, und gleich darauf war er im Wasser.

Die Felsen waren seine einzige Chance. Wenn sie sich dort so lange festhalten konnte, bis er sie erreicht hatte; doch sie ragten glitschig und glattgeschliffen aus dem Wasser. Er sah, wie sie sich plagte, einen Halt zu finden, wie sie sich aus dem Wasser zog, dann den Halt verlor und versuchte, ihm entgegenzuschwimmen. Doch das war hoffnungslos. Niemand konnte gegen diese Strömung anschwimmen.

In der *Peggoty* drehte Huw plötzlich den Kopf und übergab sich. Doch das Seil hielt er ruhig und fest in seinen Händen.

Quin war es gelungen, näher heranzukommen – so nahe, daß sie nur den Arm auszustrecken brauchte, um ihn zu erreichen. Aber da schlug eine Welle über ihrem Kopf zusammen, und sie war verschwunden. Zweimal fand er sie und verlor sie wieder. Und dann, als er die Hoffnung beinahe aufgegeben hatte, bekam er etwas zu fassen, das er festhalten und um seine Hand wickeln konnte; das ihm nicht wieder entglitt: ihr Haar.

«Nein», sagte Elke Sonderstrom. «Laß sie jetzt. Du kannst später mit ihr sprechen.»

Quin schüttelte ihre Hand ab. Ohne seine nassen Sachen auszuziehen, hatte er mit klappernden Zähnen das Boot wieder gewendet und es in Richtung Hafen auf Kurs gebracht. Aber jetzt konnte und wollte er nicht länger warten. In ihm kochte ein Zorn, wie er ihn noch nie gekannt hatte; ein Zorn, in dem alles unterging, Kälte, Anstand, Mitleid.

Ruth lag nackt bis auf eine grobe graue Decke in der muffigen kleinen Kabine, in die er sie geschleift hatte. Es roch nach Fisch und nach Teer. Es war beinahe dunkel, aber nicht so dunkel, daß sie Quins Gesicht nicht gesehen hätte.

«Ich hoffe, Sie sind zufrieden. Sie sind jetzt eine Heldin – genau wie Grace Darling! Sie haben das Leben Ihrer Freunde aufs Spiel gesetzt – dieser Junge, der so vernarrt in Sie ist, wollte ihnen hinterherspringen, aber das spielt natürlich gar keine Rolle. Nichts spielt eine Rolle, wenn Sie nur im Mittelpunkt stehen können, Sie verwöhnter, geltungssüchtiger Fratz! Aber eines kann ich Ihnen sagen, Ruth. Niemand wird Sie je wieder auf eine Exkursion mitnehmen. Dafür werde ich sorgen. Sie sind für alle eine Gefahr. Ihnen fehlen nämlich die zwei Dinge, die nötig sind – Rücksicht auf andere und gesunder Menschenverstand. Lieber Himmel, Verena Plackett ist ein Musterexemplar im Vergleich zu Ihnen. Sobald der Arzt bei Ihnen war, schicke ich Sie nach Hause.»

Sie hatte die Augen geschlossen, aber seiner Stimme konnte sie nicht entkommen. «Ist er tot?» fragte sie leise.

«Wer?»

«Der Hund.»

«Vermutlich ja. Sie können froh und dankbar sein, daß er das einzige Opfer ist. Wir schippern hier nicht auf einem idyllischen österreichischen See herum, falls Sie das noch nicht bemerkt haben sollten. Das hier ist die Nordsee.» Und als sie den Kopf drehte, um ihre Tränen zu verbergen, flammte sein Zorn von neuem auf. «Hören Sie mir überhaupt zu? Sind Sie überhaupt fähig zu begreifen, was Sie getan haben?»

Ihre Stimme war fast unhörbar. «Könnte ich – bitte – einen Eimer haben? Ich – ich muß mich übergeben.»

Am späten Abend geschah ein kleines Wunder. Von der Wasserwacht kam eine Nachricht, die besagte, daß das Hündchen auf der Insel angespült worden war und lebte. Aber Ruth war nicht da, um sich mit ihnen zu freuen.

«Wir müssen es ihr sagen», rief Pilly. «Wir müssen ihr eine Nachricht zukommen lassen.»

«Der Professor wird es ihr sagen», meinte Elke Sonderstrom.

«Nein, bestimmt nicht.» Pillys runde blaue Augen waren tief bekümmert. «Der will sie doch nur bestrafen. Er haßt sie.»

Elke sagte nichts. Sie, die höchst glücklich und zufrieden ohne Männer lebte, sah manchmal tiefer, als sie es sich wünschte.

«Nein, Pilly», widersprach sie ruhig. «Er haßt sie nicht. So ist das nicht.»

20

Ruth erwachte verwirrt und benebelt aus dem Schlaf der Betäubung. Die Uhr auf dem Nachttisch neben dem Bett zeigte auf drei – die Stunde vor Tagesanbruch, in der sich einem der Alp auf die Brust setzt, in der die Menschen sterben. Im ersten Moment wußte sie nicht, wo sie war. Sie sah nur, daß sie in einem großen Bett lag und mit irgendeinem Fell zugedeckt war – einem Bärenfell oder etwas noch Ausgefallenerem. Als sie es berührte, erinnerte sie sich.

Sie war in Quins Turm. Nachdem das Boot angelegt hatte, hatte er sie hier herauftragen lassen – immer noch böse und ohne von ihr Notiz zu nehmen, als sie sagte, ihr fehle nichts, sie wolle mit den anderen ins Bootshaus zurück. Er hatte den Studenten befohlen zu gehen und nach zwei Männern vom Hof geschickt, um sie ins Haus hinauftragen zu lassen.

«Solange der Arzt sie nicht gesehen hat, kann niemand zu ihr», hatte er gesagt. Es war nicht Fürsorge oder Besorgnis; das war Strafe.

«Aber mir fehlt doch gar nichts», hatte sie immer wieder beteuert, als später der Arzt gekommen war, ein alter Mann, und sie untersucht hatte.

«Ja, ja», hatte er nur gesagt und ihr ein Schlafmittel gegeben.

Aber ihr fehlte doch etwas. Selbst als Martha mit der Nachricht kam, daß das Hündchen gerettet war, konnte sie sich nicht richtig freuen. Quins Zurückweisung quälte sie, seine Grausamkeit. Sie war in Ungnade; sie sollte nach Hause geschickt werden.

Sie setzte sich auf und ließ die nackten Füße zu den Holzdielen hinunter. Ein so spartanisches Zimmer hatte sie nie gesehen;

beinahe ganz ohne Mobiliar; Fenster ohne Vorhänge, durch die das Mondlicht hereinfiel; das Bärenfell achtlos über das Bett mit seinem einen Kopfkissen geworfen. Es war fast so, als schliefe man im Freien.

Das Nachthemd, das sie anhatte, mußte Frances Somerville gehören. Weit geschnitten, aus dickem weißen Flanell, fiel es ihr in losen Falten auf die Füße hinunter; ihr Kinn versank fast in den Rüschen am Hals. Als sie das Licht anknipste, sah sie auf einem kleinen Schreibpult, das an der Wand stand, die Fotografie einer jungen Frau, deren schmales dunkles Gesicht ihr überraschend vertraut war. Sie trat mit dem Bild ans Fenster, um es näher anzusehen.

«Was tun Sie da?»

Sie fuhr herum, wieder ertappt, wieder im Unrecht.

«Tut mir leid. Ich bin aufgewacht.»

Quins Gesicht wirkte immer noch grimmig und verschlossen, aber jetzt bemühte er sich. «Körperlich fehlt ihr nichts», hatte der Arzt zu ihm gesagt, «aber sie scheint einen seelischen Schock erlitten zu haben.»

«Das ist ja wohl verständlich», hatte Quin erwidert. «Schließlich wäre sie beinahe ertrunken.»

Aber der alte Dr. Williams hatte ihn nur angesehen und den Kopf geschüttelt. Er glaube nicht, daß es das sei, hatte er gesagt; sie sei ja jung und kräftig und auch nicht lange im Wasser gewesen. «Seien Sie nicht zu streng zu ihr», hatte er gesagt. «Gehen Sie sanft mit ihr um.»

Darum kam er jetzt zu ihr ans Fenster und sagte: «Fühlen Sie sich besser?»

«Ja, mir fehlt überhaupt nichts. Am liebsten würde ich jetzt gleich weggehen.»

«Das ist leider nicht möglich, armes Rapunzel; nicht vor morgen früh. Und Ihr schönes Haar ist auch nicht lang genug, um daran einen Prinzen heraufzuziehen, der Sie retten könnte.»

«Außerdem sind Prinzen knapp», entgegnete sie, um einen leichten Ton bemüht.

Quin sagte nichts. Früher am Abend hatte er Sam auf der

Terrasse angetroffen, wie er zu Ruths Fenster hinaufsah, und hatte ihn weggeschickt.

«Das ist Ihre Mutter, nicht wahr?» fragte sie, den Blick auf die Fotografie gerichtet.

«Sind wir uns so ähnlich?»

«Ja. Sie hat ein sehr intelligentes Gesicht. Und so – lebendig.»

«Ja, ich denke, so war sie auch. Bis ich sie umgebracht habe.»

Jetzt war es Ruth, die zornig wurde. «So ein Unsinn! Das ist doch absoluter Quatsch. Schmarrn!» rief sie echt wienerisch. «Sie reden wie ein Küchenmädchen.»

«Wie bitte?» sagte er verblüfft.

Sein Angriff auf dem Boot hatte Ruth befreit. Sie fühlte sich nicht mehr verpflichtet, ihm gefällig zu sein, auf ihn Rücksicht zu nehmen; und so nahm sie jetzt kein Blatt vor den Mund.

«Nein, das hätte ich nicht sagen sollen. Küchenmädchen sind oft sehr intelligent, wie Ihre Elsie zum Beispiel, die mir die Namen aller Pflanzen oben auf den Felsen gesagt hat. Aber Sie reden wie jemand aus einem drittklassigen Liebesroman – Sie, als Mörder Ihrer Mutter! Na ja, was kann man schon von einem Mann erwarten, der sich mit toten Tieren zudeckt... dem das ganze Meer gehört.»

Besser als gehofft, war es ihr gelungen, ihn aus der Reserve zu locken.

«Das Meer gehört niemandem», entgegnete er heftig. «Und falls es Sie interessieren sollte, das, was mir gehört, werde ich weggeben. Übernächstes Jahr geht Bowmont in den Besitz des National Trust über.»

Sie schnappte nach Luft. Sie war völlig verwirrt und, schlimmer noch, zutiefst bestürzt; sie hatte das Gefühl, einen Schlag in den Magen bekommen zu haben.

«Den ganzen Besitz?» stammelte sie. «Das Haus und den Park und den Garten und den Hof?»

«Ja.» Er hatte seinen Gleichmut wiedergefunden. «Sie als gute Sozialdemokratin wird das doch sicher freuen.»

Sie nickte. «Ja», antwortete sie mühsam. «Es ist bestimmt das richtige. Es ist nur...»

Aber was es «nur» war, konnte sie nicht in Worte fassen. Daß sie tief getroffen war vom Verlust eines Orts, der mit ihr nichts zu tun hatte, den sie nie wiedersehen würde. Daß sie sich Bowmont anverwandelt hatte, seine Felsen und Blumen, seinen Duft und seine hellen Strände ... In ihrem Leben mit Heini würde sie viel Zeit mit Warten zubringen müssen; in muffigen Zimmern, in überfüllten Zügen. Wie die Nonnen in mittelalterlichen Klöstern, die goldene Bäume und kristallene Flüsse in ihre Gobelins woben, hatte sie sich einen Traum von Bowmont gesponnen: von Pfaden, auf denen sie wandern konnte, von einer verblichenen blauen Tür in einer hohen Mauer. Und der Traum meinte Bowmont so, wie es war – als Quins Reich, als einen Ort, an dem eine gallige alte Frau Blumen mit Zärtlichkeit pflegte.

«Tun Sie es zum Nutzen der Allgemeinheit?» fragte sie.

Quin zuckte die Achseln. «Ich bezweifle, ob die Allgemeinheit – wer auch immer sie ist – großes Interesse an Bowmont hat; das Haus ist nichts Besonderes. Den Leuten liegt vor allem am Zugang zum Meer, vermute ich, und das ließe sich mit ein paar zusätzlichen Wegerechten arrangieren. Ich kann leider Ihre Leidenschaft für ‹die Allgemeinheit› nicht teilen. Man weiß ja nie genau, wer sie eigentlich ist.»

«Warum tun Sie es dann?»

Quin nahm ihr die Fotografie seiner Mutter aus den Händen. «Sie haben sich über mich mokiert, als ich sagte, ich hätte sie umgebracht. Aber es ist wahr. Mein Vater wußte, daß sie keine Kinder bekommen sollte. Sie war sehr krank gewesen – sie lernten sich in der Schweiz kennen, als er dort im diplomatischen Dienst war. Sie war in einem Sanatorium, sie hatte Tuberkulose gehabt. Er wollte ein Kind. Er wollte einen Erben für Bowmont. Um jeden Preis.»

«Ja, und?» Ruth zuckte die Achseln. Sie erschien ihm plötzlich erbarmungslos; erwachsen, nicht länger seine Studentin, sein Schützling. «Das wollten Männer doch immer schon. Der Tabakhändler möchte einen Erben für seinen Laden ... der ärmste Rabbi möchte einen Sohn, der für ihn den Kaddisch betet, wenn er tot ist. Warum bauschen Sie das so auf?»

«Wenn ein Mann eine Frau zur Schwangerschaft zwingt ... wenn er ihr Leben aufs Spiel setzt, nur damit er vor seinen eigenen Vater –, den Vater, mit dem er sich entzweit hatte und den er haßte – hintreten und sagen kann: ‹Hier ist ein Erbe› – dann macht er sich schuldig.»

Aber das akzeptierte sie nicht. «Und sie? Glauben Sie, daß sie so schwach war? Glauben Sie, daß sie es nicht wollte? Sie war tapfer und mutig – sehen Sie ihr doch ins Gesicht. Sie hat sich ein Kind gewünscht. Nicht für Bowmont und nicht für Ihren Vater. Sie wollte ein Kind haben, weil es wunderbar ist, ein Kind zu haben. Warum billigen Sie Frauen nicht zu, daß sie ihre eigenen Entscheidungen treffen können? Warum dürfen sie nicht genau wie die Männer ihr Leben riskieren? Sie haben das gleiche Recht dazu.»

«Zum Beispiel, um eine Promenadenmischung aus dem Wasser zu retten?» fragte er spöttisch.

«Ja. Für alles, was sie für richtig halten.» Dennoch senkte sie den Kopf; sie wußte, daß sie nicht nur ihr eigenes Leben aufs Spiel gesetzt hatte, sondern auch seines und vielleicht Sams – daß seine Grausamkeit unten auf dem Boot eine Ursache gehabt hatte. «Ich bin auch ein Mischling», sagte sie leise. «Und außerdem hat Ihre Tante ihn sehr lieb.»

«Was? Das Hündchen? Wie kommen Sie denn auf diese Idee? Sie bemüht sich doch ständig nur, es loszuwerden.»

Wieder zuckte Ruth die Achseln. «Mein Vater sagt immer: ‹Höre nicht darauf, was die Leute *sagen*, sieh dir an, was sie *tun*.› Warum hat sich Ihre Tante ausgerechnet den Zimmermann ausgewählt – jeder weiß doch, daß seine Frau Asthma hat und keine Tiere ins Haus dürfen? Warum ausgerechnet den Wirt vom *Black Bull*, dessen Mutter als kleines Mädchen von einem Schäferhund angefallen wurde und seither vor Hunden Todesangst hat?»

«Woher wissen Sie das alles?» fragte er gereizt. Woher wußte sie nach einer Woche Aufenthalt in Bowmont, daß Elsie sich für Heilpflanzen interessierte, daß Mrs. Ridleys Großmutter die Darlings gekannt hatte? Dieser Drang, alles ganz genau wissen, den Dingen auf den Grund gehen zu wollen, war ja zum Wahnsinnigwerden! Der Mann, der sie einmal heiratete, würde die Wände hochgehen. Heini würde die Wände hochgehen. «Na ja, wie dem auch sei, mein Vater hat sich davon nie erholt. Er hat das Gefühl seiner Schuld sein Leben lang mit sich herumgeschleppt. Wahrscheinlich hat es ihn auch umgebracht – er meldete sich 1916 freiwillig, obwohl dazu überhaupt keine Notwendigkeit bestand.»

«Jetzt fangen Sie schon wieder an! Ihr Engländer seid unglaublich melodramatisch! Eine *Kugel* hat ihn umgebracht.»

«Was ist eigentlich los mit Ihnen?» fragte Quin, der es nicht gewöhnt war, melodramatischer Neigungen beschuldigt zu werden, noch dazu von einem jungen Ding, das stark zu Gefühlsausbrüchen neigte. Und dennoch ging er, völlig perplex über seine eigene Reaktion, zu dem kleinen Schreibpult an der Wand, sperrte eine Schublade auf und nahm ein altes Heft mit blau marmoriertem Einband heraus.

«Lesen Sie es», sagte er. «Das ist das Tagebuch meines Vaters.»

Das Heft fiel von selbst bei jener Seite auseinander, die er hundertmal gelesen und niemals einer Menschenseele gezeigt hatte. Ruth nahm es und trat näher an die Lampe.

«Eben bin ich von Claires Beerdigung zurückgekommen», las sie, «und Marie brachte mir das Baby, als könnte sein Anblick mich trösten, der Anblick dieses zerknitterten kleinen Geschöpfs mit seiner unersättlichen Lebensgier. Das Kind hat sie umgebracht – nein, ich habe sie umgebracht. Ich war klüger als die Ärzte, die mir gesagt hatten, daß sie kein Kind haben darf. Ich wußte es besser, ich wollte einen Sohn. Ich wollte den Jungen nach Bowmont bringen und meinem Vater zeigen, daß ich einen Erben hervorgebracht habe – daß er mich nicht länger zu verachten braucht. Ja, ausgerechnet ich, der ihn gehaßt hat, der aus Bowmont floh und Reichtum und Erbe den Rücken kehrte, war genauso verdorben von dem Verlangen nach Macht wie er. Claire wollte ein Kind; ich versuche, das nicht zu vergessen, aber es war meine Aufgabe, bedachter zu sein als sie.

Jetzt muß ich versuchen, dieses Kind zu lieben, ihm keinen Vorwurf zu machen; aber ohne sie fehlt mir die Lust am Leben, und ich habe keine Liebe mehr zu geben. Wenn ich einen Wunsch habe, so den, daß dieses Kind wenigstens sich von seinem Erbe befreien und ein freier Mensch unter gleichen werden wird.»

Ruth klappte das Tagebuch zu. «Der arme Mann», sagte sie leise. «Aber warum balsamieren Sie ihn ein? Sie sollten Radieschen ziehen, wie mein Onkel Mishak.»

«Was?» Einen Moment lang fürchtete er, ihr Verstand hätte unter dem Unfall gelitten.

«Marianne mochte keine Radieschen. Seine Frau. Solange sie lebte, hat er nie welche gezogen. Als sie gestorben war, sagte er, ‹Jetzt muß ich Radieschen ziehen, sonst bleibt sie für immer unter der Erde.› Er meinte, daß es den Toten gestattet sein muß, sich in uns frei zu bewegen, daß man sie nicht einkapseln und in die Form ihrer Vorurteile pressen darf.» Sie schwieg einen Moment und strich sich das Haar aus den Augen. Es war eine Geste, die ihm mittlerweile sehr vertraut war. «Seitdem zieht er mit Begeisterung Radieschen, und ich mag sie nicht besonders, aber ich esse sie. Wir alle essen sie.» Wieder machte sie eine Pause. «Vielleicht ist es richtig, Bowmont wegzugeben; ich weiß es nicht, und es geht mich auch nichts an – aber ganz bestimmt sollte doch Ihr eigener Wunsch dahinterstehen, und nicht der vermeintliche Wunsch Ihres Vaters. Er hätte sich entwickelt und verändert und die Dinge vielleicht ganz anders gesehen, wenn er älter geworden wäre. Überlegen Sie doch nur, wie wütend Sie heute nachmittag auf mich waren – aber das war nicht immer so, und vielleicht wird es eines Tages wieder vergehen.»

Quin sah sie an und wollte etwas sagen. Aber dann nahm er nur das Tagebuch und schloß es wieder im Schreibpult ein. «Kommen Sie», sagte er, «ich glaube, es ist Zeit, daß Sie den Basher kennenlernen.»

Er nahm sein altes Tweedjackett vom Haken hinter der Tür und legte es ihr um die Schultern. Dann führte er sie nach unten, und sie gingen durch den Korridor, der den Turm mit dem Haus verband. Behutsam berührte sie dies und jenes, den schäbigen schwarzen

Ledersessel, die Platte eines vielbenützten, vielpolierten Tischs, während er sie, die Hand leicht auf ihrem Rücken, durch die Räume führte. Was sie sah, gefiel ihr. Im Inneren der Festung war ein schlichtes Heim ganz ohne Prätentionen, in dem alles den Stempel jener Frau trug, die seit Jahren die Hüterin des Hauses war. Frances Somerville, die Quin in Ruhe gelassen hatte, hatte auch dieses Haus in Ruhe gelassen.

In der Bibliothek blieb Quin stehen, und Ruth, in Frances' voluminösem Flanellnachthemd, Quins Jackett lose um die Schultern, sah vor sich in schwerem goldenen Rahmen das Bildnis des Konteradmirals Quinton Henry Somerville.

Der Basher war siebzig Jahre alt gewesen, als das Porträt in Auftrag gegeben worden war, und der Maler, ein verdienstvoller Einheimischer, hatte sich offensichtlich alle Mühe gegeben, seinem Modell zu schmeicheln, doch der Erfolg war bescheiden geblieben. In den roten Wangen des Basher sah man die infolge von Wetter und Whisky geplatzten Äderchen; seine kurze, stark aufgeworfene Nase hatte an der Spitze einen bläulichen Schimmer. Trotz der prächtigen Uniform, trotz des bulligen Nackens, der aus dem goldbetreßten Kragen emporstieg, ähnelte Quins Großvater mit seinem schmalen Mund, dem kahlen Kopf und den eigensinnigen blauen Augen vor allem einem schlechtgelaunten Säugling.

«Und trotzdem», sagte Ruth, «da ist irgend etwas...»

«Oh ja, da ist eine ganze Menge. Sturheit, Gewalt... in der Marine hat er seine Offiziere tyrannisiert, und den einfachen Matrosen, meinte er, könnten Hiebe nur guttun. Er hat des Geldes wegen geheiratet – es war eine Menge Geld – und hat seine Frau abscheulich behandelt. Und als er starb, hat sich ganz Northumberland zu seiner Beerdigung eingefunden, und alle schüttelten sie die Köpfe und sagten, die guten Zeiten seien vorbei und England würde nie wieder das werden, was es einmal gewesen war.»

«Ja, das kann ich mir vorstellen.»

«Er hat meinen Vater verachtet, weil der Gedichte liebte – weil er gern mit seiner Mutter im Garten war. Er hatte eine Todesangst, er könnte einen Feigling großgezogen haben. Das war das einzige, was ihm je Angst gemacht hat – daß sein Sohn ein Schwächling sein könnte. Mein Vater war todunglücklich auf dem Internat – er kam hin, als er sieben war, und weinte sich jahrelang jeden Abend in den Schlaf. Er haßte das Meer und er haßte das Segeln. Er war ein sanfter Mensch, und der Basher verachtete ihn dafür aus tiefstem Herzen. Er wollte meinen Vater zwingen, zur Marine zu gehen, aber mein Vater weigerte sich. Und er gab auch nicht klein bei. Als er fünfzehn war, lief er von zu Hause weg. Zu einer Verwandten seiner Mutter. Sie nahm ihn mit ins Ausland, und er trat in den diplomatischen Dienst ein. Er machte eine anständige Karriere, aber nach Bowmont ist er nie zurückgekehrt. Er verabscheute alles, wofür es stand – Macht, Privilegien, Philistertum, Geringschätzung all der Dinge, die er hochschätzte. Und dennoch hat er am Ende das Leben meiner Mutter aufs Spiel gesetzt, damit eben das alles weiterbestehen konnte.»

Ruth sagte nichts. Sie betrachtete das Porträt und fragte sich, wieso dieser grimmige Engländer eine Nase wie Beethoven hatte, wunderte sich, daß ihr dieses harte alte Gesicht nicht unsympathisch war.

«Aber Sie haben ihn gemocht?»

«Nein.» Quin zögerte. «Ich war acht, als ich nach Bowmont kam. Ich hatte nur Schlimmes von ihm gehört, und er entsprach allem, was ich gehört hatte. Er verfrachtete mich in den Turm, packte mich unter das Eisbärenfell und fertig. Ich war vollkommen allein dort oben, ein Kind von acht Jahren, dessen Vater gerade im Krieg gefallen war. Ich hatte Angst im Dunklen, jeder Abend, wenn ich zu Bett mußte, war die Hölle. Es gefiel mir im Turm, aber ich wollte ein Nachtlicht – ich bettelte darum, aber er sagte nein. Draußen, im Freien, hatte ich vor nichts Angst; ich kletterte, ich segelte, ich liebte das Meer genau wie er. Er sah das auch, aber er war stur. Eines Tages sagte ich: ‹Wenn ich ganz allein bis Harcar Rock und wieder zurück segle, kann ich dann ein Nachtlicht haben?› Er sagte: ‹Wenn du allein nach Harcar Rock segelst, vertrimm ich dich, daß dir Hören und Sehen vergeht.› So hat er immer geredet, wie in einem Abenteuerroman für Jungen.»

«Harcar? Das ist doch die Stelle, wo die *Forfarshire* gesunken ist? Wohin Grace Darling gerudert ist?»

«Ja. Jedenfalls – ich tat es. Bei Tagesanbruch bin ich losgesegelt – ich war klein, aber kräftig; segeln ist nur Geschicklichkeit, sonst nichts. Trotzdem ist mir unbegreiflich, wie ich das geschafft habe, ohne umzukommen; es gibt dort schreckliche Strömungen. Als ich zurückkam, stand er am Strand. Er sagte kein Wort. Er nahm mich nur am Arm und führte mich mit eiserner Hand zum Haus hinauf. Dort schlug er mich mit solcher Gewalt, daß ich eine Woche lang nicht sitzen konnte. Aber am Abend, als ich zu Bett ging, war es da – mein Nachtlicht.»

«Ja», sagte Ruth nach einer Pause. «Ich verstehe.»

«Es wäre kein Problem für mich, Bowmont zu übernehmen, Ruth. Ich kann mir eine Frau suchen –» Er unterbrach sich – «eine neue Frau –, ich kann Söhne in die Welt setzen. Das ist keine Sache. Aber ich kann nicht vergessen, was Bowmont und alles, was es verkörpert, aus meinem Vater gemacht hat. Ich kann nicht vergessen, daß meine Mutter für seinen Familienstolz sterben mußte. Sollen andere es haben. Ich werde sowieso bald wieder auf Reisen gehen. Es sei denn –» Aber es war überflüssig, ihr von dem Krieg zu sprechen, der seiner Überzeugung nach kommen würde.

Wieder zurück im Turm, nahm er ihr das Jackett ab. «Morgen können Sie zu Ihren Freunden zurückkehren, Rapunzel», sagte er. «Jetzt schlafen Sie sich erst einmal richtig aus.»

Die plötzliche Sanftheit warf sie fast um. «Dann kann ich also bleiben?» fragte sie, den Tränen nahe.

«Ja, Sie können bleiben.»

«Liebling! Kind!» rief Lady Plackett, als sie ihre Tochter am Abend der Geburtstagsfeier in großer Toilette sah. «Er wird hingerissen sein!»

Verena lächelte. Sie konnte nicht umhin, mit ihrer Mutter einer Meinung zu sein. Gleich nachdem beschlossen worden war, ihren Geburtstag mit einem kleinen Fest zu feiern, war Verena auf der Suche nach einem passenden Abendkleid zu Fortnum geeilt. Die Direktrice hatte ein schmales, fließendes Kleid aus weißem Georgette im Stil einer römischen Tunika vorgeschlagen, um, wie sie meinte, Verenas klassische Schönheit zu unterstreichen.

Aber damit war Verena nicht einverstanden gewesen. Gerade an dem Abend, an dem, wie sie hoffte, ihr Schifflein in den Hafen einlaufen würde, wollte sie von Kopf bis Fuß feminin wirken, und so hatte sie sich gegen den Rat der Verkäuferin für ein erdbeerrotes Taftkleid mit Stufenrock entschieden, dessen einzelne Volants genau wie die Puffärmel und das herzförmige Dekolleté mit Rüschen gesäumt waren. Um die jugendliche Frische ihrer Erscheinung zu betonen, die, wie sie wußte, manchmal hinter ihrer hohen Intelligenz zurücktrat, trug sie im Haar einen Kranz aus Rosenknospen.

Für eine kleine Feier, wie sie ursprünglich geplant gewesen war, wäre ihre Toilette zweifellos viel zu aufwendig gewesen, aber die Planungen hatten, genau wie die Placketts gehofft hatte, ihre eigene Dynamik entwickelt, so daß auf das bevorstehende Fest das Wort «klein» längst nicht mehr anzuwenden war. Etwa zur gleichen Zeit, als Verena in ihre Satinschuhe schlüpfte – mit flachem Absatz natürlich, da nicht zu erwarten war, daß Quin, der inzwischen seinen einunddreißigsten Geburtstag hinter sich hatte, noch wachsen würde –, warfen junge Mädchen in allen Teilen Northumberlands letzte prüfende Blicke in den Spiegel, banden junge Männer ihre schwarzen Smokingschleifen oder zogen die Jacken ihrer Ausgehuniformen über, um sich auf den Weg nach Bowmont zu machen. Diese meerumschlungene Festung nämlich, die, während ihr Herr meist durch Abwesenheit glänzte, von einer strengen Hüterin verwaltet wurde, war immer etwas Besonderes gewesen – und vielleicht wußten sie, was Quin wußte: daß das Schicksal an die Tür klopfte und Vergnügen jetzt Pflicht war.

Ann Rothley und Helen Stanton-Derby waren früher gekommen, um Frances zu helfen. Helen hatte Ladungen rost- und goldfarbener Chrysanthemen mitgebracht, Hagebutten und Waldrebe, und verschwand mit mehreren Rollen Blumendraht, um den Salon in eine farbenprächtige herbstliche Laube zu verwandeln, während Ann nach oben gegangen war, um Frances bei der Toilette zu beraten. Jetzt saßen die drei Frauen in der großen Eingangshalle und tranken vor dem Eintreffen der Gäste ein wohlverdientes Glas Sherry.

«Es ist doch alles wunderschön geworden», sagte Ann. «Warte nur, der Abend wird bestimmt ein riesengroßer Erfolg.»

«Hoffentlich.» Frances sah müde aus.

«Aber sicher, noch dazu, wo Verena sich so heldenhaft benommen hat», sagte Helen, vom Blumendraht ein bißchen blutig an den Fingern. «Wir sind alle so beeindruckt.»

Verenas Version dessen, was sich auf der Fahrt zu den Farne-Inseln abgespielt hatte, wurde inzwischen allgemein akzeptiert. Jeder wußte, daß eine ausländische Studentin, die den Kopf verloren hatte, ins Wasser gesprungen war und aller Leben in Gefahr gebracht hatte; daß Quin absolut wütend gewesen war, und daß es Verena, indem sie Ruhe bewahrt und das Boot auf Kurs gehalten hatte, gelungen war, eine Tragödie abzuwenden.

«Ich weiß eigentlich gar nicht genau, warum das Mädchen überhaupt ins Wasser gesprungen ist», bemerkte Helen. «Irgend jemand sagte, sie wollte dein kleines Mischlingshündchen retten, aber das kann doch nicht stimmen?»

«Doch, so scheint es gewesen zu sein», erwiderte Frances.

Obwohl die beiden Frauen sehen konnten, daß Frances keinen Wunsch hatte, über den Unfall zu sprechen, konnten sie ihre Neugier nicht zügeln.

«Ich finde das wirklich ungewöhnlich», bemerkte Ann. «Noch dazu für eine Ausländerin! Ich dachte immer, die hätten für Tiere nichts übrig. Ich muß allerdings sagen, mit dem Stallknecht war es das gleiche – wenn ein Kalb gestorben ist, mußte man ihn mit Gewalt wegziehen, sonst hätte er die ganze Nacht dagesessen und geheult.»

«Was treibt er jetzt eigentlich?»

«Ach, er ist in London – sie haben ihn in Covent Garden in den Chor aufgenommen, und meine Melkerin ist außer sich vor Liebeskummer. Ein albernes Ding – er hat sie nie im geringsten ermutigt.» Doch der Themawechsel hatte sie nicht abgelenkt, wie Frances gehofft hatte. «Was ist das denn für ein Mädchen, die Kleine, die gesprungen ist?»

«Sie ist auch blond», sagte Frances verdrossen.

Helen Stanton-Derby seufzte. «Nun, ich finde das alles sehr

unbefriedigend», sagte sie. «Wir wollen hoffen, daß Hitler das Handwerk gelegt werden kann, bevor –»

Aber die anderen hörten ihr nicht mehr zu, sie sahen zur Treppe hinauf. Dort stand Verena, bereit, zu ihnen hinunterzusteigen.

Einen Moment lang wurden die Gesichter der drei Frauen vom gleichen Schatten des Unbehagens verdunkelt – der sich jedoch gleich wieder hob. Es war rührend, daß Verena sich so bemüht hatte, und die weichere Beleuchtung des Salons, das diffuse Licht der chinesischen Laternen auf der Terrasse würden die Farbe des Kleides sicherlich dämpfen. Im übrigen, sagten sich die drei Damen, war ihre Meinung gar nicht wichtig – wichtig war allein, wie Verena auf Quin wirkte.

Sie drehten die Köpfe und atmeten alle drei erleichtert auf. Quin war in die Halle gekommen und ging zur Treppe, zweifellos, um sie in Empfang zu nehmen und ihr zu sagen, wie reizend sie aussah.

Und so unzutreffend war dieser Gedanke gar nicht. An Verenas unglücklichen Sturz am ersten Abend erinnert, lächelte er dem Geburtstagskind entgegen und sagte: «Sie sehen bezaubernd aus, Verena. Sie werden heute abend zweifellos die Schönste sein.»

Als er ihren Arm nahm und sie in den Salon führte, begann irgendwo ein Telefon zu läuten.

Unten am Strand sammelte Ruth Holz für das Lagerfeuer. Das Hündchen begleitete sie, vom Meer jedoch war es geheilt. Immer wenn sie allzu nahe ans Wasser ging, ließ es das Stöckchen fallen, das es herumtrug, setzte sich hin und heulte zum Gotterbarmen.

«Das wird ein tolles Lagerfeuer, das beste, das wir bis jetzt gehabt haben», sagte Pilly, und Ruth nickte und krauste die Nase vor Entzücken über den Duft von Holz und Teer und Tang und diesen anderen Geruch... diesen beißenden, geheimnisvollen Geruch, der vielleicht der des Ozons war, vielleicht aber auch der des Meeres selbst. Der Glückszustand, den Quin auf dem Boot zerstört hatte, hatte sich wieder eingestellt. Am liebsten wäre sie für immer hiergeblieben, um hier mit ihren Freunden zu leben und zu lernen.

Als sie aufblickte, sah sie einen Mann den Felspfad herunterkommen und im Bootshaus verschwinden, und gleich danach kam Roger Felton heraus und eilte zu ihr.

«Ihre Mutter hat angerufen, Ruth. Sie möchten sie bitte gleich zurückrufen. Sie wartet beim Telefon.» Als er ihr Gesicht sah, fügte er hinzu: «Es ist bestimmt nichts Schlimmes. Ich nehme an, Heini ist früher gekommen.»

«Ja.» Dennoch war Ruth leichenblaß geworden. Niemand in Nummer 27 telefonierte ohne guten Grund. Das Telefon stand im Hausflur, jeder konnte mithören. Und das Telefonieren kostete eine Menge Geld. Ihre Mutter hätte so kurz vor ihrer Rückkehr nicht angerufen, wenn sie ihr nicht etwas Wichtiges mitzuteilen hätte. Es konnte natürlich gute Nachricht sein... vielleicht war Heini wirklich schon angekommen... ja, das konnte es natürlich auch sein.

«Ich komme mit dir», sagte Pilly.

«Nein, Pilly, ich möchte allein gehen. Paß du auf den Hund auf.»

«Wenn Sie mir bitte folgen würden, Miss. Ich bring Sie zu Mr. Turton. Im Haus geht's gerade ein bißchen laut zu, weil die Gäste alle kommen. Aber Mr. Turton hat in seiner Anrichte ein Telefon. Da sind Sie ungestört.»

«Danke», sagte Ruth. Sie schluckte, weil ihr Mund wie ausgetrocknet war, zwang sich zu einem Lächeln und folgte ihm den Weg hinauf zum Haus.

Sie hatte es geschafft, den ganzen Abend mit den anderen am Lagerfeuer zu sitzen und nichts zu sagen. Sie hatte mit ihnen gesungen und beim Aufräumen geholfen. Aber als sie jetzt neben Pilly im Schlafsaal lag, wußte sie, daß sie es nicht mehr aushalten konnte, hier an diesem unberührten Ort zu sein, der einen alle Angst und Sorgen vergessen ließ und einen glauben machte, die Welt sei schön.

Sie mußte zurück; sie mußte sofort zurück. Drei weitere Tage waren jetzt, da sie wußte, was sie wußte, unerträglich. Wieder hörte sie die Stimme ihrer Mutter, leise und von Störungen verzerrt, ihre abgerissenen Worte...

Es war ein ganzes Stück nach Mitternacht; alle schliefen. Ruth stand auf, zog sich an, kritzelte beim Licht einer Taschenlampe ein paar Zeilen. Sie würde nur den kleinen Leinenbeutel mitnehmen, den sie auf den Ausflügen bei sich gehabt hatte; den Rest würde Pilly bringen. Sie würde versuchen, ein Auto zu finden, das sie nach Alnwick mitnahm, und dort auf den ersten Bummelzug warten, der in Newcastle Anschluß an den Expreß hatte. Es war gleich, wie lange sie brauchte, Hauptsache, sie war unterwegs. Jede halbe Stunde mehr, die sie hier verbrachte, war ein Verrat.

Leise stieg sie die Leiter hinunter und ging hinaus. Die Schönheit des mondglänzenden Meeres machte ihr selbst jetzt in ihrem Elend tiefen Eindruck, aber sie würde sich nicht wieder verführen lassen, nie wieder. Rasch ging sie das Sträßchen zwischen den Erlen und den Haselnußbüschen hinauf.

Als sie oben hinter dem Haus ankam, hörte sie Musik. Cole Porters *Night and Day*, ein wunderbares Lied, träumerisch... und sie sah das Licht, das auf die Terrasse hinausströmte. Natürlich. Verenas Geburtstagsfeier. Sie hatte sie ganz vergessen – seit dem Anruf ihrer Mutter in eine andere Welt versetzt. Als sie mit der Absicht, den Weg zur Straße abzukürzen, über den Kies ging, sah sie, daß die Auffahrt voller Autos war: hauptsächlich Zweisitzer, blaß und farblos im Mondlicht, die Form jedoch – elegant, schnittig. Autos für lachende junge Männer mit flatternden Schals und großen Autobrillen, die, einen Arm um ihre kichernden Freundinnen gelegt, zu schnell fuhren.

Etwas früher war ein kurzer Regenschauer niedergegangen. Ihre Schuhe waren sofort durchnäßt, als sie über den Rasen ging. Die Lampions schwankten sachte im leichten Wind; die hohen Fenster waren nicht verhüllt und oben offen. So klar wie auf einer Bühne konnte sie die tanzenden Paare sehen. Die Melodie war jetzt eine andere, ein Tango. Sie kannte den Text: *It was all 'cos of my jealousy*. Einige Paare tanzten Wange an Wange, die meisten alberten herum, weil es den Briten unmöglich war, irgend etwas ernst zu nehmen; ganz gewiß nicht die Eifersucht, ganz gewiß nicht die Liebe.

Der Salon erschien jetzt, da die Flügeltür geöffnet war, riesengroß. Sie sah den leuchtenden Blumenschmuck, die silbernen

Eiskübel für den Champagner. Einige ältere Frauen saßen am Rand der Tanzfläche und beobachteten die jungen Mädchen in ihren festlichen Kleidern und die arroganten jungen Männer.

Und wie arrogant sie waren! Wie sie dröhnten und lachten, als die Musik aufhörte, die Köpfe warfen, ihre Mädchen zur Kredenz zogen, wo die Gläser standen, sich und ihnen frisch einschenkten. Sie brüllten vor Lachen und klopften sich gegenseitig auf die Schultern, während in Wien Menschen in Viehwaggons zusammengetrieben und nach Osten gebracht wurden, während Heini –

Aber davor schreckte ihr Geist zurück. Er wollte Heini nicht folgen.

Jetzt konnte sie Quin sehen. Er war gerade ins Zimmer gekommen, mit einem hohen Glas, das er zu Verena brachte, die in einem hochlehnigen Sessel saß. Er hatte keine Ähnlichkeit mit den schwadronierenden jungen Männern, das mußte sie selbst in ihrem Zorn zugeben. Er sah älter und klüger aus, aber er gehörte dazu.

Verena blickte mit einem koketten Augenaufschlag zu ihm auf, und er neigte aufmerksam den Kopf, als sie etwas sagte, während die alten Damen befriedigt nickten. Es schien wahr zu sein, was alle sagten – daß er Verena heiraten würde. Sie deutete auf etwas auf dem Boden, und er bückte sich, um es aufzuheben, und reichte es ihr mit einer galanten Verneigung. Eine Rose aus ihrem ungewöhnlichen Kopfschmuck! Quin als Rosenkavalier – grotesk! Ein Mann, der aus dem Stadtpark gerannt war, als wäre Musik schlimmer als die Pest.

Als hätten sie ihre Gedanken erspürt, stimmten die drei ernsthaften, dunkelgekleideten Männer auf dem Podium einen Walzer an. Nicht Strauß, sondern Lanner, den sie ebensosehr liebte. Sie kannte das Stück gut, sie hatte im Wienerwald mit Heini zu dieser Musik getanzt.

«Ach nein! Doch nicht diese ollen Kamellen!» Sie hörte den geringschätzigen Ton des blonden jungen Mannes mit dem gestriegelten Haar ganz deutlich. «Spielen Sie doch was Anständiges!» Ein zweiter junger Mann, fast das genaue Abbild des ersten, torkelte kopfschüttelnd zum Podium.

Aber die Band spielte verbissen weiter; spielte vielleicht nicht sehr gut, aber gewissenhaft, und die jungen Männer gaben nach und zogen ihre Mädchen auf die Tanzfläche hinaus, wo sie den anmutigen Schwung des Walzers parodierten, die Schritte übertrieben. Die meisten waren inzwischen betrunken, sie machten sich einen Spaß daraus, Zusammenstöße zu provozieren, die Musik eines anderen Landes zu verspotten. Einer von ihnen stolperte und wäre beinahe gefallen – ein hochaufgeschossener Junge mit schwarzen Locken, und das war nun wirklich komisch. Seine Partnerin versuchte, ihn hochzuziehen, und dann kippte ihm ein rothaariger Junge mit Sommersprossen Champagner ins Gesicht. Es war ja alles so lustig. Zum Kaputtlachen...

Der Stein lag in ihrer Hand, noch ehe sie sich bewußt war, ihn aufgehoben zu haben. Sie mußte ihn schon früher bemerkt haben, denn er hatte genau die richtige Größe, schwer genug, um Wirkung zu haben, leicht genug, um von ihr mit Kraft geworfen zu werden. Der Akt des Werfens selbst war wie eine Katharsis; dann das Klirren des zersprungenen Glases. Ihr schien, daß sie Sekunden, beinahe Minuten wartete, aber es war nicht so, denn als Quin, von einer ärgerlichen Gruppe junger Leute verfolgt, auf die Terrasse herauskam, rannte sie schon über den Rasen in die Dunkelheit, auf dem Weg zur Straße.

«Da ist sie!»

«Es ist ein Mädchen! Komm, die schnappen wir uns!»

Dann Quins Stimme, ruhig, aber scharf wie ein Peitschenknall. «Nein. Sie gehen jetzt alle wieder hinein. Ich kenne das Mädchen, sie ist aus dem Dorf, und ich werde das mit ihr erledigen.»

Sie gehorchten ihm. Er hatte gesehen, in welche Richtung sie gelaufen war, aber es bestand die Gefahr, daß sie versuchen würde, sich im Wäldchen zu verstecken. Er wußte, daß sie nicht entkommen konnte, denn das Wäldchen endete an einem hohen Zaun, aber es gab dort manchmal Fallen, die die Wilderer stellten. Dennoch zwang er sich, nicht zu laufen, solange er noch im Blickfeld des Hauses war.

Er holte sie leicht ein. Sie hatte genau das getan, was er erwartet hatte.

«Warten Sie!» rief er. «Da im Wald sind manchmal Fallen! Seien

Sie vorsichtig!» Er sprach Deutsch, weil er hoffte, sie dadurch zu beruhigen, und näherte sich ihr langsam. «Bleiben Sie stehen.»

Sie war schon stehengeblieben. Sie lehnte an einer jungen Tanne, und ihre Haltung im wechselnden Mondlicht erinnerte an einen jungen Sankt Sebastian, der auf die Pfeile wartet.

«Ich habe für schlechte Manieren nichts übrig», sagte Quin ruhig. «Diese Leute sind meine Gäste.»

Sie hob ruckartig den Kopf und richtete sich auf. «Ja, genau solche Gäste, wie man sie bei Ihnen erwarten würde – bei einem Mann, dem das ganze Meer gehört. Grölende, dumme Lackaffen, die sich über Musik lustig machen. Wissen sie, was vorgeht? Können sie überhaupt lesen? Haben sie gesehen, was in den Zeitungen steht? Nein, natürlich nicht, denn sie lesen ja nur den Sportteil; welches Pferd schneller war als die anderen. Und den Gesellschaftsklatsch, damit sie genau wissen, wer wieder mal vor dem König geknickst hat.» Sie zitterte so heftig, daß sie nur stoßweise sprechen konnte. «Heute – jetzt – während die da drinnen sich betrinken und amüsieren, werden die Menschen meines Volkes zusammengetrieben und in Viehwagen verladen und abtransportiert. Während hier der Champagner in Strömen fließt und die da drinnen sich vor Trunkenheit kaum noch auf den Beinen halten können, werden junge Männer, die an Gleichheit und Brüderlichkeit geglaubt haben, auf den Straßen zusammengeschlagen.»

Quin machte keinen Versuch, sie zu trösten. Er war so zornig wie sie, aber seine Stimme war völlig beherrscht. «Ich will Sie nicht darauf hinweisen, daß die Menschen Ihres Volkes – wenn wir das Wort einmal in einem anderen Sinn gebrauchen – zu Tausenden auf dem Heldenplatz standen und Hitler entgegenjubelten. Aber dies eine will ich Ihnen doch sagen: Wenn Sie die jungen Leute verhöhnen, die Sie hier gesehen haben, begehen Sie nicht nur eine Ungezogenheit; Sie begehen eine Ungerechtigkeit, derer Sie sich noch zutiefst schämen werden – und sehr bald schon. Denn genau diese dummen Lackaffen sind es, die in den Kampf ziehen werden, wenn es zum Krieg kommen sollte. Sie werden sich dem Bösen entgegenstellen, das Hitler ist, wenn auch nur aus Jux und Tollerei. Der

Junge, der zuviel getrunken hat und hingefallen ist, hat gerade Sandhurst absolviert. Er ist Ann Rothleys einziger Sohn, und wenn es zum Krieg kommt, werden ihm wahrscheinlich keine sechs Monate gegönnt sein. Sein Freund – der, der ihm den Champagner ins Gesicht gekippt hat – ist Leutnant bei der Marineinfanterie. Er ist mit dem Mädchen in dem blauen Kleid verlobt, und sie haben die Hochzeit vorverlegt, weil er nach Übersee versetzt wird. Die Bainbridge-Zwillinge – die beiden, die keinen Walzer mögen – sind bei der Air Force. Alle beide. Ich würde ihnen vielleicht ein Jahr geben, weil sie hervorragende Piloten sind, aber mehr ganz gewiß nicht. Wenn Sie nächstes Jahr oder das Jahr danach in dieses Zimmer schauen, werden Sie ein Zimmer voller Gespenster sehen – voll toter Männer und weinender Frauen. Während Ihr Heini, vermute ich, immer noch seine Arpeggios üben wird.»

«Nein!» Ihre Stimme war kaum zu hören. Sie schaffte es nicht, den Schutz des Baums zu verlassen. «Ich habe heute abend einen Anruf bekommen. Sie haben ihn gefangen. Heini ist in einem Lager.»

21

«Ich kann nicht», sagte Heini mit erstickter Stimme. «Ich kann das nicht.»

Das rote Gesicht des Aufsehers mit dem brutalen Kinn und den kleinen blauen Augen schob sich dicht vor das Heinis. «Oh doch, das können Sie. Sie werden gleich merken, daß Sie das können.»

Heini sah das Blitzen des Messers in der Hand des Mannes und begriff, daß er geschlagen war. Nicht einmal einen Kartoffelschäler gab es – man erwartete von ihm, daß er drei Eimer voll Kartoffeln unter fließendem kalten Wasser schälte. Er hatte ihnen erklärt, daß er Pianist war, daß er seine Hände brauchte, daß sie sein Lebensunterhalt waren; aber keiner hatte ihm zugehört, keinen interessierte das. Ein Abrutschen der Klinge, und er würde vielleicht wochenlang nicht üben können.

Meierwitz neben ihm hatte bereits angefangen. Säuberlich schnitt er die schwarzen Augen heraus und ließ die nackten Kartoffeln ins Wasser fallen. Aber bei Meierwitz war das auch etwas anderes; er kam aus einem Arbeiterviertel im Ruhrgebiet; Meierwitz war harte körperliche Arbeit gewöhnt; er pfiff bei der Arbeit vergnügt vor sich hin und machte Heini auf ein Rotkehlchen aufmerksam, das auf einem Zaunpfahl saß und sie beobachtete.

Für Heini waren die grauen Felder, der graue Himmel, das Murmeln des Meeres auf dem eine Meile entfernten Kiesstrand nur trostlos, alptraumhaft. Die lethargischen schwarz-weißen Kühe, die jenseits der Stacheldrahtumzäunung des Lagers weideten, hätten Kreaturen aus dem Hades sein können. Es war sein dritter Tag in der Gefangenschaft, und er wußte jetzt schon, daß er diese Strapazen nicht aushalten würde. Die Männer schliefen zu sechst in einer Baracke; sie standen um sieben Uhr auf und wuschen sich in eisiger Kälte; zum Frühstück gab es Porridge, von dem er gehört, den er aber nie gesehen hatte, und Tee, immer Tee, Tee, Tee – niemals auch nur eine einzige Tasse Kaffee. Dann folgten die fürchterlichen Arbeiten – Kartoffelschälen, Gemüseschnipseln, lauter Dinge, bei denen er sich die Hände verletzen konnte, und abends der nervtötende Krach von Mundharmonikas oder des Radios oder von Leuten, die um Streichhölzer pokerten. Und jetzt sollten auch noch Vorträge eingeführt werden, deren Besuch man zur Pflicht machen wollte, und am vergangenen Abend hatte man ihnen einen Film vorgeführt, in dem ein vertrottelter Komiker auf der Ukulele gespielt und dauernd seine Hose verloren hatte. Wenn das britische Kultur war, so würde er sich hier sehr unglücklich fühlen.

Meierwitz hatte ein Stück Kartoffel abgeschnitten und es dem Rotkehlchen hingeworfen, das es mit seitlich geneigtem Kopf betrachtete und dann zu dem Schluß kam, daß es weiterer Beachtung nicht wert sei. Der brutale Aufseher, ein Eisenwarenhändler aus Graz, der fest entschlossen war, diesen unordentlichen Haufen von Flüchtlingen zu einer ordentlichen Arbeitstruppe hinzutrimmen, trat zu Meierwitz und sagte: «Gib dir keine Mühe, der frißt nur Würmer.» Er war schon richtig stolz auf das wählerische

Gebaren dieses britischsten aller Vögel und warf Heini Radek einen geringschätzigen Blick zu. Man sollte meinen, der Junge wäre froh, aus Deutschland rauszukommen; statt dessen winselte er ständig wegen seiner Hände.

Die Entdeckung, daß sein Visum eine Fälschung war, hatte Heini getroffen wie ein Schlag aus heiterem Himmel. Die Stunden bei der Einwanderungsbehörde am Flughafen waren ein Alptraum gewesen, den er bis an sein Lebensende nicht vergessen würde. Zusammen mit den anderen, deren Papiere nicht in Ordnung waren, hatte man ihn in dieses Transitlager gebracht und – fand er – wie ein Tier behandelt; eingesperrt, in Baracken zusammengepfercht, herumgestoßen. Anfangs hatte er gefürchtet, man würde ihn zurückschicken; aber man hatte in England das schreckliche Dilemma der Flüchtlinge endlich begriffen, und nach dem ersten Tag hatten alle im Dovercamp erfahren, daß sie bleiben konnten. Diejenigen, die sich freiwillig zur Landarbeit meldeten oder bereit waren, sich dem Pionierkorps anzuschließen, konnten schnell entlassen werden; die anderen mußten erst geprüft werden und ein Verfahren durchlaufen; vor allem mußte ein Bürge gefunden werden, der garantierte, daß sie dem Steuerzahler nicht zur Last fallen würden.

Heini verspürte nicht ein Fünkchen der Euphorie, die diese Nachricht bei den anderen auslöste. Ausgeschlossen, daß er sich zur Landarbeit meldete oder zu den Pionieren ging. Kein Mensch schien zu begreifen, daß die Musik nicht einfach irgendein selbstsüchtiger Zeitvertreib war; sie war seine Mission. Aber dafür hatten auch die ehrenamtlichen Mitarbeiterinnen kein Verständnis, die mit nervtötender Langsamkeit seine persönlichen Daten aufnahmen. Es dauerte zwei Tage, ehe er Leonie Berger anrufen durfte, aber die Verbindung war so schlecht, daß er sie kaum hören konnte; auch neigte er dazu zu vergessen, daß diese Familie, der einst alle Türen in Wien offengestanden hatten, jetzt mittellos und staatenlos war wie er selbst. Die Bergers konnten nicht für ihn bürgen; ihr Name hatte bei der Bürokratie kein Gewicht. Sie konnten jedoch versuchen, jemanden zu finden, der die Bürgschaft für ihn übernehmen würde; sie wollten ihm helfen. Und Ruth würde kommen. All seine Hoffnung konzentrierte sich auf sie, als er die Hände in den Kübel mit dem kalten Wasser tauchte und die nächste Kartoffel herausholte.

Am späten Nachmittag, als sie aus Emailbechern ihren Tee tranken und dazu die trockenen Biskuits aßen, die ausgeteilt worden waren, erschien ein junger Mann von der Verwaltung an der Tür der Baracke.

«Mr. Radek?» rief er.

Heini stand mit klopfendem Herzen auf.

«Sie haben Besuch. Im Büro.»

«Wer...?» stammelte Heini.

«Ein Mädchen», sagte der Bote. «Eine Klassefrau.» Er sah Heini mit neuem Respekt an.

Ruth stand ruhig da und wartete. Sie war seit der vergangenen Nacht unterwegs und hatte kaum etwas gegessen, aber sie brauchte auch nichts, so froh und glücklich war sie. Auf der ganzen Fahrt von Northumberland nach Süden hatte sie voller Angst und Verzweiflung gebetet, versprochen, alles hinzugeben, was ihr lieb und teuer war, wenn er nur in Sicherheit wäre. Und dann war das Wunder geschehen: Ihre Mutter hatte ihr erklärt, daß Heini hier war, daß sie falsch verstanden hatte, daß das Lager in England war und sie zu ihm fahren konnte.

Als Heini eintrat, raubte ihr sein Anblick die Stimme. Das war nicht das begnadete Wunderkind, das sie gekannt hatte; dies war ein verängstigter, verwahrlost aussehender junger Mann, unrasiert, die Hoffnungslosigkeit des Besiegten in den Augen. Von Liebe und Mitleid überwältigt, breitete sie die Arme aus, und er flüchtete sich zu ihr.

«Gott sei Dank, Ruth! Ich dachte schon, du würdest nie kommen.»

«Ach, mein Liebster. Du bist wirklich hier. Du bist es wirklich.» Ihre Stimme brach. «Ich dachte, du wärst in einem richtigen Lager, weißt du. Ich dachte, sie hätten dich geschnappt.»

«Das hier ist ein richtiges Lager. Es ist grauenvoll, Ruth.»

«Ja – ja – aber verstehst du nicht, ich dachte, du wärst in Dachau oder Oranienburg. Meine Mutter hat mich angerufen, und ich konnte sie nicht richtig hören. Als ich dann erfuhr, daß du in Sicherheit bist... ich werde das mein Leben lang nicht vergessen.»

Und sie würde auch ihr Leben lang nicht vergessen, was sie gelobt hatte: Heini bis zum letzten Atemzug zu dienen und ewige Abbitte zu leisten für jene Zeit des Verrats, als sie nicht an ihn gedacht, sondern nur ihr Glück am Meer genossen hatte.

«Du nimmst mich doch mit nach Hause, nicht wahr, Ruth? Jetzt gleich?»

«Heini, jetzt gleich geht das nicht. Ich muß erst Dr. Friedlander erreichen – ich bin ganz sicher, er wird für dich bürgen, aber er ist übers Wochenende weggefahren. Gleich morgen in aller Frühe gehe ich zu ihm, und dann dauert es nur noch ein paar Tage.»

«Ein paar Tage!» Heini hob den Kopf. «Ruth, so lange kann ich hier nicht bleiben. Ich kann einfach nicht.»

«Ach, bitte, Heini, Liebster! Wir tun alles für dich – und die Leute sind doch nett hier, oder nicht? Ich hab mit der Sekretärin gesprochen.»

«Nett!» Aber allein ihre Anwesenheit war so tröstlich, daß er beschloß, tapfer zu sein, und es gelang ihm sogar, das Thema zu wechseln. «Hast du ein Klavier besorgen können?» fragte er.

«Ja. Einen Bösendorfer.»

«Einen Flügel?»

«Nein, wir haben ja nur so ein kleines Wohnzimmer, weißt du. Aber es ist sehr schön.»

Er war enttäuscht, aber er wollte ihr keine Vorwürfe machen. Sie war seine Retterin.

Sie hielten einander immer noch in den Armen, als die Sekretärin zurückkehrte. «Sie müssen jetzt zum Bus, Miss Berger», sagte sie. «Sie dürfen ihn nicht verpassen. Es ist der letzte.»

Als Ruth ihren Mantel nahm, sah sie einen Vogel, der draußen vor dem Fenster auf einem Zaunpfahl saß. «Ach, schau doch, Heini! Ein Star! Das ist ein Omen. Das bedeutet Glück.»

Sie zog ihn zum Fenster. Der Vogel neigte den Kopf zur Seite und sah mit glitzernden Augen zu ihnen herüber, aber sein Hinterteil sah etwas mitgenommen aus.

«Er hat ein paar Schwanzfedern verloren», bemerkte die Sekretärin. «Sieht aus, als wäre er abgestürzt.»

«Ja.» Ruth sah es auch, aber es war ohne Belang. Ein glückliches Omen war ein glückliches Omen.

22

Anfang Dezember beschloß Leonie Channukka zu feiern, das jüdische Fest des Lichts. Licht, fand sie, würde jetzt guttun. Kurt war immer noch in Manchester, und er fehlte ihr; die Nachrichten vom Kontinent wurden immer bedrückender, und das Wetter – feucht und neblig, nicht das klare, frische Winterwetter, das sie aus Wien in Erinnerung hatte – schlug einem aufs Gemüt.

Und dann noch Heini. Heini schlief seit einem Monat auf dem Sofa in ihrem Wohnzimmer und übte jeden Tag acht Stunden auf dem Klavier. Leonie sah natürlich ein, daß das sein mußte, aber während sie mit dem Staubtuch um ihn herumschlich, ertappte sie sich dabei, daß sie sich über die Freunde und Verwandten früherer Klaviervirtuosen Gedanken machte. Gab es vielleicht irgendwo in einer Mansarde in Budapest eine alte Dame, deren Mutter einst schreiend auf die Straße hinausgestürzt war, weil sie sich von Liszts brillanten Arpeggios gefoltert fühlte? War es den Bewohnern des Hauses in der Rue de Rivoli gelungen, sich auf Chopins Übungsstunden einzustellen? Was hatten diese Wiener Zimmerwirtinnen damals wirklich empfunden, wenn Beethoven wieder einmal ein Klavier in Grund und Boden gespielt hatte?

Auch die Essensfrage spielte eine Rolle. Heini hatte aus Ungarn etwas Geld mitgebracht, aber das brauchte er, um seine Hände versichern zu lassen; auch das sah sie ein. Den Rest gab er für die öffentlichen Verkehrsmittel aus, wenn er seine Fahrten zu Agenten und Impresarios machte, von denen er hoffte, daß sie ihm helfen würden.

«Es ist für Ruth», pflegte Heini mit seinem süßen Lächeln zu sagen. «Alles, was ich tue, tue ich für Ruth.»

Und alle akzeptierten das. Heini hatte seine Absicht kundgetan, Ruth zu heiraten und ihr ein angenehmes Leben zu bereiten, sobald er sich etabliert hatte; man konnte also unmöglich an ihm herumkritisieren. Wenn er eine Stunde im Badezimmer verbrachte, so deshalb, weil er bei den geschäftlichen Besprechungen einen guten Eindruck machen mußte; wenn er seine Sachen herumwarf und Leonie hinter sich aufräumen ließ, so deshalb, weil er mit seiner Musik so beschäftigt war, daß für anderes keine Zeit blieb. Ohne Klage also paßten sich die Bewohner von Nummer 27 den neuen Umständen seiner Anwesenheit an.

Mishak war nicht musikalisch. Er liebte die Stille, die sanften Geräusche: den Gesang einer Drossel vor dem Fenster; das Rauschen des Regens; das Sirren einer Sense, wenn der Rasen gemäht wurde. Wenn Heini jetzt auf sein Klavier einhieb, war er von alledem abgeschnitten. Er machte es sich zur Gewohnheit, noch früher aufzustehen, und arbeitete im Garten, bis Heini aufstand, dann ging er auf lange Streifzüge. Aber die Tage wurden kürzer, Mishak war vierundsechzig, immer häufiger trieb es auch ihn, obwohl von Natur aus kein geselliger Mensch, ins *Willow*.

Paul Ziller hatte bei Heinis Ankunft gehofft, sie würden Duette spielen, denn für Geige und Klavier gibt es sehr vielfältige und sehr schöne Kompositionen. Doch Heini wollte sich verständlicherweise auf eine Solokarriere konzentrieren, und da die Schallisolierung des Hauses nicht solide genug war, um zwei übende Musiker zu verkraften, marschierte Ziller von nun an wieder täglich mit seiner Guarneri ins *Jewish Day Center*.

Auch Hilda änderte ihren Tageslauf. Der Kustos der anthropologischen Abteilung hatte ihr mittlerweile sogar einen Schlüssel anvertraut. Sie nahm sich Brote mit ins Museum und richtete es so ein, daß sie immer erst nach Hause kam, wenn Fräulein Lutzenholler auf ihren Schlafzimmerstuhl kletterte.

Daß sie der finsteren Psychoanalytikerin noch einmal dankbar sein würden, hätte keiner von ihnen ahnen können, aber so war es. Jeden Abend nämlich, punkt einundzwanzig Uhr dreißig, pflegte sie mit einem langen Besen bewaffnet auf einen Stuhl zu klettern und an die Decke ihres Schlafzimmers zu klopfen, über dem sich das Wohnzimmer der Bergers befand, um wissen zu lassen, daß sie nun zu Bett gehen würde und die Musik aufhören mußte.

Aber das bedeutete, daß Leonie sich nicht über den Zustand des Herds beklagen konnte; ein Fest des Lichts war also alles in allem dringend vonnöten, und da sie selbst nicht genau wußte, was der Brauch vorschrieb, trug sie ihr Problem ins *Willow*.

«Darf ich Sie zu einem Stück Kuchen einladen?» fragte Mrs. Weiss.

Leonie nahm an und fragte die alte Dame um Rat.

«Auf jeden Fall braucht man Kerzen», erklärte Mrs. Weiss entschieden. «Das weiß ich. Man zündet acht Tage lang jeden Tag eine an, und man steckt sie in eine Menora.»

«Wie soll das gehen?» fragte Dr. Levy. «Wenn es acht Tage sind, müssen es acht Kerzen sein, und eine Menora hat nur sieben Arme. Gebete gehören übrigens auch dazu. Meine Großmutter hat immer gebetet.»

«Aber was hat sie gebetet?» fragte Leonie.

Dr. Levy zuckte die Achseln, und Ziller sagte, von Hofmann würde es sicher wissen. «Er wird gleich hier sein.»

«Wieso sollte gerade er es wissen? Er ist doch überhaupt kein Jude», sagte Mrs. Weiss wegwerfend.

«Aber er hat doch in diesem Stück von Isaac Bashevis Singer mitgespielt, wissen Sie nicht mehr? *Der Nebbich*. Das ist ein sehr jüdisches Stück», sagte Ziller.

Von Hofmann jedoch konnte keine klare Auskunft geben. «In dem Akt war ich nicht dabei», sagte er, «aber es ist eine wunderschöne Feier. Alle Schauspieler waren sehr bewegt, und Steffi hat hinterher auf dem Flohmarkt eine Menora gekauft. Ich könnte sie ja mal fragen – sie verkauft bei Harrod's Strümpfe.»

Aber niemand wollte Steffi bemühen, die zwar eine hervorragende Schauspielerin, aber eine äußerst langweilige Frau war, und Miss Violet und Miss Maud, die diese Diskussion mitangehört hatten, sagten jetzt, sie müßten langsam daran denken, die Weihnachtsdekorationen aus dem Keller zu holen.

Leonie, die sich hier auf vertrautem Boden fühlte, wurde munter. «Wie feiern Sie Weihnachten?» fragte sie die Damen.

«Also, wir gehen zur Abendmesse», antwortete Miss Maud. «Und wir schmücken das Tea-Room und legen auf jeden Tisch einen Stechpalmenzweig.»

«Und die Adventskränze?» fragte Leonie.

«Die gibt es bei uns nicht», antwortete Miss Maud entschieden, der das bedenklich pfäffisch roch.

«Aber einen kleinen Baum mit roten Äpfeln und einem silbernen Stern werden Sie doch haben?»

Die Damen schüttelten die Köpfe und sagten, sie hielten nichts von solchem Aufwand.

«Aber das ist doch kein Aufwand», protestierte Leonie. «Das ist einfach schön.» Und schüchtern fügte sie hinzu: «Ich könnte ja Lebkuchen backen... mit Zuckerguß und roten Bändern.»

«Georg hat eine große Fichte in seinem Garten», bemerkte Mrs. Weiss. «Ich kann in der Nacht, wenn Moira schläft, ein paar Zweige davon abschneiden.»

«Meine Frau hat ihr kleines Glockenspiel mitgenommen», sagte der Bankier unerwartet. «Ich hielt das für blödsinnig, aber sie hat es schon seit ihrer Kindheit.»

Wieder in der Küche, sahen Miss Maud und Miss Violet einander an.

«Na ja, so schlimm wäre es wahrscheinlich gar nicht», sagte Miss Maud, «aber ich möchte nicht den ganzen Boden voller Tannennadeln haben.»

«Auf jeden Fall ist es besser als dieses Channukka. Ich meine, da werden sie nicht weit kommen, wenn sie sich nicht mal erinnern können, wie es gefeiert wird», meinte Miss Violet.

Mrs. Burtt wand ihren Spüllappen aus und hängte ihn am Spülbecken auf, über dem Ruth mit Reißzwecken ein Diagramm befestigt hatte, das den «Lebenszyklus des Pololo-Wurms» zeigte.

«Und es wird Ruth bestimmt aufmuntern, wenn hier alles so hübsch aussieht», bemerkte sie.

Miss Maud runzelte die Stirn. Sie konnte nicht ganz verstehen, wieso ihre Kellnerin Aufmunterung brauchen sollte. «Sie ist doch sehr glücklich, seit Heini da ist.»

«Ja, aber müde», entgegnete Mrs. Burtt.

Drei Tage nachdem Leonie ihre Idee mit dem Lichtfest wieder ad acta gelegt hatte, ging Ruth auf dem Weg zur Universität auf der Post vorbei und entnahm ihrem Schließfach ein Päckchen mit rotem Siegel, das sie mit klopfendem Herzen öffnete. Minuten später stand sie mitten im Getümmel eilender Menschen und blickte wie gebannt auf den dunkelblauen Reisepaß mit dem goldenen Löwen, dem sich aufbäumenden Einhorn und dem Motto *Dieu et Mon Droit* in ihrer Hand.

«Ich bin britische Staatsbürgerin», sagte sie laut und sah im Geist, wie der Außenminister in Cut und Zylinder ihr einen Schlagbaum nach dem anderen öffnete.

Wenn sie es doch nur allen hätte zeigen können: die Einbürgerungsurkunde, die ihren neuen Status bestätigte; den Reisepaß, der auf sie allein ausgestellt war. Ach, hätte sie doch jetzt, den Reisepaß schwenkend, ins *Willow* marschieren können, um ihre Eltern zu umarmen und mit Mrs. Burtt einen Freudentanz aufzuführen.

Aber sie konnte die Papiere natürlich niemandem zeigen. Sie waren auf Ruth Somerville ausgestellt, nicht auf Ruth Berger, und darum würden Reisepaß und Einbürgerungsurkunde dort verschwinden müssen, wo schon die anderen Papiere lagen, in dem geheimen Versteck, in dem sich die nicht totzukriegenden Mäuse tummelten.

Sie war sehr früh auf dem Weg zur Universität. Seit Heini da war, stellte Ruth den Wecker unter ihrem Kopfkissen immer auf halb sechs, damit sie zwei Stunden arbeiten konnte, solange es noch ruhig war. Als sie jetzt in der Untergrundbahn saß, überkam sie der Wunsch, diesen Tag irgendwie zu feiern, und impulsiv stieg sie an der nächsten Haltestelle aus und eilte die Stufen zur National Gallery hinauf, um auf den Trafalgar Square hinunterzublicken.

Sie hatte recht getan, dies war das Herz ihrer neuen Heimatstadt. Die Brunnen glitzerten, die Löwen lächelten ... Durch den Admiralty Arch auf der anderen Seite konnte sie die Mall sehen, die zum Buckingham-Palast führte, wo der schüchterne König lebte und die Königin mit der sanften Stimme sich um die Prinzessinnen auf ihrer Keksdose kümmerte.

Sie neigte den Kopf nach hinten, um zu Nelson hoch oben auf

seiner Säule hinaufzuschauen, zu diesem kleinen Mann, dem Lieblingshelden der Engländer. Er war ungeheuer tapfer gewesen... Aber die Briten waren alle tapfer. Ihre jungen Mädchen schlugen einander mit Hockeystöcken grün und blau und weinten keine Träne; ihre Frauen waren in früheren Zeiten in wollenen Röcken durch die Urwälder marschiert, um die Heiden zum Wort Gottes zu bekehren.

Auch sie würde stark und tapfer sein. Sie würde die Prüfungen zu Weihnachten bestehen *und* abends wach bleiben, damit Heini reden konnte, wenn er das brauchte. Es war lächerlich zu glauben, daß ein Mensch mehr brauchte als vier Stunden Schlaf. Sie konnte alles schaffen, wenn sie nur wollte. «Der Wille muß nur geboren werden, damit er triumphieren kann.» Das hatte Ruth in einem Kalender gelesen und war sehr beeindruckt gewesen. Daran wollte sie sich halten.

Erst jetzt wandte sie sich dem Schreiben zu, das Mr. Proudfoot dem Paß beigelegt hatte, und sah, daß er sie am folgenden Nachmittag in seiner Kanzlei erwartete.

Proudfoot hatte es für das einfachste gehalten, mit Ruth persönlich zu sprechen, und hatte das Quin auch gesagt. «Es wäre am vernünftigsten, wenn ihr zusammen kämt, aber wir können wohl nicht vorsichtig genug sein.»

Denn auf die Einbürgerung folgte der nächste Schritt – die Nichtigkeitserklärung. Zu diesem Zweck war ein umfangreiches Dokument vorbereitet worden, das von beiden Parteien vor einem Notar unterzeichnet werden mußte. Diese eidesstattliche Erklärung sollte dann dem Gericht in der Hoffnung vorgelegt werden, daß sie in die Hände eines Richters gelangte, dem sie genügen würde, um die Ehe für nichtig zu erklären, ohne weitere Beweise zu verlangen. Ob es sich tatsächlich so entwickeln würde, war nicht vorauszusehen, da die Verfahrensordnung für die Nichtigkeitserklärung von Ehen mit im Ausland geborenen Staatsbürgern derzeit revidiert wurde.

Als Mr. Proudfoot Ruth zum erstenmal sah, stand sie mit dem Rücken zu ihm in seinem Vorzimmer und betrachtete ein kleines

Aquarell, das dort an der Wand hing. Das Sonnenlicht fiel schräg durch das Fenster direkt auf ihr Haar, so daß er als erstes diese flammende Pracht sah und sich augenblicklich wappnete. Mr. Proudfoot war für weibliche Reize äußerst empfänglich und hatte einmal in der Great Portland Street seinen Wagen mitten in eine Telefonzelle gefahren, weil er nur Augen für ein Mädchen gehabt hatte, das gerade aus einem der Häuser kam. Er wußte, daß Enttäuschung wartet, wenn Frauen mit flammendem blonden Haar sich umdrehen. Bestenfalls bekam man Mittelmäßigkeit zu sehen, schlimmstenfalls eine scharfe, mißvergnügte Nase, einen verkniffenen Mund, denn Gott geht mit seiner Fülle haushälterisch um.

«Miss Berger?»

Ruth drehte sich um – und eine riesige Welle der Dankbarkeit überschwemmte Mr. Proudfoot, während gleichzeitig seine Bewunderung für Quin als hochherzigen Retter der vom Schicksal Geschlagenen deutlich zurückging. Es blieb nur Verwunderung darüber, daß Quin es so eilig hatte, eine Frau loszuwerden, auf die die meisten Männer sich gestürzt hätten.

«Ich finde dieses Bild wunderschön», sagte sie, nachdem sie ihm die Hand gegeben hatte. «Es hat etwas so Freundliches – es erinnert mich an die Gegend, in der wir immer den Sommer verbracht haben, an den Grundlsee.»

«Ah, ja. Das ist der Lake District; die Landschaft ist wahrscheinlich ähnlich.»

«Wer hat das Bild gemalt?»

«Ich. Als Student. Ich habe mich damals im Aquarellieren versucht. Ziemlich stümperhaft, wie Sie sehen», sagte er, sich in britische Bescheidenheit zurückziehend.

Ruth gefiel das nicht. «Von stümperhaft kann keine Rede sein», sagte sie vorwurfsvoll. «Das Bild ist wirklich schön. Aber jetzt malen Sie wohl mehr die hiesige Gegend?»

«Nein. Ich habe seit Jahren keinen Pinsel mehr in der Hand gehabt.»

«Aber warum denn nicht? Haben Sie hier soviel zu tun?» fragte sie, während sie ihm in sein Zimmer folgte.

«Äh, ja – aber es ließe sich wahrscheinlich schon Zeit finden. Man ist nur als Amateur so leicht entmutigt.»

Ruth runzelte die Stirn. «Nehmen Sie es mir bitte nicht übel, aber ich halte das für ganz verkehrt. Ein Amateur ist jemand, der eine Tätigkeit liebt. In allen Haydn-Quartetten gibt es eine Stimme für einen Amateur – meistens die zweite Geige oder das Cello – und sie ist genausoschön wie die anderen.»

Der Anblick des Dokuments jedoch, das Mr. Proudfoot vorbereitet hatte, brachte Ruth jetzt zum Schweigen. Sie brauchte ihre ganze Konzentration, um sich durch mehrere Seiten gotischer Schrift und juristischen Jargons hindurchzukämpfen, aus denen hervorging, daß sie niemals von Quinton Alexander St. John Somerville berührt worden war und den Mann ihrerseits niemals berührt hatte.

«Ich weiß nicht, ob das klappen wird, Miss Berger – manche Richter akzeptieren eine eidesstattliche Versicherung ohne ärztliches Zeugnis nicht, und Quin möchte Ihnen so etwas unbedingt ersparen.» Er wurde ein wenig rot.

«Ja, er ist so aufmerksam und rücksichtsvoll. Gerade deshalb müssen wir alles tun, um diese Nichtigkeitserklärung so schnell wie möglich durchzusetzen. Damit er jemand anders heiraten kann.»

Proudfoot, der den Eindruck erhalten hatte, Ruth sei diejenige, die es eilig hatte, war erstaunt.

«Möchte er denn jemand anders heiraten?»

«Er vielleicht nicht, aber andere Leute wollen es. Verena Plackett zum Beispiel.»

«Ich weiß nicht, wer Verena Plackett ist, aber ich kann Ihnen versichern, daß Quinton sich sehr gut um sich selbst kümmern kann. Die Leute versuchen schon seit Jahren, ihn zu verheiraten.» Er zog das imposante Dokument näher zu sich heran. «Jetzt hören Sie mir zu, Miss Berger, damit ich Ihnen erklären kann, worauf es ankommt. Sie müssen dieses Papier genau an der Stelle unterzeichnen, die ich gekennzeichnet habe – hier und hier und dann noch einmal auf der anderen Seite –, und zwar mit Ihrem vollen Namen und im Beisein eines Notars. Der wird dafür etwas verlangen, und Quin hat mir aufgetragen, Ihnen fünf Pfund zu geben, damit Sie die

Gebühr bezahlen können. Jeder Notar kann das machen, Sie werden sicher in Hampstead einen finden. Wenn Sie das erledigt haben, bringen Sie mir das Papier zurück – schicken Sie es lieber nicht mit der Post; wenn es verlorengeht, verpassen wir den nächsten Gerichtstermin, und das wäre ungut. Wenn Sie irgend etwas nicht verstehen, dann sagen Sie es mir.»

«Ich glaube, ich verstehe alles», sagte Ruth. «Aber vielleicht könnten Sie es mir einwickeln?» In ihrem Strohkorb lagen nämlich neben Heften und Büchern die Überreste von Pillys Mittagbrot, das sie jetzt, da Heini bei ihnen aß, immer mit nach Hause nahm, anstatt die Enten damit zu füttern.

«Keine Sorge. Und ich erwarte Sie dann in ein paar Tagen. Alles Gute.»

«Na, was halten Sie davon?» Milner sah Quin mit schräg geneigtem Kopf und einem kaum verhohlenen Blitzen im Auge an.

Quin blickte in die Schublade mit den Versteinerungen, die Milner aufgezogen hatte. «Sie haben natürlich recht. Das ist ein Teil eines Pterosauriers. Und ich hätte geschworen, daß er aus Tendaguru stammt. Die Deutschen haben von der Expedition 1908 zwei solche Abdrücke in Berlin. Ich habe sie gesehen.»

«Tja, aber daher kommt er nicht. Möchten Sie wissen, wo der hier gefunden wurde?»

Quin zeichnete die Umrisse des mit einem langen Schnabel versehenen Schädels nach. Ein Flugsaurier, alt wie die Vorzeit und sehr selten. Er nickte.

«Auf der anderen Seite der Kulamali-Schlucht, achthundert Meilen entfernt. Er hat mir die Stelle auf der Karte gezeigt. Farquarson mag nur ein weißer Jäger sein, aber er ist kein Lügner, und er kennt Afrika wie seine Westentasche. Ich habe mir den genauen Fundort aufgeschrieben.»

«Ist das Ihr Ernst?» fragte Quin. «Südlich der Schlucht?»

«Ganz recht. Er hatte keine Ahnung, wie wichtig dieser Fund ist, und ich habe es ihm auch nicht gesagt. Ein Glück, daß er kein Paläontologe ist, sonst säße uns jetzt schon die ganze Meute im Nacken. So aber...»

Quin hob abwehrend eine Hand. Milner war in den sechs Monaten, seit er wieder in England war, in Verwaltungsarbeit, die er als reine Zeitverschwendung betrachtete, fast erstickt. Daß er wieder los wollte, war klar.

«Ich kann dem jetzt nicht nachgehen. Ich war den größten Teil des vergangenen Jahres auf Reisen; das ist meinen Kollegen gegenüber nicht fair.» Er stieß die Schublade zu und wandte sich ab. «Trotzdem würde ich gern Farquarsons Bericht sehen. Es gibt ja dort diese Sandsteinplateaus – ausgeschlossen ist es also nicht. Ach, verflixt, Jack, ich muß gehen. Ich muß mich um die Abschlußprüfungen kümmern. Ich bin jetzt ein braver Angestellter.»

Milner sagte nichts mehr, es genügte ihm, den Keim gelegt zu haben. Früher oder später würde Quin weich werden. Milner hatte andere Möglichkeiten zu reisen, aber er würde warten. Ohne Somerville war es nicht dasselbe – und es würde Quin guttun, wegzukommen. Er war ja in den letzten Wochen gar nicht er selbst gewesen.

Verena war hochzufrieden aus Bowmont zurückgekehrt. Zwar hatte Quin ihr keinen Antrag gemacht, aber bei ihrem Fest war er höchst aufmerksam gewesen, und wenn nicht diese Verrückte den Stein geworfen und damit den Abend verpatzt hätte, wäre alles vielleicht viel weiter gediehen. Quin war hinterher völlig verändert gewesen, in sich gekehrt und geistesabwesend. Kein Wunder, es war sicher kein Vergnügen, eine Verrückte auf dem eigenen Grund und Boden zu haben.

Zurück in London, konzentrierte sie sich ganz auf ihre Arbeit. Am leichtesten war es, Quin über sein wissenschaftliches Interesse nahezukommen, und je näher die Prüfungen rückten, desto verbissener lernte Verena.

Ihre Eltern unterstützten sie natürlich nach Kräften. Im Flur vor dem Arbeitszimmer waren Unterhaltungen streng verboten; ebenso das Staubsaugen, wenn Verena über ihrem Aufsatz saß; von der Bibliothek wurde ein ganzer Stapel Fachbücher geliefert, darunter auch Nachschlagewerke, die von anderen Studenten gebraucht wurden.

Aber Verena strengte nicht nur ihren Kopf an, sie stählte auch ihren Körper, und das noch energischer als zuvor, denn sie hatte ihr Ziel nie aus den Augen verloren: Quin auf seinen Auslandsreisen zu begleiten. Sie hatte nur in einem Punkt gewisse Zweifel gehabt, aber Quin selbst lieferte ihr nun die beruhigende Gewißheit, die ihr noch gefehlt hatte.

Es geschah bei einem Abendessen, zu dem ihre Mutter Colonel Hillborough von der königlichen geographischen Gesellschaft eingeladen hatte. Hillborough war ein berühmter Weltreisender und ein bescheidener Mann, der selbstlos für die Gesellschaft arbeitete. Er hatte der Hoffnung Ausdruck gegeben, daß Professor Somerville, den er kannte, bei dem Essen anwesend sein würde.

Was auch immer Quin von den intimen Abendessen der Plaketts halten mochte, er konnte nicht ablehnen, und drei Tage nach seinem Gespräch mit Milner im Museum fand er sich wieder einmal zu Verenas Rechter sitzend.

Es wurde ein gelungener Abend. Hillborough war gerade aus der Antarktis zurück und hatte Shackletons Hütte genau in dem Zustand gesehen, in dem dieser sie zurückgelassen hatte: Von der Decke hing ein gefrorener Schinken herab, der noch eßbar war; auf dem Feldbett lagen seine Filzstiefel. Als er und Quin sich über die großen Forschungsreisen der Vergangenheit unterhielten, verstummten die meisten anderen Gäste, um ihnen interessiert zuzuhören.

«Und Sie?» fragte Hillborough, als die Damen Anstalten machten, das Zimmer zu verlassen. «Werden Sie nicht auch bald wieder auf Reisen gehen?»

Quin hob lächelnd eine Hand. «Führen Sie mich nicht in Versuchung, Sir.»

An dieser Stelle stellte Verena die Frage, die ihr schon so lange im Kopf herumging. «Ach, sagen Sie, Professor Somerville», sagte sie, ihn mit seinem Titel ansprechend, obwohl sie ihn jetzt, da sie mit ihm getanzt hatte, privat bei seinem Vornamen nannte. «Gibt es irgendeinen Grund, daß Frauen bei diesen Expeditionen, die Sie ausrichten, nicht mitmachen können?»

Quin wandte sich ihr zu. «Überhaupt keinen», antwortete er mit

Entschiedenheit. «Im Gegenteil – ich bin der Meinung, man sollte den Frauen endlich eine Chance geben.»

Verena war glücklich, als sie an diesem Abend zu Bett ging. Diese Nachdrücklichkeit seiner Versicherung, diese Wärme in seinen Augen, das alles konnte nicht ohne Bedeutung sein. Sie sagte sich, daß Gymnastikübungen zu Hause nicht ausreichten. Wenn sie schnell und ausdauernd sein wollte, brauchte sie mehr Herausforderung, und der geeignete Sport war Squash. Beim Squash braucht man jedoch einen Partner, und so überwand sie tapfer ihre Bedenken – denn sie wollte ihn ja nicht so deutlich auszeichnen – und lud Kenneth Easton in den *Athletic Club* ein.

Sie konnte nicht ahnen, welche Wirkung diese Einladung auf den armen Kenneth haben würde, der mit seiner verwitweten Mutter in dem stillen Vorort Edgware Green lebte. Sparschweine wurden zerschlagen, Postsparbücher geplündert, um Kenneth mit einem Schläger und den richtigen Schuhen und weißen Shorts auszustatten, die seine noch weißeren Knie umflatterten.

Und schon am folgenden Dienstag machte er sich mit der Tochter des Vizekanzlers glückstrahlend auf den Weg zu einer Partie Fitneß und Gesundheit ins Squashzentrum.

«Ich hab so ein schlechtes Gewissen», sagte Ruth zu dem Schaf. «Ich schäme mich fürchterlich.» Seit ihrer Einbürgerung sprach sie Englisch mit ihm. «Ich weiß überhaupt nicht, wie ich das fertiggebracht habe.»

Das Schaf scharrte mit einem Fuß und rammte den Kopf an die Wand seines Pferchs. Es schien seine Teilnahme zeigen zu wollen.

«Ich weiß, ich sollte mich nicht gerade bei dir beklagen, wo du doch selbst so ein schlimmes Leben hast», fuhr sie fort – und in der Tat war die Zukunft des Schafs, das niemand haben wollte, ziemlich düster. «Ich würde dir so gern helfen, und ich weiß auch genau, wo du hingehörst... Es ist das reinste Paradies, glaub mir. Es gibt da herrliche grüne Wiesen, und man riecht das Meer, und die Luft ist frisch und klar.»

Aber es war besser, nicht von Bowmont zu sprechen, nicht einmal mit dem Schaf. Noch immer träumte sie beinahe jede Nacht davon, aber das würde vergehen. Alles verging – das war eine der wenigen Erkenntnisse, über die sich alle Fachleute einig waren.

«Ich hoffe nur, er ist bei guter Laune», sagte sie und nahm ihren Korb.

Doch das war unwahrscheinlich. Quin hatte seit Heinis Ankunft kaum ein Wort mit ihr gewechselt. Weshalb sollte er auch? Der beschämende Moment, als sie den Stein geworfen hatte, war nicht so leicht zu vergessen. Es gab Gerüchte über den Professor; daß er ein wildes Leben führte und sich die Nächte um die Ohren schlug.

Sie begab sich in den Hörsaal, und als er eintrat, wurden ihre schlimmsten Befürchtungen bestätigt. «Er sieht aus, als hätte er die Nacht durchgemacht», sagte Sam. Ruth nickte. Das schmale Gesicht war blaß, die hohe Stirn gefährlich umwölkt, und irgend jemand schien stundenlang auf seiner Robe gesessen zu haben.

Doch als er seine Vorlesung begann, stellte sich der alte Zauber ein. Nur eines hatte sich geändert – sein Abgang. Mit täuschender Beiläufigkeit bewegte er sich zur Tür, während er seinen letzten Satz sprach, und war verschwunden. Er als einziger unter den Dozenten erhielt keinen Dank von Verena Plackett.

Er hatte ihr gesagt, sie könne um zwei Uhr kommen, aber er hatte sich verspätet, und sie hatte Zeit, sich die Hominidenfrau anzusehen, die ohne Frances' Schal ein wenig nackt aussah; dann ging sie hinüber zu der flachen Schale, in der sich aus dem Durcheinander von Reptilienknochen allmählich eine erkennbare Gestalt herauszubilden begann.

Als Quin ins Zimmer kam, sah er sie dort stehen und war an Wien erinnert. Ihm schien, sie sähe genauso aus wie damals: verloren und hoffnungslos. Aber ihm war nicht nach Mitleid zumute. Der vergangene Abend mit Claudine Fleury war eine unerwartete Enttäuschung gewesen. Sie kannten sich lange, sie verstanden sich. Sie war zweimal verheiratet gewesen, lebte jetzt in Mayfair, im luxuriösen Haus ihres Vaters, eines Konzertagenten, der viel auf Reisen war, eine Französin, wie jedermann sie sich erträumt: zierlich und dunkeläugig, von erlesener Eleganz.

Der Abend war nach dem gewohnten Muster abgelaufen:

Abendessen bei *Rules*, Tanzen im *Domino* und dann nach Hause zu den Wohltaten ihres intimen Himmelbetts.

Wenn man überhaupt jemandem schuld geben konnte, dann ihm, das wußte er, und er konnte nur hoffen, daß Claudine nichts gemerkt hatte. Die Wahrheit war, daß alles, was ihn zu ihr hingezogen hatte, ihre Erfahrung, ihre innere Distanziertheit, die Tatsache, daß sie die Liebe nicht allzu ernst nahm, jetzt seinen Zauber verloren hatte. Plötzlich hatte er das Zusammensein mit ihr als seelenlos empfunden und sich unglaublich einsam gefühlt.

Ruth, die sein verschlossenes Gesicht sah, machte sich auf das Schlimmste gefaßt.

«Was kann ich für Sie tun?»

Ruth holte tief Atem. «Sie können mir verzeihen», sagte sie.

Quin zog die Augenbrauen hoch. «Du lieber Gott! Ist es so schlimm? Was soll ich Ihnen denn verzeihen?»

«Ich sage es Ihnen gleich – nur versprechen Sie mir bitte, nicht von Freud zu reden, denn das macht mich schrecklich wütend.»

«Das wird mir wahrscheinlich ganz leichtfallen», erwiderte er. «Ich schaffe es häufig, ihn monatelang nicht zu erwähnen. Aber was hat er Ihnen Schlimmes angetan?»

«Er selbst war es eigentlich gar nicht», antwortete Ruth. «Es war Fräulein Lutzenholler.» Und als Quin sie verständnislos ansah, erklärte sie: «Sie ist Psychoanalytikerin. Sie kommt aus Breslau, und sie macht nichts als Ärger. Sie läßt alles anbrennen – sogar harte Eier, und das ist doch wirklich schwierig –, und dauernd kocht ihre Suppe über und überschwemmt den ganzen Herd, und meine Mutter ist überzeugt, daß wir nur ihretwegen Mäuse im Haus haben. Und jeden Abend um halb zehn steigt sie auf einen Stuhl und klopft an die Zimmerdecke, damit Heini zu üben aufhört. Und dann wagt sie es noch –» Ruth konnte vor Entrüstung nicht weitersprechen.

«Was wagt sie?»

«Sie wagt es, mich darüber aufzuklären, was Freud über das Verlieren von Dingen gesagt hat.»

«Was hat er denn gesagt?»

«Daß wir das verlieren, was wir verlieren möchten, und das

vergessen, was wir vergessen möchten. Es steht alles in seiner *Traumdeutung*. Ich hätte ihr ja gar nicht erzählt, daß ich die Papiere im Bus liegengelassen habe, aber es war sonst niemand zu Hause, und ich war total außer mir, weil ich schon überall gewesen war, im Depot und beim Fundbüro. Ich habe ihr natürlich nicht gesagt, *was* ich im Bus liegengelassen hatte, nur daß es etwas Wichtiges war – und da untersteht sie sich, mir mit meinem Unbewußten zu kommen – eine Frau, die nicht mal Suppe kochen kann!»

Quin beugte sich über seinen Schreibtisch. «Ruth, würden Sie mir jetzt einfach mal in aller Ruhe sagen, worum es eigentlich geht? *Was* haben Sie im Bus liegengelassen?»

Sie strich sich das Haar aus dem Gesicht. «Die Papiere für die Nichtigkeitserklärung. Den ganzen Packen, den Mr. Proudfoot mir gegeben hatte. Sie waren alle in einer großen Pappröhre.»

Quin war aufgestanden und zum Fenster gegangen. Er stand mit dem Rücken zu ihr. Seine Schultern zuckten. Er mußte wirklich zornig sein.

«Es tut mir so leid. Es tut mir wirklich schrecklich leid.»

Quin drehte sich um, und sie sah, daß er sich bemühte, nicht zu lachen.

«Sie finden das komisch?» fragte sie perplex.

«Ja, ich muß es gestehen», antwortete er entschuldigend. Dann ging er zu ihr und blieb neben ihr stehen. «Jetzt erzählen Sie mir mal genau, wie es passiert ist. Möglichst in chronologischer Reihenfolge.»

«Also, ich war bei Mr. Proudfoot, und er hat mir diese Rolle mit den Dokumenten gegeben, und ich wollte gleich nach Hampstead fahren, mit dem Bus, um die Papiere bei einem Notar zu unterschreiben. Ich weiß, daß in der High Street einer ist. Ich hab einen von diesen altmodischen Bussen genommen, die oben offen sind, Sie wissen schon, und bin hinaufgegangen, weil es in Wien solche Doppeldecker überhaupt nicht gibt. Ich habe mich ganz vorn hingesetzt und mir einfach alles angesehen, woran wir vorüberkamen. Es war schön, so hoch oben zu sitzen und ganz im Freien. Und als wir nach Hampstead Heath kamen, habe ich plötzlich unten am Rand des Parks eine ganze Gruppe Steinpilze gesehen, Sie wissen schon, diese großen Pilze, die wir auch am Grundlsee gefunden haben. Sie standen gleich hinter der Damentoilette, und ich wußte genau, daß sie da nicht mehr lange sein würden, weil die Flüchtlinge ja immer auf der Suche sind; deshalb bin ich die Treppe hinuntergerannt, um an der nächsten Haltestelle auszusteigen und sie zu pflücken. Bei uns ist es nämlich mit dem Essen ein bißchen knapp, seit Heini gekommen ist – ich meine, meine Mutter ist immer froh, wenn jemand etwas mitbringt. Ja, und als ich dann im Park war, merkte ich, daß ich die Papiere vergessen hatte. Aber ich habe mich eigentlich nicht weiter aufgeregt, weil ich ganz sicher war, daß ich sie im Depot wiederbekommen würde. Aber da waren sie nicht, und beim Fundbüro auch nicht. Ich war in den letzten zwei Tagen mehrmals dort, aber es ist hoffnungslos. Ich weiß nicht, wie ich das Mr. Proudfoot erklären soll. Er war doch so nett und hat sich so bemüht.»

«Machen Sie sich keine Sorgen, ich spreche mit ihm. Aber etwas anderes, Ruth. Meinen Sie nicht, es wäre jetzt an der Zeit, Heini und Ihren Eltern von unserer Heirat zu erzählen? Wir haben schließlich nichts getan, dessen wir uns schämen müssen. Ich bin überzeugt, sie würden –»

«Nein, nein, bitte!» Ruth umklammerte seinen Arm und sah ihn flehend an. «Ich bitte Sie... meine Mutter hat viel Verständnis, sie macht Heinis ganze Wäsche, und sie verköstigt ihn mit, und sie beklagt sich auch nicht, wenn er immer so lange im Bad bleibt... aber was es bedeutet, ein Konzertpianist zu sein, hat sie irgendwie doch nicht ganz begriffen. Als zum Beispiel Paul Ziller für Heini diese Arbeit fand – er hätte zwei Abende in der Woche im *Lyons Corner House* Klavier spielen sollen –, da hat sie tatsächlich erwartet, daß er sie annimmt.»

«Aber er hat es nicht getan?»

«Nein. Er hat gesagt, wenn man diesen Weg einmal einschlägt, wird man als Musiker nie wieder ernstgenommen; aber Paul Ziller tut es natürlich auch, und meine Mutter... sie ist Ihnen sowieso schon so dankbar dafür, daß Sie meinem Vater die Arbeit besorgt haben, und sie würde Sie bestimmt aufsuchen, um Ihnen zu danken, und Sie würden das fürchterlich lästig finden.»

«Ach ja, würde ich das?» fragte Quin in einem Ton, den sie bei ihm nie vorher gehört hatte. «Na ja, kann sein. Wie dem auch sei, ich werde Dick anrufen, damit er die Papiere noch einmal aufsetzen läßt. Machen Sie sich keine Vorwürfe, wir haben wahrscheinlich nur einen oder zwei Monate verloren.»

Sie lächelte. «Vielen Dank. Ich bin so erleichtert. Jetzt kann ich mich in Ruhe über meine Hausarbeit setzen.»

Erst am Ende des Tages kam Quin, der auf geheimnisvolle Weise seine gute Laune wiedergefunden hatte, dazu, seinen Anwalt anzurufen.

«Was hat sie getan?» fragte Proudfoot ungläubig.

«Das hab ich dir doch eben gesagt. Sie hat die Papiere im Bus liegengelassen.»

«Das ist doch nicht zu fassen! Ich hatte sie ihr extra in eine Riesenpappröhre gesteckt, die mit rotem Band zugeknotet war.»

«Aber sie hat sie nun mal verloren», sagte Quin und wiederholte in aller Kürze die Geschichte von den heißumkämpften Pilzen. «Du wirst das Ganze also noch einmal schreiben lassen müssen.»

«Ja, gut, aber diese Woche geht das nicht mehr – meine Sekretärin ist krank. Und nächste Woche reise ich für vierzehn Tage nach Madeira, du kannst also die nächste Sitzungsperiode des Gerichts vergessen.»

«Tja, das läßt sich nicht ändern», sagte Quin, und Dick Proudfoot dachte sich im stillen, wenn er wirklich Verena Plackett heiraten wollte, so schien es kein sonderlich dringender Wunsch zu sein. «Was tust du denn in Madeira?»

«Ich mache Urlaub», antwortete Proudfoot. «Und ich werde ein bißchen malen. Deine Frau meinte, ich sollte wieder anfangen.»

«Meine –» Quin brach ab. Es wäre ihm nie eingefallen, Ruth so zu bezeichnen.

«Na ja, sie ist doch deine Frau, oder etwa nicht? Ich versteh sowieso nicht, wieso du sie unbedingt loswerden möchtest – du mußt wirklich verrückt sein. Aber mich geht das ja nichts an.»

«Ganz recht», bestätigte Quin freundlich. «Und ich warne dich, wenn sie wieder zu dir in die Kanzlei kommt, dann sprich ja nicht von Sigmund Freud, sonst bekommt sie einen Tobsuchtsanfall.»

«Auf die Idee käme ich gar nicht. Ich versteh überhaupt nichts von diesem Zeug.»

«Na, dann ist es ja gut. Ich wollte dich nur warnen.»

23

Paul Ziller machte Heini mit Mantella bekannt. «Er ist ein sehr guter Agent. Ein bißchen aggressiv in seiner Art, aber das müssen diese Leute sein. Warum gehen Sie nicht einmal zu ihm?»

«Arbeiten Sie auch mit ihm?»

Ziller schüttelte den Kopf. «Er ist nur an Solisten und berühmten Musikern interessiert.»

«Aber Sie könnten doch als Solist auftreten.»

«Nein. Ich bin ein Ensemble-Musiker.» Ziller schwieg, in seine eigenen Gedanken vertieft. Bei seiner Rückkehr ins *Jewish Day Center* hatte er dort zwischen den Waschbecken einen ausgezehrten und heruntergekommenen Mann angetroffen, der Cello spielte, und er spielte sehr gut. Er entpuppte sich als Milan Karvitz vom Prager Kammerorchester, soeben aus Spanien zurückgekehrt, wo er mit den Internationalen Brigaden gekämpft hatte ... und Karvitz seinerseits hatte den Bratschisten vom aufgelösten Berliner Ensemble mitgebracht. Von da an musizierten die drei zusammen, und es ging gut, auch wenn es im Garderobenraum ein bißchen eng war. Allerdings war das Repertoire für Streichtrios begrenzt, und nun hatte ein Mann aus Northumberland geschrieben, der dort als Chauffeur arbeitete. Ziller kannte ihn dem Ruf nach – ein hervorragender Geiger, ein Musiker, der sich nie in den Vordergrund drängte –, aber es kam nicht in Frage. Niemals konnte er Biberstein ersetzen; niemals. «Auf jeden Fall», fuhr er fort, sich aus seinen Gedanken reißend, «habe ich ihm von Ihnen erzählt. Suchen Sie ihn doch einfach einmal auf.»

Mantella war zwar in Hamburg aufgewachsen, doch von Geburt war er Südamerikaner, ein Mann mit olivfarbener Haut, einem schwarzen Spitzbart und einem ausgeprägten Riecher für Begabungen. Heini, das sah er sofort, als dieser sich am folgenden Tag in dem eleganten Büro in der Bond Street bei ihm vorstellte, hatte Möglichkeiten. An seiner musikalischen Begabung gab es keinen Zweifel; noch wichtiger war jedoch die Ausstrahlung des Jungen. Er rührte einen. Doch selbst Mantella konnte für einen Pianisten, der in England unbekannt und auf dem Kontinent noch nicht etabliert war, kein Konzert aus dem Boden stampfen. Immerhin hatte er einen Vorschlag für Heini.

«Ende Mai findet hier ein wichtiger Klavierwettbewerb statt. Unter der Schirmherrschaft von Boothebys – dem Musikverlag. Nein, machen Sie nicht gleich so ein Gesicht. Da mag der Kommerz dahinterstecken, aber die Preisrichter sind ausgezeichnete Leute. Kousselowski und Arthur Hanneman und der Direktor des Amsterdamer Konservatoriums. Die Russen schicken zwei Bewerber, und Leblanc aus Paris nimmt ebenfalls am Wettbewerb teil.»

«Der ist sehr gut», sagte Heini.

«Ich sag Ihnen ja, es ist eine ganz große Sache. Die Preise sind dank der kommerziellen Beteiligung beachtlich, und die Presse interessiert sich auch schon für den Wettbewerb. Die Endausscheidung findet in der Albert Hall statt – das BBC-Symphonieorchester hat sich bereit erklärt, bei den Konzerten zu begleiten, aber das ist noch nicht alles!» Er legte der Wirkung halber eine kurze Pause ein. «Jacques Fleury kommt extra aus den Staaten herüber!»

Das gab den Ausschlag. Fleury war einer der einflußreichsten Konzertagenten überhaupt, mit Häusern in Paris, London und New York. «Was für Konzerte werden verlangt? Ich könnte ein neues einstudieren, aber ich habe nur ein ziemlich mieses kleines Klavier, und ich würde lieber etwas spielen, das ich bereits studiert habe.»

Mantella zog den Ausschreibungsprospekt heraus. «Beethovens drittes, das erste von Tschaikowsky... Rachmaninow Nummer zwei... und Mozarts G-Dur-Konzert, Köchelverzeichnis 453.»

Heini lächelte. «Wirklich? Das G-Dur-Konzert? Mit dem Starenlied? Das ist gut.»

Mantella warf ihm einen scharfen Blick zu. «Was meinen Sie, mit dem Starenlied?»

«Dem Rondo im letzten Satz liegt angeblich der Gesang eines Stars zugrunde, den Mozart besaß. Meine Freundin würde sicher wollen, daß ich dieses Konzert spiele – ich habe sie immer so genannt, meinen kleinen Star –, aber brillieren kann man damit nicht. Ich werde den Tschaikowsky spielen.»

«Moment mal – hab ich da nicht was in der Zeitung gesehen? Hat Ihre Freundin als Kellnerin gearbeitet?»

«Ja, stimmt. Sie macht das jetzt auch noch, abends, aber nicht mehr lang; dafür werde ich sorgen.»

«Jetzt erinnere ich mich – das war eine Reportage über ein Café, in dem hauptsächlich Flüchtlinge verkehren. Ein Bild war auch dabei – schönes volles Haar und eine Stupsnase.» Mantella drehte seinen silbernen Bleistift zwischen den Fingern. Das Mädchen war sehr hübsch gewesen – Mädchen mit kurzen Nasen waren meistens fotogen. «Ich denke, Sie sollten den Mozart spielen.»

Heini schüttelte den Kopf. «Es ist zu einfach. Mozart hat das Konzert für einen seiner Schüler geschrieben. Ich möchte lieber den Tschaikowsky spielen.»

«Das Feuerwerk können Sie ja in den Vorrunden steigen lassen. Sie dürfen sechs Stücke spielen und nur zwei davon sind Pflicht, eine Händel-Suite und Beethovens Hammerklavier-Sonate. Sie können die Jury mit Liszt, Chopin und Busoni blenden, ihnen zeigen, daß Ihnen nichts zu schwierig ist. Und wenn's dann in die Endrunde geht, spielen Sie still und ruhig den Mozart.»

«Aber –»

«Glauben Sie mir, Heini, ich weiß, wovon ich rede. Die Russen werden sich auf Tschaikowsky und Rachmaninow stürzen, und da können Sie sie nicht schlagen. Außerdem läßt sich im Zusammenhang mit dem Mozart die Geschichte von Ihnen und Ihrer Freundin verwenden, die Sie Ihren Star nennen. Ich meine, wir wollen ja nicht nur gewinnen, wir wollen Engagements für Sie sichern. Amerika ist gar nicht ausgeschlossen – ich habe dort ein Büro.»

«Amerika!» Heini riß die Augen auf. «Davon habe ich immer geträumt. Sie meinen, Sie könnten mir ein Visum besorgen?»

«Wenn das Interesse an Ihnen groß genug ist. Fleury könnte das arrangieren, wenn er wollte. Also, hier sind die Daten und die

Teilnahmebedingungen. Sie müssen eine Anmeldegebühr bezahlen, aber ich denke, die werden Sie aufbringen können.»

«Ja.» Die Bergers waren komisch in ihrer Beziehung zu Dr. Friedlander, sie wollten partout nichts von ihm annehmen, aber das war albern. Der Zahnarzt war musikalisch; er würde gewiß gern helfen.

«Gut.» Mantella stand auf, das Gespräch war beendet. «Kommen Sie nächste Woche mit dem ausgefüllten Formular wieder her – und bringen Sie Ihre Freundin mit.»

Heini war selig. Als er bei Hart & Sylvesters in der Bruton Street vorbeikam, blieb er stehen und starrte ein Paar handgenähte Handschuhe an, die im Schaufenster ausgestellt waren. Liszt war immer mit Glacéhandschuhen aufs Podium gekommen, die er dann zu Boden fallen ließ, ehe er sich an sein Instrument setzte. Heini war froh, daß Mantella Liszt erwähnt hatte – er würde die Dante-Sonate spielen; sie war höllisch schwer, aber das war nur um so besser. Es war an der Zeit, daß das Virtuosentum wieder Ansehen gewann. Leute wie Ziller waren ja ganz in Ordnung, aber selbst die größten Musiker hatten nie etwas dagegen gehabt, auch ein wenig zu brillieren.

Ruth würde sich freuen, wenn sie hörte, daß er beschlossen hatte, den Mozart zu spielen. Na ja, eigentlich hatte es Mantella beschlossen, aber das brauchte man ja nicht zu sagen; wozu ihr die Freude rauben. Und wenn es für sie beide Amerika bedeuten konnte! Sie würden dort drüben heiraten – ihm hatte vor einer armseligen kleinen Hochzeit in der Schäbigkeit von Belsize Park sowieso gegraut.

Heini verabschiedete sich von den handgenähten Handschuhen und machte sich, seinen Träumen nachhängend, auf den Weg zu Dr. Friedlanders Praxis in der Harley Street.

«Sie hat es geschafft», sagte Roger Felton mit Genugtuung und schob den Stapel Prüfungsarbeiten weg, an denen er gearbeitet hatte. Ruth hatte Verena Plackett sowohl in Meereszoologie als auch in Parasitologie geschlagen. Jeweils um mehrere Punkte.

«Und das ist wirklich eine Leistung, wenn man bedenkt, was sie in letzter Zeit alles um die Ohren hatte», meinte Elke Sonderstrom, die ihre Kollegen zur Feier des Semesterendes auf ein Glas Sherry in ihr Zimmer eingeladen hatte.

Sie hatten sich alle um Ruth gesorgt, die man mehrmals tief schlafend an unerwarteten Orten gefunden hatte, und die einmal nach einer langen nächtlichen Diskussion über den Fingersatz von Beethovens Hammerklavier-Sonate an der Endstation der Untergrundbahn gelandet war.

«Und meine Frau hat beschlossen, ein Kind zu adoptieren», rief Roger Felton, schon in Ferienstimmung. «Alle Thermometer werden hinausgeworfen.»

Die Prüfungsergebnisse wurden, als sie endlich am Anschlagbrett hingen, allgemein mit Befriedigung aufgenommen. Verena hatte in den beiden anderen theoretischen Prüfungen die besten Arbeiten geschrieben und war schon deshalb zufrieden, weil die eine davon die Paläontologiearbeit war. Sam hatte unerwartet gut abgeschnitten, und sowohl Huw als auch Janet waren gut durchgekommen.

Das Erstaunlichste jedoch waren Pillys Resultate. Sie war lediglich im Physiologiepraktikum durchgefallen; da war sie ohnmächtig geworden, als sie versuchte, sich in den Finger zu stechen, um sich selbst eine Blutprobe abzunehmen. Sonst aber hatte sie alle Zwischenprüfungen bestanden und war nun zum Abschlußexamen zugelassen.

«Und das hab ich alles dir zu verdanken, Ruth», rief sie und schloß ihre Freundin in die Arme.

Kein Wunder, daß es bei der Feier am letzten Tag des Semesters sehr vergnügt zuging. Heini kam auch, und selbst jene von Ruths Freunden, die seine Ansprüche kritisiert hatten, waren bezaubert von seinem ungarischen Akzent und seinem wehmütigen Lächeln. Seit dem Zusammentreffen mit Mantella war Heini höchst zuversichtlicher Stimmung, und als Sam mit einem Stapel Noten ankam und ihn bat, etwas zu spielen, war er dazu bereit, ohne sich zu zieren.

Quin war am selben Abend zu einem kleinen Umtrunk beim Vizekanzler eingeladen. Als er bewußt mit Verspätung eintraf, blieb er einen Moment vor den erleuchteten Fenstern der Studentenhalle stehen. Heini war am Klavier, Ruth saß neben ihm. Sie trug das Samtkleid, das sie im Orientexpreß angehabt hatte, und hielt den Kopf gesenkt, völlig konzentriert den Noten folgend. Dann stand sie auf, ein Arm bog sich über den Kopf des Jungen... mit einer einzigen flinken und anmutigen Bewegung blätterte sie um.

«Man muß wie eine Welle sein, wenn man umblättert», hatte sie ihm im Zug erklärt. «Man muß ganz anonym sein.»

Quin ging über den dunklen Hof, und es schien ihm, daß er nie eine Geste gesehen hatte, die solche Hingabe, solche Liebe ausgedrückt hatte.

Am Heiligen Abend gab es im *Willow* tatsächlich einen Christbaum. Man hatte die Tische nahe zur Wand geschoben, und in der Mitte stand der Baum in seinem festlichen Glanz. Er war nicht etwa klammheimlich bei Nacht und Nebel aus dem Garten von Mrs. Weiss' Sohn Georg gestohlen worden, während ihre Schwiegertochter schlief, obwohl die alte Dame durchaus bereit gewesen war, eine solche Schandtat zu versuchen. Er war in einem Laden gekauft worden, aber dennoch im Grunde Mrs. Weiss zu verdanken. Eine Woche vor Weihnachten hatte die geplagte Schwiegertochter Moira heimlich Leonie aufgesucht und mit ihr eine Vereinbarung getroffen: einen großzügigen Geldbetrag, den Moira ohne Not entbehren konnte, wenn Leonie dafür garantierte, daß die Schwiegermutter den Heiligen Abend außer Haus verbringen würde.

«Ich habe ein paar Leute eingeladen – Mandanten meines Mannes; wichtige Leute. Sie verstehen, nicht wahr?»

Im ersten Moment war Leonie geneigt gewesen, nein zu sagen, doch bei näherer Überlegung fand sie das Geschäft durchaus fair. Sie nahm also das Geld und ging mit der alten Dame einen Baum kaufen, das Lametta, die Kerzen, die Zutaten für die Lebkuchen...

Jetzt wurde es still im *Willow*, als Miss Maud, die man mittlerweile in die Mysterien einer österreichischen Weihnacht eingeweiht hatte, Ruth die Streichhölzer reichte.

«Vorsichtig», sagte Kurt Berger, wie er das jedes Jahr gesagt hatte, seit Ruth alt genug war, die Kerzen am Baum anzuzünden.

Er war mit dem Bus aus Manchester gekommen und die ganze Nacht gefahren. Eigentlich hätte er viel lieber zu Hause mit seiner Familie gefeiert, aber als er jetzt in den Kreis der Gesichter blickte und seiner Tochter leicht über das Haar strich, war er froh, daß sie sich mit ihren Freunden getroffen hatten.

«Wunderbar», sagte Mrs. Burtt ehrfürchtig, als die Kerzen brannten, und die beiden Damen Violet und Maud dachten nicht mehr an Tannennadeln auf dem Boden und Wachsflecken auf den Tischtüchern, vergaßen selbst die Brandgefahr im Glanz der Lichter.

Dann wurden die Geschenke verteilt, und obwohl diese Leute kaum genug Geld hatten, um leben zu können, war niemand vergessen worden. Dr. Levy hatte eine Ansichtskarte der Bank entdeckt, auf der Leonie von der Taubenmeute überfallen worden war, und hatte einen kleinen Holzrahmen für sie gemacht. Mrs. Burtt bekam eine Pergamentrolle, auf der sie von Ruth in Blankversen als Königin des *Willow* gepriesen wurde. Selbst der Pudel bekam ein Geschenk: einen dicken Markknochen.

Aber am schönsten waren Heinis Geschenke. Als Heini bei Dr. Friedlander wegen eines Darlehens für den Klavierwettbewerb vorgesprochen hatte, war ihm eingefallen, daß es nicht dumm wäre, sich im Hinblick auf Weihnachten gleich etwas mehr Geld zu leihen. Dr. Friedlander hatte es ihm mit größtem Vergnügen gegeben, und Heini hatte eingekauft: Seidenstrümpfe für Leonie, Pralinen für Tante Hilda, die *Selbstbetrachtungen* von Marc Aurel für Kurt Berger. Das alles hatte mehr Geld gekostet, als er erwartet hatte, und als er in das Blumengeschäft ging, um für Ruth rote Rosen zu kaufen, mußte er feststellen, daß ein ganzer Strauß weit über seine Verhältnisse gegangen wäre. Die Verkäuferin hatte ihm daraufhin vorgeschlagen, eine andere Art von Rose zu schenken, eine Christrose, und ihm eine einzelne Blüte auf Moos gebettet und in ein Zellophankästchen gepackt. Als er jetzt Ruths Gesicht sah, wußte er, daß nichts ihr eine größere Freude hätte machen können.

Auf die Geschenke folgte das Essen – Mrs. Weiss' Roßhaarbörse hatte für einen reichgedeckten Tisch gesorgt; es gab Platten mit Salami und feingeschnittenem geräucherten Schinken; es gab Mandeln und Aprikosen und einen milden Weißwein aus der Wachau, den Leonie in einem Laden in Soho aufgetrieben hatte.

Aber um elf schlüpften Ruth und Heini hinaus und wanderten Hand in Hand durch die feuchten, nebligen Straßen. «Es war wunderschön, nicht wahr?» sagte Ruth. «Und du siehst so elegant aus!»

Gleich am ersten Ferientag hatte sie ihren Dienst als Kindermädchen bei den fortschrittlich erzogenen Sprößlingen der Weberin wieder aufgenommen, und mit dem verdienten Geld hatte sie Heini einen seidenen Schal gekauft, den er zum Abendanzug tragen konnte.

«Nur schade, daß es hier nicht schneit», fuhr sie fort. «Der Schnee fehlt mir richtig – die Stille, das Glitzern. Weiß du noch die Eiszapfen, die in der Hofburg immer von den Wandlampen herunterhingen? Und das Glockengeläut, und die c-Moll-Messe, die man aus der Augustinerkirche hören konnte?»

Sie standen vor der Tür von Nummer 27. «Ich spiele es für dich», sagte Heini und zog sie ins Haus. «Komm. Ich spiele den Schnee und die Sängerknaben und die Glocken. Ich spiele Weihnachten in Wien.»

Und das tat er. Er setzte sich an das Bösendorfer-Klavier und schenkte ihr eine Wiener Weihnacht in Musik, wie er versprochen hatte. Er spielte Leopold Mozarts *Schlittenfahrt* und verflocht das Stück mit den Weihnachtsliedern, die die Wiener Sängerknaben zu singen pflegten ... Er spielte die Melodie, die der alte Mann auf dem Markt, wo die Bergers immer ihren Baum kauften, auf seiner Drehorgel herunterzuleiern pflegte, und dann wurde aus dieser Weise Papagenos Lied aus der *Zauberflöte*, das für Ruth seit ihrem achten Lebensjahr zum Weihnachtsfest gehörte. Er spielte den *Schlittschuhwalzer*, zu dessen Klängen sie im Prater auf der Eisbahn getanzt hatte, und ahmte den tiefen und feierlichen Klang der Glocken des Stephansdoms nach, wenn sie zur Mitternachtsmesse riefen. Und er schloß mit dem Stück, das er in der Rauhensteingasse jedes Jahr auf dem Steinway für sie gespielt hatte – ihrer beider Lied: Mozarts tröstliches und ergreifendes b-Moll-Adagio, das er geübt hatte, als sie einander zum erstenmal begegnet waren.

Dann klappte er den Klavierdeckel zu und stand auf. «Ruth», sagte er leise, «ich finde dein Geschenk wunderschön, aber es gibt nur ein Geschenk, das ich wirklich haben möchte und brauche – so dringend brauche, wie die Luft zum Atmen.»

«Was ist das?» fragte Ruth, und ihr Herz schlug so laut, daß sie meinte, er müßte es hören.

«Dich!» sagte Heini. «Sonst nichts. Nur dich. Und bald, Liebste. Bald, nicht wahr?»

Ruth, noch immer im Zauber der Musik gefangen, trat in seine ausgebreiteten Arme und sagte: «Ja. Das möchte ich auch. Ich wünsche es mir so sehr.»

Quin verlebte einen ganz anderen Heiligen Abend. Er war seit Tagesanbruch gewandert und stand jetzt auf der Höhe der Cheviot Hills. Das dürre hellbraune Gras auf den Hängen unter ihm neigte sich im pfeifenden Wind, und draußen, über dem Meer, ballten sich dunkle Sturmwolken zusammen. Morgen würde er seine Pflicht als Gutsherr tun und in der Dorfkirche den Bibeltext verlesen und danach seine Tante zur alljährlich stattfindenden Weihnachtsfeier bei den Rothleys begleiten – den heutigen Tag jedoch hatte er für sich in Anspruch genommen.

Aber als er sich dem Problem zuwandte, das ihn hier heraufgetrieben hatte, stellte er fest, daß es nichts zu entscheiden gab. Die Entscheidung war von selbst gefallen, der Himmel mochte wissen, wann. Statt abstrakter Gedanken kamen Bilder: ein Dampfschiff nach Daressalam... das Flußschiff nach Lindi... einige Tage beim *Commissioner*, um Träger anzuheuern. Und dann der lange Marsch über die weiten Ebenen auf der anderen Seite der Schlucht. Er hatte von dieser Expedition schon geträumt, als er vor Jahren in Tanganjika gearbeitet hatte – und wenn Farquarson die Wahrheit sprach, wenn es in der Kulamali-Schlucht tatsächlich einen Sandsteinausläufer gab, in den Fossilien eingebettet waren...

So wie er die Landschaft vor sich sah, so sah er die Menschen vor sich, die er mitnehmen würde. Milner natürlich, Jacobson von der geologischen Abteilung des Museums... Alec Younger, eben erst aus Ostindien zurückgekehrt und schon voller Ungeduld, erneut aufzubrechen... Colonel Hillborough, der von der Verwaltungsarbeit genug hatte und der Expedition die zusätzliche Unterstützung der Geographischen Gesellschaft sichern würde... und noch einen weiteren Mitarbeiter, einen jungen Menschen, dem er eine Chance geben wollte. Vielleicht einer seiner Studenten aus dem dritten Jahr. Es kam natürlich auf die Prüfungsergebnisse an, aber Sam Marsh war eine Möglichkeit.

Afrika war seine erste Liebe gewesen, und wenn dies seine letzte Expedition werden sollte, so würde sie einen würdigen Abschluß seiner Reisen bilden. Der Vorteil einer Expedition nach Kulamali war zudem, daß das Gebiet unter britischer Herrschaft stand und man von dort aus durch andere Protektorate zum Meer zurückgelangen konnte. Wenn es also zum Krieg kommen sollte, bestand keine Gefahr, daß man als Ausländer eingesperrt wurde. Er würde nach Hause zurückkehren und sich an die Front melden können.

Eine weitere Entscheidung war da offenbar ganz von selbst gefallen. Dies war keine Reise, die in die Sommerferien hineingepackt werden würde; er würde aus Thameside weggehen, für immer.

24

«Also ehrlich, manchmal wünsche ich mir, das menschliche Herz wäre wirklich nur eine dickwandige Gummibirne, du nicht?» sagte Ruth zu Janet, mit der zusammen sie zurückgeblieben war, um ein Modell des Kreislaufsystems abzuzeichnen, das Dr. Fitzsimmons freundlicherweise für sie konstruiert hatte.

Fast zwei Monate waren seit Weihnachten vergangen, und Heinis leidenschaftliches Flehen um die Erfüllung ihrer Liebe sollte endlich erhört werden. Ruth hatte es nicht absichtlich so lange hinausgezögert. Sie wollte es der Heldin von *La Traviata* gleichtun, die davon sang, daß sie das Leben bis zur Neige auskosten und dann sterben wolle; und Ruth wußte, daß sie, indem sie sich Heini hingab, der Musik diente. Heini, der für den bevorstehenden

Klavierwettbewerb die Dante-Sonate einstudierte, hatte sich eingehend mit dem Privatleben des Komponisten befaßt und festgestellt, daß Liszt (der berühmt war für seine dämonische Art) zu der Zeit, als er in Heinis Alter gewesen war, bereits mehrere Gräfinnen beglückt hatte; es war daher völlig verständlich, daß Heini meinte, Liszts Kompositionen nicht gerecht werden zu können, solange er sich in einem Zustand körperlicher Frustration befand.

Dennoch war es nicht einfach gewesen. Gelegenheiten zu dämonischem Treiben gab es in Nummer 27 ganz einfach nicht, und ein Hotel konnten sie sich nicht leisten. Ruth hatte sich schließlich an Janet gewandt, die ihre Rolle als Pfarrerstochter so gänzlich überwunden hatte, und Janet hatte geholfen.

«Ihr könnt meine Wohnung haben», hatte sie gesagt. «Wir müssen nur sehen, wann die anderen weg sind. Aber Corinne fährt fast jedes Wochenende nach Hause, und Hilary arbeitet oft den ganzen Samstag. Ich geb dir Bescheid, wenn es klappt.»

Gestern nun hatte Janet ihr Bescheid gegeben. Schon am kommenden Samstag konnten Ruth und Heini die Wohnung den ganzen Nachmittag für sich haben.

Jetzt sagte Janet mit einem forschenden Blick zu Ruth: «Du mußt es nicht tun, das weißt du wohl. Kein Mensch muß es tun. Manche Leute schaffen es gar nicht, wenn sie nicht verheiratet sind, und ich glaube, du bist vielleicht so jemand.»

«Unsinn, es ist nichts als Feigheit», erwiderte Ruth und radierte ein Kapillargefäß aus, das ihr mißraten war. «Wenn du's kannst, dann kann ich es auch.»

Janets Antwort war nicht unbedingt beruhigend. «Ja, ich kann es und ich tu es. Mit sechzehn hab ich angefangen. Ich hab mich geschämt, weil mein Vater Pfarrer war, und ich wollte allen zeigen, daß ich nicht prüde bin. Und wenn man einmal anfängt, dann macht man eben weiter. Aber jetzt bin ich einundzwanzig und habe es eigentlich schon ein bißchen satt. Manchmal frag ich mich, wozu das alles.»

Als sie später ihre Sachen zusammenpackten, sagte Ruth: «Meinst du, ich sollte vorher was darüber lesen?»

«Großer Gott, Ruth, du liest doch sowieso ständig! Ich glaube, du weißt mehr über die Physiologie des Fortpflanzungssystems als sonst jemand auf der Welt.»

«Nein, ich meinte doch – so eine Art Anleitung, wie zum Beispiel, wenn man ein Motorrad reparieren will.»

«Natürlich, wenn du willst, kannst du was lesen. Du brauchst nur zu Foyles gehen, in den zweiten Stock. Die haben da bestimmt ein ganzes Dutzend solcher Bücher. Du kannst es sogar umsonst lesen. Die Verkäufer lassen einen in Frieden, die sind das gewöhnt.»

Am folgenden Tag fuhr Ruth also in der Mittagspause nach Charing Cross. Pilly bestand darauf, sie zu begleiten. Ruth hatte eigentlich nicht vorgehabt, Pilly in ihr Vorhaben einzuweihen, aber Pilly war über Ruths heimliche Gespräche mit Janet so gekränkt gewesen, daß sie ihr dann doch gesagt hatte, welch ekstatischer Erfahrung sie sich zu unterziehen gedachte. Pilly war voller Bewunderung gewesen. «Du bist so mutig», sagte sie immer wieder, brachte aber von da an jeden Tag Lebertrankapseln mit in die Mittagspause und drängte Ruth, sie zu schlucken.

«Ich gehe nicht mit dir nach oben», sagte sie jetzt. «Ich verstehe diese Diagramme und Schaubilder ja doch nicht, und ganz bestimmt wimmelt es da nur so von Namen. Ich warte bei den Kochbüchern auf dich.»

Pilly hatte recht. Es wimmelte tatsächlich von Namen, und die Schaubilder waren ziemlich entmutigend. Es würde einem nichts anderes übrigbleiben, als einfach zu leben bis zur bitteren Neige.

«Es wird schon klappen, Ruth», meinte Janet, als sie nach ihrem Ausflug in die Buchhandlung zurückkam. «Ganz bestimmt. Ich nehme dich morgen in die Wohnung mit und zeige dir alles. Nur auf eines mußt du achten.»

Ruth schluckte. «Du meinst, daß ich nicht schwanger werde?»

«Nein, das nicht – da wird natürlich Heini aufpassen. Ich rede von seinen Socken.»

«Von seinen Socken?» fragte Ruth perplex.

Janet legte ihr die Hand auf den Arm. «Sieh zu, daß er sie gleich zu Anfang auszieht. Es gibt nichts Schlimmeres als einen nackten Mann in dunklen Socken. Da kann es einem schon vergehen. Aber du liebst ihn ja schließlich. Also brauchst du dir überhaupt keine Sorgen zu machen.»

Janets Wohnung war in Bloomsbury, in einer kleinen Straße hinter dem Britischen Museum. Wäre Ruth von der Küche aus die Feuerleiter hinuntergeklettert, so wäre sie keinen Steinwurf entfernt von dem Keller gelandet, in dem Tante Hilda arbeitete. Hilda wäre über ihr Vorhaben nicht schockiert gewesen; die Mi-Mi waren unbekümmerte Leute; in Betschuanaland nahm man die Liebe auf die leichte Schulter.

Aber ihre Eltern ... Ruth zwang sich, nicht daran zu denken, was ihre Eltern sagen würden, wenn sie wüßten, was sie vorhatte. Sie hatte so sehr gehofft, daß bis zu diesem Zeitpunkt die Nichtigkeitserklärung erfolgt sein würde; dann hätte sie sich wenigstens mit Heini verloben können. Aber ihre Ehe mit Quin bestand immer noch, und das war allein ihre Schuld und ein weiterer Grund, Heini nicht länger warten zu lassen.

Die Wohnung war recht bohemehaft; die Möbel wirkten provisorisch, und es waren auch nicht viele, und alles war sehr staubig. Aber das war gut so. Mimi mit ihrem eiskalten Händchen hatte auch zur Boheme gehört und war nicht verheiratet gewesen ...

Heini mußte jeden Moment kommen. Sie hatte den Spülstein gesäubert und den Küchenboden gefegt und den Wein ausgepackt, den Janet ihr als Glücksbringer geschenkt hatte. Ruth hatte deswegen ein schlechtes Gewissen gehabt – Janet war mit dem Geld furchtbar knapp –, aber Janet hatte ihre Proteste nicht gelten lassen.

«Es war ein Sonderangebot im Coop», sagte sie.

Der Wein würde sicher eine große Hilfe sein, dachte Ruth, die sich erinnerte, wie der Wein im Orientexpreß auf sie gewirkt hatte. Sie kämpfte ihre Nervosität nieder und öffnete die Tür zu Corinnes Zimmer, das Janet als das für ihre Zwecke am besten geeignete bezeichnet hatte. Es hatte ein Doppelbett – genauer gesagt eine Doppelmatratze –, die mit interessant gefärbter Sackleinwand zugedeckt war. Corinne studierte Kunst; überall an den Wänden hingen Zeichnungen, die sie im Aktkurs angefertigt hatte. Die Frauen hatten alle himmelwärts strebende Brüste und Oberschenkel wie dorische Säulen. Heini würde sehr enttäuscht sein, vielleicht war es am besten, das Zimmer zu verdunkeln. Aber als sie die Vorhänge zuziehen wollte, stürzte die Bambusstange scheppernd herab, und sie hatte gerade noch Zeit, sie wieder festzumachen, ehe es läutete.

«Heini! Liebster!» Aber obwohl Heini sie umarmte, sah er nicht glücklich aus. «Ist alles in Ordnung? Hast du sie?»

«Ja, aber du hast keine Ahnung, was ich mitgemacht habe. Die Automaten standen direkt nebeneinander, und die Anweisungen waren abgerissen, und als ich das erstemal sechs Pence hineingeworfen habe, kam eine Tafel Schokolade heraus – diese widerliche Cremeschokolade.»

«Ach, Heini, so ein Pech!» Heini aß niemals Schokolade, weil er fürchtete, er würde davon Akne bekommen.

«Dann habe ich es bei dem anderen Automaten versucht, und da ist die Münze steckengeblieben. Ich mußte erst mit dem Fuß dagegentreten, und genau da kam natürlich irgendein Idiot vorbei und feixte. Wirklich, so etwas möchte ich mir nie wieder antun.»

Schuldgefühle packten Ruth. Heini hatte sie gebeten, in die Apotheke zu gehen, und «das alles» zu erledigen; es stimmte, daß ihr Englisch weit besser war als seines, aber gewisser Wörter war man sich dennoch nicht absolut sicher, selbst dann nicht, wenn man sie im Lexikon nachschlug. *Besonders* dann nicht, wenn man sie im Lexikon nachschlug. Gleichzeitig allerdings hätte sie gern gewußt, ob er die Schokolade mitgebracht hatte. Sie hatte ihr Mittagessen versäumt, aber es war wahrscheinlich besser, nicht zu fragen.

«Aber jetzt sind wir hier», sagte sie möglichst munter und half ihm aus dem Mantel. Dann fragte sie mutig: «Möchtest du ein Bad nehmen?»

Heini nickte – er mußte das gleiche Buch gelesen haben wie sie – und folgte ihr ins Badezimmer, wo sie den Boiler anzündete und den Hahn aufdrehte. Der Erfolg war hochdramatisch: Es knallte, zischende Dampfwolken stiegen auf, und eine blaue Stichflamme schoß in die Höhe.

«Um Gottes willen, da lassen wir lieber die Finger davon!» rief Heini. «Das ist ja schlimmer als in Belsize Park.»

«Meinst du nicht, es wird sich beruhigen?»

«Nein.» Heini hatte ein Handtuch gepackt und drückte es an seine Nase. «Emile Zola ist an einem undichten Ofen gestorben.»

«Na schön», sagte Ruth und drehte den Wasserhahn zu. Nicht alle Bücher hatten heiße Bäder empfohlen. Manche waren mehr für das Natürliche. «Komm, trinken wir erst ein Glas Wein.»

Sie kehrten in die Küche zurück, und sie schenkte Heini und sich ein Glas Wein ein. «Worauf wollen wir trinken?»

Heini lächelte. «Auf unsere Liebe.»

Genau in diesem Moment hörten sie draußen auf der Feuerleiter eine ganze Serie schriller Piepstöne. Ruth öffnete die Tür, und eine schwarze Katze sauste in die Küche, im Maul einen Vogel, einen Spatz, der noch nicht tot war.

«O Gott!»

«Jag sie raus, Ruth!»

«Ich glaube, sie wohnt hier. Janet hat irgend etwas von einer Katze gesagt.»

«Es ist doch egal, ob sie hier wohnt oder nicht.» Heini sprang auf, scheuchte die Katze hinaus und verriegelte die Tür.

«Wir hätten ihn töten sollen», sagte Ruth.

«Ohne Gewehr kann ich keine Katzen töten.»

«Doch nicht die Katze. Den Vogel!»

Mit einem leichten Gefühl von Übelkeit hob sie ihr Glas und trank. Sauer und kalt rann der Wein in ihren Magen. Es gab da bei Weinen anscheinend beachtliche Unterschiede...

«Komm, Ruth! Gehen wir ins Schlafzimmer.»

«Ja, gleich, Heini. Ich möchte gern erst etwas in Stimmung kommen. Wollen wir nicht ein bißchen Musik machen?»

«Ich *bin* in Stimmung», sagte Heini unwirsch. Aber er folgte ihr ins Wohnzimmer, wo sich auf einem niedrigen Tisch ein Stapel Schallplatten türmte.

«Ach, schau!» sagte sie entzückt. «Sie haben *Glanzlichter aus La Traviata*.»

Aber wahre Musiker hören sich natürlich niemals Glanzlichter an – das kann man nicht erwarten –, und Heini machte ein ziemlich beleidigtes Gesicht.

«Du liebst mich doch?»

«Aber Heini, das weißt du doch!»

Er streckte ihr in einer jungenhaften, rührenden Geste beide Hände hin. Sie legte die ihren hinein. Sie gingen ins Schlafzimmer. Und er zog seine Socken aus – da mußte ihn jemand gewarnt haben. Es würde alles gut werden.

«Ach, verdammt! Diese Wohnung ist die reinste Müllkippe! Jetzt hab ich einen Reißnagel im Fuß.»

Er hatte sich aufs Bett fallen lassen und hielt mit beiden Händen seinen linken Fuß umklammert, aus dessen Sohle tatsächlich ein Tröpfchen Blut quoll.

«Na, wenigstens ist es nicht der Teil, mit dem du auf die Pedale trittst», sagte Ruth, die immer seine Gedanken lesen konnte. «Es ist rechts auf der Seite. Aber warte, ich hole ein Pflaster.»

«Und Jod», rief Heini ihr hinterher, als sie zur Tür lief. «Der Boden wimmelt bestimmt von Bakterien.»

Im Badezimmer fand sie ein Fläschchen Jod und eine Rolle Heftpflaster, aber keine Schere. Sie durchsuchte die Schubladen in der Küche, aber ohne Erfolg. Schließlich nahm sie ein Küchenmesser und versuchte damit, ein Stück Pflaster abzuschneiden.

«Es hat aufgehört zu bluten», rief Heini aus dem Schlafzimmer. «Es reicht, wenn du die Wunde desinfizierst.»

Sie nahm das Jod mit ins Schlafzimmer und rieb Heinis Fuß damit ein. Heini war tapfer, zuckte nicht einmal mit der Wimper.

«Jetzt müssen wir warten, bis es trocken ist.»

«Das dauert nicht lang», sagte er. «Zieh dich doch inzwischen aus.»

«Ich bring nur erst das Jod zurück. Es wär doch zu peinlich, wenn wir es ausschütten würden.»

Sie ging an den Aktzeichnungen vorüber, trat auf eine kleine graue Feder, die von der Brust des kleinen Vogels herabgefallen war, und stellte die Jodflasche wieder ins Schränkchen. Als sie zurückkam, sah sie, daß Heini schon im Bett war.

Es ließ sich also nicht mehr länger aufschieben – das Leben bis zur bitteren Neige. Ruth kreuzte die Arme und zog ihren Pullover über den Kopf.

Am selben Nachmittag, als Heini sich in Bloomsbury als dämonischer Liebhaber übte, fuhr Quin ins Naturhistorische Museum, um mit seinem Assistenten die bevorstehende Reise zu besprechen.

«Ich habe leider schlechte Nachricht für Sie», sagte Milner und kletterte von dem Gerüst herunter, auf dem er bis jetzt, mit den Halswirbeln eines Brontosaurus beschäftigt, gestanden hatte. Aber er lächelte dabei. Seit Quin ihm eröffnet hatte, daß sie im Juni abreisen würden, war er glänzender Stimmung.

«Was für schlechte Nachricht?» fragte Quin.

«Das sag ich Ihnen unter vier Augen», antwortete Milner geheimnisvoll und führte Quin in sein kleines Büro im Souterrain. «Es handelt sich um Brille-Lamartaine», fuhr er fort. «Er hat anscheinend von unserer geplanten Reise Wind bekommen und möchte mit. Seit Tagen lauert er mir auf, macht mir Andeutungen und geht mir ganz generell fürchterlich auf die Nerven. Ich habe ihm kein Wort gesagt, aber es scheint etwas durchgesickert zu sein.»

«Ach, du lieber Gott! Ich dachte, er sei in Brüssel.»

Brille-Lamartaine war der belgische Biologe, dessen Brille von einem Yak zertrampelt worden war. Es kommt selten vor, daß ein Mitglied einer Expedition die reine Katastrophe ist und nicht wenigstens ein paar Züge aufweist, die mit ihm versöhnen; Brille-Lamartaine jedoch war ein solcher Fall.

«Wo er wohl davon gehört hat?»

«Er war viel bei der Geographischen Gesellschaft. Hillborough ist ja absolut diskret, aber vielleicht ist eben doch etwas durchgesikkert.»

«Passen Sie auf», sagte Quin, «Wenn er das Thema wieder aufs Tapet bringt, dann sagen Sie ihm, daß ich eine Frau mitnehme. Eine meiner Studentinnen. Eine junge, lebenshungrige Person, die für Männer eine große Schwäche hat.»

Milner lachte. Er wußte, daß Brille-Lamartaine vor Frauen eine Heidenangst hatte und überzeugt war, jede von ihnen habe es sowohl auf seinen rundlichen Körper als auch auf seine Erbschaft von einer unverheirateten Tante abgesehen.

«Mit Vergnügen», sagte er.

Quin jedoch war klar, als er das Museum verließ, daß er seinen Mitarbeitern seinen Entschluß zu gehen nicht länger verheimlichen durfte. Wenn er sich Plackett gegenüber an die gesetzliche Frist hielt und bis Ostern wartete, so reichte das, aber auf keinen Fall sollten Roger, Elke und Humphrey die Nachricht von anderen erfahren.

Roger Felton war im Labor, als er ins Fakultätsgebäude kam, nutzte das Wochenende, um liegengebliebene Arbeit zu erledigen. Der Ausdruck seines Gesichts, als Quin ihn einweihte, war kaum zu ertragen.

«Ohne Sie werde ich mir hier wie in der Wüste vorkommen», sagte er und wandte sich ab, um seine Bestürzung zu verbergen. «Elke dachte schon, daß so etwas passieren würde, aber ich hoffte – ach, so ein Mist!»

«Es ist Ihnen vielleicht kein Trost, aber ich fürchte, schon im nächsten Jahr werden wir alle in sämtliche Winde verstreut sein», sagte Quin. «Wenn dieser Krieg wirklich kommt, dann wird er ganz anders werden als der letzte. Ich glaube, dann werden auch wir Wissenschaftler an die Front müssen.» Als Roger auch darauf nichts sagte, legte ihm Quin die Hand auf den Arm und fügte hinzu: «Ich nehme Sie mit nach Afrika, Roger, wenn Sie hier wegkönnen. Es wäre mir eine Freude.»

«Danke – Sie wissen, wie gern ich mitkäme, aber ich kann Lillian nicht allein lassen. Ende Mai werden wir ein Adoptivkind übernehmen, einen Säugling, das Kind einer kanadischen Tänzerin. Lillian ist unheimlich aufgeregt.»

«Das freut mich», sagte Quin mit Wärme. «Und falls Sie einen Paten brauchen, dann denken Sie vielleicht an mich.»

Rogers Gesicht hellte sich auf. «Sie haben den Job, Professor.»

Als Quin nach diesem Gespräch mit Roger durch den Hof ging, begegnete er Verena in Begleitung von Kenneth Easton. Sie hatte einen Squashschläger in der Hand und war offensichtlich bester Stimmung.

«Sie sehen sehr fit aus», sagte Quin, als er merkte, daß sie ihn nicht einfach vorübergehen lassen würde.

«Oh, das bin ich auch, Professor!» erwiderte Verena mit einem spitzbübischen Lächeln. Sie forderte ihn nicht gerade auf, ihren Bizeps zu fühlen, aber das war auch nicht nötig. Dank ihrem Sportdreß, kurzärmlige Bluse und Shorts konnte jeder, der Augen im Kopf hatte, den kernigen Zustand ihrer Muskeln sehen. Dann sagte sie: «Ach, was halten Sie eigentlich von dem Armee- und Marine-Ausstattungsgeschäft? Würden Sie es empfehlen, wenn man eine Expedition plant?»

«Absolut. Das Geschäft ist ausgezeichnet sortiert – ich decke mich immer dort ein; Sie bekommen alles, was Sie brauchen. Beziehen Sie sich bei Mr. Collins auf mich, dann werden Sie gut bedient.»

«Danke, das werde ich tun. Und wie ist es mit Flohpuder? Würden Sie da Coopers oder Smythsons empfehlen?»

Quin, der eine vage Vorstellung hatte, Verena plane eine längere Reise mit ihren Verwandten, plädierte für Coopers, ehe er sich höflich verabschiedete und weiterging. Kenneth war schlagartig in ein Loch tiefster Depression gestürzt. Die Opfer, die er für Verena gebracht hatte, waren erheblich. Er fuhr vierzehn Haltestellen mit der Untergrundbahn, um mit ihr zusammen Squash spielen zu können; er hatte sich unter großen Mühen seinen Cockney-Akzent abgewöhnt; er sagte «Pardon», weil «Entschuldigung» angeblich gewöhnlich war. Aber jedesmal, wenn der Professor auftauchte, schmolz Verena dahin und kokettierte wie ein Schulmädchen. Manchmal fragte sich Kenneth, ob das alles die ganze Sache wert war.

«Ich ziehe aus», verkündete Heini. «Ich suche mir ein anderes Zimmer.»

Leonie starrte den Jungen entgeistert an, der mit wild abstehenden Haaren und in grenzenloser Wut von seinem Samstagnachmittag in der Stadt zurückgekehrt war.

«Aber warum denn, Heini? Was ist passiert?»

«Ich kann nicht darüber sprechen, aber ich muß weg. Ich kann hier nicht bleiben. Ich kann ja nicht einmal spielen.»

Das stimmte nicht ganz. Heini war seit einer halben Stunde schon zu Hause und hatte die Lebenserwartung des gemieteten

Klaviers um ein beträchtliches gemindert, indem er durch die Busoni-Variationen hindurchgedonnert war, daß die Teller in der Kredenz klapperten.

«Weiß Ruth das schon?» fragte Leonie nervös.

«Nein, noch nicht. Aber es wird sie nicht wundern», versetzte Heini finster.

«Du meine Güte! Wenn ihr gestritten habt... ich meine, so was kommt doch mal vor.»

«Nein, so etwas nicht», entgegnete Heini rätselhaft. «So etwas kommt nicht vor. Ich ziehe aus, sobald ich etwas anderes gefunden habe.»

Leonie war in einem Widerstreit der Gefühle. Ruth würde niedergeschmettert sein, wenn sie von Heinis Entschluß hörte, und Leonie hätte alles getan, um ihrer Tochter Schmerz zu ersparen. Gleichzeitig jedoch hatte der Gedanke, daß Heini ausziehen würde, etwas Paradiesisches. Im Wohnzimmer wieder schalten und walten zu können, wie sie wollte, sich mittags ein Stündchen aufs Sofa legen zu können... ins Bad hineinzukönnen, wann man wollte!

Da sie nicht wußte, was sie sagen sollte, zog sie sich in die Küche zurück, wo Mishak im Katalog einer Großgärtnerei blätterte, den ihm eine Nachbarin geliehen hatte.

«Heini sagte gerade, er wolle ausziehen. Ich glaube, er und Ruth haben sich fürchterlich gestritten.»

Mishak sah auf. «Und wohin will er?»

«Keine Ahnung. Er sagt, er will sich ein anderes Zimmer suchen.»

«Und wie will er das bezahlen?»

Heini wohnte bei den Bergers natürlich mietfrei; das Geld, das er aus Budapest mitgebracht hatte, war längst verbraucht.

«Ich weiß es nicht. Aber er ist sehr entschlossen.»

Mishak ging es wie Leonie: paradiesische Visionen eines Lebens ohne Heini stiegen vor seinem inneren Auge auf. Schon glaubte er, den Morgengesang der Amseln wieder zu hören, das Rascheln des Windes in den Bäumen.

«Meinst du, er wird etwas essen wollen?» fragte Leonie und

begann den Teig für die Pfannkuchen zu bereiten, mit denen man, wenn man sie mit diversen Resten füllte, viele Esser für wenig Geld verköstigen konnte. «Er war ganz außer sich.»

«Essen wird er bestimmt», prophezeite Mishak und behielt recht.

Ruth war diejenige, die kein Abendessen wollte. Sie rief an, um Bescheid zu geben, daß sie später kommen würde. Sie streifte ziellos durch die Straßen und rang die Hände wie eine viktorianische Romanheldin. Sie schämte sich zu Tode und wünschte, die Erde würde sich auftun und sie verschlucken...

Denn es war genau das eingetreten, was sie in jener Nacht im Orientexpreß gefürchtet hatte. All die Bücher, die sie am Grundlsee gelesen hatte – als hätte sie es vorausgeahnt. Sie hatten sich ganz unverblümt geäußert, diese Fachleute mit ihren dreibändigen Werken: Havelock Ellis und Krafft-Ebing und ein besonders beunruhigender Mann namens Eugene Feuermann. Nicht umsonst hatten sie unzählige Kapitel dem großen Leiden jener gewidmet, die im Liebesakt die Erfüllung suchen.

Alles wäre besser gewesen als das, was tatsächlich geschehen war. Es gab auch Kapitel über Nymphomanie, nicht einmal das hätte Ruth geschreckt. Nymphomanie nahm vielleicht ein böses Ende, aber es klang generös und hingebungsvoll. Eine Nymphomanin konnte vielleicht erwarten, das Leben bis zur bitteren Neige auszukosten und dann zu sterben, hingegen...

Warum gerade ich? dachte Ruth, wo ich mich doch so sehr darauf gefreut habe, endlich mit ihm zusammensein zu können. Und was wird Janet sagen? Konnte man Janet, die auf den Rücksitzen von Automobilen so freigebig war, so etwas überhaupt erzählen?

Das Wort dröhnte in ihren Ohren – das grauenvolle Wort, das sie als eiskalt brandmarkte, als wäre sie ein Geschöpf der Schneekönigin. Es hatte angefangen zu regnen, und sie zog ihre Kapuze über den Kopf; aber das schlechte Wetter paßte zu ihrer Stimmung. Weshalb sollte für eine Frau, der zwei ganze Kapitel und eine Serie von Tabellen in Feuermanns *Sexual Psychopathology* gewidmet waren, je wieder die Sonne scheinen?

Eine Stunde, zwei wanderte Ruth durch die Straßen, dann

machte sie sich, unnormal oder nicht, auf den Heimweg. Früher oder später würde sie Heini gegenübertreten müssen, Feigheit löste gar nichts.

«Herein!»

Fräulein Lutzenholler saß im Morgenrock in ihrem Zimmer und trank eine Tasse Kakao mit runzliger Haut. Über ihr hing ein Bild der Couch, auf der sie ihre Patienten in Breslau therapiert hatte, in der Gasheizung zischte ein kleines blaues Flämmchen, und sie war nicht im geringsten erfreut, Ruth zu sehen.

«Ich wollte gerade zu Bett gehen», erklärte sie.

Ruth trat ein, das Haar zerzaust, die Augen verschwollen. «Ich weiß. Entschuldigen Sie. Und ich weiß auch, daß Sie mir nicht helfen können, weil ich Sie ja nicht bezahlen kann, und Psychoanalyse wirkt nur, wenn man dafür bezahlt.»

«Außerdem darf ich in England gar nicht praktizieren», sagte Fräulein Lutzenholler abschließend.

«Aber ich dachte, Sie wüßten vielleicht, ob ich irgend etwas tun kann.» Es war Ruth schwergefallen, die Analytikerin in ihrem ungastlichen Zimmer aufzusuchen, zumal sie sich nach ihren Bemerkungen über die im Bus verlorenen Papiere geschworen hatte, ihr nie wieder etwas zu erzählen. Aber man konnte anscheinend seinem Schicksal nicht entkommen. «Ich bin so unglücklich, wissen Sie, und ich dachte, es gibt vielleicht in meiner Kindheit irgend etwas, das ich nicht verstanden habe. Etwas, das ich verdrängt habe.»

Fräulein Lutzenholler stellte seufzend ihre Tasse nieder. «Ist es wahr, daß Heini auszieht?» fragte sie.

Ruth nickte, und etwas wie ein Lächeln flog über das Gesicht der Analytikerin und erhellte den Schnurrbart auf ihrer Oberlippe.

«Mit der Verdrängung ist das nicht so einfach», sagte sie.

«Nein, sicher nicht. Aber ich weiß, wenn man irgend etwas Schlimmes mitansieht, solange man noch klein ist... wenn man die eigenen Eltern – ach, Sie wissen schon, wenn man sie beim Liebesakt überrascht. Aber das war bei mir nie der Fall. Wenn mein Vater seinen Mittagsschlaf hielt, sind alle auf Zehenspitzen herumgeschlichen, und meine Mutter saß mit ihrer Stickerei im Salon wie ein Wachposten und ermahnte dauernd alle zur Ruhe. Und sowieso hatte unsere Wohnung Doppeltüren, da konnte man gar nichts hören. Und am Grundlsee bin ich nach der vielen frischen Luft immer sofort eingeschlafen. Ich glaube deshalb nicht, daß ich ein Trauma habe, und ich kann nicht verstehen, was los ist.»

Fräulein Lutzenholler runzelte die Stirn. Die gute Laune, die die Nachricht von Heinis beabsichtigtem Auszug hervorgerufen hatte, war schon wieder vergangen, und sie sorgte sich jetzt um ihre Wärmflasche. Sie hatte sie vor einer halben Stunde gefüllt und stieg gern in ihr Bett, solange sie noch richtig heiß war.

«Wovon sprechen Sie eigentlich?» fragte sie, während sie die Haut mit dem Löffel vom Kakao schöpfte und in den Mund schob. «Ich verstehe Sie nicht.»

Ruth, die den ganzen Tag vor dem Wort zurückgeschreckt war, sprach es jetzt aus.

Es folgte eine Pause. Fräulein Lutzenholler sah auf die Uhr. «Ruth, es ist Viertel vor elf. Ich kann das jetzt nicht mit Ihnen diskutieren. Es ist ein technisches Problem, das viele Ursachen haben kann; physiologische, psychologische ...»

«Ach, bitte, bitte helfen Sie mir doch!»

Fräulein Lutzenholler unterdrückte ein Gähnen.

«Also gut, dann erzählen Sie mir, was geschehen ist.»

Ruth begann zu sprechen. Ihre Worte überschlugen sich, Tränen schossen ihr in die Augen, das Haar fiel ihr ins Gesicht und wurde ungeduldig zurückgestrichen.

Fräulein Lutzenholler hörte sich diese Ergüsse einer gequälten Seele mit wachsendem und unverhohlenem Mißvergnügen an. Sie stellte ihre schmutzige Tasse wieder auf die Untertasse.

«Ich glaube, Sie müssen erst einmal begreifen, Ruth, daß Fachausdrücke keine Spielzeuge für Amateure sind. Ich kann Ihnen leider nicht helfen, und ich möchte jetzt zu Bett gehen.»

«Ja, natürlich ... entschuldigen Sie vielmals.»

Ruth wischte sich die Augen und stand auf. Sie war schon an der Tür, als Fräulein Lutzenholler einen einzigen Satz sagte.

«Vielleicht», sagte sie, «lieben Sie ihn nicht.»

Ein paar Tage später gab Heini bekannt, daß er nun doch bleiben werde. Seine Bemühungen, ein Zimmer zu finden, hatten ihn tief erschüttert: Die Mieten waren unerschwinglich, üben durfte man praktisch überhaupt nicht, und natürlich gab es niemanden, der für einen kochte. Da der erste Durchgang des Klavierwettbewerbs nur noch sechs Wochen entfernt war, schuldete er es allen, sich die besten Arbeitsbedingungen zu sichern. Und auf Mantella mußte man ja auch noch Rücksicht nehmen. Heinis Agent hatte ein Presseinterview geplant, bei dem Ruth zugegen sein sollte. Wenn Heini ihr auch nicht ganz vergeben konnte, so war er doch entschlossen, ihr nichts nachzutragen, und so wurde dann in Belsize Park, während sich das Osterfest näherte, eine Art stillschweigender Waffenstillstand geschlossen.

Zu Verenas vielen ausgezeichneten Eigenschaften gehörte eine leidenschaftliche Begierde, an den Zusammenkünften gelehrter Geister teilzunehmen, insbesondere an solchen mit nachfolgenden Empfängen, bei denen sie, als Tochter des Vizekanzlers der Universität Thameside, mit den Teilnehmern bekannt gemacht wurde. Den Vortrag in der Geophysikalischen Gesellschaft jedoch besuchte sie aus persönlichen Gründen. Das Thema, «Vulkane der Kreidezeit», glaubte sie, würde Quin interessieren, und es war jetzt ihr vordringlichstes Ziel, außerhalb des schulischen Rahmens mit ihm zusammenzutreffen.

Als sie im Vortragssaal ihren Platz einnahm, konnte sie Quin jedoch nirgends entdecken. Statt dessen saß zu ihrer Linken ein kleiner, adretter Mann mit einem gepflegten Oberlippenbärtchen und etwas ordinären zweifarbigen Schuhen, der sich ihr als Dr. Brille-Lamartaine vorstellte und eine Neigung zeigte, nicht von ihrer Seite zu weichen, als sie nach dem Vortrag in den Gesellschaftsraum ging, wo Getränke und Kanapees warteten.

«Ein ausgezeichneter Vortrag, nicht wahr?» sagte Brille-Lamartaine, der, wie sich herausstellte, ein belgischer Geologe war. «Ich hatte eigentlich erwartet, Professor Somerville hier zu sehen, aber er scheint nicht gekommen zu sein.»

Verena stimmte zu und fragte, woher er den Professor kenne.

«Ich war mit ihm in Indien. Auf seiner letzten Expedition», antwortete Brille-Lamartaine. Er nahm sich ein Glas Wein, verzichtete jedoch auf die Kanapees, denn in diesem Land Garnelen zu essen, war immer ein Risiko. «Ich hatte großen Anteil daran, daß wir die Höhlen entdeckten, wo wir unsere bedeutendsten Funde gemacht haben.» Er seufzte, denn Milner hatte ihm an diesem Morgen etwas erzählt, das ihn tief bekümmerte.

«Wie interessant», sagte Verena, die wirklich begierig war, mehr zu hören. «Und hat Ihnen die Reise gefallen?»

«Ja, ja, sehr. Natürlich hat es Zwischenfälle gegeben... meine Brille ging zu Bruch... und der Proviant war nicht das, was man hätte erwarten können. Aber Professor Somerville ist ein großartiger Mann – eigensinnig natürlich, auf vieles, was ich ihm sagte, wollte er einfach nicht hören, aber er ist ein großer Mann. Jetzt allerdings wird es ihm wohl das Genick brechen.»

«Das Genick brechen?» fragte Verena entsetzt. «Wie meinen Sie das?»

«Auf seine nächste Expedition nimmt er eine Frau mit. Eine Frau zur Kulamali-Schlucht! Eine seiner Studentinnen, in die er sich verliebt hat, anscheinend. Ich sage Ihnen, das ist das Ende. Ich werde selbstverständlich nicht mit ihm reisen – ich weiß genau, was geschehen wird.» Er nahm sich ein zweites Glas Wein und wischte sich, von gräßlichen Bildern verfolgt, die schweißnasse Stirn. Eine nackte Frau, die mit lang herabwallendem Haar, das ihren Körper nur notdürftig verdeckte, ins Zelt kroch; die ihre Unterwäsche auf einer zwischen Dornenbäumen gespannten Leine aufhängte. Bald würde sie von seinem Privatvermögen hören und Andeutungen machen. Von Somerville war ja bekannt, daß er die Ehe scheute. «Ich habe großen Respekt für den Professor», bemerkte er und rückte näher an Verena heran, die so gar keine Ähnlichkeit mit der Lilith seiner Phantasie hatte, sondern eher an seine unverheiratete Tante erinnerte, «aber das ist das Ende!»

«Wirklich, Dr. Brille-Lamartaine, sind Sie sicher, daß er eine seiner Studentinnen mitnehmen will?»

Der Belgier nickte. «Absolut. Sein Assistent hat es mir gestern erzählt – er genießt das volle Vertrauen des Professors. Der Professor hat sich in eine seiner Studentinnen verliebt, die aus sehr guter Familie kommt und angeblich eine brillante Wissenschaftlerin ist. Es ist noch ein Geheimnis, weil nicht der Anschein erweckt werden soll, daß er sie bevorzugt, aber im Juni will er sich ihr erklären. Ich sage Ihnen, Frauen darf man auf diese Expeditionen nicht mitnehmen, das ist immer eine Katastrophe, ich habe es erlebt. Da gibt es endlose Eifersüchteleien, Intrigen – und sie tragen keine Unterwäsche.» Er leerte sein Glas und wischte sich erneut die Stirn. «Ich bitte Sie, nichts zu sagen», fügte er hinzu. «Oh, da ist Sir Neville Willington – würden Sie mich entschuldigen?»

«Aber natürlich», sagte Verena. «Selbstverständlich.»

Sie konnte es kaum erwarten, allein zu sein. Wenn sie überhaupt noch eine Bestätigung gebraucht hatte, so hatte sie sie jetzt bekommen. Sie hatte ja eigentlich nie an Quin gezweifelt, aber sein fortgesetztes Schweigen hatte sie manchmal irre gemacht. Dabei hatte er so recht – wie konnte er sich erklären, solange sie noch seine Studentin war? Erst in der vergangenen Woche war in Cambridge ein Professor vor die Tür gesetzt worden, weil er sich mit einer seiner Studentinnen eingelassen hatte. Es war töricht von ihr gewesen, sich einzubilden, daß Quin sich in diesem Stadium öffentlich erklären würde. Und sie würde nicht einmal verlangen, daß er sie heiratete, bevor sie in See stachen. Die Eheschließung würde selbstverständlich von selbst folgen, wenn er sah, wie ideal sie zusammenpaßten, aber sie würde sie nicht zur Bedingung machen.

Frances kam im allgemeinen nur zweimal im Jahr nach London; im November, um Weihnachtseinkäufe zu machen, und im Mai zur Blumenschau in Chelsea. In diesem Jahr jedoch führte die Hochzeit ihrer Patentochter sie Ende März schon nach London. Sie reiste unter Protest, nur weil Martha nicht lockerließ und behauptete, sie brauche dringend ein neues Kleid und ganz besonders neue Schuhe.

«Unsinn», versetzte Frances. «Ich habe erst für die Taufe bei den Godchesters neue Schuhe gekauft.»

«Das war vor zwölf Jahren», sagte Martha.

Frances haßte es, für sich einzukaufen, aber wenn es denn sein mußte, dann ging sie zu Fortnum's beim Piccadilly Circus. Mürrisch packte sie Marthas Einkaufsliste ein und machte sich mit Harris am Steuer in dem alten Buick auf die Fahrt nach Süden. Neben ihr auf dem Rücksitz stand ein Karton, in dem in Holzwolle eingebettet ein Dutzend Blumenzwiebeln lagen, die sie nach einigem Zögern am Vortag in ihrem Garten ausgegraben hatte.

Wenn Frances in London war, wohnte sie niemals bei Quin, dessen Wohnung für sie etwas leicht Anrüchiges hatte und wo man, wie sie meinte, stets darauf gefaßt sein mußte, französischen Schauspielerinnen oder Tänzerinnen zu begegnen. Sie pflegte mit ihm zu essen, aber sie wohnte im *Brown's Hotel*, wo immer alles gleichblieb. Harris schickte sie zu seiner verheirateten Schwester nach Peckham.

Sie hatte ihren Tag sorgfältig geplant, doch als sie am nächsten Morgen zu Harris in den Wagen stieg, war sie selbst überrascht von den Anweisungen, die sie ihm gab.

«Fahren Sie mich nach Belsize Close Nummer 27», sagte sie.

Harris zog die Augenbrauen hoch. «Das ist in Hampstead, nicht wahr?»

«Beinahe. Es ist in der Nähe von Haverstock Hill.»

Wieso das? dachte Frances, die ihren Impuls bereits bereute. Heute abend würde sie Quin sehen – warum ließ sie die Zwiebeln nicht einfach über ihn an Ruth weiterleiten?

Je weiter sie nach Norden kamen, desto schäbiger und ärmlicher wurden die Straßen, und als Harris anhielt, um nach dem Weg zu fragen, erhielten sie ihre Anweisungen von einem wild gestikulierenden Ausländer mit einem großen schwarzen Hut, dessen Englisch kaum zu verstehen war. Das Haus Nummer 27 war alles, was sie befürchtet hatte: ein heruntergekommenes Mietshaus mit ungestrichener Haustür und morschen Fensterrahmen. Eine Katze war dabei, die Mülltonnen zu plündern; die Pflastersteine des Bürgersteigs waren gesprungen.

«Ich bin gleich wieder da», sagte sie zu Harris und ging die kurze Treppe hinauf.

Leonie, die die Ruhe ihres Wohnzimmers genoß, da Heini ausnahmsweise außer Haus war, hörte die Glocke, ging nach unten und sah eine ihr unbekannte, hagere Frau im burgunderroten Tweedkostüm und hinter ihr eine unverkennbar teure, wenn auch sehr alte Limousine mit uniformiertem Chauffeur.

«Kann ich Ihnen behilflich sein?» fragte Leonie und fügte plötzlich hinzu: «Sind Sie vielleicht die Tante von Professor Somerville?»

«Du meine Güte, woher wissen Sie denn das?»

«Da ist eine Ähnlichkeit – und Ruth hat mir von Ihnen erzählt. Bitte, kommen Sie herein.» Plötzlich geriet sie in Panik angesichts des unerwarteten Besuchs: «Es ist doch nichts passiert? Es geht dem Professor doch gut? Und Ruth auch?»

«Aber ja», antwortete Frances Somerville ungeduldig und fragte sich wieder, weshalb sie gekommen war. Das Haus war schrecklich: abgetretenes Linoleum, ein ekelhafter Geruch nach billigem Desinfektionsmittel... «Ich habe ein paar Blumenzwiebeln für ihren Onkel mitgebracht. Sie sind doch Mrs. Berger, nicht wahr? Ruth sagte, daß er Herbstzeitlosen liebt, und ich habe mehr als genug davon. Würden Sie sie ihm bitte geben?»

«Für Mishak?» Leonie strahlte. «Ach, da wird er sich aber freuen. Er ist jetzt im Garten, Sie müssen sie ihm selbst hinausbringen – er wird Ihnen danken wollen. Und ich mache uns inzwischen eine Tasse Kaffee. Nein, Tee natürlich – das vergesse ich immer.»

«Nein, vielen Dank. Ich kann nicht bleiben.»

«Aber Sie müssen! Zuerst zeige ich Ihnen den Garten. Am besten gehen wir durchs Haus, denn die Seitentür klemmt.»

Frances folgte ihr widerstrebend. Jetzt würde sie sich einer Einladung zum Tee nicht mehr entziehen können. Ausländer hatten keine Ahnung, wie man ihn richtig zubereitete, und wahrscheinlich würde man von ihr auch noch erwarten, daß sie irgend etwas ekelhaft Süßes mit einem Löffel aß.

Mishak kniete in seinem Kartoffelbeet, und als er sich aufrichtete und ihnen zuwandte, ergriff Frances eine tiefe Enttäuschung. «Ich bin gekommen, um Sie zu holen», hatte er zu Marianne gesagt und dabei seine Aktentasche geöffnet und seinen Hut gelüftet, und sie hatte sich einen eleganten kleinen Mann in einem teuren Mantel vorgestellt, einen Mann von Welt. Dieser Mann hier jedoch war ein alter Flüchtling, ein Ausländer in einem verknitterten Jackett, mit einer Schirmmütze auf dem Kopf, schäbig, arm, fremdartig. Sie mußte sich zwingen, näher zu ihm hinzugehen.

Leonie erklärte, warum sie gekommen waren, und Mishak stand auf und lehnte seinen Spaten an den Zaun.

«Herbstzeitlosen?» wiederholte er. «Ruth hat mir erzählt, wie sie bei Ihnen unter dem Kirschbaum wachsen.»

Er nahm den Karton und teilte die Holzwolle. Seine Hände, die nach den Zwiebeln suchten, waren erdbraun, kantig, mit kurzen Fingern. Hände, die pflanzten und gruben, die hämmerten und zimmerten. Doch nicht so ausländisch; doch nicht so fremdartig...

«Ja», sagte Mishak und nahm eine der Zwiebeln zur Hand. «Ich erinnere mich ganz deutlich an sie!» Er dankte ihr nicht einmal; er lächelte nur.

Der Tee war ausgezeichnet, aber Frances konnte nicht bleiben. «Ich muß noch einkaufen», sagte sie verdrossen.

Leonies Augen leuchteten auf. «Wohin gehen Sie?»

«Zu Fortnum's.»

«Ach, das ist ein herrliches Geschäft», sagte Leonie sehnsüchtig. «Kaufen Sie ein Kleid?»

Frances nickte. «Und Schuhe.»

«Was für Schuhe?» Mishak hatte die Frage gestellt, und Frances sah ihn schockiert an.

«Ich kauf immer die gleichen», antwortete sie kurz. «Knopfschuhe mit niedrigem Absatz.»

«Nein», sagte Mishak.

«Pardon?» Frances wollte ihren Ohren nicht trauen.

«Keine Knopfschuhe. Keine niedrigen Absätze», erklärte Mishak. «Fortunati-Pumps mit einem kubanischen Absatz, aus Wildleder. Aus den Mailänder Werkstätten; sie arbeiten mit einem besonderen Leisten.»

Leonie nickte. «Mishak weiß Bescheid. Er hat viele Jahre im Warenhaus meines Vaters gearbeitet.»

Das konnte Frances nicht beschwichtigen. «Ganz sicher kaufe ich mir keine solchen Schuhe. Es würde mir nicht im Traum einfallen. Ich trage seit Jahren immer die gleichen Schuhe und habe nicht die geringste Absicht, daran etwas zu ändern.»

«Sie haben einen hohen Rist; das ist ein Geschenk», sagte Mishak. Er griff in seine Tasche, um seine Pfeife herauszuholen, erinnerte sich, daß sie mit den Zigarrenstummeln gestopft war, die Ziller aus dem ungarischen Restaurant mit nach Hause gebracht hatte, und ließ es bleiben.

«Im übrigen sieht dort oben sowieso niemand, was ich anhabe», sagte Frances immer noch unwirsch.

«Gott sieht es», entgegnete Mishak.

Ruth, die spät von der Universität nach Hause kam, hörte von Frances Somervilles Besuch und war augenblicklich wie verwandelt. «Oh, was hat sie erzählt? Sag doch, Mishak – du mußt mir alles genau berichten. Hat sie dir von ihrem Garten erzählt?»

«Ja. Sie haben dort oben einen harten Winter gehabt, aber die Enziane kommen jetzt schon heraus, und die Magnolien blühen.»

«Hat sie etwas davon gesagt, ob sie nun dieses Stück an der Südwand bei der Sonnenuhr verglasen läßt? Sie wollte sehen, ob sie so hoch im Norden auch eine Kamelie züchten kann – alle haben natürlich gesagt, das ginge nicht, und du kannst dir vorstellen, wie sie darauf reagiert hat.»

«Ich glaube, sie hat es vor, ja.»

Er tauschte einen Blick mit Leonie. Sie hatten Ruth seit Wochen nicht mehr so lebhaft gesehen.

«Ach, Mishak, du hast keine Ahnung, wie schön es dort oben ist. Es ist so sauber, und alles hat seinen eigenen, ganz besonderen Geruch. Hat sie dir gesagt, ob Elsie sich für diesen Botanikkurs angemeldet hat, den sie besuchen wollte?»

«Nein, davon hat sie nichts gesagt. Wer ist Elsie?»

«Das Hausmädchen. Sie interessiert sich wirklich für Pflanzen und ist unheimlich nett. Und wie geht es Mrs. Ridleys Großmutter – ich hab dir von ihr erzählt –, sie hatte doch im Februar ihren hundertsten Geburtstag.» Von plötzlichen Zweifeln geplagt, sah sie auf. «Sie lebt doch noch, nicht wahr? Ganz bestimmt – sie hat sich so auf das Telegramm vom König gefreut.»

«Von ihr haben wir auch nicht gesprochen», sagte Mishak.

«Jetzt sind wahrscheinlich gerade die Lämmchen zur Welt gekommen – John Ridley sagte Ende März. Sie haben etwas Biblisches, wenn man sie dort oben in dieser Landschaft sieht. Überall gibt es Sonnenröschen; und die Vögel...» Sie schüttelte den Kopf, aber die Bilder ließen sich nicht vertreiben. Manchmal glaubte sie, sie würden sie niemals loslassen.

«Aber von dem kleinen Hündchen hat sie mir erzählt», bemerkte Mishak. «Sie behält es und sie haben es Daniel genannt. Sie sagte, das sollte ich dir erzählen, du würdest es schon verstehen.»

«Daniel? Ach ja, natürlich. Nach Wagners Stieftochter – du weißt schon, Cosima von Bülows Tochter Daniella. Aber da das Hündchen ein Rüde ist, muß er natürlich Daniel heißen. Er sieht aber auch aus wie ein Daniel – Gott helfe den Löwen, in deren Höhle er sich wagt. Er ist wirklich verwegen.»

Leonie, die dem Gespräch mit wachsender Verwunderung zugehört hatte, sagte jetzt: «Aber Ruth, du siehst doch Professor Somerville jeden Tag. Warum fragst du nicht ihn nach diesen Dingen? Ich meine, ob die alte Großmutter tot ist oder ob die Lämmer schon zur Welt gekommen sind. Er muß es doch wissen.»

Ruth errötete. «Ich würde niemals über Bowmont mit ihm sprechen; das geht mich doch nichts an – und außerdem arbeitet er dauernd; er hat dieses Semester wahnsinnig viel zu tun.»

Beschäftigt war er und zerstreut und gar nicht freundlich... Und es wurde gemunkelt, er habe vor zu gehen.

Sie holte sich ihre Bücher und Hefte, aber ehe sie sich an die Arbeit setzen konnte, ging die Tür auf, und Heini kam herein. Es war Viertel vor zehn, zu spät für ihn, um noch zu üben, ohne sich den ewigen Zorn Fräulein Lutzenhollers zuzuziehen; darum setzte er sich, ohne Ruth anzusehen, mißmutig aufs Sofa. Zwei Wochen waren seit dem Stelldichein in Janets Wohnung vergangen, und er hatte ihr noch immer nicht richtig verziehen, doch Ruth, die nun hinausging, um ihm eine Tasse Kakao zu machen, wußte jetzt, was sie zu tun hatte. Denn nicht nur Mishak und Leonie hatten aus Frances Somervilles Besuch gelernt. Ruth selbst hatte tieferen

Einblick in ihre Seele gewonnen, als ihr lieb war – und jetzt mußte sie handeln.

Das bedeutete, daß sie ihre Denkweise ändern mußte. Das bedeutete, daß sie ihre Großmutter, die Ziegenhirtin, verstoßen und auf die Tröstungen des katholischen Glaubens ihrer Mutter verzichten mußte. Es bedeutete, daß sie dem Jesuskind in der Krippe und den holden Engeln Lebewohl sagen und sich auf ihr anderes Erbe besinnen mußte: auf den strengen, uralten und mysteriösen jüdischen Glauben, in dem das Wort des Rabbiners Gesetz war, in dem der Gott der zehn Gebote und nicht jener der Bergpredigt der Herr war. In diesem Glauben würde sie von ihrer Unfähigkeit geheilt werden und zu Heini zurückfinden. Sie hatte sich nicht recht zu ihrer Verwandtschaft mit diesen schwarzbärtigen Leuten mit ihren Käppchen bekennen wollen – den Chassidim, die in tiefer Armut die polnischen Wälder durchstreiften, bei denen schon die Dreizehnjährigen lernen und beten mußten wie alte Männer. Und doch würde sie einzig in der Tradition eben dieser Leute die Erlösung finden.

Die Gesetze Englands hatten sie im Stich gelassen – Mr. Proudfoot konnte Heini nicht geben, was er brauchte, aber es gab andere, ältere Gesetze, auf die sie zurückgreifen konnte.

Sie würde Mut dazu brauchen – sehr viel Mut –, aber sie wußte jetzt, was sie zu tun hatte.

25

Sie bemühte sich, nicht zu laufen, sondern ruhigen, gemessenen Schrittes zu gehen, aber das war unmöglich. Sie *mußte* sich beeilen. Sie mußte Quins Wohnung erreichen, solange ihre Entschlossenheit noch hielt. Sie ging am Fluß entlang, auf einem Weg zwischen der Themse und der Straße. Die Lampen waren gerade angezündet worden, ihr Licht spiegelte sich im Wasser.

«O Gott, mach, daß er da ist», betete sie. «Mach, daß er da ist und daß er allein ist.»

Aber welches Recht hatte sie überhaupt zu beten? Sie war nicht einmal eine richtige Sünderin, die verlangen konnte, vom Allmächtigen gehört zu werden; sie war eine Versagerin, kalt und gefühllos. Gott haßte die kleinen Seelen, dessen war sie sicher. Oder würde er sie vielleicht einfach als eine Kranke ansehen und doch auf ihre Gebete hören?

Es regnete, seit sie aus der Untergrundbahn gekommen war; ein feiner, schräg fallender Regen, der ihr Lodencape durchnäßte. Leonie hatte die Kapuze abgenommen, weil sie sie neu füttern wollte; der Umhang war schäbig, auch ihr Haar war durchnäßt. Aber das machte gar nichts – vielleicht würde der Regen sie reinwaschen.

Auf einem Straßenschild auf der anderen Seite las sie «Cheyne Walk» und sah die in sachtem Bogen angeordneten Regency-Häuser und die schönen alten Bäume in den Gärten.

«Heinrich VIII. hatte dort einen Palast», hatte Quin ihr in Wien erzählt, als er über sein Londoner Zuhause gesprochen hatte. «Von meinem Fenster aus kann man einen Maulbeerbaum sehen, der angeblich von Elisabeth I. gepflanzt wurde. Wahrscheinlich stimmt das nicht, aber die Vorstellung ist hübsch.»

Alle Bäume in den Gärten der großen Häuser sahen aus, als seien sie von einer Königin gepflanzt worden. Im Westen leuchtete der Himmel noch von der untergehenden Sonne, und als sie den Kopf drehte, konnte sie die Kette der Lichter auf der Albert-Brücke sehen. Es war eine wunderschöne kleine Straße. Aber natürlich, Quin war ja reich, er konnte wohnen, wo es ihm gefiel, während sie und Heini mit Janets Wohnung hatten vorliebnehmen müssen. Vielleicht war das der Grund, weshalb alles so schiefgegangen war.

Aber es hatte keinen Sinn, irgend jemand die Schuld zu geben. Die Schuld lag bei ihr. Wenn auch vielleicht nicht ganz allein. Wenn nur Quin tun würde, warum sie ihn bitten wollte, dann würde vielleicht doch noch alles gut werden.

Sie ging jetzt an den schmiedeeisernen Toren der Häuser vorüber; an eleganten Laternen und fächerförmigen Lünetten, die lichtene Halbkreise auf die Treppen warfen. Sie brauchte nicht nach den Hausnummern zu sehen. Sie hatte den Crossley, der vor der

Tür stand, sofort entdeckt. Entschlossen eilte sie zur Haustür und läutete. Je schneller sie es hinter sich brachte, desto besser.

Quin legte stirnrunzelnd seinen Füller aus der Hand. Er hatte vor dem Abendessen noch zwei Stunden in Ruhe arbeiten wollen. Lockwood hatte das Wochenende frei; er hatte das Telefon ausgehängt, um den Artikel für das Museumsblatt, an dem er gerade arbeitete, ungestört fertigmachen zu können.

«Du meine Güte, Ruth!» Und als er ihr Gesicht sah: «Was ist los? Sind Sie in Schwierigkeiten?»

Sie schüttelte ihr Haar aus wie ein Hund und folgte ihm nach oben. «Ja. Ich bin in ganz schrecklichen Schwierigkeiten.» Sie sprach Deutsch, und ihre Worte gewannen dadurch zusätzlich an Gewicht.

«Kommen Sie erst einmal herein und wärmen Sie sich auf.»

Er nahm ihr das durchnäßte Cape ab und führte sie ins Wohnzimmer. Obwohl die Vorhänge offen waren, ging sie nicht zum Fenster; und sie ging auch nicht zum offenen Kamin, in dem ein Feuer brannte. Sie blieb mitten im Zimmer stehen und streckte ihm in flehentlicher Geste die offenen Hände entgegen.

«Ich kann nicht bleiben. Ich möchte Sie nur bitten, etwas für mich zu tun. Es ist unheimlich wichtig.»

«Was ist es denn, Ruth? Sagen Sie es mir nur.»

Sie hob den Kopf. «Sie müssen sich von mir trennen. Gänzlich und unwiderruflich. Jetzt gleich. Auf der Stelle.»

Einen Moment blieb es still. Dann sagte Quin mit einem Gesicht, in dem nichts zu lesen war: «Ich will natürlich gern alles tun, um Ihnen zu helfen. Aber ich weiß nicht recht, wie ich mich jetzt, auf der Stelle, von Ihnen trennen kann. Dick Proudfoot tut sein Bestes –»

«Nein!» unterbrach sie ihn. «Das hat mit Mr. Proudfoot und allen möglichen amtlichen Dokumenten nichts zu tun. Es ist etwas viel Fundamentaleres. Es geht darum, einen Fluch aufzuheben.»

«Wie bitte?»

«Entschuldigen Sie. Ich wollte damit nicht sagen, daß unsere Heirat ein Fluch war. Aber ich wußte schon damals, als wir uns vor Zeugen dieses Versprechen gaben... ich meine, solche Gelübde zählen. Man muß sie ernst nehmen. Und deshalb müssen Sie mich von meinem Gelübde befreien, und ich weiß auch, wie Sie es tun können, ich habe nämlich extra Mrs. Weiss gefragt. Mit dem Channukka-Fest hat sie sich ja nicht besonders gut ausgekannt, aber über Scheidung wußte sie Bescheid, und Paul Ziller auch, aber ich wußte es auch vorher schon. Sie brauchen nur dreimal zu sagen: ‹Ich trenne mich von dir, ich trenne mich von dir, ich trenne mich von dir.› Und dabei müssen Sie mir, glaube ich, die Hand auf die Schulter legen, aber da bin ich nicht so sicher. Es ist auf jeden Fall ein uraltes jüdisches Gesetz, und durch diese Worte wird eine Ehe auf der Stelle aufgelöst. Eigentlich sollte man sie vor einem Rabbiner sagen, aber es reicht auch, wenn man sie einfach so sagt; die Hauptsache ist, man meint es ernst. Daß man den anderen verstößt und frei sein will. Aber sagen müssen *Sie* es – der Mann –, weil das bei den alten Juden so war; da zählten nur die Männer. Und ich weiß genau, wenn Sie es tun, wird alles gleich besser werden. Vielleicht wird sogar alles wieder gut.»

Außer Atem hielt sie inne, und als Quin nichts sagte, fragte sie ängstlich: «Sie werden es doch tun, nicht wahr? Vielleicht wäre es besser, wenn Sie sagen würden: ‹Weib, ich trenne mich von dir.› Das klänge biblischer.» Als Quin noch immer nichts sagte, sondern zur Tür ging, rief sie erschrocken: «Wohin gehen Sie?»

Quin antwortete nicht. Sie hörte ihn durch den Flur gehen; gleich darauf kam er mit einem großen weißen Frottiertuch zurück.

«Kommen Sie erst mal her», befahl er ihr. «Setzen Sie sich aufs Sofa. Neben das Feuer.»

Sie kam, verwundert, aber gehorsam und setzte sich.

«Was wollen Sie tun?»

«Senken Sie den Kopf.»

«Aber –»

«Sie sind zu Ihrer Hochzeit mit nassem Haar gekommen. Dann können Sie wenigstens zu Ihrer Scheidung mit trockenem Haar kommen.»

Während er sprach, begann er ihr Haar zu trocknen – aber das war nicht das, was sie wollte. Das war nicht recht so. Im Alten Testament stand nichts davon, daß einem der Ehemann, der die

Absicht hatte, einen zu verstoßen, vorher das Haar trocknete, und sie wollte sich ihm entziehen, aber es war so friedlich, hier zu sitzen, seine Hände taten ihr so wohl...

Doch als er von ihrem Kopf zum lose herabhängenden Haar auf ihren Schultern hinunterwanderte, wurde sie zornig. Denn jetzt konnte sie seine Hände *sehen*, und seine Hände hatten sie von Anfang an beunruhigt. Schön wie die Hände Johannes des Täufers von Donatello. Während Quin jetzt ihr Haar frottierte, ging es ihr wieder so wie in Wien im Museum, als er ihr geholfen hatte, das Skelett des Höhlenbären zu ordnen; wie im Orientexpreß, als er ihr eine Nuß geknackt und auf den Teller gelegt hatte... wie immer, wenn sie ihn mit seiner Pfeife hantieren sah, die er fast niemals anzündete.

«Nein, bitte, hören Sie jetzt auf!» Sie hob einen Arm, um ihn am Handgelenk festzuhalten, aber das war ein ganz großer Fehler. Quin faltete das Handtuch, trug es aus dem Zimmer und kehrte mit einem kleinen Glas zurück, das eine bernsteinfarbene Flüssigkeit enthielt.

«Hier», sagte er. «Trinken Sie das. Das macht Ihnen warm. Und dann erzählen Sie mir in aller Ruhe, worum es eigentlich geht.»

Ruth nahm das Glas, schnupperte einmal daran und trank den *Grand Armagnac* bis auf den letzten Tropfen. Ein leises «Oh!» der Anerkennung entfuhr ihr. Sie schluckte es hinunter. «Ich kann Ihnen sagen, worum es geht», erklärte sie entschlossen und hob beinahe trotzig den Kopf. «Es geht um – Frigidität.»

Quins Gesicht veränderte sich nicht. Er zog nur die Brauen ein klein wenig in die Höhe, während er wartete.

«Um Frigidität im richtigen, medizinischen Sinn, wie sie im Buch steht. Zum Beispiel in den Büchern von Havelock Ellis und Krafft-Ebing und Eugene Feuermann, die ich am Grundlsee gelesen hab. Ich muß eine Vorahnung gehabt haben, weshalb sonst hätte ich ausgerechnet darüber gelesen, wo ich doch ebensogut *Heidi* oder *Andersens Märchen* hätte lesen können?»

«Ja, das fragt man sich», murmelte Quin.

«Ich glaube, das habe ich immer am allermeisten gefürchtet. Kalt zu sein. Empfindungslos. Dazuliegen wie ein Holzklotz.»

«War es denn so?»

Jetzt hatte sich sein Gesichtsausdruck doch verändert; aber Ruth, die zu Boden blickte, sah es nicht.

«Nein, nicht direkt, weil ich gar nicht gelegen habe. Aber im Endeffekt war es das gleiche.»

«Es handelt sich um Heini, nehme ich an? Wir sprechen von Ihrer Beziehung zu Heini, nicht wahr?»

Ruth nickte. «Ich sagte Ihnen ja, daß Heini sich das mit Chopin und seinen Etüden doch anders überlegt hatte. Jetzt bereitet er sich gerade auf einen unheimlich wichtigen Wettbewerb vor, und er will Liszts Dante-Sonate vorspielen, in der es vor allen Dingen um das Ewigweibliche geht, und er wollte – nun ja, er wollte endlich die Liebe erfahren. Er sagte es mir am Heiligen Abend, und es war sehr ergreifend. Als ich dann die Papiere für die Nichtigkeitserklärung im Bus liegengelassen hatte, fand ich, es wäre eine Zumutung für ihn, warten zu müssen, bis wir heiraten können, deshalb habe ich alles arrangiert. Janet hat uns sehr geholfen, sie stellte uns ihre Wohnung zur Verfügung, und außerdem schenkte sie mir eine Flasche Wein – es war Liebfrauenmilch aus der Coop –, aber er schmeckte ganz anders als der Wein, den wir im Orientexpreß getrunken haben.»

«Natürlich», sagte Quin, ohne eine Miene zu verziehen. «Das ist ganz klar, Liebfrauenmilch aus der Coop würde wahrscheinlich jeden frigide machen.»

Aber es kostete ihn große Anstrengung, den Erheiterten zu spielen. Viel lieber hätte er Heini langsam und mit bloßen Händen erwürgt.

«Bitte, das ist doch nicht komisch! Es ist ein ganz entsetzlicher Zustand. Krafft-Ebing schreibt, daß die Ursachen häufig psychologischer Natur sind, aber wie soll ich je dahinterkommen, was meine Eltern Schreckliches getan haben, daß ich ... und Fräulein Lutzenholler ist eine fürchterliche Person. Sie soll eine erfahrene Psychoanalytikerin sein, aber sie sitzt nur da und trinkt Kakao mit Haut und quasselt etwas von Liebe. Und wenn es etwas Körperliches ist, dann ist es noch schlimmer, denn Sie wissen ja, wie kompliziert das Nervensystem ist, und ich möchte mich nicht operieren lassen.»

Quin hatte sich wieder in der Hand. «Hören Sie, Ruth, wenn zwei Menschen das erste Mal miteinander schlafen, wird es oft eine Katastrophe. Das ist etwas, das man lernen muß und –»

«Ja gut, aber wie soll das möglich sein? Wie kann es von jemand gelernt werden, der so frigide ist, daß es überhaupt kein erstes Mal gibt? Der seinen Pullover auszieht und dann wieder anzieht und dann über die Feuertreppe davonläuft? Wie soll so jemand die Liebe lernen, wenn er es doch nicht einmal probiert?»

Quin stand auf und ging zum Fenster. Der Blick, so wollte ihm scheinen, war der schönste auf der ganzen Welt, und er hatte Mühe, nicht zu lächeln. «Soll das heißen, daß gar nichts stattgefunden hat?»

«Ja. Und es ist darum so besonders schlimm, weil Heini solche Schwierigkeiten hatte, diese Verhütungsdinger aus dem Automaten zu holen. Erst zog er statt dessen Cremeschokolade, und dann laufe ich auch noch davon wie ein aufgescheuchtes Huhn. Er hat seitdem kaum ein Wort mit mir gesprochen, und man kann es ihm wirklich nicht übelnehmen.»

Quin kam zurück und setzte sich neben sie aufs Sofa. «Und wieso glauben Sie, daß es etwas ändern würde, wenn ich dreimal hintereinander ‹Ich trenne mich von dir› sage?»

Ruth starrte in ihr leeres Glas. «Es ist so, ich möchte emanzipiert sein und großzügig, ich möchte geben können, und natürlich liebe ich Heini. Aber meine Eltern... es ist schwierig, die Erziehung hinter sich zu lassen, die man genossen hat, und sie sind so altmodisch, und die Ehe war immer – nun ja, eben die Ehe. Sogar solche Ehen wie die unsere, die eigentlich gar keine richtigen Ehen sind. Und ich dachte mir, vielleicht liegt es gar nicht an irgendeiner körperlichen Ursache oder daran, daß ich in einem Heuschober am Grundlsee irgend etwas Traumatisches gesehen habe. Vielleicht muß ich einfach immer wieder davonlaufen, bis ich ent-heiratet bin. Und das ist der Grund, warum ich Sie bitte, jetzt diese Worte zu sagen. Es wirkt bestimmt.» Sie sah sich um, und ihr Blick fiel auf zwei silberne Leuchter auf dem Kaminsims. «Wir könnten ja ein paar Kerzen anbrennen», sagte sie. «Das würde es feierlicher machen.»

«Ja, das könnten wir», stimmte er zu. Er stand auf, trug die Leuchter zum Couchtisch und zündete ein Streichholz an.

«Jetzt», sagte er.

Sie wandte sich ihm zu. «Jetzt tun Sie es?» fragte sie atemlos.

«Nein», antwortete er entschuldigend. «Ich werde jetzt etwas ganz anderes tun. Ich werde dich küssen.»

«Nein! Geh nicht! Ich sterbe auf der Stelle, wenn du mich verläßt.»

Sie lag neben ihm auf dem Kissen. Durch das Fenster sah er den Nachthimmel und die Sternbilder, die nach den Heldinnen der Sage benannt waren: Andromeda, die Plejaden... sie gehörte jetzt zu ihnen, diese mutige junge Frau, die ihre erste Reise in die Liebe gewagt hatte.

«Ich wollte uns nur etwas zu essen holen», sagte er. «Es ist fast Mitternacht. Du mußt doch völlig ausgehungert sein.» Er zeichnete mit einem Finger den Bogen ihrer Wange nach, den Schwung ihres Halses, schob seine Hand in ihr Haar. «‹Geschützt unter dem Mantel ihres Haars›», murmelte er, sein Gesicht in ihrer Halsgrube.

«Das hat mir aber Miss Kenmore nicht beigebracht», sagte Ruth, nicht erfreut über diese Bildungslücke.

«Nein. Ich glaube, über Miss Kenmore sind wir hinaus.»

Weit. Er hatte sich anscheinend dagegen entschieden, sie zu töten, indem er aus dem Bett stieg, und sie schmiegte sich glücklich an ihn. Dann jedoch rückte sie plötzlich von ihm ab.

«Quin! Ich verstehe das nicht! Die Tristesse ist bei mir völlig ausgeblieben.» Sie starrte ihn an. «Du weißt schon, das was hinterher kommt. Diese tiefe Traurigkeit nach der Liebe. Das steht doch in allen Büchern. Es ist der Moment, in dem einen bewußt wird, daß jeder Mensch trotz allem hoffnungslos allein ist, und ich spüre nichts davon; ich fühle mich absolut fabelhaft. Ich hab dir ja gesagt, ich bin nicht wie andere.»

«Nein», bestätigte er mit einem leisen Lachen. «Du bist nicht im geringsten wie andere. Wenn alle so wären wie du, würden die Götter vom Olymp herabsteigen und das Paradies auf Erden ausrufen.» Dann fügte er hinzu: «Wir essen später.»

Aber später schlief er ganz plötzlich ein, und sie gelobte sich, wachzubleiben, weil sie von dieser Nacht nicht einen Augenblick versäumen wollte... aber dann schlief sie doch ein, wenn auch nur kurz, und erwachte voll Erstaunen, weil sie jetzt verstand, was die Leute meinten, wenn sie sagten, sie hat mit ihm geschlafen. Es war ein Teil des Liebesakts, dieses gemeinsame Versinken ins Vergessen.

Als auch er erwachte, war er voller Reue und Bedauern. «Jetzt sollst du endlich was zu essen bekommen, mein armer Schatz», sagte er, und sie gingen Hand in Hand in die Küche, weil sie sich keinen Moment von ihm trennen wollte. Sie aßen Brot und Käse und tranken einen Wein dazu, der mit Janets Liebfrauenmilch nichts gemein hatte.

«Gott, hab ich einen Hunger», sagte Ruth, ein großes Stück Emmentaler in der Hand. Dann hielt sie plötzlich im Essen inne und fragte: «Glaubst du, sie kommt später, diese Tristesse? Diese schreckliche, tragische Hoffnungslosigkeit – das Gefühl, daß jeder im Grunde allein ist?»

«Ich bin nicht allein», sagte Quin und trat hinter sie, um sie in die Arme zu nehmen. «Und du auch nicht. Wir werden nie wieder allein sein.»

Als sie fertig gegessen hatten, öffneten sie die Balkontür und schauten auf die schlafende Stadt hinunter und auf den Fluß, der niemals schlief. In Quins Morgenrock gehüllt, in der Wärme seines Arms, atmete sie die Nachtluft in tiefen Zügen.

«Ich liebe diesen Fluß», sagte sie.

«Ich auch», antwortete Quin. «Er eignet sich auch gut, um eine Flaschenpost zu schicken. Morgen früh geh ich los und kaufe tausend Limonadenflaschen, stecke in jede ein Briefchen und werfe sie alle von der Brücke in den Fluß.»

«Und was schreibst du in den Briefen?»

Er drehte den Kopf, erstaunt über ihre Ahnungslosigkeit. «Deinen Namen natürlich. Was sonst?»

Immer noch Hand in Hand gingen sie ins Schlafzimmer zurück. «Es ist merkwürdig», sagte Ruth. «Ich dachte immer, die Liebe würde so sein wie der langsame Satz von Mozarts *Sinfonia Concertante*... oder wie eines dieser Barockgemälde, die meine Mutter mir im Museum immer gezeigt hat, mit Putten und lichten Wolken und goldenen Strahlen ... oder vielleicht auch wie das Meer. Aber so ist sie nicht, nicht wahr?»

«Nein. Die Liebe ist nur sie selbst.»

«Ja.» Sie seufzte, drängte sich warm und entspannt und glücklich an ihn.

Er nahm sie in die Arme und sagte leise, aber klar in die Dunkelheit: «Meine Frau.»

26

Er hatte Ruth bald nach Tagesanbruch an der Ecke zu ihrer Straße abgesetzt. Jetzt, pünktlich um neun, parkte er den Crossley vor dem eleganten Juweliergeschäft Cavour und Stattersley, seit 1763 Hofjuwelier Seiner Majestät des Königs, und stieg langsam die Treppe hinauf.

Ganz plötzlich hatte ihn dieser Wunsch überkommen, ihr ein Geschenk zu machen, nutzlos und über alle Vernunft hinaus kostbar, um seiner Liebe Ausdruck zu verleihen. Ein überraschender Wunsch, denn es gab keine solche Tradition in Bowmont – keine Familientiara, die im Banktresor lag und an besonderen Festtagen herausgeholt wurde; kein Somerville-Halsband, das von Generation zu Generation weitergegeben wurde. Seine Großmutter war Quäkerin gewesen und hatte an ihren Überzeugungen festgehalten; Frances besaß eine Kameenbrosche, die an Silvester das schwarze Chenillekleid schmückte und meistens etwas schief saß.

Doch seine Liebe zu Ruth – seiner Frau, die er eben erst gefunden hatte – wollte er mit einem Fanfarenstoß feiern, dessen Nachhall bis in kommende Generationen reichen würde. Die Zeiten waren dagegen, ebenso sein Gewissen. Als er durch die breite Tür trat, die ihm ein Page hielt, streckten ihm die Waisenkinder von Abessinien, die Arbeitslosen und Hungernden dieser Welt bettelnd die Hände entgegen, aber ohne Erfolg. Später würden sie vernünftig sein, er und Ruth; sie würden pflügen und säen und Wegerechte einräumen; sie würden für weitere singende Stallknechte bürgen, aber jetzt, in diesem Augenblick, würde er seiner Liebsten ein Geschenk senden, und sie würde aus ihrem Bett aufstehen und wissen, was es bedeutete.

Quin betrat also leichten Schrittes das elegante Geschäft, und Mr. Cavour, der ihn kommen sah, leckte sich, bildlich gesprochen, die Lippen.

«Woran hatten Sie denn gedacht?» fragte er, nachdem man Quin zu einem blauen Plüschsessel neben einem Rosenholzsekretär geführt hatte. In den Vitrinen lagen, angestrahlt wie die Schätze der Eremitage, Fabergé-Ostereier; Ohrgehänge mit funkelndem Kristallgeriesel; eine Schmetterlingsbrosche, die die spanische Exilkönigin getragen hatte. «Was für Steine beispielsweise?»

Quin lächelte, war sich wohl bewußt, daß er leicht absurd wirken mußte: Ein Mann, der bereit ist, sich für ein Geschenk in Unkosten zu stürzen, von dessen Art er nur eine verschwommene Vorstellung hat. Ja, an was für Steine hatte er eigentlich gedacht? Diamanten? Sindbad hatte ein ganzes Tal voller Diamanten entdeckt; sie steckten in den Köpfen von Schlangen und wurden von Adlern in die Lüfte getragen. Der Orlow-Diamant war aus dem Auge eines indischen Götzenbilds herausgebrochen worden... der Großmogul, berühmtestes Juwel der Antike, gehörte zum Schatz des Schah Jahan.

Waren Diamanten das richtige für Ruth mit ihrer Wärme, ihrer Stupsnase, ihrer kindlich komischen Art? Oder war ihr Glanz zu eisig für sie?

«Wir haben einen wunderbaren Rubinschmuck da», sagte Mr. Cavour. «Die Steine stammen aus den Mogok-Minen; einzigartig. Die wahre Taubenblutfarbe. Die Großfürstin Tromatow hatte sie einer Amerikanerin verkauft, und sie sind gerade wieder auf den Markt gekommen.»

Quin überlegte. Mogok, in der Nähe von Mandalay... Reisfelder... er war dort gewesen, hatte nach einer früheren Expedition einen Abstecher dorthin gemacht und die Minen besichtigt. Warum nicht Rubine mit ihrem besonderen inneren Feuer?

«Oder würde Sie eher ein Halsband aus Perlen und Saphiren interessieren? Es gibt kaum etwas Ähnliches auf der Welt. Wir haben bereits einen Interessenten dafür, aber wenn Sie ein festes Angebot machen möchten...» Er sah einen der Verkäufer an und schnippte mit den Fingern. «Gehen Sie hinunter zum Tresor, Ted, und holen Sie Nummer 509 herauf.»

Quins Gedanken gingen ihre eigenen Wege, er wußte nicht, mit welchem Ziel. Die profane Venus wurde immer reich behängt mit einem Perlennetz gemalt. Die himmlische Venus jedoch malten sie nackt, denn sie wußten, diese Weisen der Renaissance, daß die Nacktheit rein war. Beides war ihm recht: Ruth in ihrem Lodencape, mit Schmuck behangen; Ruth nackt um Mitternacht, einen Pfirsich essend.

Das Kästchen wurde gebracht, aufgeklappt. Das Halsband war super.

«Ja... es ist sehr schön», sagte Quin geistesabwesend.

Und da tauchte es plötzlich auf, das Zeichen, der Hinweis – das, worauf er gewartet hatte: Ruth, wie sie barfuß und mit flatterndem Haar am Strand von Bowmont stand und ihm etwas zeigte, das sie in der Muschel ihrer Hand hielt. «Schauen Sie», sagte sie, «ach, schauen Sie doch!»

Er stand auf und tat das Halsband mit einer kurzen Geste ab. «Ich weiß jetzt, was es sein muß», sagt er. «Ich weiß es ganz genau.»

Was er danach zu tun hatte, war schnell erledigt. Dick Proudfoot war sonnenverbrannt und mit sich und der Welt zufrieden aus Madeira zurückgekehrt. Er hatte vier Aquarelle produziert, von denen nur drei ihm mißfielen. Jetzt blickte er auf das umfangreiche Dokument mit seinen Siegeln und Bändern hinunter – eine Kopie des ersten, die ihm die Sekretärin gerade hereingebracht hatte, als Quin unerwartet in der Kanzlei erschienen war – und fragte dann, den Kopf hebend: «*Was* hast du da gesagt?»

«Du hast mich doch genau verstanden. Zerreiß das Papier. Vergiß die Nichtigkeitserklärung. Ich bleibe verheiratet.»

Proudfoot lehnte sich in seinem Sessel zurück und faltete die

Hände hinter dem Kopf. «So, so. Nun, ich kann nicht behaupten, daß ich überrascht bin.» Er grinste. «Erlaube mir, daß ich dir von Herzen Glück wünsche.»

Ihm fiel auf, daß er Quin seit langem nicht so entspannt und glücklich erlebt hatte. Er zog das umfangreiche Dokument zu sich heran, zerriß es und ließ es in den Papierkorb fallen.

«Ganz abgesehen von allem anderen ist das eine große Erleichterung – wir befanden uns nämlich auf ziemlich unsicherem Boden. Hast du vor, nach Bowmont zu ziehen?»

«Ja. Sie gehört dorthin – sie war nur ein paar Tage dort, aber alle erinnern sich an sie: der Schäfer, die Hausmädchen, es ist wirklich verrückt.» Ein flüchtiger Schatten fiel auf sein Gesicht. «Das Dumme ist nur, daß ich eine Expedition nach Afrika geplant habe.»

Doch noch während Quin sprach, wurde ihm klar, was er tun würde. Das Klima in den Ebenen war gesund; die Reise war nicht gefährlich – und im Notfall konnte Ruth immer in Lindi beim *Commissioner* und seiner Frau bleiben.

«Soll ich Ruth schreiben?»

«Nein, ich sage es ihr selber. Und vielen Dank für deine Bemühungen, Dick. Wenn du mir die Rechnung nach Chelsea schickst, dann erledige ich das noch, bevor ich reise.»

Er war schon an der Tür, als Proudfoot ihn zurückrief. «Hast du noch einen Moment Zeit?»

Obwohl Quin es eilig hatte, wegzukommen, nickte er. Dick ging zu einer Kommode an der Wand, zog eine Schublade auf, entnahm ihr ein kleines Aquarell: eine zarte, wie gefiedert wirkende Tamariske, jeder Pinselstrich wie ein Hauch, vor einem Hintergrund roter Geranien.

«Das hab ich in Madeira gemalt. Meinst du, es würde Ruth gefallen?»

«Bestimmt.»

«Gut, dann laß ich es rahmen und schicke es ihr.»

Draußen auf der Straße sah Quin auf seine Uhr. Ruth müßte sein Geschenk eigentlich inzwischen bekommen haben – Cavour hatte versprochen, es sofort zu schicken. Ein wenig schwindlig vom Schlafmangel und der Überzeugung, daß er ewig leben würde, steuerte er seinen Wagen in Richtung Museum. Es würde keine Schwierigkeiten bereiten, noch eine weitere Kabine auf dem Schiff zu buchen, aber er wollte doch Milner sofort Bescheid sagen. Und wie angenehm zu wissen, daß Brille-Lamartaine, sollte er nähere Erkundigungen einziehen, nichts als die Wahrheit erfahren würde. Denn er nahm ja tatsächlich eine Frau mit auf die Reise, eine seiner Studentinnen, eine junge Frau, die er leidenschaftlich liebte.

Ruth hatte nicht geglaubt, daß sie noch schlafen könnte, nachdem sie sich von Quin getrennt hatte. Sie hatte sich leise ins Haus geschlichen und war nur von dem Wunsch beseelt in ihr Bett geklettert, diese ganze herrliche Nacht noch einmal zu durchleben, doch sie war augenblicklich in einen tiefen, traumlosen Schlaf gefallen.

Als sie jetzt erwachte, hatte sich die ganze Welt verändert. Das Schlafzimmer mit der wild gemusterten braunen Tapete, das sie mit Tante Hilda teilte, hatte sie nie verlockt, ihren Blick schweifen zu lassen, jetzt jedoch konnte sie sich vorstellen, mit welcher Wonne der Designer seine Muster zu Papier gebracht hatte. Und Hilda selbst, die vor dem kleinen Spiegel stand und sich das dünne Haar bürstete, schien Ruth die Personifizierung des akademischen Ideals zu sein – ihr Leben lang einem Stamm Primitiver verpflichtet, den sie niemals kennengelernt hatte, ekstatisch angesichts einer abgebrochenen Pfeilspitze oder eines Trinkbechers. Was für eine prachtvolle Person Tante Hilda war, wie dankbar Ruth sein konnte, ihre Nichte zu sein!

Sie schwang die Beine aus dem Bett und lächelte den Schrumpfkopf an. Jetzt ging sie über die Keksdose unter den Dielenbrettern, in der ihr Trauring und ihre Heiratsurkunde lagen. Bald – vielleicht schon heute – konnte sie sie herausholen und ihrer Mutter zeigen.

«Ich bin verheiratet, Mama», würde sie sagen. «Ich bin mit Professor Somerville verheiratet, und ich liebe ihn abgöttisch, und er liebt mich.»

Sie schlüpfte in ihren Morgenrock und ging zum Fenster, und auch hier lachte ihr eine Schönheit entgegen, die sie nie zuvor wahrgenommen hatte. Gewiß, der Gasometer stand immer noch dort, aber ebenso die Platane im Nachbargarten, mit rußiger Rinde zwar und einem abgestorbenen Ast, jedoch in der ganzen Pracht der mutigen jungen Blättchen!

Auf der Treppe traf sie das finstere Fräulein Lutzenholler mit ihrem Kulturbeutel in der Hand. «Er ist im Bad», brummte sie.

Ruth brauchte nicht zu fragen, wen sie meinte. Es war immer Heini, der im Bad war. An diesem Morgen jedoch verteidigte sie Heini nicht, dazu liebte sie Fräulein Lutzenholler viel zu sehr, die mit allem so recht gehabt hatte: Die gesagt hatte, daß wir das verlieren, was wir verlieren wollen, das vergessen, was wir vergessen wollen ... die gesagt hatte, Frigidität habe damit zu tun, ob man einen Menschen liebe oder nicht. Ruth, in der Ekstase ihrer Nichtfrigidität, strahlte die Psychoanalytikerin an und hätte sie geküßt, wäre nicht das Oberlippenbärtchen gewesen und das Wissen, daß Fräulein Lutzenholler sich so früh am Morgen die Zähne noch nicht geputzt haben konnte.

«Beeil dich, Heini!» rief Ruth.

Der Gedanke an Heini ließ sie innehalten. Heini würde tief verletzt sein. Einen Moment lang verdunkelte eine Wolke ihre Freude. Aber nur einen Moment lang. Heini würde einen anderen Star finden – eine ganze Schar in den kommenden Jahren. Seine Liebe gehörte der Musik, und mit Recht – und das, was in der vergangenen Nacht geschehen war, konnte man nicht bedauern.

Ach, Quin, dachte sie und schlang die Arme um ihren Oberkörper, und Fräulein Lutzenholler, die voller Wut darauf wartete, endlich das Bad benützen zu können, sah sie verblüfft an und erinnerte sich, daß es etwas gab, dem sie in ihrem Beruf selten begegnete: Freude.

Ruth gab die Hoffnung auf das Badezimmer auf und ging in die Küche, wo sie alle seit Heinis Ankunft eine Extra-Zahnbürste aufbewahrten. Ihre Mutter war dabei, den Frühstückstisch zu decken, und Ruth blieb einen Moment an der Tür stehen und sah ihr zu. Leonie sah müde aus, ihr Gesicht hatte Falten, die noch nicht dagewesen waren, als sie Wien verlassen hatten, und in ihrem Haar waren graue Strähnen, aber ihre Tochter fand sie schön. Mit der Liebe, die Ruth einhüllte, mit der Wonne an die erinnerte

Nacht stieg eine überwältigende Dankbarkeit in ihr auf; nun endlich würde sie ihren Eltern, Onkel Mishak helfen können.

Ihre Mutter würde nicht in Bowmont leben wollen – Ruth lächelte bei dem Gedanken an das brandende Meer, den kalten Wind, die immer bewegte Luft. Ihre Eltern würden zu Besuch kommen, aber sie würden in der Stadt leben wollen, und das konnten sie jetzt mit Komfort tun. Sie würde an ihren Mann keine großen Ansprüche stellen – keine eleganten Kleider, ganz bestimmt keinen Schmuck, aus dem sie sich sowieso nichts machte. Sie würde lernen, sparsam und vernünftig zu sein, aber um einige Dinge würde sie Quin bitten, und er würde sie ihr gewähren, das wußte sie. Ein kleines Häuschen für Onkel Mishak – Elsie hatte ihr im Dorf eines gezeigt, das leerstand; Besuchsrecht für ihre Freunde, wenn sie einen Ort brauchten, an dem sie arbeiten oder sich erholen konnten; und sie würde mit ihm einmal über das Schaf sprechen. Dafür würde sie nicht darum betteln, auf seine Reisen mitgenommen zu werden. Es fiel ihr nicht leicht, sich vorzustellen, daß sie monatelang ohne ihn auskommen sollte, aber sie würde es schaffen.

Jetzt gab sie ihrer Mutter einen Gutenmorgenkuß. «Du siehst sehr glücklich aus», sagte diese. «War es nett bei Pilly?»

«Ja. Es war wunderschön.»

Ruth errötete, aber es war ihre letzte Lüge. Sie hatten in der Nacht keine Pläne gemacht – es war eine Nacht außerhalb der Zeit gewesen –, aber wenn sie es taten, dann würde sie ihre Ehe nicht mehr verheimlichen, und dann brauchte sie nie wieder zu lügen.

Sie schnitt sich gerade eine Scheibe Brot ab, als ihr auffiel, daß ihre Mutter auf eine äußerst geräuschvolle Weise mit dem Geschirr hantierte, die früher in Wien nichts Gutes verheißen hatte.

«Ist etwas, Mama?»

Leonie zuckte die Achseln. «Es ist blöd von mir, mich so aufzuregen, ich hätte es von dieser dummen Gans erwarten müssen. Aber ich konnte mir eben trotzdem nicht vorstellen, daß sie ihn nach allem, was er für sie und ihre unmögliche Familie getan hat, so behandeln würde. Wenn ich mir vorstelle, wie sie ihm im Krankenhaus nachgelaufen ist! Und wie sie sich nach der Heirat immer Frau Doktor nennen ließ!»

«Du sprichst wohl von Hennie, Dr. Levys Frau?»

Leonie nickte. «Sie hat ihm geschrieben. Sie möchte die Scheidung. Aus rassischen Gründen. Du hättest ihn gestern sehen sollen, er sieht zehn Jahre älter aus, und trotzdem darf keiner ein Wort gegen sie sagen. Der Mann ist ein wahrer Heiliger.»

Ruth schwieg betroffen. Wie konnte jemand diesem bescheidenen, sanften Menschen wehtun – ein brillanter Arzt, ein großzügiger Freund. Es hatte ausgesehen, als liebte Hennie ihn. Konnte der Einfluß ihrer Familie mit ihrer fatalen Weltanschauung so stark sein?

«Gehst du heute nicht auf die Universität?»

«Erst später.»

Quin hatte gesagt, sie solle sich den Morgen freinehmen. Es hatte sie gewundert, aber sie hatte nichts dagegen. Wenn sie später doch zur Vorlesung ging, mußte sie achtgeben, daß sie nicht in den Saal schwebte und über die Wasserkaraffe hinweg direkt in seine Arme flog.

Sie saß noch mit ihren Träumen beschäftigt bei einer zweiten Tasse Kaffee, als es draußen läutete. Einen Moment lang meinte sie, es müßte Quin sein und schüttelte in einer unbewußten Geste der Koketterie ihr Haar aus. Aber das war albern; Quin hatte gesagt, er habe etwas Wichtiges zu erledigen, als er sich von ihr getrennt hatte.

«Ach, geh doch mal hinunter, Kind», sagte Leonie. «Ziller ist nicht da – er ist üben gegangen. Vielleicht ist es der Mäusefänger», fügte sie optimistisch hinzu.

Aber es war nicht der Mäusefänger. Ein Bote in dunkelblauer Uniform mit Schirmmütze stand vor der Tür. Er mußte mit dem Lieferwagen gekommen sein, der, ebenfalls dunkelblau, am Straßenrand parkte. «Cavour und Stattersley» stand in verschnörkelter Schrift auf der Seite des Wagens, und darüber glänzte eine goldene Krone.

«Ich habe ein Päckchen für Miss Ruth Berger. Ich soll es ihr persönlich übergeben.»

«Ich bin Ruth Berger.»

«Haben Sie einen Ausweis?»

Ruth, die noch im Morgenrock war, seufzte. «Ich kann hinaufgehen und einen Brief holen oder so etwas. Aber ich erwarte gar nichts. Sind Sie sicher, daß das für mich ist?»

«Aber ja. Es ist eine Expreßlieferung. Das Päckchen soll nur persönlich übergeben werden, und ich mußte unverzüglich hierher fahren. Und außerdem mit dem Panzerwagen, den nehmen wir nur, wenn die Lieferung viel Geld wert ist.»

«Ich glaube, das ist ein Mißverständnis», sagte Ruth verwirrt.

Doch jetzt beugte sich der Fahrer aus dem Lieferwagen und rief: «Es ist schon in Ordnung, ich hab hier eine Beschreibung. Du kannst das Päckchen abgeben – laß sie nur unterschreiben.»

Ruth nahm das Päckchen und unterschrieb. Immer noch verwirrt sagte sie: «Es tut mir leid, ich kann Ihnen nicht einmal ein Trinkgeld geben – aber trotzdem vielen Dank. Nur, wenn es doch ein Mißverständnis sein sollte...?»

«Dann wenden Sie sich an Cavour und Stattersley. Die können Ihnen die Sache dann umtauschen.»

Der Lieferwagen fuhr ab. Ruth öffnete das Päckchen. Im ersten Moment begriff sie nicht, was sie sah: ein Halsband aus grünen Steinen, jeder in Brillanten gefaßt, Glied um Glied mit einer goldenen Kette verbunden. Smaragde, so grün wie das Meer, wie die Augen des Buddha, einer so schön wie der andere.

Dann begriff sie plötzlich. Dies war ein Geschenk – eine Morgengabe, die ihr mit Eilboten gesandt worden war, damit sie sie noch am Morgen nach der Brautnacht erreichte. Eine Morgengabe von obszöner Kostbarkeit, weil Quin großzügig war und sie nicht mit billigem Plunder abfinden wollte, jedoch nicht mißzuverstehen in ihrer Bedeutung.

«Das Wort kommt aus dem Lateinischen *matrimonium ad morganaticum*», hatte Quin im Stadtpark erklärt und ihr den Begriff der morganatischen Ehe erläutert. «Es ist eine Ehe, die auf der Morgengabe beruht, mit der der Ehemann sich von jeglicher Verantwortung seiner Frau gegenüber loskauft. In einer solchen morganatischen Ehe hat die Ehefrau keinen Anteil an den Pflichten und der Verantwortung ihres Ehemanns, und die gemeinsamen Kinder erben nicht.»

Deshalb hatte er sie gedrängt, heute morgen zu Hause zu bleiben; damit er sicher sein konnte, daß sie seine Morgengabe erhalten und begreifen würde, daß sie in Bowmont nicht erwünscht war. Eine Frau wie sie, Flüchtling, Ausländerin, teilweise jüdischer Herkunft, durfte sein Bett teilen, aber nicht sein Heim. Wenn so etwas Dr. Levy geschehen konnte, warum dann nicht auch ihr?

Sie klappte das Etui zu und schob es in die Tasche ihres Morgenrocks. Der Schmerz traf sie körperlich, sie litt an ihm wie an einer schweren Krankheit. Warum konnte man dem Zittern, den Schwindelgefühlen, der schrecklichen Flauheit nicht Einhalt gebieten? Und wenn man es schon nicht konnte, warum folgte dann nicht das nächste? Warum starb man nicht einfach?

«Sieh dir das an!» rief Lady Plackett. «Das ist ja unerhört! Wir müssen sofort Professor Somerville informieren, damit er das Nötige veranlassen kann.»

In Verenas Erwartungen bezüglich Afrika nicht eingeweiht, war sie schon lange nicht mehr so begeistert von Quinton Somerville, der ihr nichts zu unternehmen schien, um seine Beziehung zu ihrer Tochter zu fördern.

Verena nahm ihrer Mutter die Zeitung aus der Hand und stimmte ihr zu. Bisher hatte sie nichts gefunden, was sich gegen Ruth verwenden ließ, und gewisse Dinge nagten immer noch an ihr. Warum hatte man Ruth in Bowmont in den Turm gebracht, den sonst kein Mensch betreten durfte? Was für eine Verbindung hatte zwischen Quin und dieser Österreicherin bestanden, bevor sie nach England gekommen war?

«Das wirkt ziemlich herausfordernd», bemerkte sie mit ihrer scharfen, präzisen Stimme und verspürte Genugtuung. Wenn Quin immer noch glaubte, sich zum Beschützer dieser Ausländerin aufspielen zu müssen, dann würde dieses Foto dem gewiß ein Ende bereiten.

«Ich rufe gleich seine Sekretärin an», sagte Lady Plackett.

So kam es, daß Quin, als er vom Museum zurückkehrte, wo er alles Nötige für Ruths Teilnahme an der bevorstehenden Expedition veranlaßt hatte, eine Nachricht von Lady Plackett vorfand.

Immer noch auf Wolken des Glücks schwebend, ging er ins Haus des Vizekanzlers hinüber.

«Wir denken, es wird Sie interessieren, wie eine Ihrer Studentinnen ihre Freizeit verbringt», sagte Lady Plackett spitz und schlug die Zeitung auf.

Quin dachte nicht darüber nach, wie das Boulevardblatt *Daily Echo* seinen Weg in das illustre Heim des Vizekanzlers gefunden hatte. Er dachte nicht darüber nach, weil das Foto – eine halbe Seite in der Mitte des Blatts – ihm einen Schlag versetzte, auf den er überhaupt nicht vorbereitet war.

Es zeigte Ruth und Heini Seite an Seite, sehr nahe beieinander. Sie hielten sich nicht umschlungen, sie räkelten sich auch nicht auf einem Sofa – nichts dergleichen. Heini saß am Flügel, und Ruth neigte sich zu ihm, einen Arm leicht gebogen hinter seinem Kopf mit dem lockigen Haar, und ihr Gesicht direkt der Kamera zugewandt. Glücklich und vertrauensvoll sah sie den Betrachter mit ihrem süßen Lächeln an, und Heini, den eine Locke ihres Haares berührte, blickte anbetend zu ihr auf. Unter dem Bild stand natürlich: *Heini und sein Star.*

«Ich denke, Sie werden mir zustimmen, daß diese Art der Zurschaustellung in der Sensationspresse absolut inakzeptabel ist», sagte Lady Plackett.

«Und das ist noch nicht alles», warf Verena ein. «Sie hat die Universität mit in Verruf gebracht. Es ist ausdrücklich von Thameside die Rede. Sie wird als eine der brillantesten Studentinnen bezeichnet.»

Quin schwieg. Er verstand nicht die Wirkung, die das Bild auf ihn hatte. Er hätte es weniger schmerzlich gefunden, sie mit Heini im Bett abgelichtet zu sehen. Die Menschen gingen aus allen möglichen Gründen miteinander ins Bett, aber die Hingabe und die Reverenz, mit denen sie sich dem Jungen zuneigte, fand er unerträglich.

«Sie scheint mir einem etwas skrupellosen Journalisten zum Opfer gefallen zu sein», sagte er schließlich.

Er hatte recht. Kurz nach dem Debakel in Janets Wohnung hatte Mantella Ruth zu sich bestellt und mit Zoltan Karkoly, einem ungarischen Journalisten, bekannt gemacht, der jetzt für das *Daily Echo* arbeitete. Karkoly hatte ihr erklärt, daß sein Artikel Teil einer Serie sein würde, die den Teilnehmern am Bootheby-Klavierwettbewerb und der Musik, die sie spielen würden, gewidmet war. Sehr geschickt hatte er sie ausgehorcht und eine Menge von ihr erfahren, beispielsweise über Mozarts Menagerie; nicht nur über den Star, den er für vierunddreißig Kreuzer auf dem Markt gekauft hatte, sondern auch über einen nachfolgenden Kanarienvogel und das Pferd, auf dem der Komponist durch die Straßen Wiens geritten war. Fragen über Ruth selbst und ihre Beziehung zu Heini flocht er ganz beiläufig ein und erhielt ehrliche Antworten. Ja, sie bediente abends im *Willow*; ja, sie war gern in Thameside – und ja, sie würde Heini bis ans Ende der Welt folgen, sagte Ruth, die über die Feuerleiter vor ihm geflohen war. Und ja, sie sei bereit, sich fotografieren zu lassen, wenn das Heinis Karriere half.

Karkoly hatte also mehrere Fotos am Bechstein in der Wigmore Hall gemacht, jedoch nur das letzte verwendet, auf dem sie ihren Kopf ein wenig gedreht hatte, weil sie fragen wollte, ob man jetzt fertig sei, und ihr Haar nach vorn fiel, über Heinis Schulter, so daß höchstens ein kompletter Dummkopf die Anspielung auf das Gemälde *Von der Liebe überrascht*, das in jedem zweiten Wohnzimmer hing, nicht verstehen würde.

Ruth hatte Mr. Hoyles Artikel über das *Willow* nicht gesehen, und sie hatte auch Karkolys Bericht im *Echo* nicht gesehen. In Belsize Park hatte man kein Geld für Zeitungen. Doch Quin, der die vollmundigen Worte hingebungsvoller Liebe las, die man ihr in den Mund gelegt hatte, fühlte sich von einer so wahnsinnigen Eifersucht gepackt, daß ihm spätestens dies, wenn schon nichts anderes, zeigen mußte, wie leidenschaftlich seine Liebe war.

«Wir dürfen wohl annehmen, daß Sie mit ihr sprechen werden?» sagte Lady Plackett.

«Ja, natürlich, das werde ich tun.»

Als er etwas später über die Waterloo-Brücke fuhr, war Quin wieder ruhig. Der Artikel war mehrere Tage alt; er wußte, mit welchen Tricks und Entstellungen die Journalisten nur allzuhäufig arbeiteten, aber der Glanz dieses Tages hatte sich getrübt.

Er fuhr nach Hause, wo Lockwood ihn erwartete, der von seinem freien Wochenende zurück war. «Mr. Cavour von der Firma Cavour und Stattersley hat angerufen», sagte er. «Sie möchten ihn bitte zurückrufen, wenn Sie wieder da sind. Er ist bis um halb sieben zu erreichen. Die Nummer habe ich auf den Block geschrieben.»

«Danke, Lockwood.»

Was hatte das zu bedeuten? Sollten sie einen Fehler gemacht haben? Ausgeschlossen, seine Instruktionen waren eindeutig gewesen. Er ging zum Telefon. Wählte, setzte sich.

«Ah, Professor Somerville. Ich bin froh, daß ich Sie erreicht habe. Es ist etwas sehr Merkwürdiges passiert. Das Halsband ist uns zurückgegeben worden.»

«Was?»

«Ja, heute mittag. Miss Berger kam selbst vorbei und hat es zurückgebracht.»

«Um etwas ändern zu lassen? Ist es vielleicht zu lang?»

«Nein, es handelte sich nicht um eine Änderung. Ich dachte, sie zöge vielleicht andere Steine vor. Es gibt Leute, die behaupten, daß die Farbe grün Unglück bringt, wissen Sie. Ich hatte einmal eine Kundin –»

«Ja, ja. Sagen Sie mir nur, was geschehen ist. Was wollte sie?»

«Sie wirkte sehr ärgerlich. Sie sagte, ich solle Ihnen ausrichten, daß sie den Schmuck nicht haben wolle. Sie war nur ganz kurz im Laden. Sehr erregt, wie mir schien. Wir behalten das Halsband inzwischen hier, Sir, bis wir von Ihnen weitere Anweisungen bekommen. Es kann bis dahin in unserem Tresor bleiben – aber wir wären Ihnen dankbar, wenn Sie bald von sich hören ließen; ein so wertvolles Stück ist am besten in der Bank aufgehoben.»

«Natürlich.» Man mußte höflich sein. Man mußte Mr. Cavour danken. Man mußte das Abendessen zu sich nehmen, das Lockwood zubereitet hatte.

Sollte es also wirklich diese uralte Geschichte sein? Daß ein junges Mädchen sich einen erfahrenen Mann sucht, um sich in die Kunst der Liebe einführen zu lassen, damit sie dann ohne Angst zu ihrem wahren Geliebten zurückkehren kann? So übel war die Idee gar nicht. Sie hatte sie wahrscheinlich aus irgendeinem Buch.

Nein, das war nicht wahr. Das konnte nicht wahr sein. «Ich sterbe, wenn du mich verläßt», hatte sie vor noch nicht vierundzwanzig Stunden zu ihm gesagt. Aber sie hatte auch andere Dinge gesagt. Sie hatte zum Beispiel gesagt: «Ich würde Heini bis ans Ende der Welt folgen.»

Er drückte seine Stirn an die Fensterscheibe und rang um Glauben. Morgen würde er sie sehen. Sie würde zu seiner Vorlesung kommen; sie würde ihm alles erklären. Dieser Abstieg zur Hölle konnte nicht Wirklichkeit sein.

«O Gott, gib mir Glauben», betete Quin, der seit seiner Kindheit nicht mehr gebetet hatte.

Aber Gott schwieg.

Ruth saß in der Untergrundbahn und starrte auf die Reklame auf der Wand gegenüber.

«Leiden Sie an Kälteschauer oder Schüttelfrost? Wenn ja, dann holen Sie sich Mr. Thermo, der heizt Ihnen ein und vertreibt alle Kältegefühle im Nu.»

Mr. Thermo, eine Art Flamme mit Beinen, würde sich anstrengen müssen, um die Kältegefühle aus ihrem Herzen zu vertreiben. Es war nicht etwa so, daß sie nicht geschlafen hatte – nachdem sie das Halsband zurückgebracht hatte, war sie wieder nach Hause gegangen, hatte ihrer Mutter erklärt, sie habe eine Migräne und war ins Bett gekrochen und hatte sich die Decke über den Kopf gezogen. Sie hatte tatsächlich geschlafen, denn plötzlich vernichtet zu werden, machte einen todmüde. Nein, das Schlafen war nicht das Problem, sondern der Wachzustand, die Qual ohne Ende, die ewige Wiederholung des gleichen: Es kann nicht wahr sein, ich kann mich doch nicht so getäuscht haben...

Dennoch hatte sie am Morgen beschlossen, zu den Vorlesungen zu gehen.

«Ruth, es hat doch keinen Sinn, daß du in diesem Zustand gehst», sagte Leonie beim Anblick des angespannten, blassen Gesichts ihrer Tochter.

«Ich muß, Mama. Es ist der letzte Tag heute und Professor Somervilles letzte Vorlesung.»

Sie hatte seinen Namen gesagt. Sie hatte sich so englisch verhalten wie Lord Nelson auf der Säule.

Aber in der Untergrundbahn sah sie der Wahrheit ins Auge. Es war nicht Mut, es war die Unmöglichkeit, nicht dort zu sein, wo er war, und an dieser Stelle, während sie Mr. Thermo anstarrte, kehrten die Gedanken tiefster Verzweiflung zurück. Sie wußte, daß er mit ihr ein klein wenig glücklich gewesen war; ja, das wußte sie. Wenn sie seine Bedingungen annahm, wenn sie sich von Bowmont und aus seinem öffentlichen Leben fernhielt... wenn sie sich irgendwo in London eine Arbeit suchte und eine Wohnung, eine billige Wohnung wie die Janets, wo sie manchmal zusammensein konnten? Sie konnten ihre Ehe annullieren lassen wie geplant, er konnte sich mit einer Frau seiner eigenen Kreise verheiraten, wenn er das wünschte, aber sie würde immer für ihn da sein. Nur um ihn ab und zu zu sehen, nur um zu wissen, daß sie nicht in graue Wüsten endloser Zeit ohne ihn verstoßen werden würde.

Nein, das hatte keinen Sinn. Geheime Liebesnester waren etwas für Leute, die kontrolliert und beherrscht waren, nicht für solche, die meinten, sie müßten sterben, wenn der Geliebte aus dem Bett aufstand, um ein Glas Wasser zu holen. Sie liebte ihn viel zu sehr dafür, sie würde Szenen machen und Forderungen stellen. Sie konnte nur eines tun: ihren Studienabschluß machen und für immer verschwinden.

Als sie am Embankment ausstieg und zum Aufzug ging, sah sie, daß Kenneth Easton im selben Zug gewesen war. Kenneth war im allgemeinen wenig freundlich, genau wie Verena, aber heute schien er mit ihr zusammen gehen zu wollen, und Ruth sah, daß er blaß war und elend aussah. Das Spiegelbild in einem Schaufenster, an dem sie vorüberkamen, zeigte zwei blasse, niedergeschlagene Unglücksraben.

«Du siehst ein bißchen müde aus», sagte Ruth, während sie zur Brücke gingen.

«Ja, das bin ich auch», antwortete Kenneth. «Ich bin schrecklich müde. Ich habe überhaupt nicht geschlafen.»

«Gut, daß das Semester jetzt zu Ende ist», sagte Ruth. «Von morgen an kannst du nach Herzenslust faulenzen. Das Squashspielen ist ja auch ziemlich anstrengend.»

Kenneth wandte sich ihr zu. Sein langes Gesicht zeigte Dankbarkeit, sie hatte ihm den Anknüpfungspunkt geliefert, den er sich gewünscht hatte.

«Ja, es ist nicht nur anstrengend, es ist auch sehr teuer. Und das ist nicht das einzige... weißt du, es ist gar nicht so einfach, dauernd statt ‹Entschuldigung› ‹Pardon› zu sagen und solches Zeug. Manchmal versteht meine Mutter überhaupt nicht, was ich meine. Und die Leute in Edgware Green schauen mich komisch an, weil ich plötzlich versuche, keinen Dialekt mehr zu sprechen. Aber das hat mir alles nichts ausgemacht, weil ich wirklich dachte, Verena würde mich mit der Zeit immer mehr mögen.»

Sie hatten den Fluß erreicht, und einen Moment lang verlor Ruth die Konzentration («Ich kaufe tausend Limonadenflaschen und stecke in jede ein Briefchen, und jede...»)

Als sie Kenneths Stimme wieder hörte, bekannte er gerade seine große Torheit. «Ich habe ihr praktisch einen Antrag gemacht. Das war gestern abend nach dem Squash, als wir im Club noch etwas zusammen getrunken haben. Es war sehr nett. Ich vergaß völlig, daß mein Vater nur ein Lebensmittelhändler war. Er ist tot, aber das macht es nur noch schlimmer. Wäre er am Leben geblieben, hätte er es vielleicht weiter gebracht, aber jetzt ist er auf immer und ewig ein Lebensmittelhändler.»

«Und Verena hat dir einen Korb gegeben?»

«Ja. Und dann hat sie mir von Professor Somerville erzählt, und das hat es nur noch schlimmer gemacht. Ich wußte ja, daß sie eine Schwäche für ihn hat, aber ich dachte, es wäre einseitig – aber als sie mir dann das mit Afrika sagte, war mir klar –»

Sieh ins Wasser, sagte sich Ruth. Wasser heilt... es schwemmt den Schmerz weg. «Was ist denn mit Afrika?»

«Der Professor nimmt sie mit. Sie wußte es schon vorher, aber sie hat nichts gesagt, weil es geheim bleiben soll – und gestern war sie bei der Geophysikalischen Gesellschaft und hat erfahren, daß der Assistent des Professors gerade noch eine weitere Kabine gebucht hatte. Niemand darf etwas wissen – eigentlich sollte ich dir das gar nicht erzählen. Du wirst doch nichts sagen, Ruth? Versprichst du mir das?»

«Natürlich, Kenneth. Du kannst dich auf mich verlassen.»

«Ich hätte es wissen müssen. Die besseren Leute bleiben immer unter sich. Leute wie wir sind ihnen zur Abwechslung mal ganz recht, aber wenn es darauf ankommt, sind wir Luft. Mein Vater war Lebensmittelhändler, das sagt alles. Ich hatte nie eine Chance.»

Nein, auch ich hatte nie eine Chance. Mein Vater ist etwas viel Schlimmeres als Lebensmittelhändler. Nun, wenigstens blieb ihr die Demütigung erspart, sich Quin als eine Art Konkubine anzubieten. Die Reise nach Afrika würde Monate dauern, und es war undenkbar, daß er nicht irgendwann Verena heiraten würde. Kenneth hatte ihr einen Gefallen getan, indem er die letzten Hoffnungsfunken ausgetreten hatte.

Sie schaffte es, ihm ein paar tröstende Worte zu sagen, und dann gingen sie gemeinsam durch den Torbogen in den Hof der Universität. Am anderen Ende, wie zur Bestätigung all dessen, was Kenneth gesagt hatte, standen Quin und Verena in lebhaftem Gespräch unter dem Walnußbaum. Quin hob den Kopf; er sah sie direkt an. In der Nacht hatte sie geglaubt, es könnte nicht schlimmer werden, aber sie hatte sich getäuscht. Sie durfte jetzt nicht zu ihm laufen, sich nicht in seine Arme werfen und ihn bitten, sie aus diesem Alptraum zu befreien, und das war noch schlimmer. Sie zupfte Kenneth am Ärmel.

«Kenneth, ich glaube, ich geh doch nicht zur Vorlesung – Heini hatte mich gebeten, in den Konzertsaal zu kommen, wo er übt, und ich finde, das sollte ich tun. Würdest du Professor Somerville Bescheid sagen und mich entschuldigen? Sag ihm, daß ich zu meinem Verlobten muß, und frage Sam, ob ich später seine Notizen haben kann.»

Kenneth, der ebenfalls litt, brachte eine hochherzige Geste zustande. «Du kannst meine Notizen haben, Ruth. Meine Schrift ist viel klarer als die von Sam.»

Quin hatte sie kommen sehen; hatte ihr leuchtendes Haar gesehen, ihren schönen Gang, ihre anmutige Gestalt in dem abgetragenen Cape, und sein Herz hatte einen Sprung getan. Jetzt, am Morgen, wußte er, daß das, was er in der Nacht gedacht hatte, unmöglich war, und er wartete darauf, daß sie ihm entgegenlaufen würde. Aber dann blieb sie stehen und drehte sich um und ging davon, und noch ehe Kenneth ihm Ruths Worte ausrichtete, packte der Schmerz ihn mit eisernen Zangen, und aus der Ungläubigkeit wurde Überzeugung. Er war gebraucht und verraten worden.

27

Ruth arbeitete während der ganzen Osterferien. Die Arbeit war, wie sie ihrer Mutter versicherte, schuld an den Schatten unter ihren Augen, an ihrem mangelnden Appetit und einem grünlichen Schimmer auf ihrer Haut.

«Dann mußt du eben aufhören!» schrie Leonie sie an, die es nicht aushalten konnte, ihre Tochter so elend und unglücklich zu sehen.

«Das kann ich nicht», antwortete Ruth und zitierte unweigerlich Mozart, der gesagt hatte, er arbeite weiter, weil es ihn weniger ermüde, als zu rasten.

Ruth mochte körperlich und seelisch erschöpft sein; Heini war dagegen glänzender Stimmung. Er und Ruth hatten sich wieder ganz ausgesöhnt. Sie war zu ihm gekommen und hatte ihn um Verzeihung gebeten, und er hatte sie ihr von ganzem Herzen gewährt.

«Es ist nicht deine Schuld, Liebste», hatte er gesagt. «Diese Wohnung hätte jeden abgeschreckt. Aber wenn du mir jetzt hilfst, Ruth, wenn du mir jetzt zur Seite stehst, dann kann ich gewinnen, das weiß ich. Ich verlange nichts Körperliches – wenn ich mir einen Namen gemacht habe, können wir heiraten und irgendwo in einem herrlichen Hotel unsere Flitterwochen verbringen. Mantella meint nämlich, er könnte mir helfen, nach Amerika zu kommen, wenn alles gutgeht, und wenn ihm das gelingen sollte, mußt du mitkommen. Du mußt einfach – ich könnte niemals allein dorthin gehen.»

«Nach Amerika? Ach Heini, das ist so weit!»

Was er darauf gesagt hatte, während er in den grauen, kalten Regen hinausblickte, hatte sie tief getroffen.

«Weit weg?» hatte er wiederholt. «Von wo?» Und sie hatte erkannt, was er im Land ihrer Zuflucht sah: die schäbige Unterkunft, die Armut, die fremde Sprache, das erbärmliche Essen. Dennoch kämpfte sie.

«Ich könnte meine Eltern nicht verlassen.»

Er hatte sie bei beiden Händen genommen und ihr in die Augen gesehen. «Ruth, du bist egoistisch. Wir können sie doch nachholen, sobald ich festen Boden unter den Füßen habe. Alle sagen, daß es zum Krieg kommen wird – und was ist, wenn London bombardiert wird?»

«Ja, natürlich.» Er hatte recht. Sie war egoistisch. Sie konnte ihren Eltern so am besten helfen – und auch sich selbst. Fünftausend Kilometer Abstand müßten eigentlich ausreichen, alle Versuchung, auf Knien zu Quin zurückzukriechen, zu ersticken.

«Also gut, Heini, wenn du gewinnst und Mantella es arrangieren kann, dann komme ich mit. Und ich helfe dir, soviel ich kann.»

Das war vor zwei Wochen gewesen, und Ruth hatte sich ganz in seinen Dienst gestellt. Sie hatte seine zerfetzten Noten geklebt; sie massierte seine Finger; sie saß unermüdlich neben ihm, während er die gefürchteten Arpeggios der Hammerklaviersonate übte.

Sie half auch Pilly, fuhr täglich zu ihr und schrieb noch einen ganzen Stapel Merkzettel, die Pilly überall an die Wände kleben konnte, bis schließlich sogar Mr. Yarrowby, der sich jeden Tag unter Schaubildern der *Fortpflanzung bei den Schwämmen* oder der *Dinosaurierfundstätten in den Vereinigten Staaten* rasierte, ein achtbarer Zoologe wurde. Und sie bediente weiterhin im *Willow*.

Kurz vor Ostern zog Kurt Berger, den man in Manchester für ein weiteres Semester verpflichtet hatte, dort in ein größeres Zimmer um und bat Leonie, zu ihm zu kommen. Zwischen Mann und Tochter hin und her gerissen, wußte Leonie nicht, was sie tun sollte. Schließlich gab Ruth den Ausschlag. «Du mußt fahren, Mama», insistierte sie. «Mir geht es doch gut. Ich habe Mishak und Tante Hilda, und es ist ja nur für ein paar Wochen. Wenn alles vorbei ist, der Wettbewerb und die Examen, können wir es uns richtig schön machen.»

Leonie reiste also nach Manchester, und Ruth, von den Zwängen mütterlicher Fürsorge befreit, arbeitete noch härter und fühlte sich noch elender – und dann begann schon wieder das Sommersemester.

Quins Vorlesungen hatten zu Ostern geendet. In den Wochen vor den Abschlußexamen hielt er nur zwei Wiederholungsseminare ab, den Rest seiner Zeit verbrachte er im Museum. Er hatte sich innerlich darauf vorbereitet, wie er mit Ruth umgehen sollte, wenn er sie sehen sollte. Auf anfängliche Wut war eisige Gleichgültigkeit gefolgt. Die Vergangenheit war erledigt; Thameside trat mit dem Näherrücken seiner Abreise immer tiefer in die Schatten zurück. Doch die betonte Gleichgültigkeit, das kühle Nicken, das er ihr zugedacht hatte, waren gar nicht nötig. Ruth erschien nicht zu seinen Seminaren und schaffte es, niemals dort zu sein, wo er gerade war. Das war etwas ganz anderes als das Unsichtbarkeitsspiel, das sie zu Anfang des Jahres gespielt hatte; sie hatte jetzt einen sechsten Sinn dafür entwickelt, ihm aus dem Weg zu gehen, der sie selten im Stich ließ. Sie wußte, wann Quin im Haus war – sie wußte es schon, ehe sie den Crossley am Tor sah –, und reagierte entsprechend. Natürlich litt ihre Arbeit, aber das war ihr nicht mehr wichtig. Wichtig war jetzt nur das Überleben.

Ihren Freunden entging nicht, wie schlecht sie aussah; daß sie keinen Appetit hatte.

«Was ist denn nur los mit dir, Ruth?» fragte Pilly Tag für Tag, und Tag für Tag antwortete Ruth: «Nichts. Es geht mir gut. Ich sorge mich nur ein bißchen um Heini, das ist alles.»

Vor wenigen Wochen hatte man ihr noch zugetraut, daß sie bei den Prüfungen als Beste ihres Jahrgangs abschneiden würde; jetzt konnte man nur noch hoffen, daß sie überhaupt durchkommen würde. Elke Sonderstrom wollte mit ihr sprechen, entschied sich dann aber aus eigenen Gründen dagegen, und Roger Felton, der ihr normalerweise keine Ruhe gelassen hätte, bis sie ihm gesagt hätte, was ihr fehlte, hatte selbst alle Mühe, die Tage herumzubringen; die kanadische Tänzerin hatte nämlich zur allgemeinen Überraschung Zwillinge geboren. Die Babys waren hinreißend – ein Junge und ein Mädchen –, und Lillian war nach Jahren bitterer Enttäuschung rundum glücklich. Leider jedoch schienen die beiden Kleinen vom Schlaf nicht viel zu halten. Nacht für Nacht marschierte der arme Roger Felton in seinem Schlafzimmer auf und ab und dachte voller Wehmut an die Tage zurück, als das Thermometer seine einzige Sorge gewesen war. Er wußte, daß es Ruth nicht gutging, daß sie in ihrer Arbeit stark nachgelassen hatte, aber er schloß sich der allgemeinen Überzeugung an, daß sie sich um Heini sorgte und ihre Arbeit jetzt hinter der gemeinsamen Zukunft mit ihm den zweiten Platz einnahm.

Nur ein Vergnügen gestattete sich Ruth in diesen unglücklichen Wochen. Es ergab sich aus einem Gespräch, das sie mit ihrer Mutter führte, ehe diese nach Norden reiste.

«Was ist eigentlich aus dem alten Philosophen geworden», fragte Ruth, «der in Wien immer in Gedanken versunken auf der Bank vor der Börse saß?»

«Ach, den haben sie schon vor Jahren in eine Schweizer Heilanstalt gebracht. Er war total verrückt – als sie seine Wohnung ausräumten, fanden sie massenhaft Damenunterwäsche, die er in Geschäften gestohlen hatte, und seine Haushälterin hat er wie Dreck behandelt.»

Damit war es klar. Ein Mann konnte verrückt sein, und man konnte dennoch auf sein Wort hören; selbst daß er ein Unterwäschefetischist war, konnte man ihm verzeihen – aber die Haushälterin schlecht zu behandeln, das ging wirklich zu weit. Und ohne weitere Skrupel gab Ruth ihren langen Kampf, Verena Plackett zu lieben, auf.

Das Ergebnis der ersten Runde des Klavierwettbewerbs überraschte niemanden. Heini war ebenso weitergekommen wie die beiden Russen und Leblanc; und die zweite Runde bestätigte die allgemeine Überzeugung, daß der Sieger unter diesen vier zu suchen sei. Doch die Russen, wenn auch hochbegabt, waren unter dem «Schutz» ihrer Begleiter in ihren Hotels eingesperrt, und Leblanc war ein unzugänglicher, strenger Mann, der es einem nicht leichtmachte, ihn zu mögen. Heini mit seiner gewinnenden Art und seiner romantischen Liebe, von der mittlerweile alle wußten, war der eindeutige Liebling des Publikums, als die Zeit des Finales in der Albert Hall kam.

«Mir ist so übel», sagte Ruth, und Pilly, die neben ihr saß, drückte ihr tröstend die Hand.

«Er gewinnt bestimmt, Ruth. Ganz sicher. Alle sagen es.»

Ruth nickte. «Ja, ich weiß. Aber er war so nervös, weißt du. Und letzte Nacht ist er dauernd aufgewacht.»

Ruth selbst war die ganze vergangene Nacht wach gewesen, hatte für Heini Kakao gekocht, ihm den Kopf gestreichelt, bis er schlief, unfähig, selbst ein Auge zuzutun. Aber das war dieser Tage nichts Besonderes.

Überraschend viele Zuhörer hatten sich zur letzten Runde des Bootheby-Klavierwettbewerbs in der Albert Hall eingefunden. Von den sechs Finalisten hatten drei bereits am Vortag gespielt: einer der Russen, ein Schwede und Leblanc, den Heini ganz besonders fürchtete. Heute – am letzten Tag – würde die hübsche Amerikanerin, Daisy MacLeod, mit Tschaikowsky anfangen, und den Schluß würde der hochgewachsene Russe, Selnikow, mit Rachmaninow bilden. Dazwischen mußte Heini spielen. Er war enttäuscht gewesen, als sie die Lose gezogen hatten; er hatte gehofft, als letzter spielen zu können. Man mochte sagen, was man wollte, der letzte Vortragende blieb den Leuten immer am lebhaftesten im Gedächtnis.

Die Orchestermitglieder nahmen ihre Plätze ein. Dann folgte der Dirigent. Berthold und das BBC-Symphonie-Orchester für diese Konzerte zu bekommen, war eine große Leistung der Organisatoren. Heini, der am Morgen mit ihnen geprobt hatte, war begeistert gewesen.

Leonie, die auf Ruths anderer Seite saß, drehte den Kopf und lächelte ihrer Tochter zu. Sie war extra von Manchester heruntergekommen und wollte bis nach den Examen in der folgenden Woche bleiben. In ihre tiefe Besorgnis um Ruth, der es offensichtlich nicht gutging, mischte sich die Angst, ihre Tochter schon bald zu verlieren, denn sie wußte, daß Heini nach Amerika gehen würde, wenn er in diesem Wettbewerb siegen sollte.

«Du darfst es dir nicht anmerken lassen», hatte ihr Mann gesagt. «Du mußt es ihr wünschen. Dort ist sie in Sicherheit, und das ist das einzig Wichtige.»

Seit März, als Hitler, mit dem Sudentenland nicht zufrieden, in Prag einmarschiert war, glaubten nur noch wenige Menschen an den Frieden.

Die ganze Reihe war von Ruths Freunden und Verwandten besetzt. Neben Pilly saßen Janet und Huw und Sam. Der Doktorand aus der deutschen Abteilung war da; Mishak und Hilda... sogar Paul Ziller war gekommen, und das war eine Ehre. Ziller ging dieser Tage viel im Kopf herum; der Chauffeur aus Northumberland ließ einfach nicht locker, wollte unbedingt vorspielen. Von allen Seiten wuchs der Druck auf Ziller, ein neues Quartett zu gründen.

Es war heiß in dem Saal mit dem Kuppeldach. Leonie, die selbst um drei Uhr nachmittags wie eine ernsthafte Konzertbesucherin in schwarzen Rock und gestärkte weiße Bluse gekleidet war, fächelte sich mit ihrem Programm Kühlung zu. Und jetzt kam Daisy MacLeod heraus, in einem hübschen blauen Kleid, das dunkle Haar zurückgebunden. Sie lächelte scheu ins Publikum, und ein Sturm von Applaus begrüßte sie. Das Tschaikowsky-Konzert war das richtige für sie. Sie war sehr jung; es gab ein paar Stolperer, und ein-, zweimal kam sie aus dem Tempo, aber Berthold führte sie zurück, und insgesamt war ihr Vortrag ausgesprochen gefällig. Gleich, ob sie siegte oder nicht, eine Karriere war ihr sicher.

Langer, stürmischer Applaus folgte; Blumen wurden auf das Podium gebracht; die Mitglieder der Jury machten sich Notizen und nickten. Ruth mochte Daisy, ihr gefiel ihr Spiel, aber: Lieber Gott, bitte laß sie nicht siegen!

Und nun der Höhepunkt all der Wochen der Aufregung und der Arbeit. Mit seinem leichten, federnden Schritt kam Heini auf das Podium heraus und verbeugte sich. Ruth hatte sämtliche Blumengeschäfte von Hampstead nach der perfekten Kamelie durchstöbert. Leonie hatte jede einzelne Rüsche seines Hemdes mit Akribie gebügelt. Aber der Charme, das gewinnende Lächeln hatten mit ihren Bemühungen nichts zu tun. Seine Bühnenpräsenz war schon immer eine seiner starken Seiten gewesen, das wußte Ruth, und sie sah hinauf zu der Loge, in der Mantella mit Jacques Fleury saß, dem Impresario, der genau wie die Preisrichter den Schlüssel zu Himmel oder Hölle in der Hand hielt. Mantella war wichtig, Fleury war Gott – er konnte Heini mit einem Wort in die Staaten versetzen, ihn zu einem Virtuosen und Star machen.

Berthold hob seinen Stab; das Orchester setzte ein... zart stimmten die Geigen das Thema an, das dann von den Holzbläsern aufgenommen wurde...

Und alle lächelten. Mantella hatte recht gehabt. Die Zuhörer waren für diese Musik bereit.

«Wenn die Engel für Gott singen, dann singen sie Bach, aber wenn sie zur Freude singen, dann singen sie Mozart, und Gott lauscht heimlich.»

Heini wartete in diesem Augenblick der Stille, den sie immer geliebt hatte, den Blick auf die Tasten gerichtet. Dann schlug er an, brachte das Thema so lebendig, so freudvoll... und sie atmete auf, weil er so herrlich spielte. All seine Nervosität war verflogen, aufgegangen in dieser durchsichtigen, zarten, tröstlichen Musik, die vom Himmel kommend, wenn es überhaupt einen Himmel gab, durch ihn hindurchströmte. Er hatte dieses Wunder für sie vollbracht, als sie ihn zum erstenmal gehört hatte, und sie würde seiner niemals müde werden, immer dafür dankbar sein. Ihre ganze Vergangenheit war in dieser Musik enthalten – ihr ganzes Leben in der Stadt, von der sie einst geglaubt hatte, sie würde für immer ihr Zuhause sein. Kein Wunder, daß sie bestraft worden war, als sie diese Welt verlassen hatte.

Die Musik trug sie über Traurigkeit und Elend, Sorgen und körperliche Beschwerden hinaus – immer weiter empor. Ach, könnte man nur dort oben bleiben; könnte man nur so leben, wie Musik klang; würde doch die Musik niemals aufhören.

Dann der langsame Satz. Sie war jetzt alt genug für langsame Sätze, sie war uralt. Es mußte doch möglich sein, einen Menschen zu lieben, der dem Klavier solchen Zauber zu entlocken vermochte. Und es war möglich. Sie konnte Heini lieben, als Freund, als Bruder, als einen Menschen, dessen kindischer Egoismus belanglos wurde angesichts dieser Gottesgabe. Aber nicht als Mann, niemals, jetzt, da sie wußte... Plötzlich verschwammen das Orchester und Heini hinter einem Tränenschleier. Was für einen grausamen Scherz hatte sich das Schicksal mit ihr erlaubt, sie auf ewig einen Mann lieben zu lassen, dem sie nichts bedeutete.

Der letzte Satz war Erleichterung, denn kein Mensch konnte allzulange in den himmlischen Sphären des Andante leben, und nun erklang auch das berühmte Rondo. Das mußte schon ein sehr ungewöhnlicher Star gewesen sein, der eine solche Melodie gezwitschert hatte, aber was spielte das für eine Rolle? Nur Mozart konnte so heiter und so schön zugleich sein. Alle waren hingerissen, und Ziller nickte mit dem Kopf. Das wollte viel sagen, denn Ziller mochte Heini nicht, aber er erkannte den brillanten Musiker.

Dann war es vorbei, und Heini wurde mit Ovationen gefeiert. Die Leute trampelten und schrien; eine Gruppe Schulmädchen warf Blumen auf das Podium, und sogar Jacques Fleury war in seiner Loge aufgestanden.

«Es tut mir leid, daß ich mich immer darüber beschwert habe, daß er zu lange im Bad war», sagte Leonie und tupfte sich die Augen. «Er war wirklich immer zu lange im Bad, aber es tut mir leid, daß ich mich beklagt habe.»

Heini mußte der Preisträger sein. Daran konnte es eigentlich keinen Zweifel mehr geben.

Aber jetzt kehrte Berthold aufs Dirigentenpult zurück, und der lange Russe Selnikow setzte sich an den Flügel. Er spielte gut, er spielte unglaublich gut, dank auch seiner hervorragenden Ausbildung und der ungeheuren Seele, die eine russische Spezialität ist.

Ruth wurde wieder übel. Bitte, lieber Gott, ich werde alles tun, was du von mir verlangst, aber laß Heini den ersten Preis gewinnen!

Das Abendessen war ausgezeichnet gewesen, wie immer bei *Rules*; sie hatten einen erlesenen Chablis getrunken, und Claudine Fleury, in einem kleinen schwarzen Kleid, das bemerkenswerte Ähnlichkeit mit einem raffinierten Hemdchen hatte, hatte Quin zu einem vielbeneideten Mann gemacht.

Jetzt gähnte sie verhalten. «Das war ein wunderschöner Abend, Darling. Ich wünschte, wir könnten jetzt zu mir fahren, aber Jacques ist noch eine ganze Woche hier.»

«Natürlich, das verstehe ich», sagte Quin, und es gelang ihm, gerade das richtige Maß an Bedauern in seine Worte zu legen. Claudine hatte ihn einige Tage zuvor angerufen, weil sie ihn noch einmal sehen wollte, ehe er nach Afrika abreiste, und er war bereit gewesen, den Abend so zu nehmen, wie sie ihn gestalten wollte. Er schuldete ihr viele vergnügliche Stunden; dennoch kam ihm die vorübergehende Heimkehr ihres Vaters nicht ungelegen.

«Wie geht es Jacques? Hat er wieder ein paar junge Genies aufgetrieben?»

«Du wirst lachen, das hat er tatsächlich. Er rief an, kurz bevor ich ging. Er hat einen jungen Österreicher unter Vertrag genommen, einen Pianisten, den er nach New York mitnehmen und dort groß herausbringen will. Heute hat irgendein Wettbewerb stattgefunden; er hatte mich aufgefordert mitzukommen, aber drei Klavierkonzerte an einem Nachmittag – nein, danke!»

«Dann hat dieser junge Österreicher gesiegt?»

«Nein. Er mußte sich den ersten Preis mit einem Russen teilen, und das scheint ihm gar nicht recht gewesen zu sein. Jacques hält den Russen für musikalischer, aber mit den Russen ist im Moment nichts anzufangen; sie werden ja so streng bewacht. Den Österreicher, Heini Radek, hingegen kann er praktisch sofort in die Staaten mitnehmen. Und seine Freundin auch – ein sehr hübsches Mädchen offenbar, die Radek abgöttisch zu lieben scheint. Ich glaube, sie hat monatelang in einem Café als Bedienung gearbeitet, um Radeks Klavier zu bezahlen oder so was Ähnliches.» Sie gähnte wieder, legte dann ihre Hand auf die seine. «Wir werden uns wohl vor deiner Abreise nicht mehr sehen?»

«Nein, es sind ja nicht einmal mehr drei Wochen. Und Claudine – ich danke dir für alles.»

«Oh, das klingt aber sehr nach endgültigem Abschied, Darling!» Sie sah ihn forschend an. «Wir werden uns doch wiedersehen?»

«Ja, natürlich.»

Sie lächelte. «Du wirst mir fehlen, *chéri*. Du wirst mir sogar sehr fehlen, aber ich glaube, du brauchst diese Reise», sagte sie. «Ja, ich glaube, du brauchst sie ganz dringend.»

Die Nachricht von Quins Entschluß, Thameside zu verlassen, die der Vizekanzler offiziell am ersten Tag des Sommersemesters erhielt, hatte Lady Plackett so mitgenommen, daß Verena sich gezwungen sah, unter vier Augen mit ihrer Mutter zu sprechen und sie in den wahren Stand der Dinge einzuweihen.

«Es gibt gar keinen Zweifel, Mama, daß er die Absicht hat, mich nach Afrika mitzunehmen, aber es muß vorläufig noch ein Geheimnis bleiben. Ich kann mich doch auf dich verlassen, nicht wahr?»

Lady Plackett war nicht so erfreut gewesen, wie Verena gehofft hatte. Sie wünschte einen Heiratsantrag von Quin, nicht daß er sich ihrer Tochter als unbezahlte Forschungsassistentin bediente. Doch sie mußte einsehen, daß Verena, die bisher immer nur getan hatte, was sie selber wollte, nun ihre eigenen Wege ging. Sie blieb daher Quin gegenüber freundlich und entgegenkommend und lud ihn weiterhin zu exklusiven kleinen Abendessen ein.

Verenas Reisevorbereitungen liefen derweilen auf vollen Touren. Sie hatte sich eine Höhensonne gekauft; sie hatte sich mit Netzhemden und Khakihosen eingedeckt; sie rieb sich ihre Füße allabendlich mit Franzbranntwein ein. Andere hätten sich vielleicht gewundert, weshalb der Professor so lange brauchte, um sie in seine Pläne einzuweihen, aber Verena kannte keine Minderwertigkeitsgefühle, und wenn sie doch irgendwelche Zweifel an sich gehabt hätte, so wären sie von Brille-Lamartaine ausgeräumt worden, dessen aufgeregte Beschreibungen der akademischen *femme fatale*, die Somerville in ihren Netzen gefangen hatte, genau auf sie paßten.

Doch nun, da die Abschlußexamen nur noch eine Woche entfernt waren, fand Verena, sie könnte dem Professor wenigstens einen Wink geben. Er hatte ihre letzte Arbeit so freundlich gelobt, daß ihr ganz warm geworden war, und die intime Diskussion über luftdurchlässige Unterwäsche, die sie mit ihm geführt hatte, schien ihr ein Hinweis darauf, daß die Zeit strenger Geheimhaltung nun vorüber sei.

Quin wurde also zum Tee eingeladen, und da er sich der Tatsache bewußt war, daß dies sein letztes gesellschaftliches Beisammensein mit der Familie Plackett sein würde, bemühte er sich, liebenswürdig zu sein.

Es war ein schöner Frühsommertag, die Terrassentüren waren weit geöffnet, der Blick hinaus war Quin aus früheren Jahren vertraut, als Placketts Vorgänger noch gelebt hatte und die Gespräche zwanglos und amüsant gewesen waren.

«Wollen wir nicht einen Moment auf die Terrasse hinausgehen?» schlug Verena vor, und er nickte und folgte ihr, während Lady Plackett taktvoll zurückblieb. An die Brüstung gelehnt, ließ Quin seine Gedanken schweifen, während er zum träge dahinströmenden Fluß hinuntersah.

«Du lebst immer irgendwo am Wasser, nicht wahr?» hatte die törichte kleine Tansy Mallet gesagt, und es stimmte, er lebte immer am Wasser, wenn es irgend möglich war, und würde wahrscheinlich auf ihm sterben, denn er war immer noch entschlossen, im Kriegsfall zur Marine zu gehen.

Wasser, Flüsse verbanden auch ihn und Ruth: die Arve, die sie mit einem Rucksack auf dem Rücken hatte durchschwimmen wollen... die Donau, die Mishak seinen Herzenswunsch erfüllt hatte... und die Themse, an der sie in jener Nacht gestanden hatten, die, wie er geglaubt hatte, ihre Liebe besiegelte. Plötzlich wurde Quin von einer so qualvollen Sehnsucht nach Ruth erfaßt, daß er meinte, er müßte daran sterben. Und noch während er versuchte, sich gegen diesen Schmerz, der ihn zu Boden zu werfen drohte, zu wehren, begann Verena, die neben ihm stand, zu sprechen. Im ersten Moment konnte er ihre Worte gar nicht hören. Erst als sie sie wiederholte und dabei eine Hand auf seinen Arm legte, gelang es ihm, den Sinn ihrer Worte zu erfassen.

«Ist es nicht Zeit, daß wir es publik machen, Quin?» fragte sie, und er fuhr zurück vor der Vertraulichkeit, dem Unterton in ihrer Stimme.

«Daß wir was publik machen?»

«Daß Sie mich nach Afrika mitnehmen werden. Sie sehen, ich weiß es schon. Brille-Lamartaine hat mir erzählt, daß Sie die Absicht haben, eine Ihrer Studentinnen, die jetzt Examen machen, mitzunehmen, und Milner hat es bestätigt. Sie hätten mir vertrauen können.»

Quin war entsetzt. Zu spät sah er den Pfad von Mißverständnissen, der zu diesem Augenblick geführt hatte. Aber Ruths Bild war noch so frisch in seinem Herzen, der Schmerz um sie noch zu bitter, als daß er hätte höflich sein können. Was er sagte, war grausam, doch er konnte nicht anders.

«Um Gottes willen, Verena», sagte er, «Sie glauben doch nicht etwa, ich hätte *Sie* mitnehmen wollen!»

Die Abschlußexamen fanden in der King's Hall statt, einem großen roten Backsteinbau, häßlich und abschreckend, dessen Mauern von der Furcht von Generationen von Prüflingen getränkt zu sein schienen. Dunkle Holzbänke standen in angemessenem Abstand voneinander zu Füßen eines hohen Podiums, auf dem die Aufsichtspersonen saßen. Große Schilder verboten das Rauchen, das Essen, das Sprechen. Eine Uhr, die zwischen Porträts rotgesichtiger Vizekanzler hing, tickte erbarmungslos, und auf dem fleckigen Holzboden lag kein Teppich.

Tag für Tag hatten sich Ruth und ihre Freunde mit flatternden Mägen zu diesem schrecklichen, kargen Ort begeben, hatten bleich vor Furcht und Schlaflosigkeit vor der Tür gewartet, versucht, sich die Zeit mit Witzen zu vertreiben, bis es läutete und sie hineingelassen und mit Nummern versehen wurden wie Sträflinge, um dann zu den häßlichen Pulten mit den blauen Mappen und den weißen Löschblättern zu gehen, die sie noch Jahre später im Traum sehen würden.

Aber heute war die letzte Prüfung, wenn auch die wichtigste. In drei Stunden würden sie frei sein! Die paläontologische Prüfung war heute an der Reihe, die, in der Ruth ganz besonders zu glänzen gehofft hatte. Jetzt hoffte sie nur noch, irgendwie durchzukommen.

«Du schaffst es schon, Pilly.» So schlecht es ihr selbst ging, schaffte es Ruth doch, der Freundin ermutigend zuzulächeln. «Mach als erstes die Kurzfragen, da kannst du dir immer ein paar Punkte holen.»

Es läutete. Die Tür wurde geöffnet. Selbst an diesem strahlenden Junimorgen war es kalt im Saal. Die beiden Aufsichtspersonen auf dem Podium waren ihnen fremd; Dozenten einer anderen Fakultät: eine Frau mit einem strengen Knoten und einer dunkelroten Strickjacke; ein grauhaariger Mann. Nicht Quin, der in einer Woche abreisen würde, und Ruth war froh.

«Sie können jetzt Ihre Blätter umdrehen und anfangen», sagte die Frau mit dem Knoten mit klarer, heller Stimme.

Papier raschelte. «Lesen Sie die Fragen mindestens zweimal durch», hatte Dr. Felton gesagt. «Hetzen Sie nicht. Wählen Sie aus. Überlegen Sie genau.»

Aber es war besser, nicht zu lange auszuwählen und zu überlegen. Jedenfalls an diesem Morgen...

«Was versteht man unter der Theorie des allometrischen Wachstums?» Das konnte sie; das war eine Frage, die sie unter anderen Umständen mit Vergnügen in Angriff genommen hätte – eine Frage, bei der man ein bißchen brillieren konnte. «Diskutieren Sie Osborns Konzept der ‹Aristogenese› bei der Entwicklung fossiler Wirbeltiere.» Das war auch interessant, aber vielleicht war es besser, wenn sie sich zuerst die Frage für die geistig Minderbemittelten vornahm – Frage Nummer 4. «Schreiben Sie kurz, was Sie zu folgenden Begriffen wissen: a) Die Funde von Piltdown; b) Archäopterix...»

Verena hatte schon zu schreiben begonnen; Ruth konnte das Kratzen ihrer Goldfeder hören. Verena machte ihr in letzter Zeit richtig angst. Ihre Augen schienen sie zu durchbohren. Aber Verena war nicht wichtig. Nichts war wichtig außer die nächsten drei Stunden, von denen sieben Minuten bereits verstrichen waren, hinter sich zu bringen.

«Die Theorie des allometrischen Wachstums zur Quantifizierung des Verhältnisses kleiner Tiere zu großen», begann Ruth zu schreiben, die sich entschlossen hatte, das Risiko einzugehen.

Pilly, die schon dabei war, niederzuschreiben, was sie über die

Funde von Piltdown wußte, blickte kurz auf, sah Ruth über ihr Blatt gebeugt und tauschte einen erleichterten Blick mit Janet.

Die Uhrzeiger rückten vor, die erste halbe Stunde war um. Eine Frage beantwortet, dachte Ruth; noch vier... Dann also die Kurzfragen, weil es jetzt wieder anfing; es war sogar ziemlich schlimm, aber sie würde sich dagegen wehren; sie würde tief durchatmen, und es würde vergehen. Mein Gott, ich habe so hart gearbeitet, dachte sie, plötzlich von Selbstmitleid überschwemmt. Das kann doch nicht alles vergeudet sein.

Wieder beugte sie sich über ihr Blatt und begann zu schreiben. Sie schrieb sehr schnell, weil sie unbedingt etwas zu Papier bringen mußte, wofür man ihr eine Note geben konnte. Wenn sie in dieser Prüfung versagte, würde sie ihren Magister nicht bekommen. Sie konnte es nicht im Dezember noch einmal versuchen; sie nicht.

Aber sie konnte nicht schnell genug schreiben. Sie merkte, wie ihr der Schweiß aus allen Poren brach. Sie konnte kaum noch etwas sehen vor Schwindel... wieder holte sie tief Atem.

Sie hob die Hand.

Die Frau mit dem Knoten, die auf dem Podium saß, sah auf. Sie sagte etwas zu dem Mann neben ihr und ging dann langsam, entsetzlich langsam zwischen den Bänken hindurch.

«Ja?»

«Ich möchte gern zur Toilette.»

«So bald schon?» Die Frau war verstimmt. «Muß das sein?» Wieder sah sie Ruth an, sah den Schweiß auf ihrer Stirn. «Also gut. Kommen Sie mit.»

Alle sahen auf, als Ruth hinausgeführt wurde. Es war ein umständliches Verfahren, niemand durfte allein hinausgehen. Die Prüflinge wurden wie Gefängnisinsassen behandelt, man mußte doch darauf achten, daß nicht etwa ein Spickzettel hinter der Toilette versteckt war.

Pilly biß sich auf die Lippe. Sie und Sam tauschten besorgte Blicke. So früh hatte Ruth sonst nie hinaus gemußt.

Dann hob auch Verena die Hand. Das war nicht nur ungelegen; das war schon eine kleinere Krise. Kein Prüfling konnte den Saal ohne Begleitung verlassen – andererseits mußte wenigstens eine

Aufsichtsperson jederzeit im Saal sein. Der grauhaarige Mann oben auf dem Podium runzelte die Stirn und drückte auf einen Klingelknopf unter seinem Pult. Eine Sekretärin aus dem Prüfungsbüro erschien an der Tür und wurde zu dem Pult gewiesen, an dem Verena, mit der rechten Hand immer noch schreibend, den linken Arm in die Höhe hielt.

«Ich möchte einen Moment hinaus», sagte Verena.

Die Sekretärin nickte. Verena stand auf, und die ungläubigen Blicke sämtlicher Prüflinge folgten ihr zur Tür. Es war schwer zu glauben, daß Verena überhaupt körperliche Funktionen besaß.

Der goldene Zeiger der Uhr rückte vor. Drei Minuten – vier...

Dann kam Verena zurück. Sie sah wohl und zufrieden aus und griff sofort wieder zu ihrem Füllfederhalter. Von Ruth war nichts zu sehen.

Es wird schon alles in Ordnung sein, dachte Pilly verzweifelt. Während der Physiologieprüfung und beim Parasitologie-Praktikum hatte Ruth auch hinaus gemußt; aber niemals so lange wie diesmal. Niemals gleich zwanzig Minuten lang... eine halbe Stunde... vierzig Minuten. Ruth war gescheit, aber selbst sie konnte es sich nicht leisten, bei der Prüfung so viel Zeit zu versäumen.

Die Frau mit dem Knoten war schon lange wieder im Saal; sie sprach leise mit dem grauhaarigen Mann, beide sahen zu Ruths leerer Bank hinüber.

Eine Dreiviertelstunde – eine Stunde...

Dann war die Zeit abgelaufen, und sie war noch immer nicht zurück.

28

Sie war das berühmteste Schiff auf der Atlantikroute; die *Mauretania*, immer noch Königin der Meere mit ihren luxuriösen Salons und den glitzernden Läden. Filmstars reisten mit ihr und arabische Prinzen und Industriemagnaten. Gerade jetzt kam eine Frau in einem phantastischen Pelzmantel die Gangway herauf, von Fotografen verfolgt, nach denen sie sich mit einem strahlenden Lächeln umdrehte. Auch Heini war fotografiert worden, als er mit dem Zug aus London abgereist war; sein Leben hatte sich seit dem Wettbewerb völlig verändert. Selbst mit der Hälfte des Preisgeldes hatte er es sich leisten können, von Belsize Park in ein kleines Hotel umzuziehen. Er hätte erster Klasse reisen können, aber Fleury wollte, daß Ruth mitkam, und das hieß Touristenklasse reisen. Heini fühlte sich sehr edel, daß er dieses Opfer gebracht hatte, aber selbst in der Touristenklasse ging es auf diesem Schiff luxuriös zu. An die Reling gelehnt, hielt Heini nach Ruth Ausschau, die eigentlich inzwischen hätte dasein müssen.

Nun begann es, sein neues Leben, das Leben, das er sich seit seiner Kindheit ausgemalt hatte. Amerika und der Ruhm! Und er würde dies alles mit Ruth teilen. Viele Frauen würden ihn begehren – Heini wußte das und bildete sich nichts darauf ein –, aber ein Musiker brauchte Wurzeln und eine Frau. Horowitz' Spiel hatte an Tiefe gewonnen, als er Toscaninis Tochter heiratete; Rubinsteins Frau schirmte ihren Mann von allen Störungen ab. Ruth würde das gleiche für ihn tun, das wußte er.

Nur, wo blieb Ruth? Er sah auf seine Uhr, zum erstenmal ein wenig besorgt. Er hatte ihren Wunsch, allein zum Pier zu kommen, respektiert, ja, er war in dem Monat seit ihrem Schlußexamen überhaupt sehr geduldig und nachsichtig mit Ruth gewesen. Die Prüfungsergebnisse waren noch nicht bekanntgegeben worden, aber er hatte volles Verständnis für ihre Enttäuschung. Ausgerechnet während der Abschlußprüfungen an einer Magen- und Darmgrippe zu leiden, war wirklich Pech, und für eine Frau, die so ehrgeizig war wie Ruth, mußte es ein schlimmer Schlag gewesen sein, die letzte Prüfung praktisch verpaßt zu haben. Doch im Grunde war das alles halb so schlimm, da ja ihr Leben jetzt fest mit dem seinen verbunden war.

Noch eine Stunde jetzt bis zur Abfahrt. Einige der Freunde und Verwandten, die mit Reisenden an Bord gekommen waren, verabschiedeten sich. Vielleicht hatte er Ruth zuviel Freiheit gelassen? Sie hatte darauf bestanden, sich ihr Visum selbst zu besorgen, und er hatte auch da nachgegeben; er konnte nur hoffen, daß sie in Zukunft nicht störrisch sein würde.

Eine ärmliche Familie, offensichtlich Einwanderer aus dem Osten – die Männer mit breitkrempigen schwarzen Hüten, die Frauen in Tücher gehüllt, mit Kindern an den Händen – kam jetzt auf dem Weg zum Zwischendeck die Gangway herauf. Zwei alte Frauen, die zu ihnen gehörten, blieben winkend und klagend unten am Kai zurück; Zwischendeckpassagiere durften keine Freunde oder Verwandten mit an Bord bringen. Ruths Abschied in Belsize Park war gewiß geräuschvoll und tränenreich gewesen. Er war froh, daß er das alles verpaßt hatte. Ruths Entschlossenheit, ihre Familie nachzuholen, machte ihm etwas Sorge. Er hatte ihr versprochen, es zu tun, und er würde es auch tun, aber zunächst einmal gab es andere Prioritäten: eine anständige Wohnung, einen Steinway-Flügel, die Versicherung für seine Hände...

Ah, Gott sei Dank, da kam sie. Sie trug ihr Lodencape, selbst an diesem warmen Tag zugeknöpft bis oben hin, und am Arm hatte sie ihren Korb, so daß sie noch mehr wie eine Gänsemagd auf der Alm aussah, und einen Moment lang fragte er sich, ob er vielleicht einen Fehler gemacht hatte, ob sie in dieses weltmännische Leben, das er von nun an führen würde, überhaupt hineinpaßte. Aber Mantella war hingerissen von ihr, und Fleury hätte sie jederzeit um den Finger wickeln können. Er hatte noch keinen Mann kennengelernt, der Ruth nicht mochte, und als sie jetzt die Gangway heraufkam, drehte sich ein Matrose, der gerade hinunterging, interessiert nach ihr um.

«Ruth!»

«Heini!»

Sie lagen einander in den Armen. Er fühlte ihr Haar an seiner Wange, die Wärme, die Vertrautheit.

«Du hast ja geweint, Liebling.» Er war fürsorglich, wischte ihr die Tränen mit den Fingern ab.

«Ja, aber das macht nichts. Es ist schon wieder gut. Ich hab uns auch was mitgebracht. Eine herrliche Überraschung. Es war der reine Zufall, daß ich sie mitten im Sommer gefunden hab, aber schau mal!»

Sie beugte sich zu ihrem Korb hinunter und nahm eine braune Tüte heraus, die sie ihm in die Hände legte. Heini spürte die Wärme, noch ehe er die Tüte aufmachte, und lächelte. «Maroni! Ach Ruth, das erinnert mich an so vieles.»

Er nahm eine Kastanie heraus, beinahe war sie zu heiß, um in der Hand gehalten zu werden, betrachtete die aufgesprungene Schale, das runzlige, geröstete Fruchtfleisch, atmete den köstlichen Duft. Beide waren sie jetzt wieder in der Stadt, in der sie aufgewachsen waren, im Winter in der Kärntner Straße, die warme Tüte in der Hand... Ruth hatte sie oft in ihren Muff gesteckt, um sie warm zu halten, wenn sie ihn vom Konservatorium abholte. Einmal hatten sie drei Tüten vertilgt, während sie in einem Schlitten durch den verschneiten Prater gefahren waren.

«Ich schäl dir eine», sagte Ruth. Geschickt löste sie die Kastanie aus ihrer Schale und hielt sie ihm hin, wie sie ihm früher am Grundlsee die Walderdbeeren hingehalten hatte oder ein aus der Speisekammer ihrer Mutter stibitztes Stück Marzipan.

«Wollen wir sie mit hinunternehmen?» meinte er.

«Nein, essen wir sie hier, Heini. Bleiben wir oben am Wasser.»

Und so blieben sie nebeneinander an der Reling stehen und leerten die Tüte.

«Ist dein Gepäck schon an Bord?» fragte Heini. «Wir fahren in weniger als einer Stunde ab.»

«Es ist alles erledigt», sagte Ruth. Sie schloß ihn in die Arme, und wieder fühlte er ihre Tränen. «Aber ich muß dir noch etwas sagen, Liebster.»

Keiner vergaß jemals, wo er sich am Morgen des dritten September aufgehalten hatte.

Pilly, die ohne auf die Prüfungsergebnisse zu warten zum Frauencorps der Royal Navy gegangen war, hörte Chamberlains quäkende Stimme in der Marinekaserne in Portsmouth. Janet hörte sie im Pfarrhaus ihres Vaters an dem Tag, an dem sie sich zum Erstaunen aller mit seinem Hilfspfarrer verlobt hatte.

Die Bewohner von Nummer 27 hörten die Nachricht, daß Großbritannien sich mit Deutschland im Krieg befand, am Radio in

Zillers Zimmer, und ihre Gesichter drückten alle das gleiche aus: Erleichterung, daß die faulen Kompromisse endlich ein Ende hatten und sogleich das Begreifen, daß sie nun endgültig von den Verwandten und Freunden abgeschnitten waren, die sie auf dem Kontinent zurückgelassen hatten.

Auch von Ruth. Von Ruth, die seit fünf Wochen in Amerika war und sich noch nicht gemeldet hatte. Aber wahrscheinlich hatte sie geschrieben, und der Brief war infolge der unsicheren Zeiten nur noch nicht angekommen. Und nun würde jedes Postschiff von den U-Booten bedroht werden, die Telefonleitungen würden vom Militär requiriert werden.

«Ach, Kurt», sagte Leonie leise zu ihrem Mann.

«Denk daran, daß sie in Sicherheit ist. Das ist das Wichtigste. Daß sie in Sicherheit ist.»

Beinahe noch ehe Chamberlain zum Ende gekommen war, gab es den ersten Fliegeralarm, und sie bekamen einen Vorgeschmack auf das, was kommen würde, als Fräulein Lutzenholler mit einem Sprung unter den Tisch tauchte und Mishak in den Garten hinausrannte, um im Freien zu sterben. Es war falscher Alarm, aber er machte es Leonie leichter, sich die Worte ihres Mannes zu Herzen zu nehmen. Ruth war in Sicherheit – die *Mauretania* war wohlbehalten in New York eingelaufen; sie hatten sich bei der Schiffahrtsgesellschaft erkundigt. Sie selbst hatte gesagt, es könne eine Weile dauern, ehe sie einen Brief bekämen, aber nun betete sie darum, daß Ruth bald von sich hören lassen würde. Sie wußte, wie enttäuscht Kurt über Ruths Prüfungsergebnisse gewesen war und über die Art, wie sie vor ihrer Abreise ihnen beiden gegenüber auf Distanz gegangen war. Deswegen litt er jedoch kaum weniger als sie über diese Trennung von der Tochter, die er so sehr liebte.

Quin hörte die Nachricht erst drei Tage später unter geradezu abenteuerlichen Umständen. Ein Reiter, der in einer Staubwolke über die Ebene gefegt kam, zügelte vor ihm sein Pferd und reichte ihm einen Brief.

«Es ist also passiert», sagte Quin, und der Afrikaner nickte.

Die Männer, die in den Felsen gearbeitet hatten, legten einer nach dem anderen ihre Werkzeuge nieder. Sie brauchten nicht zu fragen, was geschehen war. Der Commissioner in Lindi hatte versprochen, sie unverzüglich zu informieren, und er hatte Wort gehalten.

«Wir fahren also wieder nach Hause?» fragte Sam und trank sich noch einmal an der blauen Unermeßlichkeit des Himmels und der braunen Weite der Ebenen satt.

Quin legte ihm einen Arm um die Schultern. «Ja», antwortete er. «Unverzüglich.»

In den ersten Kriegswochen gab es diverse Krisen in Belsize Park, keine jedoch war feindlichen Angriffen zuzuschreiben. Die alte Dame von nebenan stieß bei der Verdunkelung mit einem Laternenpfahl zusammen und wurde zu Dr. Levy gebracht, der jetzt wieder praktizieren durfte. Ein wichtigtuerischer Luftschutzwart trieb Miss Violet in einen hysterischen Anfall, indem er sie beschuldigte, eine deutsche Spionin zu sein, weil zwischen den Vorhängen ihres Schlafzimmers Licht hindurchschimmerte. Leonie, die jetzt in einer Militärkantine arbeitete, bekam einen Rüffel, weil sie die Margarine auf den Broten der Soldaten nicht dünn genug strich.

Als endlich ein Brief aus Amerika kam, war er nicht von Ruth, sondern von Heini, und als Leonie ihn gelesen hatte, war sie nur noch ein zitterndes Nervenbündel. Heini bedankte sich bei ihnen für ihre Gastfreundschaft in den vergangenen Jahren und schloß eine Nachricht für Ruth ein.

«Ich möchte ihr keine Vorwürfe machen», schrieb er, «denn es war im Grunde nur anständig von ihr, mir zu sagen, daß sie mich nicht liebt und nicht mit mir zusammenleben möchte. Aber Ihr könnt Euch sicher vorstellen, wie mir zumute war, ganz allein auf der Überfahrt in ein unbekanntes Land. Zum Glück wurde ich hier sehr herzlich aufgenommen. Die Amerikaner sind so warmherzig, wie man das immer hört, und mein Debüt in der Carnegie Hall war ein Triumph. Bitte sagt das Ruth, und sagt ihr auch, daß nun eine andere Frau in mein Leben getreten ist, eine sehr musikalische Frau, die etwas älter ist als ich und ihren Einfluß geltend macht, um mich zu fördern. Ich lebe mittlerweile mit ihr zusammen in einer herrlichen Wohnung direkt am Central Park. Ruth braucht sich also keine Vorwürfe zu machen – sie darf aber auch nicht glauben, daß sie zu mir zurückkehren kann. Ich werde mich ihrer immer mit Wärme erinnern, aber das alles gehört nun der Vergangenheit an.»

Leonie kauerte zitternd in einem Sessel. «Mein Gott, Kurt, was ist da geschehen? Wo ist sie? Warum hat sie uns nichts gesagt?»

«Beruhige dich, Leonie. Es gibt bestimmt eine Erklärung.» Aber während Kurt Berger seiner Frau über den Rücken strich, hatte er selbst größte Mühe, ruhig zu bleiben.

«Wir müssen zur Polizei gehen. Sie müssen sie finden», sagte Leonie.

«Erst sehen wir mal, was wir auf eigene Faust herausfinden.»

Aber sie fanden nichts heraus. Pilly, der sie telegrafierten, hatte nicht von Ruth gehört; ebensowenig Janet. Alle in Thameside glaubten, Ruth sei in Amerika. Schluchzend flehte Leonie Gott um Hilfe an und versprach ihm wieder einmal, immer ein guter Mensch zu sein, und tatsächlich kam eines Nachmittags ein Brief, mit dem Hilda sofort ins *Willow* eilte.

«Er ist eben gekommen – das ist doch Ruths Schrift, das weiß ich genau!»

Es wurde still im Café, als der Umschlag geöffnet wurde. Es blieb still, während Leonie und ihr Mann lasen, was Ruth geschrieben hatte.

«Sie ist in Sicherheit», sagte Leonie endlich. «Und sie ist in England. Auf dem Land. Sie arbeitet dort.»

«Warum dann das lange Gesicht?» fragte von Hofmann, der seit Kriegsausbruch ein vielbeschäftigter Mann war. Die Filmgesellschaften drehten ganze Serien von Antinazifilmen, und er hatte sich die Rolle eines SS-Offiziers gesichert, der nicht nur «Schweinehund!», sondern auch «Gott im Himmel!» rief, bevor er eines sehr unerquicklichen Todes starb.

«Sie möchte allein sein.» Leonies Lippen bebten.

«Wie Greta Garbo?» erkundigte sich die Dame mit dem Pudel.

Leonie schüttelte verwirrt den Kopf. «Ich versteh das nicht. Sie schreibt, sie müsse auf eigenen Füßen stehen, sie müsse lernen, sich allein zu entwickeln. Sie werde später zurückkommen, aber jetzt müßte sie erst einmal herausfinden, wer sie eigentlich ist.»

«So etwas macht jeder einmal durch», bemerkte Ziller. «Das ist ganz natürlich.»

Mrs. Weiss war anderer Meinung. «Und was hat sie davon, wenn sie weiß, wer sie ist?» fragte sie und spießte mit der Kuchengabel ein Stück Gugelhupf auf.

«Sie kommt sicher bald zurück», sagte Miss Maud tröstend. «Sie braucht einfach ein bißchen Zeit, um über die Enttäuschung bei den Prüfungen und den Bruch mit Heini hinwegzukommen.»

«Sie hat uns nicht einmal eine Adresse angegeben», sagte Leonie unglücklich. «Und den Stempel kann ich nicht lesen. Aber auf der Post können sie es mir bestimmt sagen. Wir müssen sie finden, Kurt.»

Kurt Berger legte den Brief aus der Hand, in dem seine Tochter um Verständnis bat. «Nein», sagte er kurz. «Wir werden ihre Wünsche respektieren.»

«Aber ich will ihre Wünsche nicht respektieren, ich will sie hierhaben!» rief Leonie schluchzend.

«Jetzt ist genug geredet», sagte Kurt Berger, und die Erkenntnis, daß er so tief litt wie sie, brachte Leonie zum Schweigen.

«Noch nicht heim», bettelte Thisbe, als Ruth den Sportwagen den von tiefen Wagenspuren durchzogenen Weg hinunterschob.

«Wir müssen aber nach Hause, Thisbe. Es gibt gleich Abendbrot.»

Das kleine Mädchen verzog das Gesicht, als wollte es weinen. Ruth beugte sich zu ihr hinunter. Der Wind hatte aufgefrischt, die Berggipfel waren in Nebel gehüllt. So gern sie und die dreijährige Thisbe im Freien waren, es gab Grenzen. Der Lake District im Spätherbst war wunderschön, aber abends wurde es empfindlich kühl.

Ruth wohnte jetzt seit zwei Monaten bei der Weberin, deren Kinder sie schon in Hampstead Heath versorgt hatte. Penelope Hartley war auf eine etwas vage Art und Weise durchaus eine nette Person, und daß sie Ruth als Gegenleistung für ihre Dienste als Kindermädchen Kost und Logis bot, war unter den Umständen sehr großzügig. Als sich zeigte, daß es zum Krieg kommen würde, war sie mit ihren Kindern und ihrem Webstuhl nach Cumberland umgezogen, und Ruth war mitgekommen. Penelope mochte eine gute Weberin sein, eine gute Hausfrau war sie nicht, und seit Mr. Hartley sich vor einigen Jahren von ihr getrennt hatte, hatte Penelope alles ein bißchen herunterkommen lassen.

Als Ruth jetzt mit dem kleinen Mädchen in das Häuschen trat, stieg ihr sogleich der Geruch der Gemüsesuppe, die auf dem Herd stand, in die Nase.

«Keine Suppe!» schrie Thisbe sofort und warf sich zu Boden.

«Nein, nein, ich mach dir ein Butterbrot», tröstete Ruth.

Hier auf dem Land gab es noch Lebensmittel in Hülle und Fülle, oder es hätte sie zumindest gegeben, wenn genug Geld dagewesen wäre, um sie zu bezahlen, und nicht die meisten Dorfbewohner Ruth die kalte Schulter gezeigt hätten.

Als jetzt die beiden Jungen aus der Schule nach Hause kamen, Peter und Tristram, rümpften auch sie sofort die Nasen. «Schon wieder Mamas Spülwasser», sagte Tristram. «Ich eß das nicht, das braucht sie sich gar nicht einzubilden.»

Ruth beruhigte ihn, indem sie Erdnußbutter und Äpfel aus der Speisekammer holte. Wenn es nur nicht schon so früh dunkel geworden wäre. Vor ein paar Wochen hatte sie nach dem Abendessen noch mit den Jungen hinausgehen und Ball spielen können; jetzt aber mußten sie sehen, wie sie sich die endlosen Abende im Qualm der Öllampen vertrieben. Meistens spielten sie Domino oder ein Brettspiel – wenn nicht gerade wieder irgendwelche Steine fehlten. Ruth war nicht mehr so beweglich wie früher, und es machte ihr ziemliche Mühe, auf dem Boden herumzukriechen und nach verlorenen Spielsachen zu suchen, wenn die Kinder im Bett waren.

Obwohl vereinbart worden war, daß sie nur bis sieben Uhr abends arbeiten sollte, hatte es sich eingebürgert, daß sie Thisbe zu Bett brachte und dann bei ihr blieb, bis sie eingeschlafen war. Erst danach, wenn sie in ihr Mansardenzimmer hinaufstieg, das wenigstens ihr allein gehörte, war sie für sich. Oft stellte sie sich dann ans Fenster und sah in die Dunkelheit hinaus und sehnte sich nach ihrer Mutter und der Geborgenheit ihrer eigenen Kindheit und nach der bemalten Wiege, die jetzt in Stücke geschlagen war und in der eigentlich ihr Kind hätte liegen sollen.

Aber sie würde nicht nachgeben. Es war ja jetzt nicht mehr lang – nicht einmal mehr zwei Monate. Sie würde es allein durchstehen. «Nicht wessen ich bin, sondern wer ich bin, davon handelt meine Suche...» Immer wieder ging ihr diese Zeile aus einem vergessenen Gedicht durch den Kopf. Nur, wer *war* sie denn? Jemand, der geliebt hatte und zurückgewiesen worden war; eine Tochter, die ihren Eltern Schmerz und Enttäuschung bereitet hatte; und nun, bald, eine Mutter, die nichts wußte.

Und doch bedauerte sie nichts. Sie war niemandem böse, nicht einmal Verena, die ihr draußen in der Toilette flüsternd ihr Ultimatum gestellt und gedroht hatte, zu verraten, was mit ihr los war, wenn sie Thameside nicht auf der Stelle und für immer verließ. In gewisser Weise hatte Verena ihr einen Dienst erwiesen, indem sie ihr die Verachtung vor Augen geführt hatte, mit der die Welt auf ihren Zustand reagieren würde. Wenn ihr Vater, dieser strenge, aufrechte Mensch ihr als einer gefallenen Sünderin den Rücken gekehrt hätte, so hätte Ruth das nicht ertragen können; sie hätte das Geheimnis ihrer Ehe preisgegeben, und dann wäre ihr gar nichts anderes übriggeblieben, als Quin zu suchen, ihn wissen zu lassen, wie es um sie stand, ihn anzuflehen, ihr einen Platz in seinem Leben zu geben... Und Verena hatte ihr Versprechen gehalten; niemand auf der Universität wußte, was geschehen war oder wo sie sich aufhielt.

Und auch Quin konnte sie nicht böse sein, denn er hatte keine Schuld. Er hatte gesagt: «Warte, wir müssen vorsichtig sein.» Er hatte es sehr sanft, sehr liebevoll gesagt und dabei ihr Gesicht mit seinen Händen umschlossen; er hatte aufstehen wollen, aber sie, sie hatte ihn festgehalten und gesagt: «Nein, nein, du darfst jetzt nicht gehen!» Weil sie es schon da nicht hatte ertragen können, von ihm getrennt zu sein. «Es ist völlig ungefährlich», hatte sie versichert. «Es sind meine sicheren Tage. Ich weiß es. Mrs. Felton hat es mir erklärt. Es ist absolut ungefährlich.»

Sie hatte nicht gelogen; sie hatte es geglaubt, und er hatte ihr geglaubt. Aber sie hatte sich getäuscht. Sie hatte sich um eine ganze

Woche vertan. Wieder ein Punkt für Fräulein Lutzenholler und Professor Freud! Sie nahm es sonst immer sehr genau mit den Daten – schuld war nur dieses verflixte sogenannte Unbewußte jenseits aller Vernunft, das von Anfang an nichts anderes gewollt hatte, als diesem einen Mann zu gehören.

Selbst jetzt, da die Dorfbewohner sie als «ledige Mutter» ächteten, da Quin sie zurückgewiesen hatte, brannte tief unter aller Angst vor der Zukunft eine unauslöschbare Freude darüber, daß sie sein Kind trug. Das Kind selbst allerdings machte ihr in letzter Zeit ziemlich zu schaffen. Es schien, obwohl es ohne sie noch nicht einmal atmen konnte, bereits einen eigenen Willen entwickelt zu haben, einen Eigensinn, der beachtlich war. Es schien mit den Plänen seiner Mutter überhaupt nicht einverstanden, für ihr Abenteuer der Selbstfindung nicht das geringste Verständnis zu haben.

Bowmont ist nur sechzig Meilen weit, sagte es, vergnügt in ihrem Bauch herumstrampelnd. Du magst ja nicht standesgemäß sein, aber *ich* bin zur Hälfte ein Somerville.

Ich erhebe Anspruch, sagte es, auf mein Zuhause.

Ende November bekam Leonie Besuch von Mrs. Burtt, die aus dem *Willow* weggegangen war, um in einer Munitionsfabrik zu arbeiten. Sie brachte ein kleines Päckchen in Silberpapier mit und wirkte etwas scheu und zaghaft, was sonst eigentlich nicht ihre Art war. «Ich hoffe wirklich, ich störe Sie nicht», sagte sie, «aber ich – na ja, ich hab mir gedacht, Sie würden es schon nicht in die falsche Kehle kriegen.»

«Wie sollte ich?» fragte Leonie. «Ich freue mich, Sie zu sehen.» Sie führte Mrs. Burtt ins Wohnzimmer, in dem man jetzt, nachdem das Klavier hinaustransportiert war, wieder Gäste empfangen konnte, und bot Mrs. Burtt Kaffee an, den diese dankend ablehnte.

«Ich möchte wirklich nicht neugierig sein», sagte sie, nachdem sie sich seltsamerweise erkundigt hatte, ob sie ungestört seien, «aber wissen Sie, sie ist mir wirklich ans Herz gewachsen, und die Leute sind ja manchmal so gehässig. Dabei weiß ich, was für ein gutes Kind Ruth ist. Daß sie weggegangen ist, um es allein zu bekommen – genau das ist so typisch für sie. Nur ja niemandem lästig fallen, nur ja niemandem wehtun. Aber ich möchte, daß sie weiß, wie gern ich sie habe und daß ich sie nie für schlecht gehalten habe, und darum wäre ich Ihnen dankbar, wenn Sie ihr das hier von mir geben würden. Hinterher. Nicht vorher, das bringt Unglück. Erst wenn es vorbei ist. Ich hab es selbst gestrickt.»

Sie legte das Päckchen auf den Tisch, und Leonie, die plötzlich kaum noch atmen konnte, fragte: «Darf ich es mir ansehen?»

Mrs. Burtt packte ihr Geschenk aus. «Ist es nicht hübsch geworden?» fragte sie stolz. «Ich hab Stunden dafür gebraucht. Das Muster ist verflixt schwierig. Ich hab sicherheitshalber weiße Wolle genommen. Sie kann ja dann ein hellblaues oder ein rosa Band durchziehen – je nachdem.»

Leonie litt immer noch an Atemnot. «Vielen Dank, da wird sie sich aber freuen. Es ist ein süßes Jäckchen. Ich werde sehen, daß sie es bekommt, und ihr ausrichten... was Sie... gesagt haben.»

Mrs. Burtt schüttelte den Kopf. «Gott bewahre. Sie war ja noch nie ein Plappermaul. Aber wir waren zu Hause vier Mädchen, und ich habe selbst drei Töchter. Ich hab's ziemlich bald gemerkt. Diese Übelkeit – das war keine Magen- und Darmgrippe. Und dann war sie ja auch immer so schnell müde. Ich hab's ihr auf den Kopf zugesagt, und ich glaube, es war eine Erleichterung für sie, mit jemand reden zu können.»

«Und... hat sie Ihnen auch erzählt... was sie vorhatte? Wohin sie gehen wollte?»

«Nein. Und ich hab auch nicht danach gefragt. Ich hab gewußt, daß nicht Heini der Vater war, aber das ging mich nichts an.»

Leonie hob den Kopf. «Woher wußten Sie das?»

«Na ja, man hat doch gesehen, daß sie ihn nicht liebt, oder? Sie hat sich die ganze Zeit viel zu sehr bemüht... Und wenn er's nicht war – wie gesagt, ich wollte nicht neugierig sein.»

«Ich... habe nicht so klargesehen wie Sie», sagte Leonie in ihrer tiefen Verzweiflung.

Mrs. Burtt legte ihr flüchtig die schwielige Hand auf den Arm.

«Sie beide sind sich so nah», sagte sie. «Sie lieben Ruth sehr, und die Liebe, die kann einen schon umbringen.»

Als Kurt Berger nach Hause kam, fand er seine Frau noch immer im Schock. «Was ist denn passiert, Leonie? Was hast du da in der Hand?»

«Das ist ein Babyjäckchen.» Sie strich mit den Fingern über die feine Wolle. «Mrs. Burtt hat es für Ruth vorbeigebracht.»

Sie sah, wie sich das Gesicht ihres Mannes veränderte. Sie sah die Ungläubigkeit, die Bestürzung – dann den Zorn. «Mein Gott, dieser Schuft, dieser Heini! Ich werde ihn zwingen, sie zu heiraten», rief er erregt.

«Nein, Kurt, es ist nicht Heinis Kind. Wenn es seins wäre, dann wäre sie mit ihm gegangen.»

Das war noch schlimmer. Seine geliebte, behütete Tochter eine Sünderin, Mutter eines unehelichen Kindes! Er tat Leonie leid, doch sie hatte nicht die Kraft, ihn aus seiner konventionellen Hölle moralischer Entrüstung zu befreien. Was habe ich da nur nicht verstanden? dachte sie unablässig. Was fehlt hier? Und wenn ich von Anfang an recht hatte, wie konnte es dann hierzu kommen?

Draußen läutete es, schrill und fordernd. Leonie und Kurt rührten sich nicht.

«Was willst du tun?» fragte er, und seine Hilflosigkeit rührte sie.

«Ich sage dir, was ich tun werde», begann sie.

Wieder läutete es, und nun hörten sie, wie Fräulein Lutzenholler ihre Tür öffnete und empörten Schrittes die Treppe hinuntermarschierte.

Wenig später kam sie zurück, so verdrossen, wie Leonie es erwartet hatte, in Begleitung eines rotgesichtigen Mannes, der eine Art Uniform trug.

«Das ist der Mann von der Desinfektionsanstalt», sagte Fräulein Lutzenholler. Als Leonie diesen Mann, den sie Wochen und Monate verzweifelt herbeigewünscht hatte, verständnislos ansah, fügte sie hinzu: «Er ist wegen der Mäuse gekommen.»

«Ach ja, vielen Dank.» Leonie stand auf, versuchte sich zu fassen. «Bitte, lassen Sie sich nicht stören. Sie sind überall. Am schlimmsten ist es in der Küche – und im hinteren Zimmer.»

«In Ordnung, Madam. Ich fang gleich an. Scheint ja eine rechte Plage zu sein. Kann sein, daß ich ein paar Bodendielen rausreißen muß.»

Er ging aus dem Zimmer. Sie hörten ihn umhergehen, die Wände abklopfen, Schränke öffnen.

«Ich sage dir, was ich tun werde», wiederholte Leonie, sich wieder ihrem Mann zuwendend. «Ich gehe mit Ruths Brief zur Post und lasse mir sagen, woher er kommt, und dann fahre ich dorthin und suche sie. Und wenn ich sie gefunden habe, bringe ich sie hierher und kümmere mich um sie und mein Enkelkind. Es ist mir egal, wer der Vater ist. Wenn Ruth sich ihm hingegeben hat, dann weil sie ihn geliebt hat, und sie ist mein Blut und deines auch, und deshalb wirst du jetzt nicht –»

Es klopfte, und der Kammerjäger trat wieder ein.

«Das hier habe ich unter den Dielen im hinteren Zimmer gefunden», sagte er und stellte eine große Keksdose auf den Tisch. Sie war mit Mäusekot gesprenkelt und einem Bild der Prinzessinnen Elizabeth und Margaret Rose dekoriert.

Sie war mit dem Bus bis Alnwick gekommen, aber bis Bowmont waren es immer noch acht Meilen. Normalerweise hätte sie das leicht zu Fuß gehen können, aber nicht in ihrem jetzigen Zustand. Darum leistete sie sich, obwohl sie kaum Geld hatte, ein Taxi bis zum Dorf. Es wäre vernünftiger gewesen, sich direkt vor dem Haus absetzen zu lassen, aber das schaffte sie nicht. Sie wollte dort nicht als jemand erscheinen, der Ansprüche erhob und auf seine Rechte pochte; sie suchte Trost und Zuflucht in Bowmont, sonst nichts.

«Ich hoffe, du bist zufrieden», sagte sie bitter zu ihrem ungeborenen Kind. Sie hatte einen langen Kampf ausgetragen, ihren Stolz und ihre Selbständigkeit gegen den Eigensinn und die Halsstarrigkeit dieses Geschöpfs ins Gefecht geführt, und sie hatte verloren. Als sie jetzt schwerfällig den Hügel hinaufging, versuchte sie, den Konsequenzen einer Zurückweisung ins Auge zu sehen. Wohin würde sie sich wenden, wenn sie abgewiesen wurde? Es begann schon dunkel zu werden; sie konnte kaum zu Penelope zurückkehren, deren Ratschläge sie in den Wind geschlagen – die sie in gewisser Weise im Stich gelassen hatte. Sie mußte verrückt gewesen sein, hierherzukommen, jetzt, in der elften Stunde.

Die Tränen schossen ihr in die Augen, als sie vor sich, scharf umrissen vor dem Hintergrund eines stürmischen violetten Himmels, den Turm von Bowmont auftauchen sah, das Rauschen der windgepeitschten Bäume hörte und das Tosen der Brandung an den Felsen. Erinnerungen überfielen sie: an den unglaublich klaren Sternenhimmel; an den blendenden Glanz des Meeres in der Morgensonne; an die warme Geborgenheit und den Duft des Gartens. Wenn man sie wiederum fortschicken sollte, dachte sie, würde sie es nicht ertragen.

Sie ging jetzt auf der gekiesten Auffahrt und war noch immer keiner Menschenseele begegnet. Als sie die Treppe erreichte und ihren Koffer niederstellte, wußte sie mit Gewißheit, daß ihr Bemühen scheitern würde. Frances Somerville hatte für Flüchtlinge und für Ausländer nichts übrig; sie gehörte einer längst vergangenen Zeit an. Es gab keine Zuflucht hier, keine Geborgenheit und keine Hoffnung.

Sie konnte das Bimmeln der Glocke im Inneren des Hauses hören. Würde Turton sie überhaupt melden, wenn er ihren Zustand sah? Sie gehörte an die Hintertür oder in eines dieser düsteren Gemälde, auf denen des Hauses verwiesene Frauen in die Nacht hinausstolperten.

Der Riegel wurde langsam zurückgezogen – so langsam, daß Ruth Zeit gehabt hätte, umzukehren und die Treppe hinunterzulaufen.

«Ja? Was gibt es?»

Es war nicht Turton, es war niemand vom Personal. Es war Frances Somerville selbst, die ihr den Weg versperrte und auch, als sie sah, wer vor ihr stand, keine Neigung zeigte, sie hereinzubitten.

«Wie um alles in der Welt kommen Sie denn hierher?» rief sie entrüstet. «Was wollen Sie? Sie gehören doch jetzt nicht hierher!»

Ruth holte tief Atem und hob den Kopf. Sie mußte kämpfen. Für ihr Kind. Aber als sie sprach, kamen ihr die Worte nur stockend über die Lippen; sie war plötzlich so erschöpft, daß sie sich kaum noch auf den Beinen halten konnte.

«Bitte ... ich bitte Sie ... Darf ich bleiben?»

«Hierbleiben? Hier? In Ihrem Zustand? Wirklich, Ruth, ich weiß ja, daß ihr Ausländer alle verrückt seid, aber das geht wirklich zu weit. Selbstverständlich können Sie nicht bleiben.»

«Ich kann es Ihnen erklären ... Es hat seine Gründe.»

«Es geht hier nicht um Erklärungen. Sie können ganz einfach nicht hierbleiben, und fertig.»

Ruth sah in das entsetzte Gesicht der Frau, von der sie trotz allem gehofft hatte, sie sei ihre Freundin. Als sie von einer tödlichen Kälte erfaßt ihr Cape fest um sich zog, begannen die ersten Flocken zu fallen.

29

Als Pilly sich zur Navy gemeldet hatte, war es ihr Bestreben gewesen, als Köchin eingestellt zu werden; die Tatsache jedoch, daß sie studiert hatte, wenn auch nicht mit spektakulärem Erfolg, verlieh ihr automatisch einen Status, den sie eigentlich gar nicht haben wollte. Sie wurde Fahrerin, und ab Ende November beförderte sie Nachrichten von und zu den Docks sowie höhere Offiziere der Navy in mehr oder weniger wichtiger Mission.

Der Offizier, den sie an diesem Dezembernachmittag von dem Zerstörer *Vigilantes* etwa zehn Meilen außerhalb des Stützpunkts abholen sollte, war allerdings nur ein kleiner Leutnant, aber es fiel Pilly nicht ein, danach zu fragen, womit er diese Sonderbehandlung verdiente. Sie tat ihren Dienst und basta. Doch als er kam, erlebte sie eine Überraschung.

«Du meine Güte, Pilly!» Quin spähte ungläubig durch das winterliche Grau. «Sind Sie es wirklich?»

«Ja, Sir.»

«Na, das ist aber eine Überraschung!» Er warf seinen Seesack hinten in den Wagen und setzte sich nach vorn zu ihr. «Ich hatte keine Ahnung, daß Sie bei der Navy sind. Wie gefällt es Ihnen?»

«Ich find's ganz toll.»

Quin lächelte über ihren Enthusiasmus. «Wissen Sie, was die anderen machen?»

«Janet ist beim Roten Kreuz», antwortete Pilly. «Sie heiratet bald. Huw ist bei der Army, und Sam geht zur Air Force.»

Quin drehte mit einer heftigen Bewegung den Kopf. «Er hätte sich aufgrund seines Studiums zurückstellen lassen können. Das habe ich ihm extra gesagt.»

«Ja – aber er möchte dabeisein. Er haßt die Nazis, und nicht nur, weil er Ruth so gern hatte.»

Unvermeidlich, daß das Mädchen, das Ruth wie ein Schatten gefolgt war, ihren Namen erwähnen würde. Er mußte darauf reagieren.

«Haben Sie von Ruth gehört?»

«Ja. Vor zwei Wochen.»

«Und wie gefällt es ihr in Amerika?»

Keine Antwort. Sie fuhren unter Bäumen einen steilen Hang hinauf. Er glaubte, sie müßte sich auf das dunkle Stück Straße konzentrieren und wartete. Aber als sie weiterhin stumm blieb, wiederholte er seine Frage.

«Sie ist nicht in Amerika», antwortete Pilly.

«Wieso? Sie müssen sich täuschen.» Sein Bemühen, in neutralem Ton zu sprechen, war nur teilweise erfolgreich. «Sie ist doch Ende Juli mit Heini auf der *Mauretania* hinübergefahren.»

«Nein. Heini ist gefahren, Ruth nicht. Das hat sie mir in ihrem Brief geschrieben.»

«Wo ist sie dann?»

«Irgendwo in Nordengland. Sie arbeitet als Kindermädchen.»

«Was? Das muß ein Irrtum sein!»

Pilly schüttelte energisch den Kopf. «Nein. Und ich mache mir große Sorgen um sie. Ich verstehe nicht, was los ist. Sie behauptet, es sei alles in Ordnung, aber das stimmt nicht, ich fühle es. Sie ist unglücklich und meiner Ansicht nach völlig durcheinander. Und außerdem verhält sie sich wieder mal total weltfremd, finde ich.»

«Wie meinen Sie das?»

Pilly, die an einer Kreuzung warten mußte, versuchte zu erklären. «Ich habe Ruth wahnsinnig gern. Wirklich. Ihr allein habe ich meine bestandene Prüfung zu verdanken. Aber das ist nicht der Grund. Sie hat mir gezeigt, wie schön das Leben sein kann. Uns allen hat sie das gezeigt. Aber manchmal bekam sie plötzlich einen Rappel und benahm sich wie eine Heldin aus einem Buch oder aus einer Oper. Wie damals mit Heini, da redete sie dauernd von *La Traviata* und von dieser Mimi aus der *Bohème*. Aber Liebe hat doch mit Oper nichts zu tun», sagte Pilly und lächelte, denn sie hatte einen Offizier kennengelernt, der sie heiraten wollte.

Sie waren schon wieder ein ganzes Stück gefahren, ehe Quin etwas sagte. «Haben Sie ihre Adresse?»

«Nein. Sie hat sie mir nicht mitgeteilt. Darum glaube ich ja, daß sie wieder mal eine Romanheldin ist. So eine viktorianische Jungfrau, die im Schneetreiben herumirrt.» Sie warf einen Seitenblick auf ihren Fahrgast. Er war ein berühmter Wissenschaftler und würde, wenn er überlebte, vermutlich ein gefeierter Held werden, aber er war auch ein Mann, und den Verdacht, den sie und Janet hegten, konnte man ihm nicht mitteilen. «Ich sorge mich nicht um sie, weil sie nicht mit Heini nach Amerika gegangen ist. Es war ja offensichtlich, daß sie ihn gar nicht geliebt hat und –»

«Tatsächlich? Diesen Eindruck hatte ich aber nicht.»

Laß es nicht von neuem beginnen, Gott! dachte er und sah zu den winterlichen Bäumen hinaus. Von der Wut, in die er sich früher hatte retten können, war nichts geblieben. Nur Trauer empfand er und ein tiefes, quälendes Gefühl schmerzlichen Verlusts.

«Ich habe mir vorgenommen, sie zu suchen, und ich werde sie finden», erklärte Pilly. «Der Haken ist nur, daß ich erst in drei Monaten wieder Urlaub habe.»

«Wie wollen Sie sie ohne Adresse finden?»

«Ich glaube, sie ist in Cumberland – dem Poststempel nach könnte es Keswick sein.» An einer roten Ampel bremste sie ab und sah ihn an. «Ich habe den Brief in meinem Zimmer. Wenn Sie Zeit hätten, ihn sich anzusehen – Sie haben doch Übung darin, Dinge zu entschlüsseln. Und wenn es wirklich Keswick sein sollte – das ist doch gar nicht so weit von Bowmont, nicht wahr? Wenn Sie nach Hause fahren, könnten Sie vielleicht –»

«Ich fahre aber nicht nach Hause. Ich habe nur achtundvierzig

Stunden, und bis dort hinauf braucht man, wie Sie wissen, einen ganzen Tag.»

Pilly seufzte. Dr. Sonderstrom hatte sich wahrscheinlich doch getäuscht. Wahrscheinlich hatte auch sie selbst sich getäuscht. «Wenn sie ein Dinosaurierzahn wäre, dann würden Sie nach ihr suchen», sagte sie. «Aber sie ist keiner. Sie ist *Ruth*!»

Sie hielt den Wagen vor der Kaserne an. Quin griff nach seinem Seesack und ließ ihn wieder fallen. «Also gut, Pilly. Zeigen Sie mir den Brief.»

Aber als Pilly wenig später mit dem Brief in der Hand in die Offiziersmesse kam, sah sie, daß Ruth verloren hatte. Quins Gesicht war bleich. Er starrte auf ein Telegramm in seiner Hand.

«Gott sei Dank, daß wir hier vorbeigeschaut haben», sagte er. «Meine Tante ist plötzlich erkrankt. Ich muß sofort zu ihr fahren.»

Er reichte ihr die Nachricht, die mit der Post für die *Vigilantes* auf ihn gewartet hatte:

Bitte umgehend Station drei Städtisches Krankenhaus Newcastle kommen. Dringend. Somerville.

Es war unmöglich, in dem überfüllten Zug zu schlafen; es gab nichts zu essen und nichts zu trinken. In den sich endlos dahinschleppenden Stunden konnte er nichts tun, als sich daran erinnern, was seine Tante zu ihren Lebzeiten alles für ihn und Bowmont getan hatte; sich klarzumachen, wie sehr ihr Tod ihn treffen würde.

Um zehn Uhr morgens trafen sie in Newcastle ein, und er fuhr mit einem Taxi direkt zum Krankenhaus. Als er am Empfang das Telegramm vorzeigte, wies man ihn in den ersten Stock hinauf. Eine Schwester kam ihm oben entgegen. «Ah, ja, wir haben Sie schon erwartet. Jetzt ist zwar keine Besuchszeit, aber ich weiß, es liegen besondere Umstände vor. Kommen Sie, ich bringe Sie ins Zimmer.»

Quin versuchte, sich zu wappnen, als er ihr zur Tür eines Wartezimmers folgte, die sie öffnete. Aber Tante Frances war nicht krank, und sie war ganz eindeutig quicklebendig. Als sie ihn sah, stand sie auf und eilte ihm entgegen – und sie lachte. Das war nicht das stets etwas widerstrebende Lächeln, das er von ihr kannte, das war ein strahlendes Lachen der Heiterkeit und der Belustigung.

«Gott sei Dank, daß du da bist!» Sie umarmte ihn. «Aber mach dir keine Sorgen», sagte sie. «In ein paar Tagen verliert es sich. Nicht wahr, Schwester?»

Die Schwester stimmte zu.

«Was soll das heißen? Was verliert sich?» fragte Quin verwirrt.

«Die Ähnlichkeit. Sie ist unglaublich. Geh und sieh es dir selbst an. Sie liegt im letzten Bett links.»

Wie im Traum ging Quin durch das Krankenzimmer. Frauen saßen aufrecht in den Betten, manche unterhielten sich, andere strickten, aber alle waren guter Dinge und beobachteten ihn, als er an ihnen vorüberging.

Dann sah er plötzlich Ruth – so wie er sie in Erinnerung hatte, warm und weiblich, irgendwie zugleich stolz und unsicher. Aber er ging nicht gleich zu ihr. Am Fuß ihres Betts stand, wie vor allen anderen Betten, ein Kinderbettchen. Und darin lag – Konteradmiral Basher Somerville.

Das Baby sah tatsächlich aus wie der Basher; der Basher *en miniature*, noch ein wenig verschrumpelter, aber sonst genau gleich. Die Beethoven-Nase, das volle, krebsrote Gesicht, das Doppelkinn, das aufgeworfene Mündchen.

Quin konnte nichts sagen, nur schauen. Sein Sohn bewegte das verrunzelte kleine Köpfchen, öffnete ein Auge – ein unergründliches, tiefblaues, wimpernloses Auge –, und der Mund zuckte in der Vorahnung eines Lächelns. Und da war Quin verloren. Mit einem Augenblick hatte dieses Wesen, von dessen Existenz er noch fünf Minuten zuvor keine Ahnung gehabt hatte, von ihm Besitz ergriffen. Gleichzeitig wußte er, daß er jetzt sterben konnte und es nichts machte, weil das Kind da war und lebte.

Nur zurückhalten darf ich ihn niemals, dachte er. Er ist er selbst. Ich gelobe, daß ich ihn gehen lassen werde.

Dann sah er Ruth an, die ihn schweigend beobachtete. Aber sie nicht, dachte er glücklich. Sie nicht! Niemals werde ich sie hergeben. Er trat zum Kopf des Betts und nahm sie in die Arme.

Die Schwester hatte gesagt: «Eine halbe Stunde, aber nicht länger, und nur, weil Sie auf Urlaub sind.» Sie hatte die kalten blauen Vorhänge um das Bett herum zugezogen, doch die wäßrige Dezembersonne setzte ihnen goldene Lichter auf.

«Ich kann es nicht glauben», sagte Quin immer wieder, während er Ruths Gesicht berührte, ihre Augen, ihren Mund, ihr Haar. «Ich kann nicht glauben, daß du so dumm sein konntest. Ich wollte dir doch nur etwas Schönes und Kostbares schenken.»

«Ich weiß – ich war eine Gans. Wahrscheinlich dachte ich, ich dürfte nicht glücklich sein, wenn es auf der Welt soviel Leid gibt. Und außerdem erzählte Verena allen, die es hören wollten, du würdest sie nach Afrika mitnehmen.»

«Ja, eine unangenehme Person. Sie wird Kenneth Easton heiraten und ihm beibringen, wie man Cholmondely richtig ausspricht.»

Das gefiel Ruth. Das gefiel ihr sehr. Doch Quin war immer noch erschüttert von den Entwicklungen der vergangenen Monate. «Wenn ich denke, daß du das alles allein durchgestanden hast.»

«Hab ich ja gar nicht», widersprach Ruth ein klein wenig bitter. «Jedenfalls am Schluß nicht. Ich kann nur sagen, *dich* hat deine Tante vielleicht in Ruhe gelassen. *Mich* bestimmt nicht.»

Sie schilderte den Moment, als Frances an der Tür des Hauses erschienen war und ihr, wie es schien, den Weg versperrte. «Sie sagte, ich könne nicht bleiben. Ich war völlig verzweifelt, aber sie meinte nur, ich könne nicht in Bowmont bleiben, weil wir da womöglich einschneien würden und der Krankenwagen dann nicht durchkäme. Sie packte mich einfach ins Auto und fuhr mit mir zu Mrs. Bainbridge in Newcastle. Und nicht einmal, als meine Eltern kamen, hat sie mich aus den Augen gelassen. Ich glaube, sie hatte Angst, es könnte so gehen wie mit deiner Mutter.»

Quin nahm ihre Hand und hielt sie fest. «Gott sei Dank, daß es Tante Frances gibt.»

«Quin», sagte Ruth ein wenig zaghaft, «wenn du Bowmont dem Trust überschreibst, könntest du dann nicht ein ganz kleines –»

«Wenn ich was tue?» unterbrach Quin verblüfft.

«Wenn du Bowmont dem Trust überschreibst. Ich meine –»

«Aber Ruth! Was glaubst du denn? Du hast doch das Kind gesehen – du hast seine Fäuste gesehen. Glaubst du im Ernst, ich würde es wagen, sein Heim einfach wegzugeben?»

Ruth schien das komisch zu finden, sehr komisch, und ihre Bemerkungen über die englische *upper class* waren so wenig schmeichelhaft, daß Quin ihr, leicht gekränkt, den Mund mit einem Kuß verschloß. Er zog sie fester an sich. Er wußte, er würde niemals genug von ihr bekommen, und in diesem Moment begann das Baby zu weinen. Augenblicklich ließ er sie los, nahm sich zurück. Er mußte sie lassen, obwohl er sie schon bald würde verlassen müssen, für immer vielleicht. Er mußte zurückstehen, das verlangte das Gesetz des Lebens.

Aber ihr Gesetz war ein anderes. Er fühlte, wie sie auf das Wimmern des Kindes reagierte, meinte zu spüren, wie das Band zwischen Mutter und Kind sich straffte. Sie streckte den Arm aus, jedoch nur, um auf den Klingelknopf neben ihrem Bett zu drücken.

«Ach, würden Sie ihn bitte ein Weilchen hinausbringen?» bat sie, als die Schwester kam. «Er kann noch nicht hungrig sein, und mein Mann kann nicht – lange bleiben.»

Er nahm es als ein Zeichen ihrer Liebe, dessen er sich würdig erweisen mußte, solange sie beide lebten. Als er sein Gesicht an ihre Wange drückte, fühlte er ihre Tränen.

«Quin, du kannst doch schwimmen, nicht?»

«Ja.»

«Du kannst es wirklich gut, ja? Dann versprich mir, ganz gleich, was passiert, selbst wenn... ich meine, es ist ja nur der Atlantik oder der Pazifik. Es ist nur ein Ozean. Versprich mir, daß du einfach immer weiterschwimmst, immer weiter. Denn ganz gleich, wo du an Land kommst, ob auf einem Kontinent, einer Insel oder einem Korallenriff, ich warte dort auf dich. Ich schwöre es, Quin. Ich schwöre es bei Mozarts Kopf.»

Er mußte mit seiner Antwort einen Moment warten, weil er seiner Stimme nicht traute. Dann sagte er: «Natürlich. Du kannst dich fest darauf verlassen.»

Danach hielten sie einander schweigend umschlungen, bis es Zeit für ihn war zu gehen.

Epilog

Es war ein unglaublich schöner Tag; ein Tag, der zur Stimmung der Engländer paßte, die das Ende des Krieges in Europa feierten. Der blaue Himmel war wolkenlos, die Bäume leuchteten in hellem Maigrün. Fremde umarmten einander auf den Straßen; Kinder sprangen ausgelassen herum; Freudenfeuer wurden angezündet – auf den ausgebombten Plätzen rund um die St.-Paul's-Kathedrale wurde getanzt.

Es gab natürlich auch solche, die lieber ohne großes öffentliches Spektakel feierten. Frances Somerville und Mishak arbeiteten den ganzen Tag im Garten von Bowmont und stritten wegen des Spargelbeets. Die Notwendigkeit, für Nahrung zu sorgen, hatte Mishak erlaubt, an einer Stelle an der Südwand Spargel zu pflanzen; jetzt wollte Frances das Fleckchen für ihre Lilien zurückhaben. Der Ausgang des Streits stand keinen Moment in Zweifel; alle in Bowmont wußten, daß der wortkarge alte Herr Miss Somerville um den Finger wickeln konnte.

Im *Willow* jedoch war alles Freude und Überschwang. Ruth hatte eigentlich in Bowmont feiern wollen, doch ihr Sohn hatte andere Vorstellungen gehabt.

«Ich möchte nach London und den König und die Königin sehen», sagte er.

Auf weitere Fragen erklärte der fünfjährige Jamie, er fände, sie hätten recht daran getan, auch während der Bombenangriffe im Buckingham-Palast auszuharren und ihre Truppenbesuche fortzusetzen, und das wollte er ihnen sagen.

«Aber Jamie, da werden Tausende von Menschen stehen und darauf warten, daß sie auf den Balkon herauskommen. Du kannst sie nicht allein sprechen.»

Jamie sagte, das mache ihm nichts aus. Er war ein hübscher Junge geworden, mit dunklen Augen und dem lohfarbenen Haar seiner Mutter; von seinem Ururgroßvater, dem Basher, waren ihm nur die Ironie und der eiserne Wille geblieben.

Sie reisten also nach London, und wo James hinging, da ging auch seine kleine Schwester Kate hin – und als einmal feststand, daß dies eine große Wiedersehensfeier werden würde, nahm Ruth das Angebot der Damen Harper an, im *Willow* zu feiern. Mrs. Burtt, die es mittlerweile zur Vorarbeiterin in der Munitionsfabrik gebracht hatte, hatte sich anerboten, mit ihrem Sohn Trevor zu kommen und zu helfen.

Dennoch war Mrs. Weiss, als sie im Café ankam, keineswegs erfreut. «Du lieber Gott!» sagte sie unmutig. «So viele Kinder!»

Es waren wirklich viele Kinder. Sechs Jahre Krieg hatten eine erstaunliche Wirkung auf die Geburtenrate gehabt. Roger Felton und seine Zwillinge waren mit Kurt Berger und Jamie zum Bukkingham-Palast gezogen, aber Janet, die extra nach London gekommen war, hatte ihren quirligen Zweijährigen hier abgesetzt, um sich das Spektakel in den Straßen ansehen zu können. Dr. Levy, jetzt Facharzt am Hampstead Hospital, hatte Dienst, aber seine junge Frau war mit dem Baby gekommen, und Thisbe, die aus Cumberland zurück war, wich Ruth nicht von der Seite. Auf Leonies Schoß saß, das ausgelassene Treiben aufmerksam beobachtend, Katy Somerville.

«Deshalb ist die Lutzenholler nicht gekommen», stellte Mrs. Weiss grimmig fest, während sie sich auf zwei Stöcken zu ihrem Stammplatz beim Garderobenständer manövrierte.

Doch sie tat der Psychoanalytikerin unrecht. Daß es tatsächlich Leute gab, die gutes Geld dafür bezahlten, dem Küchenschreck von Belsize Park ihr Herz auszuschütten, erstaunte sie immer noch alle, aber es war so. Fräulein Lutzenholler, die jetzt eine Praxis im vornehmen St. John's Wood hatte, bot selbst an diesem historischen Tag ihren Patienten Zuflucht auf der Couch.

Auch andere fehlten. Von Hofmann hatte so effektvoll «Schweinehund» gesagt, daß er es jetzt in Hollywood sagte, und die Dame mit dem Pudel hielt ein zitterndes Chihuahua-Hündchen im Arm, Ersatz für den Pudel, der in hohem Alter das Zeitliche gesegnet hatte. Aber sonst waren fast alle da, und Ruth hatte in ihrer Rolle als Kellnerin alle Hände voll zu tun.

«Und Pilly?» fragte Leonie, als ihre Tochter mit Janets Kleinem auf der Hüfte und einer Platte Gebäck in der Hand vorüberkam. «Kommt sie auch?»

«Sie hat gesagt, sie würde es versuchen. Sam holt sie in Portsmouth ab. Aber bitte, Mama, hör auf zu kuppeln.»

«Warum denn?» fragte Leonie, die überzeugt war, daß sie an der wachsenden Zuneigung zwischen Sam und Pilly großen Anteil hatte. Sie hatte während des Krieges für alle Freunde Ruths ein offenes Haus gehabt. Das Jahr, in dem Pillys Offizier auf See vermißt worden und Huw bei El Alamein gefallen war, war schlimm gewesen, und da hatte sie gesehen, wie gut diese beiden, Sam und Pilly, zusammenpassen würden. Sie nahm einen Keks von Ruths Platte und drückte ihn ihrem Enkelkind in die Hand.

Doch um drei Uhr gab Ruth Janets Kleinen an Miss Maud weiter und ging nach oben zum geheimen Stelldichein mit den vier Männern, die den ganzen Krieg hindurch in der Uniform der Pioniere herumgereist waren, um die Frontsoldaten ebenso wie die vom Krieg erschöpften Daheimgebliebenen mit ihrer Musik zu trösten und zu erfreuen und die diesen Tag in einer zerstörten Kirche im Herzen Englands feierten.

Sie schaltete das Radio ein und hörte das Schubert-Quartett, das sie an jenem Abend in Thameside gehört und geglaubt hatte, ein Wunder sei geschehen und Biberstein sei doch am Leben. Aber vielleicht war dieses Wunder wirklich geschehen. Der Chauffeur aus Northumberland war es, der jetzt das Thema von Ziller übernahm, doch während die wunderbare, klare Musik das Zimmer erfüllte, war es Ruth, als sähe sie eine rundliche, kraushaarige Gestalt, die sich vom Himmel herabneigte und grüßend den Bogen ihrer Amati hob – und lächelte.

Als sie durch die Küche wieder ins Café zurückging, blieb sie wie angewurzelt auf der Türschwelle stehen. Unwillkürlich griff sie sich ans Herz. Er kam. Er war nicht sicher gewesen, ob er weg konnte, aber hier kam er mit großen Schritten über den Platz, und sie wußte, daß es kein größeres Glück auf der Welt für sie gab, als ihn so auf sich zukommen zu sehen.

Aber auch andere hatten die Ankunft Commander Somervilles bemerkt. Katy rutschte vom Schoß ihrer Großmutter und lief zu ihrer Mutter; sogar die anderen Kinder wurden still. Ruth hatte es nicht für nötig gehalten, die Heldentaten ihres Mannes für sich zu behalten. Alle wußten, was die goldenen Tressen an seinem Ärmel zu bedeuten hatten. Zweimal war sein Schiff von Torpedos getroffen worden; zwölf Juden und ein Versuchsschaf hatte er in Bowmont aufgenommen und hatte für seine Verdienste um das Vaterland hohe Auszeichnungen bekommen.

So ein Held mußte gebührend empfangen werden, und Mrs. Weiss war gegen die tränenreichen Umarmungen, die sie kommen sah. Mit einer Handbewegung gebot sie Ruth, sich zurückzuhalten, stemmte sich mühsam in die Höhe, und als Quin eintrat, richtete sie ihren Spazierstock mit der Gummispitze auf ihn:

«Darf ich Sie zu einem Stück Kuchen einladen?»